Thomas Thiemeyer
Korona

Thomas Thiemeyer

Korona

Mysterythriller

KNAUR

Besuchen Sie uns im Internet:
www.droemer-knaur.de

Mehr Informationen über den Autor unter:
www.thiemeyer.de

Copyright © 2010 by Knaur Verlag
Ein Unternehmen der Droemerschen Verlagsanstalt
Th. Knaur Nachf. GmbH & Co. KG, München
Alle Rechte vorbehalten. Das Werk darf – auch teilweise –
nur mit Genehmigung des Verlages wiedergegeben werden.
Umschlaggestaltung: ZERO Werbeagentur, München
Umschlagillustration: Thomas Thiemeyer
Satz: Daniela Schulz, Stockdorf
Druck und Bindung: C. H. Beck, Nördlingen
Printed in Germany
ISBN 978-3-426-66291-5

2 4 5 3 1

In Erinnerung an Michael Crichton

Die Hoffnung, dass die Entwicklung des Menschengeschlechts zu immer Besserem fortschreite, halte ich für begraben. Es ist die menschliche Natur, die unseren Hoffnungen und Utopien einen Strich durch die Rechnung macht.

Franz M. Wuketits
Österreichischer Biologe und Wissenschaftstheoretiker

Wenn wir nur genug aus der Vergangenheit lernen, kann das Antlitz unserer Zukunft doch noch freundlicher sein als bei den beiden anderen Schimpansen.

Jared Diamond: Der dritte Schimpanse

*Wo endet Recht? Wo beginnt Rache?
Kann Rache jemals zu Recht werden?*

*Es gibt Verbrechen, die einem Verstoß gegen Naturgesetze gleichen, Verbrechen, die so alt sind wie die Welt selbst. Sie existierten, ehe die ersten Gerichtsgebäude entstanden und die ersten Gesetze geschrieben waren. Verbrechen wie jenes, dass ein Mann zum Verräter an seinem besten Freund wird. Was würden Sie empfinden, wenn die Person, mit der Sie von Kindesbeinen an zusammen waren – der Sie Ihr Leben anvertraut hätten – Ihnen kalt lächelnd ein Verbrechen in die Schuhe schöbe, das Sie gar nicht begangen haben? Glauben Sie nicht, Ihre Seele würde Schaden nehmen? Glauben Sie nicht, Sie würden Fragen stellen? Und wenn Sie keine Antwort erhielten, glauben Sie nicht, es würde Sie mit Wut erfüllen? Mit Hass? Mit dem Wunsch nach Vergeltung?
Mir erging es so. In dem Augenblick, als die Zellentür hinter mir zufiel, begrub ich meine Hoffnung, dass diese Geschichte ein gutes Ende nehmen würde. Mein Vertrauen in die Welt versiegte. Es starb, genau wie mein Glaube an das Gute im Menschen. Ich musste mit ansehen, wie kurz die Arme unseres Rechtsstaats sind, wie manipulierbar das System, auf dem unsere gesamte Zivilisation ruht. Diese*

Erkenntnis erfüllte mich mit tiefer Resignation. Sie machte mir deutlich, wie zerbrechlich unsere kleine Welt doch ist, wie schmal der Weg zwischen Recht und Unrecht. Doch eines gab mir Kraft. Das Versagen unseres Rechtssystems ließ kein Vakuum zurück, o nein. An seine Stelle trat etwas anderes: Ein archaischer Mechanismus, dessen Zahnräder sich erst quietschend, dann mit zunehmender Geschwindigkeit zu drehen begannen. Kolben fingen an sich zu heben und zu senken, Scharniere begannen zu ächzen, Bolzen spannten sich, und Schwungräder nahmen Fahrt auf. Es war, als würde ein urzeitliches Ungeheuer zum Leben erwachen. Ein Wesen, dessen Namen ich längst vergessen hatte und über dessen Lippen nur ein einziges Wort kam: Rache. Wer glaubt, es existiere nicht, irrt. Ich habe es gesehen. Es haust dort, wo die Hölle den Menschen am nächsten ist. Tief in den Eingeweiden von Mountjoy.
M. G.

Prolog

Dublin, vor zehn Jahren ...

Ungeachtet der schlechten Sichtverhältnisse peitschte der Wagen durch die Dunkelheit. Der Regen trommelte auf das Blech. Die Scheibenwischer bemühten sich redlich, die schwarzen, ölig glänzenden Wassermassen von der Scheibe zu fegen. Die Nacht war schwarz wie das Innere eines Handschuhs. Der metallische Widerschein des Chroms erzeugte helle Spuren auf dem nassen Asphalt. Schleier feinster Wassertropfen stiegen jenseits des Wagens auf und ließen die Rücklichter wie Nachbrenner eines Düsenjets aussehen. Der Asphalt flog nur so unter den Rädern dahin, während das Auto mit über hundert Sachen durch die Nacht raste.

Die Schnellstraße, die Richtung Dublin führte, verschmolz zu einem Teppich aus dunklen Flecken und verwaschenen Lichtern, der seltsam unwirklich an ihnen vorbeihuschte. Zum Glück war niemand außer ihnen unterwegs. Nicht um diese Uhrzeit, nicht bei diesem Wetter.

Der Jaguar X-300 galt schon jetzt als Klassiker. Ein Geschenk stolzer Eltern an ihren einzigen Sohn. Weinrote Lackierung, Speichenfelgen, Doppelscheinwerfer, der Innenraum ein Traum aus Nussbaum und Leder. Die Geräusche des an Heftigkeit zunehmenden Regens wurden durch die gute Isolierung zu einem dezenten Trommeln gedämpft.

Im Inneren war die Stimmung ausgelassen. Feierlaune durchwehte den Fond. Partystimmung, vermischt mit dem Geruch von

Whiskey und Zigaretten. Van Morrisons *Caravan* dröhnte aus den Lautsprechern und ließ die Türen im Rhythmus der Bässe erzittern.

Es war ihre Nacht. Sie hatten es geschafft, sie gehörten zu den Besten ihres Jahrgangs. Hazel, William und Matthew war gelungen, was noch keinem vor ihnen geglückt war. Als Iren hatten sie es geschafft, unter die besten Zehn der biologischen Fakultät in Cambridge zu kommen. Das hatte es noch nie gegeben – nicht, seit es Studenten von der Grünen Insel erlaubt war, hier zu studieren.

Die *Hot Three*, so wurden sie am College genannt, und verdammt noch mal, das waren sie. Jung, ehrgeizig und heiß.

Van Morrisons rauchige Stimme und die Wärme, die aus der Heizung drang, legten sich samten auf die Nervenenden und unterstrichen die Illusion, auf einem Zauberteppich unterwegs zu sein.

Die Semesterferien gingen dem Ende zu. Die letzte Gelegenheit, das vergangene Jahr angemessen zu würdigen und auf die Zukunft anzustoßen. Morgen schon würde es zurück nach London gehen, wo ihnen ein Jahr Schwerstarbeit bevorstand. Vermutlich würden sie einander kaum noch zu Gesicht bekommen, kaum noch Zeit miteinander verbringen. Danach würde jeder von ihnen dem Ruf seines Schicksals folgen. Forschung, Bildung, Wirtschaft, die Möglichkeiten waren für jemanden mit ihrer Qualifikation unbegrenzt. Sie würden ein Leben auf der Überholspur führen.

Matthew blickte in die Nacht hinaus. Draußen flogen die Lichter einer Tankstelle vorbei. »He, Will, mach mal 'n bisschen langsamer.« Er zündete eine Zigarette an und nahm einen tiefen Zug. »Wir haben's doch nicht eilig. Jackie wird seinen Laden schon nicht dichtmachen. Nicht ehe wir mit ihm angestoßen haben. Er hat's versprochen.«

William, der Fahrer, stieß ein unwilliges Grunzen aus, streckte seinen Arm aus und ließ sich von Hazel die Flasche Tullamore

Dew nach vorn reichen. Ohne seinen Blick von der Straße abzuwenden, nahm er einen Schluck. Matthew drehte die Scheibe herunter und warf das Streichholz hinaus. Ein eiskalter Wind pfiff ihm ins Gesicht.
»Hast du nicht gehört, was ich gesagt habe? Da vorn kommt schon Rathgar. Ich hab keine Lust, Scherereien zu bekommen. Nicht am letzten Tag.«
William tat so, als höre er nichts, drehte den Lautstärkeregler hoch und begann, den Refrain des Songs ebenso lautstark wie falsch mitzusingen:
»*And the caravan is painted red and white*
That means everybody's staying overnight
Barefoot gypsy player round the campfire sing and play
And a woman tells us of her ways.
Everybody sings la, la, la, la.«
»Scheiße, Will ...«
»Was denn?«
»*Fuß vom Gas!*«
»Verdammt, was hast du denn für'n Problem?«
»Ich meine es ernst.«
Will schien eine Weile zu überlegen, dann sagte er: »Sorry, Mann, aber das kann ich nicht tun.«
»Was redest du da? Wieso nicht?«
»Schon mal was von Relativitätstheorie gehört?«
»Willst du mich verarschen?«
»Sieh mal nach vorn.«
Vom Lichtkegel der Doppelscheinwerfer erhellt, kam eine Fußgängerbrücke in Sicht. Mit affenartiger Geschwindigkeit rauschte sie heran und zischte dann über ihre Köpfe hinweg.
»Haste das gesehen?«
»Nichts hab ich gesehen. Du bist viel zu schnell.«
»Jetzt stell dich nicht so an. Schau nach vorn.«
»Was soll der Blödsinn, Will?«
»Hey, sieh doch nur. Nicht *wir* fahren auf die Brücke zu, die Brücke

kommt auf *uns* zu. Da kommt schon wieder eine.« Der Stahlträger einer weiteren Brücke tauchte vor ihnen in der Dunkelheit auf und sauste wie ein gewaltiges rostiges Schwert an ihrer rechten Seite vorbei. Will brach in Jubelgeschrei aus. Mit einem Grinsen im Gesicht nahm er einen weiteren Schluck.
»Du bist ja bescheuert.«
»Es ist dieser Wagen«, rief Will. »Diese gottverdammte, chromglänzende Granate. Das schnellste Auto, das ich je unterm Hintern hatte.«
»Vermutlich auch dein letztes«, raunte Matthew ungehalten, doch William hörte gar nicht zu. Er war wie in einem Rausch. Mit einer fließenden Bewegung strich er die Lederhandschuhe glatt, die seine Hände wie eine zweite Haut umspannten. Er behauptete, dass sie ihm das Aussehen eines Rennfahrers verliehen. Matthew fand das einfach nur lächerlich.
»Ab einer bestimmten Geschwindigkeit bist nicht mehr du es, der sich auf die Dinge zubewegt«, sagte William. »Die Dinge kommen auf *dich* zu. Das ist der wahre Kern der Relativitätstheorie. Das ist es, was Einstein uns zu erklären versucht hat, wusstest du das nicht?«
»Alles, was ich weiß, ist, dass du zu viel getrunken hast. Vielleicht solltest du mich lieber ans Steuer lassen.«
»Träum weiter.«
»Ja, komm schon.« Hazel rutschte nach vorn. Ihre Stimme war sinnlich und dunkel. Auch sie hatte schon mächtig geladen. »Lass Matt fahren. Er hat von uns allen am wenigsten getrunken. Außerdem ist er der Vernünftigste. Nicht wahr, Matt?« Sie strich ihm mit dem Handrücken über den Hals. »Immer vernünftig, immer so kontrolliert.« Sie küsste ihn auf die Wange. Als er sich überrascht zu ihr umdrehte, lachte sie auf. Er konnte es nicht verhindern, aber er fühlte, dass er rot wurde. Als sie das sah, rückte sie wieder vor. »Hat dir das gefallen?« Sie strich mit der Zungenspitze über ihre Lippen. »Möchtest du mehr?«
»Ach, lass mich doch in Ruhe.«

»Sei doch nicht so schüchtern, Matt. Komm schon: Gib mir einen Kuss. Diesmal einen richtigen, mit Zunge.« Sie leckte über ihre Lippen. Matthew versuchte, sie zu ignorieren.
»Einen Kuss nur«, gurrte sie. »Ich weiß doch, dass du das willst. Du hast das doch schon immer gewollt, habe ich recht? Na komm, das ist vielleicht die letzte Gelegenheit.«
William warf einen genervten Blick nach hinten. »Was soll das werden, Hazel? Darf ich dich daran erinnern, dass du immer noch mein Mädchen bist?« Er drückte ihr die Flasche in die Hand. »Hier. Und jetzt bleib hinten und lass Matt in Ruhe. Du bist ja betrunken.«
»Na und?«, gab Hazel schnippisch zurück. »Mit wem ich flirte, ist immer noch meine Angelegenheit.«
»Augen auf die Straße!« Matthew sah den Pfeiler aus der Dunkelheit hervorschnellen. Wie der Bug eines Schiffes raste er auf sie zu.
William stieß einen Fluch aus und trat auf die Bremse. Das Heck brach aus. Es war, als würde das Auto auf Schmierseife fahren.
»Runter von der Bremse«, schrie Matt. Sie würden an dem Pfeiler zerschellen, wenn nicht schnell etwas geschah. Mit einer Reaktion, die einem Kampfpiloten zur Ehre gereicht hätte, griff er in das Lenkrad.
»Was soll das?« William setzte seinen Bemühungen einigen Widerstand entgegen.
»Gegenlenken«, schrie Matt. »Du musst gegenlenken!«
Wie durch ein Wunder gelang es ihm, das Lenkrad herumzuziehen. Als William merkte, dass die Schlingerbewegung tatsächlich aufhörte, löste er seinen Griff. Um Haaresbreite sauste der Brückenpfeiler an dem Jaguar vorbei und schlug dabei den rechten Außenspiegel ab. Krachend trennte er auch noch die hintere Stoßstange ab, die funkenschlagend auf der Straße landete.
Matt atmete auf. Sie waren vorbei. Sie waren dem schrecklichen Pfeiler entkommen. Doch die Gefahr war noch nicht vorüber, der Wagen war immer noch viel zu schnell. Das merkte auch Will

und tat das Verkehrteste, was man tun konnte. Er trat erneut auf die Bremse.
Hart.
»Nein!«, schrie Matt.
Der Wagen brach ein zweites Mal aus, diesmal unhaltbar. Wie ein chromglänzendes Geschoss verließ er die Fahrbahn, raste über die Böschung und hinein in ein Waldstück. Matthew sah die meterdicken Baumstämme heransausen und bereitete sich auf den Aufprall vor. Er stemmte die Beine gegen das Bodenblech, verschränkte die Arme vor dem Kopf, beugte sich vor und murmelte ein Stoßgebet.
Wie ein Blitz schoss ihm ins Bewusstsein, dass keiner von ihnen angeschnallt war.

TEIL 1
Der Fremde

1

Kampala, heute ...

Amy trat fluchend auf die Bremse. Die Räder ihres Toyota Landcruiser blockierten. Es gab ein Quietschen, dann stand der Wagen.
Sie brauchte einen Moment zum Luftholen, dann hämmerte sie wütend auf die Hupe. Vor ihr kreuzte eine merkwürdige Karawane die Straße: vier abgemagerte Ankolerinder und ein krummer alter Mann mit einem seltsamen Strohhut auf dem Kopf. Ungeachtet der schlechten Wetterverhältnisse und der klatschnassen Fahrbahn trieb er seine Tiere langsam über den Asphalt. Mit einem Gleichmut, der schon an Ignoranz grenzte, wackelte er hinter seinen Langhornrindern her, nuckelte an seiner schwarzen Wurzelpfeife und hielt den Blick auf den Schwanz des letzten Tieres gerichtet. Amy fragte sich, ob er überhaupt mitbekommen hatte, dass er beinahe überfahren worden wäre.
Sie blies eine Strähne ihres pechschwarzen Haares aus dem Gesicht, dann trat sie vorsichtig wieder aufs Gaspedal. In einem großen Bogen umrundete sie das seltsame Gespann. Vermutlich kreuzte der alte Mann die Straße an genau dieser Stelle schon seit vielen Jahren. Für Autos schien er kein Interesse zu haben. Vielleicht hielt er sie für eine vorübergehende Erscheinung, für eine Art schlechter Angewohnheit, die irgendwann von ganz allein wieder verschwinden würde. Eine solche Haltung wäre für diesen Teil Afrikas nicht ungewöhnlich. Die Menschen auf dem Lande lebten in einer eigenen Zeitrechnung. Sie interessierten

sich nicht für Technik und Fortschritt. »Zivilisation« war ihnen gleichgültig. Solange etwas ihr eigenes Umfeld nicht unmittelbar betraf, existierte es nicht. Diese merkwürdige Sicht der Dinge war dort besonders augenfällig, wo die Landbevölkerung von den immer schneller wuchernden Außenbezirken der Hauptstadt Kampala überrollt wurde. Plötzlich waren die Menschen eingekesselt von Straßen und Baracken, wo vorher noch Büsche, Bäume und Weideland gewesen waren. Und wunderten sich, was aus der Welt geworden war, die sie einmal gekannt hatten.

Kopfschüttelnd richtete Amy ihre Gedanken wieder auf die Straße. Das Erlebnis mit dem alten Mann erinnerte sie daran, dass sie jetzt, da sie die Outskirts von Kampala streifte, besonders vorsichtig sein musste.

Die Nachricht vom Unglück der Maschine aus Addis Abeba, die heute Morgen bei der Landung vom Runway abgekommen und in eine nahe gelegene Baumreihe gekracht war, hatte sie unkonzentriert werden lassen. Wie die Nachrichten meldeten, war die Maschine der Ethiopian Airlines in schweres Wetter geraten. Elektrische Aufladungen in der Atmosphäre hatten die Instrumente verrücktspielen lassen, hieß es. Von einem Ausfall der Navigationsinstrumente war die Rede gewesen. Was auch immer geschehen war, der Pilot war offenbar einem Irrtum aufgesessen, was die Höhe betraf, und hatte die Maschine erst runtergedrückt, als die Hälfte der Landebahn bereits hinter ihm lag. Ein Notstart wäre vermutlich sinnvoller gewesen, doch ob das unter den Bedingungen noch möglich gewesen wäre, war fraglich. So hatte er eine Notbremsung hingelegt, bei der das Fahrwerk weggeknickt war. Noch ein paar Meter weiter und die 757 wäre durch eine Ansammlung von Wellblechbaracken gepflügt. Nicht auszudenken, wie viele Menschen dabei ums Leben gekommen wären. So aber hatte es offenbar nur Leichtverletzte unter den Passagieren gegeben. Was die Sache für Amy prekär machte, war die Tatsache, dass ein neues Teammitglied für ihre Forschungsgruppe an Bord dieses Flugzeugs war. Ein. Sein Name war Ray

Cox, ein Ire. Viel mehr wusste sie nicht, außer dass dieser Mann zehn Jahre im Gefängnis gesessen hatte und erst vor kurzem freigekommen war. Zehn Jahre. Für Amy eine unvorstellbar lange Zeit.

Ihre Augen blickten ruhelos hin und her, während sie in das Gewimmel von Kampalas Stadtverkehr eintauchte. Für jemanden, der sich hier nicht auskannte, musste es wie ein einziges Chaos wirken, wie die unkontrollierte Bewegung von Millionen kleinster Moleküle. Hier gab es keine Straßennamen, keine Schilder, keine Markierungen, nur ungeteerte Matschpisten. Fußgänger, Fahrräder und Mopeds schienen von allen Seiten zu kommen. Dazwischen Lkws, die sich unter Ausstoß schwarzer Rußwolken durch die Menge schoben. Immer wieder blieben Fahrzeuge stehen, scherten aus oder überholten einander in waghalsigen Manövern. Menschen riefen einander etwas zu und drängten über die Straßen, während Lärm und Staub Ohren und Nase betäubten. Hupend und unflätige Handzeichen machend, setzte Amy ihren Weg fort.

Zehn Jahre. Als Verhaltensforscherin wusste sie, wie sehr eine solche Erfahrung einen Menschen prägte. Es war nicht davon auszugehen, dass der Mann in irgendeiner Form resozialisiert war, sie machte sich in dieser Hinsicht keine Illusionen. Es gab Dutzende von Untersuchungen, die bestätigten, dass langjährige Haftstrafen die Psyche eines Menschen nachhaltig veränderten – und zwar nicht im positiven Sinne. Die meisten kriminellen Verhaltensweisen erlernten die Häftlinge erst vor Ort. In vielen Gefängnissen herrschten Herrschaftsstrukturen, die mit der normalen Welt außerhalb nichts mehr zu tun hatten. Es war eine eigene Welt mit eigenen Machtverhältnissen und eigenen Gesetzen. Nirgendwo wurde mehr gelogen und betrogen als hinter Gittern, ganz abgesehen davon, dass viele Häftlinge drogenabhängig wurden.

Dass ein solches Subjekt Teil ihres Teams werden sollte, war selbst nach den zwei Wochen, seit sie diese Information erhalten hatte, immer noch schwer nachvollziehbar. Was sollte das werden? Eine Wiedereingliederung in die Gesellschaft? Eine Therapie im Stile von ›Schwimmen mit Delphinen‹? Dafür gab es sicher bessere und qualifiziertere Alternativen als ein Team von Gorillaforschern. Wäre es jemand anderer als Professor Dr. Conrad Whitman gewesen, der sie darum gebeten hatte, Amy hätte der Sache sofort einen Riegel vorgeschoben. So aber waren ihr die Hände gebunden. Whitman war nicht nur mit Leib und Seele Verhaltensforscher, er war eine Institution. An der Seite von Dian Fossey, der berühmten Gorillaforscherin, hatte er sich für den Erhalt des Virunga-Nationalparks starkgemacht und den Schutz der dort lebenden Berggorillas zu seinem Lebensziel erkoren. Nach der Ermordung Fosseys hatte er die Schirmherrschaft über die Gorilla-Gesellschaft übernommen und einen Fonds ins Leben gerufen, aus dem die Forschung und der Schutz dieser im höchsten Maße bedrohten Menschenaffen finanziert wurden. Für Amy war Whitman mehr als nur ein Forscher. Er war ihr Doktorvater und ihr Freund, ihr Mentor und Vorgesetzter, ihr Ratgeber und Finanzier – alles in einer Person. Ihm einen Wunsch abzuschlagen wäre, als würde man dem lieben Gott einen Gefallen verweigern. Es blieb zwar ein Rätsel, was an Cox so besonders war, aber der Gedanke tröstete sie, dass Whitman wusste, was er tat. Senil war er schließlich nicht. Hoffentlich.

Amy verließ die Hauptstraße und bog in eine Seitenstraße ab. Nach einer kurzen Fahrt über die holprige und schlecht geteerte Piste sah sie das *Kampala International Hospital,* ein langgestrecktes dreistöckiges Gebäude, das leuchtend weiß und mit blauem Wellblechdach in den Himmel ragte. Hierhin waren die Passagiere der Linienmaschine zur Untersuchung und Behandlung gebracht worden. In den Nachrichten war nichts über den Grad der Verletzungen durchgesickert, und am Telefon hatte man ihr jede Auskunft verweigert. Amy konnte nur hoffen, dass ihr Neuzugang transportfähig war.

Sie fuhr an dem Wärterhäuschen vorbei auf den Besucherparkplatz und stellte den Motor ab. Sie schnappte ihren Ausweis und die Mappe mit Dokumenten, die bestätigten, dass Cox in einem Arbeitsverhältnis zu ihr stand, und verließ die klimatisierte Oase ihres Wagens.

Die schwüle Luft schlug ihr entgegen wie ein Brett. Die Arbeit in den Bergen hatte sie vergessen lassen, wie warm es in der Ebene war. Die Luft war erfüllt vom Duft eines nahen Rosenbusches. Vom See her kamen einige Papageien geflogen, die zeternd das Hauptgebäude des Krankenhauses umkreisten und dann, nur wenige Meter entfernt, auf einem Eukalyptusbaum landeten. *Erdbeerköpfchen,* entschied sie nach kurzem Hinsehen. Eine hier am Victoriasee weitverbreitete Kleinpapageienart.

Sie prüfte, ob das Auto verschlossen war, und schlug dann den Weg in Richtung Haupteingang ein.

2

Der Mann war groß, breitschultrig und erschreckend blass. Nicht als Folge des Unfalls, wie die Biologin mit schnellem Blick feststellte, sondern aufgrund eines latenten, um nicht zu sagen *jahrelangen* Mangels an Sonnenlicht. Er trug dreiviertellange schwarze Hosen, darüber ein altes Sex-Pistols-T-Shirt. Die kräftigen Oberarme waren tätowiert und von einer Vielzahl blauer Flecken entstellt. Sie konnte nicht erkennen, wo die Hämatome aufhörten und die Tätowierungen begannen. So genau wollte sie es auch gar nicht wissen. Die Prellungen sahen frisch aus und standen vermutlich in direktem Zusammenhang mit dem Unglück. Ganz anders als die Nase, die mehrfach gebrochen und ziemlich schief in seinem Gesicht festgewachsen war. Sein Kopf war kahl, sah man mal von einer Schicht dunkler, etwa zwei Millimeter langer Stoppelhaare ab, die von etlichen Narben durchkreuzt wurde.
Er begrüßte sie mit einem seltsamen Lächeln, bei dem man nicht wusste, ob es Freude oder Verachtung ausdrückte. Während sein Gesicht so ziemlich dem entsprach, was Amy von einem Zuchthäusler erwartete, wirkten seine Augen wie zwei Fremdkörper. Sie waren blau, von der Farbe klarer Bergseen. Ruhig und intelligent blickten sie sie an, wobei sie eine Neugier und Intensität ausstrahlten, die sie unwillkürlich an ihren Vater erinnerte. Nur er hatte solche Augen gehabt.
Mit einem beherzten Schritt trat sie auf den Mann zu. »Hallo.

Mein Name ist Walker«, sagte sie. »Amanda Walker. Ein schrecklicher Name, wie ich finde, aber was soll man machen?« Sie lachte verlegen. »Man kann ihn ja nicht zurückgeben, wie ein fehlerhaftes Kleidungsstück, nicht wahr?« Sie streckte ihm die Hand hin. »Nennen Sie mich Amy, das tut sowieso jeder. Im Camp reden wir uns mit Vornamen an, das ist in der Branche so üblich. Aber das wissen Sie ja vermutlich, schließlich sind Sie ja auch ...« *Biologe* wollte sie sagen, doch sie verstummte. Der Mann mochte alles sein, aber er war gewiss kein Naturwissenschaftler. Schon seit über zehn Jahren nicht mehr.

Ehe sie reagieren konnte, schnellte seine Pranke vor und ergriff ihre Hand. Sie bereitete sich innerlich auf einen schmerzhaften Händedruck vor, doch sein Griff war überraschend sanft.

»A...man...da.« Cox ließ die Silben durch den Mund gleiten wie ein Pfefferminzbonbon. Seine Stimme war tief und angenehm und er sprach mit weichem irischen Akzent.

»Gefällt mir.«

»Ich würde mich trotzdem freuen, wenn Sie mich Amy nennen.«

Cox runzelte die Stirn. »Hm?«

»Ach, egal.« Ihr Lächeln verblasste. Das konnte ja noch heiter werden.

»Sie können Ihre Sachen packen«, sagte sie. »Der behandelnde Arzt hat mir gesagt, dass Sie transportfähig sind. Er hat mir diese Papiere zum Unterzeichnen mitgegeben.« Sie legte ein Formblatt mit zwei Durchschlägen auf den Tisch und plazierte einen Kugelschreiber daneben. »Setzen Sie einfach Ihr Häkchen darunter, dann können wir von hier verschwinden. Die Behandlungskosten werden übrigens von der Fluggesellschaft getragen. Sie brauchen sich deswegen keine Gedanken zu machen.«

»Das ist ja wohl das mindeste.« Der Mann richtete sich grunzend auf, schwang seine Beine aus dem Bett und stieg in zwei abgewetzte Turnschuhe, die neben dem Stuhl standen. Dann schlurfte zu dem Tisch hinüber. Aufgerichtet war er zwar nicht mehr ganz so groß, doch sein Äußeres war immer noch beeindruckend genug. Seine Arme waren so dick wie die eines Gorillas und wirkten zu lang im Verhältnis zu seinen Beinen. Mühsam setzte er sich auf den Stuhl. Seine wurstdicken Finger klaubten den Kugelschreiber auf und setzten eine Unterschrift unter das Papier. Er machte ein Gesicht, als habe er Mühe, seinen Namen zu buchstabieren. Du meine Güte, dachte Amy. Wenn je ein brillanter Verstand in diesem Hirn getickt hatte, so war ihm der vermutlich hinter den Mauern von Mountjoy aus dem Schädel geprügelt worden. Wieso hatte sie sich nur zu dieser Aktion überreden lassen?

Cox beendete sein Werk, angelte mit einer fließenden Bewegung seinen Rucksack und stand auf. Die Blätter drückte er Amy in die Hände. »Abmarschbereit.«

»Und Ihr Gepäck?« Amy blickte auf die akkurate Unterschrift. Die Buchstaben schön gezeichnet, die Silben ebenmäßig aneinandergelehnt. Wieder so ein Punkt, der nicht ins Bild passte.

»Mehr habe ich nicht«, lautete die Antwort.

Amy hob ihre Augenbrauen und betrachtete den winzigen Rucksack. Mit den paar Habseligkeiten wollte er in die wildeste Ecke Ugandas aufbrechen?

»Was haben Sie denn da drin?«, lästerte sie. »Boxhandschuhe?«

Cox tat so, als habe er die Spitze überhört. »Ersatzhose, ein paar T-Shirts, Jacke, Fleecepulli, Schuhe und einen Waschbeutel. Was man so braucht.« Er öffnete den Reißverschluss und griff ins Innere. »Außerdem habe ich noch das hier.« Er zog ein Messer heraus und richtete es auf Amy. Unwillkürlich trat sie einen Schritt zurück. Rostfleckig, der Griff mit braunem, abgewetztem Leder umwickelt, sah die Waffe aus, als habe sie einige Jahre in einer vergessenen Werkzeugkiste gelegen. Offenkundig ein altes Armeemesser. Cox wirbelte die etwa zwanzig Zentimeter lange Klinge einmal um die eigene Achse, ließ sie ein paarmal um seine Finger kreisen und tat das so schnell und geschickt, dass Amy den Stahl nur kurz aufblitzen sah, ehe sie wieder ruhig in seiner Hand lag. Diesmal zeigte der Griff in ihre Richtung.

»Hier«, sagte er. »Werfen Sie mal einen Blick drauf.«
Amy zögerte, dann griff sie zu. Der Griff schien hohl zu sein. Sie entdeckte einen Schraubverschluss und drehte ihn auf. Im Inneren war ein kleines Päckchen, eingewickelt in braunes Packpapier. Sie hob den Blick.
»Für Sie«, sagte er. »Für mehr hat das Geld leider nicht gereicht.«
Sie gab ihm das Messer zurück und faltete das Papier auseinander. Zwei Ohranhänger in Form kleiner, missgestalteter Figuren leuchteten ihr entgegen. Lebewesen halb Mensch und halb Pflanze, beide aus Messing geformt. Billiger Tand von irgendeinem Straßenhändler. Trotzdem hatten sie etwas Rührendes an sich.
»Von einer Freundin aus Dublin«, erläuterte Cox. »Sie stellt diese Figuren her. Keltische Glücksbringer, die auf die *Fomori* zurückgehen, wenn ich mich recht erinnere. Dachte, Sie mögen so etwas vielleicht.«
»Sie sind sehr schön.« Amy betrachtete die kleinen Figuren, dann trat sie vor den Spiegel, nahm ihre beiden Goldstecker heraus und hängte stattdessen die seltsamen Figuren in die Ohrläppchen. Überraschenderweise standen sie ihr sehr gut.
Sie vollführte eine kleine Drehung. »Und?«
»Stehen Ihnen ausgezeichnet.«
»Sie bringen mich wirklich in Verlegenheit«, sagte sie. »Ich habe kein Geschenk für Sie.«
»Immerhin nehmen Sie mich in Ihrem Team auf ...«
Sie lächelte. Es war offensichtlich, dass sie sich in dem Mann getäuscht hatte. Das war ungewöhnlich. Normalerweise fiel es ihr leicht, Menschen einzuschätzen, ja, es war geradezu sportlicher Ehrgeiz, der sie dabei antrieb. Aber Ray Cox war für ihr psychologisches Auge unsichtbar. Sein Gesicht und seine Körpersprache ließen keine Rückschlüsse darauf zu, was er dachte und fühlte. Es war, als stünde man vor einem Röntgenschirm, der mit Bleiplatten verhängt war.

Die Begegnung versprach spannend zu werden.
»Was wäre denn gewesen, wenn ich keine Ohrlöcher gehabt hätte?«
Lächelnd strich er mit dem Daumen über die Spitze des Messers.
»Dann hätte ich Ihnen welche stechen müssen.«

3

Der Landcruiser raste mit knapp hundert Stundenkilometern auf der schlecht befestigten Straße Richtung Westen. Amy war froh, endlich aus der Stadt raus zu sein. Diese Enge, der Dreck und der Gestank schlugen ihr aufs Gemüt. Sie hatten Kampala verlassen und fuhren jetzt über offenes Land. Das Licht Afrikas, die Farben, Geräusche und Gerüche zogen sie schnell wieder in ihren Bann. Die Frauen in ihren farbenprächtigen Gewändern, die Marktstände, an denen unzählige Gewürze und Früchte angeboten wurden und natürlich die Ankolerinder, die mit ihren langen Hörnern und schweren Kuhglocken laut bimmelnd und muhend die Straße entlanggetrieben wurden – all das war wie ein erfrischendes Bad nach einem heißen Tag. Wo man auch hinblickte, sah man Weideland und Äcker, sanfte Hügel und kleine Siedlungen. Lehmbauten reihten sich an der Straße entlang, immer wieder unterbrochen von gelben MTN-, roten CelTell- und blauen Telecom-Häuschen, den drei größten Anbietern in Ugandas gut ausgebautem Mobilfunknetz. Die Straßen waren gesäumt von Menschen, die dem Toyota neugierig hinterherblickten und ihnen zuwinkten. Während die Erwachsenen eher distanziert schauten, waren die Kinder vor Aufregung ganz außer Rand und Band. In Scharen rannten sie dem Wagen hinterher und taten dabei, als würde gerade die Limousine des Präsidenten vorbeifahren.
»Muzungu! Muzungu!«

Cox hob die Augenbrauen. »Was bedeutet das?«
»Das heißt *Weißer*«, erläuterte Amy. »Mit unserer Hautfarbe sind wir in Uganda immer noch etwas Besonderes.«
Der Mann nickte und zog ein ledergebundenes Skizzenbuch heraus. Er nahm einen Bleistift, prüfte dessen Spitze und ließ ihn dann rasch über das Papier fahren. Auf ihren fragenden Blick hin sagte er: »Stört Sie das?«
»Was machen Sie denn?«
»Nur eine Skizze. Ist so eine Angewohnheit. Hilft, die Hände ruhig zu halten. Macht es Ihnen etwas aus, wenn ich Sie zeichne?«
Sie zuckte die Schultern. »Nein, eigentlich nicht. Ist allerdings das erste Mal.«
»Im Ernst?« Er lächelte. »Kann ich gar nicht verstehen. Sie haben eine fabelhafte Nase.«
Sie lachte. Es war seltsam, so genau betrachtet zu werden. »Erzählen Sie mir etwas über sich«, sagte sie. »Ein bisschen mehr als das, was in Ihren Papieren zu lesen war. Whitman war am Telefon sehr zugeknöpft.«
Ray hob den Blick, setzte aber seine Zeichnung fort. »Was wollen Sie wissen?«
»Alles. Über Ihre Zeit im Gefängnis, warum Sie hier sind und was Sie sich von dieser Reise versprechen.« Ihre Stimme bekam wieder einen amtlichen Klang. »Wenn Sie ein Geheimnis haben, sollten Sie mich besser einweihen. Es ist einfacher, hier zu reden als nachher im Camp, wo alle Welt mithört.« Mit einem schmalen Lächeln fügte sie hinzu: »Außerdem habe ich mich jetzt wirklich lange beherrscht, finden Sie nicht?«
»Ist es Ihnen schwergefallen?«
»Darauf können Sie wetten. Also, weswegen haben Sie gesessen?«
Kratzend fuhr der Bleistift über das Papier. »Die Anklage lautete auf Totschlag in Tateinheit mit übermäßigem Alkoholkonsum.«
»Was ist passiert?«

»Ein Autounfall. Ich war der Fahrer. Es war nass, es war dunkel. Ich verlor die Kontrolle über den Wagen. Er kam von der Fahrbahn ab, rauschte in einen Wald und *Peng!*« Er schlug mit der Hand aufs Papier. »Keiner von uns war angeschnallt.«
»*Uns?*«
Er nickte. »Ich und meine beiden ... Freunde. Ein Junge und ein Mädchen. Das Mädchen starb noch auf dem Weg ins Krankenhaus.«
»Und der Junge?«
»Kam mit dem Leben davon.«
Amy dachte über die Worte nach. »Zehn Jahre für einen Autounfall?« Sie blickte skeptisch. »Ich mag ja kein Experte sein, aber das kommt mir reichlich übertrieben vor. Sie waren betrunken und sind von der Straße abgekommen. Tragisch, aber so etwas passiert. Oder gibt es da etwas, das Sie mir verschwiegen haben?«
»Ich wollte Sie nicht mit Details langweilen.«
»Wir haben eine lange Fahrt vor uns.«
Cox griff in seine Hosentasche und förderte eine zerknüllte Packung Kaugummis zutage. Zwei waren noch drin.
»Möchten Sie?«
Amy warf einen kurzen Blick auf die Packung, dann verneinte sie. Er zuckte die Schultern und steckte beide Streifen in seinen Mund. »Das Mädchen war nicht irgendjemand«, fuhr er fort. »Sie war die Tochter eines hochrangigen Politikers und obendrein von adeliger Herkunft. Ihr Tod löste eine Welle der Entrüstung im ganzen Land aus. Sie wissen vermutlich, welches Problem der Alkohol in Irland darstellt, nicht nur bei Jugendlichen. Er ist eine regelrechte Volkskrankheit. Nun ist das ja nichts Neues. Täglich kommen irgendwelche Idioten wegen Alkohol am Steuer ums Leben und keinen interessiert's. Aber in diesem Fall sah die Sache anders aus. Der Vater des Mädchens sorgte dafür, dass der Fall in die Presse kam. Fernsehen, Zeitungen, Radio, das volle Programm. Es sollte ein Schauprozess werden, eine öffentliche

Hinrichtung. Der Staatsanwalt forderte die höchstmögliche Strafe, und er bekam sie.« Er schmatzte auf seinem Kaugummi herum. »Noch während des Prozesses wurde mir klar, dass nicht ich am Pranger stand, sondern der Dämon Alkohol, der Antichrist, die Nemesis der Grünen Insel. Hier sollte ein Exempel statuiert werden, ein abschreckendes Beispiel für die Jugend. So dachte ich jedenfalls.« Er lachte bitter.

»Klingt, als hätten Sie Pech gehabt«, sagte Amy. »Selbst für einen Schauprozess kommt mir das Urteil übertrieben hart vor.«

»Fand ich auch«, sagte Cox. »Besonders, wenn man bedenkt, was mich erwartete.« Er legte den Stift weg. »Mir wurde die besondere Ehre zuteil, in das widerlichste Loch geworfen zu werden, das je auf irischem Boden errichtet worden ist. Ins Dubliner Mountjoy. Ein viktorianisches Hochsicherheitsgefängnis, das in dem zweifelhaften Ruf steht, Europas gefährlichster Knast zu sein.«

»Mountjoy? Nie gehört.«

»Ist auch besser so«, sagte er. »Mountjoy ist ein verdammtes Höllentor. Die fünf Gefängnisflügel angelegt wie die Speichen eines Rades. Achtzehn Meter hohe Außenmauern, jeweils vier Meter dick. Alle hundert Meter ein Wachturm, die Pforten durch Stahltore, Stacheldraht und Eisenpfosten gesichert. Plötzlich fand ich mich zusammen mit Terroristen, Mördern, Serienkillern, Brandstiftern und Kinderschändern, verteilt auf die Flügel A bis J. Was ich dort erlebt habe, möchte ich Ihnen, mit Rücksicht auf Ihren gesunden Schlaf, ersparen.« Sein Blick verirrte sich für einen kurzen Moment in der Landschaft, die draußen vorbeizog. Eine Reihe von grünen Hügeln und Obstbaumplantagen zog vorüber. »Ich habe lange nachgedacht, warum man mir das angetan hat«, fuhr er fort, »doch nach einem Jahr in diesem drogenverseuchten Alptraum hatte ich die Erleuchtung. Plötzlich wurde mir klar, warum ich tatsächlich hier war. Nicht weil ich bei überhöhter Geschwindigkeit von der Straße abgekommen war, nicht weil ich alkoholisiert am Steuer gesessen und einen Unfall gebaut hatte.«

»Sondern?«

Er straffte die Schultern. »Ich war hier, weil durch mein Verschulden ein Mädchen aus der Upperclass zu Tode gekommen war. Ich hatte im falschen Revier gewildert, und dies war die Antwort. Die Strafe dafür, dass ein Junge wie ich – der in der Gosse groß geworden ist – es gewagt hatte, Hand an etwas zu legen, das ihm nicht zusteht. Etwas Unschuldiges, etwas Unberührtes, etwas *Heiliges*. Sie wissen vermutlich, welche Strafe darauf steht, wenn ein Tagelöhner die Hirsche des Herzogs jagt.«

Amy nickte. »Ich habe Robin Hood gelesen.«

»Dann wissen Sie ja Bescheid. Seit dieser Zeit hat sich nicht viel verändert. Nur, dass sie einen heutzutage nicht mehr aufhängen. Wäre das Gesetz ein anderes gewesen, sie hätten es getan, darauf verwette ich meinen Arsch.«

»Mmh.« Sie blickte geradeaus. Die Geschichte stimmte sie nachdenklich. Sie versuchte nachzuvollziehen, wie ein solcher Prozess wohl in Kalifornien abgelaufen wäre.

»Und warum Menschenaffen?«, fragte sie.

Er überlegte kurz, dann sagte er: »Ich möchte einen Neuanfang versuchen. Ein zeitlich und örtlich begrenztes Projekt, das mir hilft, Ordnung in meinen Kopf zu bekommen und mir über meine Prioritäten klarzuwerden. Was Gorillas betrifft, bin ich zwar ein Amateur, aber ich dachte mir, dass ich es erst mal mit Primaten versuche, ehe ich mich wieder mit Menschen einlasse. Sie haben ein nicht ganz so kompliziertes Sozialleben.«

»Wenn Sie sich da mal nicht täuschen«, sagte Amy. »Was wir mit diesen Tieren Tag für Tag erleben, ist die reinste Soap Opera. Intrigen, Eifersüchteleien, Liebesschwüre, Neid, Missgunst, das ganze Programm.«

Er grinste. »Klingt vielversprechend.«

Amy warf ihm einen ernsten Blick zu. »Egal, was Whitman Ihnen zugesichert hat, wenn Sie in meinem Team sind, unterstehen Sie meiner Verantwortung. Sie werden essen, wenn ich es sage, Sie werden schlafen, wenn ich es sage, und Sie werden tun, was ich

sage. Dies ist eine wissenschaftliche Forschungseinrichtung und kein Vergnügungsdampfer. Nur weil Sie mir vom Alten aufs Auge gedrückt wurden, gibt es für Sie keine Vergünstigungen, keine Privilegien und vor allem keine Extratouren, habe ich mich klar ausgedrückt?«
»Absolut.«
Ihr Ton wurde wieder etwas sanfter. »Welchen Schwerpunkt hatten Sie im Studium?«
»Verhaltensneurologie.«
»Und was da genau?«
Ray legte seinen Arm auf die Fensterbank. »Es ging um den freien Willen. Ob Lernen, Reflexion und Bewusstseinsfunktionen nicht doch einfach nur programmgesteuert sind. Komplexität und Freiheit sind nicht unbedingt dasselbe.«
»Dann gehen Sie also nicht mit Herder d'accord, der Mensch sei *der erste Freigelassene der Schöpfung?*«
»Hören Sie auf mit Herder«, sagte Ray. »Nur weil wir ein Bewusstsein besitzen, haben wir uns noch lange nicht vom Diktat der Gene befreit. Letztendlich hängen wir doch alle an unsichtbaren Fäden.«
Amy schwieg. Erst jetzt wurde ihr bewusst, dass sie ihren Beifahrer bisher nur nach Äußerlichkeiten beurteilt hatte. Ein schwerer Fehler, wie ihr langsam dämmerte. Ray Cox schien tatsächlich Ahnung von seinem Fach zu haben.
»Sie wissen, dass William Burke in diesem Bereich geforscht hat?«, fragte sie. »Er hat für seine Beobachtungen an einer neu entdeckten Gruppe in Höhlen wohnender Gorillas die höchste Auszeichnung erhalten, die die Royal Society zu vergeben hat, die *Copley Medal.*«
»Ist mir bekannt.« Cox faltete die Hände hinter dem Kopf. »Um ehrlich zu sein, er ist einer der Gründe, warum ich unbedingt hierher versetzt werden wollte. Wir haben in der Universität damals zwar nur an Ratten und Mäusen geforscht, aber die Ergebnisse lassen sich problemlos auch auf höhere Lebensformen

übertragen. Ich habe Burkes Werdegang mit größtem Interesse verfolgt: seine Reisen, seine Forschungen, seine Erfolge. Es war verdammt schwierig, im Knast an Material zu kommen, aber ich kann sehr hartnäckig sein, wenn ich etwas will. Es traf mich wie ein Schock, als ich von seinem Verschwinden erfuhr, zwei Monate vor meiner Entlassung.«

»Es hat uns alle schwer getroffen. Sein Verschwinden hat uns einen gewaltigen Berg von Problemen aufgebürdet.« Sie bedachte ihn mit einem Seitenblick. »Was genau wollten Sie denn von ihm?«

»Ich hatte gehofft, ihn eine Zeit lang bei seinen Forschungen begleiten und von ihm lernen zu können«, sagte Cox. »Was ich über seine Beobachtungen an den Gorillas gelesen habe, war einfach atemberaubend. Ich hätte nie geglaubt, dass sich so bald eine Chance bieten würde, an mein Studium anzuknüpfen. Glauben Sie mir, es hat mich schier umgehauen, als Whitman vorschlug, ich solle, statt mich weiter mit Nagern herumzuplagen, den Sprung ins kalte Wasser wagen und bei der Königsdisziplin – den Primaten – einsteigen. Außerdem sagte er, dass es vielleicht ganz hilfreich wäre, erst mal in einer entlegenen Einrichtung anzufangen, ehe ich mich wieder ins das Universitätsgetümmel stürze. Keine Ahnung, wie er das gemeint hat. Vermutlich will er die unschuldigen Studenten vor mir schützen.« Er grinste. »Ist ja auch egal. Ich bin ihm jedenfalls sehr dankbar für seinen Rat. Nach allem, was ich gelesen habe, sind Burkes Gorillas ein ideales Beobachtungsobjekt. Eine isolierte Gruppe von Tieren mit Verhaltensmustern, die sie nicht von anderen übernommen haben.« Er zögerte, dann sagte er: »Weiß man schon Genaueres über die Hintergründe seines Verschwindens?«

»Leider nein«, sagte Amy. »Die Sache ist ziemlich mysteriös. Wir haben bis heute nicht in Erfahrung bringen können, was da oben im Ruwenzori eigentlich vorgefallen ist. Will war mit zwei Studenten unterwegs, als ein mächtiger Sturm aufzog. Das Gewitter muss furchtbar gewesen sein. Wir sahen es nur aus der Ferne.

Es war unmöglich, eine Funkverbindung aufzubauen. Als der Sturm vorüber war, herrschte Totenstille. Wir haben es wieder und wieder versucht, auf allen Kanälen. Ohne Erfolg. Als nach einem Tag immer noch keine Rückmeldung kam, schnappte ich ein paar Leute und fuhr hinauf. Wir fanden das Lager. Es war relativ unbeschädigt, aber von Will und seinen Leuten keine Spur. Wie es aussah, waren sie kurz vorher ausgeflogen und hatten es wetterfest gemacht. Es fehlten etliche Ausrüstungsgegenstände sowie einiges an Proviant, so dass wir davon ausgehen mussten, dass sie zu einer mehrtägigen Exkursion aufgebrochen waren. Doch wohin, das haben wir nie herausgefunden.«

»Und dann?«

»Nachdem wir einige Tage lang das Gelände abgesucht und nichts gefunden hatten, baten wir die Polizei um Hilfe. Wir waren überzeugt, dass die Entführung auf das Konto der oppositionellen Armee ging. Obwohl es einige Dinge gab, die nicht ins Bild passten.«

»Zum Beispiel?«

»Zum Beispiel wurden keine Forderungen gestellt, kein Lösegeld, keine Freilassung politischer Gefangener, nichts. Die üblichen Verdächtigen waren still und behaupteten, sie hätten mit der Sache nichts zu tun.«

»Und dann?«

»Es wurden Suchtrupps zusammengestellt, die das Gebiet tagelang durchkämmten. Ohne Erfolg. Von Will und seinen Leuten fehlt bis heute jede Spur. Es ist, als hätte sie der Erdboden verschluckt.« Sie seufzte. »Whitman bat mich daraufhin, die Leitung des Teams zu übernehmen. Seither habe ich keine ruhige Minute mehr.«

»Wieso das?«

»Hauptsächlich wegen der Gorillas«, sagte sie. »Seit dem Unwetter sind sie rastlos und aggressiv. Sie verlassen ihre angestammten Gebiete und ziehen umher. Und das nicht nur im nahe gelegenen *Bwindi Nationalpark,* überall in der Region, selbst bei uns in den Virungas. Mittlerweile ist es so schlimm, dass wir keine Touristengruppen mehr zu ihnen nach oben lassen können. Ein Desaster für die Region, denn sowohl Ruanda als auch Uganda und die Demokratische Republik Kongo sind auf die Einnahmen aus dem Gorilla-Tourismus angewiesen.«

»Kann ich mir vorstellen. Und ausgerechnet da platze ich herein.« Er steckte sein Buch weg. »Tut mir wirklich leid, dass ich zu einem so ungünstigen Zeitpunkt komme. Hätte ich das gewusst, hätte ich es mir vielleicht anders überlegt.«

Amy schenkte ihm ein schmales Lächeln. »Halb so wild, Sie überstehen wir auch noch.«

4

Es war kurz nach fünf, als der Toyota das Tal verließ und hinauf in die Berge fuhr. Hier oben gab es nur noch Lehmpisten. Holpernd und schlingernd kroch das Allradfahrzeug durch die bizarre Landschaft. Das waren also die Virungas. Spitzkegelige Vulkane, deren markantes Profil eine der spektakulärsten Landschaften des gesamten Rift-Valleys bildete. Wie sie so dastanden, machten sie auf Ray den Eindruck steinerner Riesen, die man bei etwas Verbotenem ertappt hatte.

Der afrikanische Grabenbruch ist eine geologische Verwerfung, die die afrikanische von der arabischen Platte trennt. Sie erstreckt sich über eine Distanz von sechstausend Kilometern und formt dabei eine Narbe, die von Syrien bis zum südlichen Ende Mosambiks reicht. An seiner engsten Stelle ist der Graben gerade mal dreißig Kilometer breit. Durchzogen von einer Kette von Seen, wird er an den Rändern von den Virungas und den Ruwenzori-Bergen flankiert, einer Region, die mit über fünftausend Metern nur knapp niedriger ist als die beiden höchsten Erhebungen Afrikas, der Kilimandscharo und der Mount Kenya. Im Süden folgt mit knapp tausendfünfhundert Metern einer der tiefsten Binnenseen der Erde, der Tanganjikasee.

Die niedrig stehende Sonne schickte letzte Strahlen durch den Äther und ließ die Flanken der Vulkane rosa schimmern. Dunkelgrün und geheimnisvoll lagen die Wälder darunter. Dies war das Reich der Berggorillas, der seltensten Menschenaffen, die es auf diesem Planeten gibt. Ganze siebenhundert Exemplare existierten noch. Dreihundertachtzig von ihnen hier in den Virungas, der Rest im *Bwindi Impenetrable Forest.* Dank der ausgedehnten Schutzprogramme zahlreicher Tierschutzorganisationen, unter anderem des *Dian Fossey Gorilla Fund,* war ihre Zahl seit 1989 um siebzehn Prozent gestiegen. Doch das war nur ein Tropfen auf den heißen Stein. Um diesen wunderbaren Tieren das Überleben zu ermöglichen, musste mehr getan werden. Viel mehr.

Die Virungas lagen im Schnittpunkt dreier Länder, die vor enormen humanitären Problemen standen. Sie gehörten zu den ärmsten der Welt, und der Hunger war ihr täglicher Feind. Um ihn zu bekämpfen, wurden immer größere Teile der unberührten Natur erschlossen und urbar gemacht. Eine Entwicklung, die den Lebensraum der Gorillas weiter und weiter einschränkte. Welche Chance hatten diese Tiere, angesichts der stetig wachsenden Bevölkerung?

Ray beobachtete besorgt, wie die Felder den Nationalpark teilweise bis an die äußersten Grenzen zurückgedrängt hatten. Der Lebensraum der Gorillas war auf ein Minimum beschränkt und bestand praktisch nur noch aus den steilen Hängen, die für den Ackerbau nicht genutzt werden konnten. Wenn man es genau betrachtete, war ihre Lage genauso hoffnungslos wie seine eigene. Auch sie standen am Abgrund. Zum Aussterben verdammt, genau wie er.

Er schrak aus seinen Gedanken auf. Amy war von der Straße abgebogen und fuhr in den Wald hinein. Der Pfad vor ihnen war in düsteres Zwielicht getaucht. Riesige Bäume verdunkelten den Himmel. Mit ihren Bärten aus Flechten wirkten sie wie zottige Riesen, die ihre Köpfe zusammensteckten. Mit dem Verlassen der Straße hatten sie die letzte Verbindung zur Zivilisation gekappt. Ab jetzt regierte der Wald.

Die Scheinwerfer des Toyotas schnitten durch den aufsteigenden Nebel wie durch Buttercremetorte. Angestrengt versuchte Ray, etwas zu erkennen, doch es war aussichtslos. Die Sicht war auf unter fünfzig Meter gesunken und der Pfad kaum mehr als ein schmaler brauner Streifen. Etwas zu viel Gas und die Räder drehten durch. Das Lenkrad ein wenig zu stark eingeschlagen und der Wagen kam ins Rutschen. Immer wieder brach das Heck aus und driftete gefährlich nah an eine der steilen Böschungen, die unvermutet rechts und links des Weges auftauchten. Der Biologin gelang es jedoch jedes Mal, das bockige Fahrzeug in den Griff zu bekommen. Ihre Fahrkünste waren beeindruckend. Niemals hätte er dieser zierlichen Person so viel Kraft und Ausdauer zugetraut. Er selbst hätte schon im unteren Teil der Hügel kapituliert. Amy jedoch schien auf dieser Matschpiste genauso heimisch zu sein wie eine Schlittschuhläuferin auf der Eisbahn. Mehr noch, sie schien den Höllentrip regelrecht zu genießen.

Ray warf ihr einen unauffälligen Blick zu. Ihre langweilige Karobluse, die dunkelgrünen Bermudas mit aufgesetzten Taschen und die hochgeschnürten Treckingstiefel wirkten zwar betont unweiblich, konnten aber nicht darüber hinwegtäuschen, dass sie ausgesprochen attraktiv war. Ihre Augen waren von einem undefinierbaren Farbton, der – je nach Umgebungslicht – irgendwo zwischen dunkelbraun und violett lag. Das Licht der Armaturen enthüllte ein zufriedenes Lächeln, während sie mit den Fingern den Takt zu einem alten Creedence Hit klopfte, der aus dem Radio kam.

Ray versuchte ruhiger zu werden und summte leise die Melodie von *Who'll stop the Rain?* mit.

Nach einigen hundert Metern lichtete sich der Nebel, die Luft wurde klar und durchscheinend. Helle Punkte tauchten zwischen den Bäumen auf. Ein grasbewachsener Hang, an dessen Rändern Lagerfeuer entzündet worden waren, lag vor ihnen. Kerzen, Gaslampen und ein großes Feuer erleuchteten die umliegenden Bäume. Ray erblickte Holzhütten, Tische und Zelte, die auf dem Gras wie hingewürfelt aussahen, dazwischen Kisten, Schirme, Bänke,

Menschen und Fahrzeuge. Qualm von einer Kochstelle stieg in die Luft und verteilte sich zwischen den Baumkronen.
Er stieß einen Seufzer der Erleichterung aus. Die achtstündige Fahrt über buckelige Pisten und durch knietiefe Wasserlöcher war zu Ende.
Amy trat noch einmal aufs Gas, scheuchte den Toyota einen letzten rutschigen Hügel hinauf und stellte ihn neben einige andere Jeeps, an deren Türen das markante Logo der Organisation prangte.
Ray gähnte herzhaft. Gott, würde es schön sein, endlich wieder festen Boden unter den Füßen zu haben.
»Willkommen im Basecamp.« Amy schaltete das Licht aus und stellte den Motor ab. »Schnappen Sie Ihren Rucksack und folgen Sie mir.«
Ray schwang die Beine aus dem Wagen und dehnte seine Gelenke. Sein Rücken antwortete mit einem besorgniserregenden Knacken. Wie ein alter Baumstamm, schoss es ihm durch den Kopf. Das Alter kam mit schnellen Schritten.
Doch das Panorama ließ die düsteren Gedanken schnell vergessen. Genau gegenüber, auf der anderen Seite des Tals, reckte der *Gahinga* seine mächtigen Flanken aus dem Bodennebel. Ein letzter Strahl der untergehenden Sonne tauchte seine Spitze in flammendes Rot. Dahinter, nur noch schwach erkennbar, folgten der *Sabyinyo* mit seinem markant ausgezackten Rand, der *Muside* und der *Visoke*. Die letzten beiden Vulkane der Kette, der *Karisimbi* und der *Mikeno,* waren kaum mehr als zwei hingeschmierte Farbflecken, halb verwaschen im Licht der afrikanischen Dämmerung. Von überall waren die Geräusche des Waldes zu hören. Das Kreischen der Affen, das Zwitschern von Vögeln und das Summen von Insekten. Das Land vibrierte vor Leben.
Fröstelnd machte Ray kehrt. Kühl war es hier oben. Kühl und feucht. Die Luft war geschwängert mit dem Duft exotischer Blumen und verbrannten Laubes. Die Geräusche, die vom Lager zu ihnen herüberdrangen, klangen, als kämen sie aus weiter Ferne.

Das Camp lag so versteckt, dass er es allein nie gefunden hätte, nicht mal mit einer guten Beschreibung. Ray schulterte seinen Rucksack und stapfte hinter ihr her.
»Amy?«
»Ja?«
»Danke, dass Sie mich aufgenommen haben.«
»Gern geschehen.«
»Ich weiß, dass Ihnen die Entscheidung nicht leichtgefallen ist.«
Sie bedachte ihn mit einem schwer zu deutenden Blick.
»Kommen Sie«, sagte sie. »Ich möchte Sie dem Team vorstellen.«

5

Sie waren noch nicht weit gegangen, als ihnen vom Lagerfeuer her jemand entgegenkam. Eine schattenhafte Silhouette, mit breiten Schultern und schlanker Taille. Beim Näherkommen erkannte Ray, dass es ein Mann mit dunkler Hautfarbe war. Er war hochgewachsen und durchtrainiert. Ein Brillenträger und mindestens einen halben Kopf größer als er. An seinem Gürtel hing ein Pistolenholster.
»Wir hatten schon befürchtet, ihr würdet gar nicht mehr kommen«, sagte eine tiefe Stimme. Die Zähne schimmerten in der Dunkelheit wie zwei Reihen Porzellanfiguren. »Wo habt ihr nur so lange gesteckt?«
»Erzähl ich dir nachher.« Amy legte ihre Hände auf seine Schultern und beide tauschten einen kurzen Wangenkuss aus. »Zuerst mal brauchen wir was zu essen und zu trinken. Wir sind die ganze Strecke ohne Pause gefahren, damit wir noch vor der Dunkelheit zurück sind.«
»Na, Hauptsache, ihr habt es heil zurückgeschafft.« Der Mann wandte seine Aufmerksamkeit Ray zu und betrachtete ihn von oben bis unten. Er zögerte kurz, dann streckte er Ray seine Hand entgegen. »Mein Name ist Richard«, sagte er. »Richard Mogabe. Willkommen im *Mgahinga Gorilla Nationalpark.*«
»Vielen Dank.«
»Ich bin zuständig für die Organisation und die Versorgung.«
»Nun untertreib doch nicht immer so«, sagte Amy. »Richard ist

unser oberster Wildhüter. Er ist meine rechte Hand. Ohne ihn würde hier gar nichts funktionieren. Richard, das ist Ray Cox, unser neuer Mitarbeiter.«
»Freut mich«, sagte der Wildhüter. »Sie sehen aus, als könnten Sie ordentlich zupacken. Ein paar kräftige Hände können wir hier immer brauchen.«
Ray ergriff die dargebotene Hand. Die Finger des Wildhüters waren rauh und kraftvoll. Mit einem Nicken deutete Richard auf das Feuer. »Ihr kommt gerade rechtzeitig. Der Lammeintopf ist so gut wie fertig. Sie mögen doch Lamm?«
»Ich esse alles«, entgegnete Ray und fügte, als ihm klarwurde, dass das vielleicht ein bisschen unhöflich klang, hinzu: »Bei meiner Oma gab's öfter Lamm. In Guinness-Sauce, wohlgemerkt.«
Richard lachte laut und klopfte ihm auf die Schulter. Eine Geste, die Ray irritierte. Seit über zehn Jahren hatte ihm niemand mehr auf die Schulter geklopft.
Nach wenigen Metern über ein Feld mit kniehohen Disteln und Brennnesseln erreichten sie das Feuer. Etwa zwanzig Personen waren dort versammelt, Männer, Frauen, bunt gemischt. Doktoranden, Praktikanten, Assistenten. Viele von ihnen waren noch jung, vielleicht zwanzig oder fünfundzwanzig. Ray wurde klar, dass er, zusammen mit Amy und Richard, zu den Ältesten gehörte. Eine Erkenntnis, die ihm seinen Rücken schmerzhaft in Erinnerung brachte.
Als sie den Lichtkreis des Feuers betraten, erstarben die Gespräche. Vereinzelt drangen geflüsterte Worte an sein Ohr, doch schließlich verstummten auch diese. Eine Woge gespannter Erwartung schlug ihnen entgegen. Es war offensichtlich, dass er das Gesprächsthema Nummer eins war. Im Blick der Anwesenden lag ein Stechen, das ihm das Gefühl gab, fehl am Platze zu sein. Vermutlich hielten sie ihn für ein Kuriosum, ein Fabelwesen, das man nur vom Hörensagen kannte. Nun ja, er hatte nichts anderes erwartet.

»Hallo zusammen«, unterbrach Amy die Stille. »Alles klar bei euch? Ich möchte euch Ray vorstellen. Er wird in den nächsten Wochen unser Team verstärken und uns bei unseren alltäglichen Arbeiten zur Hand gehen. Zumindest so lange, bis er einen offiziellen Forschungsauftrag erhalten hat. Ob er dann noch bei uns bleibt oder ob er uns verlässt, ist noch ungewiss, aber solange er hier ist, möchte ich, dass ihr ihn ein wenig über eure Schultern schauen lasst. Einverstanden?«

Ein zustimmendes Gemurmel wurde laut, das jedoch ebenso schnell verebbte, wie es eingesetzt hatte.

»Ich spreche wohl für alle, wenn ich sage, dass wir ziemlich überrascht waren, als wir von unserem Neuzugang erfuhren«, fuhr Amy fort. »Besonders, weil diese Entscheidung in aller Eile und ohne Rücksprache mit uns getroffen wurde. Aber wir wollen uns nicht nachsagen lassen, unflexibel zu sein. Daher möchte ich euch bitten, Ray in der Anfangszeit ein bisschen unter die Arme zu greifen und ihm zu helfen, bis er weiß, was er zu tun hat. Da die Arbeitsplätze momentan alle belegt sind, werde ich Ray vorerst für einfache Arbeiten einsetzen. Putzen, kochen, aufräumen, Transportdienste. Ich hoffe, das ist okay für Sie?« Sie warf ihm einen vielsagenden Blick zu.

Er zuckte die Schultern. »Kein Problem.«

»Ist nicht so schlimm, wie es klingt«, sagte sie. »Hier sind alle stubenrein.«

Auf einigen Gesichtern erschien ein Lächeln.

»Ray wird unsere Arbeit beobachten, Fragen stellen und Informationen sammeln«, wandte sie sich wieder an die anderen. »Er soll erfahren, was wir hier tun, woran wir forschen und welchen Sinn diese Einrichtung hat. Und lasst euch von seinem Äußeren nicht irritieren. Er beißt nicht. Ich konnte mich auf der Fahrt hierher selbst davon überzeugen.«

Einzelne Lacher erklangen.

Ray verzog seinen Mund zu einem schiefen Grinsen. Klang, als würde sie von einem Hund sprechen.

»Wenn er mit den Abläufen vertraut ist, nehmen wir ihn mit auf Beobachtungstour«, fuhr Amy fort. »Dann kann er Zählungen durchführen und Markierungsarbeiten übernehmen. Ich denke, es wird interessant sein zu beobachten, wie Ray versucht, einem unserer Silberrücken einen Sender zu verpassen.«
Wieder wurde der Scherz mit einigen Lachern quittiert. Die Stimmung begann sich zu lockern.
»Wo soll er denn schlafen? Ich hoffe, du hast nicht vor, ihn in mein Zelt zu stecken.« Die Stimme gehörte einem dicklichen Mann, der für sein jugendliches Alter bereits über beträchtliche Geheimratsecken verfügte. Eine Brille mit starkem Rand beschattete zwei fröhlich zwinkernde Augen.
Amy bedachte Ray mit einem schiefen Lächeln. »Das ist Karl Maybach, unser Wetterexperte. Fünfzehn Semester Meteorologie und Astronomie plus ein Patent in Astrophysik. Ein echtes Genie, allerdings etwas umständlich. Stellen Sie ihm besser keine Fragen, wenn Sie sich nicht einen halbstündigen Monolog anhören wollen. Nein, Karl, du kannst ganz unbesorgt sein. Ray wird vorerst bei Richard im Blockhaus schlafen. Sicher haben wir irgendwo noch eine Matratze und ein paar Decken, und eine ruhige Nische werden wir auch noch finden. Ist es in Ihrem Sinne, wenn ich Whitman nachher noch verständige und ihm mitteile, dass Sie wohlbehalten angekommen sind?«
»Das wäre nett.«
Sie verschränkte die Arme vor der Brust. »Das wär's dann von meiner Seite. Noch irgendwelche Fragen?«
Verhaltenes Gemurmel erklang. Eine junge Frau mit roten Haaren hob ihre Hand. Sie sah ein wenig abgerissen aus, mit ihrem Nasenpiercing, ihrem schlabberigen Pullover und der schwarzen Jeans. Ein Tattoo in Form einer Schlange kroch ihren Nacken empor. Ray musste grinsen. Ein echtes Riot-Girl.
»Hi, mein Name ist Mellie«, sagte sie. »Stimmt es, dass euer Flugzeug bei der Landung vom Runway abgekommen ist? Wir haben hier versucht, etwas übers Radio zu erfahren, aber die Verbin-

dung war miserabel. Wir haben nur ungefähr jedes dritte Wort verstanden.«

»Stimmt«, meldete sich eine andere Stimme. »Es hieß, es hätte etliche Verletzte gegeben. Wie schlimm war es?«

»Hat man schon herausgefunden, warum die Maschine notlanden musste?«, rief jemand. »Erzähl doch mal.«

»Halt, halt, halt.« Richard trat mit erhobenen Händen dazwischen. »Sosehr mich das alles selbst interessiert, ich schlage vor, dass wir den beiden erst mal etwas zu essen anbieten. Sie laufen seit acht Stunden nur noch auf Reserve. Also besinnt euch bitte auf die Grundregeln der Höflichkeit. Löchern können wir sie hinterher immer noch. Ray, wie sieht's aus? Lammeintopf mit Kochbanane und Süßkartoffeln?«

»Gern.« Ray nickte dankbar. Richard war offenbar ein Mann, der praktisch zu denken vermochte. Pures Gold in einer Gruppe verkopfter Akademiker.

»Dann kommen Sie.«

Zwei Stunden später lehnte Ray sich erschöpft zurück und warf einen kurzen Blick über die Lichtung. Es war eine traumhafte Nacht. Die Pflanzen waren von einer dünnen Schicht Feuchtigkeit überzogen, auf der das Mondlicht glitzerte. Die Geräusche waren zu dieser Stunde anders als bei seiner Ankunft. Irgendwie dunkler und geheimnisvoller. Hin und wieder hörte man einen Colobusaffen, dazwischen das vereinzelte Bellen von Pavianen. Eine Eule rief irgendwo schräg hinter ihnen.

Ray streckte seine Glieder und gähnte herzhaft. Richard hatte ganz recht gehabt: Ohne eine vernünftige Grundlage im Magen hätte er den Fragenmarathon kaum überstanden. Mann, war das eine neugierige Bande. Ein paarmal hatte er sich zusammennehmen müssen, um sich nicht zu verplappern, doch insgesamt war es ihm gelungen, alle Hürden zu umschiffen.

Er saß auf einem Klappstuhl, hielt die Beine ausgestreckt und versuchte, seine Hose von den Resten des Gelages zu befreien.

Amy beobachtete ihn aufmerksam von der Seite. Das Feuer schimmerte geheimnisvoll in ihren Katzenaugen.
»Hat's Ihnen geschmeckt?«
»Und ob.« Ray faltete seine Papierserviette und warf sie ins Feuer. Die Hose würde er heute nicht mehr retten. »Das Essen war wirklich ausgezeichnet. Nicht schlecht, wenn man einen guten Koch mit an Bord hat.« Er blickte zu ihr hinüber. Die Biologin sah immer noch aus wie aus dem Ei gepellt. Sie schien zu dem speziellen Typ Mensch zu gehören, an dem Schmutz abprallte wie an einem unsichtbaren Schutzschirm.
»Das stimmt«, sagte sie. »Zabu ist ein echter Künstler, auch wenn er dazu neigt, etwas fett zu kochen. Er ist jetzt schon beinahe seit zehn Jahren bei uns. Ich wüsste nicht, was wir ohne ihn täten.« Sie deutete zu einem hell erleuchteten Zelt, aus dem das Klappern von Töpfen und Geschirr erklang. »Ab morgen werden Sie mit ihm zusammenarbeiten. Er ist übrigens Bantu, genau wie Richard.«
»Halb-Bantu bitte.« Der Wildhüter stocherte mit einem Stock in der Glut herum. »Mein Vater ist Franzose. Er arbeitete als Arzt beim Tropeninstitut. Er und Mama lernten sich bei einem seiner Auslandsdienste für die WHO kennen.«
Ray hob die Brauen. »Leben die beiden noch hier in Uganda?«
»Nein. Nach Ablauf seiner Dienstzeit sind sie nach Paris gezogen. Ich bin dort zur Welt gekommen.«
»Dann haben Sie dort studiert?«
»*Bien sûr, mon ami,* Zoologie an der *Paris 7*. Als ich mein Auslandspraktikum absolvierte, hatte ich zum ersten Mal die Möglichkeit, die Heimat meiner Mutter zu besuchen. Uganda hatte damals einen demokratischen Präsidenten bekommen und die Grenzen waren wieder offen.« Er seufzte. »Ich weiß noch genau, wie ich zum ersten Mal meinen Fuß auf ugandischen Boden gesetzt habe. Es war, als hätte ich eine fremde Welt betreten, faszinierend und abschreckend zugleich. Ich war wie verzaubert.«
»Ich glaube, das waren wir alle, als wir hier ankamen«, sagte

Amy. »Es gibt kaum ein anderes Land auf Erden, in dem Himmel und Hölle so dicht beieinanderliegen.« Sie schnippte einAscheflöckchen von ihrer Hose.
»Und was hat Sie in diese Region verschlagen, Amy? Haben Sie sich schon immer für Gorillas interessiert?«
Ehe die Biologin antworten konnte, stieß Richard ein Glucksen aus. Er öffnete eine Flasche *Nile* und reichte sie Ray.
»Ein Bier?«
»Nein danke.«
»Irgendetwas anderes? Wasser, Saft?«
»Wasser, bitte.«
Richard stand auf, ging zur Vorratskiste, öffnete eine Flasche Sprudel und kam damit zurück. Ray nahm die Flasche dankbar in Empfang. Ihm war nicht entgangen, dass er immer noch keine Antwort erhalten hatte. »Oder ist die Frage zu persönlich?«
»Nein, nein.« Amy öffnete ebenfalls ein Bier und nahm einen herzhaften Schluck. »Ach, was soll's. Früher oder später werden Sie es doch erfahren. Dieses Lager ist eine einzige Gerüchteküche.« Sie funkelte kurz in Richards Richtung. »Eigentlich bin ich hier wegen einer unglücklichen Liebe. Einem gebrochenen Herzen, wenn Sie so wollen. Um die Verletzungen auszukurieren, wollte ich so weit wie möglich von zu Hause weg, und dabei bin ich hier gelandet, direkt in den Bergwäldern Afrikas. Es war die beste Entscheidung meines Lebens.«
»Ihr damaliger Verlobter hat sie sitzenlassen«, flüsterte Richard, dem die Geschichte großen Spaß zu bereiten schien. »Ist mit einer Kollegin durchgebrannt.« Seine Zähne blitzten kurz auf. »Im Nachhinein müsste man ihm dafür eine Medaille verleihen.«
»Würdest du bitte dein loses Mundwerk zügeln.« Amy versetzte ihm einen freundschaftlichen Klaps auf den Oberarm. »Es ist schrecklich mit diesem Mann. Er ist ein solcher Kindskopf.«
»Aber wo ich recht habe, habe ich recht«, sagte Richard. »Ohne deinen Ex wärst du niemals von Kalifornien weg und nach Uganda gekommen. Ich darf also mit Fug und Recht behaupten,

dass ohne ihn die Welt um eine der bedeutendsten Gorillaforscherinnen ärmer wäre.«
»Versuch nicht, mir Honig um den Mund zu schmieren.« Amy lächelte grimmig. »Du weißt, das zieht bei mir nicht.«
»Aber wenn es doch stimmt.« Richard wandte sich in gespielter Empörung an Ray. »Wussten Sie, dass es eigentlich Amys Verdienst war, dass wir die in Höhlen lebenden Gorillas entdeckt haben?«
Ray runzelte die Stirn. »Aber ich dachte, Burke ...«
»Will hat die Forschung weitergetrieben, stimmt«, sagte Richard. »Aber entdeckt hat sie Amy. Bei einem ihrer Streifzüge durch den Ruwenzori. Wenn man es genau nimmt, hätte man ihr eigentlich die Copley-Medaille verleihen müssen.«
»Du weißt, dass ich mir nichts aus Ehrungen und Auszeichnungen mache«, entgegnete die Biologin. »Will hat die Gruppe als zentrales Element in seine Studien aufgenommen und die richtigen Schlüsse gezogen. Seine Veröffentlichungen waren bahnbrechend. Es war schon ganz richtig, dass er dafür den Preis bekommen hat. Diese Vortragsreisen wären ohnehin nichts für mich gewesen. Mein Platz ist hier.« Sie verstummte.
Ray betrachtete sie unauffällig. Sein Instinkt sagte ihm, dass das nur die halbe Wahrheit war. Burke hatte sie verletzt. Und zwar weitaus mehr, als ihr damaliger Verlobter es jemals vermocht hätte. Er hätte gern noch mehr darüber erfahren, doch er wollte sie nicht in Verlegenheit bringen. Er entschied, das Thema ruhen zu lassen.
Vorerst.
Er stand auf. »Bitte nehmen Sie es mir nicht übel«, sagte er, »aber ich muss in die Falle. Ich bin seit sechsunddreißig Stunden auf den Beinen und die Zeit im Krankenhaus war auch nicht wirklich erholsam.«
»Kein Problem.« Richard legte ihm die Hand auf die Schulter. »Ich zeige Ihnen Ihr Quartier. Sie sollten gut ausgeschlafen sein, wenn Sie morgen Ihren Dienst antreten.«

6

Drei Tage später ...

Amy starrte mürrisch aus dem Fenster ihrer Blockhütte. Normalerweise setzte der Regen erst spät am Nachmittag ein, erstreckte sich bis in die Nacht und hörte erst in den frühen Morgenstunden wieder auf. Doch seit der Ankunft von Ray war das Wetter merklich schlechter geworden. Ein Dauerregen, wie es ihn seit Jahren nicht gegeben hatte, prasselte vom Himmel und verwandelte das Camp in ein Schlammloch. Das Dach dröhnte unter dem Ansturm der himmlischen Fluten. Immer wieder drangen einzelne Tropfen durch die Fugen im Blech und landeten platschend auf dem Holzboden. Weil das Wasser zwischen den Brettern nicht mehr ablaufen konnte, waren überall kleine Pfützen entstanden. Sie hatte zwar Plastikfolien ausgelegt, um ihre Zeitschriften und ihre elektronischen Geräte vor der eindringenden Feuchtigkeit zu schützen, aber das war bestenfalls ein Provisorium. Sie konnte nur hoffen, dass es etwas nutzte, denn beides – Fachbücher und technisches Equipment – waren in Uganda schlecht zu bekommen.
Amy seufzte.
Sie hasste Unordnung. Sie konnte es nicht leiden, wenn überall Folien herumlagen. Immer wenn sie an eines ihrer Bücher wollte, musste sie suchen. Und dann dieser ewige Slalomlauf. Sie liebte kurze Wege, *gerade* Wege. Ihre Hütte glich eher einem Hindernisparcours als einem Forschungslabor. Das nächste Mal, wenn sie nach Kampala kam, würde sie Teermatten kaufen, um

das Dach abzudichten. Vorausgesetzt, der Regen hörte irgendwann mal wieder auf.

Missmutig schaute sie nach draußen. Sie vermisste Will. Er war ein Arsch, keine Frage, aber im Moment hätte sie seine Führungsqualitäten gut brauchen können. Als er noch Leiter der Forschungseinrichtung gewesen war, war alles einfacher gewesen. Sie hatte sich in Ruhe ihren Beobachtungen und Studien widmen können, während er die Verwaltung und den ganzen Bürokram erledigte. Sie hatte forschen können und er herrschen. Beide hatten das getan, was sie am besten konnten. Doch mit der Entdeckung der Höhlengorillas war alles anders geworden. Will war von einem auf den anderen Tag abgedüst und hatte ihr die ganze Arbeit aufgehalst.

Seit er fort war, hatte sie keine ruhige Minute mehr gehabt. Ihr wäre nie in den Sinn gekommen, Forschungsleiterin zu werden, doch Whitman hatte einfach sämtliche Pflichten auf sie übertragen und sie war zu schwach gewesen, abzulehnen. Es war einfach so über sie gekommen – genau wie dieser Regen.

An den Fensterscheiben strömten kleine Rinnsale herab, die sich auf der Veranda zu großen Pfützen sammelten und den Hang hinabflossen. Der Blick hinüber zu der Vulkankette war von dunklen Wolken versperrt. Es sah aus, als habe jemand den Himmel mit grauen Tüchern verhängt. Von Zeit zu Zeit sah sie den schattenhaften Umriss eines Teammitglieds in Gummistiefeln über die Lichtung rennen, einen Schirm über dem Kopf oder die Kapuze tief ins Gesicht gezogen. Verwischte Schatten in einem Flickenteppich aus grauen Schlieren.

Eigentlich wäre jetzt im Februar die kleine Trockenzeit. Amy hatte vorgehabt, mit der Zählung der Susa-Gruppe zu beginnen und dann die gesamte Seite des ugandischen Teils der Virungas nach Gorillafamilien abzusuchen. Es war die Zeit der jährlichen Bestandsaufnahme. Wie bei jedem größeren Betrieb herrschte zu Beginn eines neuen Jahres Inventur. Aber an Arbeiten im Wald war bei einem solchen Wetter nicht zu denken. Selbst die Gorillas hockten jetzt unter den Blättern und würden auf jede Art von Störungen aggressiv reagieren. Sie hassten Dauerregen, er machte sie depressiv und reizbar. Was diese Abneigung betraf, standen sie den Menschen in nichts nach. Amy bekam beinahe täglich Anfragen vom Büro für Tourismus, wann die Besuchssperre endlich wieder aufgehoben wurde und täglich musste sie antworten, dass sie es nicht wisse. Und ausgerechnet in diese trübe Stimmung flatterte eine Mail, deren Inhalt niederschmetternder nicht sein konnte.

Im Süden des Parks, in der Mikeno-Region – der kongolesischen Seite der Virungas – hatte es einen Anschlag gegeben. Eine der Gorillafamilien war angegriffen worden – die Täter hatten drei Weibchen ermordet. Alle hatten sie Jungtiere gehabt, doch von denen fehlte bisher jede Spur. Beim Versuch, die eindringenden Rebellen zurückzuschlagen, waren vier Wildhüter verletzt worden. Einer von ihnen so schwer, dass er noch auf dem Weg zum Krankenhaus starb.

Mit düsterem Blick ließ Amy den Ausdruck durch die Finger gleiten. Erst Burkes Verschwinden, dann das seltsame Verhalten der Gorillas und jetzt das. Es schien, als habe sich alle Welt gegen sie verschworen.

Ein Klopfen riss sie aus ihren Gedanken.

»Ja?«

Die Tür schwang auf und auf der Schwelle erschien ein völlig durchnässter Richard. »Störe ich?«

»Komm rein«, sagte Amy. »Aber pass auf, dass du nicht über die Plastikfolien stolperst.«

Richard zog seine Regenjacke und seine Gummistiefel aus und stellte beides draußen auf die Veranda. Dann setzte er seine Brille ab, trocknete sie mit einem Stofftaschentuch und trat ein. »Bei uns drüben ist es auch nicht besser«, sagte er, während er in die Runde blickte. »Offenbar sind die Dachfugen durch die Temperaturunterschiede undicht geworden. Wird Zeit, dass wir die mal ausbessern.« Er schloss die Tür und kam näher. »Wie geht es dir? Ich habe dich den ganzen Tag noch nicht gesehen.«

»Hier, lies mal.« Amy reichte ihm die Mail. Ein dicker Tropfen landete auf dem Papier und brachte die Druckertinte zum Verlaufen.
»Was ist das?«
»Lies!«
Richard machte es sich auf einem Hocker bequem und wischte mit dem Ärmel über das Papier. Während er den Inhalt überflog, wurden seine Augen größer. Als er die Seite beendet hatte, hob er den Kopf. »Sag, dass das nicht wahr ist.«
»Ich fürchte doch«, sagte Amy.
»Das ist eine verdammte Katastrophe.« Seine Augen wurden zu Schlitzen. »Waren das die Mai-Mai?«
»Sieht fast so aus. Das wahllose Abschlachten von Tieren trägt genau ihre Handschrift.« Amy schauderte es jedes Mal, wenn sie an die Mai-Mai dachte. Die Rebellenmilizen waren während des zweiten kongolesischen Krieges gegründet worden, um einzelne Dörfer vor Übergriffen der Regierungstruppen oder der ruandischen Invasoren zu schützen. Nach Beendigung der Feindseligkeiten blieben die Gruppen bestehen, fielen jedoch unter die Herrschaft der Warlords, die sie zu ihren eigenen Zwecken missbrauchten. Manche der Gruppen waren zwar politisch motiviert, den meisten ging es aber nur um Plünderungen, Brandschatzung und Wegelagerei. Die Mai-Mai waren die Pest. Immer wenn man glaubte, sie wären verschwunden, tauchten sie an anderer Stelle wieder auf. Für die Gorillas stellten sie neben den Wilderern die größte Bedrohung dar.
»Verfluchte Schweinerei«, grummelte Richard, während er den Text ein zweites Mal las. »Sieben Milliarden Menschen auf der einen Seite und siebenhundert Gorillas auf der anderen. Und immer noch gibt es ein paar Idioten, die meinen, diese Tiere aus welchen Gründen auch immer abschlachten zu müssen. Das will mir beim besten Willen nicht in den Kopf. Können wir irgendwie helfen?«
Amy wischte einige Wassertropfen von ihrem Schreibtisch. »Ich

habe vorhin ein paar Telefonate geführt. Niemand hat etwas gesehen oder gehört, aber die Wildhüter drüben auf der anderen Seite sagen, sie hätten die Lage im Griff.«
»Ja, aber wie lange noch? Wir brauchen einfach mehr Leute.«
»Allerdings. Und zwar schnell.« Amy wusste um das Problem der leeren Kassen. Das gesamte Schutzprogramm fußte auf dem Gorilla-Tourismus und den Spendengeldern. Wenn die Lage schlimmer und die Region politisch instabil wurde, würden die Touristen ausbleiben und mit ihnen ihre Haupteinnahmequelle. Acht Besucher durften pro Tag und pro Gorillagruppe in die Berge. Hier in den Virungas waren es zehn habituierte Gruppen, die an Menschen gewöhnt waren. Jeder Besucher benötigte ein *Permit*, einen Tagesschein, der es ihm erlaubte, für eine Stunde die Affen beobachten zu dürfen. Bei dem derzeitigen Preis von fünfhundert Dollar pro Permit ergab das im Maximum vierzigtausend Dollar *am Tag*. Für Staaten wie Uganda und Ruanda war der Gorillatourismus eine enorme Einnahmequelle. Doch es landete alles beim Staat. Was zurückfloss, reichte nicht mal aus, um genügend Wildhüter einzustellen, geschweige denn, ihnen einen angemessenen Lohn zu zahlen. Das Risiko, das sie trugen, war nicht gerade klein, und das Gebiet, das sie bewachten, zu groß. Irgendwo gab es immer Lücken, und die Mai-Mai wussten, wo sie waren.
Sie verschränkte die Hände hinterm Kopf. »Wie macht sich denn unser Neuer?«
»Ray?« Richard lachte trocken. »Der Typ kann wirklich zupacken. Latrinen reinigen ist bei diesem Wetter wahrlich kein Zuckerschlecken. Im Moment setzen wir ihn überall dort ein, wo Not am Mann ist. Kochen, putzen, instandhalten, das Lager befestigen, Ablaufrinnen schaufeln, Erde aufschütten, Stützpfosten einrammen, solche Sachen. Ohne seine Hilfe wären die Zelte am Osthang schon längst weggeschwemmt worden. Ich bin sehr dankbar, dass er hier ist.«
Amy ließ gedankenverloren einen Bleistift zwischen ihren Fingern kreisen. »Wie findest du ihn?«

Richard überlegte kurz, dann sagte er: »Ray ist in Ordnung. Er kann hart arbeiten, mäkelt nicht rum und ist fix im Kopf. Für meinen Geschmack ein bisschen verschlossen, aber das ist schon okay so. Wenn man es genau nimmt, sind wir ja alle recht seltsam hier.«

»Und das Team?«

»Sie mögen ihn, die meisten jedenfalls. Dan Skotak ist der Einzige, der offen seine Abneigung zeigt.«

»Wieso das?«

»Ich glaube, unser Geologe leidet gerade ziemlich an den Folgen seiner Eifersucht.«

»Wegen Mellie?«

Er nickte. »Sie scheint einen Narren an dem Iren gefressen zu haben. Hängt ständig bei ihm rum und macht ihm schöne Augen. Dan ist das natürlich ein Dorn im Auge. Du weißt ja, wie lange er ihr schon nachstellt.«

»Meinst du, da könnte sich was anbahnen?«

Richard zuckte die Schultern. »Wundern würde es mich nicht. Ray macht zwar gern auf cool, aber ich glaube, in seinem Inneren ist er sehr verletzlich. Auf Frauen wirkt so etwas überaus reizvoll. Wenn du mich fragst, der taut schon noch auf. Er braucht nur ein bisschen Zeit.«

»Hm ...« Amy klopfte mit der Spitze des Bleistifts auf die Tischplatte.

Richard beobachtete sie aufmerksam über den Rand seiner Brille hinweg. »Du vertraust ihm nicht, habe ich recht?«

Sie zögerte. Sie war kein Freund vorschneller Urteile, aber sie spürte, dass Ray Cox ein Geheimnis vor ihr verbarg. »Ich weiß nicht, was ich von ihm halten soll«, gab sie freimütig zu. »Wie du schon sagst: Rein oberflächlich betrachtet ist er okay. Ich kenne seine Geschichte und weiß, dass er schwere Zeiten hinter sich hat. Meine Skepsis hat auch weniger etwas mit ihm selbst zu tun, sondern vielmehr mit den Begleitumständen, unter denen er zu uns gekommen ist. Warum wurden wir so spät informiert? Warum diese Geheimniskrämerei? Ich habe vorgestern mit Whitman telefoniert, um ihm zu sagen, dass unser Gast wohlbehalten eingetroffen ist. Ich hatte gehofft, bei dieser Gelegenheit ein paar Einzelheiten zu erfahren. Doch selbst auf gezielte Fragen hin hat der Alte nur ausweichend geantwortet. Je weniger klare Aussagen ich bekam, umso stärker wurde mein Verdacht, dass hier etwas nicht mit rechten Dingen zugeht. Du weißt, wie Conrad normalerweise ist.«

Richard nickte. »Er nimmt nie ein Blatt vor den Mund.«

»Ihn so ausweichend zu sehen, macht mich misstrauisch.«

»Glaubst du im Ernst, dass mit Ray etwas nicht stimmt?«

»Ich weiß nicht, was ich glauben soll«, sagte Amy. »Aber mir lässt die Sache keine Ruhe.«

»Ist bestimmt nur eine Lappalie.«

Seufzend griff sie in ihre Faxablage und zog ein Schreiben heraus, auf dessen Briefkopf das Logo der biologischen Gesellschaft mit Sitz in Washington prangte. Sie reichte es ihm wortlos hinüber.

»Was ist das?«

»Lies.«

Er überflog die Zeilen und machte ein ratloses Gesicht. »Du sollst unseren Neuzugang zum Ruwenzori begleiten und ihm die Höhlengorillas zeigen?«

»Anweisung von ganz oben.«

»Aber wozu? Ich verstehe ja, dass Whitman um die Gorillas besorgt ist und dort bald wieder eine feste Forschungsgruppe einrichten will, aber warum sollst du Ray dahin mitnehmen? Sollte er sich nicht erst mal bei uns einleben?«

»Das habe ich mich auch gefragt, aber bisher keine Antwort erhalten. Whitman ist zurzeit auf einem Kongress in Baltimore und weder über Mobiltelefon, Fax oder E-Mail zu erreichen. Er wird vor übermorgen nicht wieder eintreffen und so lange kann ich nicht warten.« Sie machte eine kurze Pause.

»Was hast du vor?«

»Ich werde tun, was von mir verlangt wird, aber ich werde es auf meine Weise tun.«
Der Wildhüter hob die Augenbrauen.
»Ich bleibe nicht lange weg, keine Angst«, sagte sie. »Nur ein paar Tage. Ich werde mit einer handverlesenen Gruppe in Richtung der Ostflanke des Ruwenzori aufbrechen. Wenn ich Karls Wetterprognosen trauen darf, wird dort sogar ab und zu mal die Sonne scheinen.« Sie zwinkerte ihm zu. »Wir werden die Höhlengorillas besuchen und uns bei der Gelegenheit das verlassene Lager ansehen. Nicht, dass ich damit rechne, etwas zu finden, aber jetzt, nachdem Will und seine Leute nicht mehr da sind, steht es völlig ungeschützt da – ein willkommenes Ziel für Diebe und Plünderer. Ich teile Whitmans Ansicht, dass dort wieder gearbeitet werden sollte. Abgesehen davon sehne ich mich danach, endlich mal wieder den blauen Himmel zu sehen.«
Richard blickte zu Boden. Seine Füße standen in einer etwa ein Quadratmeter großen Pfütze. »Und wen willst du außer Ray noch mitnehmen?«
»Dan, Karl und Mellie.«
Richard runzelte die Stirn. »Das ist nicht dein Ernst. Hast du nicht gehört, was ich dir über die drei erzählt habe?«
»Natürlich habe ich das, aber ich muss mir über ein paar Dinge klarwerden. Vielleicht helfen ein paar Spannungen, die Auster Ray Cox zu knacken. In einer kleinen Gruppe kommt die Wahrheit viel schneller ans Licht.«
Der Wildhüter presste die Lippen aufeinander. »Du und dein Psychologengewäsch. Und an die Gefahr denkst du wieder einmal überhaupt nicht. Was, wenn Ray und Dan wegen Mellie Streit anfangen? Was tust du dann?«
»Es wird schon nichts passieren. Außerdem weißt du ja, wie vorsichtig ich bin.« Sie öffnete eine Schublade und nahm ihre Pistole, eine versilberte *Heckler & Koch,* heraus.
»Nimm mich wenigstens mit.«
»Geht nicht«, seufzte sie. »Ich kann dich hier nicht entbehren. Du

musst den Laden am Laufen halten, solange ich weg bin. Sobald der Regen nachlässt, schnappst du dir Agnes und beginnst mit der Zählung. Wir sind ohnehin schon viel zu spät dran. Und mach dir keine Sorgen, mir passiert schon nichts. Ich bin wie eine Katze, ich falle immer auf die Füße.«

Richards Gesichtsausdruck war alles andere als optimistisch.

7

Es war am nächsten Morgen, als die beiden Fahrzeuge das regennasse Camp verließen und auf matschigen Pisten hinab ins Tal schlitterten. Die Strecke, die Ray und Amy einige Tage zuvor den Berg hinauf genommen hatten, war unter den Regengüssen zu einem reißenden Bach geworden. Mehr als einmal mussten sie alle aussteigen und die Fahrzeuge aus Schlammlöchern und Bodenrinnen befreien. Ohne die motorisierten Seilwinden hätten sie es vermutlich niemals geschafft. Unten angelangt ging es zwar besser, doch dauerte es immer noch über eine Stunde, ehe sie endlich die Hauptstraße erreichten, die Richtung Norden führte.

Acht Stunden später waren sie immer noch unterwegs. Ray, der die meiste Zeit über geschlafen hatte, öffnete die Augen und blickte gedankenverloren in den grauen Himmel. Die Straße war merklich besser geworden. Ordentlich asphaltiert und hin und wieder unterbrochen von Temposchwellen, krümmte sie sich wie eine breite graue Schlange Richtung Fort Portal. Der Regen hatte aufgehört und es war heller geworden. Entlang der Seitenstreifen waren unzählige Fahrradfahrer unterwegs, die alles Mögliche transportierten. Grüne Bananen, Säcke mit Maniok, lebende Schweine, ja sogar Bettgestelle. Das Fahrrad schien in Uganda das Transportmittel Nummer eins zu sein, auch wenn es keine Gangschaltung besaß und die meiste Zeit geschoben werden musste.

Gedankenverloren sah Ray den Menschen bei ihrer täglichen Arbeit zu, als plötzlich die Wolkendecke aufriss und einen Anblick von überirdischer Schönheit offenbarte. Majestätisch ragte ein grüner Berggipfel in den tiefblauen Himmel. Gekrönt von einer Spitze aus weißem Schnee, wirkte er, als wäre er nicht von dieser Welt. Einen Augenblick lang war er zu sehen, dann wurde er von der nächsten Wolke verdeckt.

Amy schien seine Gedanken erraten zu haben. »Haben Sie das gesehen?«

»Allerdings.«

»Der Ruwenzori liegt genau vor uns. Die *Montes Lunae,* wie sie im Altertum genannt wurden.«

»Die Berge des Mondes.«

Sie nickte. »Ein Römer namens Claudius Ptolemäus hat den Begriff geprägt. Ich glaube so um das Jahr zweihundert nach Christus. Wussten Sie, dass das Gebirge bereits in den Schriften des Aristoteles erwähnt wurde? Er nannte es *silberner Berg* und spekulierte, dass hier die Quellen des Nil zu finden seien.«

»Was ja auch stimmt.«

»Eine der Quellen, ja. Eine kulturell sehr interessante Gegend. Ihr Zentrum war das Königreich Kitara, dessen Wunder und Reichtümer auf unerklärliche Weise im Nebel der Geschichte verlorengegangen sind. Unter Archäologen gilt diese Kultur als Perle Afrikas. Sie reichte bis in die Bronzezeit zurück und erstreckte sich bis in das Gebiet der Königin von Saba – das heutige Äthiopien. Sogar in Ägypten soll man noch Spuren davon gefunden haben. Kitara war bekannt für seine immensen Goldvorräte, die ausreichten, um selbst das alte Jerusalem und König Salomon mit dem begehrten Edelmetall zu versorgen. Das rätselhafte Verschwinden dieser Hochkultur bereitet den Historikern bis zum heutigen Tage Kopfzerbrechen.«

»Es existiert doch immer noch ein Königreich, oder irre ich mich?«

Amy lachte. »Sie reden von Tooro, aber das ist nur ein Zwergen-

königreich. Sein Oberhaupt, ein knapp siebzehn Jahre alter König ohne jegliche politische Macht, erfüllt nur noch repräsentative Zwecke. Kein Vergleich zu dem Reich, das einmal über die Fläche mehrerer zentralafrikanischer Staaten geherrscht hatte.«
Ray spürte wie er unruhig wurde. Der Ruwenzori war so etwas wie der letzte weiße Fleck auf unseren Landkarten. Ein Gebiet, wie es fremdartiger und widersprüchlicher nicht sein konnte. An ihm schienen die Jahrmillionen spurlos vorübergegangen zu sein. Unverändert und unberührt von Menschenhand, hatte es die Zeiten überdauert. Genau wie ein Riese, der in eine Art Dornröschenschlaf gefallen war. Hier gab es Gletscher unter der Äquatorsonne, gefrorene Wasserfälle und Kaskaden von Rauhreif. Hier wuchsen Wälder in ewigem Nebel, die neben turmhohen Blumen um das Licht kämpften. Dazwischen lebten Menschen wie in der Steinzeit. Ureinwohner, die noch nie einen Weißen zu Gesicht bekommen hatten.
Und hier irgendwo sollte William Burke sein. Nun, kein einfaches Unterfangen, einen Mann in dieser Wildnis zu finden. Schlimmer als die sprichwörtliche Suche einer Nadel in einem Heuhaufen. Aber ob tot oder lebendig, Ray würde ihn finden. Das hatte er geschworen.
Schweigend blickte er nach draußen.
»Alles in Ordnung mit dir?« Die Stimme riss ihn aus seinen Gedanken. Er drehte sich zur Seite. Mellie sah ihn mit großen Augen an. »Du siehst aus, als hättest du ein Gespenst gesehen.«
»Was? ... O nein, alles in Ordnung. Ich war nur gerade mit den Gedanken woanders.«
»Mit den Gedanken woanders«, sie schüttelte ihre roten Haare. »Ich möchte nicht sehen, wie du aussiehst, wenn du wirklich mal ein Gespenst siehst.«
»War es so furchtbar?«
Mellie öffnete den Mund und verdrehte die Augen. »Ungefähr so«, sagte sie mit einem Lachen.
Ray stimmte in das Lachen mit ein. Es war unmöglich, in Mellies

Anwesenheit ernst zu bleiben. Sie hatte so eine frische, naive Art, bei der einem das Herz aufging. Bei ihr fühlte er sich so frei und unbefangen, dass es ihm beinahe gelang, die vergangenen Jahre für einen Moment zu vergessen.

Natürlich war ihm nicht entgangen, dass sie ihn mochte. Irgendwie schien sie einen Narren an ihm gefressen zu haben, wobei er beim besten Willen nicht verstand, wieso. Er selbst hielt sich für eher unattraktiv. Sein Gesicht war zerschlagen, er war blass, seine Umgangsformen grob und sein Humor bieder. Er mied die Nähe von Menschen, und wenn ihm nach Gesellschaft war, so suchte er sie eher bei einfachen Leuten. Was ein schlaues Mädchen wie Mellie an ihm fand, war ihm schleierhaft.

»Wirklich alles klar bei dir?« Ihr Lächeln war einfach nur zauberhaft.

»Alles klar, ganz bestimmt. Es geht mir gut, ich bin nur noch etwas müde.«

»Kein Wunder, so wie du geschnarcht hast.«

»Ehrlich? Das tut mir leid.«

»Muss dir nicht peinlich sein«, sagte sie. »Ich beneide Menschen, die einfach an Ort und Stelle einschlafen können.«

Er zuckte die Schultern. »Das war noch nie mein Problem.«

»Und, wie gefällt dir unser Team? Hast du dich schon eingelebt?«

Er nickte. »Die Leute sind okay. Ich finde nur, dass manche von ihnen sich ein bisschen zu wichtig nehmen. Es geht immer nur um Arbeit und Karriere. Vielleicht ist das der Grund, warum es mich mehr zu Leuten wie Zabu zieht.«

»Was ist denn an denen so anders?«

»Ach, ich weiß auch nicht. Ihre Nöte und Sorgen sind für mich einfach nachvollziehbarer, verstehst du? Da geht es um die Gesundheit ihrer Kinder, um familiäre Angelegenheiten, um Liebe, Tod und das tägliche Überleben. Es ist einfach *echter*, verstehst du?«

»Da muss ich dir recht geben.« Mellie war eine der wenigen, die

ab und zu mal bei den Hilfskräften vorbeischauten, ein Schwätzchen hielten und mit anpackten. Ob sie das schon immer getan hatte oder erst seit er hier war, wusste er nicht. Tatsache war jedoch, dass sie ihm auffällig oft Gesellschaft leistete. Sehr zum Leidwesen von Daniel Skotak, dem Geologen im Team.
Ray blickte durch die Heckscheibe zum hinteren Fahrzeug. Das Gesicht des Geologen wirkte grau und übellaunig. Ray fragte sich, was einen Snob wie Dan wohl in die Virungas verschlagen hatte. Er trug einen schmalen Oberlippenbart, der wohl irgendwie an Robert Downey jr. erinnern sollte, und lange schwarze Haare, die er mit einem Goldreif hinter seinem Kopf verknotet hatte. Seine Finger waren mit Silberringen übersät, die mit seinem schwarzen Outfit kontrastierten. Richard hatte ihm einiges über ihn erzählt. Dan war eines dieser sozial unangepassten Wunderkinder, die sich darin gefielen, als Zyniker durchs Leben zu laufen und Progressive Rock auf ihrem iPod zu hören. Niemand, mit dem man wirklich eng befreundet sein konnte. Skotak war ein stiller Zeitgenosse, der lieber stumm litt, als mit jemandem über seine Gefühle zu reden. Typen wie ihn gab es zuhauf an den Universitäten. Ray kannte sie noch aus seiner eigenen Studienzeit. Kinder aus gutem Hause, einen Berg an hochgesteckten Erwartungen auf ihren Schultern lastend. Man erkannte sie an dem stechenden Blick und dem verkniffenen Zug um den Mund.
Ray konnte sehen, wie sehr es Dan fuchste, dass Mellie nur Augen für ihn hatte. Nun, das war nicht sein Problem. Es wunderte ihn jedoch, dass Amy ausgerechnet die beiden mit auf diesen Trip genommen hatte. Es konnte ihr doch nicht entgangen sein, wie sehr Dan hinter Mellie her war. Ihr musste klar sein, welche Spannungen sie mit dieser Konstellation heraufbeschwor.
»Sieh mal«, sagte Mellie und deutete auf ein weiteres Wolkenloch vor ihnen. »Scheint, als würden wir in besseres Wetter fahren.«
Ein weiterer Gipfel schob sein Haupt vor den tiefblauen Himmel und warf sein Licht mit gleißender Helligkeit zurück. »Wow, sieh

dir das an. Ist das nicht ein wahnsinniger Anblick?« Sie rutschte nach vorn und tippte Amy auf die Schulter. »Ist das der *Sella?*«
Die Biologin warf einen kurzen Blick nach oben. »Nein«, sagte sie. »Der *Weismann*. Sieh dir die Spitze an. Sie ist wie eine kleine Pyramide geformt. Wir sind fast am Ziel.« Sie wandte sich an Ray. »Falls Sie das interessiert: Der Berg ist viertausendfünfhundert Meter hoch und benannt nach dem Biologen August Weismann, dem berühmtesten Evolutionstheoretiker nach Richard Darwin. Unser Camp liegt an der Südflanke der *Luigi-di-Savoia*-Berggruppe. Dort drüben, sehen Sie?«
Ray nickte. Ihm fiel auf, dass Amy ihn als Einzige im Team immer noch siezte. Selbst Richard war irgendwann zum vertrauten Du übergegangen. Ihre beharrliche Weigerung, ihm das Du anzubieten, ließ keinen Zweifel daran, dass sie immer noch nicht aufgehört hatte, ihm zu misstrauen. Man tat besser daran, bei ihr auf der Hut zu sein.
Sie deutete auf den dichten Bergwald, aus dem geisterhafte Nebelschwaden aufstiegen. »Das ist unser Zielgebiet«, erläuterte sie. »Ziemlich unwegsames Gelände. Das gesamte Gebiet wird von einer Steinmauer umgeben. Wir werden also zu Fuß da hoch müssen.«
»Soll mir recht sein.«
Mellie wühlte in ihrem Rucksack herum und förderte eine Packung Zigaretten zutage. »Stört es euch, wenn ich rauche?«
Amy blickte durch den Rückspiegel nach hinten. »Mach aber das Fenster auf.«
»Auch eine?« Mellie hielt Ray die Schachtel hin, doch er verneinte. Um den Mund der Botanikerin erschien ein amüsierter Zug. »Ist nicht dein Ernst. Ein Knacki, der nicht raucht? Wo gibt's denn so was?«
»Kennst dich wohl damit aus«, sagte Ray grinsend.
Sie zündete ihre Zigarette an und nahm einen tiefen Zug. »Nicht wirklich. Nur was man so aus Film und Fernsehen erfährt. Mein Bruder war mal für kurze Zeit in U-Haft, wegen irgend so einer

Bagatelle. Teenager halt. Er hat mir haarklein erzählt, was mit ihm geschah, und mächtig damit geprahlt.« Ein Lächeln umspielte ihre Lippen. »Was mich betrifft, so hatte er Erfolg. Ich war jung und dumm und schwer beeindruckt von diesen harten Jungs mit ihren coolen Tätowierungen und ihrem Hang zum Kettenrauchen.«
»Es gibt Ausnahmen.«
»Und wie sieht's mit Alkohol aus?«
»Nein.«
»Du verarschst mich.«
»Warum sollte ich?«
»Na hör mal, du bist doch Ire. Kennst du nicht den Spruch?«
»Welchen?«
»Dass Gott den Alkohol nur deshalb gemacht hat, damit die Welt nicht von Iren regiert wird.« Sie lachte.
»Lass gut sein, Mellie.« Amy warf ihr einen vorwurfsvollen Blick durch den Rückspiegel zu. »Das ist kein Thema für diese Fahrt.«
»Ist schon in Ordnung«, sagte Ray. »Besser sie erfährt es von mir, als dass es hinterher irgendwelchen Tratsch gibt.«
»Erfahren? Was denn?« Mellie rutschte so nah an Ray heran, dass ihre Oberschenkel sich berührten.
Sein Mund zeigte ein trauriges Lächeln. »Wenn du es genau wissen willst, ich hab fünf Jahre lang an der Nadel gegangen. Heroinsüchtig.« Er krempelte seinen Ärmel hoch und deutete auf eine Reihe von Einstichen in seinem Unterarm. Sie waren wegen der Tätowierungen schlecht zu erkennen, aber einige wiesen immer noch die typisch dunkelblauen Verfärbungen auf. »Unsauberes Spritzbesteck, siehst du? Ein kleines Souvenir aus Mountjoy.« Er spuckte die Worte regelrecht aus.
Amy blickte durch den Rückspiegel. »Wie sind Sie an die Drogen gekommen?«
»Die Aufseher haben sie im großen Stil an die Häftlinge verteilt und sich dabei eine goldene Nase verdient. Als die Öffentlichkeit davon erfuhr, kam es in Irland zu einem Aufschrei der Empörung.

Der Skandal schlug Wogen, die bis in die höchsten Ebenen reichten. Es führte dazu, dass die gesamte Leitung von Mountjoy ausgetauscht wurde, einschließlich ihres Direktors Reginald T. Eldrich.« Ray lächelte bitter. »Ich kann mich noch gut an die Beifallsstürme und das Freudengeheul erinnern, als die alte Drecksau abdanken musste. Es war ein Tag, wie ihn Mountjoy noch nicht gesehen hatte. Das ganze Gefängnis hockte an den Fenstern und sah zu, wie der kleine Sadist gramgebeugt in seinen dunkelblauen Mercedes stieg und davonfuhr, begleitet von Schmährufen, Beifallsstürmen und einem Baldachin aus Klopapierrollen.«
»Und dann?«
»*Kalter Entzug*«, er lächelte grimmig. »Ein viel zu harmloser Begriff für diese Hölle. In Ärztekreisen war man übereingekommen, nur in extremen Fällen Methadon zu verabreichen. Die meisten Insassen mussten zusehen, wie sie mit ihrer Sucht allein fertig wurden. Eingesperrt, von Verzweiflung und körperlichen Schmerzen beinahe in den Wahnsinn getrieben, erfuhr jeder von uns die Grenzen seiner Belastbarkeit.« Er machte eine kurze Pause, dann fuhr er fort. »Vierzig Häftlinge starben während des kommenden halben Jahres, die meisten von ihnen während der ersten vierzehn Tage. Teils aus Schwäche, teils weil sie aufgaben.« Er zuckte die Schultern. »Ich glaube aber, wir hätten alle wieder genau gleich gehandelt, wenn wir vor der Wahl gestanden hätten.« Er verstummte. »Menschen sind unglaublich schwach. Das wird einem erst richtig bewusst, wenn man in einer solchen Einrichtung gewesen ist.«
Amy sah ihn durch den Rückspiegel aufmerksam an. »Sie haben nicht viel Vertrauen in die Menschen, oder?«
»Nein.«
Sie schwieg.
Er suchte Augenkontakt, doch sie wich seinem Blick aus. »Sind Sie anderer Meinung?«
»Allerdings. Die Menschen sind im Grunde gut und anständig ... zivilisiert.«

Er nickte. »Sicher. Wenn die Maschinen arbeiten und man die Polizei rufen kann. Aber wenn man ihnen das wegnimmt, wirft man sie in die Dunkelheit. Sie bekommen es mit der Angst zu tun, und dann gibt es keine Regeln mehr. Dann können Sie sehen, wie primitiv sie werden. Binnen weniger Tage fallen sie zurück in die Steinzeit.« Er senkte die Stimme. »Wenn man den Menschen Angst macht oder sie einsperrt, kann man sie dazu bringen, alles zu tun. Sie werden sich jedem zuwenden, der ihnen eine Lösung verspricht, und sei es nur ein Drogenhändler.«
»Die Welt als Haifischbecken ohne jede Ethik und Moral? Ich weiß nicht ...«
»Was erwarten Sie?«, sagte Ray. »Nur weil wir in geordneten Verhältnissen leben, können wir uns Dinge wie Ethik und Moral leisten. Nehmen Sie den Menschen ihre zivilisationsbedingten Annehmlichkeiten und sie werden ganz schnell wieder auf den harten Boden der Realität zurückfallen. Eine Realität, die nur aus Fressen und Gefressenwerden besteht. Glauben Sie mir, ich habe es erlebt.«
Ein unangenehmes Schweigen breitete sich aus.
Als er seinen Kopf hob, bemerkte er etwas Fremdes in Mellies Augen. War es Furcht? War es Abscheu oder Mitleid? Oder blickte er einfach nur auf die Scherben einer romantischen Vorstellung? Vielleicht eine Mischung aus allem. Ihr Lächeln war jedenfalls verschwunden. Stumm zog sie ein letztes Mal an ihrer Zigarette, dann schnippte sie die Kippe durchs offene Fenster.
Für einen kurzen Moment tat sie ihm leid. Er hatte nicht vorgehabt, sie zu schockieren. Er wollte nur nicht, dass sie ihr Herz an einen wie ihn verschleuderte.
Wie es schien, war ihm das gründlich gelungen.
Er schaute nach vorn und bemerkte, dass Amys Augen auf ihm ruhten. Die Biologin beobachtete ihn aufmerksam durch den Rückspiegel. Er wandte den Kopf zur Seite. Mochte der Himmel wissen, was sie gerade dachte.

8

Mit ihrem schweren Rucksack bepackt, erklomm Amy den steilen Hang, der den Fuß des Weismann-Massivs bedeckte. Ray, der ein paar Meter vor ihr ging, bahnte ihnen mit seiner Machete einen Weg durch den Dschungel. Sie waren jetzt schon seit über einer Stunde unterwegs, aber noch immer zeigte der Ire keine Anzeichen von Ermüdung. Wie eine Maschine hob und senkte er seinen Arm, schlug Äste und Zweige ab und hinterließ eine Schneise, durch die die anderen bequem den Berg hinaufsteigen konnten. Dampfschwaden stiegen von seinem Oberkörper auf und vermischten sich mit dem kühlen Nebel. Das Kreischen der Vögel und Affen war allgegenwärtig. Ameisenstraßen kreuzten den Boden, so dass man gut daran tat, die Hosen in die Socken zu stecken. Wer einmal von einem der riesigen Insekten gebissen wurde, vergaß das nie wieder. Ringsumher ragten dicke Bambusstauden auf. Inzwischen war der Himmel über ihnen aufgerissen. Ein Meer von Sonnenstrahlen durchflutete die dichte Vegetation. Die Nebelschleier ließen die Lichtkegel plastisch hervortreten. Tautropfen glitzerten auf den Blättern, als wären es Diamanten. Während Ray weiter durch das schier undurchdringliche Dickicht ackerte, achtete Amy darauf, dass sie nicht vom Weg abkamen. Das war etwas, wovon sie wirklich Ahnung hatte. Man hätte sie in den dichtesten Dschungel stecken und mit verbundenen Augen im Kreis drehen können, sie hätte doch wieder hinausgefunden.
»Mir will Rays Flugzeugunglück nicht aus dem Sinn«, hörte sie

Mellies Stimme dicht nebenan. Die Botanikerin keuchte und schnaufte wie ein Teekessel. »Wie kann es sein, dass bei einer so hochgerüsteten Maschine sämtliche Instrumente ausfallen? Ich habe immer geglaubt, es gäbe da einen Haufen Sicherungen und Warnmelder, damit so etwas nicht geschieht.«

Ray blieb stehen. Sein Gesicht war schweißüberströmt. »Da bin ich überfragt«, keuchte er. »Ich glaube, die Typen vom Bergungspersonal wussten es selbst nicht so genau.«

»Ich würde auf ungewöhnliche Sonnenaktivität tippen.« Karl kam den Hang empor geschnauft, seinen Körper auf einen Bambusstab gestützt, den er unterwegs geschlagen hatte.

»Sonnenaktivität?« Ray runzelte die Stirn.

Amy musste lächeln. Sie kannte Karl gut genug, um zu wissen, wie sehr er darauf brannte, endlich mal mit seinem Wissen glänzen zu dürfen. Außerdem war sowieso Zeit für eine Pause. Sie sagte den anderen Bescheid und suchte eine geeignete Stelle für eine Rast. Alle ließen ihre Rucksäcke sinken. Karls blasse Wangen waren merklich gerötet. »Wusstet ihr, dass die Sonne seit etwa sechzig Jahren eine ungewöhnlich aktive Phase hat?«, fuhr er fort. »Sie ist so aktiv, wie schon seit achttausend Jahren nicht mehr. Praktisch seit dem Ende der letzten Eiszeit.«

»Ich muss gestehen, damit kenne ich mich überhaupt nicht aus«, entgegnete Ray. »Aber dass vermehrte Sonneneinstrahlung zu Bruchlandungen bei Flugzeugen führen soll? Ich weiß nicht ...«

»Die solaren Magnetfelder schleudern Wolken aus heißem Gas aus den Außenschichten der Sonne ins All, sogenannte *Flares*. Sie führen auf der Erde zu magnetischen Stürmen, am besten zu erkennen an den Polarlichtern«, erläuterte Karl. »Die Störungen werden ausgelöst von Schockwellenfronten des Sonnenwinds, die durch Sonneneruptionen oder koronare Massenauswürfe, sogenannte *CMEs* entstehen.«

»Ich wollte Sie noch warnen. Wenn er einmal angefangen hat, hört er so schnell nicht wieder auf«, flüsterte Amy Ray zu, doch den schienen Karls Ausführungen wirklich zu interessieren.

»Aber müssten dann nicht pausenlos Flugzeuge vom Himmel fallen? Die gesamte Luftfahrt wäre in Gefahr.«
»Das Magnetfeld der Erde schützt uns.« Karl nahm einen Schluck Wasser und reichte die Flasche dann weiter. »Erst wenn die Flares eine gewisse Größe überschreiten, kommen die Navigationsinstrumente durcheinander.«
»Nie davon gehört«, sagte Mellie. »Sind das Fakten oder ist das wieder eine deiner verrückten Theorien?«
»Anscheinend kennt ihr alle nicht die einschlägigen Internetseiten.« In Karls Stimme lag ein leichter Vorwurf. »Die Foren sind voll davon. Ich habe Studienkollegen in einer Sternwarte auf Teneriffa, die deswegen ganz aus dem Häuschen sind.« Er nahm seine Brille ab und putzte sie gewissenhaft. »Vor einer Woche, am 31. Januar, tauchte ein riesiger Fleck auf der östlichen Sonnenseite auf. Kurz nach seinem Erscheinen explodierte ein Teil der Korona und brachte einen der hellsten Röntgenflares in der Geschichte des Weltraumzeitalters hervor. In den nachfolgenden Tagen explodierte dieser Fleck acht Mal. Jeder dieser *X-Flares* verursachte Blackouts im Kurzwellenbereich und pumpte Massen von Energie in einen Strahlensturm um unseren Planeten herum. Dabei wurden magnetische Wolken in Richtung Erde geschleudert, die man als grüne Polarlichter bis weit in südliche Gebiete hinein sehen konnte. Wären sie rot gewesen, hätte man sich keine Sorgen zu machen brauchen. Rot hieße, sie wären vom Magnetfeld der Erde abgelenkt worden. Sie waren aber grün und das bedeutet, dass Sonnenplasma durch die Barriere gedrungen war und bis zu uns hinunter auf die Erdoberfläche gelangte, wo es immense Schäden an magnetischen Geräten, wie zum Beispiel an Satelliten oder Navigationsinstrumenten, anrichtete. Dieses Plasma ist das, was uns Sorgen bereitet. Wissenschaftler haben geschätzt, dass allein bei den amerikanischen Satelliten jährlich rund einhundertfünfzig Ausfälle auf Sonneneruptionen zurückzuführen sind. Fragt mich nicht, wie viele beim letzten Ausbruch wieder ausgefallen sind.«

Ray erschlug eine kleine Mücke, die auf seinem Arm saß und dort gemütlich saugte. »Scheint, ich habe mir einen schlechten Zeitpunkt für meinen Besuch ausgesucht.«

»Allerdings«, sagte Karl. »Aber es kommt noch dicker. Der Regen, den wir seit drei Tagen erleben, ist kein Zufall.«

»Was soll das heißen?« Amy runzelte die Stirn.

»Das heißt, dass diese Flares uns in den nächsten Wochen ein höchst ungemütliches Wetter bescheren werden. Ich habe dir die Ausdrucke doch schon vor Tagen auf den Tisch gelegt. Hast du etwa noch nicht reingesehen?«

»Bei mir war Land unter«, sagte Amy. »Kann sein, dass ich sie in dem Chaos übersehen habe.«

»Na, das ist wieder mal typisch«, moserte Karl. »Was mache ich mir überhaupt die Mühe, wenn es hinterher doch keiner liest?«

Ray schüttelte den Kopf. Er schien immer noch nicht überzeugt zu sein. »Wie kann die Sonne unser Wetter beeinflussen? Wir reden doch hier von Vorgängen außerhalb unserer Atmosphäre.«

»Deswegen nennt man es auch *Weltraumwetter*.« Karls Enttäuschung war schon wieder verschwunden. Endlich hatte er einen interessierten Zuhörer. »Eine neue Studie der New Yorker Staatsuniversität stellte jüngst einen Zusammenhang zwischen der Wolkenbildung über den Vereinigten Staaten und der erhöhten Sonnenaktivität fest«, fuhr er fort. »Demnach beeinflusst die Intensität der solaren Strahlung die Lage der Jet-Winde in der oberen Troposphäre. Und die wiederum haben einen wichtigen Einfluss auf die Wolkenbildung. Und zwar nicht nur im regionalen Bereich. Ich rede hier von globalen Zusammenhängen.«

»Willst du damit sagen, die Klimaerwärmung habe etwas mit der Sonnenaktivität zu tun?« Mellie blickte skeptisch. »Ich dachte, die sei vom Menschen gemacht.«

»Vom Menschen? Ich glaube doch, da überschätzt du die Fähigkeiten unserer Spezies gewaltig.«

»Und was ist mit den Treibhausgasen, den CO_2-Emissionen, dem ganzen Zeug? Es ist doch erwiesen, dass wir daran schuld sind.«

»Guter Punkt«, nickte Karl. »Weißt du, woher das meiste CO_2 stammt, das unsere Atmosphäre aufheizt? Ich will es dir verraten: aus den Ozeanen. Klimaforscher, insbesondere die Glaziologen, haben herausgefunden, dass es einen ursächlichen Zusammenhang zwischen einem Anstieg der Erdtemperatur und dem des Kohlendioxids gibt.«

»Natürlich gibt es den«, warf Amy ein, »ist doch logisch.«

»Aber nicht so, wie du denkst. Der CO_2-Anstieg findet zeitlich gesehen immer *nach* einer Klimaerwärmung statt. Er ist also nicht deren Ursache, sondern deren Folge. Die Verzögerung beträgt ein paar hundert Jahre.«

»Du willst mich verschaukeln.«

»Schau dir die Temperatur- und Kohlendioxid-Diagramme an. Die Kurven sind eindeutig.« Karl zuckte die Schultern. »Wasser erwärmt sich nun mal langsam. Die Erwärmung führt zu Ausgasung und die wiederum führt zu einem Treibhauseffekt. Eine Rückkopplung.« Er zuckte die Schultern. »Ich will ja nicht sagen, dass der Mensch ganz unschuldig ist. Wir tragen mit unserem sorglosen Verheizen fossiler Brennstoffe einen erheblichen Teil zu der Misere bei, aber nicht in dem Maße, wie Politik und Medien uns das glauben machen wollen.«

»Aber warum sollte man uns dann so eine Geschichte erzählen?«

»Um Angst zu schüren.« Karl lächelte geheimnisvoll. »Angst ist der Motor. Angst treibt uns Menschen zu mehr Leistung an, zu höherem Konsum und zu einer wachsenden Wirtschaft. Angst bedeutet Macht. Wer sein Volk in einem immerwährenden Stadium der Angst hält, kann es besser kontrollieren. Letztendlich dreht sich alles immer nur um Macht und Geld.«

»Dann hat die Klimaerwärmung also etwas mit der Sonne zu tun?«, fragte Ray.

»Fast alles auf unserem Planeten hat mit der Sonne zu tun«,

erwiderte Karl. »Jeder Schnupfen von ihr, jeder Husten, jeder Temperaturanstieg hat für uns weitreichende Folgen. Wir befinden uns mitten in einem Sonnenmaximum, was soll ich euch erzählen?«

Schweigen erfüllte die Runde. Alle schienen über Karls Worte nachzudenken. Amy wollte gerade nach ihrer Wasserflasche greifen, als ihr auffiel, dass es im Wald verdächtig still geworden war. Irgendetwas stimmte nicht. Kein Affe, kein Vogel, nicht mal das Summen von Insekten war zu hören.

Sie legte den Finger auf ihre Lippen.

»*Habari zenu?*«

Es war die Stimme eines Mannes. Er sprach Suaheli. Amy spähte ins Unterholz. »*Habari zetu ni nzuri.*« Sie konnte nichts erkennen.

Auf einmal schälte sich eine Gestalt aus dem Bergwald. *Ein Soldat.* Er trug die Uniform der ugandischen Regierungstruppen. Die Maschinenpistole im Anschlag, kam er langsam auf sie zu. Sein Gesicht drückte Argwohn aus. Er musterte Amy, dann umrundete er langsam die Gruppe. »Who are you? *Tourists?*« Sein Englisch war etwas holperig, aber gut zu verstehen. Der Mann gehörte offensichtlich zu einer Patrouille. Ganz gewiss war er nicht allein. Irgendwo waren Gewehrläufe auf sie gerichtet.

»Wir gehören zu einer Forschungsgruppe, die etwas weiter oben ihr Lager aufgeschlagen hat«, antwortete sie. »Wir wollten uns gerade dorthin begeben.«

»Haben Sie Pässe und Arbeitsgenehmigungen?« Sein Blick war misstrauisch, aber nicht feindselig.

»Natürlich. Dan, gib mir mal deinen Rucksack.«

Der Geologe reichte ihn rüber und Amy entnahm der hinteren Tasche eine Dokumentenmappe. »Hier.« Sie reichte dem Soldaten ihre Ausweise und ihre Forschungspapiere. Der Mann untersuchte aufmerksam die Bescheinigungen. Als er bei Ray ankam, stutzte er. »Gerade erst eingereist?«

»Ja.«

Er warf dem Iren einen skeptischen Blick zu.
»Sie sehen nicht aus wie ein Wissenschaftler.«
»Ray ist ein neuer Mitarbeiter«, antwortete Amy. »Seit dem Verschwinden unseres Kollegen ging es bei uns drunter und drüber. Wir benötigten Verstärkung. Ray wird uns bei der Erforschung der Umubano-Gruppe zur Hand gehen.«
»Hm.« Der Soldat blätterte in dem Pass, als wäre er ein Buch, in dem lauter interessante Sachen zu lesen waren. Wieder und wieder verglich er das biometrische Foto mit dem Original. Endlich klappte er den Pass zu.
»Scheint so weit alles in Ordnung zu sein.«
Amy seufzte erleichtert. Der Umgang mit Militärs war immer eine zwiespältige Angelegenheit. Manche von den Burschen waren extrem schnell mit dem Finger am Abzug, andere wiederum genossen es einfach, einen zu schikanieren. Dieser hier schien jedoch einer von der harmlosen Sorte zu sein. Er gab ein Zeichen mit der Hand, und auf einmal geriet der Wald in Bewegung. Von überall tauchten plötzlich weitere Soldaten auf. Sechs junge Burschen, manche kaum älter als sechzehn. Ihre Gesichter blickten streng. Man sah, dass sie ihren Auftrag sehr ernst nahmen. Es bestand kein Zweifel, dass sie sofort abdrücken würden, wenn man ihnen den Befehl dazu gab.
Der Anführer schob seine Mütze in den Nacken und kratzte über seine Stirn. »Dann gehören Sie also zu Burkes Leuten?«
»Er war mein Vorgesetzter, ja«, gab Amy zurück.
Der Mann nickte. »Ich habe schlechte Nachrichten für Sie. Wie es scheint, ist Ihr Camp einer Gruppe von Wilderern zum Opfer gefallen. Die Spuren sind noch frisch. Kaum älter als einen Tag. Sie haben alles kurz und klein geschlagen. Den Rest haben sie angezündet.«
Amy spürte, wie es ihr das Herz zuschnürte. »Können Sie uns hinführen?«
»In Ordnung. Kommen Sie.«
Im Schlepptau der Soldaten erklommen sie den steilen Berg-

hang. Schon von weitem stieg ihnen der Geruch von verkohltem Holz und verschmortem Kunststoff in die Nase. Amys Gedanken gingen in verschiedene Richtungen. Warum war das Lager geplündert worden? Von wem? Schlimmer noch: Was war mit den Gorillas?
Sie konnte nur beten, dass ihnen nichts geschehen war. Die Affen lebten so versteckt, dass man sie selbst mit guter Ortskenntnis kaum finden konnte, aber eine Garantie war das nicht.
Schweigend und mit eiserner Entschlossenheit kletterten sie das letzte Stück zum Lager empor. Der Boden war weich und machte das Gehen zur Qual. Immer wieder rutschte sie aus und musste sich irgendwo festhalten. Ihre Hände waren von dem dornigen Gestrüpp schon ganz aufgerissen.
Zehn Minuten später waren sie da.
Es war schlimm. Schlimmer, als sie befürchtet hatte. Auf einer Fläche von etwa dreißig Metern standen die traurigen Überreste von Burkes Camp. Von den Zelten, den Tischen, Feldbetten und Ausrüstungsgegenständen war kaum noch etwas übrig. Was die Diebe nicht wegschaffen konnten, hatten sie in einem Anfall blinder Zerstörungswut zerschlagen, zertrampelt und abgefackelt. Aus einigen der Aschehaufen stieg immer noch Rauch. Zum Glück hatten Amy und ihre Leute den Großteil der wirklich teuren Geräte bei ihrem ersten Besuch gleich mitgenommen. Trotzdem war es ein schmerzlicher Verlust. Es würde Wochen dauern, bis sie neues Equipment bewilligt bekamen, abgesehen von dem Aufwand, all das in diesen entlegenen Teil der Welt zu schaffen.
»Kommen Sie«, rief ihr der ugandische Offizier zu. Er deutete auf eine Stelle, an der keine Blätter lagen. »Ich möchte Ihnen etwas zeigen.«
Im Matsch waren Abdrücke zu sehen. Sie hockte sich hin und fuhr mit ihrem Finger darüber.
Fragend hob sie den Blick. »Turnschuhe?«
Der Offizier nickte. »Das ist auch meine Einschätzung.«

»Was bedeutet das?« Ray war zu ihnen gekommen und untersuchte die Abdrücke.

»Ein Indiz, dass es tatsächlich Wilderer waren«, sagte Amy. »Soldaten tragen Armeestiefel, und die Pygmäen sind barfuß unterwegs.«

Ray musterte den Abdruck. »Wie lange ist das her?«

Der Soldat zuckte die Schultern. »Schwer zu sagen. Vier Stunden, vielleicht fünf. Das Wasser beginnt bereits an den Rändern einzusickern, sehen Sie?«

»Dann sind sie sicher längst über alle Berge.«

»Das ist zu vermuten.«

»Wir müssen sofort zu den Gorillas.« Amy stand auf. An den Offizier gewandt, sagte sie: »Am besten, Sie bleiben mit Ihren Männern im Lager. Die Tiere werden unruhig, wenn zu viele Leute in der Nähe sind.«

»Kein Problem«, erwiderte der Soldat. »Wir werden nach weiteren Spuren Ausschau halten.«

Amy holte ihre Karte aus der Innentasche ihrer Jacke und orientierte sich. »Mellie, Dan, Karl, lasst eure Rucksäcke hier. Alles, was wir brauchen, sind die Taschenlampen. Die Höhle liegt eine knappe Viertelstunde von hier, in nordwestlicher Richtung. Ray, Sie bleiben nah bei mir. Wenn die Gorillas verängstigt sind, können sie gefährlich werden. Achten Sie besonders auf den Silberrücken. Er ist meist im Hintergrund und schwer zu entdecken. Aber täuschen Sie sich nicht. Er beobachtet alles ganz genau und wehe, er hält uns für eine Bedrohung, dann wird es haarig.«

»Im wahrsten Sinne des Wortes.« Ray lächelte. »Ich kenne den Codex. Klein machen, Blickkontakt vermeiden, nach etwas Essbarem greifen und ein beruhigendes Räuspern ausstoßen.«

»Dann wissen Sie ja Bescheid. Nichts wie los.«

9

Die Höhle war ein dunkles Loch am unteren Ende einer steil aufragenden Felswand. Sie maß etwa vier Meter in der Breite und zwei in der Höhe und war an den Rändern mit Ranken und Kletterpflanzen bewachsen. Kaum ein Lichtstrahl drang bis hier herunter. Die Bäume standen so dicht, dass die Umgebung in ein geheimnisvolles Zwielicht getaucht war. Ray spürte die Anwesenheit der Affen. Ihr Geruch war allgegenwärtig.
Gorillas neigen nicht gerade zu übermäßiger Hygiene. Sie lassen ihre Ausscheidungen fallen, wo es ihnen gerade beliebt, am liebsten in ihre eigenen Schlafnester. Das ist auch der Grund, warum sie normalerweise gleich am nächsten Tag weiterziehen. Diese Gorillas hier waren anders. Niemand wusste, warum sie sesshaft geworden waren. Burke hatte darüber spekuliert, ob es eine Reaktion auf die fortwährende Bedrohung durch Wilderer war, doch die Geschwindigkeit, mit der diese evolutionäre Neuausrichtung vonstatten gegangen war, konnte auch er nicht erklären. Fest stand, diese Gorillas hatten ihr Dasein als Wanderer aufgegeben und besaßen nun einen festen Wohnsitz. So wie die Vorfahren der Menschen vor vielen Millionen Jahren.
»Sind Sie sicher, dass sie da drin sind? Ich kann nichts erkennen.« Er versuchte die Dämmerung mit seinen Augen zu durchdringen.
»Sie verlassen die Höhle nur zur Nahrungssuche«, flüsterte Amy. »Hauptsächlich am Vormittag und am frühen Nachmittag.« Sie

blickte auf die Uhr. »Es ist jetzt kurz nach vier. Um diese Zeit bereiten sie sich meistens schon auf die Nachtruhe vor.«
»Und was machen wir jetzt?«
»Wir werden ihnen natürlich trotzdem einen Besuch abstatten. Ich muss mich unbedingt vergewissern, dass alles in Ordnung ist. Außerdem habe ich Whitman versprochen, dass ich Ihnen Ihre Studienobjekte persönlich zeige.«
Die Lichtkegel ihrer Taschenlampen tasteten wie leuchtende Finger durch die Dunkelheit. Der Eingang der Höhle war übersät mit Abdrücken von Primatenfüßen. Der Geruch war nur schwer zu ertragen. Es roch wie in der Kanalisation einer Großstadt. Entweder machte den Gorillas der Gestank nichts aus, oder aber ihre Nasen waren einfach nicht besonders gut entwickelt.
Dumpfes Grunzen drang an sein Ohr. Man hatte sie also bereits entdeckt. Amy stieß ein beruhigendes Räuspern aus, das von vielen Seiten beantwortet wurde. Sie hob die Lampe. Überall glänzten ihnen weit geöffnete Augen entgegen. Sie stieß ein weiteres Räuspern aus.
Plötzlich war eine Bewegung im Kegel der Lampen zu sehen. Ein Jungtier. Seine rostroten Augen schimmerten wie Kupfermünzen. Sein schwarzes Fell war durchsetzt mit Grashalmen und Blättern, Baumaterial, mit dem die Affen ihre Nester bauten.
»Das ist Isano«, flüsterte Amy. »Ein Halbwüchsiger, gerade mal drei Jahre alt. Ein ziemlich frecher Kerl.«
Als hätte er die Worte der Biologin verstanden, kam der Affe herangehoppelt und versetzte ihr einen leichten Schlag auf den Oberarm. Ein Schatten löste sich von der linken Seite und kam auf sie zu, ein Weibchen. Sie packte den Halbstarken und nahm ihn mit in die Dunkelheit. »Akago, seine Mutter«, kommentierte Amy. »Da hinten kannst du ihre beiden anderen Kinder Dusangire und Urumuli erkennen.«
»Wie können Sie die Tiere auseinanderhalten?«, fragte Ray. »Für mich sehen die alle gleich aus.«
»Achten Sie auf die Nasen. Gorillanasen sind wie Fingerab-

drücke«, sagte Amy. »Jede ist anders geformt. Isanos Nase zum Beispiel ist länglich und hat den Umriss eines Tropfens. Die von Akago hat zwei typische parallele Falten direkt über den Öffnungen. Wenn man die Formen einmal gelernt hat, kann man sie nie mehr verwechseln.« Sie streckte ihre Hand aus und machte leise schnalzende Geräusche. »Ich weiß nicht, was mit Akago heute los ist. Normalerweise lässt sie ihre Kleinen frei herumtollen.«
»Vermutlich weil sie mich nicht kennt«, meinte Ray, der die großen Primaten mit Faszination betrachtete.
»Sie kennt *mich,* das sollte normalerweise ausreichen«, sagte Amy. »Meine Freunde sind automatisch auch ihre Freunde. *Mi casa es su casa,* das ist so bei Gorillas. Außerdem ist diese Gruppe den Umgang mit Menschen gewöhnt. Es muss etwas anderes sein. Vielleicht haben sie die Wilderer gewittert.« Sie ließ ihren Lichtkegel durch die Höhle wandern. »Vierzehn«, sagte sie, »einschließlich des Silberrückens, sehen Sie?« Sie deutete auf ein gewaltiges Tier, das auf einem Felsvorsprung hoch über den anderen thronte. »Das ist Leonidas, der Chef. Keines der Tiere scheint verschwunden oder verletzt zu sein. Die Gruppe ist vollzählig und augenscheinlich bei guter Gesundheit. Glück gehabt.«
»Irgendetwas ist aber mit dem Dicken heute los«, kommentierte Karl. »Er beobachtet uns die ganze Zeit und scheint ziemlich nervös zu sein.«
Ray starrte nervös in die Dunkelheit. »Vielleicht sollten wir lieber verschwinden.«
»Sie haben recht.« Amy stieß noch ein paar beruhigende Laute aus, dann signalisierte sie den anderen, den Rückzug anzutreten. In diesem Moment richtete sich der Silberrücken auf und ließ seine Arme durch die Luft schwingen. In seiner rechten Hand hielt er einen Knüppel. Mit seinen abgeflachten und zugespitzten Enden sah er einer Axt zum Verwechseln ähnlich. Dreimal ließ Leonidas ihn über seinem Kopf kreisen, dann setzte er ihn wieder ab.

»Himmel, der hat ja eine Waffe«, entfuhr es Ray.
»Allerdings«, sagte Amy. »Und zwar eine durchaus effektive. Ich bin sicher, dass keiner von uns Lust hat, damit Bekanntschaft zu schließen. Machen wir, dass wir hier wegkommen.«
Langsam und vorsichtig verließen sie die Höhle. Leonidas beobachtete sie aufmerksam, folgte ihnen aber nicht. Nach ein paar Minuten waren sie wieder im Freien.
»Eine *Waffe?*« Ray konnte es immer noch nicht fassen. »Ich habe noch nie gehört, dass Gorillas so etwas benutzen.«
»Tun sie normalerweise auch nicht.« Amy klopfte den Staub von ihrer Hose, dann trat sie den Weg zurück zum Lager an. »Bis auf diese Gruppe hier. Alle in der Familie sind dazu in der Lage, einschließlich der Jungtiere.«
»Können sie auch damit umgehen?«
»Darauf kannst du wetten«, sagte Mellie. »Wir haben mal beobachtet, wie Leonidas auf eine Horde Wildhunde losgegangen ist, die in sein Territorium eingedrungen waren. Er hat die Waffe benutzt wie ein Jäger. Es sah aus, als hätte er noch nie in seinem Leben etwas anderes getan.«
»Sie stellen sogar Werkzeug her, Dinge, die sie für ihr tägliches Leben benötigen«, fuhr Amy fort. »Schneidewerkzeug, Grabwerkzeug, sogar Zahnstocher. Da sie auf diese Weise viel mehr Nahrungsmittel gewinnen können, brauchen sie nicht mehr in der Gegend herumzuziehen. Hinzu kommt, dass sie über ein großes Spektrum an Lauten verfügen. Viel größer als bei normalen Gorillas. Will hat über einhundert verschiedene Vokale und Konsonanten identifiziert. Sie stehen kurz davor, eine hochentwickelte Sprache zu erlernen.«
»Erstaunlich.«
Amy lächelte. »Erstaunlich? Das ist eine Sensation!«
Ray tauchte unter einem Ast hindurch, der seinen Weg versperrte und hob ihn an, damit die anderen passieren konnten.
»In den Berichten, die ich über Burke gelesen habe, stand nichts darüber«, sagte er. »Warum diese Geheimniskrämerei?«

»Wir müssen das tatsächliche Ausmaß ihrer Veränderung geheim halten.« Amy strich über ihre Haare. »Ein Bekanntwerden würde vermutlich zu einem ziemlichen Hype führen und die Gorillas ins Rampenlicht der Medien ziehen. Sie wissen ja, wie niedrig ihre Reproduktionsrate ist und wie empfindlich sie auf jede Art von Störung reagieren.« Sie blieb kurz stehen. »Ich muss Sie eindringlich darauf hinweisen, dass Sie nichts von dem, was Sie hier gesehen haben, nach außen tragen dürfen. Nur wenige wissen darüber Bescheid, und so soll es vorerst auch bleiben.«
»Sie können sich voll und ganz auf mich verlassen.«
»Sind Sie sich eigentlich darüber im Klaren, was dieser Fund bedeutet?«, fragte sie, während sie weiterging.
»Sie meinen, dass es ein Sprung in der Evolution ist?« Er nickte. »Dessen bin ich mir durchaus bewusst.«
»Dann sagt Ihnen ja bestimmt auch der Begriff *Ratschen-Gen* etwas.«
Ray hob den Kopf. »Das Gen zur Unterstützung der Lernfähigkeit? Aber natürlich.«
»Burke konnte seine Existenz bei diesen Gorillas nachweisen.« Ray hob erstaunt die Brauen. »Ist nicht möglich. Ich dachte, das gibt's nur bei Schimpansen.«
»Und bei Menschen.«
»Was ist eine Ratsche?« Mellie blickte verwirrt zwischen den beiden hin und her. »Kann mich mal jemand aufklären.«
»Eine rotierende Holzscheibe mit einem Zahnrad dran«, erläuterte Amy. »Im übertragenen Sinne heißt das, dass die Wissensspirale immer weiter läuft und nicht auf null zurückfällt. Zum Beispiel verfügen wir Menschen über die Fähigkeit, gesammelte Erfahrungen schriftlich niederzulegen und so für die nächste Generation bereitzustellen. Ohne das Gen, das uns diese Fähigkeiten erlernen lässt, gäbe es keine Zivilisation. Burke nimmt es übrigens als Beweis für seine Theorie der beschleunigten Evolution.«

Ray blickte sie fragend an. »*Beschleunigte Evolution?*«
»Eines der großen Rätsel in der Entwicklung der Arten«, erklärte Amy. »Eigentlich dürfte sich das Leben auf der Erde gar nicht so weit entwickelt haben, wie es der Fall ist. Betrachtet man die Zeitspanne, die seit Auftreten der ersten Lebensformen zur Verfügung gestanden hat, dürften wir – rein mathematisch – erst auf der Entwicklungsstufe des Regenwurms stehen. Dass dem nicht so ist, davon kann sich jeder überzeugen, wenn er morgens in den Spiegel blickt.«
»Ich kenne genug Leute, deren IQ kaum höher ist«, sagte Mellie grinsend.
»Du meine Güte«, seufzte Ray. »Mir wird langsam bewusst, wie lange ich *wirklich* weg war.«
»Die beschleunigte Evolution ist eine unumstößliche Tatsache«, sagte Amy. »Mittlerweile gibt es kaum noch einen seriösen Wissenschaftler, der daran zweifelt. Die Erkenntnis, die man in den letzten Jahren gewonnen hat, ist ebenso einfach wie tiefgründig: Es muss eine treibende Kraft hinter der Entwicklung der Arten stecken. Eine Kraft, die den Evolutionsprozess beschleunigt.«
»Willst du damit sagen, dies sei ein Beweis für die Existenz eines Schöpfers?« Ray hob ironisch die Brauen. »Das klingt jetzt aber verdächtig nach *Intelligent Design*. Hast du die Theorie von der Homepage der Kreationisten?«
»Natürlich nicht. Nur weil es bequem ist, an einen Schöpfer zu glauben, muss es nicht automatisch richtig sein. Aber zugegeben: Die beschleunigte Evolution passt den Kreationisten natürlich fabelhaft ins Konzept.«
»Und was könnte dann der Grund sein?«
»Der Zufall, die Spontaneität, *Chaos*, nenne es, wie du willst. Ganz unzweifelhaft spielen unvorhergesehene Ereignisse bei der Entwicklung des Lebens eine viel größere Rolle, als uns bisher bewusst war.« Ihre Augen leuchteten. »Nimm zum Beispiel folgendes Modell zu Hilfe«, sagte sie. »Stell dir vor, du befändest dich in einem perfekten Ökosystem. Einem System, in dem jede

Lebensform ihren Platz hat und niemand dem anderen das Leben schwermacht. Perfekt ausbalanciert.«
Ray blickte skeptisch. »Schwer vorstellbar.«
»Nehmen wir trotzdem mal an, es gäbe so etwas«, sagte Amy. »Und jetzt stell dir vor, jedes Lebewesen wäre ein Auto, das mit exakt einhundert Stundenkilometern und einem exakt bemessenen Abstand zum Vordermann über die Autobahn fährt. Alles läuft glatt. Man grüßt einander und ist rücksichtsvoll. Jeder hat seine Nische und ist zufrieden. Die Abstände sind so bemessen, dass kein anderer Autofahrer einscheren kann. Und dann rennt plötzlich ein Kaninchen über die Straße.«
»Was denn für ein Kaninchen?«
»Keine Ahnung. Ein Wetterwechsel, ein Meteorit, ein Erdbeben. Irgendetwas, das die perfekte Harmonie stört. Also, was geschieht? Der erste Autofahrer bremst ab, der zweite auch und auch der dritte und vierte, alles kein Problem. Doch bei jedem Abbremsen kommt es zu einer minimalen Verzögerung, bedingt durch die Reaktionszeit. Diese Verzögerung baut sich so weit auf, dass es dem Autofahrer an der fünfzigsten Stelle nicht mehr rechtzeitig gelingt, zu bremsen. Er mag ein noch so guter Fahrer sein, sein Auto fährt unweigerlich auf seinen Vordermann auf. Und dann das nächste und das übernächste. Es kommt zu einer Massenkarambolage. Einem evolutionären Supergau. Auf einmal klaffen überall Löcher. Riesige Abstände, in die fremde Autofahrer einscheren können. Autofahrer in verrosteten Blechkisten oder in absonderlichen Experimentalfahrzeugen, die sonst vielleicht nie eine Chance bekommen hätten. Auf einmal bekommen Lebensformen eine Chance, die nach dem Prinzip *Survival of the fittest* unweigerlich untergegangen wären. Es kommt zu sprunghaften Entwicklungsschüben, zu beschleunigter Evolution. Und das alles nur wegen eines kleinen, unbedeutenden Kaninchens.«
Ray grinste. »Klingt eher nach einem schwarzen Stein mit den Seitenverhältnissen eins zu vier zu neun.«

Amy runzelte die Stirn. »Was für ein Stein?«
»Hast du nie *2001 – Odyssee im Weltraum* gesehen? Der schwarze Monolith?«
Amy schaute ihn immer noch groß an. Sein Scherz war ganz offensichtlich ein Rohrkrepierer.
»Wundersame Steine gibt es hier nicht.«
»Ach komm schon, Amy«, sagte Karl, der offensichtlich Mitleid hatte. »Vielleicht hat nur noch niemand nach diesem Stein gesucht. Was meinst du, Ray?«
Aber Ray hörte schon gar nicht mehr zu. Seine Aufmerksamkeit war plötzlich von etwas anderem angezogen worden. Er hatte eine Bewegung im Unterholz gesehen. Nur flüchtig, aber er war sicher, dass es keiner von den Soldaten gewesen war. Ehe er etwas sagen konnte, fiel ein Schuss.

10

Runter«, zischte er. Der Schuss war von links gekommen und zwar aus ziemlicher Entfernung. Durch die Blätter sah Ray die Soldaten in gebückter Haltung durchs Unterholz rennen. Der Offizier kam zu ihnen herüber und gab den Wissenschaftlern mit Handzeichen zu verstehen, dass sie in Deckung bleiben sollten.
»Was ist denn los?«, zischte Amy.« Wer zum Geier schießt da auf uns?« Der Offizier signalisierte ihr, den Mund zu halten, dann verschwand er wieder.
Ray spürte sein Herz schlagen. Die letzten Sonnenstrahlen fielen durch die Laubkrone und zauberten fließende Muster aus schimmerndem Gold auf Blätter und Boden. Jedes Geräusch gewann an Bedeutung, jedes Knacken und jedes Rascheln konnte den Tod bedeuten. Seine Sinne waren aufs äußerste geschärft. Das Leben um ihn herum verlief wie in Zeitlupe, als wären sie in ein Glas mit flüssigem Honig getaucht worden.
Plötzlich sah er es. Ein winziger Farbfleck im Unterholz, kaum wahrnehmbar. Doch so kurz es auch gewesen war, er hätte schwören können, dass es ein gelbes T-Shirt war. Ein kaum wahrnehmbares Rascheln war zu hören, dann war alles wieder still. »Bleibt, wo ihr seid«, zischte er, »ich bin gleich wieder da.« Dann sprang er auf.
Amys verhaltene Rufe ignorierend, eilte er durchs Unterholz. In geduckter Haltung rannte er an Bäumen vorbei und unter Blättern hindurch. Er spürte das Adrenalin durch seine Adern pum-

pen. Sein Atem ging stoßweise, während er den Boden nach Spuren absuchte. Nach wenigen Minuten hatte er die Stelle erreicht, wo er das T-Shirt gesehen hatte. Er kauerte sich hin und untersuchte den Boden.

Da, ein Fußabdruck – genau wie die, die sie im Lager gefunden hatten. Seine Finger glitten über die Ränder der Vertiefung. Was hatte der Typ hier gewollt? Irgendwo in seinem Innern klingelte eine Alarmglocke. Hier stimmte etwas nicht.

Er blickte umher. Eine benachbarte Grasstaude war seltsam auseinandergebogen. Es sah fast so aus, als habe jemand sich daran zu schaffen gemacht. Ray ließ seine Finger zwischen die Halme gleiten. Seine Finger berührten scharfkantiges Metall. Mit einem bangen Gefühl in der Magengrube bog er das Gras auseinander. *Eine Bärenfalle.* Eine frisch geschlagene Bambusstaude lag darin. Die Leibspeise der Gorillas.

Er hob den Kopf. Es war ganz offensichtlich, dass die Soldaten in die falsche Richtung unterwegs waren. Völlig kopflos folgten sie den Schüssen, ohne zu bedenken, dass es vielleicht nur ein Ablenkungsmanöver war. Wieder ertönte ein Knall, weit entfernt zu ihrer Linken.

Er musste an das zerstörte Camp denken. Warum waren die Wilderer das Risiko eingegangen, dort Feuer zu legen? Sie mussten doch davon ausgehen, dass man den Rauch über Kilometer hinweg sehen konnte. Wäre es nicht besser gewesen, einfach nur mitzunehmen, was nicht niet- und nagelfest war, und den Rest stehenzulassen? Warum diese Gewalt?

Konnte es sein – der Gedanke ließ ihm das Blut in den Adern gefrieren –, dass die Brände nur dazu gedient hatten, jemanden herzulocken? Jemanden wie Amy, der den Unterschlupf der Affen kannte?

Ray zog sein Messer aus der Scheide, prüfte Klinge und Griff und ließ es wieder zurückgleiten. Er musste etwas unternehmen, so viel war klar. Er wusste, wie tapfer die großen Primaten waren. Wenn es darum geht, ihre Familie zu verteidigen, kämpfen

Gorillas bis zum Tode. Oft muss man die ganze Sippe abschlachten, um an die Jungtiere zu kommen.

Ein Blick auf seine Schuhe offenbarte ein Problem. Mit diesen dicken Tretern würde er kaum unbemerkt laufen können. Ein brechender Zweig, und die Wilderer würden auf ihn aufmerksam werden. Sein Vorteil lag im Überraschungsmoment. Wenn er eine Chance haben wollte, an ihnen vorbeizukommen, musste er ebenso unsichtbar wie lautlos sein.

Er zog die Schuhe aus, band sie zusammen und hängte sie über die Schulter. Dann nahm er die Verfolgung auf. Mit schnellen Schritten eilte er den Hang hinauf.

Die Strecke war ihm noch gut im Gedächtnis. Wenn er vor den Wilderern da sein wollte, musste er sie umgehen und in einem weitgezogenen Halbkreis gegen den Uhrzeigersinn den Hügel hinauf. Er konnte nur hoffen, dass seine Vermutungen zutrafen und er ihnen am Ende nicht noch in die Arme lief.

Meter um Meter durchquerte er das stachelige und verfilzte Unterholz. Seine Füße brannten vor Schmerz, aber wenigstens war er lautlos. Wie lautlos, das wurde ihm erst bewusst, als er schräg hinter sich das Knacken von Zweigen hörte.

Sofort ging er in Deckung und spähte durch die Zweige. Sein Herz schlug bis zum Hals. Da waren sie. Drei Schwarze und ein Weißer in Rangerkleidung. Offensichtlich der Anführer. Leise Befehle – geflüstert in Französisch – drangen an sein Ohr. Etwa dreißig Meter von ihm entfernt kamen sie den Berg herauf. Offenbar hatten sie ihn nicht bemerkt. Wenn er schnell genug war, konnte er noch vor ihnen bei der Höhle sein. Doch was dann? Er hatte nichts, was einem Plan auch nur entfernt ähnlich sah.

Mit äußerster Vorsicht und im Rückwärtsgang kroch er davon. Als er das Gefühl hatte, außer Sichtweite zu sein, stand er auf und rannte weiter.

Kurz darauf erreichte er die Höhle. Die dunkle Öffnung sah im schwindenden Licht wie ein geöffnetes Maul aus.

Von den Affen keine Spur.

Hilfesuchend blickte er umher. Rechts und links des Eingangs ragten die Felswände steil in die Höhe. Es gab keinerlei Sträucher, Bäume oder Vorsprünge, die als Versteck zu gebrauchen wären, und die Felsbrocken, die herumlagen, waren zu klein, als dass sie einen wirksamen Schutz boten.
Was sollte er tun?
Gedämpfte Stimmen drangen zu ihm herauf. Die Verfolger waren unmittelbar unterhalb der Anhöhe. Er hörte das scharfe Klicken, mit dem eine Waffe entsichert wurde.
Er musste eine Entscheidung treffen.
Sofort.

11

In der Höhle war es stockfinster. Seine Arme wie einen Blindenstock ausstreckend, tastete Ray sich voran. Man konnte die Hand vor Augen nicht sehen. Sein Fuß stieß gegen einen scharfkantigen Stein. Einen Schmerzenslaut unterdrückend, taumelte er weiter. Ein paar Meter weiter trat er in etwas Weiches, Matschiges.
Affenscheiße.
Er versuchte aus dem Gedächtnis zu rekonstruieren, wie die Höhle ausgesehen hatte. Es war ein langer verzweigter Schlauch, dessen Wände an den Seiten von Hohlräumen und Nischen unterbrochen wurden. Nischen wie die, in der der Silberrücken gesessen hatte. Eine dieser Nischen hatte recht nah am Eingang gelegen, irgendwo links von ihm. Sie bot genug Platz, um darin zu verschwinden. Für jemanden, der unten am Boden stand, wäre es unmöglich ihn zu sehen.
Ein Plan nahm Gestalt an. Er war riskant, gewiss, aber etwas anderes fiel ihm auf die Schnelle nicht ein.
Hinter ihm ertönten Stimmen. Höchste Zeit, sein Versteck zu beziehen. Irgendwo hier musste die Nische doch sein. Hatte er die Entfernung etwa falsch eingeschätzt?
Seine Augen begannen sich nur zögernd an die Dunkelheit zu gewöhnen. Nach und nach erkannte er einzelne Felsbrocken und Vertiefungen. Die Nische, nach der er suchte, war nicht dabei.
In diesem Augenblick erklang ein dumpfes Grunzen. Die Gorillas

waren also bereits auf ihn aufmerksam geworden. Na prächtig. Entweder schoss man ihn hinterrücks über den Haufen oder er bekam die Keule des Silberrückens von vorn über den Schädel gezogen. Verlockende Aussichten.
Seine Augen erspähten eine Felsnase, die über ihm aus der Wand ragte. Plötzlich fiel es ihm wieder ein. *Hier war es.* Hier war die Nische gewesen, die ihm beim ersten Mal aufgefallen war. Er tastete nach oben und sah das dunkle große Loch in zwei Metern Höhe. Jetzt musste er sich aber wirklich beeilen. Vor dem Höhleneingang zeichneten sich bereits die Silhouetten der Wilderer ab. Ray nahm Anlauf, sprang von einem Steinbrocken hoch und hechtete nach oben. Seine Finger krallten sich um den schmalen Sims. Das Gestein war so bröckelig, dass es unter seinem Gewicht nachgab. Eine Handvoll Geröll prasselte ihm entgegen. Staub und Sand trafen ihn in Augen und Nase. Verbissen kämpfte er weiter und fasste noch einmal nach. Endlich fand er den ersehnten Halt. Mit aller Kraft, nur an den Fingerspitzen hängend, zog er sich Zentimeter um Zentimeter nach oben. Irgendwann war er so weit, dass er sein linkes Bein über die Kante schwingen konnte. Nur noch zwei Handgriffe, dann war er oben. Keinen Augenblick zu früh. Lichtstrahlen zuckten durch die Höhle und beleuchteten das schroffe Gestein. Schwer atmend rollte er bis an den hintersten Winkel der Ausbuchtung. Sie war nicht eben tief – vielleicht anderthalb Meter. Er konnte nur beten, dass das ausreichte, um ihn vor den Augen der Wilderer zu schützen.

»*Préparez les filets et faites gaffe, elles sont vachement rapides, ces petites bêtes.*«
»*Et on fait quoi si un des vieux arrive?*«
»*Tirez-dessus, comme à Mikeno. Vous n'allez pas avoir de remords, quand même?*« Die Stimmen klangen rauh und unangenehm. Auf dem Rücken liegend blickte er nach oben. Über die Decke huschten schwache Lichtschimmer. Er verlangsamte seine Atmung und versuchte seinen Puls zu beruhigen.

Während er so dalag und wartete, schweiften seine Gedanken ab. Er wusste nicht warum, aber plötzlich kam ihm eine Episode aus seiner Kindheit in den Sinn. Es war auf der Geburtstagsparty eines Freundes. Er mochte damals zehn oder elf gewesen sein. Der Freund kam aus einer wohlhabenden Familie, einer der wenigen, die es in Irland gab. Wie sich die Wege der beiden Jungen gekreuzt hatten und warum aus diesem ungleichen Paar Freunde geworden waren, das fanden weder seine Eltern noch die des anderen Jungen heraus. Tatsache war aber, dass sie unzertrennlich wurden und so gut wie nichts ohne einander unternahmen. Während Rays Eltern die Verbindung zwar kopfschüttelnd, aber mit Wohlwollen zur Kenntnis nahmen, entstand auf der anderen Seite ein regelrechter Widerwille gegen ihn, weil er mit den ewig durchlöcherten Hosen und schmutzigen Hemden durch die Gegend lief. Es wurden Pläne geschmiedet und Strategien entworfen, wie man diese Liaison torpedieren könnte, doch letztendlich waren sie alle zum Scheitern verurteilt. Die beiden hielten zusammen wie Pech und Schwefel. Die Geburtstagsfeier war Ray deswegen so gut in Erinnerung geblieben, weil sie der krönende Abschluss einer Diffamierungskampagne gegen ihn war, die seit zwei Jahren andauerte. Die Mutter seines Freundes hatte die Party organisiert und eine Menge Kinder aus der Verwandtschaft und dem gehobenen Freundeskreis eingeladen. Ray war ein Einzelkind aus ärmlichen Verhältnissen und wurde vom ersten Augenblick an mit Spott und Misstrauen konfrontiert. Sein Freund stand zwar auf seiner Seite, war aber zu beschäftigt, um ihn vor den andauernden Demütigungen zu schützen. Alles entwickelte sich so, wie von der Mutter geplant. Klar, er hätte die Party vorzeitig verlassen können, doch sein Stolz verbot es ihm, klein beizugeben. Die Chance zu einer Revanche kam, als man beschloss, das schöne Wetter zu nutzen und draußen Verstecken zu spielen. Der Garten seines Freundes war ein etwa zwei Hektar großes Areal, das dicht mit alten Büschen und Bäumen bestanden war. Dem Gewinner winkten fünf Pfund – für jemanden wie ihn eine unvorstellbare Summe. Er stand mehrere Runden durch, bis nur noch vier Kinder übrig waren. In diesem Moment fand er ein Versteck in der Krone einer alten Weide, direkt am See. Die Äste bildeten ein perfektes Nest in etwa drei Metern Höhe, vom Boden aus uneinsehbar und schwer zu erreichen. Er war ein guter Kletterer und erreichte sein Ziel, kurz bevor das gegnerische Team eintraf. Er konnte hören, wie sie um den Baum herumliefen. Als sie nichts fanden, zogen sie weiter. Später hörte er dann Rufe, doch er wollte sich nicht in eine Falle locken lassen. Er wollte diesen eingebildeten Gören beweisen, aus welchem Holz er geschnitzt war. Er würde die fünf Pfund kassieren, und danach würde nie wieder einer von ihnen es wagen, ihn zu hänseln.

Zehn Minuten hatte er gewartet, dann war er eingeschlafen. Als er die Augen wieder aufschlug, war es bereits dämmerig gewesen. Man hatte über eine Stunde nach ihm gesucht und dann die Gäste nach Hause geschickt. Seit diesem Tag hatte er Hausverbot bei seinem Freund. Das Geld hatte er nie erhalten.

»*Allez, allez!*«

Eine Stimme weckte Ray aus seinem Tagtraum.

»*Ils sont là-bas. Attention.*«

Die Worte erklangen unmittelbar neben seinem Ohr. Vorsichtig hob er den Kopf. Zwei Männer gingen direkt unterhalb seines Verstecks vorbei. Der vordere war der Weiße mit der Rangerausrüstung. Seine Jagdflinte hielt er im Anschlag. Der andere hielt eine Taschenlampe, deren Strahl unter der Höhlendecke wirre Muster zeichnete. Es waren doch ursprünglich vier gewesen, wo steckten die anderen?

Einen stummen Fluch auf den Lippen, wartete Ray, bis die beiden an ihm vorübergegangen waren, dann riskierte er einen Blick nach hinten. Die beiden anderen Wilderer waren damit beschäftigt, irgendetwas am Höhleneingang aufzustellen. Fangnetze vermutlich.

Was sollte er jetzt tun? Sollte er den Eindringlingen in den Rücken fallen oder doch lieber abwarten? Ehe er zu einem Entschluss gekommen war, erklang aufgeregtes Geschrei, gefolgt von dumpfem Grunzen und Stampfen. Die Affen waren auf die Wilderer aufmerksam geworden. Im Schein der Taschenlampe konnte Ray den gewaltigen Silberrücken sehen, der aufgebracht vor seinen Weibchen hin und her preschte. Immer wieder blieb er stehen, stellte sich auf die Hinterbeine und klopfte auf seine Brust. Sein markerschütterndes Gebrüll ließ die Wände erzittern. Die Jäger waren nicht beeindruckt. Während der eine den prächtigen Gorillamann mit seiner Lampe gefangen hielt, hob der andere sein Gewehr und legte in aller Seelenruhe an. Der Augenblick der Entscheidung war gekommen. Ray krabbelte an seinem Sims bis nach vorn, kauerte an der Kante und sprang dann aus seinem Versteck, dem Schützen direkt in den Rücken. Mit einem Keuchen brach der Ranger zusammen. Der Schuss löste sich und schlug nur wenige Zentimeter oberhalb von Leonidas' Kopf in die Decke. Ray stolperte der Länge nach über den Schützen, direkt vor die Füße des aufgebrachten Gorillas. Er sah, wie Staub aufwirbelte und eine Pranke durch die Luft sauste, dann spürte er einen heftigen Schlag. Tausend Sternchen explodierten in seinem Kopf. Er hörte, wie einer der Gehilfen seine beiden Kollegen zu Hilfe rief, und sah, dass er etwas aus seinem Gürtel zog. Eine rostige Machete blitzte auf. Ray konnte gerade noch zur Seite rollen, als die metallene Klinge funkensprühend und mit einem Knirschen neben ihm einschlug. Nur ein paar Zentimeter und sein Schädel wäre gespalten gewesen. Wutentbrannt hob der Wilderer die Machete zu einem zweiten Schlag, doch diesmal war Ray vorbereitet. Er wirbelte um die eigene Achse und fegte dem Mann mit einem gezielten Tritt die Beine unter dem Leib weg. Der Sturz wurde mit einem dumpfen Aufschlag und einem vielversprechenden Stöhnen quittiert. Die Taschenlampe flog im hohen Bogen durch die Luft und blieb außerhalb der Kampfzone liegen, wo sie den aufwirbelnden Staub in blutiges Rot tauchte. Langsam kam Ray wieder zu Atem. Er wollte gerade sein Messer ziehen, als er einen dunklen Schatten aufragen sah. Der Anführer hatte sich von seinem Angriff erholt und war wieder auf den Beinen. Mit kalter Entschlossenheit hob er das Gewehr. Die Mündung war direkt auf Rays Kopf gerichtet. Ray spürte, dass sein letztes Stündchen geschlagen habe. Während er innerlich schon den Schuss erwartete, bekam er unerwartete Schützenhilfe.

Wutschnaubend preschte der Silberrücken auf den Franzosen zu. Schrecken leuchtete in den Augen des Mannes. Er wollte seine Waffe herumreißen, doch der Affe war schneller. Eine Pranke sauste durch die Luft und fegte den Jäger von den Beinen. Ray sah ihn durch die Luft fliegen und mit einem furchtbaren Krachen gegen die Felswand schlagen. Wie eine leblose Puppe sackte er zu Boden. Sein zersplittertes Gewehr hielt er immer noch in den Händen.

Der andere Wilderer hatte jetzt endgültig genug. Fluchend rappelte er sich auf und rannte in Richtung Ausgang. Das Schicksal seines Bosses schien seinen Mut getrübt zu haben. Ohne dessen blutgetränkten Körper nur eines Blickes zu würdigen, stürmte er hinaus.

Er war noch nicht weit gekommen, als er seinen beiden Kollegen in die Arme lief, die vom Kampflärm und den Hilfeschreien angelockt in die Höhle gerannt kamen. Aufgeregt in Rays Richtung fuchtelnd, erklärte er ihnen, was geschehen war. Die beiden zogen ihre Pistolen und richteten sie auf Ray.

Diesmal würde ihm niemand zu Hilfe kommen.

Geistesgegenwärtig hechtete Ray nach rechts. Er packte die immer noch brennende Taschenlampe und schmetterte sie gegen den Felsen. Augenblicklich erlosch das Licht. Mit einer letzten Anstrengung rollte er wieder nach links und zog den Kopf ein. Keine Sekunde zu früh, denn in diesem Augenblick war es, als würde die Hölle losbrechen. Schüsse krachten, Mündungsfeuer zuckte auf und überzog die Felswände mit einem Stakkato greller Lichtblitze. Der Lärm war ohrenbetäubend. Immer wieder

sirrten Querschläger an seinem Ohr vorbei, prallten an den Felsen ab und fielen klirrend zu Boden.
Das Feuer hielt noch ein paar Sekunden an, dann verstummte es. Die Luft war mit Pulverdampf gesättigt. In die Stille hinein war das Wimmern der Affen zu hören. Ray konnte nicht sagen, ob einer von ihnen getroffen war oder ob sie einfach nur Angst hatten. Er hoffte jedoch inständig, dass die Wilderer so klug waren, nicht auf ihre wertvolle Beute zu schießen.
Die Silhouetten der drei Männer waren vor dem hellen Höhleneingang als schwarze Schemen zu sehen. Nicht mal eine Maus würde lebendig an ihnen vorbeikommen.
Ray saß in der Falle.
Er war drauf und dran, sich zu ergeben, als er ein dumpfes Schnauben vernahm. Er spürte, wie etwas Behaartes an ihm vorüberstrich und ihn sanft an der Schulter berührte. Intensiver Schweißgeruch stieg ihm in die Nase, dann sah er einen gewaltigen Schatten, der auf die Eindringlinge zusteuerte. Es war der Silberrücken. In seiner Pranke hielt er etwas, das in seinem Umriss verdächtig der mächtigen Holzaxt ähnelte, die Ray bei seiner ersten Begegnung gesehen hatte. Doch sosehr er auch die Tapferkeit des Gorillamanns bewunderte, sosehr befürchtete er, dass er gegen die drei allein keine Chance haben würde. Er musste ihm helfen, irgendwie, oder das Tier würde die nächsten Minuten nicht überleben. Ray riss seine Schuhe von der Schulter und schleuderte sie gegen die rechte Höhlenwand. Sofort ertönte das Krachen der Waffen.
Bisher waren die drei nur auf ihr Gehör angewiesen, doch das würde sich bald ändern. Einer von ihnen nestelte bereits an seiner Tasche herum, augenscheinlich auf der Suche nach einer zweiten Lampe. Ray wusste, dass es dazu nicht kommen durfte.
Er musste dem Silberrücken mehr Zeit verschaffen. In einem Anfall von Tollkühnheit und weil ihm im Moment einfach nichts Besseres einfallen wollte, verließ er seine Deckung und hob die Hände.

»*Ne pas tirer, je me résulterait!*«
Atemloses Schweigen erfüllte die Höhle. Der eine hatte sogar aufgehört, nach Licht zu suchen.
»*Je me résulterait!*«
Ob sein rudimentäres Französisch wohl ausreichen würde, seine Gegner zu verwirren? Warum antworteten sie nicht?
Er begann sich gerade zu fragen, ob er nicht eine riesengroße Dummheit gemacht hatte, als von links ein wütender Aufschrei ertönte. Ein schwarzer Schatten trat vor sein Gesichtsfeld und löschte das wenige Tageslicht, das hereinströmte. Der Silberrücken war unbemerkt näher gekommen und hob seine Waffe. Die Männer reagierten in Panik. Der eine versuchte, seine Pistole auf den Affen zu richten, doch ein dumpfer Schlag fegte ihn zur Seite, wo er bewusstlos liegen blieb. Die beiden anderen machten auf dem Absatz kehrt und flohen aus der Höhle. Sie kamen nicht weit. Der wütende Silberrücken brachte sie mit gezielten Schlägen zu Fall. Ihre Schreie hallten durch den Wald. Ray rannte hinterher.
Was er sah, ließ ihn erschrocken innehalten. Der mächtige Gorillamann saß auf seinen Opfern und ließ seine Axt neben ihnen in die Erde fahren. Der Boden erzitterte unter den furchtbaren Schlägen. Den Männern stand die Todesangst ins Gesicht geschrieben. Sie wussten, dass nur noch ein Wunder sie retten konnte.
»Halt!«, rief Ray. »Töte sie nicht.«
Leonidas hielt inne und blickte ihn aufmerksam an. Ray senkte seinen Kopf und umrundete den Silberrücken. In Reichweite der furchtbaren Axt kauerte er sich zu Boden. »Tot nützen sie uns nichts«, sagte er. »Wir müssen herausfinden, wer sie sind und für wen sie arbeiten, damit so etwas nicht wieder geschieht, verstehst du? Wenn du sie jetzt tötest, dann kann das den Untergang deiner Familie bedeuten. Dann werden wir nie herausfinden, wer sie sind. Du willst doch sicher sein, dass so etwas nicht noch einmal geschieht, nicht wahr? Also leg deine Waffe weg

und schone sie.« Seine Stimme klang ruhig, aber bestimmt. Er wusste selbst nicht, warum er mit dem Tier sprach, vielleicht, um den Mut nicht zu verlieren. Leonidas ließ ein dumpfes Grollen hören. Auch wenn er die Worte nicht verstand, so schien er doch zu spüren, dass von den Wilderern keine Gefahr mehr ausging. Ray ergriff ihre Pistolen und warf sie ins Gebüsch. »Hier, siehst du? Jetzt können sie dir und deiner Familie nichts mehr anhaben. Du musst sie am Leben lassen, verstehst du? Nur so können sie uns nützen.«

Der Silberrücken blickte ein paarmal zwischen ihm und den wimmernden Opfern hin und her, dann schnaubte er abfällig und kehrte in seine Höhle zurück. Ray atmete auf. Die Gefahr war gebannt.

Seine Gefangenen waren wie versteinert. Ehe sie auf dumme Gedanken kamen, zog er sein Armeemesser aus der Scheide und richtete es auf sie.

»Der Erste, der Mätzchen macht, bekommt meine Klinge zu spüren. Oder soll ich euch gleich zurück in die Höhle schicken? Ist eure Entscheidung, aber ich an eurer Stelle würde jetzt nicht mal daran denken, irgendwelche Dummheiten zu machen. Wir haben uns verstanden, *n'est-ce pas?*« Sein Mund zeigte ein grimmiges Lächeln. Er vermutete, dass die beiden kein Englisch konnten, aber ganz genau wussten, wovon er redete. Ihre angstgeweiteten Augen sprachen jedenfalls Bände.

12

Die Gefangenen hockten gut verschnürt und mit finsterem Blick an einen Baum gelehnt, während Ray den anderen erzählte, was in der Höhle geschehen war. Alle Mitglieder des Teams, einschließlich des Offiziers, hatten sich um ihn geschart und hingen an seinen Lippen. Auch Amy lauschte seinem Bericht, und je länger sie lauschte, umso unfassbarer erschien ihr die Tatsache, dass er immer noch am Leben war. Es war eine so packende Räuberpistole, dass sie beinahe vergaß, sauer auf ihn zu sein. Und dabei hatte sie doch allen Grund dazu, schließlich hatte er ihre Anordnung missachtet und war auf eigene Faust losgezogen. Damit hatte er nicht nur sein Leben und das der Gorillas aufs Spiel gesetzt, sondern das ganze Team in Gefahr gebracht. Wenn auch nur die Hälfte von dem stimmte, was er ihnen erzählte, dann hatte Ray Cox mehr Glück als Verstand gehabt.
»Die Begegnung mit Leonidas war das Unglaublichste, was ich je erlebt habe.« Ray öffnete seinen Rucksack und holte eine Tube Klebstoff heraus. »Ich hatte wirklich das Gefühl, er würde jedes Wort begreifen. Versteht ihr, nicht nur den Klang meiner Stimme, sondern jedes meiner Worte.« Er krempelte seinen Ärmel hoch. Auf seinem Unterarm war eine etwa fünf Zentimeter lange Schürfwunde. Er drückte einen Streifen Klebstoff aus der Tube und schmierte ihn auf die Verletzung.
Amy verzog das Gesicht. »Soll Mellie die Wunde mal begutachten?«

Ray blickte kurz zwischen der Botanikerin und der Expeditionsleiterin hin und her, dann schüttelte er den Kopf. »Schon erledigt.« Er krempelte das Hemd wieder runter. »Mein Allheilmittel. Desinfiziert, verschließt und fällt irgendwann von allein ab. Für kleine Wehwehchen ideal. Möchte sonst noch jemand?« Als niemand antwortete, zuckte er die Schultern und steckte die Tube wieder weg.

Der Offizier klopfte ihm anerkennend auf die Schulter. »Einen guten Assistenten haben Sie da, Mrs. Walker. Leichtsinnig, aber mutig. Mit seiner Hilfe ist es uns endlich gelungen, Rasteau dingfest zu machen.«

Amy hob den Kopf. »Philippe Rasteau?«

»Genau der.«

»Ist nicht Ihr Ernst!«

Der Offizier zeigte ihnen den Ausweis, den er dem Mann abgenommen hatte. »Er hat sich einen Bart wachsen lassen und seine Haare gekürzt, aber er ist es ganz eindeutig.«

Mellie rückte näher, um einen Blick auf das Passbild zu werfen. »Rasteau? Wer soll das sein?«

»Wir haben ihn schon lange im Verdacht, illegal mit Gorillajungtieren zu handeln«, erläuterte Amy. »Tierhandel im großen Stil. Rasteau ist eine Schlüsselfigur in der Wildererszene. Das dürfte der Organisation einen ziemlichen Schlag versetzen.«

»Das sehe ich auch so.« Der Offizier lächelte zufrieden. »Und das alles haben wir Ihrem fähigen Mitarbeiter zu verdanken.«

Ray deutete mit einem Kopfnicken zu den Gefangenen hinüber. Auf einer Bahre lag, dick bandagiert und mit Gurten gesichert, der zerschundene Körper des Wilderers. »Wird er überleben?«

»Wir werden sehen«, sagte der Offizier. »Er ist schlimm zugerichtet. Der Schlag muss furchtbar gewesen sein. Wenn er überlebt, wird er vermutlich sein Leben lang unter den Folgen zu leiden haben.«

»Er faselte irgendetwas von *Mikeno*«, sagte Ray. »Mein Französisch ist nicht besonders gut, aber dieser Name ist mir in Erinnerung geblieben.«

Amy hob überrascht die Augenbrauen. »Mikeno ist eine Region in den kongolesischen Virungas. Dort hat es kürzlich einen Übergriff auf Gorillas mit vielen Toten gegeben. Drei Jungtiere wurden dabei entführt. Wir haben auf die Mai-Mai getippt ...«

»Vermutlich hatte Rasteau auch dort seine Finger im Spiel.« Der Offizier überprüfte, ob seine Pistole gesichert war und schob sie dann ins Halfter. »Wir werden dieser Spur nachgehen, sobald wir die Bande in Fort Portal abgeliefert haben. Es ist anzunehmen, dass die Tiere noch nicht außer Landes geschafft wurden. Für gewöhnlich dauert es eine Weile, bis alle Stellen informiert und geschmiert worden sind. Wir werden uns gleich mit den Rangern auf der kongolesischen Seite in Verbindung setzen. Jetzt, wo wir Rasteau haben, werden wir auch sein Versteck finden, und mit ein bisschen Glück sind die drei Jungtiere bald wieder in freier Wildbahn. Da wir schon beim Thema sind. Wie geht es Ihren Gorillas?«

»Alles bestens«, sagte Amy. »Ich habe mir die Gruppe gründlich angesehen. Es scheint, dass sie alle mit dem Schrecken davongekommen sind.«

»Keine Verletzungen? Nicht mal durch Querschläger?« Der Offizier wirkte ehrlich verblüfft. »Die Höhle war voll mit Patronenhülsen.«

»Nichts«, sagte Amy. »Es ist wie ein Wunder. Die Gruppe ist während des Angriffs in eine der Nischen geflohen und dort geblieben, bis alles vorbei war. Die Höhlen reichen teilweise mehrere Meter ins Gestein. Die Kugeln konnten ihnen dort nichts anhaben. Sie sind wirklich sehr clever.«

»Wohl wahr.« Der Offizier stand auf und klopfte den Staub von seiner Hose. Er setzte sein Barett auf und strich die Falte glatt. »So gern ich mit Ihnen auch weiterplaudern würde, aber die Zeit drängt. Der Krankenwagen, den ich über Funk angefordert habe, müsste bald am Fuße der Hügel eintreffen und wir haben noch

einen strammen Marsch vor uns. Sind Sie sicher, dass Sie hier oben allein klarkommen?«
»Jetzt, wo die Gefahr gebannt ist, sehe ich da kein Problem.« Amy stand ebenfalls auf. »Wir haben hier noch einiges zu tun. Vielleicht kann man das eine oder andere hier im Lager doch noch retten. Außerdem wollten wir uns nach unseren vermissten Kollegen umsehen. Ich weiß, wie schlecht die Chancen stehen, aber vielleicht finden wir etwas. Das Glück war uns heute ja ausnahmsweise einmal gewogen.«
»Dann wünsche ich Ihnen alles Gute.« Der Offizier machte Anstalten zu gehen, dann schien ihm doch noch etwas einzufallen. Er hustete kurz und trat dann einen Schritt auf sie zu. Als er sprach, tat er das mit gesenkter Stimme. »Wissen Sie, es ist uns streng verboten, Außenstehenden etwas über laufende Ermittlungen zu verraten, aber nach Ihrem beherzten Einsatz heute schulde ich Ihnen Dank.«
Amy lächelte ihm aufmunternd zu. »Aus unserem Munde wird niemand etwas erfahren.«
»Na schön, hm.« Er sandte einen verstohlenen Blick in Richtung seiner Leute. Die jungen Soldaten waren jedoch allesamt damit beschäftigt, die Gefangenen im Auge zu behalten.
»Wenn Sie etwas über den Verbleib Ihrer Leute herausfinden möchten, hätte ich vielleicht einen Tipp für Sie.« Er zog eine Karte heraus und faltete sie auseinander. »Kennen Sie die Kitandara-Seen?«
»Aber natürlich«, sagte Amy. »Sie liegen etwa zwei Tage von hier entfernt, auf dreitausend Metern Höhe. Eine wilde und abgelegene Gegend.«
Der Offizier nickte. »Wenn Sie dem Fluss, der aus dem westlichen See kommt, für etwa zehn Kilometer talabwärts folgen, gelangen Sie in das Gebiet der Bugonde.« Er deutete auf die entsprechende Stelle der Karte. »Ein ziemlich scheuer und weltfremder Stamm. Sie mögen Fremde nicht, besonders wenn es Soldaten sind. Sie haben eine Schamanin als Oberhaupt und behaupten, Nach-

fahren des Königreichs von Kitara zu sein. Ein seltsamer Menschenschlag, dem man mit Vorsicht begegnen sollte.«
Amy nickte. »Ich habe von ihnen gehört. Sie leben in einer vorzeitlichen Form des Matriarchats. Die Ethnologen zerbrechen sich noch immer den Kopf darüber, woher diese Kultur stammen könnte. Ich bin aber selbst noch nie dort gewesen. Ich verstehe aber leider immer noch nicht, worauf Sie hinauswollen.«
»Das werde ich Ihnen erklären. Unsere Vorgesetzten in Fort Portal gaben uns den Auftrag, einigen Beschwerden ortsansässiger Reiseunternehmen nachzugehen, die von den Bugonde aus ihrem Territorium vertrieben worden waren. Sie wollten eine Wanderroute durch ihr Gebiet legen und stießen auf erbitterten Widerstand. Sie wissen vermutlich, dass solche Routen nur mit Einwilligung der betroffenen Stämme vorgenommen werden dürfen.« Er faltete die Karte wieder zusammen. »Wie dem auch sei, unser Besuch war nicht besonders ergiebig. Die Schamanin lehnte ein Gespräch ab und verwies auf ihre Rechte, denen zufolge sie jede Störung als kriegerischen Akt betrachten dürfe. Leider steht das ugandische Recht dabei auf ihrer Seite. Mein Besuch war aber trotzdem recht interessant. Von einem Bauern erfuhr ich, dass kurz zuvor eine Gruppe von Wissenschaftlern das Gebiet durchkreuzt hatte und zur Schamanin vorgeladen wurde. Ich meine mich zu erinnern, dass in diesem Zusammenhang auch der Name *Burke* fiel. Als ich die Frau darauf ansprach, bestritt sie vehement, dass eine solche Begegnung jemals stattgefunden habe. Sie wurde regelrecht feindselig und drohte uns mit dem Tod, falls wir uns nicht umgehend entfernten. Sie können sich vorstellen, dass wir keine Lust hatten, es darauf ankommen zu lassen.« Er schüttelte den Kopf. »Wie ich schon sagte, die Bugonde sind nicht ungefährlich. Männer gelten bei ihnen als minderwertig. Sie werden wie Sklaven gehalten, gerade mal gut genug, um schwere Arbeiten zu verrichten und für den Nachwuchs zu sorgen. Da Sie aber eine Frau sind, könnte ich mir durchaus vorstellen, dass sie mit Ihnen reden würde.«

»Danke für den Tipp«, sagte Amy. »Es ist der beste Hinweis, den wir bisher erhalten haben. Ich denke, wir werden uns dort tatsächlich mal umschauen, auch wenn es ein ziemlich weiter Marsch bis dorthin ist.«

Der Offizier lächelte. »Es freut mich, wenn ich Ihnen helfen konnte. Aber bitte: Kein Wort davon nach draußen. Einverstanden?«

»Sie können sich auf uns verlassen.«

»Schön.« Er gab seinen Leuten ein Handzeichen. »Leben Sie wohl und geben Sie gut acht. Und was immer Sie tun, seien Sie vorsichtig. Sagen Sie nicht, ich hätte Sie nicht gewarnt.«

13

Mitten in der Nacht wachte Ray auf. Der Mond schimmerte durch das Blätterdach und tauchte den Wald in ein fahles Licht. Durch das Mückengitter seines Zeltes hindurch sah er die vor Feuchtigkeit glänzenden Stämme, die wie Geister um ihr Lager herum standen. Die Bäume, die Zelte, selbst das schwache Glimmen des Lagerfeuers, dessen Rauchfahne sich leise kräuselte – alles wirkte wie in weite Ferne gerückt.
Ray öffnete den Schlafsack. Unwillig strampelte er den Schlafsack von seinen Beinen.
Ihm war heiß. Sein Körper klebte vor Schweiß. Der Boden war hart und uneben, und der brandige Geruch hing wie eine latente Bedrohung in der Luft. Müde blickte er auf die Uhr. Drei Uhr – viel zu früh, um schon ans Aufstehen zu denken. Der nächste Tag würde anstrengend werden. Eine harte Wanderung mit schwerem Gepäck – da konnte er sich Unausgeschlafenheit nicht leisten. Doch sooft er es auch versuchte, immer tauchten die Bilder des Kampfes vor seinem geistigen Auge auf. Der Anblick der Wilderer und der Gorillas. Je mehr er versuchte, sie aus seinen Gedanken zu verbannen, desto hartnäckiger verfolgten sie ihn.
Irgendwann hielt er es nicht mehr aus. Er stand auf, streifte seine Jeans und sein T-Shirt über und öffnete den Reißverschluss seines Zeltes.
Die Nacht war noch viel zauberhafter, als es vom Schlafsack aus

betrachtet den Anschein gehabt hatte. Ein warmer Wind, gesättigt mit den Gerüchen der Nacht, strich über seine Haut. Es roch nach Erde, nach Blüten und Feuchtigkeit. Der dunkle Gesang einer Eule drang an sein Ohr, dazwischen das Zirpen der Grillen. Ray hatte gerade entschieden, sich ein wenig die Beine zu vertreten, als eine Stimme aus einem der Zelte drang. »Ray, bist du das?«
Mellie.
»Ja.«
Ein Rascheln war zu hören, dann das Aufziehen eines Reißverschlusses. Aus dem Zelteingang lugte der verwuschelte Kopf der Botanikerin hervor. »Hi«, flüsterte sie. Ein Lächeln huschte über ihr Gesicht. »Was machst du?«
»Ich kann nicht schlafen«, flüsterte er zurück. »Ich wollte mir nur kurz die Beine vertreten.«
»Warte, ich komme mit.« Schnell streifte sie ein Hemd über, schlüpfte in ihre Schuhe, dann stand sie neben ihm. »Wow, was für eine Nacht«, flüsterte sie, während sie in die Runde blickte. »Irgendwie magisch.«
»Leise.« Er legte den Finger auf die Lippen und gab ihr zu verstehen, ihm zu folgen. Er ging etwa fünfzig Meter in den Wald hinein und fand eine Stelle, die eben und trocken war. Schräg hinter ihnen ragte ein gewaltiger Felsbrocken in die Nacht. Er bot Mellie einen Platz an, dann hockte er sich daneben und streckte die Beine aus. »Ich bin es einfach nicht mehr gewohnt, auf der harten Erde zu schlafen«, sagte er. »Eines der Dinge, die einem mit den Jahren immer bewusster werden.«
»Im Zelt war es fürchterlich warm«, erwiderte Mellie. »Ich glaube, dass ich seit über einer Stunde wach liege. Na ja, und dann hatte ich die ganze Zeit diese Bilder im Kopf ...«
»Was meinst du?«
Sie lächelte versonnen. »Ach, ist doch egal. Bilder halt.«
Ray seufzte innerlich. Eigentlich hatte er nur ein Stück gehen wollen, aber jetzt konnte er sich auch genauso gut mit ihr unter-

halten. Er schaffte es einfach nicht, ihr gegenüber unfreundlich zu sein.
»Na, komm schon«, sagte er. »Jetzt hast du damit angefangen, jetzt musst du es mir auch verraten.«
»Ich weiß nicht ...« Sie knabberte an ihrer Unterlippe. »Es ist ein bisschen peinlich, verstehst du?«
Selbst im kalten Licht des Mondes konnte er sehen, wie ein rötlicher Schimmer über ihre Wangen lief. »Nicht eben jugendfreie Bilder.« Sie strich eine rote Locke aus ihrem Gesicht. »Bilder von mir ... und dir.« Sie fuhr mit dem Finger über ihre Unterlippe. »Ich weiß auch nicht, was mit diesem Kontinent los ist, aber es gibt diese Nächte, da kann ich an nichts anderes denken. Und hier ist es besonders stark. Kann sein, dass der Mond hier heller scheint als bei uns, kann sein, dass die Luft hier anders riecht ... Seit du in unser Team gekommen bist, kann ich kaum noch an etwas anderes denken.« Sie blickte ihm lange in die Augen, dann umfasste sie seinen Nacken und zog ihn langsam heran. Ihre Lippen legten sich sanft und kühl auf seinen Mund. Sie roch nach Blumen, eine Mischung aus Rosen und Lavendel. Ray fühlte, wie ihm der Kuss zu Kopfe stieg. Es war ewig her, dass er mit einer Frau geschlafen hatte. So lange, dass er fast keine Erinnerung mehr daran hatte. Er wusste auch nicht, ob er nicht einen Riesenfehler beging, wenn er sich auf so ein Abenteuer einließ. Vorsichtig löste er seine Lippen von ihrem Mund.
Mellie legte den Kopf schief und hob die Augenbrauen. »Was ist los? Hast du etwa keine Lust?«
»Das nicht gerade.«
»Findest du mich nicht attraktiv?«
Er strich sanft über ihre Schultern. »Wie könnte ich dich nicht attraktiv finden?«, sagte er. »Du bist süß, du bist sexy und begehrenswert, es ist nur ...« *Himmel,* wie sagte er das jetzt, ohne sie zu verletzen?
»Du bist nicht in mich verliebt. Ist es das, was du mir sagen willst?«
»Ich möchte dir nicht weh tun.«

Ein geheimnisvolles Lächeln umspielte ihren Mund. »Sei ganz unbesorgt, das wirst du nicht. Genau genommen weiß ich selbst nicht, wo das enden wird. Ich weiß nur, dass ich von dir im Arm gehalten werden will. Ich verspreche dir, du brauchst mich nicht zu heiraten, aber heute Nacht will ich dich haben, verstehst du, Ray Cox?« Sie zog ihr T-Shirt über den Kopf und blickte ihn frech an. Ihre Brüste waren klein und wohlgeformt und schimmerten wie Marmor im kalten Licht des Mondes. Ihr Lächeln war so verführerisch, dass Rays Widerstand zu schwinden begann. Als sie ihm das Hemd über den Kopf zog und damit begann, den Knopf seiner Hose zu öffnen, ließ er es einfach geschehen. Ihre Hände schienen mit Elektrizität aufgeladen zu sein, als sie über seine Haut strichen. *Gott,* schoss es ihm durch den Kopf, *was tue ich eigentlich hier?* Natürlich würde es Schwierigkeiten geben, Mellies Beteuerungen zum Trotz. Solche Dinge waren immer mit Schwierigkeiten verbunden, doch heute Nacht war ihm alles egal.

Im Schatten zwischen den Bäumen war eine Bewegung zu sehen. Ein Mann stand dort, ein Schatten in der Nacht. Er beobachtete die beiden Liebenden eine ganze Weile, dann machte er kehrt. Seine Hände waren zu Fäusten geballt, sein Atem ging stoßweise. Er hatte genug gesehen. Mit energischen Schritten ging er zurück zu den Zelten. Ein Lichtstrahl fiel durch die Zweige und auf sein Gesicht. Seine Lippen waren zu einem schmalen Strich zusammengepresst und in seinen Augen funkelte blanker Hass.

14

Zwei Tage später ...

Es war Mittag, als die fünf Wanderer den Westgrat des Weismann erreicht hatten und damit begannen, entlang eines sanft geneigten Höhenrückens um das Massiv herumzugehen. Dahinter, so hatte ihnen Amy versichert, begann das Tal, von dem der Offizier berichtet hatte.
Sie waren mittlerweile auf dreitausend Metern angelangt und die Luft war schneidend kalt. Der tropische Dschungel lag hinter ihnen, und sie hatten die Region der Nebelwälder erreicht. Keuchend, seine Jacke trotz der Kälte weit geöffnet, trabte Ray hinter den anderen her. Sein Atem bildete feine Nebelschleier in der Luft. Die Berge wirkten, als stünden sie in einer anderen Welt – in einer anderen Zeit. Es kam ihm vor, als liefen sie über den Rücken eines atmenden, fühlenden Wesens. Alles um sie herum vibrierte vor Leben. Der Boden unter den Füßen, die Pflanzen, selbst der türkisfarbene Himmel mit seiner Sonne, die wie ein scharfkantiger Edelstein am Himmel prangte, alles war erfüllt vom Geheimnis der Schöpfung. So musste sie gewesen sein, die Welt vor vielen Millionen Jahren. Kein Vergleich zu dem, was einem Bücher, Dokumentarfilme oder Vergnügungsparks weismachen wollten. Dies hier war unverfälscht, hautnah und echt.
Der Weg führte über einen sanft geneigten Hang, der von bizarr anmutenden Pflanzen bewachsen war. Baumhohes Kreuzkraut, Tussock-Gras und zwei Meter große Lobelien, Wälder aus Bambus, Farn und meterhohen Heidebüschen, dazwischen Moospols-

ter, auf denen man bequem ein Doppelbett hätte aufschlagen können. Was gäbe er jetzt für ein Bett ...
Er spürte, dass ihn seine Kräfte verließen. Er war diese dünne Luft einfach nicht gewohnt. Schwer atmend blieb er stehen.
»Wartet mal eine Minute«, rief er. »Kurze Pause. Meine Beine fühlen sich an wie Gummi. Lasst mich mal einen Schluck trinken, dann können wir von mir aus weitermarschieren.« Sein Blick kreuzte den des Geologen. »Dan, wärst du so nett, mir meine Flasche aus dem Rucksack zu geben? Mir klebt die Zunge am Gaumen.«
Unwillig öffnete Dan den Rucksack und drückte Ray dessen Feldflasche in die Hand. »Wohl bekomm's.«
»Danke.« Während Ray die Flasche an seine Lippen setzte und das kühle Nass in seine Kehle rinnen ließ, beobachtete er den Geologen aus dem Augenwinkel. Dan war ihm gegenüber noch nie besonders freundlich gewesen, aber während der letzten beiden Tage war es schlimmer geworden. Er war einsilbig, ging ihm aus dem Weg und warf ihm finstere Blicke zu. Manchmal schien nur noch die Anwesenheit Amys eine offene Konfrontation zu verhindern. Er fragte sich, ob die Geschichte mit Mellie wirklich so unbemerkt geblieben war, wie er gehofft hatte.
»Danke«, sagte er und gab ihm die Flasche zurück.
»Bitte, bitte.« Die Stimme des Geologen troff vor Sarkasmus. »Immer zu Diensten.«
Ray warf Mellie einen vielsagenden Blick zu, doch die klimperte nur mit den Augen und tat so, als ginge sie das alles gar nichts an. Nun ja, ihm war klar gewesen, dass es nicht ohne Komplikationen ablaufen würde. Das tat es nie.
Amy und Karl nutzten die Unterbrechung, um einen Blick auf die Karte zu werfen. Offenbar stritten sie über ihre genaue Position. Karl studierte seinen GPS-Peiler und hielt ihn dann der Biologin unter die Nase. »Ich sage dir, wir sind vom Weg abgekommen«, sagte er. »Siehst du? Viel zu weit westlich. Wenn wir zu den Seen wollen, müssen wir wieder ein Stück zurück.«

»Das kann nicht sein«, sagte Amy. »Da drüben ist der Sella, siehst du? Dort ist der Mount Baker und im Norden der Savoia. Die Karte ist an dieser Stelle einfach ungenau. Außerdem hat der Offizier doch gesagt, dass wir südwestlich der Seen nach den Bugonde suchen sollen. Wenn mich nicht alles täuscht, müsste das Tal direkt vor uns liegen.«
»Und ich sage dir, wir müssen zurück.«
Ray blickte auf die Karte. »Merkwürdig«, sagte er.
»Was denn?«
»Ist euch noch nie aufgefallen, wie ähnlich die Worte *Kitara* und *Kitandara* klingen? Bis auf den mittleren Teil sind sie beinahe identisch. Ob es da wohl einen Zusammenhang gibt?«
»Schon möglich, aber darüber nachzudenken fehlt uns jetzt die Zeit.« Amy wandte sich wieder an Karl. »Was ist jetzt mit den Abzweigungen? Hast du irgendwelche anderen Wege oder Schilder gesehen? Also ich nicht.«
»Hier gibt's 'ne Menge Wildwechsel«, gab Mellie zu bedenken. »Könnte doch sein, dass wir in dem Heidegestrüpp vorhin eine Abzweigung verpasst haben.«
Karl tippte auf seinem Gerät herum. »Also mein GPS sagt mir, dass wir viel zu weit westlich sind.«
»Vielleicht ist es kaputt.«
»*Kaputt?*« Auf Karls Gesicht erschien ein müdes Lächeln. »Das ist das zuverlässigste Gerät auf dem Markt. Wenn es kaputt wäre, würde ich widersprüchliche Daten bekommen. Die Ergebnisse sind aber immer dieselben.«
»Ich kenne mich mit diesen Geräten nicht so aus«, sagte Amy, »aber vielleicht vertragen sie die Kälte nicht. Oder der Empfang wird durch irgendetwas gestört.«
»Quatsch«, sagte Karl. »Das Einzige, was den Empfang stören könnte, wäre eine große Ansammlung von Metall.« Er reckte trotzig das Kinn vor. »Mach dich lieber mit dem Gedanken vertraut, dass wir den *Central Circuit* verlassen haben und ein ganzes Stück zurücklaufen müssen.«

»Ich glaube, das brauchen wir nicht.« Daniel Skotak presste sein Fernglas an die Augen. »Amy hat recht.«
Der Blick des Geologen wurde von etwas angezogen, das jenseits des bewachsenen Hanges lag. Dort, wo die Bäume am höchsten standen, war ein großer dunkler Umriss auszumachen. Er war aber zu weit entfernt, um Details erkennen zu können. Amy schnappte Dans Fernglas, klappte die Gummikappen herunter, justierte die Schärfe und blickte hindurch.
»Und?«, fragte Karl. »Jetzt spann uns doch nicht auf die Folter.«
»Sieh selbst.« Sie reichte das Glas an Karl weiter. Der Meteorologe brauchte eine Weile, doch dann sah er es.
»Da hol mich doch ...«
»Was denn?« Mellie riss ihm das Glas weg und sah selbst hindurch. Ihr Mund blieb vor Erstaunen offen. »Was ist das? Hat einer von euch so etwas schon einmal gesehen?«
»Noch keine so große«, sagte Amy und dann, mit einem triumphierenden Blick an Karl gewandt: »Scheint, dass dein GPS doch eine Fehlfunktion hat.«
»Darf ich auch mal?«, fragte Ray.
»Klar, hier.« Mellie reichte ihm das Fernglas und ließ ihn hindurchblicken. Zuerst erkannte er gar nichts, nur grüne Schemen und wabernde Nebelbänke. Dann aber, als seine Augen an die Entfernung gewöhnt waren, wurde das Bild besser. Er erkannte einzelne, mit Flechten behangene Bananen, dazwischen turmhohe Exemplare von *Senecio nivalis,* einer speziellen Art des Kreuzkrauts, sowie Schopfbäume mit ihren hellgrünen Blättern.
Als er ein Stück weiter nach rechts blickte, entdeckte er endlich, wovon die anderen sprachen. Zuerst dachte er, es wäre eine riesige Strohblume mit besonders ausgeprägten menschlichen Formen, doch dann erkannte er, dass es ein künstliches Gebilde war. Eine Art Totem. Die Skulptur einer missgestalteten und abschreckend aussehenden alten Frau.
Und sie war riesig.

»Sehen wir uns das mal aus der Nähe an«, sagte Amy, schulterte ihren Rucksack und marschierte los.

Eine Viertelstunde später waren sie bei der merkwürdigen Figur angelangt. Ray schätzte ihre Größe auf mindestens vier Meter. Sie besaß einen fetten aufgeblähten Leib, schlaffe Brüste und bemerkenswert lange Arme. Der Körper war aus einer Art Korbgerüst hergestellt, durch dessen wabenartige Außenhaut Kletterrosen und Efeu rankten. Sie erweckten beim Betrachter den Eindruck, als trüge sie ein grünes Kleid. Der Kopf war einfach nur ein ausgestopfter Sack, der keinerlei Merkmale wie Augen, Mund oder Nase aufwies. Die Haare bestanden aus meterlangem, getrocknetem Tussock-Gras, das zu knotigen Zöpfen geflochten seitlich vom Kopf herabhing. Irgendetwas Bedrohliches ging von dieser Figur aus, das spürte Ray sofort. Während Mellie das Monster fotografierte, nutzte er die Unterbrechung für eine schnelle Zeichnung. Mit kurzen, kräftigen Strichen fuhr sein Bleistift über das Papier. Amy verschränkte die Arme vor der Brust. »Ich müsste mich sehr täuschen, wenn das nicht ein Bugonde-Totem ist.«

»Sieht abschreckend aus«, sagte Mellie und rückte unwillkürlich näher an Ray heran.

»Das ist der Sinn der Sache. Diese Figuren sind eine Art Markierung. Sie dienen dazu, Fremde auf Abstand zu halten.«

»Ein so großes Totem habe ich noch nicht gesehen«, murmelte Karl. »Dieser Stamm benötigt anscheinend besonders viel Abstand.«

»Das würde genau dem entsprechen, was uns der Offizier erzählt hat. Erwähnte er nicht irgendwelche Reibereien mit den ortsansässigen Reiseveranstaltern?« Sie hob das Kinn. »Wir können darauf leider keine Rücksicht nehmen. Ich will wissen, ob Will hier gewesen ist, und das werden wir nur herausfinden, wenn wir weitergehen.«

Ray war mit dem Zeichnen fertig und hatte das Skizzenbuch wieder eingesteckt. »Und was, wenn sie uns daran hindern?«

»Wir müssen uns eben auf unser Verhandlungsgeschick verlassen. Oder schlagen Sie vor, wir sollen umkehren?«
»Natürlich nicht ...«
»Gut, dann los. Ich muss gestehen, dass ich nach allem, was ich über diesen Stamm gehört habe, sehr neugierig geworden bin.«

15

Eine Viertelstunde später erreichten sie einen steilen Abfall, der den Beginn eines weiten Tals markierte. Der Wald wich zurück und öffnete sich zu einem langgestreckten Kessel, dessen entferntes Ende von einer steil aufragenden Bergflanke begrenzt wurde. Dort, wo der Fluss austrat, war ein hoher, schlanker Wasserfall zu sehen, dessen Gischt zum Fuß hin in einen feinen Nebel überging. In noch weiterer Ferne ragte der Mount Stanley in den Himmel, über dessen schneebedecktem Gipfel dunkle Wolken hingen. Ray spürte, dass es heute noch regnen würde.

»Seht euch das an.« Dan deutete auf eine Ansammlung von kugeligen Gebäuden, die in rechter Halbhöhenlage an der Flanke des Berges klebten. Sie sahen aus wie Bienennester an einem alten Baum.

»Bugondehäuser.« Mellie holte ihre Kamera heraus und machte ein paar Aufnahmen. »Ich habe schon fast nicht mehr geglaubt, dass sie tatsächlich existieren.«

»An deiner Stelle würde ich die Kamera lieber wegstecken«, sagte Amy. »Die meisten Eingeborenen mögen es nicht, wenn man sie fotografiert, und wir werden gerade beobachtet.«

Ray blickte in die Runde und erschrak. Schräg hinter ihr, vom Gebüsch beinahe vollständig verdeckt, standen zwei Personen. Ein runzeliger alter Mann und ein Junge von fünf, sechs Jahren. Beide starrten sie mit großen Augen an. Als Amy ihnen zuwinkte, kamen sie vorsichtig heraus. Ihre Kleidung bestand aus grob genähtem Stoff und Fellresten. Ihre Füße steckten in einfachen Ledersandalen. Der alte Mann trug einen Speer, während der Junge eine Sichel in der Hand hielt. Wie es aussah, waren die beiden gerade dabei, junge Bambustriebe zu ernten. An der linken Hand des Mannes fehlten zwei Finger. Abgebissen, abgefroren, wer konnte das schon sagen? Der Junge trug ähnliche Verstümmelungen.

Amy sprach den Mann an. Sie hatte nicht den Eindruck, dass er sie verstand, doch seine Haltung wirkte freundlich. Eine Weile tat er so, als würde er zuhören, dann lächelte er. Er ging ein paar Schritte voraus, dann machte er kehrt und gab ihnen mit seiner verkrüppelten Hand zu verstehen, dass sie ihm folgen sollten. Der Junge wich nicht von seiner Seite.

Als sie etwa zehn Meter entfernt waren, deutete Ray auf die Missbildungen. »Für was halten Sie das?«

Die Biologin zuckte die Schultern. »Könnte eine Erbkrankheit sein. Degenerationserscheinung. Gibt es häufiger in solch entlegenen Gebieten.«

Ray war nicht überzeugt. Die Narben sahen nicht nach einer Erbgeschichte aus. Er war kein Mediziner, aber er hätte schwören können, dass die Finger gewaltsam entfernt worden waren.

Sein Verdacht wurde bestätigt, als sie die ersten Felder passierten. Hin und wieder waren Männer zu sehen, und allen fehlten Finger. Ihre Arbeitsgeräte waren mit Schlaufen und Lederriemen ausgestattet, damit sie überhaupt damit arbeiten konnten. Dürr und ausgemergelt standen sie auf der roten Erde und beackerten den Boden mit ihren primitiven Holzwerkzeugen.

»Ich nehme alles zurück.« Amy blickte düster auf die halb verhungerten Kreaturen. »Hier stimmt tatsächlich etwas nicht.«

»Könnten rituelle Verstümmelungen sein«, sagte Karl. »Denkt nur an die Lotusfüße japanischer Frauen, denen man die Fußknochen bricht und sie dann zusammenschnürt, damit sie möglichst kleine und zierliche Füße bekommen.«

»Oder die Giraffenhals-Mädchen in Thailand, bei denen die Hälse durch das Einsetzen von Messingringen unnatürlich gestreckt werden«, ergänzte Mellie. »Von der Beschneidung weiblicher Genitalien ganz zu schweigen. Aber ich habe noch nie gehört, dass es Stämme gibt, bei denen Männer verstümmelt werden.«

»Es gibt für alles ein erstes Mal«, sagte Ray grimmig.

Mellie machte unter der Hand weitere Aufnahmen. »Hat der Offizier nicht erzählt, das Dorf sei als Matriarchat organisiert?«

»Hat er«, erwiderte Amy. »Warum?«

»Schaut euch doch mal um. Es sind keine Frauen zu sehen.«

»Vielleicht leben sie alle dort oben.« Karl deutete auf eine Ansammlung kugelförmiger Hütten, die hoch über ihren Köpfen in der Felswand klebten. Ray zwinkerte gegen das helle Tageslicht. Die Siedlung war viel größer, als es aus der Ferne den Anschein gehabt hatte. Der Großteil der Gebäude lag raffiniert hinter einem Felsvorsprung verborgen und war vom Eingang des Tals aus nicht zu erkennen.

Dan pfiff zwischen den Zähnen. »Was meint ihr, wie viele das sind? Dreißig, vierzig?«

»Ich tippe auf mindestens achtzig«, sagte Amy. »Seht ihr die Verlängerung dieses steinernen Grates? Dahinter befinden sich noch mehr Gebäude. Der Offizier hat leicht untertrieben, als er von einem Dorf gesprochen hat. Es ist weit mehr als das, es ist eine Stadt.«

»Und wie kommt man da hoch?« Mellie betrachtete die komplexe Struktur durch den Sucher ihrer Kamera. »Ich kann keinen Pfad oder etwas Ähnliches erkennen.«

»Doch, da drüben.« Ray deutete auf eine Strickleiter, die von einem der Felsvorsprünge bis zu ihnen herunter reichte. Von dort aus hatte er einen Weg entdeckt, der über Treppen und Brücken bis zum Zentrum der Siedlung führte. Und der Alte hielt geradewegs darauf zu.

Ein paar Minuten später hatten sie den Fuß der Felswand erreicht. Sie ergriffen die rauhen Seile und setzten ihre Füße auf die wackeligen Sprossen. Dann ging es hinauf. Hand für Hand, Fuß für Fuß. Schwarz und drohend ragte die Steilwand über ihnen auf. Das Gewicht ihrer Rucksäcke behinderte sie, doch irgendwie schafften es alle, weiterzukommen. Der Wind strich über ihre schweißnasse Haut, während sie sich mühsam nach oben kämpften. Ray fiel auf, wie ruhig es in der Umgebung war. Außer dem Knarren der Seile und dem Krächzen der Krähen war nichts zu hören. Kein Lachen, kein Gesang, kein Kinderschreien. Nichts, was irgendwie darauf hindeutete, dass eine größere Ansiedlung in der Nähe war. Als läge ein Leichentuch über diesem Tal.
Schnaufend und schwitzend erreichten sie den ersten Felsvorsprung. Von dort aus wurde es leichter. Sie gingen über morsche Balken und wackelige Stiegen, aber wenigstens mussten sie nicht mehr senkrecht die Felswände hochklettern. Die meisten der Stufen waren einfache Holzbalken, die seitlich in die lehmige Wand getrieben worden waren, und hin und wieder mussten sie Brücken überqueren, die von zerfransten und ausgebleichten Seilen gehalten wurden. Ray zweifelte, dass die Konstruktionen für das Gewicht eines Durchschnittseuropäers ausgelegt worden waren, doch wie durch ein Wunder hielten sie und brachten die Gruppe wohlbehalten an ihr Ziel – ein Steilhang, der den Großteil der Stadt beherbergte. Eine hölzerne Palisade, in deren Mitte eine Art Stadttor erkennbar war, umgab die Gebäude. Wachtürme flankierten das hölzerne Bauwerk.
»In einem Punkt hatte der Offizier zumindest recht«, keuchte Ray. »Besonders einladend wirkt die Siedlung nicht.«
Der Alte humpelte zu einer der Wachen und begann, mit ihr in einer abgehackt klingenden Sprache zu reden. Während er sprach, deutete er immer wieder auf die Besucher.
»Verstehst du ein Wort von dem, was er da sagt?«, fragte er die Biologin.
Amy schüttelte den Kopf. »Es gibt in Uganda über fünfzig ver-

schiedene Sprachen, die meisten davon in den Grenzgebieten. Ich glaube, es ist *Rutooro*, die offizielle Sprache des Königreichs von Tooro. Eine sehr exotische alte Sprache.« Mit einem Kopfnicken deutete sie auf einen der Posten. »Apropos exotisch: Werft mal einen Blick auf den Wachposten.«

Der Krieger war schwer bewaffnet. Speer, Axt, Brustharnisch, Arm- und Beinschützer und ein prächtiger Helm mit Federaufsatz.

Noch verblüffender aber war sein Gesicht. Hinter einer Schicht aus Kalkfarbe und Holzkohlebemalungen bemerkte Ray weibliche Züge. Große Augen, hohe Wangenknochen und volle Lippen. Kein Zweifel, es war eine Frau.

»Das ist ja eine richtige Amazone«, flüsterte Karl. »Seht euch bloß ihren hohen Wuchs und die breiten Schultern an. Beinahe äthiopisch.«

»Achtet mal darauf, wie unterwürfig der Mann ihr gegenüber ist«, erwiderte die Biologin. »Scheint, als ob der Offizier mit dem Matriarchat doch recht gehabt hätte.«

»Stellt euch nebeneinander, damit ich zwischen euch hindurch ein paar Aufnahmen schießen kann«, flüsterte Mellie. »Diese Frau sieht wirklich sensationell aus.«

»Lass dich bloß nicht erwischen.« Ray warf ihr einen warnenden Blick zu. »Ich glaube, mit der ist nicht zu spaßen. Sieh dir mal ihre Halskette an.«

Die Amazone trug ein geflochtenes Band, an dem eine Reihe von kleinen weißen Knochen baumelten. *Fingerknochen*, um genau zu sein. Ihrer Größe nach zu urteilen von Kindern. Mellie ließ sich jedoch nicht abwimmeln, sondern schoss eine ganze Reihe von Aufnahmen.

Endlich beendete die Kriegerin das Gespräch mit dem Mann und kam auf sie zu. Wortlos musterte sie die Mitglieder der Gruppe. Amy und Mellie erhielten ein knappes Lächeln, während Dan und Karl mit einem abschätzigen Blick bedacht wurden. Nur Ray schien es wert zu sein, länger in Augenschein genommen zu werden. Sie betrachtete seine Muskeln und Narben, dann nickte sie. Mit einem Wort, das Ray nicht verstand, machte sie kehrt und öffnete das Tor.

»So weit, so gut«, murmelte er. »Jetzt wird's spannend.«

Schon kurz hinter der Palisade wurde allen klar, dass der Blick von unten nur ein unzureichendes Bild geboten hatte. Die Anlage war in eine Vielzahl von Terrassen untergliedert, die durch Leitern, Treppen und Brücken miteinander verbunden waren. Dort, wo der Abbruch besonders steil war, hatte man hölzerne Plattformen errichtet, die nur mittels aufwendig konstruierter Gondeln erreichbar waren. Überragt wurde die Stadt von einem mächtigen Felsvorsprung, auf dem ein einziges, kuppelartiges Gebäude stand. Seine Größe ließ darauf schließen, dass hier das Oberhaupt der Bugonde residierte.

Im Stadtkern lebten fast ausschließlich Mädchen und Frauen. Ganz selten, dass ein Mann zu sehen war und wenn, dann nur ärmlich gekleidet und gebeugt unter dem Gewicht irgendwelcher Lasten. Die Frauen hingegen waren in prachtvolle Gewänder gehüllt und trugen kunstvoll geflochtene Hauben auf ihren Köpfen.

Kurze Zeit später erreichte die Gruppe die Oberkante des Felsvorsprungs. Düster und bedrohlich ragte die kuppelartige Hütte in den von Regenwolken durchzogenen Himmel. Zwei riesige Totems, ganz ähnlich dem, das sie am Eingang des Tals gesehen hatten, flankierten den verschachtelten Bau, der von einer Kuppel aus Bambusstangen gekrönt wurde. Der Eingang war mit roter Farbe bemalt und erinnerte an eine Vagina. Zwei Kriegerinnen standen davor, ebenso prächtig gekleidet wie die Torwache und mindestens ebenso schwer bewaffnet. Sie wechselten ein paar Worte mit ihrer Kollegin, dann verschwand eine von ihnen im Eingang.

Ray trat an das hölzerne Geländer und blickte hinab in die Tiefe. Wie ein Flickenteppich bedeckten Äcker und Weiden die Talsohle. Hier und da war ein Feuer zu sehen, dessen Qualm bis in die

Höhenlagen des Nebelwaldes stieg. Das Rauschen des Wasserfalls hatte eine beruhigende Wirkung.

»Mmh, riecht ihr das auch?« Mellie hielt schnuppernd die Nase in den Wind. Aus der Siedlung unter ihnen wehte der Duft von Holzkohlefeuern und geröstetem Fleisch zu ihnen herauf.

Ray spürte, wie ihm das Wasser im Mund zusammenlief.

»Das riecht wirklich gut«, sagte er. »Ich kann es kaum erwarten, endlich mal wieder etwas anderes zwischen die Zähne zu bekommen als diesen synthetischen Fraß. Reiseproviant hin oder her, aber von diesem Trockenfutter bekommt man auf Dauer Magengeschwüre.«

»Wenigstens fängt man sich damit keine Koliken ein«, sagte Dan. »Ihr könnt von mir aus gern auf einheimische Küche umsteigen, ich für mein Teil esse lieber Tütensuppe. Wer weiß, was die einem hier vorsetzen? Gibt es eigentlich Fälle von Kannibalismus in dieser Region, Amy?«

Die Biologin kam nicht dazu, zu antworten, denn in diesem Augenblick trat die dunkelhäutige Kriegerin aus der Hütte und winkte ihnen zu.

»Ich glaube fast, das ist unser Zeichen«, sagte Karl. »Scheint, als würden wir zur Audienz geladen.« Er wollte gerade vorangehen, als die Kriegerin ihm mit ihrem Speer den Weg versperrte. Hilfesuchend sah er sich um.

»Was soll das denn jetzt?«

Die Amazone deutete auf Amy und Mellie.

Mellie warf Karl einen schelmischen Blick zu. »Wie es aussieht, ist es nur Frauen erlaubt, das Gebäude zu betreten. Pech gehabt, Dicker.«

»Nenn mich nicht Dicker«, sagte Karl. »Abgesehen davon, was sollen wir solange machen?«

»Macht euch schon mal Gedanken, wie wir an etwas Essbares kommen«, sagte Amy. »Unsere Vorräte sind ganz schön zusammengeschmolzen. Ihr könnt aber auch einfach auf uns warten und euch solange unterhalten.« Sie warf Ray und Dan ein schelmisches Lächeln zu. »Komm, Mellie, wir wollen unsere Gastgeberin nicht warten lassen.«

»Seid vorsichtig, okay?«, sagte Ray. »Mir ist nicht wohl bei der Sache.« Er deutete auf die merkwürdige Verzierung am Türrahmen. Ihm war aufgefallen, dass das, was er auf den ersten Blick für weiße Zweige oder Äste gehalten hatte, beim näheren Hinsehen Fingerknochen waren. Und was da so rot leuchtete, war auch keine Farbe. Es war Blut.

16

Das Krankenzimmer war luftig und hell. Sanftes Morgenlicht fiel durch eines der Fenster und warf Lichtstreifen an die Wand. Das monotone Piepsen des Gerätes zur Herz-Kreislauf-Überwachung sowie ihre quietschenden Schritte auf dem Linoleum waren die einzigen Geräusche, die an ihr Ohr drangen. Eine feine Andeutung von Desinfektionsmitteln wehte durch die Gänge, vermischt mit dem Duft von Blumen, die draußen vor der Tür standen. Auf dem Nachttischchen neben dem Bett lag Grishams *Die Akte*. Seit ihrem Besuch letzte Woche hatte sich nichts verändert. Das Buch war immer noch auf derselben Seite aufgeschlagen. Sie trat ein paar Schritte näher und sah, dass der Mann wach war. Seine Augen schimmerten in seinem verfallenen Gesicht wie zwei klare Bergseen.

»Hallo, mein Engel.« Die Stimme war kaum mehr als ein Keuchen. Amy erschrak, als sie erfasste, wie stark ihr Vater in nur einer Woche abgebaut hatte. Man konnte ihm beinahe dabei zusehen, wie er immer mehr verfiel. Er hatte Bauchspeicheldrüsenkrebs. Unheilbar.

»Hi, Dad.«

»Ich freue mich, dass du gekommen bist. Ich freue mich immer, dich zu sehen.«

»Ich mich auch, Dad. Ich mich auch.« Sie zog einen Stuhl heran und ließ sich nieder. Nicht, weil sie unbedingt sitzen musste – sie hatte zwei Stunden Autofahrt hinter sich –, sondern weil sie nicht auf ihn herabsehen wollte. Wie immer wenn sie ihn besuchte, musste sie daran denken, was er einmal für ein Mann gewesen war. Einsneunzig groß, breite Schultern, dunkles Haar. Eine scharf geschnittene Nase und ein Mund, der immer zu einem ironischen Lächeln geformt zu sein schien. Ein Mann, der schon rein äußerlich ein Maß an Willenskraft und Moral widerspiegelte, wie man es heutzutage nur noch selten fand. Ein einsamer Mann. Seit der Scheidung hatte er nie wieder eine Beziehung zu einer anderen Frau gehabt. Zumindest keine, von der Amy wusste. Er hatte nur noch gearbeitet, war von früh bis spät in der Firma gewesen, außer an den Wochenenden, an denen er mit ihr lange Ausflüge entlang Kaliforniens herrlicher Küste gemacht hatte.

»Wie geht es dir, mein Kleines?«

»Gut.« Sie wischte über ihre Augen. »Das Studium frisst mich auf, aber es ist wahnsinnig interessant. Ich habe das Gefühl, dass täglich neue Entdeckungen in der Verhaltensforschung gemacht werden. Ich komme kaum hinterher, den ganzen Stoff für meine Zwischenprüfung zu lernen, weil ich mich ständig in Fachbereichen verzettele, für die ich mich gar nicht angemeldet habe. Neulich kamen neue Untersuchungsberichte über das genetische Material der Bonobos, der Zwergschimpansen, herein. Verblüffend, wie nah wir mit ihnen verwandt sind. Es ist schon beinahe unheimlich.«

»Du und deine Affen.« Ein Rasseln drang aus seiner Kehle. Es war mehr ein Keuchen als ein Lachen.

»Ja. Ich und meine Affen.« Sie versuchte zu lächeln, doch es gelang nur halb. »Eine unendliche Geschichte.«

»Die Menschenaffen in San Diego ... du warst wie besessen von ihnen. Kein anderer Wunsch ... als Biologie zu studieren. Dabei wollte ich so gern, dass du in meine Fußstapfen trittst.«

Amy faltete die Hände. Bitte nicht noch eine Diskussion über enttäuschte Erwartungen und zerstörte Hoffnungen. Davon hatten sie seit ihrer Entscheidung, Biologie an der UCLA zu studie-

ren, schon genug gehabt. »Es tut mir leid«, flüsterte sie. »Wirklich.«
Ihr Vater wollte etwas sagen, doch es endete in einem Hustenanfall. Als er wieder sprechen konnte, klang seine Stimme so dünn wie Glas. »Das muss es nicht«, keuchte er. »Ich habe inzwischen eingesehen, dass es mein Fehler gewesen ist. Mein übertriebener Ehrgeiz ... er hat immer alles kaputt gemacht. Meine Ehe, meine Freundschaften und meine Beziehung zu dir. Ich war förmlich zerfressen von Erwartung und Pflichtgefühl. Es war ein Kreislauf, aus dem ich nicht mehr herausgekommen bin. Es tut mir leid.« Er sah sie mit kummervollen Augen an. »Mach nicht den gleichen Fehler wie ich«, flüsterte er. »Setze die Menschen nicht zu sehr unter Druck, und verliere dich nicht zu sehr in deinen Pflichten. Vergiss nicht zu leben. Du hast nur diese eine Chance.«
Amy nahm seine Hand und drückte sie.
Sie war eiskalt.

Das Innere der Hütte war dunkel und rauchgeschwängert. Tränen rannen ihr aus den Augen. Ein unangenehmer Geruch lag in der Luft. Es stank scharf und süßlich zugleich, als ob etwas langsam verweste.
»Hallo?«
Sie wischte die Tränen aus ihren Augen und lauschte in die Dunkelheit.
Keine Antwort.
»Ist da jemand?«
In die Stille hinein war das Knistern von Räucherwerk zu hören. Ein einzelner Lichtstrahl durchkreuzte den Raum, traf auf der Gegenseite auf einen Schild aus blankem Metall und wurde in einer Vielzahl von Spiegelungen gebrochen. Zu schwach, um den Raum zu erhellen, aber zu stark, um nicht davon geblendet zu werden, machte das Licht es ihr schwer, sich zu orientieren. Rauch stieg kräuselnd in die Luft und löste sich in geisterhaften

Schemen auf. Als sie Einzelheiten erkennen konnte, stockte ihr der Atem. Das Heiligtum der Bugonde war angefüllt mit Statuen, Totems und Reliquien. Neben ihr hing ein toter männlicher Gorilla, dem man die Genitalien abgeschnitten hatte. Sein Körper war mit weit ausgestreckten Armen an die Wand genagelt worden. Schädel von Buschböcken, in deren Augen Holzpflöcke getrieben worden waren, hingen neben Schlangen mit weit aufgerissenen Mäulern. Amy bezähmte ihren Ekel und ging weiter. Mellie, die neben ihr stand, hielt die Hand vor die Nase. Der Gestank war überwältigend. Amy machte kehrt und sah, dass sie allein waren. Der Wachposten war draußen geblieben.
Seltsam.
In den meisten Naturvölkern wurde das Oberhaupt eines Stammes besser geschützt als der Goldvorrat von Fort Knox. Entweder war dieser Stamm friedfertiger als es den Anschein hatte, oder man hielt die fünf Wissenschaftler nicht für eine Bedrohung. Was wiederum den Schluss zuließ, dass die Schamanin nicht so harmlos war, wie Amy annahm.
Vor ihnen war ein plätscherndes Geräusch zu hören. Hinter einem Vorhang aus Wasser wurde eine Gestalt sichtbar. Eine Statue. Aus einem einzigen Felsbrocken geschlagen, wirkte sie ungeheuer massig und schwer. Wasser strömte über die Statue in ein Bassin.
Die abgebildete Kreatur ließ sich am besten als Kreuzung zwischen Affe und Pflanze beschreiben. Eine Chimäre, wie man sie hin und wieder in alten Sagenbüchern fand. Sie war über und über mit Moos bewachsen und besaß eine geradezu lebendige Ausstrahlung.
»Was ist das?«, flüsterte Mellie mit ehrfürchtiger Stimme.
»Ich weiß es nicht«, entgegnete Amy. »Ich habe so etwas noch nie zuvor gesehen.«
»Das ist ein *N'ekru*«, krächzte eine Stimme aus dem Dunkel. »Ein Riese aus der alten Welt.« Etwas Bleiches, Unförmiges watschelte ins Licht.

Amy wich zurück.
Es war eine Frau.
Ihre schlohweißen Haare hingen wie Spinnweben von ihrem Kopf, ihre Haut wirkte, als hätte man sie mit Peroxid gebleicht und ihre Augen waren so hell wie Schnee. Unruhig zuckten sie hin und her, auf der Suche nach den Besuchern. Die Frau war nur etwa einsfünfzig groß und ziemlich beleibt. Ihr Oberkörper war eng geschnürt in blutrote Stoffbahnen. In ihrer rechten Hand hielt sie einen Stock aus gewundenem Wurzelholz. Auf ihrem Kopf thronte ein kunstvoll gearbeitetes Diadem, das vor Gold und Edelsteinen nur so funkelte. Amy studierte ihr ungewöhnliches Gesicht. Allein die vorgewölbten Lippen und das ausgeprägte Stirnbein passten nicht zu diesem Erscheinungsbild. Die helle Farbe ließ auf einen Defekt in der Pigmentierung schließen. Die Frau war ein Albino, und sie war ganz offensichtlich blind.
»Sie sprechen unsere Sprache?«
Die Alte nickte. »Ihre Sprache, andere Sprachen, kein Unterschied.« Sie wedelte mit der Hand. »Mein Vater ... Missionar. Kam in dieses Land, lange vor Ihrer Zeit. Blieb viele Jahre. Lange genug, um mich seine Heimatsprache zu lehren.«
Amy wollte nachfragen, was aus ihm geworden war, verwarf den Gedanken aber wieder. Sie hatten Wichtigeres zu klären. »Verzeiht unser Eindringen«, sagte sie. »Wir wollen euch nicht stören.«
»Töchter der allsehenden Mutter sind immer willkommen.« Die Frau entblößte eine Reihe dunkelbrauner Zähne. Sie sah aus wie ein riesiger Frosch, der zu lange in dunklen Höhlen gehaust hatte.
»Müsst durstig sein. Kommt und erfrischt euch.« Sie nahm einen steinernen Becher vom Rand des Bassins, tauchte ihn in das moosgrüne Wasser und setzte ihn an ihre Lippen. Dann reichte sie ihn den beiden Frauen.
Mellie starrte argwöhnisch auf den Becher. »Ich habe keinen Durst.«

»Wasser gut. Trinkt.« Die Alte hob ihren Finger, der in einem etwa zehn Zentimeter langen, ausgebleichten Fingernagel endete. »Durch die Macht des N'ekru werdet ihr Kraft und Weisheit erlangen. Ihr werdet an andere Orte kommen, fremde Welten sehen.«
Amy nickte. Die Frau war weit mehr als ein gewöhnliches Stammesoberhaupt. Ihre Bewegungen, die Art wie sie sprach und vor allem die Einrichtung ihrer Hütte deuteten darauf hin, dass es sich um eine Hexenmeisterin handelte.
Mellie blickte angewidert auf den Becher in ihren Händen: »Nein danke.« Amy sagte nichts, spürte aber, dass es ratsam war, das Angebot nicht auszuschlagen. Sie nahm den Becher und setzte ihn an ihre Lippen. Das Wasser schmeckte wider Erwarten frisch und angenehm. Sie reichte ihn Mellie. »Trink«, sagte sie. »Es ist in Ordnung.«
»Ja, trinken«, sagte die Alte. »Dann setzen und erzählen.« Sie deutete auf ein paar grob behauene Holzklötze, die nahe der Statue auf dem Boden lagen. »Warum gekommen zu den Bugonde?« Amy ließ sich nieder und fing an, von ihrer Reise zu berichten. Von ihrer Wanderung hierher und von ihrem Erlebnis bei den Gorillas. Oft musste sie Sätze umformulieren oder ganz von vorn beginnen, weil die Hexenmeisterin manche Worte nicht kannte oder den Sinnzusammenhang nicht erfasste. Es war überhaupt erstaunlich, dass ihre Sprachkenntnisse so gut waren. Viel Übung konnte sie ja nicht haben. Als Amy auf die Soldaten zu sprechen kam, wurde der Gesichtsausdruck der Frau ernst. Das breite Lächeln verschwand. Zornesfalten zogen sich über ihre Stirn. Sie begann, seltsame Zeichen mit ihrem Stock in den Sand zu malen. Amy spürte, wie es plötzlich kalt wurde. Als hätte jemand in einem beheizten Raum das Fenster geöffnet.
»Verzeiht, wenn ich Euch beleidigt habe«, sagte sie. »Ich wollte Euch nicht verärgern.«
»Teufel«, fluchte die Schamanin.
»Meint Ihr mich?«

Die Alte tat so, als wische sie eine lästige Fliege beiseite. »Soldaten immer schlecht. Mischen sich ein, drohen mit ihren Gewehren. Fluch soll sie alle treffen.« Sie spuckte aus.

Amy versuchte angestrengt, die Puzzlesteine zusammenzusetzen. Nicht ganz einfach, mit so wenig Informationen. Fest stand, die Soldaten waren hier gewesen und hatten sich ganz offensichtlich in die inneren Angelegenheiten der Bugonde eingemischt. Es musste ihnen aufgefallen sein, wie sehr der männliche Teil der Bevölkerung in dieser Gegend unterdrückt wurde. Die Unterernährung und die Verstümmelungen sprachen eine deutliche Sprache. Solche Praktiken waren strafbar, selbst vor dem Hintergrund, dass es in Uganda ein Gesetz zur Wahrung der Traditionen gab. Ob der Offizier mit Konsequenzen gedroht hatte, darüber konnte man nur spekulieren, doch zumindest hatte es ausgereicht, um die Hexenmeisterin zur Weißglut zu treiben. Kein besonders guter Ausgangspunkt für weitere Annäherungen. Wenn sie etwas über Will herausbekommen wollte, musste sie den direkten Weg gehen. Auf Umwegen würde sie hier nichts erfahren.

»Wir sind auf der Suche nach einem Freund«, sagte sie geradeheraus. »Es könnte sein, dass er vor etwa zwei Monaten in diese Gegend gekommen ist. Die Soldaten haben uns mitgeteilt, er sei in dieser Gegend gesehen worden, kurz bevor das große Unwetter kam. War er hier? Können Sie mir sagen, was aus ihm geworden ist?«

Die Alte beendete ihr Selbstgespräch und hob ihren Kopf. Ihre blinden Augen starrten Amy an. Für einen Moment huschte ein Ausdruck von Erstaunen über ihr Gesicht, dann wich er einem verstörenden Lächeln.

»*Burke.*«

17

Ray blickte auf die Uhr. Die beiden Frauen waren nun schon beinahe eine Stunde in der Hütte und immer noch war kein Zeichen von ihnen zu sehen. Langsam wurde er nervös. Er steckte sein Skizzenbuch zurück in die Tasche, stand auf und wollte gerade zum Eingang gehen, als der Vorhang in Bewegung geriet. Er hörte ein Husten, dann trat Amy ins Licht. Irritiert blieb sie stehen und schaute in die Runde. Sie hatte sichtlich Schwierigkeiten, das Gleichgewicht zu halten. Mellie folgte ihnen, nach Atem ringend. Beide Frauen wirkten schwer angeschlagen. Sofort war er bei ihnen.
»Kommt, setzt euch.« Er führte sie zu Dan und Karl und bot ihnen eine Sitzgelegenheit an. »Alles klar?«
»Das hat ja gedauert.« Karls Stimme klang vorwurfsvoll. »Was habt ihr da drin nur so lange getrieben?«
»Habt ihr irgendetwas herausgefunden?«, fing jetzt auch Dan an. »Was ist da drin geschehen? Nun redet doch.«
»Wie wär's, wenn ihr ihnen mal etwas Zeit lasst?« Ray reichte Amy die Wasserflasche. »Ihr seht doch, dass sie noch völlig benommen sind.«
Sie nahm einen Schluck und reichte das Gefäß an Mellie weiter.
»Ist schon in Ordnung ...« Die Biologin verstummte und befreite ihren Hals mit einem Räuspern. »Junge, war das eine Luft da drin. Ich fühle mich, als hätte ich einen über den Durst getrunken.«

»Vermutlich dieses seltsame Räucherwerk«, warf Mellie ein. Sie rieb ihre Augen und atmete ein paarmal tief durch. »Ich glaube, die verbrennen da drin irgendwelche Drogen. Ich habe immer noch weiche Knie.«

»Eines ist jedenfalls sicher«, sagte Amy. »Der Offizier hat sich nicht geirrt.«

»Dann sind William und seine Leute tatsächlich hier durch gekommen?«

Amy nickte. »Die Alte sagte, dass er und seine Leute kurz vor dem Sturm kamen. Auf meine Frage, wohin er gegangen sei, antwortete sie ausweichend. Erst wollte sie wissen, ob ich seine Frau sei, dann sagte sie, dass kein Mann so viel wert sei, um sich für ihn in Gefahr zu begeben. Als ich nachhakte, sagte sie, er sei fort und würde nicht wiederkehren.«

»Na toll«, sagte Karl. »Und wohin ist er gegangen?«

»Hab ich auch gefragt. Ihre Antwort: *Er ist auf der anderen Seite. Ihr könnt ihm nicht folgen.*« Sie blickte in die Runde. »Könnt ihr damit etwas anfangen?«

Über Dans Gesicht huschte ein Lächeln. »Vielleicht. Während ihr da drin Pot geraucht habt, habe ich die Karte studiert und mir das Gelände oberhalb dieses Plateaus angesehen. Die Gegend da ist recht interessant. Die Hochebene wird von einem Fluss durchschnitten, der das Gebiet in zwei Hälften teilt. Was jenseits des Flusses zu finden ist, kann ich nicht genau sagen, den Eintragungen nach zu urteilen ist dort so etwas wie ein Felsenlabyrinth. Es liegt etwa einen halben Tagesmarsch nördlich von hier. Vielleicht sind die drei dorthin aufgebrochen.«

»Ein Felsenlabyrinth.« Amy versank für einen Moment in Gedanken. »Die Schamanin sprach von den Ruinen einer alten Stadt und deutete in diese Richtung. Sie berichtete von einem Unwetter und von irgendwelchen Geistern, die um diese Zeit ihr Unwesen treiben.« Sie seufzte. »Was auch geschehen ist, es steht fest, dass die drei von dort nie wieder zurückgekehrt sind.

Zumindest nicht auf dem Weg, den sie dorthin gegangen sind. Möglich, dass sie eine andere Route gewählt haben, aber für wahrscheinlich halte ich das nicht.«

»*Ihr könnt ihm nicht folgen*«, sagte Ray. »Was könnte sie damit gemeint haben?«

»Sie sprach von einem Tor, einem Portal, das alle paar hundert Jahre entsteht«, sagte Amy.

»Ein Portal? Was denn für ein Portal?«

»Keine Ahnung, ich habe das nicht so richtig verstanden. Ihre Angaben waren nur sehr bruchstückhaft. Das Einzige, was ich mitbekommen habe, ist, dass es immer nur für kurze Zeit geöffnet ist und dann wieder verschwindet.«

»Und wohin soll es führen?«, fragte Karl.

Amy zuckte die Achseln. »Keine Ahnung. Mehr war aus ihr nicht herauszubekommen. Um ehrlich zu sein, ich bin froh, überhaupt wieder aus der Hütte raus zu sein. Die Erwähnung der Soldaten hat sie ganz schön auf die Palme gebracht.«

»Das mit dem Portal ist sicher nur wieder so ein schwarzafrikanischer Hokuspokus«, sagte Dan. »Das darf man nicht so ernst nehmen. Es gibt Hunderte von Legenden und Mythen. Wir wären ganz schön angeschmiert, wenn wir alles für bare Münze nehmen würden.«

»Wer weiß«, meinte Amy. »Die Schamanin war durch und durch von dunkler Magie erfüllt. Sie schien sehr überzeugt von dem, was sie sagt. Es könnte ja nicht schaden, wenn wir uns den Ort mal genauer ansehen. Immerhin sind wir jetzt schon so weit gekommen, da macht es keinen Unterschied, ob wir noch ein, zwei Tage dranhängen.«

»Ein altes Ruinenfeld«, sagte Ray nachdenklich. »Klingt interessant. Also meine innere Stimme sagt mir, dass wir das unbedingt genauer untersuchen sollten.«

»Meine auch«, entgegnete Karl. »Hat einer von euch schon mal etwas über Ruinen in dieser Region gehört?«

»Also ich nicht«, sagte Dan. »Und ich habe so ziemlich jedes

Buch gelesen, das jemals über den Ruwenzori geschrieben wurde. Von Ruinen war nirgendwo die Rede.«
Ray spürte das Jagdfieber in sich aufsteigen. »Worauf warten wir dann noch? Stellt euch vor, wir stoßen tatsächlich auf die Überreste einer versunkenen Stadt. Wäre das nicht eine Sensation?«
»Die Hexenmeisterin hat uns gewarnt«, sagte Amy. »Sie sagte, der Ort sei verflucht. Sie sagte, es sei die Heimat der N'ekru.«
»*Der N'ekru?*« Dan hob die Augenbrauen. »Was ist denn das schon wieder?«
»Irgendwelche vorzeitlichen Riesen, die hier einst gelebt haben«, antwortete Mellie. »In der Hütte war eine Statue. Eine Chimäre; halb Affe, halb Baum. Gruselig, kann ich euch sagen. Die Hexenmeisterin sagte, die N'ekru würden zwar *auf der anderen Seite* leben, doch manchmal kämen sie durch das Tor und würden schreckliche Verwüstungen hinterlassen.«
»Was für ein Quatsch!« Dan ließ ein überhebliches Lachen hören. »Ihr glaubt doch nicht etwa diesen Hokuspokus? Wahrscheinlich hat dort mal eine Schimpansensippe gelebt, die den Eingeborenen einen mächtigen Schrecken eingejagt hat. Schimpansen sind bekannt dafür, dass sie gern in der Nähe alter Bäume oder Gebäude herumlungern. Wenn es wirklich Ruinen sind, dann wäre das genau der richtige Spielplatz für sie.«
»Für dich ist die Welt wieder mal ganz einfach und klar.« Mellie warf dem Geologen einen vorwurfsvollen Blick zu. »Was du nicht erklären kannst, existiert nicht, habe ich recht? Es ist aber nicht immer alles so einfach zu erklären.«
»Oho.« Dan spielte den Betroffenen. »Die Welt ist voller Wunder und Abenteuer, ist es das, was du mir sagen willst?«
»So ungefähr.«
Er schüttelte den Kopf. »Soll ich dir was sagen, Süße? Du lebst schon viel zu lange auf diesem Kontinent. Ihr seid alle schon viel zu lange hier. Afrika hat euch die Köpfe vernebelt. Wird Zeit, dass ihr wieder in die Zivilisation kommt.«
»Du musst es ja wissen.« Mellie schlug die Beine übereinander

und blickte in eine andere Richtung. Das Thema schien für sie beendet zu sein.

»Was immer es auch sein mag, ich denke, wir sollten auf jeden Fall vorsichtig sein«, sagte Amy. »Ihr habt diese Statue nicht gesehen. Irgendetwas an ihr hat mich zutiefst beunruhigt. Sie sah aus wie etwas, das wirklich existieren könnte.« Sie klatschte sich auf die Oberschenkel, dann stand sie auf. »Na schön. Wir werden nichts herausfinden, wenn wir hier nur herumsitzen und debattieren. So ungern ich das auch tue, aber ich muss noch einmal zurück in diese Hütte. Ich werde die Hexenmeisterin bitten, uns den Weg zu den Ruinen zu zeigen und sie bei der Gelegenheit auch nach etwas Proviant fragen. Wir müssen dringend unsere Vorräte auffrischen. Ray hat recht, dieses Trockenfutter macht auf Dauer niemanden glücklich.«

Der Nachmittag war bereits fortgeschritten, als die Gruppe unter der Führung einiger Bugondemänner die Schlucht erreichte. Der Himmel war grau. Vereinzelt fielen Tropfen. Ray fühlte, dass er am Ende seiner Kräfte war. Der lange Weg ins Tal, die Ersteigung des Schamanenfelsens und jetzt noch der Weg durch den dichten Bergwald. Da halfen auch die Träger nichts, die ihnen den Proviant auf das Hochplateau trugen. Er sehnte sich nach etwas zu essen, seinem Zelt und seinem Schlafsack. Einfach die Augen schließen, und sei es nur für eine halbe Stunde. Doch noch war es nicht so weit. Erst mussten sie noch diese Schlucht überqueren, die sich wie ein gewaltiger Riss quer über ihre Marschroute legte. Der einzige Weg hinüber führte über eine wackelige Hängebrücke, die jemand vor Urzeiten hier errichtet hatte.

Vorsichtig trat er an den Abgrund und spähte hinunter. Tief unter ihnen rauschte der Kitandara.

»Da wären wir also«, sagte Karl. »Und wie geht's jetzt weiter?«

»Dumme Frage«, erwiderte Dan. »Natürlich da rüber. Irgendjemand, der sich freiwillig meldet?«

Karl verzog den Mund zu einem ironischen Grinsen. »Wie wär's, wenn du mit gutem Beispiel vorangehst?«
Dan winkte ab. »Lassen wir doch die Träger zuerst rüber«, sagte er. »Sie sind von uns allen am leichtesten.«
»Ja, sehr nett«, erwiderte Karl. »Wenn sie abstürzen, dann trifft es wenigstens keinen von uns, meintest du das?« Er verdrehte die Augen. »Also ich für mein Teil würde mir diese Wackelpartie gern ersparen und einen anderen Weg wählen. Frag doch mal, ob es noch eine andere Möglichkeit gibt, rüberzukommen.«
Amy übersetzte die Frage, erntete jedoch nur Kopfschütteln. Schlimmer noch, die Träger begannen, ihre Taschen und den Proviant abzusetzen. Dan stemmte die Hände in die Hüften. »Was hat das jetzt wieder zu bedeuten?«
Die Biologin fragte die Träger. Deren Antwort überraschte sie nicht. »Endstation«, sagte sie. »Auf der anderen Seite beginnt das Gebiet der N'ekru. Die Männer wollen auf keinen Fall über die Brücke gehen. Wir müssen wohl oder übel allein hinüber.«
»Ohne mich«, protestierte Karl. »Seht euch bloß mal an, wie alt das Teil ist. Die Stricke reißen doch, wenn man sie nur schräg anschaut. Und ich bin ja nicht eben ein Fliegengewicht.«
»Das fällt dir jetzt ein«, lästerte Dan.
Karl wischte den Schweiß von seiner Stirn. »Wenn es keinen anderen Weg auf die andere Seite gibt, dann gute Nacht.«
Ray hatte endgültig genug. Ohne ein weiteres Wort zu verlieren, schnappte er sein Gepäck, stellte seinen Fuß auf die erste Sprosse und marschierte los. Die hölzernen Planken ächzten und knarrten. Aus der Nähe betrachtet wirkten sie noch viel instabiler als vorhin bei der oberflächlichen Inspektion. Manche von ihnen waren so dünn, dass sie durchzubrechen drohten. Tief unter ihm war der Fluss zu sehen. Kaum mehr als ein schmales blaues Band inmitten der schwarzen Bäume. Ein Schwarm kleiner Papageien flog kreischend unter seinen Füßen auf. Ihre Flügel blitzten kurz auf, dann verschwanden die Vögel aus seinem

Blickfeld und wurden von der Dunkelheit des Bergwaldes geschluckt.
Ray beschleunigte seinen Schritt und gelangte ohne Probleme auf die andere Seite. Dort stellte er die Tasche ab und kam wieder zurück. Mit einem knappen Lächeln in Dans Richtung sagte er: »Melde gehorsamst, Brücke gefahrlos passierbar.« Überraschtes Schweigen schlug ihm entgegen. Amy sah aus, als wisse sie nicht, ob sie lachen oder weinen sollte. »Du verdammter ... gut gemacht, Ray. Immerhin hast du uns damit eine lange Diskussion erspart, auch wenn das jetzt schon die zweite waghalsige Aktion war. Ich kann nur hoffen, dass das nicht zur Gewohnheit wird.«
Er zwinkerte ihr zu. »Ich werde versuchen, mich am Riemen zu reißen, einverstanden?« Ihm war nicht entgangen, dass sie ihm ganz unvermutet das Du angeboten hatte. Er wertete das als Fortschritt. »Und keine Sorge«, sagte er. »Ich bin vielleicht leichtsinnig, lebensmüde bin ich nicht.« Er deutete auf die Träger, die ungeduldig an der Seite standen: »Ich würde mich gern bei den Männern erkenntlich zeigen. Wie sagt man ›Danke‹ auf Luganda?«
»Weebale.«
»Weebale? Gut, dann versuch ich's mal.« Er zog ein paar Geldscheine aus der Tasche und bedankte sich.
»Kale, kale.« Über die Gesichter der Träger huschte ein Lächeln. Dankbar nahmen sie das Geschenk an und verschwanden in aller Eile im Bergwald. Ray sah ihnen noch eine Weile nach, dann machte er kehrt und stemmte die Hände in die Hüften. »Dann wollen wir mal. Also, wer kommt mit?«

18

Es war kurz nach vier, als sie auf die ersten Mauerreste stießen. Kaum mehr als einen halben Meter hoch und dicht überwachsen mit Farnen und Moosen, waren sie erst auf den zweiten Blick auszumachen. Amy bemerkte, dass man schon sehr genau hinschauen musste, um festzustellen, dass die überwucherten Brocken nicht einfach nur wahllos hingestreute Steinblöcke waren, sondern Ruinen. Unter dem sanften Grasbewuchs deuteten sich Quadrate, Rechtecke und Kreise an, manche von ihnen von beträchtlicher Größe.

Sie gingen weiter und fanden einen halben Kilometer weiter endlich, wonach sie gesucht hatten. Eine Lichtung, deren Boden zum Fluss hin sanft abfiel. Ein idealer Platz für ihr Camp. Amy blieb stehen und blickte in die Runde. Von oben drang gleichmäßig das Rauschen des Regens an ihr Ohr. Jetzt hatte sie das schlechte Wetter doch noch eingeholt.

»Endstation«, sagte sie. »Hier werden wir die Nacht verbringen. Also runter mit den Rucksäcken.«

Erleichtert und erschöpft ließen alle ihr Gepäck ins Gras sinken und hockten sich hin. Ray machte ein paar Dehnübungen, während Mellie und Karl die Beine ausstreckten und tief durchatmeten. Amy begann damit, ihr selbstaufbauendes Kuppelzelt aus dem Rucksack zu holen und auf den Boden zu legen. Jeder von ihnen hatte eines dieser Wunderwerke, und sie hatten sich bisher hervorragend bewährt. Man brauchte sie nur aus der Hülle zu

nehmen und anzustoßen, schon entfaltete sich der Metallrahmen und wurde mit einem sanften Knall zu einem bequemen und geräumigen Einpersonenzelt. Amy packte ihren Schlafsack und ihren kleinen abgewetzten Stoffgorilla hinein – ein Maskottchen, das sie bei all ihren Reisen begleitet und das sie noch nie enttäuscht hatte. Zuletzt holte sie aus den Tiefen ihres Rucksacks ihren wertvollsten Schatz. Ein Notebook, das mittels Satellitenlink von jedem Ort der Erde aus einen Kontakt ins Internet herstellen konnte. Sie hatte all ihren Charme und ihre Kontakte spielen lassen müssen, um an dieses seltene, GPS-gesteuerte und mit Gold kaum aufzuwiegende Hightechgerät aus der Entwicklungsabteilung der Universität von Berkeley zu kommen. Als sie wieder aus ihrem Zelt hervorkam, waren auch die anderen mit ihren Vorbereitungen fertig.
Sie nickte. »Sehr schön. Dann wollen wir ein letztes Mal in die Hände spucken. Lasst uns eine Feuerstelle einrichten, die Regenplane aufspannen und Trinkwasser holen. Heute Abend gibt es Riedbocksteaks. Ich koche.«
Ray stellte freiwillig seine Dienste als Wasserträger zur Verfügung. Bepackt mit zwei Zehn-Liter-Säcken trat er den Weg hinunter in die Schlucht an. Amy warf einen Blick auf das frische Fleisch, das, in Häute eingenäht, darauf wartete, zerteilt und in die Pfanne geworfen zu werden. Bei dem Gedanken an das bevorstehende Festmahl lief ihr das Wasser im Mund zusammen.

Zwei Stunden später hockten sie alle müde und gesättigt unter der Plane und lauschten dem Regen. Das Feuer warf flackernde Schatten über den Boden. Während Dan und Karl den Abwasch machten, sahen Mellie und Ray zu, wie Amy eine Verbindung zu Richard herzustellen versuchte. Es dauerte nun schon über eine Viertelstunde und noch immer war kein Signal zu bekommen. Langsam zweifelte die Biologin daran, dass es ihr überhaupt noch gelingen würde.
»Ich glaube nicht, dass es klappt«, sagte sie mit einem traurigen

Lächeln. »Nicht bei diesem Wetter und schon gar nicht unter den Bäumen. Irgendwas ist mit dieser Gegend. Die Signale kommen nicht durch.«

»Wart's ab.« Mellie legte ihre Hände auf Amys Schultern und begann, sie zu massieren. »Das Gerät wird es schon schaffen. Du musst einfach etwas Geduld haben.« Zu Ray gewandt sagte sie: »Ich habe das anfangs auch nicht glauben wollen, bis ich gesehen habe, was dieses Schätzchen alles auf Lager hat. Die Sende- und Empfangseinrichtungen in diesem Notebook sind so empfindlich, dass man damit sogar aus einer Höhle heraus telefonieren könnte.«

»Aber es sucht nun schon seit zehn Minuten nach einem Satellitenlink«, sagte Amy. »Zweimal kam es schon zu einem Abbruch. Wieso sollte es diesmal klappen?«

»Weil wir Glück haben, deshalb.«

Amy schwieg. Wie gebannt beobachtete sie die zwei schwarzen Balken, die den Fortschritt beim Einlesen der Satellitendaten anzeigten. Einer von ihnen war beinahe bei einhundert Prozent. Auf einmal blinkte die Anzeige.

2nd Satellite Link Established.

»Siehst du?« Mellie grinste breit. »Fehlt nur noch einer. Der dauert gewöhnlich immer am längsten, aber es wird schon klappen.«

»Du bist ein unverbesserlicher Optimist.« Amy kaute nervös auf ihrem Kaugummi herum. Sie wünschte, sie könnte Mellies Zuversicht teilen.

»Wenn die Verbindung zu den Satelliten erst steht, kann man praktisch rund um die Welt telefonieren«, sagte Mellie. »Normalerweise ist die Verbindung in null Komma nichts da, aber manchmal hat man Pech. Dann stehen entweder die Satelliten ungünstig, eine Bergspitze ist im Weg, oder es gibt Störungen in der oberen Atmosphäre. Es könnte vielleicht etwas mit Karls Wetterphänomen zu tun haben.«

»Was ist mit meinem Wetter?« Karl hatte gerade das Geschirr weggeräumt und kam zu ihnen herüber.

»Die Verbindung«, sagte Mellie. »Sie benötigt heute extrem lange. Vermutlich wegen irgendwelcher atmosphärischer Störungen.«
Ein erlösender Piepton durchbrach die Stille.
3rd Satellite Link Established.
»Bingo.« Mellie klopfte ihr auf den Rücken. Erleichtert startete Amy *Skype*. »Ich habe schon fast nicht mehr daran geglaubt. Drückt die Daumen, dass Richard auch wirklich zu Hause ist, sonst ziehe ich ihm das Fell über die Ohren.«
»Warum sollte er?«, fragte Ray. »Er könnte doch auch irgendwo im Lager unterwegs sein.«
»Wir haben eine feste Regel«, antwortete sie. »Wenn jemand auf Expedition ist, gilt die Uhrzeit zwischen sieben und acht als Jour fixe. Dann hat man sich bereitzuhalten, komme, was da wolle.«
Plötzlich erwachte der Monitor zum Leben. Ein Schneegestöber flimmerte über das Display, gefolgt von statischem Rauschen aus den Lautsprechern. Es dauerte einen Moment, bis das Programm seinen automatischen Frequenzsuchlauf startete.
»Kein Wunder, dass es so lange dauert«, konstatierte Karl mit einem neugierigen Blick über ihre Schultern. Er deutete auf die Anzeige mit der Empfangsstärke. »Die Verbindung ist unter aller Sau. Der Brenner kann das schwache Signal ja kaum noch boosten. Darf ich mal?«
Amy machte etwas Platz für den Meteorologen. Er war ein absoluter Technikfreak und mit dem Gerät bestens vertraut. Kopfschüttelnd kalibrierte er einige Einstellungen im Empfangsmenü.
»Es muss etwas mit den Flares zu tun haben, anders ist dieses Rauschen kaum zu erklären. Es ist auf allen Kanälen, seht ihr? Totaler Blackout. Wahrscheinlich sind auch diesmal wieder eine ganze Reihe von Satelliten davon betroffen.« Er drehte sich zu Ray um und zwinkerte ihm zu. »Gut, dass du nicht heute mit dem Flugzeug gekommen bist. Da oben ist sicher die Hölle los.«
»Warte«, entgegnete Amy. »Ich glaube, ich bekomme etwas. Da

ist eine Frequenz im unteren Langwellenbereich, die gut aussieht. Ich versuche mal, dorthin umzuschalten.«
Sie passte den Empfänger an das Wellenmuster an und tatsächlich: In dem Schneegestöber wurde ein Oval sichtbar. Das Bild wurde immer deutlicher, bis schließlich das vertraute Gesicht des Wildhüters auftauchte. Sie gab noch einige Rauschfilter hinzu, dann konnte der Computer das Bild stabilisieren. »Besser bekomme ich es nicht hin«, sagte sie. »Versuchen wir's mal. Richard, kannst du mich hören? Ich bin's, Amy.«
Ein metallisches Krächzen ertönte, dann drang Richards Stimme gut verständlich aus den Lautsprechern.
»Hallo zusammen, da seid ihr ja endlich.« Das Bild auf dem Monitor ruckelte ein wenig hin und her.
»Da sind wir«, sagte Amy. »Alle wohlauf, wie du siehst.« Richards Gesicht war von Sorge erfüllt. »Ich habe schon befürchtet, euch sei etwas zugestoßen. Es hätte nicht viel gefehlt und ich hätte euch eine Suchmannschaft hinterhergeschickt.«
»Auch schön, dich zu sehen«, sagte Karl mit einem Grinsen. »Alles klar bei euch?«
»Bei uns schon«, erwiderte Richard. »Was habt ihr gemacht, und warum habt ihr euch so lange nicht gemeldet?«
Amy erzählte ihm im Schnelldurchlauf von ihren Erlebnissen. Obwohl sie viele Einzelheiten ausließ, dauerte es immer noch zehn Minuten, bis alle Fragen geklärt waren. Richard war sichtlich beeindruckt. »Das sind ja richtig gute Neuigkeiten«, sagte er. »Mit Philippe Rasteau ist euch ein ganz dicker Fisch ins Netz gegangen. Phantastische Arbeit, Ray. Du bist ein Segen für uns.«
»Tut mir leid, dass wir uns erst so spät melden«, sagte Amy. »Es hat sich einfach nicht früher ergeben. Wir waren die ganze Zeit unterwegs. Keine Chance, ein Netz aufzubauen und dir eine Nachricht zukommen zu lassen. Wird nicht wieder vorkommen, versprochen. Aber wenigstens haben wir jetzt einen Anhaltspunkt. Sieh mal, was wir gefunden haben.«

Sie hob den Laptop hoch und schwenkte ihn so, dass Richard durch die eingebaute Kamera einen Blick auf die Umgebung werfen konnte.
»Was soll das sein?«, schepperte es aus dem Lautsprecher. »Ruinen?«
»Verdammt richtig«, sagte Amy und drehte das Notebook wieder herum. »Dan hat einige der Steine untersucht und schätzt ihr Alter auf etwa tausendfünfhundert Jahre. Es könnte also durchaus sein, dass wir hier auf die Grundmauern von Kitara gestoßen sind. Wie findest du das?«
Richards Gesicht wirkte wie versteinert. »Du willst mich veralbern. Die legendäre Stadt aus Gold? Burke hat mir davon erzählt. Ich habe das immer für eine romantische Spinnerei abgetan. Wie die Legende von Eldorado.«
»Vermutlich sind William und seine Leute hier gewesen, als der Sturm über sie hereinbrach«, ergänzte Mellie. »Wir hatten eine höchst merkwürdige Unterhaltung mit einer ortsansässigen Stammesältesten. Sie behauptete steif und fest, dass eine Art Portal in dieser Gegend existieren würde. Ein Tor in eine andere Welt, das sich alle paar hundert Jahre für kurze Zeit öffnet. Kannst du dir vorstellen, was sie damit gemeint hat?«
Richard schüttelte den Kopf.
»Wir auch nicht«, sagte Amy. »Na egal, du kannst dir sicher vorstellen, dass wir alle ziemlich aus dem Häuschen sind. Ich habe vor, noch ein paar Tage zu bleiben und die Ruinen systematisch abzusuchen. Mit ein bisschen Glück finden wir heraus, was hier passiert ist.«
»Ich möchte eure Freude ja nicht trüben«, sagte Richard, »aber ich fürchte, aus deinem Plan wird nichts.«
»Was soll das heißen?«
»Hast du denn nicht auf die Wetterkarten gesehen?«
Amy schüttelte den Kopf. »Ich sagte doch schon, dass ich nicht dazu gekommen bin.«
»Gib mir mal Karl.«

Der Meteorologe drängte sich nach vorn. »Hier bin ich. Was gibt's denn?«
»Auf euch rollt ein massives Tiefdruckgebiet zu. Es wird euch in einigen Stunden erreichen und euch eine ziemlich ungemütliche Zeit bescheren. Die Front wird heute Nacht über euch hinwegziehen. Normalerweise hätte ich euch geraten, sofort umzukehren, aber das ist ja nun nicht mehr möglich.«
»Und was heißt das konkret?« Zwischen Karls Brauen war eine steile Falte entstanden. »Wie schlimm wird es?«
Richard schüttelte den Kopf. »Temperaturstürze von mindestens zwanzig Grad. Ihr werdet es mit großer Wahrscheinlichkeit mit Eis und Schnee zu tun bekommen. Habt ihr wenigstens ein paar zusätzliche Decken dabei?«
»Natürlich«, sagte Amy. »Und Zelte auch. Wenn alle Stricke reißen, können wir immer noch in die Stadt der Bugonde zurück. Wie lange soll diese Schlechtwetterperiode denn andauern?«
Richard zuckte die Achseln. »Die Aussagen darüber gehen auseinander, aber die meisten Meteorologen reden davon, dass sie mindestens eine Woche anhalten wird.« Er seufzte. »Mir ist nicht wohl dabei, euch so lange allein zu lassen. Seid ihr sicher, dass ich euch keine Unterstützung schicken soll? Ich könnte versuchen, einen Hubschrauber anzufordern.«
»Wir kommen schon klar«, erwiderte Amy. »Das Glück war uns bisher gewogen und ich denke, dass es uns auch weiter gewogen sein wird. Wenn irgendetwas schiefgeht, melden wir uns.«
Richard blickte unglücklich in die Kamera. »Ich weiß, dass ich euch das nicht ausreden kann, aber tut mir wenigstens einen Gefallen: Befestigt euer Lager. Verzurrt eure Zelte und macht alles winterfest. Gegen das, was da auf euch zurollt, waren die letzten Tage ein verdammter Strandurlaub.«

19

Der namenlose Krieger kauerte im schattigen Inneren der Stummen Halle. Ein Außenstehender hätte ihn im Dämmerlicht für einen Blätterhaufen halten können, so still und bewegungslos saß er da. An die drei Meter hoch und grün wie die Bäume, verschmolz sein Äußeres perfekt mit den überwucherten Innenwänden des uralten Bauwerks, dessen Decke sich Dutzende von Metern über seinem Kopf spannte. Ranken überwucherten die Felsen und erfüllten die Höhle mit Leben und Feuchtigkeit. Der Saal war ein lebender Kokon, ähnlich der Fruchtblase einer schwangeren Frau.
Lichtstrahlen fielen durch die schmalen Schlitze in den Außenmauern. In ihrem Schein tanzten Myriaden blauer Schwebfliegen. Der Namenlose kroch näher heran. Licht war für ihn lebensnotwendig, auch wenn er die direkte Einstrahlung mied. Drei Wochen lang hatte er auf demselben Fleck gesessen, ohne aufzustehen, ohne sich hinzulegen, ohne zu atmen. Doch jetzt war die Transformation abgeschlossen. Er war bereit für seine Aufgabe.
Der Namenlose brauchte keinen Schlaf. Er konnte seinen Stoffwechsel so weit reduzieren, dass er sogar einige Zeit ohne Nahrung auskam. Hauptsache, es war ein wenig Licht vorhanden. Genau genommen war sein Wesen eher pflanzlicher als tierischer Natur. Seine Organe waren durch algenartige Geflechte ersetzt worden, die effizient und wir-

kungsvoll arbeiteten. Weitaus besser jedenfalls als das, was ursprünglich an dieser Stelle gewesen war. Nervenbahnen waren durch Neuronalnetze ersetzt worden, Muskeln durch Stränge knotiger Pflanzenmaterie. Er war fähig, Flüssigkeit aufzunehmen, indem er sich auf den Boden presste und ihm mittels feiner Kapillaren Feuchtigkeit entzog. Doch natürlich konnte er auf diese Weise genauso gut andere Lebewesen aussaugen. Der Namenlose schätzte den Geschmack frisch erlegter Wirbeltiere. Blut, Muskeln und Knochen, all das erzeugte ein Gefühl von Wohlbefinden. Von seinen Sinnesorganen waren das Gehör und der Geruchssinn am besten ausgebildet. Nur seine Augen waren geblieben. Augen, die ihre Aufgaben zwar zufriedenstellend erfüllten, die aber verglichen mit den anderen Sinnen eher unterentwickelt waren. Die feinen Flimmerhärchen in seinen Ohren waren um ein Vielfaches empfindlicher als die von Tieren. Eine Nase besaß der Namenlose nicht, dafür war die gesamte klebrige Oberfläche seines Körpers in der Lage, Duftstoffe zu absorbieren.

Die Hyphen – feine, fadenförmige Pilzzellen – hatten seinen Körper mit erschreckender Präzision ersetzt und perfektioniert. Nicht nur Organe und Muskeln waren verändert worden, auch das Gehirn war bis hin zur winzigsten Synapse eine pflanzliche Kopie seines einstigen Körpers. Eine bessere und stärkere Kopie. Alles, was schwach und unzureichend gewesen war, hatten die Hyphen ausgelöscht. Nur ärgerlich, dass sie nicht auch seine Erinnerungen gelöscht hatten. Sie waren die letzte Brücke in die Vergangenheit. Eine Brücke, die er nur allzu gern abgerissen hätte.

Der Namenlose spürte einen stechenden Schmerz in seiner rechten Hand. Er hob sie hoch und hielt sie ins Licht. Ein goldener Ring steckte an einem der fingerartigen Auswüchse. Halb belustigt, halb verärgert betrachtete er den fremdartigen Gegenstand. Erinnerungen wurden wach –

Erinnerungen an eine Zeit, als er noch ein anderer gewesen war. Wenn man genau hinsah, konnte man in der Höhle immer noch am Boden herumliegende Stofffetzen erkennen. Menschliche Kleidung, die der Transformation nicht standgehalten hatte. Nur der Ring war geblieben und schnitt ihm in den Finger. Seine Hände waren in den letzten Stunden größer geworden. Emotionslos biss der Namenlose seinen Finger ab. Grüne Flüssigkeit tropfte auf den Boden und verschloss die Wunde binnen Sekunden. Aus dem Stumpf kam ein neuer Trieb, der den ursprünglichen Finger ersetzte. Kurze Zeit später war von der Verletzung nichts mehr zu sehen. Der Namenlose klaubte den Ring vom Boden und hielt ihn ins Licht. Das Bild einer Frau tauchte in seiner Erinnerung auf. Langes schwarzes Haar, ein schlanker Körper. Ihr Lächeln war von strahlender Helligkeit.
Er schleuderte den Ring fort und zog sich wieder in die Dunkelheit zurück. Er griff nach einer steinernen Schale, die dort stand. Sie war gefüllt mit dem Lebenssaft eines Opfertieres. Er tauchte seine vielgliedrige Zunge hinein, während seine Wurzelfäden das Protein aufnahmen. Zornig schlürfte er die Schale leer. Erinnerungen waren unnütz. Sie waren schmerzhaft und kosteten Kraft.
Als er seine Nahrungsaufnahme beendet hatte, drosselte der Namenlose seine Körperfunktionen und beobachtete, wie die Sonnenstrahlen über die Wände krochen.

20

Die Leuchtziffern auf Rays Uhr zeigten dreiundzwanzig Uhr. Ringsherum herrschte tiefe Stille. Die Mitglieder des Teams waren bereits vor einer Stunde in ihre Schlafsäcke gekrochen und sofort in bleiernen Schlaf gefallen. Geduldig wie ein Samurai hatte er ausgeharrt und gelauscht, wie die Welt in den Schlaf sank. Jetzt war der Zeitpunkt gekommen.
Langsam und vorsichtig öffnete er seinen Schlafsack. Außer seinen Schuhen hatte er alles anbehalten. Rasch schlüpfte er in sie hinein, band die Schnürsenkel und öffnete dann langsam den Reißverschluss seines Zeltes. Ein eisiger Wind fuhr ihm ins Gesicht. Der Geruch von Schnee lag in der Luft. Richard hatte nicht übertrieben. Die Temperaturen waren bereits rapide gefallen, und wie es aussah, würde es noch kälter werden. Ray wühlte in seinem Rucksack, holte seinen Fleecepullover heraus und schlüpfte hinein. Dann griff er seine Taschenlampe und glitt durch den schmalen Eingang hinaus in die Nacht. Eine Weile blieb er draußen stehen, nur um sicherzugehen, dass ihn auch wirklich niemand bemerkt hatte. Es war nirgendwo eine Bewegung zu sehen, nicht mal im Zelt von Mellie. Gut so. Die Nacht mit der Botanikerin hatte zwar seinen Hunger nach körperlicher Liebe geweckt, aber bei dem, was er vorhatte, konnte er keine Begleitung gebrauchen.
Er blickte in die Runde. Durch die wogenden Baumwipfel hindurch sah er schnell dahinziehende Wolken, durch die immer

wieder der helle Vollmond leuchtete. Sein Licht genügte ihm für den ersten Teil seines Vorhabens.

Vorsichtig und nur auf den Zehenspitzen gehend verließ er das Lager. Sein Ziel war eine bestimmte Stelle im Wald, die er heute beim Wasserholen entdeckt hatte. Er hatte den Weg noch gut im Gedächtnis, denn er wusste, dass er ihn im Dunkeln wiederfinden musste. Nichts wäre peinlicher, als im Kreis zu gehen, um dann von den anderen gerettet zu werden. Er hatte schon zwei Rügen wegen Insubordination von Amy erhalten, ein drittes Mal würde sie bestimmt nicht mehr so nachsichtig sein. Wenn es nach ihm ging, sollte niemand erfahren, dass er überhaupt fort gewesen war.

Er lief etwa fünfzig Meter weit in den Wald hinein, dann wagte er es, die Lampe anzuschalten. Den Lichtkegel auf weiteste Streuung drehend, begann er nach Wegmarkierungen zu suchen. Schon nach wenigen Metern hatte er die erste gefunden. Einen von Moos überzogenen Felsen, auf dessen Wetterseite er einen kleinen Kreis eingeritzt hatte. Er spürte, wie sein Herz schlug. Einbildung oder nicht, aber auf keinem Abschnitt seiner Reise hatte er die Präsenz William Burkes so stark gespürt wie an diesem Ort. Es war, als würden die Bäume ihm Geheimnisse zuflüstern. Alles, was er zu tun hatte war, ihnen zuzuhören und der Spur zu folgen, die sie für ihn auslegten. Er lächelte grimmig. Das Raubtier in ihm war erwacht.

Tief im Schacht der Stummen Halle kauernd, hob der Namenlose seinen Kopf. Das Mondlicht schien als schwacher Streifen zwischen den schmalen Fenstern hindurch auf den rankenüberwucherten Boden.

Ein weit entfernter Duft drang an seine Geruchsorgane. Der Geruch von Wärme, Schweiß und Adrenalin. Er kannte diesen Geruch. Er war wie der schwache Widerhall einer Erinnerung aus längst vergangenen Tagen – aus einer Zeit, als er noch ein anderer gewesen war.

Langsam breitete er seine Extremitäten aus. Er wollte dem Geruch eine möglichst große Oberfläche bieten. Jeder Quadratzentimeter seines Körpers war bedeckt mit Geruchspapillen. Je mehr er sich aufrichtete, umso besser konnte er riechen. Als er seine volle Höhe erreicht hatte, war sein Körper so groß, dass er das Mondlicht schluckte und einen riesigen Schatten auf den Boden warf. Seine Geruchsnerven filterten die Duftstoffe aus der Luft und leiteten sie an seinen zerebralen Kortex weiter.
Ganz eindeutig: Was da näher kam, war ein Zweibeiner. Und er hatte Angst.

Rays Atem ging stoßweise. Er hatte die Stelle wiedergefunden. Der Schein seiner Taschenlampe glitt über eine Ansammlung scheinbar wahllos hingestreuter Felsblöcke, die trotz ihres Zerfalls die unübersehbaren Zeichen künstlichen Ursprungs trugen. Selbst im schwachen Licht seiner Lampe konnte man erkennen, dass es die Grundmauern eines uralten Gebäudes waren. Klobig zwar und unförmig, aber ganz eindeutig von menschlicher Hand geformt. Sie bildeten einen achteckigen Grundriss von schätzungsweise fünf Metern Kantenlänge, verliefen nach hinten in Form einer Mauer, ehe sie nach fünfzig Metern in ein weiteres achteckiges Gebäude mündeten. Der Grundriss erinnerte Ray irgendwie an den Bauplan mittelalterlicher Wehranlagen, den er mal in einem Buch über spanische Burgen gesehen hatte. Möglicherweise war er ja hier auf ein afrikanisches Pendant gestoßen – eine Mauer, flankiert von Wachtürmen, die eine Stadt umschlossen.
Seiner Eingebung folgend, lief er tiefer in den Wald hinein. Bereits nach weiteren fünfzig Metern machte die Mauer einen leichten Knick nach rechts, ehe sie in einem weiteren Turm endete. Die Grundmauern waren im gelblichen Licht der Taschenlampe gut zu erkennen. Manche von den Brocken waren so groß, dass sie vier Männer mit ihren Armen nicht umschließen

konnten. Sie sahen aus, als würden sie mehrere Tonnen wiegen. Wie man sie aus dem Fels geschnitten und bewegt hatte, war ihm ein Rätsel. Fest stand, es musste eine gewaltige Anlage gewesen sein. Zu groß für irgendeine unbedeutende Stadt oder einen Kleinstaat.

Plötzlich hatte er eine Idee. Er blieb stehen und blickte umher. Da anzunehmen war, dass die wichtigsten Gebäude irgendwo im Zentrum lagen, wäre es doch sinnvoller, den Stadtkern zu suchen, als weiter dem Wall zu folgen.

Er blickte nach rechts und arbeitete sich durch den nächtlichen Bergwald in Richtung Zentrum. Ein eiskalter Wind fuhr durch die Wipfel. Er schlug den Kragen seines Pullovers hoch und versteckte seine Hände in den Ärmeln.

Je tiefer er in den Wald vorstieß, desto größer wurden die Ruinen. Schon längst waren es keine einfachen Grundmauern mehr, sondern mehrere Meter hohe Gebäude, die wie Pilze aus dem Boden wuchsen. Um ihn herum ragten Bäume in die Höhe, deren schwarze, knotige Stämme wie die verdrehten Leiber geschundener Sklaven wirkten. An vielen Stellen hatten ihre Wurzeln die Mauern gesprengt und kamen zwischen den zerstörten Wänden hindurch ans Licht. Würgefeigen umklammerten das Gestein, als wollten sie es mit ihrer Kraft zu Sand zermahlen. Durch die Ritzen geborstener Quader drangen Lianen, deren Windungen wie die Leiber fetter Schlangen aussahen. Ray schauderte beim Anblick der schwarzen Tür- und Fensteröffnungen, die in unbekannte Tiefen führten. Wäre er nicht von rastloser Unruhe getrieben, er hätte vermutlich auf der Stelle kehrtgemacht und wäre in seinen warmen Schlafsack zurückgekrochen.

Der Namenlose verließ seinen angestammten Platz im hintersten Teil der Stummen Halle und schlurfte in Richtung der Eingangspforte. Vorbei an den steinernen Reliefs seiner Ahnen und den Tafeln des Delos, die feucht vom Wasser der heiligen Quellen im Mondlicht glänzten. Szenen voller

Macht und Magie, in denen die ganze Grausamkeit, die zu seiner Erschaffung geführt hatte, beschrieben wurde. Wie oft hatte er schon davorgestanden und sich gefragt, was wohl geschehen wäre, hätte er dieses verfluchte Land nicht betreten. Hätte man ihn nicht gefangen genommen und zur Umformung ausersehen. Wäre er heute immer noch der, der er damals gewesen war?
Er blickte in eine andere Richtung.
Was immer da auf seine Halle zukam, es hatte Angst. Der Geruch des Opfers war von Minute zu Minute stärker geworden. Mittlerweile war er so intensiv, dass der Namenlose sich nicht mehr aufrichten musste, um den Duft mit den empfindlichen Geruchszellen seiner Bauchregion aufzunehmen. Er drang durch jede Öffnung seiner Behausung und erfüllte den Saal mit betäubender Intensität. Es war ein Mann, ganz eindeutig. Männer rochen anders als Frauen. Intensiver. Ihr Schweiß war durchsetzt mit den Pheromonen des Testosterons. Dieser hier war regelrecht damit getränkt. Er roch wie ein verängstigtes Tier.
Gut so.
Der Namenlose liebte die Angst. Sie war sein engster Verbündeter. Besonders in Nächten wie dieser – mit dem Vollmond am Himmel – schmeckte sie wie reinster Blütennektar.
Der Mann war jetzt ganz nah. Der Namenlose konnte bereits seine vorsichtigen Schritte und seine keuchenden Atemgeräusche hören. Wenn man ganz genau lauschte, war noch etwas anderes zu vernehmen. Ein leises Klopfen, wie von einem Tier in einem zu engen Käfig. Das Geräusch eines schlagenden Herzens.

Ray blieb wie angewurzelt stehen. Völlig unvermutet war das Ziel seiner Wanderung vor ihm aufgetaucht. In einer Senke, etwa hundert Meter entfernt, ragte eine Stufenpyramide in den

nächtlichen Himmel. Ihre Spitze streifte die Kronen der mächtigen Bäume, die ihre Äste über dem Bauwerk ausbreiteten. Ein Ruinenfeld umgab die Pyramide wie ein steinerner Ring, der an einigen Stellen von strahlenförmig angelegten Prachtstraßen durchbrochen wurde. Ein einzelner Mondstrahl fiel durch die rasch dahinziehenden Wolken und tauchte das Bauwerk in übernatürliches Licht. Stumm und geheimnisvoll stand es da, wie ein Tor zu einer fernen Vergangenheit.
Einen Moment lang war die Vision real, dann wurde sie von den Wolken verschluckt. Das Licht erlosch.
Ray spürte, wie sein Herz vor Aufregung pochte. Dieser Fund war eine Sensation. Wie war es nur möglich, dass niemand vor ihm davon berichtet hatte? Konnte es sein, dass er der erste Weiße war, der diesen heiligen Boden betrat? Oder war vor ihm schon jemand hier gewesen und hatte nur keine Gelegenheit gehabt, davon zu berichten?
Ray nahm seinen ganzen Mut zusammen und betrat die Senke. Auf einer ehemaligen Prachtstraße durchquerte er die Ruinen, deren Überreste wie die gebeugten Leiber heidnischer Priester wirkten. Hoch oben in den Wipfeln setzte erneut heftiger Regen ein. Nicht lange, dann würde es hier unten patschnass sein. Wenn er trocken bleiben wollte, gab es nur einen Weg – den ins Innere der Pyramide.
Fröstelnd betrat er die freie Fläche, die das Bauwerk umgab. Die Pyramide war von solch allumfassender Schwärze, dass das Licht seiner Lampe gerade ausreichte, um einzelne Bauelemente hervorzuheben. Obwohl sie stark von Lianen und Würgefeigen überwuchert war, schien sie den Ansturm der Jahrtausende unbeschadet überstanden zu haben. Ein Detail sprang ihm sofort ins Auge. Es war ein Tor, das mit abstrakten Elementen geschmückt war. Ray ging darauf zu und legte seine Hände dagegen. Eine massive Steinplatte machte ein Weiterkommen unmöglich. Er tastete die Ränder ab, konnte jedoch keinen Öffnungsmechanismus entdecken. Aus Mangel an Alternativen

umrundete er die Pyramide, musste jedoch feststellen, dass dies der einzige Zugang war.

Ein heftiger Wind setzte ein. Die Baumwipfel wogten hin und her. Die Stämme gaben ächzende Geräusche von sich. Der Regen wurde zu einem Sturzbach. Ray versuchte ein letztes Mal, ins Innere der Pyramide zu gelangen. Er stemmte sich mit dem Rücken gegen die steinerne Pforte, verkeilte die Schuhe in Mauerritzen und begann, mit aller Macht zu schieben.

Die Tür öffnete sich mit markerschütterndem Quietschen. Zentimeter für Zentimeter kratzte die Unterkante über den Steinboden und hinterließ dabei weiße Spuren aus gemahlenem Stein. Ein silberner Lichtstrahl fiel ins Innere des Tempels, vor dem der Schatten des Mannes wie ein schwarzer Scherenschnitt wirkte. Schwer atmend, das Herz vor Anspannung wild pumpend, stand der Eindringling eine Zeit lang im Türrahmen, ehe er es wagte, den Tempel zu betreten. Vorsichtig ging er einige Schritte, dann blieb er erneut stehen. Das war der Augenblick, auf den der Namenlose gewartet hatte. Mit einem Keuchen trat er hinter den Mann und stieß die Pforte wieder zu. Dann packte er seine Beute, hob sie hoch, wie ein Kind eine Puppe hochhob, und biss ihm mit einem furchterregenden Knacken den Kopf ab. Blut spritzte über die Wände. Die Arme des Namenlosen umklammerten sein Opfer und bohrten die feinen Wurzelfäden ins Fleisch. Der Körper konnte dem Druck nicht länger standhalten. Die Bauchhöhle platzte auf und spie eine Ladung Innereien und Gedärme auf den feuchten Untergrund. Die Fäden umspannten den zuckenden Leib und saugten und quetschten, bis nur noch eine leere Hülle übrig geblieben war. Dann ließ der Namenlose sein unglückseliges Opfer zu Boden sinken.

Er legte seinen Kopf in den Nacken und ließ ein triumphierendes Heulen hören.

Ray gab es auf. Die steinerne Pforte saß einfach zu fest. Jahrhundertealter Staub und Dreck waren eingedrungen und machten es unmöglich, die Felsplatte auch nur einen Zentimeter zu bewegen. Ausgeschlossen, dass William oder irgendjemand anderer es geschafft hatte, dort einzudringen. Da würde man nur mit Stemmeisen oder schwerem Gerät weiterkommen. Am Boden waren keinerlei Kratzspuren oder Ähnliches zu entdecken, und einen anderen Weg in die Pyramide gab es nicht.
Schweren Herzens entschied er, dass es Zeit war heimzukehren. So schnell es die schlechten Lichtverhältnisse und der glitschige Boden zuließen, eilte er zurück. Hoch oben in den Bäumen heulte der Orkan.
Er folgte seiner alten Strecke, merkte aber bald, dass er einen falschen Weg eingeschlagen hatte. Immer dichter rückten die Ruinen heran. Gebäude, die er noch nie zuvor gesehen hatte, tauchten im Licht seiner Taschenlampe auf und versperrten ihm den Weg. Schlingpflanzen erschwerten das Weiterkommen, und der Regen prasselte mit unverminderter Härte vom Himmel. Dicke Tropfen klatschten auf seine Haut. Sie waren eiskalt. Warum nur hatte er keine Mütze eingepackt? Entnervt blieb er stehen und ließ seine Lampe im Kreis herumfahren. Er musste einen Unterschlupf finden und abwarten, bis der gröbste Regen vorüber war. Dann würde er umkehren und seinen Weg von neuem beginnen.
Das Licht streifte ein rundbogiges Gewölbeteil, das zwar zur Hälfte eingestürzt war, dessen andere Hälfte aber immer noch ausreichend Schutz vor dem Regen bot.
Über eine hüfthohe Mauer kletternd, eilte er auf den Unterstand zu. Er hatte ihn gerade erreicht, als unweit seiner Position ein Blitz in die Krone eines Baumes einschlug. Der Lärm war ohrenbetäubend. Ray legte die Hände auf die Ohren und lehnte sich an die Mauer.
Da sah er es.
Etwa zwanzig Meter entfernt war ein dunkler Umriss zu sehen.

Irgendetwas an diesem Schemen ließ ihn innehalten. Er richtete seine Taschenlampe darauf und versuchte zu erkennen, was es war. Der Umriss war vage menschlich. Eine breite Schulterpartie, ein Paar lange Arme, ein vergleichsweise kleiner Kopf und zwei kurze, stämmige Beine. Was zum Geier war das?
Ungeachtet des Regens verließ er seinen Unterstand und ging darauf zu. Die Oberfläche des Wesens bestand aus Strängen knotiger, gewundener Muskeln, die in der Erde verwurzelt zu sein schienen. Weit über zwei Meter groß und dicht bewachsen mit Moosen und Flechten, ragte die Gestalt über ihm auf. Für einen atemlosen Augenblick glaubte Ray, sie wäre lebendig, bis er den Riss bemerkte, der quer über den Schädel verlief.
Es war eine Statue.
Kleine Blüten rankten über die rauhe Oberfläche und nahmen der Erscheinung etwas von ihrem bedrohlichen Charakter. Verwundert blickte er zu dem hässlichen Gesicht empor. War das etwa eines von diesen Dingern, die Amy und Mellie in der Schamanenhütte entdeckt hatten? Wie hieß es doch gleich? Ach ja, N'ekru.
Das Wasser strömte über den Stein und ließ ihn schimmern wie Obsidian. Wieder zuckte ein Blitz auf. Am Kopf der Statue blinkte etwas auf. Da steckte etwas im Spalt.
Ray ging auf die Zehenspitzen und tastete in die Vertiefung. Seine Finger berührten dünnes Metall. Vorsichtig fischte er den Gegenstand heraus und richtete das Licht seiner Lampe darauf. Was er sah, ließ ihn den Regen vergessen. Binnen eines Wimpernschlages wusste er, womit er es zu tun hatte. Er änderte seine Pläne. Er würde nicht ausharren, bis der Sturm vorüber war, er würde gleich zurückgehen, auf der Stelle. Noch einmal sah er zu der Statue hoch, dann steckte er den Gegenstand ein und trat den Rückweg an.

Amy schrak aus einem unruhigen Traum. Ein Blitz zuckte auf. Gleich darauf krachte der Donner über ihren Köpfen. Aus Mellies

Zelt war ein leiser Schrei zu hören. Das Trommeln des Regens nahm zu.

Amy schlüpfte in ihre Schuhe, öffnete den Reißverschluss und blickte unter dem Vordach hinaus in das nächtliche Inferno. An Schlaf war bei diesem Lärm ohnehin nicht zu denken. Regen, vermischt mit Hagelkörnern, prasselte auf die Erde. Über ihnen kochte der Himmel. Orkanböen peitschten die Wipfel, während das Wetterleuchten schauerliche Muster auf die eilig vorüberziehenden Wolken zeichnete. Wahre Sturzbäche strömten herab und verwandelten die ebene Grasfläche in eine kochende Seenlandschaft. In den Regen mischten sich jetzt auch Schneeflocken. Vor ihren Augen wurde das Wasser zu Schneematsch. Der Sturm hatte sie erreicht.

»Alles klar bei euch?« Sie konnte nur hoffen, dass man sie bei dem Getöse überhaupt hören konnte. Karl war der Erste, der antwortete. »Ja, alles klar so weit!«

In den Zelten war Bewegung zu sehen. Lichter gingen an, und besorgte und verängstigte Gesichter erschienen an den Eingängen. »Mellie, Dan, bei euch auch alles in Ordnung?«

»Abgesehen davon, dass man bei dem Lärm kein Auge zu bekommt, alles okay«, antwortete Mellie.

»Was ist mit Ray?«

»Keine Ahnung«, antwortete Dan. »Muss wohl einen gesegneten Schlaf haben.«

»Ray?«

Keine Antwort.

»Scheiße.« Amy schlüpfte in ihre Jacke, schlug den Kragen hoch und rannte zum Zelt des Iren. »Ray, alles klar bei dir?«

Sie öffnete das Zelt einen Spalt und leuchtete hinein. Der Schlafsack war leer. Kleidung sowie Lampe waren ebenfalls verschwunden.

»Da soll mich doch ...«

»Amy, da drüben.« Karl deutete links in den Wald.

Ein schattenhafter Umriss war am Rande der Lichtung erschienen und kam auf sie zu. Ein Blitz zuckte auf und enthüllte die tropfnasse Gestalt von Ray Cox.

Das Wasser lief über sein Gesicht, doch er lächelte geheimnisvoll. Schneeflocken umtanzten ihn, während er näher kam. In seiner Hand hielt er einen kleinen goldenen Gegenstand, dessen gläserne Oberfläche das Licht ihrer Lampe reflektierte. Amy trat näher. Es dauerte eine Weile, bis ihr das volle Ausmaß seiner Entdeckung bewusst wurde.

Sie hob den Kopf und blickte in Rays eisblaue Augen.

»Wo hast du die gefunden?«

21

Am nächsten Morgen ...

Eine dünne Schicht Eis und Schnee lag über dem Bergwald. Sie überzog Steine und Pflanzen mit einem glitzernden Zuckerguss, der aussah, als würde er beim ersten lauten Geräusch in tausend Stücke zerspringen. Die Farben waren verblasst und einem kalten, gleichförmigen Grau gewichen, das den Dingen ihre Konturen raubte. Die Welt wirkte, als wäre sie in einem Dornröschenschlaf erstarrt. Ein eiskalter Wind strich über das Land und machte ihnen das Atmen schwer. Kleine Atemwölkchen ausstoßend, stapfte die Gruppe durch den Schnee. Alle hatten ihre Jacken angezogen, hielten die Arme vor der Brust verschränkt und blickten zu dem unglaublichen Bauwerk hinüber, das vor ihnen aufragte.
Ray hielt an und klopfte den Schnee von seinen Schuhen.
»Da ist sie. Na, habe ich euch zu viel versprochen?«
Die Pyramide war auch bei Tageslicht immer noch beeindruckend genug, um ehrfürchtiges Schweigen auszulösen. Karl war der Erste, der seine Stimme wiederfand. »Heiliger Strohsack.« Er pfiff durch die Zähne. »Was für ein abgefahrenes Teil.«
»Abgefahren? Das ist *sensationell*.« Mellie holte ihre Kamera heraus und schoss einige Fotos. Ihre Finger waren bleich von der Kälte, doch das hielt sie nicht davon ab, immer wieder auf den Auslöser zu drücken. »Ich glaube, das ist der atemberaubendste Fund seit dem Grab von Tutanchamun. Eine Nachricht, die um die Welt gehen wird, das verspreche ich euch.« Sie machte kehrt

und fotografierte das Team. »Lächelt mal, Leute, ihr werdet berühmt werden. Die Titelseiten der wichtigsten Zeitschriften werden mit unseren Konterfeis gepflastert sein, denkt an meine Worte.«

Amy blickte ungeduldig im Kreis herum. »Wo hast du Burkes Brille denn nun gefunden?«

»Seht ihr die halb eingestürzte Bogenkonstruktion?« Ray deutete in die Ruinen. »Die Statue ist gleich daneben. Passt auf, es sind eine ganze Menge Spalten und Wurzeln unter dem Schnee verborgen. Nicht, dass ihr euch den Fuß vertretet.« Er ging ein Stück die Prachtstraße entlang, bog dann ab und ging querfeldein durch die eingestürzten Gebäude. Kurz darauf erreichten sie die Skulptur.

»Himmel noch mal.« Mellie strich mit ihren Fingern über den rauhen Stein. »Sieht genau aus wie die Statue in der Hütte der Hexenmeisterin, findest du nicht, Amy?«

»Nur, dass diese hier noch ein Stück größer ist.«

Die Botanikerin schauderte. »Mir wird eiskalt, wenn ich das Ding nur ansehe.« Sie hob die Kamera, um ein Foto zu schießen, doch Dan drängte unsensibel ins Bild. »Wo hast du die Brille denn nun gefunden?«

»Hier oben.« Ray deutete auf den Spalt. »Sie steckte dort drin.« Er stieg auf den Sockel und wischte den Schnee mit dem Ärmel runter. Die kleinen Blumen waren unter der Eiseskälte erfroren. Schlapp ließen sie ihre Blüten hängen.

»Wie könnte die dort hingekommen sein?« Mellie war ein paar Schritte zur Seite getreten und schoss weitere Fotos.

»Da bin ich überfragt«, sagte Ray. »Dass jemand sie da oben verloren hat, halte ich für ausgeschlossen. Noch mysteriöser finde ich die Tatsache, dass sie völlig unversehrt ist. Kaum ein Kratzer – weder auf dem Gestell noch auf den Gläsern. Man dürfte doch annehmen, dass ein solch empfindliches Gebilde bei einen Kampf oder einer Entführung Schaden genommen hätte.«

»Bleibt eigentlich nur eine Erklärung.« Amy griff in die Tasche

und zog die teuer aussehende Fassung heraus. Das feingeschwungene Goldgestell mit den randlosen Gläsern war schon auf vielen Pressefotos zu sehen gewesen. Zuletzt auf den Titelseiten von *National Geographic* und *Vanity Fair*.
»Und die wäre?«
»Jemand hat sie dort abgelegt. Jemand, der wollte, dass sie gefunden wird.«
»Das ist doch lächerlich«, sagte Dan. »Warum sollte William sie dort ablegen? Das ergibt doch überhaupt keinen Sinn.«
»Ich behaupte nicht, dass es William gewesen ist. Ich behaupte auch nicht, dass ich es verstehe«, gab Amy ungeduldig zurück. »Ich sage nur, es ist die plausibelste Erklärung.«
»Und wieso hat sie so tief in dem Spalt gesteckt? Wenn ich wollte, dass sie gefunden wird, hätte ich sie doch leichter zugänglich plaziert.«
»Sie könnte reingerutscht sein«, sagte Ray. »Vielleicht hat es einen Erdstoß gegeben. Viele der Gebäude hier sehen so aus, als wären sie durch Erdbeben zerstört worden.«
»Erdbeben.« Dan schnaubte verächtlich. »Das wird ja immer absurder. Der Ruwenzori ist nicht vulkanischen Ursprungs. Hier bebt nichts. Alles nichts als ein Haufen haltloser Spekulationen und Vermutungen.«
»Immer noch besser, als gar keine Hypothesen aufzustellen«, sagte Ray. »Vielleicht beehrst du uns ja mal mit deinen Ideen, statt immer nur deinen Frust raushängen zu lassen.«
Dan bohrte mit dem Finger im Ohr. »Hast du was gesagt? Ich verstehe dich so schlecht.«
»Arschloch.«
»Hört auf«, sagte Amy. »Streitereien bringen uns im Moment nicht weiter. Die Lage ist schon schwierig genug, auch ohne eure permanenten Streitereien. Wir werden das mit Wills Brille später klären. Was mich im Moment viel mehr beschäftigt, ist die Frage, was du hier draußen verloren hattest, Ray?«
»Das würde mich auch mal interessieren.« Dan verschränkte die

Arme vor seiner Brust und blickte ihn anklagend an. Ray hätte ihm liebend gern eins in die Fresse gegeben, aber er musste jetzt sehr vorsichtig sein. Schuldbewusst senkte er den Kopf. »Ich ... ich hatte Probleme mit dem Einschlafen. Ich habe wach gelegen und wusste nicht, was ich tun sollte. Also bin ich aufgestanden und habe mir die Steine angesehen, die wir gestern gefunden haben. Ich bin ihnen nachgegangen und na ja ... so kam eins zum anderen.«

Amys Augen schimmerten wie die einer Katze. »Was genau interessiert dich eigentlich so an William Burke?«

Ray spürte, dass er jetzt sehr vorsichtig sein musste.

»Seine Arbeit, was sonst?« Er bemühte sich um einen saloppen Tonfall. »Seit ich sein Buch *Behavioral Genetics of Non-Human Primates* in die Finger bekommen habe, bin ich von dem Mann fasziniert. Ich wollte ihn unbedingt einmal persönlich kennenlernen.«

»Dürfte nicht ganz leicht gewesen sein, im Knast an das Werk heranzukommen«, sagte Dan. Ray hielt dem herausfordernden Blick des Geologen stand. Der Kerl schien es regelrecht darauf anzulegen, ein paar aufs Maul zu bekommen. »Ich kann sehr hartnäckig sein, wenn ich etwas will«, sagte er.

Amy schwieg für einen Moment, dann hob sie ihr Kinn. »Noch so ein Ding und du bist raus aus dem Team, habe ich mich klar ausgedrückt?«

»Vollkommen.«

Sie atmete tief ein. »Na schön. Ich werde die Sache damit auf sich beruhen lassen, aber du kannst sicher sein, dass ich keine leeren Drohungen mache.« Damit wandte sie sich wieder dem Team zu. »Ich möchte, dass ihr die Pyramide untersucht. Seht zu, ob ihr noch mehr Beweise für Williams Anwesenheit findet. Vielleicht findet ihr ja etwas, das uns einen Hinweis auf ihn oder seine Leute gibt.«

Karl hob die Augenbrauen. »Und du?«

»Ich werde ins Lager zurückgehen und telefonieren.«

»Was, jetzt? Wen willst du denn anrufen?
»Ich werde Richard von diesem Fund berichten und ihn bitten, ein paar zusätzliche Leute und Ausrüstung zu schicken. Kann sein, dass wir unseren Aufenthalt hier auf längere Zeit ausdehnen werden. Wir sehen uns später im Lager.«
Mit einem knappen Lächeln machte sie kehrt und verschwand im Wald.
Ray presste die Lippen zusammen. Warum diese Eile? Warum kam sie nicht mit zur Pyramide?
In ihm keimte der Verdacht, dass Richard nicht der Einzige war, den sie anrufen würde.

22

Professor Conrad Whitman war für seine fünfundsechzig Jahre immer noch sehr attraktiv. Seine Haut war sonnengebräunt, sein silbergraues, leicht gewelltes Haar ordentlich gescheitelt. Die handgefertigten Kalbslederschuhe und sein maßgeschneiderter Anzug saßen wie eine zweite Haut. Ihn umgab eine Aura von Macht, wie man sie nur bei Männern in seiner Position antraf. Jemand, der ihn nicht kannte, hätte leicht auf die Idee kommen können, einem Industrieboss oder Politiker gegenüberzustehen, und tatsächlich bedeutete nach Whitmans Verständnis die Leitung einer Naturschutzorganisation nichts anderes als die Führung eines Wirtschaftsunternehmens. Sie unterlag denselben Regeln und Gesetzmäßigkeiten wie die eines jeden anderen Betriebs. Folglich gab es auch hier so etwas wie eine Kleiderordnung.
Mit schnellen und exakt bemessenen Bewegungen sortierte er seine Akten, stapelte sie und legte sie in einem Ordner mit der Aufschrift *Vorträge* im Wandregal ab. Während sein Blick die Sammlung seltener Massai-Speere und Makonde-Masken streifte, huschte ein schmales Lächeln über sein Gesicht. Der Abend war prächtig gelaufen. Erst seine Ansprache anlässlich des dreißigsten Jahrestages des *Dian Fossey Gorilla Fund,* dann die Ehrung der fünf besten Nachwuchsforscher mit anschließendem Galadiner und zu guter Letzt das Tanzvergnügen mit dem *Imperial Swing Orchestra,* das bis spät in die Nacht gedauert hatte.

Und alle waren sie da gewesen: der Bürgermeister nebst Gattin, über zwei Dutzend hochrangiger Würdenträger aus Kultur und Wirtschaft, deren Spendengelder einen frischen Segen in die notorisch leeren Kassen der Naturschutzorganisation spülen würde, sowie die Vertreter der Presse, die morgen in allen wichtigen Nachrichtenblättern über die Veranstaltung berichten würden. Alles war bis aufs i-Tüpfelchen geplant gewesen, und der Erfolg gab ihm recht. Es war sogar noch etwas Zeit für private Vergnügungen geblieben. Whitman konnte sich nicht erinnern, wann er und seine Frau das letzte Mal so viel Spaß gehabt hatten. Betty war seine dritte Ehefrau und etwa halb so alt wie er. Wenn er die Augen schloss, fühlte er noch immer seine Füße über den Parkettboden gleiten, spürte seine Hände auf ihren Hüften und den Duft ihres Parfüms in seiner Nase. Sie war jung und wollte unterhalten werden. Ein Luxus, den er ihr leider viel zu selten bieten konnte.

Die Leuchtziffern seines Digitalweckers wurden von der rotbraunen Kirschholzplatte seines Schreibtisches zurückgeworfen. Schon zwei vorbei. Noch ein kurzer Blick auf die E-Mails, dann würde er ins Bett gehen. Er benötigte nicht mehr so viel Schlaf wie früher. Vier bis fünf Stunden pro Nacht waren völlig ausreichend. Abgesehen davon wirkte die Hauptstadt um diese Uhrzeit viel friedlicher. Es gab keine Intrigen, keinen Lärm und keinen Gestank. Es war, als hätte jemand eine sanfte Decke aus Schlaf über alles gelegt.

Während der Computer hochfuhr, schaute er aus dem Fenster seines Dachgeschosszimmers. Sein Blick schweifte über den Franklin Park und das hell erleuchtete Weiße Haus, über das Washington Monument bis hin zum Hudson River, auf dessen dunklem Wasser die Lichter unzähliger Boote glitzerten. Sehnsüchtig betrachtete er die nächtliche Szenerie. Nur noch drei Jahre, dann würde er dem Geschäftsleben den Rücken kehren und sich seiner zweiten großen Liebe widmen: seiner Yacht auf Martha's Vineyard und dem endlosen Ozean dahinter.

Ein Piepsen zeigte ihm an, dass sein Rechner hochgefahren und startbereit war. Der Professor ließ sich ins weiche Leder seines Stuhls sinken. Er wollte gerade das E-Mail-Programm öffnen, als ein Blinken am oberen Rand seines Monitors seine Aufmerksamkeit erregte. Es war das Symbol seiner gesicherten Videoleitung. Eine Nummer, die nur seinen engsten Vertrauten bekannt war und mit deren Weitergabe er sehr sparsam umging. Noch nie hatte einer der Benutzer es gewagt, ihn wegen irgendeiner Nichtigkeit zu belästigen.

Mit einem Doppelklick startete er das Programm und wartete. Es dauerte keine dreißig Sekunden, da war die Verbindung hergestellt. Er staunte nicht schlecht. Das grieselige Bild von Amy Walker erschien auf dem Bildschirm. Ihr Kopf war zum Teil von einer Zeltplane verdeckt, und es war ihm nicht möglich zu beurteilen, ob der hohe Weißanteil im Bild auf die schlechte Verbindung oder eine Funktionsstörung der Kamera zurückzuführen war.

»Ich grüße Sie, Amy«, sagte er. »Was verschafft mir die Ehre zu so später Stunde?«

Die Biologin schien ihn weder zu sehen noch zu hören. Sie zerrte an der Zeltplane herum und band diese dann nach hinten, damit sie nicht ständig vor die Kamera rutschte. Erst jetzt konnte Whitman erkennen, dass es keineswegs technische Probleme waren, die das Bild so hell werden ließen. Die Biologin saß im Schnee.

»Amy, können Sie mich hören?« Er klopfte gegen das Mikro.

»Professor?« Die Verhaltensforscherin justierte ein wenig an ihrer Technik, dann huschte ein Ausdruck der Erleichterung über ihr Gesicht. Bild und Ton schienen wieder da zu sein. »Können Sie mich hören?«

»Klar und deutlich. Was gibt es?« Whitman fand, dass sie müde aussah.

»Bitte entschuldigen Sie. Ich würde Sie nicht um diese Uhrzeit stören, wenn es nicht wichtig wäre.«

»Sie haben Glück, dass Sie mich überhaupt antreffen«, sagte er. »Wir haben hier zwei Uhr morgens, wissen Sie das?«
»Natürlich«, erwiderte sie knapp.
»Wo stecken Sie gerade? Wieso sitzen Sie im Schnee? Ich dachte, Sie würden mit der Zählung im Mgahinga beginnen.«
»Ist was dazwischengekommen.« Sie griff nach etwas, das neben ihr auf dem Tisch lag. Sie hielt den Gegenstand vor das Kameraobjektiv. Es war eine Brille, so viel konnte er auf den ersten Blick feststellen, doch was das bedeuten sollte, war ihm ein Rätsel.
»Was ist damit?«
»Erkennen Sie sie nicht wieder?«
Whitman kniff die Augen zusammen. Das Gestell kam ihm vage vertraut vor. Dann fiel der Groschen.
»Mein Gott«, flüsterte er. »Wo haben Sie die denn her?«
»Wir befinden uns etwa dreißig Kilometer nordwestlich des Weismann Massivs, in der Nähe der Kitandara-Seen.«
»Aber das liegt ja im Grenzland zum Kongo. Was in drei Teufels Namen tun Sie denn da?«
»Wir suchen nach Will. Wir haben von ein paar Soldaten den Hinweis bekommen, dass sich Burke und seine Leute möglicherweise hier aufhalten könnten.«
»Aber warum ...? Ich meine ... was gibt es denn da, dass Will so weit in den Westen vorgestoßen ist?«
»Das ist ein Grund meines Anrufs. Sagt Ihnen der Begriff Kitara etwas?«
»Kitara?« Whitman war ehrlich erstaunt. Natürlich kannte er den Namen, jeder kannte ihn. Aber was sollte die sagenumwobene Stadt mit Will und seinem plötzlichen Verschwinden zu tun haben? War der verrückte Kerl etwa losgezogen, um danach zu suchen?
Amys Gesicht verschwand in einem elektronischen Schneegestöber. Ein paar Geräusche drangen aus dem Lautsprecher, aber Whitman konnte sie nicht verstehen. »Amy, hören Sie mich?« Er drehte an den Reglern. Das Bild wurde langsam besser. »Was haben Sie gesagt?«

»Ich sagte, wir sind hier auf etwas gestoßen, das möglicherweise die Ruinen von Kitara sein könnten.«
Whitman war für einen Moment sprachlos. »Aber das wäre ja eine Sensation«, sagte er. »Sind Sie sicher, dass Sie sich nicht geirrt haben?«
»Nicht hundertprozentig, aber es könnte hilfreich sein, wenn Sie mir verraten, was Sie darüber wissen.«
»Nur, was man in Fachkreisen darüber erzählt. Um ehrlich zu sein, ich habe das nie für bare Münze genommen. Will war ganz besessen davon. Wir unterhielten uns noch darüber, kurz ehe er verschwand. Er sprach von den unermesslichen Reichtümern und behauptete, er verfüge über Informationen, die ihn zu der Stadt führen würden. Um ehrlich zu sein, ich habe geglaubt, er will mir einen Bären aufbinden.«
»Wie es scheint, hat er diesmal wirklich einen Volltreffer gelandet.«
»Und wo ist er? Gibt es noch weitere Hinweise auf seinen Verbleib?«
Amy schüttelte den Kopf. »Nur diese Brille. Wir haben sie in den Ruinen gefunden, unweit einer Pyramide. Die anderen untersuchen sie gerade.«
»Die anderen?« Whitmans Brauen rückten ein wenig enger zusammen. »Wer ist mit Ihnen dort oben?«
»Mellie Fairwater, Karl Maybach, Dan Skotak und Ray Cox. Er war es, der die Brille gefunden hat.«
Whitman musste erst mal tief durchatmen. Das waren mehr Informationen, als er auf einmal verdauen konnte. Doch das schien noch längst nicht alles zu sein.
»Gibt es sonst noch etwas?«
»Allerdings, und das ist der zweite Grund meines Anrufs.«
»Schießen Sie los.«
Amy zögerte. Als sie weitersprach, wirkte ihre Stimme angespannt. »Professor, ich muss Sie um absolute Aufrichtigkeit bitten. Es ist eine Situation entstanden, bei der ich Ihre Hilfe benötige.«

»Was für eine Situation? Sprechen Sie.«
»Es hat etwas mit Ray Cox zu tun.«
»Mit Ray? Was soll mit ihm sein?«
»Ich spüre, dass mit ihm etwas nicht stimmt. Es ist wie eine Stimme, die sich nicht abstellen lässt. Ich wollte Sie nur anrufen um sicherzugehen, dass ich mich nicht irre.«
»Irren, womit? Was für eine Stimme?«
Amy machte eine kurze Pause, dann sagte sie: »Ray Cox und Burke kennen sich von früher.«
Der Satz traf Whitman wie ein Blitz aus heiterem Himmel. Er schwieg betroffen. Er wusste einfach nicht, was er sagen sollte.
»Sie müssen mir die Wahrheit sagen, Professor. Habe ich recht mit meiner Vermutung?«
Whitmans Gedanken kreisten wie Sterne um ein schwarzes Loch. Was für ein kluges Mädchen Amy Walker doch war. Sie war immer eine seiner besten Studentinnen gewesen, wie hatte er das nur vergessen können?
Langsam öffnete er den Mund. »Wie kommen Sie darauf, dass es da etwas zu wissen gäbe?« Großer Gott, was für ein müder Versuch. Selbst für unbedarfte Ohren war das ein eindeutiges Schuldeingeständnis.
»Bemerkungen, Fragen, Gespräche.« Amy hielt den Kopf schief. »Für sich genommen harmlos, doch in ihrer Gesamtheit besorgniserregend. Ich glaube, Ray Cox ist besessen von der Vorstellung, Burke zu finden, und er wird nicht ruhen, bis er ihn gefunden hat.«
»Ist er in der Nähe?«
»Nein. Er weiß nicht mal, dass ich mit Ihnen spreche.«
Whitman zögerte. Er hatte Ray Stillschweigen versprochen. Er hasste es, wortbrüchig zu werden. Andererseits, wenn Burke tatsächlich noch lebte ...? Er trommelte mit den Fingern auf der Tischplatte.
»Bitte, Professor. Ich spüre, dass etwas nicht stimmt. Es reicht, den Namen *William Burke* in Rays Gegenwart nur zu erwähnen, um zu wissen, dass ich recht habe.«

Whitman breitete die Hände in einer versöhnlichen Geste aus. »Wie lange kennen wir uns jetzt, Amy? Zehn Jahre? Fünfzehn? Ich habe immer gewusst, dass Sie es ganz nach oben schaffen würden. Die Organisation zum Schutz und der Erhaltung der Berggorillas ist in ihrer Art einzigartig. Eine Instanz, die Vorbildfunktion für viele gleichartige Organisationen hat. Ray Cox ist nur ein einfacher Mann, der seine Vergangenheit vergessen will. Was kann er schon für Schaden anrichten?«
»Sagen Sie es mir.«
Whitman lockerte seinen Hemdkragen. Weshalb war es hier auf einmal so warm? Er musste eine Entscheidung treffen. Er zuckte die Schultern. »Ich kann es Ihnen nicht sagen, tut mir leid. Ich habe Ray mein Wort gegeben, Sie müssen das verstehen.«
»Muss ich?« Amys Augen hatten den Glanz von kaltem Stahl angenommen. »Ich dachte immer, zwischen uns bestünde ein Vertrauensverhältnis ...«
»Das tut es auch ...«
»Offenbar habe ich mich in Ihnen getäuscht. Wenn ich das richtig verstehe, ist Ihre Loyalität zu Cox größer als zu mir.«
»Hören Sie, Amy ...«
»Nein, jetzt hören Sie mir zu. Sie waren für mich immer mehr als nur ein Lehrer gewesen. In gewisser Weise haben Sie mich an meinen früh verstorbenen Vater erinnert. Er war ein strenger, aber gerechter Mann – jemand, für den der Ausdruck *Loyalität* nicht nur ein leerer Begriff war. Er hätte mich niemals angelogen. Es tut weh zu sehen, dass ich mich geirrt habe. Und es tut auch weh, Ihnen sagen zu müssen, dass Ihre Entscheidung nicht ohne Folgen bleiben wird. Leben Sie wohl.« Ihre Hand wanderte zum Ausschaltknopf.
»Einen Moment!«
Die Hand erstarrte in der Bewegung.
»Sie dächten anders, wenn sie Ray besser kennen würden.«
»Erzählen Sie es mir.«

Er seufzte. »Glauben Sie mir, es wird die Sache für Sie nicht leichter machen.«

»Das Risiko gehe ich ein.«

Whitman stieß einen Seufzer aus. »Sie wissen gar nicht, in was für eine unmögliche Lage Sie mich bringen. Ich kann nur hoffen, dass ich damit nicht einen Riesenfehler begehe.«

Ihr Ausdruck blieb hart. »Sie können die Verantwortung dafür getrost mir in die Schuhe schieben. Das haben Sie ja bisher auch getan.«

Whitman atmete tief durch. Dieses Gespräch entsprach so gar nicht seinen Vorstellungen. »Also schön«, begann er. »Dann hören Sie gut zu ...«

23

Teneriffa

Hoch über den Hängen des Vulkans *Pico del Teide*, zweitausendvierhundert Meter über dem Meeresspiegel, stand eine seltsame Ansammlung von Gebäuden. Umgeben von dunkelbraunem Lavagestein ragten elf schneeweiße Türme in den Himmel. Das 1964 gegründete *Observatorio del Teide* war eine der bedeutendsten Forschungseinrichtungen ihrer Art. Ursprünglich als reine Sternwarte gebaut, war das Arbeitsfeld mehr und mehr in Richtung Sonnenbeobachtung verlagert worden. Grund dafür waren die rapide wachsenden Städte Teneriffas, die als Touristenmetropolen mit ihrem künstlichen Licht die Nachtbeobachtungen erschweren.

Jüngster Neuzugang der Teide-Familie war das Sonnenteleskop GREGOR, das von einem deutschen Konsortium, bestehend aus dem Kiepenheuer-Institut für Sonnenphysik, dem Astrophysikalischen Institut Potsdam, dem Institut für Astrophysik Göttingen und anderen nationalen und internationalen Partnern finanziert worden war. Auf dem Dach des sechsstöckigen Baus, einer ebenen Plattform, die bei Bedarf durch eine Kuppel verschließbar war, ruhte das Teleskop, dessen Herz ein eineinhalb Meter breiter Siliziumkarbidspiegel war. GREGOR war eines der leistungsfähigsten Sonnenteleskope überhaupt, und sein Leiter, Dr. Robert Krausnick von der Uni Freiburg, sparte nicht mit Superlativen, als er das Fernsehteam des WDR durch die Anlage führte. Interviewt wurde er von Jochen Feldkamp, dessen Sendung ›Newton

& Co.‹ seit Jahren die Hitlisten der populärwissenschaftlichen TV-Sendungen anführte. Feldkamp mochte zwar eitel sein, aber er wusste genau, wann man reden durfte und wann man seinem Interviewpartner das Wort überlassen sollte. Im Fall von Dr. Krausnick war Letzteres angebracht, denn der Mann war für einen Wissenschaftler ausgesprochen medienerfahren. Er formulierte knappe Sätze, hatte eine angenehm klare und einfache Ausdrucksweise und besaß ein instinktives Gespür für interessante Kameraeinstellungen. Eine wohltuende Ausnahme für einen Berufsstand, der bekannt dafür war, selbst einfachste Vorgänge kompliziert aussehen zu lassen.

Kameramann Urs Werner wischte einen Schweißtropfen von seiner Augenbraue, während er bemüht war, den Astrophysiker nicht aus der Optik zu verlieren. Die Sonne knallte heute mit geradezu unmenschlicher Intensität vom Himmel und erzeugte scherenschnittartige Kontraste auf seiner Netzhaut. Er verabscheute Sonnenbrillen, aber heute hätte er eine aufgesetzt, hätte er eine besessen.

»Sie werden vermutlich fragen, warum diese Anlage so viele Stockwerke besitzt, immerhin befinden wir uns hier doch schon auf über zweitausend Metern Höhe.« Dr. Krausnick lächelte gewinnend in die Kamera. »Hier oben ist die Luft zwar relativ kühl, aber das dunkle Lavagestein ist ein ausgezeichneter Wärmespeicher. Es absorbiert die Sonnenstrahlen, heizt sich dabei auf und gibt die Wärme an die umgebenden Luftschichten ab. Das führt zu Turbulenzen, die unsere Messergebnisse beeinträchtigen können.« Der Leiter der Forschungseinrichtung umrundete die offene Rahmenstruktur des Teleskops. »Je höher also der Turm, desto besser das *Seeing*, wie es in der Fachsprache heißt.« Er ließ seine makellosen Zähne aufblitzen. »GREGOR ist für Messungen magnetischer Felder und Gasströmungen in der solaren Photosphäre und Chromosphäre ausgelegt«, fuhr er fort, während er parallel zur Kamera vor dem atemberaubenden Panorama des Teide auf und ab schritt. »Es wurde speziell für eine hochaufgelöste

stellare Spektroskopie konstruiert und kann Bereiche von weniger als siebzig Kilometern auf der Sonnenoberfläche erfassen. Damit ist es fast so gut wie die Satelliten Soho, Trace und Yokkoh, die sich derzeit auf der Erdumlaufbahn befinden.«
»Was genau wird in den kommenden Jahren Ihr Aufgabenschwerpunkt sein?«, hakte Feldkamp nach.
»Das Hauptziel von GREGOR ist die Messung des solaren Magnetfeldes«, antwortete Krausnick. »Die magnetische Aktivität der Sonne spielt eine wichtige Rolle bei den Prozessen innerhalb der solaren Atmosphäre. Prozessen, die zur Entstehung von Sonnenflecken, Protuberanzen, Flares und koronalen Massenauswürfen führen können.«
Feldkamp drängte mit interessiertem Gesicht ins Bild. »Das klingt kompliziert. Können Sie unseren Zuschauern das mit einfachen Worten erklären?«
»Gern.« Der Leiter der Forschungseinrichtung blickte geheimnisvoll in die Kamera. »Die Sonne ist ein sehr komplexes Gebilde, dessen inneren Mechanismus wir gerade erst zu verstehen beginnen. Sie hat, im Gegensatz zu der Erde, nicht nur zwei, sondern sechs Magnetpole. Je einen auf der Nord- und Südhalbkugel und vier entlang des Äquators. Die Pole beeinflussen sich gegenseitig, das heißt, sie bewirken das Entstehen von Sonnenflecken und deren Wanderung über die Oberfläche.« Er rückte seine Brille gerade. »Sonnenflecken sind, wie viele Zuschauer vermutlich wissen, gigantische Magnetstürme auf der Oberfläche der Sonne, bei denen ungeheure Mengen von Plasma ins Weltall geschleudert werden. Manche dieser Ausbrüche sind so stark, dass das Plasma als Sonnenwind bis in unsere Atmosphäre reicht, wo es zu erheblichen Störungen im Funkverkehr führen kann. Je mehr Flecken, desto intensiver die Strahlung.« Er formte mit den Händen einen expandierenden Ball. »Alle elf Jahre kommt es zu einer *kleinen Ereignisperiode,* wie wir es nennen. Die Sonnenflecken – manche von ihnen zweimal so groß wie unsere Erde – erreichen ein vorläufiges Maximum und

sammeln sich am Sonnenäquator, ehe sie wieder kleiner werden. Alle einhundertsiebenundachtzig Jahre kommt es zu einer *vollständigen* Periode. Dies ist der Moment, an dem die Fleckentätigkeit ihr absolutes Maximum erreicht. Die dabei auftretenden Energieströme sind so gewaltig, dass man sie sogar in den Jahresringen von Bäumen nachweisen kann. Es gibt sogar noch größere Zyklen, die Tausende von Jahren lang sind, doch über die wissen wir leider relativ wenig. Sie sind der Auslöser von Eiszeiten und Wärmeperioden. Fakt ist, dass wir uns gerade in einem absoluten Sonnenmaximum befinden. Was wir in den letzten Tagen und Wochen an Erkenntnissen gewonnen haben, übersteigt alles bisher Dagewesene. Wir können also durchaus von einem Jahrtausendereignis sprechen. Der Zeitpunkt für die Inbetriebnahme von GREGOR hätte also gar nicht besser …«
Ein durchdringendes Piepen unterbrach seinen Vortrag.
Dr. Krausnick blickte einen Moment lang irritiert in die Kamera, dann tastete er nach seinem Pieper und blickte auf das Display. »Verdammt«, murmelte er. »Ausgerechnet jetzt.« Er wandte sich an das Fernsehteam. »Bitte entschuldigen Sie mich, die Sache duldet keinen Aufschub. Wir machen die Aufnahme nachher noch mal.«
Mit diesen Worten machte er kehrt und verschwand im nahe gelegenen Treppenhaus. Die Tür fiel mit einem Krachen hinter ihm zu.
Urs Werner blickte verständnislos durchs Objektiv, dann ließ er die Kamera sinken. »Was war denn das?«
»Keine Ahnung.« Jochen Feldkamp blickte leicht irritiert. »Habe ich ja noch nie erlebt.«
»Und was machen wir jetzt?« Die junge Tonassistentin, eine braunhaarige Studentin der Filmakademie Ludwigsburg, ließ das Mikro sinken. Sie war nett, aber leider nicht sehr kompetent. Urs hatte sie im Verdacht, den Job nur bekommen zu haben, weil sie mit dem Produzenten in die Kiste gehüpft war.
»Laufen lassen«, sagte der Moderator mit Blick auf das Aufnah-

megerät. »Schien ziemlich wichtig gewesen zu sein. Wenn wir uns beeilen, können wir vielleicht noch ein paar spannende Einstellungen bekommen. Auf, Leute.« Mit Handzeichen gab er den beiden zu verstehen, ihm zu folgen. Er ging zum Treppenhaus, öffnete die Tür und ließ sie hindurch. Krausnicks Schritte hallten von unten durch den engen Metallschacht zu ihnen herauf.

»Scheint, dass er zur *Brücke* im dritten Stock unterwegs ist. Wenn wir uns beeilen, können wir vielleicht herausbekommen, was los ist.«

Gemeinsam rannten sie die weißgestrichenen Metallstufen hinunter. Der Moderator vorneweg, dahinter die Studentin und als letzter Urs mit seiner fünfzehn Kilo schweren Kamera. Leise fluchend versuchte er zu vermeiden, eine Stufe zu verfehlen. Ein Sturz hätte katastrophale Folgen gehabt. Die Elektronik dieser neuen Kamerageneration wog nicht mehr als ein Fliegenschiss, aber was brachte das, wenn die Objektive immer noch zehn Kilo wogen?

Schwitzend und keuchend erreichte er den dritten Stock. Feldkamp hatte bereits die Tür geöffnet und winkte sein Team hindurch. Leise und unauffällig trat er an die Rückwand. Niemand nahm Notiz von ihnen. In der Zentrale herrschte angespanntes Schweigen. Fünf Wissenschaftler einschließlich Dr. Krausnick drängten sich vor der Videowand, auf der Dutzende von Monitoren immer wieder andere Ausschnitte der Sonnenoberfläche zeigten. Einer der Bildschirme erregte besonderes Aufsehen. Er zeigte einen dunkelroten Teilausschnitt, auf dem eine heftige Bewegung zu erkennen war. Urs hob seine Kamera und hielt genau drauf.

»Da.« Einer der Wissenschaftler, ein junger Mann mit Karohemd, der auf einem der Bürostühle saß, deutete auf den Monitor. »Seht ihr das?«

»Ich sehe es, ich sehe es«, sagte Krausnick und drehte ein paar Knöpfe auf der Instrumententafel. Das Bild wechselte plötzlich von rot zu grün.

»Jesus.« Der Junge rollte einen Meter zurück, als hätte er Angst, der Bildschirm würde ihm die Haare versengen. »Was für ein Riesending. Die Korona glüht ja richtig.«
»Das ist einer der größten CMEs, den ich je gesehen habe«, sagte Krausnick, und in seiner Stimme schwang Erregung. »Seht euch an, wie ungewöhnlich spitz die Front ist.«
»Ja«, sagte einer seiner Kollegen mit Blick auf einen anderen Monitor. »Und wie es aussieht, rollt er genau auf uns zu.«
»Welche Geschwindigkeit?«
»Über dreitausend Kilometer pro Sekunde.«
Krausnick pfiff durch die Zähne. »Das heißt, in einer Stunde ist er hier. Wie stark wird es werden?«
Der junge Mann auf dem Bürostuhl hob die Augenbrauen. »Bei der Energiemenge? Keine Ahnung, aber ich wäre dann lieber woanders.«
»Gibt es schon Informationen, welche Regionen betroffen sind?«
»Moment, ich lasse das mal schnell durch den Rechner laufen.«
Der Junge drückte ein paar Knöpfe und erzeugte das Bild einer rotierenden Erdkugel auf einem der anderen Monitore. »Da haben wir es«, sagte er, während er die betroffenen Gebiete rot markierte. »Indischer Ozean, dazu Teile von Ost- und Zentralafrika. Besonders heftig wird es in dieser Region werden.« Er deutete auf den afrikanischen Grabenbruch.
Krausnick zoomte das Bild heran. »Die Ruwenzori-Region? Gott sei Dank keine allzu dicht besiedelte Gegend. Trotzdem sollten wir eine Warnung rausschicken. Es wird dort zu massiven Stromausfällen kommen. Der Flugverkehr soll das Gebiet weiträumig umfliegen. Schicken Sie sofort eine Meldung an die Zentrale des European Northern Observatory. Die sollen die höchste Alarmstufe ausgeben.«
»Was soll ich ihnen sagen?«
»Sag ihnen, ein verdammter elektromagnetischer Tsunami rollt auf uns zu.«
Urs Werner hörte ein Zischen an seiner Seite. »Sag mir, dass du

das alles drauf hast.« Das Gesicht von Jochen Feldkamp schien in der Dunkelheit zu glühen. »Sag mir, dass die Aufnahme im Kasten ist.«
»Und ob«, antwortete Urs mit Blick auf die Speicheranzeige. »Und zwar von Anfang an.«

24

Und Sie sind sicher, dass Cox Ihnen die Wahrheit erzählt hat? Wenn ich Sie richtig verstanden habe, stand in der Gerichtsverhandlung doch Aussage gegen Aussage.«
Whitmans Gesicht war immer noch auf dem Monitor zu sehen. »Glauben Sie, ich wäre so weit gegangen, wenn ich nur den geringsten Zweifel an seiner Geschichte gehabt hätte?« Sein Lächeln wirkte traurig. »Natürlich bin ich mir sicher. Es gibt nämlich ein Detail, das während der Gerichtsverhandlung unter den Teppich gekehrt wurde. Es ist klein, gewiss, aber von folgenschwerer Bedeutung. Mit Ihrer Erlaubnis möchte ich Ihren Blick einmal kurz auf die Gerichtsverhandlung lenken. Versuchen Sie in die Situation einzutauchen: Zwei junge Burschen, der eine aus wohlhabendem Elternhaus, der andere aus ärmlichen Verhältnissen, dazwischen ein totes Mädchen – eine Aristokratin aus einer der reichsten Familien Irlands. Der reiche Junge behauptet, er habe seinen Freund hinters Lenkrad gelassen, weil dies sein größter Wunsch gewesen sei. Nur einmal in seinem Leben habe er einen solchen Wagen fahren wollen, also habe er nachgegeben. Sie wären im strömenden Regen und in pechschwarzer Nacht über die Dörfer gezogen, wobei besagter Freund trotz Ermahnung viel zu schnell gefahren sei. Es kam, wie es kommen musste, der Junge verlor die Kontrolle und versuchte, eine Vollbremsung hinzulegen, das Dümmste, was man tun kann. Der Wagen raste über eine Bö-

schung hinweg in einen Wald, wo er frontal gegen einen Baum knallte.«
»So hat Ray mir das auch geschildert.«
Whitman nickte. »Das ist die offizielle Version. Die, auf die der Urteilsspruch gründete. Eine lupenreine Geschichte, vorgetragen von einem jungen Mann, der nicht den geringsten Zweifel daran ließ, dass er die Wahrheit sagte.«
»Und Rays Aussage?«
»Unbeholfen vorgetragen, voller Widersprüche und durchtränkt von Emotionen. Trauer, Wut, Empörung, das ganze Programm. Die typische Aussage eines Mannes, der seine Schuld auf jemand anderen lenken will. So sah es jedenfalls der zuständige Richter.«
»War denn die Spurensicherung nicht vor Ort? Ich meine, es muss doch möglich gewesen sein, den Unfall zu rekonstruieren?«
Whitman schüttelte den Kopf. »Da war leider sehr schlampig gearbeitet worden. Ausgebildete Forensiker wären vermutlich zu einem anderen Ergebnis gekommen, doch die Dorfpolizisten, die den Fall übernommen hatten, waren nicht in der Lage, das Gelände weiträumig abzusperren und jemanden anzurufen, der sich mit so etwas auskennt. Binnen kürzester Zeit hatten sie alle Spuren auf dem matschigen Waldboden verwischt und zertrampelt. Keiner der jungen Leute war angeschnallt gewesen. Die komplette Frontscheibe des Wagens war herausgebrochen und Ray und Will waren außerhalb des Wagens – was ihnen vermutlich das Leben gerettet hat. Will hatte von allen Beteiligten am wenigsten abbekommen. Er war durch den Aufprall in den Wald geschleudert worden und hatte nur ein paar leichte Schürfungen und Prellungen. Ray hingegen war gegen den Baum geprallt und lag mit gebrochenen Rippen und einigen bösen Quetschungen auf der zerdrückten Kühlerhaube des Fahrzeugs. Das Mädchen, Hazel McNamara, hatte von allen das größte Pech. Sie starb noch am Unfallort.«

»Schrecklich.«

»Der Schuldspruch basierte auf Indizien, denn es gab einen schlagenden Beweis, der die Geschichte des jungen William Burke eindrucksvoll untermauerte. Die Fingerabdrücke auf dem Lenkrad des Unfallwagens waren unzweifelhaft die von Matthew Griffin.«

Amy neigte den Kopf. »Warum hat er eigentlich seinen Namen geändert?«

»Ich weiß nicht, wie viel Ray Ihnen erzählt hat, aber nachdem das Revisionsverfahren abgeschmettert worden war und klar wurde, dass er ins Gefängnis musste, beging sein Vater – ein einfacher Arbeiter in einer Gießerei – Selbstmord. Matthew war Einzelkind und der ganze Stolz der Familie. Die Eltern hatten alles geopfert, um dem Jungen das Studium zu finanzieren. Von einem Tag auf den anderen standen sie vor den Scherben ihrer Existenz. Ausgegrenzt, angefeindet und von der Presse durch den Dreck gezogen. Der Vater zog die Konsequenzen. Seine Mutter starb meines Wissens fünf Jahre später völlig verarmt. Ich konnte das nicht mehr so genau mitverfolgen, da ich ja, wie Sie wissen, in dieser Zeit von Cambridge nach Washington wechselte. Jedenfalls nahm Matthew später ihren Mädchennamen an. Er wollte den Namen Griffin aus dem Gedächtnis der Medien tilgen und ein neues Leben beginnen.«

»Und wieso Ray?«

»Raymond ist sein zweiter Vorname.«

Amy nickte gedankenverloren. Sie musste an William Burke denken, an seine starke Persönlichkeit und an seinen beinahe krankhaften Ehrgeiz. Sie dachte daran, wie fasziniert sie anfangs von ihm war, wie sehr sie aber sein rücksichtsloses Verhalten später abgestoßen hatte. Gewiss, er hatte sie ausgenutzt, doch war er zu einer solchen Tat fähig? War er wirklich in der Lage, seinen Freund zu opfern, nur um seine Haut zu retten?

»Warum sollte William vor Gericht gelogen haben?«, fragte sie. »Ich dachte immer, die beiden seien die besten Freunde gewesen.«

»Das ist eine Frage, die ich Will selbst gern gestellt hätte«, sagte Whitman, »doch Ray hielt mich davon ab. Er bat mich, die Sache für mich zu behalten. Ich war der Einzige, den er ins Vertrauen gezogen hat – eine furchtbare Verantwortung. Ein paarmal stand ich kurz davor, mein Wort zu brechen, das können Sie mir glauben.«
»Wieso dieses Vertrauensverhältnis? Ray war doch nur ein einfacher Student.«
»*Einfach?*« Whitman lächelte dünn. »Er war der beste Schüler, den ich je hatte. Unglaublich talentiert, besonnen und gleichzeitig begeisterungsfähig. Ich bin sicher, er hätte einen der besten Abschlüsse gemacht, die es an dieser ehrwürdigen Fakultät je gegeben hatte. Eine unglaubliche Leistung für jemanden, der es in seiner Kindheit so schwer hatte. Sie wissen vielleicht, dass ich selbst aus einfachen Verhältnissen stamme ...« Er seufzte. »Sie mögen es mir als Sentimentalität auslegen, aber zwischen uns gab es eine ganz besondere Verbindung. Ray war für mich wie der Sohn, den ich nie hatte. Ein wunderbarer Junge.«
Amy konnte sehen, wie sehr diese Geschichte den alten Mann mitnahm. Trotzdem, sie durfte jetzt nicht lockerlassen. »Eines verstehe ich immer noch nicht. Was hätte Burke auf die Idee bringen sollen, seinen besten Freund ans Messer zu liefern?«
»Nun, dafür gibt es eine Menge Gründe.« Whitman strich über seine Nase. »Vielleicht wurde er von seiner Familie unter Druck gesetzt, vielleicht sogar zu einer Falschaussage gezwungen. Vielleicht war es aber auch einfach nur sein Streben nach Macht und Karriere. Ihm stand eine glänzende Zukunft bevor. Warum alles opfern für einen Jungen, der in der Gosse groß geworden war? Für ein Nichts, einen Niemand? Ray war gut, keine Frage, aber würde er es in seinem Beruf so weit bringen wie ein William Burke, dessen Familienname schon ausreichte, um die Türen der wichtigsten Forschungseinrichtungen zu öffnen?« Whitman zuckte die Schultern. »Durchaus möglich, dass in diesen Augenblicken seine Arroganz und sein Dünkel an die Oberfläche kamen.«

»Ohnehin merkwürdig, dass die beiden Freunde geworden sind«, sagte Amy. »Kinder aus so unterschiedlichen Gesellschaftsschichten ...«
»Aber das ist ja das Bemerkenswerte an Kindern, finden Sie nicht? Diese Bereitschaft, den anderen zu akzeptieren, ohne Scheuklappen und gesellschaftliche Ressentiments. Die Vorbehalte werden ihnen erst von ihrem Umfeld eingeimpft.«
Amy strich eine Haarsträhne aus ihrem Gesicht. »Na schön. Was ist das für ein Detail, von dem Sie mir erzählen wollten?«
Whitman lehnte sich zurück, kramte in seiner Schreibtischschublade und holte ein Päckchen Zigaretten hervor. Er steckte eine an und nahm einen tiefen Zug. »Eigentlich sollte ich die Dinger nicht mehr rauchen, mein Arzt hat es mir verboten. Aber manchmal muss es eben sein.« Er lächelte traurig. »Ich würde Ihnen gern eine anbieten, wenn Sie nur nicht so verdammt weit weg wären.«
Amy winkte ab. »Lassen Sie nur. Erzählen Sie einfach weiter.«
Er nahm noch einen Zug, dann legte er die Zigarette weg. »Gut. Wo war ich? Ach ja. Es gab eine Bemerkung, die mich stutzig werden ließ. Eine unbedachte Äußerung, die Ray einige Jahre später fallenließ. Ich fragte ihn, ob er sich noch an irgendein Detail des Unfalls erinnere. Ich spürte, dass es ihm schwerfiel, daran zu denken. Sein Kopf hatte bei dem Aufprall etwas abbekommen und seine Gedanken waren lückenhaft. Ein Satz blieb mir aber im Gedächtnis. Er erwähnte etwas von Handschuhen, die Will angeblich getragen hätte. Handschuhe, von denen später nie wieder die Rede war, auch nicht in den Protokollen. Ich fragte ihn, wo die denn geblieben sein könnten, das seien doch immerhin wichtige Beweisstücke, doch er wusste es nicht. Das Einzige, was er mit Sicherheit wusste, war, dass er auf der Kühlerhaube gelegen und für einen kurzen Moment das Bewusstsein wiedererlangt hatte. Dabei glaubte er gesehen zu haben, wie Will aufgestanden und in den Wald gegangen sei.«
»Um was zu tun?«

»Das wusste er auch nicht. Er war noch nicht mal sicher, ob er das Ganze nicht bloß geträumt hatte.« Whitman nahm noch einen Zug und blies den Qualm in die Luft. »Diese Handschuhe ließen mir keine Ruhe«, fuhr er fort. »Ich ließ mir die Stelle in allen Einzelheiten beschreiben, nahm mir einige Tage Urlaub und fuhr hin. Von dem Unfall war kaum noch etwas zu sehen. Es war immerhin einige Zeit vergangen und das Gelände war kniehoch mit Brennnesseln und Brombeeren überwuchert. Ich fand die Aufschlagstelle und begann, systematisch in der Richtung zu suchen, in die Will gegangen sein mochte. Ich hatte sogar eine Hacke und einen Spaten mitgebracht und verbrachte Stunden damit, den Boden umzuwühlen. Nichts. Ich wollte schon wieder heimfahren, als mein Blick auf einen Baum fiel, in dessen Stamm ein markantes Astloch war. Ohne große Hoffnung griff ich hinein.«

»Und fanden was?«

Whitman zog eine Fotografie aus seiner Schublade und hielt sie in die Kamera. Zu sehen war ein Paar alter, zerschlissener Lederhandschuhe, die so aussahen, als habe ein Vogel sie zum Nestbau benützt. Das ehemals gepflegte Material war zu einem Klumpen grünem, fleckigem Unrat zusammengeschmolzen, der kaum noch die Bezeichnung *Leder* verdiente.

»Wills Handschuhe?«

»Bingo!« Whitman nickte. »Ich nahm sie mit und ließ sie auf Spuren gentechnisch verwertbaren Materials untersuchen. Die Ergebnisse waren eindeutig. Haar und Blutspuren kennzeichneten die Handschuhe eindeutig als die von William Burke.«

»Das heißt, es gab nur deshalb keine Fingerabdrücke auf dem Lenkrad, weil er Handschuhe getragen hatte?«

»Wäre möglich.«

»Aber warum waren stattdessen Rays Abdrücke auf dem Lenkrad?«

»Ray hatte ausgesagt, dass er helfend ins Steuer gegriffen habe, um den Wagen wieder unter Kontrolle zu bringen. Fest steht, der

Urteilsspruch würde mit dem Auftauchen der Handschuhe null und nichtig.«

»Und das haben Sie ihm verschwiegen?«

»Im Gegenteil. Ich habe Ray dringend geraten, das Verfahren neu aufzurollen, in Revision zu gehen und die sofortige Freilassung zu beantragen. Doch mein Bitten stieß auf taube Ohren. Ich hatte ihm die Handschuhe ins Gefängnis gebracht, doch sie waren als Beweismittel mittlerweile nicht mehr zu gebrauchen. Er hatte sie reinigen lassen und trug sie stets bei sich. Er wollte, dass sie ihn an das verübte Unrecht erinnerten. Würde mich nicht wundern, wenn er sie sogar mit nach Afrika genommen hat.«

»Warum hat er sich geweigert, in Revision zu gehen?«, fragte Amy. »Er hätte die Chance gehabt, wieder auf freien Fuß zu kommen.«

»Er hatte aufgegeben«, sagte Whitman und in seinen Augen schimmerte Bedauern. »Ray war ein anderer Mensch geworden. Das Gefängnis hatte seinen Willen gebrochen. Ich hatte ihn im Verdacht, Drogen zu nehmen. Eine Vermutung, die sich später leider als allzu wahr herausstellte. Ich glaube, er war zu diesem Zeitpunkt bereits so weit in sein Schneckenhaus gekrochen, dass niemand mehr an ihn herankam. Er hatte völlig den Überblick verloren und fing an zu glauben, dass er tatsächlich schuld an dem Unfall gewesen sei. Er gab sich die Schuld am Tod seines Vaters und betrachtete seine Haft als Buße für seine Verbrechen. Ich glaube, das Einzige, was ihn daran hinderte, Selbstmord zu begehen, war der Wunsch, William Burke gegenüberzutreten.« Whitman atmete tief ein. »Sie ahnen gar nicht, wie schwer es ihn getroffen hat, als er von seinem Verschwinden erfuhr. Es hat ihn beinahe um den Verstand gebracht.«

»Woher wusste er davon?«

»Aus der Presse. Über das Thema wurde ziemlich ausführlich berichtet. Das eine oder andere erfuhr er auch von mir, ich habe ihn ja regelmäßig besucht. Jedenfalls ging es ihm nach einer

Weile wieder besser. Er nahm an, dass Burke sich aus dem Staub gemacht hat, eine Vermutung, die ich nicht teilte. Dafür ist Burke zu stolz und zu arrogant. Aber selbst wenn es so ist, es wird ihm nichts nützen. Ray wird ihn finden, egal wohin er gegangen ist.«

Amy senkte die Stimme. »Was wird geschehen, wenn die beiden aufeinandertreffen?«

»Keine Ahnung. Ich weiß es wirklich nicht. Praktisch alles ist möglich. Doch was auch geschehen wird, Sie sollten sich da raushalten. Es ist etwas Persönliches und geht niemanden von uns etwas an.«

»Er will Rache, habe ich recht?«

»Und wenn es so wäre? Er hat allen Grund dazu. Burke hat ein fundamentales Unrecht begangen, und er wird dafür zur Verantwortung gezogen werden. Wenn schon nicht von einem Gericht, so doch von seinem ehemaligen Freund. Auge in Auge und ohne die Möglichkeit, hinter seinen Eltern oder einem Staranwalt in Deckung zu gehen. Und wenn das geschieht, sollten Sie möglichst weit weg sein.«

Amy presste die Lippen aufeinander. »Das wäre Selbstjustiz, das kann ich nicht zulassen, und das wissen Sie genau.«

»Amy, ich kann Ihnen nur den gutgemeinten Rat geben: Begeben Sie sich nicht zwischen die Fronten. Machen Sie nicht den Fehler, Ray zu unterschätzen. Er ist hochintelligent, und er ist gefährlich. Er wird von etwas getrieben, das Sie nicht mal im Entferntesten verstehen können. William Burke hat ihm alles genommen: seine Familie, seinen Beruf, seine Zukunft, *sein Leben*. Alles, was ihn noch antreibt, ist der Wunsch, seinem Peiniger gegenüberzutreten und ihn zur Rede zu stellen.« Er seufzte. »Ich habe lange mit mir gehadert, ob ich das zulassen soll, aber irgendwann bin ich zu der Überzeugung gelangt, dass weder ich noch irgendein anderer das Recht hat, ihn daran zu hindern.«

Amy presste die Lippen aufeinander und schwieg.

Sie dachte lange nach, dann sagte sie: »Es war wichtig, dass ich

all das erfahre, auch wenn ich Ihre Entscheidung für falsch halte. Ray Cox ist ein Fall für den Psychologen, nicht für unsere Forschungsarbeit. Ich verabscheue jede Form von Selbstjustiz, möge der Anlass dafür auch noch so begründet sein. Doch das ist nur meine persönliche Meinung und hat mit dieser Sache eigentlich nichts zu tun. Was ich aber zutiefst missbillige, ist Ihre Entscheidung, das Problem einfach auf mich abzuwälzen und dabei zuzusehen, wie ich mit der Situation fertig werde. Das nehme ich Ihnen persönlich übel, und das lasse ich auch nicht so kommentarlos geschehen. Im Moment sind mir die Hände gebunden, aber ich werde mir Konsequenzen vorbehalten, sobald ich zurück bin. Leben Sie wohl, Professor.« Ihr Finger wanderte zum Ausschaltknopf.
»Warten Sie«, sagte Whitman. »Ich habe da noch etwas für Sie. Es dauert nur einen Augenblick.« Er stand auf und verließ seinen Schreibtisch. Amy hörte, wie im Hintergrund eine Schranktür klapperte, dann erschien er wieder auf dem Monitor. »Das wollte ich Ihnen unbedingt noch zeigen.« Er hielt ein Foto in die Kamera. »Vielleicht ändert es Ihre Einstellung noch ein wenig. Es zeigt die drei Jugendlichen ein Jahr vor ihrer Examensprüfung, kurz vor dem tragischen Unfall. Schauen Sie genau hin und sagen Sie mir, dass ich im Unrecht war.«
Amy rückte näher an den Bildschirm. Es war eine Schwarzweißaufnahme, aufgenommen unter freiem Himmel, mit dem ehrwürdigen Fakultätsgebäude im Hintergrund. Elf Jugendliche standen in einer Zweierreihe auf dem Rasen und blickten in die Kamera. In der vorderen Reihe, halb hockend, halb auf ein Knie gestützt, saßen drei Studenten. Einen von ihnen erkannte Amy sofort. Es war William Burke, unschwer zu erkennen an seinem überheblichen Grinsen. Neben ihm, den Arm um ihn gelegt, hockte ein Mädchen mit langen blonden Haaren, einer Menge Sommersprossen und einem verschmitzten Lächeln im Gesicht. Unzweifelhaft Hazel McNamara. Und rechts von ihr – Amy stockte der Atem – Ray Cox, oder Matthew Griffin, wie er

damals noch hieß. Wären nicht diese unverwechselbaren Augen gewesen, Amy hätte ihn vermutlich nicht wiedererkannt. Ein Schopf dunkler, verwuschelter Haare umrahmte ein Gesicht, das ausgesprochen hübsch war. Die schlanke Nase, die ausgeprägten Wangenknochen und der volle, sinnliche Mund. Das Bild erinnerte sie spontan an den jungen Daniel Day-Lewis. Sein Blick war hoffnungsvoll und voller Lebensfreude, während er fröhlich lächelnd in die Kamera winkte. Mit dem Ray Cox von heute hatte er kaum noch etwas gemein. Amy spürte, wie sich ihr Magen verkrampfte.

»Leben Sie wohl, Professor«, sagte sie. »Und möge Gott Ihnen einen ruhigen Schlaf schenken.«

Dann schaltete sie ab.

25

Karl Maybach betrachtete die riesige Steinplatte, die über ihm aufragte. Die Eingangspforte der Pyramide war etwa drei Meter fünfzig hoch und zwei Meter breit. Sie bestand aus einem einzigen massiven Steinquader, der über keinerlei erkennbaren Öffnungsmechanismus verfügte. Es gab weder Scharniere noch irgendwelche Schleifspuren, die Auskunft über die Drehrichtung gegeben hätten. Statt vor- oder zurückzuschwenken, hätte es also genauso gut eine Schiebetür sein können, die von der Seite oder von oben an ihren Platz glitt. Völlig ausgeschlossen, sie mit Gewalt öffnen zu wollen.
Dan Skotak versuchte es trotzdem. Er hatte eine Metallschiene aus der Tragekonstruktion seines Rucksacks entfernt und versuchte, damit in die Zwischenräume der Steinplatten zu kommen. Er schien nach verborgenen Riegeln oder Schaltern zu suchen. Keuchend und ächzend kroch er auf allen vieren vor der Platte herum, während die anderen dastanden und ihm dabei zusahen, wie er jahrhundertealten Staub aufwirbelte. Karl erkannte bald, dass dieses Unterfangen sinnlos war. Stattdessen betrachtete er die seltsamen Verzierungen am Türrahmen. Es dauerte nicht lang, als er auf eine erste Spur stieß.
»Hey, kommt mal her.«
Ray und Mellie, die ein Stück um das Bauwerk herumgegangen waren, kamen wieder zurück.
»Irgendetwas Interessantes?«

»Dieses Relief hier.« Karl deutete mit einem Stock auf den Türrahmen. »Ich glaube, wir sollten uns das mal genauer anschauen. Könnte doch sein, dass eine Botschaft darin versteckt ist. Wenn wir die Ranken entfernen, könnten wir es untersuchen.« Er zerrte an einer der Wurzeln und legte einen Streifen des alten Gemäuers frei.
»Karl hat recht«, sagte Ray. »Die Darstellungen sind merkwürdig. Vielleicht ist es ja eine Art Code.«
Karl nickte. »Worauf wartet ihr noch? Holt eure Messer heraus und dann ran ans Werk.«
Während Karl den rechten Sockel von den Pflanzen befreite, übernahm Ray die linke Seite. Mellie war derweil ein Stück in die Höhe geklettert und machte sich am oberen Teil des Reliefs zu schaffen.
Karl arbeitete verbissen. Die Wurzeln waren unglaublich zäh. Die Klinge seines Taschenmessers hatte Schwierigkeiten, das widerstandsfähige Material zu durchtrennen, und so ging er nach einer Weile dazu über, seine Säge zu benutzen. Es dauerte eine ganze Weile, dann hielt er erschöpft inne. Der Boden war bedeckt mit abgeschnittenen Wurzeln und Ranken. Ray, der mit seinem Armeemesser wesentlich effektiver zu Werke ging, hatte seinen Teil bereits beendet und half Mellie am Schlussstein. Wenige Minuten später war der gesamte Türrahmen von den Ranken befreit. Karl trat die Pflanzenreste mit dem Fuß weg. Er mochte die Dinger nicht. Sie bereiteten ihm irgendwie Unbehagen.
Er trat einen Schritt zurück und nahm das Relief in Augenschein.
»Es ist, wie ich vermutet habe«, sagte er. »Der ganze Rahmen ist mit Symbolen bedeckt. Aber was sollen sie darstellen? Punkte, Linien, Kreise. Kann sich einer einen Reim darauf machen?«
Ray und Mellie schüttelten den Kopf.
Karl strich mit seinem Finger über die Vertiefungen. Die Steinarbeiten waren wundervoll ausgeführt, keine Frage. Da waren Kugeln und gezackte Linien, merkwürdige verschlungene Symbole und eigenartig gebogene Linien, die wie Schiffsrümpfe

aussahen. Figürliche Darstellungen gab es keine, dafür aber stets wiederkehrende Kreise. Hoch oben, am Scheitelpunkt des Türrahmens, war eine Verdickung im Stein. In ihrer Mitte war ein großer Kreis, der das Zentrum einer Reihe von Strahlen war, die speichenförmig in alle Richtungen verliefen.

»Ich muss gestehen, ich bin ratlos«, gab Karl zu.

»So etwas Seltsames habe ich auch noch nie gesehen. Diese ganzen Kreise und Zacken ...«, fügte Mellie hinzu.

»Könnte es nicht sein, dass dieser große Kreis hier oben eine Art Sonnensymbol ist?«, fragte Ray. »Ich meine, diese ganzen Strahlen und so ...«

»Keine schlechte Idee«, sagte Mellie. »Aber was stellen dann die anderen Symbole dar?«

»Planeten.« Karl nickte. Er spürte, dass sie etwas Großem auf der Spur waren. »Ich weiß, das würde natürlich gewisse astronomische Kenntnisse voraussetzen, aber ich erinnere mich, dass es mal einen ähnlichen Fall bei den Dogon in Mali gab. Ihr erinnert euch? Das Volk, das seine Heiligtümer in senkrechten Felswänden errichtet.«

Ray hob die Augenbrauen. »Und du glaubst, das hier hat etwas damit zu tun?«

Karl trat auf einen der Türpfosten zu und strich mit seinen Fingern über den glatten Basalt. »Wenn sie über die Anordnung der Sonne zu den Planeten Bescheid wussten – was, mit Verlaub, höchst bemerkenswert wäre –, dann wäre dieses astronomische Wissen vermutlich der obersten Priesterkaste vorbehalten gewesen. Was läge näher, als den Eingang mit einem astronomischen Code zu schützen?«

»Welcher Planet wäre auf dieser Darstellung denn die Erde?« Mellie kletterte von oben herunter und gesellte sich zu den beiden Männern.

»Der Dritte, von der Sonne aus gezählt«, sagte Karl. »*Wenn* sie damals das nötige Wissen gehabt haben, was ich bezweifle, dann müsste es – lasst mich mal sehen – dieser hier sein.«

Er deutete auf einen etwa handtellergroßen Kreis, der von einem kleineren Kreis umrundet wurde. Er war so weit oben angebracht, dass man sich auf die Zehenspitzen stellen musste, um ihn zu berühren. Ray fuhr mit den Fingern über die Erhebung.
»Täusche ich mich oder ist der versenkbar?« Er drückte mit dem Daumen dagegen, doch nichts geschah. Er versuchte es noch einmal, diesmal mit mehr Nachdruck. Ohne Wirkung. Er drückte auf den kleinen Kreis, der vermutlich den Mond darstellen sollte, scheiterte jedoch auch dort.
»Lass gut sein«, sagte Karl. »Es ist höchst unwahrscheinlich, dass wir in so kurzer Zeit tatsächlich dieses Problem lösen. Vermutlich sind wir völlig auf dem Holzweg, und der Eingangsmechanismus ist ganz woanders versteckt.«
»Abwarten.« Ray hob ein Stück Holz auf und bearbeitete es mit seinem Messer so lange, bis er einen etwa zehn Zentimeter langen Holzpflock hatte.
»Was hast du vor?« Mellie runzelte die Stirn.
»Mag ja sein, dass ich mich irre«, sagte Ray, »aber ich möchte es noch einmal versuchen. Vielleicht ist der Mechanismus in den Jahrhunderten nur verstaubt oder verdreckt.« Er griff nach einem faustgroßen Stein und wandte sich erneut dem Relief zu.
»Das bringt doch nichts«, sagte Karl kopfschüttelnd. »Du wirst nur das Relief beschädigen.«
Ray beachtete seinen Einwand nicht, sondern setzte den Pflock an und schlug zu. Nichts passierte. Noch einmal schlug er zu, wieder mit demselben Ergebnis. Karl verdrehte die Augen. Dieser Ire war wirklich stur. Wenn der sich mal was in den Kopf gesetzt hatte, schien ihn nichts mehr davon abbringen zu können. Noch einmal hob Ray den Stein und schlug auf den Holzpflock, diesmal mit aller Kraft. Das Holz zersplitterte und der Stein landete auf Rays Daumen. Mit einem Schmerzensschrei taumelte er zurück. Die Erdscheibe war mit einem Knirschen im Relief verschwunden.
Ein Rumpeln erklang. Staub drang aus dem Eingang.

Karl blieb vor Verwunderung der Mund offen stehen. Die Pyramide schien in ihren Grundfesten zu erzittern. Sie hörten ein Husten, dann erschien ein völlig verdreckter Dan Skotak. In einer Hand die Metallschiene haltend, blickte er ein wenig irritiert zwischen den anderen hin und her. »Ich hab's geschafft«, sagte er. »Ich weiß nicht wie, aber die Tür ist offen.«

26

Amy war zur Vorratsecke hinübergegangen und griff nach ihrer Feldflasche. Gierig ließ sie das Wasser in ihren Mund laufen. Mit dem Rest benetzte sie ihr Gesicht. Sie verteilte die Feuchtigkeit über Nacken und Dekolleté und schraubte die Flasche wieder zu. Sie musste Richard kontaktieren und dann zurück zu den anderen. Und sie hatte keine Zeit zu verlieren.
Als sie zu ihrem Notebook ging, bemerkte sie, dass der Himmel ziemlich dunkel geworden war. Offenbar ein neuer Ausläufer des Sturmtiefs.
Die Geschichte von Ray Cox hatte sie mehr getroffen, als ihr zunächst klar gewesen war. Das Problem war: Was sollte sie jetzt tun? Wie sollte sie Ray gegenübertreten? War er wirklich nur das unschuldige Opfer, das nach Antworten suchte, oder musste sie mit Schlimmerem rechnen? Sie spürte, dass von ihm keine Gefahr ausging, solange sie nicht auf Will trafen, aber das konnte jederzeit geschehen. Sie tastete nach ihrer Pistole, setzte sich wieder an ihren Computer und versuchte eine neue Verbindung aufzubauen. Der GPS-Link war weg. Kein Problem, sie konnte mit den alten Einstellungen arbeiten. Sie würde dann zwar keine Bildverbindung herstellen können, aber hören war besser als gar nichts.
Sie unterbrach den Sendeaufbau und startete den Audiokanal. Nach einer Reihe gescheiterter Versuche hörte sie endlich einen erlösenden Piepton. Die Mailbox! Wenigstens etwas. Der

Ansagetext war so schwach, dass sie auf volle Lautstärke drehen musste. »Hallo, Richard«, sagte sie. »Hier ist Amy. Ich hoffe, dass du diese Nachricht empfangen kannst. Es geht uns gut. Leider wurden wir durch unvorhersehbare Ereignisse gezwungen, unsere Mission hier abzubrechen. Wir haben den nächtlichen Sturm unbeschadet überstanden, werden uns aber heute noch auf den Rückweg zu den Bugonde machen. Wie es von dort aus weitergeht, hängt ganz vom Wetter ab. Bitte melde dich, wenn du wieder zurück bist. Falls du nicht durchkommst, hinterlasse mir einfach eine Nachricht. Ich werde heute Abend einen weiteren Versuch starten, dann hoffentlich mit Bild. Mehr kann ich dir im Moment nicht sagen. Drück uns die Daumen. Amy Ende.«
Eine plötzliche Windbö fuhr durch den Wald und zerrte an dem Zelt. Amy schaute in die Runde. Der Himmel war pechschwarz geworden. Der Schnee nur noch eine Masse unterschiedlicher Grautöne. Irgendwo hinter ihr ertönte ein Donnern. Ein Wetterleuchten zuckte über den Himmel. In aller Eile schaltete sie das Programm aus und fuhr den Rechner herunter.
Sie hatte gerade das Notebook zugeklappt, als über die gebogenen Metallstreben ihres Zeltes Lichtpunkte huschten, leuchtend wie fluoreszierende Ameisen. Flirrend und sirrend wuselten sie zum Boden hinab, von dort ihre Beine hinauf und bis zu ihrem Computer. Amy riss die Hände empor. Die kleinen leuchtenden Dinger verteilten sich über ihren Schoß, sausten auf das elektronische Gerät zu und vereinigten sich dort zu einem leuchtenden Schwarm. Sie schwirrten und umkreisten einander in einem wilden Tanz, und von Sekunde zu Sekunde wurden es mehr. Vorsichtig stellte sie das Gerät ab. In diesem Moment erklang ein furchtbares Zischen. Ein ohrenbetäubender Knall zerriss die Stille. Die Welt um sie herum erstrahlte in gleißender Helligkeit. Der Boden bebte. Irgendwo links von ihr zerbarst ein Baumstamm. Sie sah, wie ein Ast zu Boden krachte, Unmengen zerfetztes Laub mit sich reißend.
Panisch vor Angst und Schrecken taumelte sie zurück. Ihre

Trommelfelle klingelten, als habe jemand direkt neben ihr einen Böller gezündet. Nase und Schleimhäute waren wie betäubt. Sie musste husten, und Tränen schossen ihr in die Augen.

Wenn es ein Blitz gewesen war, so musste er sie um Haaresbreite verfehlt haben. Sie konnte immer noch den Stromstoß spüren, der durch sie hindurchgesaust war.

Nach Luft ringend, wankte sie zurück. Ungläubig starrte sie auf das höllische Szenario ringsumher. Zwischen den Zelten sausten Lichtbögen hin und her, die mit knisternder Spannung die Luft zerteilten. Sie sahen aus wie die Lichtbögen von Plasmakugeln aus dem Souvenirshop. Elmsfeuer züngelten um alles, was aus Metall bestand, und erzeugten einen flimmernden Nachhall auf der Netzhaut.

In diesem Moment fuhr ein Stück weiter entfernt ein weiterer Blitz in einen Baum. Holzstücke flogen herum. Die Luft war mit Ozon erfüllt.

Das war zu viel.

Sie machte kehrt. So schnell sie ihre Beine trugen, rannte sie in den Wald. Sie musste weg hier, und zwar sofort. Den Kopf eingezogen, tauchte sie in das Labyrinth aus Farnen, Gräsern und Bäumen ein. Rannte dorthin, wo die Pyramide lag.

27

Bläuliches Halbdunkel hüllte sie ein. Ein Band feinster Bildhauereien, die in ihrer Vollkommenheit den ägyptischen Hieroglyphen in nichts nachstanden, zog sich in einem kompletten Kreis die Wände entlang. Niemals zuvor hatte Ray so eine Vielfalt an vorzeitlichen Darstellungen zu sehen bekommen, nicht mal im British Museum. Er spürte, nein, er *wusste,* dass hier ein Schatz von unermesslichem kulturellem Wert schlummerte – seit Tausenden von Jahren verborgen vor den Augen der Welt.

Die Lichter ihrer Taschenlampen enthüllten eine verblüffende Anzahl figürlicher Darstellungen – ganz anders, als das eher ornamentale Tor vermuten ließ. Die Darstellungen zeigten die Menschen bei allen möglichen Tätigkeiten. Auf der Jagd, beim Bestellen der Felder, beim Wasserholen, beim Feiern von Festen und natürlich beim Verrichten religiöser Zeremonien.

»Wundervoll«, flüsterte Mellie, während sie einen Abschnitt betrachtete, auf dem die Gewinnung und Verschiffung von Erz dargestellt war.

»Wie ein Bilderbuch aus längst vergangenen Tagen.«

»Was mag wohl der Zweck dieses Gebäudes gewesen sein?« Karl stand in der Mitte des Saals und blickte senkrecht nach oben. Der Scheitelpunkt der Pyramide befand sich in etwa zehn Metern Höhe. Der Schlussstein fehlte, so dass trübes Tageslicht einfiel. Lichtgarben durchkreuzten die Kuppel. Durch die seitlichen Schächte drangen Unmengen von Lianen und Kletterpflanzen.

»Keine Ahnung«, erwiderte Dan. »Ein Versammlungsort oder eine Zeremonienhalle. Wer kann das schon sagen?«
»Kommt mal hier rüber.« Mellie war ein Stück vorausgegangen und beleuchtete einen bestimmten Abschnitt des Reliefs. Ihr Gesichtsausdruck schwankte zwischen Faszination und Abscheu.
Die drei Männer eilten zu ihr und ließen das Licht ihrer Lampen über den schwarzen Stein gleiten. Was sie entdeckt hatte, war wirklich aufsehenerregend. Das Relief zeigte einige der Pflanzenwesen, wie sie in der Hütte der Schamanin zu sehen gewesen waren, und ihre Schöpfer. Im Gegensatz zu der Skulptur waren es aber diesmal keine Einzeldarstellungen, sondern ein Kunstwerk, das im Zusammenhang mit den umgebenden Bildnissen Rückschlüsse auf die Bedeutung dieser Kreaturen zuließ. Was als Erstes auffiel, war ihre enorme Größe. Verglichen mit ihnen, waren die Menschen nur etwa halb so groß. Sie tanzten um die Wesen herum, verbeugten sich und brachten ihnen Opfergaben: Schalen mit dem Blut erlegter Tiere, die man kopfüber an Bäume gehängt hatte. Es gab aber auch Menschenopfer. Mellie hatte eine Darstellung entdeckt, bei der eine dieser Pflanzenkreaturen einen Mann regelrecht aussaugte. Angewidert blickte Ray auf die Szene, in der die Kreatur seine Wurzelarme um den Mann legte und ihn so lange auspresste, bis nur noch eine leere Hülle zurückblieb.
»Was für ein grauenhafter Kult«, murmelte Karl, dem trotz der Kälte die Schweißperlen auf der Stirn standen.
»Ist sicher alles mythologisch«, sagte Dan. »Ein farbenfrohes Märchen, ähnlich der altenglischen Sage von Beowulf und seinem Kampf gegen Grendel. Nichts, wovor man Angst zu haben braucht.«
»Hier drüben wird es noch farbiger«, sagte Ray, der ein paar Schritte vorausgegangen war. »Seht euch das mal an. Könnte es sein, dass diese Monstrosität eine Art Kriegerkaste ist? Hier führen sie einige fliegende Schiffe in den Kampf gegen ein paar bucklige, affenähnliche Gestalten. Seht mal, eine dieser Kreaturen nimmt es mühelos mit drei Gegnern gleichzeitig auf.«

»Was ist denn das hier?« Karl deutete auf eine kleine Gestalt auf einem der Flugschiffe. Es war eine Frau, unschwer zu erkennen an ihren kleinen Brüsten und ihrer Scham. Sie trug einen merkwürdigen Kopfputz, der sie deutlich von den anderen unterschied. »Sieht aus wie eine Priesterin oder Königin, findest du nicht?« Er blickte Mellie erwartungsvoll an. »Ähnelt der Kopfschmuck nicht dem, den du bei der Hexenmeisterin gesehen hast?«
»Er ist praktisch identisch«, flüsterte Mellie. »Dieselben Proportionen, dieselbe Symbolik. Ich beginne mich wirklich langsam zu fragen, in was wir hier hineingeraten sind.«
»Hab ich doch schon gesagt«, erwiderte Dan genervt. »In eine große Märchenstunde. Wesen, die halb Mensch und halb Pflanze sind, Kriegerköniginnen und fliegende Schiffe, ich bitte euch. Das sind alles nur Mythen – allerdings wunderhübsch ausgeschmückt, das muss man den Erbauern lassen. Ganz unzweifelhaft verfügte dieses Volk nicht nur über eine blühende Phantasie, sondern auch über große handwerkliche Fähigkeiten.«
Ray zog die Stirn kraus, als er mit dem Finger über die Bildnisse fuhr. »Ich widerspreche dir ja nur ungern, aber für mich sehen diese Bilder nicht wie Phantasiedarstellungen aus. Ich weiß nicht, wie es euch geht, aber ich habe da ein ganz mieses Gefühl.« Ein eiskalter Luftzug fuhr durch die Pyramide. Ray meinte etwas zu hören, ein Rascheln oder Huschen. Er machte kehrt und blickte nach hinten. Langsam ließ er den Lichtstrahl durch das Gebäude wandern. Er hatte den Eindruck, als würden gelbe, bösartige Augen auf sie herabstarren.
Während sein Licht über den efeubewachsenen Boden glitt, schälten sich bizarre Formen aus der Dunkelheit. Die Wurzeln und Ranken waren zu seltsamen Skulpturen zusammengerollt. Im Schein seiner Lampe sahen sie aus, als würden sie leben. »Hier stimmt etwas nicht«, flüsterte er. »Ich spüre es ganz deutlich.«
Er fasste Mellie bei der Hand und zog sie mit sich. Karl und Dan folgten ihnen auf dem Fuß.

Sie hatten die Halle erst zur Hälfte durchquert, als ein grelles Licht durch die Öffnung in der Decke zuckte. Es war von solcher Helligkeit, dass Ray seine Augen schließen musste. Sterne tanzten auf seiner Netzhaut.
»Was zum Henker ... «
Weiter kam er nicht. Ein ohrenbetäubendes Krachen fuhr durch die Pyramide. Der Fußboden erzitterte. Staub rieselte von der Decke. Bruchstücke der Innenverkleidung fielen von den Wänden und stürzten laut krachend auf den Steinboden. Einen kurzen Moment war Ray wie gelähmt, dann schrie er: »Ein Erdbeben! Raus hier!«
Karl, Mellie und Dan standen da wie angewurzelt.
»Habt ihr nicht gehört? Macht, dass ihr hier rauskommt. Bringt euch in Sicherheit.« Endlich kam Bewegung in die Gruppe. Angstvoll stöhnend, die Rucksäcke über die Köpfe haltend, rannten alle in Richtung Ausgang.
Ein weiteres Mal wurde die Halle von Helligkeit erfüllt, gefolgt von einem ohrenbetäubenden Donnerschlag. Elektrische Entladungen zuckten über die Wände. In wirren Kaskaden ergossen sie sich über den schwarzen Stein und brachten ihn zum Glühen. Ein stechender Geruch stieg ihnen in die Nase. War das Ozon? Der Boden unter ihren Füßen bäumte sich auf wie ein junges Pferd. Die Botanikerin stürzte auf die Knie. »Was ist das?«, kreischte sie.
»Keine Ahnung. Komm weiter!« Ray zog sie auf die Füße und aus der Pyramide heraus. Er wusste nur eines: Wenn sie hier nicht bald weg waren, würden sie alle sterben.
Das Elmsfeuer nahm an Heftigkeit zu. Leuchtende Würmer zuckten über die Felsen und machten eine Orientierung unmöglich. Alles schien sich aufzulösen. Was fest war, wurde durchscheinend, was dunkel war, hell. Ray glaubte, den Boden unter den Füßen zu verlieren. Was für ein Teufelswerk war das? Er unternahm eine letzte Anstrengung, die rettende Tür zu erreichen. Helles Licht strömte ihm entgegen. Eine Art gleißende Sphäre

versperrte ihnen den Weg, doch was es auch war, sie mussten hier heraus. Mellies Hand haltend, durchbrach Ray die leuchtende Wand und rannte ins Freie. Sein Körper fühlte sich an, als würde er in tausend Teile zerspringen. Der schwarze Stein leuchtete unnatürlich hell. Abgehackte Bilder flimmerten vor seinen Augen. Immer wieder waren andere Perspektiven des Gebäudes zu sehen. Mal erblickte er es von oben, dann wieder von der Seite, mal sah er es mit Vegetation, dann wieder ohne. Die steinige Oberfläche der Pyramide zerbarst in ein Crescendo flirrender Einzelaufnahmen. Es sah fast aus, als würde jemand ein Daumenkino ablaufen lassen. Dazu ein ohrenbetäubendes Heulen, das die Luft erfüllte. Nicht wie das Heulen von Signalhörnern oder Wölfen. Eher so, als würde irgendwo Luft entweichen. Er machte kehrt.

Inmitten dieses infernalischen Szenarios machte er plötzlich einen ruhigen Punkt aus. Eine dunkle Gestalt trat aus der Pyramide. Riesig und übermächtig schimmerte sie im gleißenden Licht der Blitze. Ray musste sich zusammenreißen, um nicht laut zu schreien. Was da im Eingang der Pyramide stand, war ein N'ekru. Groß, muskelbepackt und grün geädert sah es aus wie ein deformierter Mensch, dem man die Haut vom Fleisch gezogen hatte. Nach vorn gelehnt und auf seine mächtigen Arme gestützt, stand die Kreatur ein paar Augenblicke so da, die Nüstern witternd in den Wind haltend, dann drehte sie ab und taumelte mit seltsam unkoordinierten Bewegungen in den Wald.

Ray fühlte, wie ihm die Sinne schwanden. Ohnmächtig kippte er vornüber in den Schnee.

TEIL 2
Der Atem des Windes

28

Das Erste, was Karl spürte, war Wärme. Sie kroch über seine Beine, seinen Rücken, seinen Nacken. Sie streichelte seine Schultern und Arme und liebkoste seine Haare wie eine zärtliche Frau.
Vorsichtig versuchte er sich zu bewegen. Zuerst die Füße, dann die Arme. Er streckte seine Hände aus und berührte trockenes Laub. Vogelgezwitscher drang an sein Ohr. In der Luft hing ein scharfer Geruch wie nach Ammoniak oder Ozon. Sie war regelrecht getränkt damit.
Langsam hob er den Kopf. Das schreckliche Unwetter war verschwunden und hatte einem strahlend hellen Himmel Platz gemacht. Links von ihm, nur etwa vier Meter entfernt, entdeckte er die ausgestreckten Körper von Mellie und Dan. Noch ein Stück weiter war Amy zu sehen. Die Biologin lag halb verdeckt hinter einer wilden Teepflanze, doch er erkannte sie an dem typischen Muster ihrer Fleecejacke.
Amy? Die war doch zum Zeitpunkt des Gewitters gar nicht bei ihnen gewesen. Merkwürdig. Er wollte aufstehen und nachsehen, ob es allen gutging, doch eine Hand hielt ihn zurück.
»Langsam, mein Freund. Keine ruckartigen Bewegungen, dein Kopf wird es dir danken.« Karl machte kehrt und erblickte den Iren, der schräg hinter ihm auf einem Steinklotz hockte und an einem Grashalm knabberte. Er hockte da im T-Shirt, den Fleecepullover über den Knien.

»Ray. Na, alles klar?«

»Mach dir mal um mich keine Sorgen, mir geht's gut.«

»Mir nicht. Mein Kopf fühlt sich an, als hätte ich unter einem Presslufthammer gelegen.« Karl drückte die Finger an die Schläfen, zuckte aber mit einem leichten Aufschrei wieder zurück. Seine Haut brannte wir Feuer.

»Sachte, sachte«, sagte Ray. »Du hast mächtig was abgekriegt. Besonders im Gesicht.«

»Abgekriegt, was denn?«

»Einen Sonnenbrand. Wenn ich einen Spiegel hätte, würde ich ihn dir zeigen.«

Karl runzelte die Stirn. »Einen Sonnenbrand? Wovon denn?«

»Frag mich nicht, aber es ist so. Bei mir sind's die Arme, siehst du?« Ray hielt ihm seine Unterarme hin. Die Haut glühte wie Feuer. »Scheinbar sind die Wetterprognosen doch falsch gewesen. Na ja, ein Gutes hat die Sache.« Er deutete in den Wald. »Der Schnee ist weg. Wir haben angenehme zwanzig Grad.«

Karl war weit davon entfernt zu verstehen, was hier vorgefallen war. »Wie geht's den anderen?«, fragte er.

»Soweit ich sehe, alles okay«, sagte Ray. »Die schlafen noch ein wenig. Wird aber nicht mehr lange dauern, bis sie aufwachen.«

»Und Amy?«

»Die habe ich ein Stück weiter im Wald gefunden. Lag einfach so auf dem Boden. Vermutlich war sie auf dem Weg zu uns, als das Unwetter sie überraschte.«

Karl richtete sich mühsam auf und schaute in die Runde. Warm war es geworden, geradezu stickig. Das Laub auf dem Boden und an den Zweigen sah verdorrt aus. Er versuchte aufzustehen, doch ein stechender Schmerz in seinem Kopf ließ ihn zurücksacken. »Himmel, was ist das nur? Einen solchen Kater hatte ich seit Jahren nicht mehr.«

»Hier, versuch das mal.« Ray warf ihm ein Büschel trockener Gräser zu, die neben ihm lagen.

Karl streckte seine Hand aus und hob sie auf. Misstrauisch be-

äugte er die blauen Halme, an deren Enden violette Dolden baumelten. »Was ist das?«
»Keine Ahnung«, sagte Ray. »Riecht aber gut. Mir hat's jedenfalls geholfen. Einfach zwischen den Fingern zerreiben und die Nase drüberhalten. Versuch's mal.«
Karl griff nach den Pflanzen und hielt sie unter seine Nase. Ein intensiver Geruch nach ätherischen Ölen stieg empor. Er hatte das Gefühl, das Pochen in seinem Schädel würde tatsächlich nachlassen.
»He, das ist gut«, sagte er, zerrieb etwas davon auf seinen Handflächen und atmete tief ein. Es war, als würde ein samtener Schleier seinen Schmerz betäuben. »Riecht ein bisschen wie Lavendel«, sagte er, und vergrub seine Nase tief in den Blüten. »Was mag das sein?«
»Keine Ahnung. Ich fand es, als ich mich zum Lager aufgemacht habe.«
»Wie lange bist du denn schon auf den Beinen?« Genießerisch schnupperte er weiter an der unbekannten Pflanze.
»Viertelstunde, zwanzig Minuten. So genau kann ich das nicht sagen, meine Uhr ist stehengeblieben.«
Karl warf einen Blick auf seine Uhr. »Meine auch.« Er klopfte gegen das Gehäuse. Nichts rührte sich. Er hielt sie an sein Ohr und lauschte. Nichts. Absolute Ruhe.
»Mist«, fluchte er. »Das Teil hat ein Heidengeld gekostet. Na, die werden was zu hören kriegen, wenn ich das zur Reparatur schicke.«
»Ich glaube, es hat etwas mit dem seltsamen Gewitter zu tun«, sagte Ray. »Ob das ein Garantiefall ist, wage ich zu bezweifeln.«
Karl sah sich um. Irgendetwas Seltsames war hier geschehen. Bruchstücke von Erinnerungen taumelten durch sein benebeltes Hirn. Ihm war, als habe er kurz vor seiner Ohnmacht ein grelles Licht gesehen, als wäre die Pyramide selbst von einer elektrischen Entladung getroffen worden. Nein, getroffen war nicht das richtige Wort, *durchdrungen* traf es besser. Der Donner

hallte immer noch in seinen Ohren und der Widerhall des Blitzes flimmerte auf seiner Netzhaut.

»Habe ich mir das nur eingebildet oder sind wir tatsächlich in einen elektrischen Sturm hineingeraten?«, fragte er.

»Also, eine Halluzination war das ganz sicher nicht«, sagte Ray. »Eine bloße Einbildung könnte uns wohl schwer alle gleichzeitig außer Gefecht setzen. Von den stehenden Uhren und unserem Sonnenbrand mal abgesehen.« Er knabberte an seiner Unterlippe. Als er weitersprach, war seine Stimme kaum mehr als ein Flüstern. »Ich habe Dinge gesehen. Seltsame Dinge, die es eigentlich gar nicht geben dürfte.«

»Geht mir genauso«, sagte Karl. »Seltsame Formen und Schemen. Überlagernde Bilder und bizarre Körper. Alles sehr konfus.« Sein Gehirn fing endlich wieder an, in geordneten Bahnen zu funktionieren.

Ray sah erleichtert aus. »Dann bin ich nicht der Einzige. Ich habe schon geglaubt, ich hätte den Verstand verloren. Irgendeine Vorstellung, was das war?«

Karl schüttelte den Kopf. »Aber ich werd's rauskriegen, verlass dich drauf.«

In diesem Moment erklang von rechts ein leises Stöhnen.

Ray blickte auf. »Ich glaube, unsere Chefin wird wach. Ich werde mal zu ihr rübergehen und ihr ein paar von den Blumen bringen.«

»Warte, ich komme mit.« Karl ließ sich eine Hand geben und auf die Füße ziehen. Gemeinsam gingen sie zu Amy hinüber.

Die Biologin war gerade eben erwacht. Sie sah aus, als hätte sie einen schlechten Traum durchlebt. Ihre Nackenpartie war knallrot. Als sie die beiden Männer erkannte, sah sie sie verwirrt an.

»Wo bin ich? Was ist passiert? Wo sind die anderen?«

»Langsam, langsam«, sagte Karl. »Es ist alles in Ordnung. Du warst nur ein paar Minuten weggetreten. Hier, halt dich fest, ich helfe dir.« Er half ihr in eine sitzende Position und lehnte sie gegen einen Stein.

»O Mann.« Sie sah aus, als würde sie gleich wieder umkippen. »Ich fühle mich, als würde ich nur noch auf Batterie laufen.«
Karl grinste. »Schön umschrieben. Aber es gibt Abhilfe. Ray hat etwas gefunden, das dir helfen wird. Hier, atme das tief ein. Damit geht es dir gleich besser.« Er reichte ihr etwas von Rays Lavendel. Amy griff nach den Pflanzen und schnupperte daran. Mit einem Seufzer der Erleichterung tauchte sie ihre Nase hinein. »Oh, das ist gut«, sagte sie. »Sehr gut sogar.« Wieder nahm sie einen tiefen Atemzug. In diesem Moment kamen auch von der anderen Seite Geräusche. Karl blickte hinüber. »Die anderen werden wach. Ich glaube, es wird Zeit für deinen Weckdienst, Ray. Und nimm genug von deinen Wunderpflanzen mit.«
Keine fünf Minuten später waren alle Mitglieder des Teams wieder bei Bewusstsein und mehr oder minder ansprechbar. Dan hatte es am schlimmsten erwischt. Er konnte nur mit Mühe aufrecht sitzen, und aus seinem Mundwinkel rann ein Speichelfaden. Er war der Einzige, der sich weigerte, Rays Medizin zu nehmen.
»Du solltest wirklich mal deine Nase drüberhalten«, sagte Karl und hielt ihm den Lavendel vors Gesicht. »Hier, das hilft!«
Der Geologe warf Ray einen finsteren Blick zu.
»Will nicht«, murmelte er mit einer Stimme, die klang, als würde er den Iren beschuldigen, der Auslöser für alles zu sein. Karl verstand nicht, was zwischen den beiden Männern vorgefallen war, es war ihm aber auch egal. Dan war ja noch nie ein Ausbund an Herzlichkeit gewesen.
»Wo hast du die gefunden?« Mellie hielt eine der Dolden vor ihre Augen und zerpflückte sie. Sie schien fest entschlossen, die Pflanze in ihre kleinsten Bestandteile zu zerlegen.
»Irgendwo dort drüben.« Ray deutete in die Richtung, in der ihr Camp lag. »Was ist mit den Blumen?«
Mellie blickte ratlos auf das Gewächs in ihren Händen. »Ich habe so etwas noch nie gesehen. Sieht aus wie eine Pflanze aus der Ordnung der *Alismatales*, der Seegräser. Eine Blütenstandachse

mit vielen Blüten, die in einem einzelnen Hochblatt eingeschlossen sind. Seht ihr, die männlichen Blüten haben nur ein Staubblatt. Ich muss mal eine Aufnahme davon machen ...« Sie zog ihre Kamera heraus und schaltete sie ein. Nichts geschah. Sie versuchte es noch ein paarmal, immer mit demselben Ergebnis. Dann öffnete sie das Batteriefach, ließ den alten Akku herausgleiten und ersetzte ihn durch einen neuen aus ihrer Jackentasche. Doch das Gerät wollte nicht zum Leben erwachen. »Scheiße«, murmelte sie. »Scheint seinen Geist aufgegeben zu haben.«
»Genau wie unsere Uhren«, sagte Karl. »Keine einzige, die noch läuft.«
»Tatsächlich«, sagte Amy mit Blick auf ihre eigene. »Was ist denn bloß mit denen los?«
»Deutet alles auf einen massiven EMP hin.«
»Einen *was?*«
»Einen elektromagnetischen Impuls. Wie er auch bei Nuklearexplosionen entsteht. Elektronik reagiert nicht allzu gut darauf.«
Mellie steckte die Kamera wieder weg. »Kann ich mal dein Skizzenbuch haben, Ray? Ich muss eine Zeichnung machen, damit ich das später vergleichen kann.«
Der Ire reichte ihr sein Buch und schlug es an der entsprechenden Stelle auf. Er konnte nicht verhindern, dass die anderen einen Blick auf seine Bilder erhaschten. Karl erblickte einige Skizzen von Bauwerken sowie eine Reihe von sehr gekonnten Porträts. Er selbst war auch darunter.
»Beachtlich«, staunte er. »Wo hast du denn das gelernt?«
»Im Knast«, erwiderte Ray, und man konnte ihm ansehen, dass ihm das Thema unangenehm war. »Hatte ja genug Zeit.«
»Was ist an der Pflanze so wichtig?«, fragte Karl. »Hier gibt es Hunderte, ach was, Tausende davon.«
Mellies Lippen kräuselten sich. »Und?«
»Na ja, die wirst du ja wohl kaum alle kennen können ...«
Sie unterbrach ihre Skizze und blickte ihn vorwurfsvoll an. »Ich kann dir die Botanik des Ruwenzori im Schlaf runterbeten, wenn

du willst auch auf Latein. Ich versichere dir, diese Pflanze ist noch nirgendwo beschrieben worden. Ich bin mir noch nicht mal sicher, zu welcher Gattung sie überhaupt gehört.«
»Aber das ist doch toll«, erwiderte Karl. »Wenn es eine neue Art ist, könntest du sie ja nach mir benennen.«
»Träum weiter.«
»Ich unterbreche euer botanisches Fachgespräch ja nur ungern«, sagte Amy, »aber kann mir mal jemand erklären, was da vorhin passiert ist?«
»Ich glaube schon«, erwiderte Karl. »Etwas äußerst Seltenes. Etwas, das sich jeder Meteorologe mal zu sehen wünscht: ein Trockengewitter.«
»Gibt's so was überhaupt? Ich dachte immer, bei Gewitter regnet es ordentlich.«
Karl schüttelte den Kopf. »Trockengewitter entstehen, wenn Regen aus einer kalten Luftschicht fällt und auf einer tieferliegenden, warmen Luftschicht sofort wieder verdunstet. Je heißer die Luft, desto stärker das Trockengewitter. Sie können furchtbar stark werden, stärker noch als normale Gewitter. Wir können von Glück sagen, dass wir noch am Leben sind.«
»Wärmere Luftschichten?« Dan blickte skeptisch. »Wenn ich dich daran erinnern darf, wir hatten Schnee.«
»Und jetzt haben wir frühlingshafte Temperaturen«, entgegnete Karl. »Möglich, dass die warme Luftschicht schon längst über uns war und wir nur nichts davon bemerkt haben.«
»Aber die elektrischen Entladungen waren *in* der Pyramide«, sagte Mellie. »Als würde der gesamte Innenbereich unter Strom stehen.«
»Ich vermute, dass die Ranken und Lianen den Strom zu uns reingeleitet haben«, sagte Karl.
»Wie Stromkabel?«
Er nickte. »Anders kann ich mir es auch nicht erklären.«
»Und die Erdstöße?« Amy versuchte, langsam wieder auf die Füße zu kommen. Sie stützte sich dabei auf Ray, dem das nicht

unangenehm zu sein schien. »Ich habe ganz deutlich gespürt, wie die Erde unter meinen Füßen gerumpelt hat.«

»Und die seltsamen Lichtphänomene?«, fragte Mellie. »Ich habe Doppelbilder gesehen, Kaleidoskopbrechungen und seltsame Gestalten. Wie erklärst du das alles?«

Karl breitete die Hände aus. »Bin ich hier das Sorgentelefon? Ich kann euch auch nicht hundertprozentig sagen, was da vorgefallen ist, ich bin mir aber sicher, dass es für alles eine rationale Erklärung gibt. Die Blitze waren ziemlich heftig. *Enorm* heftig. Möglich, dass wir halluziniert haben. Möglich, dass wir es mit starken elektromagnetischen Impulsen oder Schrittspannung zu tun hatten. Beides löst bekanntermaßen halluzinogene Zustände aus. Dass unsere gesamte Elektronik versagt hat, wäre ein Indiz dafür. Auch die Verbrennungen deuten auf eine solche Möglichkeit hin, aber bitte verlangt nicht von mir, dass ich alles haarklein erklären kann. Dann säßen wir nämlich morgen noch hier.«

»Dafür fehlt uns ohnehin die Zeit«, sagte Amy. »Zumal wir so schnell wie möglich zum Lager zurückkehren und unsere Zelte abbrechen werden.«

»Wie bitte?« Karl stutzte. »Zurückkehren und diesen Fund unbeaufsichtigt lassen?«

»Es wird uns nichts anderes übrigbleiben.«

Er verschränkte die Arme vor seiner Brust. »Bist du dir eigentlich im Klaren, was das für ein Schatz ist? Ich meine, was, wenn jemand anderer kommt und uns den Fang vor der Nase wegschnappt?«

»Das weiß ich«, gab Amy kurz angebunden zurück. »Trotzdem müssen wir zurück. Es wäre viel zu riskant, noch länger hierzubleiben. Das letzte Erlebnis hat mich endgültig überzeugt. Abgesehen davon: Was erwartet ihr? Mehr als ein bisschen in der Vergangenheit herumstochern können wir ohnehin nicht.«

»Na hör mal.« Mellie wirkte ehrlich entrüstet. »Du tust gerade so, als wären wir eine Horde Elefanten.«

»Das nicht«, sagte Amy mit Blick auf Dan, der immer noch dumpf vor sich hin brütete. »Aber ihr müsst zugeben, dass wir nicht gerade in bester Verfassung sind. Wir alle sind mit den Nerven ziemlich am Ende. Die Aufregung und das Adrenalin können einen leicht unvorsichtig werden lassen. Ich habe schon Dutzend Mal erlebt, wie eine wichtige Entdeckung dadurch zunichte gemacht wurde, dass der Betreffende den Zeitpunkt, an dem er hätte aufhören sollen, verpasst hat. Das wird uns nicht passieren. Ich versichere euch, diesen Fund wird uns niemand streitig machen. Aber wir sollten Leute ranlassen, die sich mit so etwas auskennen. Archäologen, Ethnologen, Statiker und Bauingenieure. Je länger wir hierbleiben, desto größer das Risiko, dass wir etwas wirklich Bedeutsames zerstören.« Ein schmales Lächeln unterstrich das Gesagte und nahm jedem Widerspruch den Wind aus den Segeln. »Wir haben viel geleistet und ich bin stolz auf euch, aber jetzt ist der Zeitpunkt gekommen, einen Gang runterzuschalten. Wir werden zur Stadt der Bugonde zurückgehen und dann versuchen, auf dem Central Circuit unsere Fahrzeuge zu erreichen. Wie es aussieht, ist das Wetter ganz passabel.«
Ray hob sein Kinn. »Und was ist mit Burke?«
Sie zog eine Braue in die Höhe. »Was soll mit ihm sein?«
»Sollten wir nicht die Möglichkeit in Betracht ziehen, dass er hier irgendwo verletzt herumliegt und auf unsere Hilfe wartet?«
Amys Reaktion war überraschend. Sie bedachte den Iren mit einem merkwürdigen Blick und sagte: »Hat er denn Hilfe von dir zu erwarten?«
Ray zögerte. »Was willst du damit andeuten?«
Amy sah dem Iren tief in die Augen. »Nur eine einfache Frage.«
Karl blickte zwischen den beiden hin und her. Irgendetwas Seltsames spielte sich zwischen den beiden ab, so viel war sicher.
»Du weißt genau, wovon ich spreche, nicht wahr, Ray?«
»Natürlich.« Die Stimme des Iren war ruhig und klar.
Karl kapierte immer noch nichts. Er hatte das Gefühl, dass ihm ein paar wichtige Informationen fehlten.

»Ich nehme an, du hast mit Whitman gesprochen?« Wie Ray es sagte, klang es eher wie eine Feststellung denn wie eine Frage.
»Das habe ich. Dachtest du, die Sache wäre für mich erledigt?«
»Natürlich nicht. Du bist eine kluge Frau.«
Die Biologin zog eine Augenbraue in die Höhe. »Schön, dass du das so siehst. Ich halte dich nämlich auch für einen intelligenten Mann. Wenn auch für einen, dem man nicht trauen kann.« Sie nickte in Mellies Richtung. »Nichts gegen dich persönlich, Kleines, aber du solltest besser aufpassen, mit wem du dich einlässt. Bei unserem geschätzten Kollegen ist nicht alles so, wie es scheint.«
»Was soll das heißen?« Die Botanikerin blickte sichtlich verwirrt. Wenigstens einer, dem es noch so ging, dachte Karl.
»Das soll heißen, dass Ray aus einem anderen Grund nach Afrika gekommen ist, als er uns glauben machen wollte. Ist es nicht so? Ging es nicht auch noch um eine offene Rechnung, die du begleichen wolltest?«
Der Ire stand langsam auf, doch Amy reagierte erstaunlich gelassen. Ihr Gesicht war so reglos wie das einer Sphinx. Ray sah einen Moment lang aus, als wollte er kehrtmachen und in den Wald rennen, dann ließ er die Schultern hängen.
»Also gut«, sagte er. »Ich gebe es zu, es gibt einen anderen Grund. Aber ändert das irgendetwas? Was willst du mit dieser Information anfangen?«
Amys Gesicht blieb ausdruckslos. »Das habe ich doch schon gesagt. Zurück zum Camp und Sachen packen.«

29

Richard stieß einen leisen Fluch aus. Er konnte einfach keine Verbindung zu Amy aufbauen. Verdammte Technik! Immer, wenn man sie am dringendsten brauchte. Dabei lag es eindeutig nicht an seiner Anlage. Der Empfang war zwar nicht berauschend, aber immerhin konnte er E-Mails abrufen und ins Internet gelangen. Wenn irgendwo ein technischer Defekt vorlag, dann auf Seiten der Verhaltensforscherin.
Nervös klickte er durch alle Kanäle. Er hatte von Anfang an ein mieses Gefühl bei dieser Expedition gehabt. Hatte er Amy nicht gewarnt? Hatte er ihr nicht gesagt, das mit Dan und Ray wäre keine gute Idee?
Ihre Nachricht, die er vorhin auf der Festplatte entdeckt hatte, war verstümmelt, kaum mehr als ein Fragment. Mochte der Himmel wissen, was mit dem Rest geschehen war. Vermutlich auf dem Weg in immerwährendes Vergessen, während sie mit Lichtgeschwindigkeit durch die äußere Stratosphäre sauste.
Er spielte die Nachricht noch einmal ab. Er hatte festgestellt, dass sie besser zu verstehen war, wenn er die Höhen und Bässe reduzierte und nur das mittlere Frequenzband benutzte.
»*Richard ... la*«, sagte die Stimme. »*... offe, ... richt unverzerrt. ... eht uns gut. ... unvorhersehbare Ereignisse ... Mission hier ab. ... Whitman ... unangenehme Details. ... ückweg ... Bugonde. ... hinterlasse ... Nachricht. ... eute Abend. ... rück uns ... Daumen. ... Ende.*«

Das war alles.

Richard trommelte mit den Fingern auf die Tischplatte. Unvorhersehbare Ereignisse? Rückweg? Whitman? Und von was für unangenehmen Details sprach Amy da? Fragen über Fragen. Die Antwort lag irgendwo da draußen in den dunklen Gewitterwolken verborgen.

Er öffnete die Website der World Meteorological Organization WMO. Dort angelangt, klickte er auf das *World Weather Watch Programme*. Eine der Seiten, auf denen Karl immer herumhing, wenn er verlässliche Daten wollte. Die Daten wurden von zehntausend ausgewählten Wetterstationen gespeist und waren auf dem neuesten Stand.

Es dauerte nicht lange, bis der gewünschte Eintrag erschien. Er blickte ein paar Minuten auf die Zahlenfolgen, dann stutzte er. Während die Zahlen über den Virungas beinahe im Minutentakt aktualisiert wurden, passierte in der Region Ruwenzori gar nichts. Richard rückte näher heran und schaute über den Rand seiner Brille. Merkwürdig. Er tippte auf die Satellitenansicht und übertrug das Datenmaterial in eine topographische Karte. Die Bilder von Meteosat 8 waren als hochauflösende Fotos hinterlegt und ließen an Details keine Wünsche offen. Vom Norden Kameruns bis zur Südspitze Angolas erstreckte sich eine durchgehende Sturmfront mit Windgeschwindigkeiten um die hundert Stundenkilometer. Regenmengen von hundertdreißig Litern pro Quadratmeter wurden angezeigt. Nur über dem Ruwenzori war keine Veränderung zu erkennen. Statt der Satellitenfotos gab es nur ein schwarzes Loch mit einem Durchmesser von annähernd fünfzig Kilometern. Es sah aus, als habe jemand ein Stück aus der Afrikakarte herausgestanzt. Richard fuhr mit der Maus über den tintenschwarzen Fleck.

Daten nicht verfügbar.

»Was soll das heißen?«, erwiderte er. »Ist das jetzt ein technischer Defekt oder was? Wollt ihr mir erzählen, dass Wettersatelliten so etwas wie einen blinden Fleck haben? Oder sind die Werte so schlimm, dass sie jenseits der Skalen liegen? Kommt schon, redet mit mir!« Er versuchte es über ein paar Umwege, aber was er auch unternahm, die Antwort war stets die gleiche.

Richtig unheimlich wurde es, als er zufällig auf den Link eines Internetforums stieß, das auf meteorologische Themen spezialisiert war. Gleich im ersten Thread wurde über eine aktuelle massive Sonneneruption und ihre Auswirkungen auf unser Wetter diskutiert. Richard strich über seine Stirn. Hatte ihnen Karl nicht davon erzählt? Seiner Theorie nach konnten solche Ausbrüche das Wetter auf der Erde beeinflussen. Oder war es mehr als nur eine Theorie?

Wie es aussah, war eine gewaltige Plasmawelle quer durch den Weltraum bis weit in die Erdatmosphäre hineingeschwappt und hatte in vielen Ländern zu technischen Totalausfällen geführt. Betroffen waren vor allem die ost- und zentralafrikanischen Staaten und unter ihnen in besonderem Maße – und hier stockte Richard der Atem – die Region Westuganda.

Wie gebannt las er weiter. Ein Großteil der Beiträge war von Leuten geschrieben worden, die Ahnung von der Materie zu haben schienen: professionelle Meteorologen, Hobbywissenschaftler, Wetterforscher – *Nerds,* genau wie Karl. Trotz aller Begeisterung war ein unterschwelliges Gefühl der Ratlosigkeit, ja sogar der Bedrohung zwischen den Zeilen herauszulesen. Besonders die Spezialisten aus den Abteilungen Astrophysik und Weltraumwetter waren ganz aus dem Häuschen. Wenn Richard die teilweise seitenlangen und konfusen Beiträge richtig interpretierte, gab es Regionen auf der Erde, die buchstäblich für mehrere Sekunden aus dem Blickfeld der Satelliten verschwunden waren. Regionen, die weder durch optische noch elektromagnetische Instrumente erfassbar waren. Dieses Phänomen hatte nur wenige Zehntelsekunden angedauert, doch das änderte nichts an der Tatsache, dass es gleichsam einmalig wie unerklärlich war. Die Artikel lasen sich wie das Drehbuch zu einer Akte-X-Folge.

Richard brauchte jemand, der ihm das Kauderwelsch in vernünftige Worte übersetzen konnte. Jemanden mit Fachkompetenz und dem Talent, die Dinge zu vereinfachen. In seinem Team gab es niemanden, der Karl in dieser Hinsicht das Wasser reichen konnte. Und der war weg. Aber halt: Hatte er nicht immer mit seinen guten Kontakten zu einer besonderen astronomischen Forschungseinrichtung geprahlt? Wie hieß das Ding noch mal? Irgendein Männername. Richtig, GREGOR. Eine Sonnenbeobachtungsstation irgendwo auf den Kanaren.

Richard stand auf und eilte rüber zur Hütte des Meteorologen. Ihm war nicht wohl dabei, die Privatsphäre seiner Kollegen zu missachten, aber unter diesen besonderen Umständen würde Karl sicher nichts dagegen haben. Schließlich war es ein Notfall. Was er brauchte, war das Adressbuch.

Versteckt unter einem Haufen von Schmutzwäsche und Comicheften fand er es. Er blätterte darin und hatte tatsächlich Glück. Observatorio del Teide, Teneriffa. Leitung: Dr. Robert Krausnick. Dahinter eine Nummer, die offenbar zu einem Mobilanschluss gehörte.

Richard zögerte nicht lange und wählte die Nummer. Noch während seine Finger über die Tasten flogen, kamen ihm Zweifel. Was wollte er den Wissenschaftler eigentlich fragen? Ob das Loch in der Wetterkarte mit dem Sonnenausbruch zusammenhing? Ob das Weltuntergangsgeschwafel auf der Internetseite auf Fakten beruhte? Das klang doch reichlich absurd. Vielleicht waren seine Sorgen völlig unbegründet. Vielleicht ging es Amy und ihrem Team ja prächtig und sie hatten nur ...

»*Krausnick am Apparat. Hallo?*« Die Stimme am anderen Ende klang kräftig, aber kurzatmig. Offenbar ein Mann, der es gewohnt war, beim Gehen zu telefonieren.

»Hm, ja ... bitte entschuldigen Sie«, begann Richard. »Mein Name ist Richard Mogabe. Ich rufe aus dem Virunga Nationalpark an, im Dreiländereck von Uganda, Ruanda und der Demokratischen Republik Kongo.«

Eine kurze Pause entstand. Vermutlich überlegte Krausnick, ob er wohl das Ziel eines Scherzes geworden war. Dann fing er sich aber wieder. »Virungas? Da haben Sie aber Glück, dass Sie durchkommen. Womit kann ich Ihnen behilflich sein?«
Richard entschied, nicht lange um den heißen Brei herumzureden. »Ich habe Ihre Nummer aus dem Adressbuch eines unserer Mitarbeiter, einem Meteorologen namens Maybach. Karl Maybach. Vielleicht sagt Ihnen der Name ja etwas ...«
Krausnicks Stimme wurde schlagartig freundlich. »Karl? Aber natürlich. Sagen Sie nicht, er ist jetzt bei Ihnen in Afrika.«
»Doch, genau das. Einer unserer Mitarbeiter.«
»Wie geht es dem alten Wetterfrosch?«
Richard atmete auf. Der Anfang war gemacht. »Ich hoffe gut. Er ist gerade auf einer Forschungsreise im Norden des Landes unterwegs.«
»Na, dann grüßen Sie ihn mal schön«, sagte Krausnick. »Sie müssen verzeihen, wenn ich gerade etwas schroff war, aber im Moment laufen bei uns die Telefone heiß. Hätten Sie nicht zufällig auf meiner Mobilnummer angerufen, ich wäre gar nicht rangegangen.«
»So viel zu tun?«
»Sie machen sich keine Vorstellungen.« Krausnick zögerte kurz, dann sagte er: »Von wo rufen Sie noch mal an?«
»Dem Virunga Nationalpark.«
»Im Süden Ugandas?«
»Richtig.«
»Dann können Sie froh ein, dass wir beide so ungehindert miteinander plaudern. Der Einschlag war nämlich ziemlich dicht vor Ihrer Nase.«
»Einschlag?«
»Eine Welle von Sonnenplasma. Das Zentrum liegt in der Ruwenzori-Region.«
»Genau dorthin war Karl unterwegs, als wir zum letzten Mal Kontakt hatten. Das war heute Morgen gegen elf Uhr. Das Team

ist westlich von Mount Sella unterwegs. Ganz in der Nähe der kongolesischen Grenze.«
Eine Pause entstand. Dann: »Mein Gott.« Krausnick war hörbar erschüttert. »Was hat er gesagt? Gab es ungewöhnliche Phänomene, Blitze, elektrische Entladungen, Elmsfeuer oder dergleichen? Erzählen Sie, Mann, erzählen Sie!« Seine Stimme überschlug sich fast vor Aufregung.
»Die Nachricht stammte zwar nicht von ihm selbst, aber von einem Teammitglied. Sie war unvollständig und ziemlich verstümmelt.«
»Was stand drin?«
»Warten Sie.« Richard nickte grimmig. Seine Intuition hatte ihn nicht getrogen. Wie es schien, hatte er mitten in ein Wespennest gestochen. Dieser Sonnenforscher war ein Quell an Informationen und Richard würde nicht eher ruhen, ehe er alles in Erfahrung gebracht hatte, was er für seine Rettungsaktion benötigte.

30

Die Gruppe hatte die Pyramide verlassen und stapfte durch den Wald zurück zum Lager. Ray trottete mit gesenktem Kopf hinterher. Während Amy den anderen von ihrem Gespräch mit Whitman erzählte, versuchte er, den Dingen nicht zu viel Bedeutung beizumessen. Diese Episode war nur ein weiterer Stolperstein in einer Kette von Stolpersteinen. Eine unbedeutende Hürde auf seinem Weg zum Ziel. Ein wenig schwieriger diesmal, ein wenig höher, aber nicht unüberwindlich.
Als Amy zum Ende kam, schlug Ray fassungsloses Schweigen entgegen. Alle blickten ihn an.
»Sag, dass das nicht wahr ist«, sagte Mellie. »Bitte sag, dass das alles nur ein riesengroßes Missverständnis ist.«
Ray presste die Lippen aufeinander und schwieg.
»Ich wusste es.« Dan Skotaks Stimme war schneidend wie eine Rasierklinge. »Ich wusste es die ganze Zeit. Nichts als Lügen und Halbwahrheiten. Kein Wunder, der Kerl ist Ire. Die lügen doch, wenn sie nur den Mund aufmachen. Hat er dich so rumgekriegt, Mellie? Mit Lügen und Versprechungen?«
»Sei doch still«, sagte die Botanikerin. »Du machst alles nur noch schlimmer.«
Dan stieß ein zynisches Lachen aus. »Eingewickelt hat er dich, wie jeden von uns.«
»Du verstehst nichts, gar nichts.« In Mellies Augen schimmerten Tränen.

»Aufhören, sofort!« Karl drängte nach vorn. »Tragt euren privaten Zwist woanders aus. Wir haben im Moment wirklich andere Probleme.« Er wandte sich an Ray. »Stimmt es, was Amy gesagt hat? Bist du wirklich nach Uganda gekommen, um hier irgend so eine Monte-Christo-Nummer abzuziehen?«
Ray hielt dem Blick eine Weile stand, dann verzog er den Mund zu einem grimmigen Lächeln. »Monte Christo hatte es einfacher. Er war reich, vergesst das nicht.«
»Sehr witzig.«
»Was willst du wissen?«
»Ob du Will tatsächlich umlegen wolltest?«
Ray konnte sich ein Grinsen nicht verkneifen. Wie kalt er das Wort *umlegen* aussprach, war einfach zu witzig. Wie aus einem alten Gangsterfilm mit James Cagney.
Er überlegte eine Weile, dann sagte er: »Um ehrlich zu sein, ich hatte keine Vorstellung, was geschehen würde. Ich wollte hören, was Will zu sagen hat. Und dann ...«
»Dann hättest du ihn getötet, nicht wahr?« Amys Stimme war schneidend wie ein Rasiermesser.
»Ich weiß es nicht.«
»Wärst du überhaupt in der Lage, jemanden zu töten?«, fragte Karl. »Ich meine so richtig, mit eigenen Händen?«
Ray wich seinem Blick aus. Ohne dass er es wollte, weckten Karls Worte Erinnerungen in ihm. Erinnerungen an diesen einen Tag, als Angus McCallum und drei seiner Spießgesellen ihn beinahe auseinandergenommen hatten. Er war damals schon über ein halbes Jahr im Knast und galt eigentlich nicht mehr als *Frischfleisch*. Jeder Tag, der verging, schürte seine Hoffnung, dass dieser Kelch an ihm vorübergehen möge – dass ihm erspart bliebe, was so viele seiner Häftlingskollegen erleiden mussten. Als es dann aber doch passierte, traf es ihn völlig unvorbereitet. Es war in der Gemeinschaftsdusche. Die vier hatten gewartet, bis der Rest verschwunden war und waren dann über ihn hergefallen. Zwei von links, zwei von rechts. Ray kannte Angus

natürlich vom Sehen. Er war so etwas wie eine lokale Berühmtheit. Angeblich war er dick im Drogengeschäft und hatte mindestens fünf Menschen ermordet. Keiner zweifelte daran, dass er nach seiner Entlassung genau da weitermachen würde, wo er aufgehört hatte. Der typische Berufskriminelle, der seine Strafe auf einer Arschbacke absaß. Er umgab sich gern mit einer Traube muskelbepackter Bodyguards, die seinen Befehlen blind gehorchten. So hatte er es draußen gemacht und so machte er es auch hier im Knast. Jeder, der halbwegs bei Verstand war, machte einen weiten Bogen, wenn Angus im Hof oder bei der Essensausgabe auftauchte. Ray hatte bis zu diesem Zeitpunkt bereits beträchtlich an Muskeln zugelegt. Als minderschwerer Fall hatte er Zugang zu den Trainingsräumen, in denen er täglich ein bis zwei Stunden seinen Frust abreagierte. Liegestütze, Klimmzüge, Situps, Hanteln stemmen, das ganze Programm. Er war zwar noch nicht der zähe Brocken, der er heute war, doch bereits ein ernstzunehmender Gegner. Angus wusste das und ging deswegen auf Nummer sicher. Mit einem Handzeichen gab er seinen Spießgesellen zu verstehen, Ray festzuhalten, während er seinen Schlagring überstreifte. Das war sein Markenzeichen. Er war berüchtigt dafür, seine Opfer halb ohnmächtig zu prügeln. Dabei ging es ihm gar nicht mal um Vergewaltigung. Er war nicht schwul oder so. Er war einfach ein Arschloch, das gern wehrlose Opfer verprügelte. Ray war klar, dass er nur eine einzige Chance hatte. Er musste Angus unschädlich machen, und zwar ehe dieser seinen ersten Schlag landen konnte, denn danach würden die Pein und die Erniedrigung ihn kampfunfähig machen. Er versuchte also erst gar nicht zu fliehen, sondern griff direkt an. Etwas, womit Angus offenbar nicht gerechnet hatte. Sei es, dass ihn die Vorfreude unkonzentriert hatte werden lassen, sei es, dass er zu sehr auf seinen Ruf als härtester Schläger Mountjoys vertraute, jedenfalls war er überrascht. Ray nutzte den glücklichen Zufall und rammte ihm seinen kahlrasierten Schädel frontal vor die Brust. Angus glitt auf dem rutschigen Boden aus und schlug hart hinterrücks auf den Stein. Ein überraschter Laut drang aus seiner Kehle, als Ray seinen Kopf packte und ihn mit voller Wucht auf den Boden schmetterte. Er hörte ein Krachen, als ihn die Fäuste der andern trafen. Sein Kopf schien zu explodieren, als unzählige Schläge und Tritte auf Stirn, Schläfen und Nase hagelten. Trotzdem hatte er noch genug Kraft, Angus' Schädel zu packen und noch einmal auf den Boden zu donnern. Und noch einmal und noch einmal. Er war bereits halb ohnmächtig, als er spürte, wie der Knochen nachgab. Etwas Warmes, Flüssiges strömte über seine Finger, dann verlosch die Welt um ihn herum.

Als er wieder zu sich kam, war er im stationären Krankentrakt von Mountjoy. Sein Kopf und seine Schulter waren zentimeterdick bandagiert und die Schmerzen und Prellungen im Brustbereich beinahe nicht zu ertragen. Trotzdem merkte er sehr bald, dass er gewonnen hatte. Es war einer jener seltenen Momente gewesen, in denen er glücklich war. Angus McCallum würde nie wieder auf die Beine kommen. Es gab keine Anklage und keinen Prozess, keine Vorwürfe und Bestrafungen. Solche Dinge wurden von der Gefängnisleitung wie gewohnt unter den Teppich gekehrt. Gerüchte besagten, man habe Angus in einen anderen Gefängnistrakt verlegt, doch Ray hielt es ebenso gut für möglich, dass er gestorben war. Tief in seinem Inneren konnte er immer noch spüren, wie der Schädelknochen zwischen seinen Fingern zerbrach ...

»Und? Hast du?« Karls bohrender Blick riss ihn aus seiner Erinnerung. »Nein.« Ray presste die Lippen aufeinander. »Jedenfalls nicht absichtlich.«

»Glaubt ihm kein Wort«, sagte Dan. »Man braucht bloß in sein Gesicht zu sehen, um zu wissen, dass er wieder irgendwelche Spielchen mit uns spielt.«

»Sei doch endlich still«, sagte Amy. »Mellie hat recht. Deine Eifersüchteleien fangen an zu nerven. Wenn du mal wieder

etwas Sinnvolles beizutragen hast, würde ich mich freuen, von dir zu hören. Bis dahin halt einfach die Klappe, okay?«
»Du willst etwas Sinnvolles hören?« Dan blickte Ray herausfordernd an. »Dann frag doch mal, was er mit unserem Lager angestellt hat, während wir ohnmächtig waren.« Er deutete in die Runde.
Die kreisförmige Lichtung, auf der ihre Zelte standen, lag genau vor ihnen. *Gestanden hatten*, wäre wohl der treffendere Ausdruck gewesen, denn von den Zelten fehlte jede Spur. Auch die Rucksäcke, die Verpflegungsbeutel und Wasserschläuche waren verschwunden. Es gab nichts mehr, nicht mal Amys wertvolles Notebook.
Ray brauchte ein paar Sekunden, um zu erkennen, dass es tatsächlich derselbe Ort war, den sie am Morgen verlassen hatten. Die Umgebung hatte sich während ihrer Abwesenheit deutlich verändert. Der Schnee war verschwunden. Statt kalter Farben, wie sie noch bei ihrem Abmarsch vorgeherrscht hatten, leuchtete der Wald jetzt in satten Grün- und Gelbtönen. Die Baumstämme wirkten in dem veränderten Licht monumentaler, kraftstrotzender und älter. Trotzdem waren es unzweifelhaft dieselben Bäume. Die Dreiergruppe auf der rechten Seite, der V-förmig gespaltene Stamm hinter Amys Zelt und die Ansammlung ausladender Bromeliengewächse zu ihrer Linken. Nur die Zelte waren nicht mehr da.
Dan grinste. »Na, was sagt ihr jetzt? Habe ich euch nicht gewarnt, dass er uns wieder nur zum Narren hält?«
Die anderen starrten Ray an, als erwarteten sie, er möge die verschwundenen Sachen aus dem Hut zaubern.
»Ich habe keine Ahnung, was hier passiert ist«, murmelte er. »Ehrlich. Ihr müsst mir das glauben.«
»*Wir müssen dir das glauben?*« Dans Stimme triefte vor Sarkasmus. »Und das aus dem Mund von jemandem, der uns die ganze Zeit verarscht hat? Für wie blöd hältst du uns eigentlich?« Er sprach wie jemand, der nicht wusste, wie kurz er davorstand, seine Schneidezähne zu verlieren.

»Ich habe doch schon gesagt, ich war das nicht.«
»Spielt immer noch den Unschuldigen! Ist das zu fassen?« Dan nickte. »Na, dann werde ich euch mal auf die Sprünge helfen. Wer hat denn damit geprahlt, eine Viertelstunde vor den anderen wach geworden zu sein? Wer sagt uns denn, dass es statt einer Viertelstunde nicht eine ganze Stunde war? Oder zwei? Unsere Uhren funktionieren nicht mehr, er hätte also bequem das ganze Zeug zusammenraffen und irgendwo verstecken können. Vielleicht hat er alles zusammen in die Schlucht geworfen, um seine Spuren zu verwischen? Vielleicht war das ja sein Plan: uns alle umbringen und dann klammheimlich verschwinden. Dem Kerl traue ich alles zu.«
Ray hatte jetzt endgültig genug. Blitzschnell legte er seine Hand um den Hals des Geologen und drückte ihn gegen den nächsten Baumstamm. »Halt dein Lügenmaul oder ich prügle dir das letzte bisschen Verstand aus dem Schädel, du verdammter ...«
Lass ihn los.« Kalter Stahl drückte von hinten gegen seinen Nacken. »Lass ihn sofort los oder ich drücke ab, das schwöre ich bei Gott.« Amys Stimme war kaum mehr als ein Zischen. Ein Lauf bohrte sich schmerzhaft in seine Haut. Er wandte den Kopf. »Eine Waffe?« Er lockerte seine Hände. »Du überraschst mich, Amy.«
»Ich habe immer einen Plan B in der Tasche, das solltest du doch allmählich wissen.«
Für den Bruchteil einer Sekunde überlegte Ray, ob er sich umdrehen und die Waffe an sich reißen sollte. Er war sicher, dass er das schaffen würde. Schnell genug war er. Andererseits würde er Dan damit nur in die Hände spielen. Was immer während der letzten Stunden geschehen war, sie würden es nur herausfinden, wenn sie zusammenhielten.
Langsam löste er seinen schraubstockartigen Griff. Mit einem würgenden Laut stürzte der Geologe zu Boden. Er keuchte und ächzte, als habe sein letztes Stündlein geschlagen. Zugegeben, sein Gesicht hatte während der letzten Minute einen leichten

Stich ins Violette bekommen, aber so fest hatte Ray auch wieder nicht zugedrückt. Es war offensichtlich, dass Dan simulierte. Würgend und strampelnd rang er nach Luft, ein erbärmlicher Auftritt. Karl und Mellie waren sofort bei ihm. Sie öffneten seinen obersten Hemdknopf und fächelten ihm Luft zu.
»Was ist nur in dich gefahren?«, zischte Mellie. »Du hättest ihn beinahe umgebracht.«
»So schnell stirbt niemand«, sagte Ray, doch die Botanikerin hörte gar nicht zu. Zärtlich strich sie über die Stirn des Geologen. »Alles klar, Dan? Wir sind bei dir.«
Ray verfluchte seine Unbeherrschtheit. Jetzt würde alles noch schwerer werden. »Tut mir leid«, sagte er. »Ich war unbeherrscht. Mein Fehler, wird nicht wieder vorkommen.« Er schluckte seinen Zorn herunter. »Seine Anschuldigungen waren völlig aus der Luft gegriffen, das hat mich auf die Palme gebracht. Ich schwöre euch, ich habe keine Ahnung, was hier passiert ist. Ich war nicht mal in der Nähe des Lagers. Amy lag nur wenige Meter entfernt im Wald. Als ich sie fand, habe ich sie sofort zu euch gebracht. Wie hätte ich wohl das ganze Camp in dieser kurzen Zeit leerräumen sollen? Seht euch doch mal um: Hier ist nicht der kleinste Papierschnipsel, keine Schnüre, keine Abdrücke, nichts. Wer auch immer das hier gewesen ist, er hat es gründlicher gemacht als jedes Räumkommando. Und dann die Uhren. Sie alle sind exakt um dieselbe Zeit stehengeblieben. Bin ich das etwa auch gewesen? Wenn ihr mich fragt, hier geht etwas sehr Merkwürdiges vor. Anstatt uns gegenseitig das Leben schwerzumachen, sollten wir lieber herausfinden, was geschehen ist.«
Er blickte in die Runde. Wenn seine kleine Rede irgendeinen Eindruck hinterlassen hatte, so war davon wenig zu spüren. Eisiges Schweigen schlug ihm entgegen. Nicht mal Mellie stand noch auf seiner Seite.
Amy war die Erste, die das Wort ergriff, doch was sie zu sagen hatte, war wenig ermutigend. »Nichts dergleichen werden wir

tun«, sagte sie, während sie die Pistole wieder einsteckte. »Wir werden wie geplant von hier aufbrechen. Erst über die Brücke, dann zur Stadt der Bugonde und zurück zu unseren Fahrzeugen. Sobald wie Fort Portal erreichen, werde ich dich den zuständigen Behörden übergeben und dann, so Gott will, werden wir nie wieder etwas von dir sehen oder hören.«

31

Richard konnte nicht behaupten, alles verstanden zu haben, was Krausnick ihm da am Telefon erzählt hatte, aber es reichte aus, um sämtliche Alarmglocken läuten zu lassen.
Etwas war geschehen. Etwas, das selbst diese klugen Leute auf Teneriffa trotz ihres Fachwissens und ihrer ausgefeilten Elektronik nicht erklären konnten.
Etwas Unbeschreibliches.
Etwas Unvorstellbares.
Offenbar ging es um ein Ereignis, dessen Existenz bisher nur postuliert worden war. Ein astrophysikalisches Paradoxon, ein Rätsel von kosmischen Dimensionen. Ein *Loch in der Raumzeit*, wie Krausnick es genannt hatte, war entstanden. Ein Wurmloch, benannt nach der Fraßspur einer Larve, die sich durch den Apfel des Universums bohrte.
Und seine Leute waren mittendrin.
Allein die Erwähnung dieses Begriffs reichte aus, um vor Richards geistigem Auge das Bild einer riesigen Öffnung entstehen zu lassen, die alles und jeden verschlang. Aber vermutlich lag er damit genauso falsch wie mit der Vorstellung, dass es ein greifbares, materielles Phänomen sei, ähnlich einem Strudel oder Wirbelsturm.
Er begann noch einmal ganz von vorn. »Dieses Loch«, sagte er vorsichtig, »ist der Grund, warum auf den Satellitenkarten die Region des Ruwenzori als schwarzer Kreis dargestellt wird?«

»Nein«, entfuhr es Krausnick, dem inzwischen klargeworden sein musste, dass er es mit einem totalen Laien zu tun hatte. »Nein und auch wieder ja, wenn auch nur indirekt.« Er rang mit den Worten. »Sehen Sie: Eine elektronische Karte ist wie ein Fernsehbild. Sie entsteht immer wieder neu, gespeist aus Daten, die in einem immerwährenden Strom hereinfließen. Wenn das Signal unterbrochen wird oder wenn die Informationen für den Empfänger unverständlich sind, kommt es zu Bildrauschen. Wobei dieses im Fall von meteorologischen Programmen manchmal als schwarzer Fleck oder Loch dargestellt wird. Wenn ich also von einem Loch im Raum-Zeit-Kontinuum spreche und dieses als schwarzes Loch dargestellt wird, dann ist das nur ein Zufall. Das Programm hätte die fehlenden Daten auch als Smiley darstellen können, wenn die Programmierer etwas mehr Humor gehabt hätten.«

»Wie genau muss ich mir ein solches *Loch* denn nun vorstellen?«, fragte Richard.

»Oh, das kann ich Ihnen beim besten Willen nicht sagen«, sagte Krausnick. »Bitte vergessen Sie nicht, wir reden hier über etwas, das bisher nur als theoretisches Gedankenkonstrukt existiert. Als eine Unzahl von Formeln, Thermen und Gleichungen. Niemand in der gesamten Forscherwelt glaubt ernsthaft, dass so etwas in der realen Welt existieren kann – geschweige denn hier auf unserer guten alten Erde. Bisher gab es das nur auf dem Papier. Aber das war bei der von Einstein postulierten Zeitdilatation ja auch nicht anders, wie Sie sich erinnern werden. Zumindest, bis man sie 1960 im Pound-Rebka-Experiment gemessen hat. Eines dürfte jedoch klar sein: Die Energiemengen, die dazu nötig sind, ein solches Loch zu produzieren, dürften astronomisch sein.«

»Wie hoch?«

»Schwer zu sagen. Jedenfalls mehr Energie, als die Menschheit in einem gesamten Jahr produzieren könnte. Lassen Sie es mich mit einem Beispiel verdeutlichen. In der Vorstellung der Kosmo-

logen erstreckt sich das Universum nicht gleichförmig in alle Richtungen.«
»Nicht? Wie denn dann?«
»Der Raum ist gekrümmt, so, als befänden wir uns auf der Oberseite eines Ballons, der immer mehr anschwillt. Wenn man also auf die andere Seite gelangen möchte, könnte man den weiten Weg über die Hülle nehmen – und dabei viel Zeit verplempern – oder man fände eine Abkürzung. Quer durch den Ballon zum Beispiel, wie mit einer langen Nähnadel. Obendrein besitzt das Universum keine glatte Oberfläche, sondern ist auf vielfältigste Art gekrümmt und gefaltet. Man muss sich das vorstellen wie bei einer Tischdecke. Zwei Kaffeeflecken, die vielleicht fünfzig Zentimeter auseinander sind, können in direkte Nachbarschaft geraten, wenn man die Decke faltet. Plötzlich liegt ein Fleck über dem anderen und es wäre ein Leichtes hinüberzureisen, wenn man nur den richtigen Schlüssel fände. Und dieser Schlüssel heißt Energie. Viel Energie. Berge von Energie. So viel, dass sie den Bedarf der Menschheit für mehrere Jahrzehnte decken könnte.«
»Energie? Vielleicht solcherart, wie sie beim Ausbruch der Sonne freigesetzt wird? Wenn diese punktgenau auf eine Stelle gerichtet wäre ...?«
Es entstand eine kurze Pause. »Durchaus möglich.«
Richard strich über seine Stirn. Er spürte, dass er kurz davorstand, das Rätsel zu lösen. Es war, als wäre eine Kette von Dominosteinen ins Fallen geraten.
Domino Day.
»Ich glaube, ich beginne zu verstehen, wovon Sie reden.«
»Das freut mich«, erwiderte Krausnick am anderen Ende und in seiner Stimme schwang Stolz mit.
»Was werde ich finden, wenn ich dorthin reise?« *Sind meine Freunde noch am Leben?*, schoss es ihm durch den Kopf, doch er ließ den Gedanken unausgesprochen.
Krausnick ließ sich Zeit mit seiner Antwort.

»Bei einer solchen Energiemenge?«, sagte er schließlich. »Ich weiß es nicht. Praktisch ist alles möglich. Von kleinen Schäden in der Botanik bis hin zur totalen Verwüstung. Sie sollten auf das Schlimmste vorbereitet sein.«

Richard ließ seinen Bleistift kreisen. So viele Fragen, so wenig Antworten. So viel *Wenn* und *Aber*. Unendlich viele Gleichungen mit ebenso vielen Unbekannten. Er spürte, dass es Zeit war, die Dinge selbst in die Hand zu nehmen.

»Ich danke Ihnen, Professor«, sagte er. »Sie haben mir sehr geholfen.«

»Was werden Sie jetzt unternehmen?«

»Ich muss mir eine Lage vor Ort machen. Ich werde umgehend ein Team zusammenstellen und herausfinden, was da oben los ist.«

»Seien Sie um Gottes willen vorsichtig«, mahnte Krausnick. »Achten Sie auf alles, was Ihnen irgendwie seltsam oder ungewohnt erscheint.«

Richard runzelte die Stirn. »Was meinen Sie?«

»Kann ich nicht sagen«, erwiderte der Sonnenforscher. »Ist so ein Gefühl. Ich könnte mir vorstellen, dass eine solch große Menge Energie Spuren hinterlassen hat. Wenn tatsächlich ein Loch ins Raumzeit-Kontinuum gestoßen wurde, dann hätten wir es mit einer Tür zu tun. Einer *Tür,* die in beide Richtungen schwingt.«

Richard dankte Krausnick in aller Form und unterbrach dann die Verbindung. Eine Tür, die in beide Richtungen schwingt? Wovon, in Gottes Namen, faselte der Physiker da? Sie hatten doch nur vom Ausfall der Satelliten gesprochen, oder war da noch mehr?

Er schaltete den Computer ab, trat vor die Tür und blickte hinaus. Es regnete immer noch. Das Wasser floss in breiten Strömen über den Weg und seitlich den Hügel hinab.

Er schlug seinen Kragen hoch. Es half nichts, er musste das Militär hinzuziehen. Der Umgang mit Soldaten war zwar nicht unbedingt sein Ding, aber er stand vor der Aufgabe, ein gut funktionierendes Bergungsteam zusammenzustellen, und darin waren die Militärs nun mal unschlagbar. Außerdem brauchte er

Leute mit Nerven und Erfahrung, die auch mit ungewöhnlichen Situationen umgehen konnten. Und vor allem brauchte er einen Hubschrauber.

Agnes Liebermann von der Uni Frankfurt würde während seiner Abwesenheit die Leitung des Lagers übernehmen. Die Artenkundlerin war eine erfahrene Biologin und ein echtes Organisationstalent.

Mit einem mürrischen Blick in den Himmel marschierte er in Richtung Funkstation. Er hatte gerade einen neu entstandenen Bach überquert, als er ein schwaches Motorengeräusch hörte. Dem Tuckern nach zu urteilen ein Landrover. Richard wischte die Tropfen von der Brille und hielt Ausschau. Schon bald sah er Scheinwerfer im Dickicht, gefolgt von einem ramponierten Kotflügel und einem unverwechselbaren Deckaufbau. Kein Zweifel, Wilcox und Parker. Eigentlich hatte er die beiden nicht vor Einbruch der Nacht erwartet, doch irgendetwas schien dazwischengekommen zu sein.

Das Fahrzeug war von oben bis unten mit Lehm bespritzt. Die Scheibenwischer arbeiteten wie verrückt. Durch das beschlagene Glas konnte er die Gesichter der beiden Wissenschaftler erkennen. Keiner der beiden lächelte.

Wilcox bog auf den Parkplatz, schaltete den Motor ab und stieg aus. »Hi, Richard.«

Der Wildhüter hob die Hand zum Gruß. »Schon wieder zurück? Was ist los, gab's irgendwelche Schwierigkeiten?«

Der untersetzte Mann mit den grauen Stoppelhaaren schaute finster drein, aber das tat er eigentlich immer. Wilcox war bekannt für seine miesepetrige Art. »Lass uns drinnen reden.«

Stewart Parker schloss den Wagen und kam hinterhergerannt. »Hast du 'nen Kaffee?«

»Klar, kommt mit.« Richard machte kehrt und ging zurück zur Hütte. Den Hubschrauber konnte er auch später anfordern. »In der Kanne wird noch einer sein. Kann aber nicht versprechen, dass er noch heiß ist.«

»Das macht nichts, Hauptsache Koffein.«
Gemeinsam stapften die Männer durch den strömenden Regen. Richard fand, dass die beiden müde aussahen. Müde und erschöpft.
Als sie das Blockhaus betraten, suchten die beiden eine Sitzgelegenheit und ließen sich ächzend nieder.
Richard öffnete die Thermosflasche und füllte drei Becher mit der schwarzen Flüssigkeit. »Ist sogar noch heiß«, sagte er und verteilte den Kaffee. »Und jetzt schießt los.«
»Du wirst es nicht für möglich halten«, sagte Wilcox, während er an dem schwarzen Gebräu nippte. »Aber es ist die Wahrheit, das können wir dir versichern. Einfach unglaublich.«
»Ja was denn? Lasst euch doch nicht alles aus der Nase ziehen.«
»Die Gorillas sind in Bewegung«, sagte Parker. »Sie ziehen über die gesamte Nord- und Ostflanke der Vulkane.« Wilcox ergänzte: »Selbst aus Ruanda und dem Kongo hören wir solche Nachrichten. Es ist überall dasselbe.«
Richard blickte skeptisch. »Solche Bewegungen hat es immer gegeben. Es gibt keine sesshaften Gorillas, das wisst ihr genauso gut wie ich. Abgesehen von Burkes seltsamen Höhlengorillas.«
»Du verstehst nicht«, sagte Wilcox. »Die Gorillas ziehen nicht herum, sie ziehen *weg*, ganz aus der Gegend raus. Sie verlassen ihre angestammten Gebiete und marschieren aufs offene Land.«
Richard wollte einen Löffel mit Zucker in seinen Kaffee rühren, hielt aber inne. »Was sagt ihr da?«
»Es kommt noch besser«, sagte Parker. »Sie ziehen nicht einfach planlos in der Gegend herum, sie formieren sich. Genau in diesem Augenblick wandern schätzungsweise zweihundert Gorillas in zusammenhängenden Familienverbänden Richtung Norden. Quer über Äcker, Felder und Plantagen hinweg. Ein Teil von ihnen ist schon auf der Höhe von Bwindi, von wo aus weitere Gorillas zu ihnen stoßen.«
»Leute, ich bin nicht zu Späßen aufgelegt.« Richard sah die beiden streng an. Wilcox und Parker hatten schon öfter ihre Scher-

ze mit ihm gemacht, aber diesmal schlugen sie eindeutig über die Stränge. »Ihr glaubt wohl, ich falle auf eure Märchen rein, aber das könnt ihr vergessen. Wenn es stimmt, was ihr sagt, dann hätte ich doch schon längst davon erfahren.«
Wilcox schüttelte den Kopf. »Das schlechte Wetter hat dazu geführt, dass sie unbemerkt weiterziehen konnten. Die Bevölkerung ist in den Dörfern geblieben, außerdem sind die Fernmeldeverbindungen größtenteils unterbrochen. Glaub mir, es ist eine Völkerwanderung, wie es sie noch nie gegeben hat. Wie es scheint, meiden die Tiere die Dörfer und Siedlungen und das ist ein großes Glück. Nicht auszudenken, was geschehen würde, wenn die Primaten quer über besiedeltes Land ziehen würden.«
Richard wollte den Löffel in seine Tasse leeren, stellte aber fest, dass er den Großteil des Zuckers mittlerweile auf dem Boden verstreut hatte. Die beiden Männer verzogen keine Miene. Keine Spur von Lächeln oder Augenzwinkern. Er deutete auf sein Telefon. »Soll ich mich an den Apparat hängen und eure Geschichte nachprüfen? Ich verspreche euch, wenn ihr mich verarscht, ziehe ich euch das Fell über die Ohren.«
»Wir sagen die Wahrheit, Richard, du musst uns glauben.«
»Na schön.« Er nahm noch einen Löffel Zucker, rührte ihn in den Kaffee und nippte an der Tasse.
»Und wohin ziehen sie, wenn ich fragen darf?«
Wilcox schwang sich von seinem Stuhl und ging hinüber zu der Übersichtskarte. Mit dem Finger markierte er eine Linie, die von Mgahinga ausgehend über den Bwindi Impenetrable Forest bis zum Queen-Elizabeth-Nationalpark reichte. Richard überschlug die Richtung im Geiste und verlängerte die Linie. Ihm stockte der Atem. Schlagartig wurde ihm klar, warum an der Geschichte vielleicht doch etwas dran sein konnte. Ein solcher Zufall war einfach unmöglich. Wenn die Gorillas noch weiter zogen, dann führte sie das ...
»Heilige Scheiße«, flüsterte er. »Sie ziehen genau in Richtung Ruwenzori.«

32

Das Innere der Hütte war in rauchgeschwängertes Zwielicht gehüllt. Die Hexenmeisterin der Bugonde hob ihren Kopf. Ein Lichtstrahl fiel durch das Dach und landete auf ihrem Gesicht. Die Augen fest geschlossen, stand sie breitbeinig in der Mitte des Raumes, die Hände vor der Brust gefaltet. Rauchschwaden stiegen aus den Opferschalen und verwirbelten im Luftzug, der sich seinen Weg durch die Ritzen des Gebäudes suchte. Geisterhafte Schwaden erfüllten den Raum. Ein Geruch von beißender Schärfe lag in der Luft.
Gleichmäßig ein- und ausatmend, nahm die Hexenmeisterin die geweihten Essenzen in sich auf, während sich die psychoaktiven Substanzen der verbrennenden Öle und Harze in ihrem Blut anreicherten. Sie zelebrierte das uralte Ritual des *Za-Ilmak'un*. Eine Folge von Worten und Gesten, die die Kräfte beider Welten zusammenhielt und immerwährende Stabilität gewährleistete.
Die Hexenmeisterin atmete schneller. Eine Vision nahm Gestalt an. Das Bild einer aufgehenden Sonne. Ein gewaltiger gelber Sack am Himmel, dessen blendend helle Strahlen das Land in flirrendes Licht tauchten. Schwebende Inseln beherrschten den Himmel, vor denen merkwürdig aussehende Schiffe vorbeizogen. Das Bild einer verlassenen Stadt tauchte im Hintergrund auf. Es wurde größer, bis es schließlich das gesamte Blickfeld ausfüllte. Düstere Formen waren im Inneren zu sehen, Gestalten

jenseits alles Menschlichen. Kreaturen, deren einziger Sinn darin bestand zu töten. Nach einer Weile erschien ein anderes Bild. Sie sah einen Thron. Er stand auf der Spitze einer absurd hohen Treppenflucht, die komplett aus den Schädeln erschlagener Feinde errichtet war. Eine Frau saß dort oben. Sie war prächtig gekleidet und von außergewöhnlicher Schönheit, doch ihr Gesicht war kalt wie Eis. Einsam und verbittert saß die Herrscherin inmitten all ihres Reichtums und konnte doch keine Freude empfinden. Erst als ihr Blick auf die Hexenmeisterin fiel, hellte sich ihre Miene auf. Ihre strahlend grünen Augen begannen zu leuchten. Ein grausames Lächeln zog über ihr Gesicht. Sie hob den Arm und deutete nach oben. Das Bild der Sonne rückte wieder ins Zentrum. Immer größer und größer wurde der gelbe Sack, bis er zu platzen drohte. Lichter zuckten über den Himmel und Donner ertönte, dann verblasste die Vision.
Es war vorüber.
Die Hexenmeisterin öffnete die Augen. Kalte Rauchschwaden zogen durch den Raum. Fröstelnd begann die Frau, die Opferfeuer zu löschen. Sie schlurfte von Schale zu Schale und ließ Bergwasser in die Glut laufen. Zischend verlöschten die Flammen. Dampf stieg auf. Die Verbindung war erfolgreich gewesen. Die Fremden hatten die Weltebene durchdrungen. Die Königin würde zufrieden sein.
Eines jedoch bereitete der Hexenmeisterin Sorge: Auf der Oberfläche der immerwährenden Sonne war ein Fleck gewesen, ein schwarzer Schatten. Eine flüchtige, kaum wahrnehmbare Bewegung wie der Flügelschlag einer Krähe oder wie Rauch, der durch eine Öffnung weht. Eigentlich schwang das Portal nur in eine Richtung, doch selten, ganz selten, kam es vor, dass etwas von der äußeren Welt zu ihnen kam. Pflanzensamen, Vögel oder Insekten. Diesmal war es etwas Größeres. Die Hexenmeisterin hatte es nicht genau erkennen können, doch sie spürte, dass eine tödliche Gefahr davon ausging.
Eile war geboten. Die Tore mussten geschlossen und die Wachen

verstärkt werden. Was mit jenen geschah, die es nicht rechtzeitig ins Innere schafften, nun, das wusste der Himmel.
Die Arme ausgestreckt, ging sie durch die Dunkelheit. Schon spürte sie den Wind auf ihrer Haut, dann stand sie im Freien.
Ihre trüben Augen konnten nur verschwommene Details erkennen. Die Sonne war hinter einer Wolkenbank verschwunden und von der Schlucht her stieg Nebel auf. Man konnte dabei zusehen, wie er über die Hügelkuppen strich, Felder und Wiesen bedeckte und Bäume verschluckte. Ganze Berghänge wurden weggewischt, während der Nebel mit jedem Augenblick dichter wurde. Wirbelnde Gestalten aus Wasserdampf umspielten den heiligen Berg und hüllten ihn so dicht ein, dass man glaubte, auf einer einsamen Insel zu stehen. Was war das? Die Hexenmeisterin war alt – so alt wie die Bäume und Felsen ringsumher –, aber an einen derartigen Nebel konnte sie sich nicht erinnern. Sie zog das Fell dichter um ihre Schultern und trat neben ihre beiden Leibwachen. Die Blicke der Frauen waren auf den nördlichen Teil des Plateaus gerichtet, dorthin, wo der Nebel besonders dicht war. Schweigend starrten sie auf die Wand aus waberndem Dunst.
»Was seht ihr?«, fragte die Hexenmeisterin mit krächzender Stimme.
»Dort drüben, Herrin«, die linke Wache deutete auf einen mannshohen Felsblock, der aufgrund seiner ungewöhnlichen, runden Form als Ritualstein genutzt wurde.
»Was ist dort?«
»Seht Ihr das nicht? Rechts daneben.«
Die Hexenmeisterin kniff die Augen zusammen. Wenn nur ihr Augenlicht besser wäre.
Plötzlich erkannte sie eine Bewegung. Irgendetwas war da.
Es war groß. Mindestens so groß wie der Felsen.
Die Hexenmeisterin wollte näher heran, doch die Wache hielt sie zurück. »Nein, Herrin.« Ihre Stimme bebte vor Furcht. »Es blickt genau zu uns herüber.«

In diesem Augenblick kam ihnen die Gestalt entgegen. Sie richtete sich auf und wurde größer. So groß, dass sie den Ritualstein um Haupteslänge überragte. Ein übler Geruch wehte zu den Frauen herüber. Es stank nach Verwesung und Pestilenz, so wie die Beeren des Aronstabs. Schlagartig wusste sie, was das war. Doch wie war das möglich? Lag es daran, dass die Pforte in so kurzer Zeit zweimal geöffnet worden war? War der Spalt zu groß geworden?

Die Hexenmeisterin spürte einen Anflug von Panik. Angeblich sollte die Stadt ihnen genügend Schutz bieten, aber was, wenn nicht? Sie musste etwas unternehmen und ihr Volk warnen, doch ihr Körper war wie erstarrt. Es war, als hätte ein fremdes Bewusstsein Kontrolle über sie gewonnen.

Die Kreatur breitete ihre Arme aus, stieß zwei tiefe, vogelähnliche Rufe aus, dann verschwand sie im Nebel.

Wenige Augenblicke später ertönten von unten die ersten Schreie.

33

Ray ging mit gesenktem Kopf durchs Unterholz. Das Weiterkommen war an diesem Nachmittag besonders schwierig. Es schien, als habe die Natur den plötzlichen Wärmeeinbruch mit einem ungewohnt heftigen Wachstum quittiert. Ehemals gut erkennbare Wege waren verschwunden oder von wucherndem Unterholz überwachsen, so dass man fortwährend in die Irre geleitet wurde.
Karl und Dan waren vorausgegangen. Sie kundschafteten die Strecke aus, während Mellie und Amy bei Ray geblieben waren. Eine Vorsichtsmaßnahme, die zeigte, wie wenig Vertrauen man ihm noch entgegenbrachte. Klar war es ärgerlich, aber was hätte er tun sollen? Wie hätte er ahnen können, dass der alte Mann gleich bei der erstbesten Gelegenheit plaudern würde? Er hatte ihm doch in die Hand versprochen, den Mund zu halten. Ach egal. Die Sache endete sowieso hier. Schon bald würde er im nächsten Flieger sitzen und heim nach Irland düsen. Der enttäuschende Abschluss einer enttäuschenden Reise.
»Was dauert das denn so lange?« Mellie war ein Stück ins Unterholz gelaufen und hielt nach den beiden Männern Ausschau. »Die sollen sich mal beeilen. Ich hab eine Scheißangst hier draußen.«
»Geht mir genauso«, sagte Amy. »Ich wäre froh, wenn wir endlich wieder zurück wären.«
Ray blickte in die Runde. Einem aufmerksamen Beobachter

sprangen die Veränderungen förmlich ins Auge. Der Boden war hart und ausgetrocknet, als wäre seit Wochen kein Tropfen Wasser vom Himmel gefallen, dabei hatte es doch kürzlich noch wie aus Eimern geschüttet. Wo war der ganze Schnee geblieben? Der feuchte, immergrüne Nebelwald wirkte spröde und verdorrt. Pflanzen mit dornigen und scharfkantigen Blättern versperrten ihnen den Weg, und von dem Trampelpfad, der sie zurück in die Zivilisation bringen sollte, war nichts mehr zu erkennen. Eine seltsame Art stacheliger Efeu bedeckte weite Teile des harten Lehmbodens und machte jede Spurensuche unmöglich. Und dann diese Mücken. Fiese kleine pechschwarze Stecher, die ganz verrückt waren nach schweißnasser Haut. Ray hatte sie bei ihrer Ankunft nicht bemerkt und hätte schwören können, dass sie nicht da gewesen waren.
Ungeduldig wischte er über seinen Nacken. Das feine Sirren in seinen Ohren brachte ihn schier um den Verstand.
»Was ist denn jetzt?«, murmelte Mellie. »Sind die Herren eingeschlafen, oder was?«
»Lauf vor und sieh mal nach, was los ist«, sagte Amy. »Ich halte hier solange die Stellung.«
Die Botanikerin tauchte ins Gestrüpp und wurde nach wenigen Schritten vom Unterholz verschluckt.
»Ist doch eigenartig, dass wir den Weg nicht mehr finden, oder?«, sagte Ray. »Ich bin den Weg mindestens dreimal gegangen. Ich hatte nie Probleme, mich zu orientieren. Bis auf heute.«
»Sei still«, sagte Amy kurz angebunden. Sie hatte den Kopf erhoben und spähte nervös in die Richtung, in die ihre Freunde verschwunden waren.
»Hör zu, es tut mir leid, was geschehen ist«, sagte Ray. »Ich wollte nicht, dass es so kommt. Wenn es nach mir gegangen wäre, hättest du nie etwas von dieser Sache erfahren. Ich wäre einfach irgendwann verschwunden, und du hättest nie wieder etwas von mir gehört.«
»Du meinst, nachdem du Will umgebracht hättest?« Ihre Stimme

war schneidend wie ein Schwert. »Tut mir leid, dass ich dir einen Strich durch die Rechnung gemacht habe.«

Er schwieg. Wie sollte er dieser Frau klarmachen, was William Burke ihm angetan hatte?

»Ich habe es dir doch schon zu erklären versucht«, sagte er. »Es ist keineswegs sicher, was geschehen wäre. Vielleicht hätte ich ihn tatsächlich umgelegt, vielleicht hätte ich ihm aber auch nur die Fresse poliert. Ich weiß es nicht.«

»Du hast mich maßlos enttäuscht«, sagte sie. »Wir haben dir eine Chance geboten, und du versetzt uns einen Tritt in den Arsch. So läuft das nicht, verstanden?«

Er nickte. »Du hast ja recht. Ich möchte dir sagen, dass es mir ganz furchtbar leidtut. Ich hätte von Anfang an mit offenen Karten spielen sollen. Ich habe einen Riesenfehler gemacht und ich bin bereit, alles dafür zu tun, dass du mir wieder vertraust. Glaub mir, die Zeit mit euch war die schönste, die ich seit vielen Jahren erlebt habe. Bei euch habe ich so etwas wie eine Heimat gefunden.«

»Umso schlimmer, dass du uns belogen hast.«

»Aber das habe ich doch gar nicht. Es war mein ernster Wunsch, wieder ins Berufsleben zurückzukehren. In der Welt der Menschen bin ich so maßlos enttäuscht worden, und da habe ich gedacht, ich versuch's mal in der Wildnis.«

»Und du glaubst wirklich, du könntest den Gesetzen der Menschen einfach so entfliehen, indem du in den Dschungel gehst? Weil es in der Natur ja keine Gesetze gibt?«

»Irgendwie so etwas, ja.« Er stieß ein kleines Lachen aus. »Ziemlich naiv, findest du nicht?«

»Nicht naiv, dumm. In der Natur gelten sehr wohl Gesetze. Andere als bei uns Menschen, aber sie sind dennoch gültig. Und sie sind viel schärfer. Wer hier einen Fehler begeht, der stirbt.«

»Wie meinst du das?«

»Sieh dich doch um. Wir haben gerade ein mächtiges Problem.

Wenn wir nicht zusammenhalten und als Team arbeiten, sind wir aufgeschmissen. Hier muss sich einer auf den anderen verlassen können, sonst ist alles aus.« Sie lächelte traurig. »Weißt du, ich mag dich. Wirklich. Ich habe dir mein Vertrauen geschenkt und dich an unserem Leben teilhaben lassen. Wir sind hier oben wie eine Familie. Dass du mit Mellie in der Kiste warst, ist mir egal, aber dass du mein Vertrauen ausgenutzt hast, das kann ich dir nicht so leicht verzeihen.«

Wie auf ein Stichwort kam die Botanikerin zurück. Ihr Gesicht war schweißnass und gerötet und auf ihrer Haut klebten winzige tote Kriebelmücken.

»Wie sieht's aus?«, fragte Amy.

»Kommt mit«, sagte Mellie kurz angebunden. In ihrem Gesicht waren Sorge und ungläubiges Staunen zu erkennen. »Ihr werdet es nicht für möglich halten.«

Sie marschierten los und erreichten bald darauf den Ort, an dem Karl und Dan auf sie warteten. Die beiden sahen einigermaßen verwirrt aus. Karl hockte auf dem Boden und inspizierte einen rund geschliffenen Stein, der die Form und Größe eines flachgedrückten Fußballs hatte. Ray versuchte zu verstehen, was daran so bemerkenswert war. Abgesehen davon, dass der Stein mit Moosen und Flechten bewachsen war, konnte er nichts Ungewöhnliches entdecken.

Plötzlich erkannte er, was hier nicht stimmte.

»Moment mal«, sagte er. »Was ist denn das?«

Er ging neben Karl in die Hocke und nahm den Stein genauer in Augenschein. Über dem größeren Brocken war ein zweiter Stein. Er war deutlich kleiner, hellgrau und von ziemlich homogener Konsistenz, sah man von einigen kleinen metallischen Einsprengseln ab, die seine Unterseite bedeckten. Dieses zweite Exemplar, von Form und Größe ein einfacher Kieselstein, *schwebte* über seinem großen Bruder. Er hing einfach in der Luft. Ray fuhr mit seiner Hand zwischen den beiden hindurch. Nichts. Kein Luftstrom, kein Faden. Nichts, was erklären konnte, warum er nicht runterfiel. Er untersuchte die Oberseite, doch auch da war nichts zu entdecken

»Das ist doch ein Trick, oder?« Er sah zu Dan und Karl.

Die beiden schüttelten den Kopf. Dan schien selbst so verwundert zu sein, dass er sogar vergaß, einen seiner hämischen Kommentare abzulassen. Ray betrachtete erneut den Stein. Mit spitzen Fingern griff er nach dem Kiesel und hob ihn hoch. Es gab einen kurzen Moment des Widerstands, dann lag er in seiner Hand. Er fühlte sich genauso an wie jeder x-beliebige Kieselstein. Er drehte ihn hin und her, konnte jedoch nichts Ungewöhnliches daran entdecken. Amy streckte die Hand aus. »Zeig mal her.«

Sie untersuchte ihn mit akribischer Genauigkeit, strich mit dem Finger darüber, benetzte ihn mit Spucke und hielt ihn gegen das Licht. Nach einer Weile zuckte sie mit den Schultern und legte ihn wieder an seinen Platz. Sofort stieg er nach oben und begann, zu schweben. »Das gibt's doch nicht«, sagte sie. »So etwas habe ich noch nie gesehen.«

»Da vorn sind noch mehr«, sagte Karl und deutete in die Richtung, in der es zum Dorf zurückging. »Kommt mit.«

Sie gingen ein Stück, und tatsächlich: Überall schwebten auf einmal Steine in der Luft. Die größten von ihnen erreichten Ausmaße von dreißig, vierzig Zentimetern und wogen mehrere Kilogramm. Was sie in der Schwebe hielt, blieb nach wie vor ein Rätsel.

»Wieso sind uns die nicht früher aufgefallen?«, sagte Ray. »Ich verstehe das nicht, wir sind doch wirklich oft genug hier vorbeigekommen.«

»Keine Ahnung.« Amys Gesichtsausdruck ließ darauf schließen, dass sie das Problem mit Ray erst mal hintan gestellt hatte. Mellie, die während der letzten Minuten sehr schweigsam geworden war, wirkte sichtlich nervös. »Mir gefällt das nicht. Ich will hier weg, so schnell wie möglich.«

»Ich auch«, sagte Amy. »Lasst uns zusammenbleiben und nach der Brücke suchen. Und dann nichts wie heim.«

Ray nahm den Stein und steckte ihn in die Jackentasche. Dann folgte er den anderen.

Es dauerte nicht lange, bis sie die Schlucht erreichten. Der Wald wich zurück und machte dem breiten, grasbewachsenen Randstreifen Platz. Ray atmete erleichtert auf. Wenigstens die Felskante war noch da. Nach den jüngsten Ereignissen war er nicht mehr sicher, ob sie sie überhaupt noch finden würden.
Dichter Nebel hüllte die gegenüberliegende Seite ein. Nicht die kleinste Baumspitze war zu sehen. Trotzdem: Es war ganz unverkennbar ihre Schlucht. Manche der Felsbrocken, die hier rumlagen, waren so unverwechselbar, dass er sie sofort wiedererkannte. Die Brücke sollte etwa fünfzig Meter von ihnen entfernt zu ihrer Rechten liegen.
»Jetzt kenne ich mich wieder aus«, sagte er. »Folgt mir. Hier entlang.« Die Gruppe eilte hinter ihm her.
Sie waren noch nicht weit gekommen, als er stehen blieb.
»Was ist los?« Amy blickte verwundert in die Runde. »Warum hast du angehalten?«
»Ich verstehe das nicht«, sagte er leise. »Eigentlich müsste sie hier sein.«
»Ich kann nichts erkennen. Wo ist sie?«
»Keine Ahnung. Vielleicht haben wir sie verpasst.«
»Kann nicht sein.« Die Biologin drehte sich einmal im Kreis. »Wir sind doch immer am Rand lang gelaufen. Wir hätten sie sehen müssen. Ich denke, dass sie schon noch kommen wird. Lass uns weitergehen.«
Ray nickte betroffen. Er wusste, dass sie einen Irrtum beging, trotzdem folgte er ihr. Nach weiteren hundert Metern blieb sie stehen. »Nein«, sagte sie. »Seht ihr den riesigen Felsblock da vorn? An den kann ich mich überhaupt nicht erinnern.«
»Was ist denn los?«, fragte Karl von hinten.
»Scheint, dass wir uns verlaufen haben«, sagte Amy. »Ray sagt, wir wären zu weit gegangen.«

»Vielleicht hast du dich in der Richtung geirrt?«
»Möglich«, sagte er. Er bezweifelte es jedoch. »Also gut. Alle wieder zurück.«
Nach einer Weile blieb er wieder stehen. »Wartet mal.« Er ging in die Hocke und prüfte den Boden.
»Was ist denn jetzt schon wieder?«
»Ich habe etwas gefunden. Das ist der Punkt, an dem die Steinpfosten in die Erde gerammt waren. Genau hier. Ich erinnere mich ganz genau.« Er deutete auf einen Vorsprung, der ein Stück weit in die Schlucht hineinragte.
»Du musst dich irren«, sagte Karl. »Hier ist doch nichts.«
»Ich bin mir aber ganz sicher«, sagte Ray. »Ich bin dreimal zurückgelaufen, um Wasser zu holen. Der Weg, den ich benutzt habe, führt gleich dort drüben zum Fluss hinab.« Er lief zu der Stelle hinüber, doch der Pfad war ebenso verschwunden wie die Brücke. Ray spürte, wie sein Magen rebellierte. War das der Nebel oder spielte sein Verstand ihm Streiche?
Aber da war noch etwas anderes. »Spitzt mal die Ohren«, sagte er.
»Also ich höre nichts«, sagte Dan nach einer Weile.
»Ich auch nicht«, erwiderte Amy. »Nicht mal ein Rauschen.«
»Stimmt«, sagte Ray. »Aber ist das nicht seltsam? Der Fluss war bisher immer laut und deutlich zu hören gewesen. Und jetzt? Nichts!«
»Was ist denn hier bloß los?« Mellie war den Tränen nah.
Niemand sagte ein Wort. Es war, als ob alle mit angehaltenem Atem auf die ungeheuerliche Enthüllung warteten, die jeden Moment eintreten konnte. In die Stille hinein begann Dan leise ein Lied zu summen. *»Somewhere over the rainbow ...«*
Amy zog eine Braue in die Höhe. »Alles klar, Dan?«
»Ich schwelge nur gerade in Erinnerungen. Eine meiner frühesten Kindheitserinnerungen: Der Zauberer von Oz, von 1939 mit Judy Garland. Schon mal gesehen?«
»Schon ...«

»Ich auch«, flüsterte Ray. Ein warmer Wind strich über seine Haut. Der Geruch des Sommers umschmeichelte seine Nase. Er roch trockenes Gras, Kornfelder und Sommerblumen.
In diesem Augenblick verschwand der Dunst wie von Zauberhand. Die Luft wurde klar und durchscheinend. Endlich konnten sie wieder sehen.
»O mein Gott.« Amy schlug die Hand vor den Mund. »Das kann doch nicht wahr sein.«
Ray ballte seine Hände zu Fäusten. Bis zum letzten Augenblick hatte er sich die Hoffnung bewahrt, dass sie alle einen fundamentalen Denkfehler begangen hatten. Die Erkenntnis, dass dem nicht so war, traf ihn wie ein Schock.
»Ich sage es ja nicht gern, Dan«, sein Mund war seltsam trocken, »aber diesmal hattest du verdammt recht. Wir sind tatsächlich nicht länger in Kansas.«

34

Amy knabberte an ihrer Unterlippe. Was sie da sah, durfte eigentlich gar nicht existieren. Die vertraute Umgebung war verschwunden. Es gab keine Brücke, keine Felswand, keine Schlucht. Es gab auch keinen Baum, keinen Strauch und keinen Fluss. Es war, als hörte die Welt vor ihren Füßen einfach auf.
Ein bernsteinfarbenes Meer aus Dunst umgab sie. Dunkle Tupfer, die wie Wolken aussahen, unterbrachen die endlose Weite, verliehen ihr Struktur und Tiefe.
Und es war heiß. Feuchte Schwüle umfing sie und schnürte ihnen die Kehle zu. Was war aus der Kälte geworden, die den Ruwenzori mit eisiger Hand umklammert hatte, was aus dem Schnee? Es war, als habe es all das niemals gegeben.
Amy trat an den Rand und blickte hinunter. Die Abbruchkante war durchzogen von Trockenrissen, aus denen merkwürdige Blüten emporwuchsen. Lianen und andere Kletterpflanzen schlängelten sich die Steilwand hinab und verschwanden in unauslotbaren Tiefen. Amy trat vor und versuchte zu erkennen, wo die Steilwand endete. Ein Schwall von Sand und Steinen prasselte in den schwindelerregenden Abgrund.
»Sei lieber vorsichtig, die Kante ist ziemlich bröckelig.« Ray hatte seine Hand auf ihre Schulter gelegt und zog sie sanft zurück. »Du willst doch nicht abstürzen, oder?« Er deutete in den Abgrund.
»Nein.« Sie schüttelte verwirrt den Kopf.

»Wir sollten alle aufpassen«, sagte Ray. »Der Hang ist total verwittert. Er könnte jederzeit abrutschen.«
Amy drehte sich um. Der Saum des Waldes wirkte völlig verändert. Dicke Lianen hingen zwischen den Bäumen, deren Stämme dicker und knotiger wirkten, als sie sie in Erinnerung hatte. Der Ruf eines unbekannten Vogels drang an ihr Ohr. Einsam und klagend verhallte er in den Weiten des Himmels. Ein Schwirren lag in der Luft, das sich zu einem Brausen steigerte. Plötzlich schoss ein Schwarm von Fledermäusen aus der Tiefe zu ihnen empor, zog über sie hinweg und tauchte in den Halbschatten der Bäume.
Fern am Horizont ging langsam die Sonne auf.
»Wo sind wir hier?«, flüsterte Mellie. »Wo ist das andere Ufer? Wo ist Afrika?«
Niemand antwortete. Die Stille und die erdrückende Weite hatte sie alle gelähmt. Jedes Wort, jede Geste, ja jeder Gedanke schien fehl am Platze.
»Zumindest eines dürfte sicher sein«, sagte Karl nach einer Weile. »Wir sind nicht mehr dort, wo wir hergekommen sind.«
»Im gesamten Rift Valley gibt es keine solche Schlucht«, murmelte Dan. »Nicht dort und auch nirgendwo sonst auf der Welt. Selbst der Grand Canyon ist dagegen ein Rinnsal im Boden. Ich weiß nicht, wo wir gelandet sind, aber ganz sicher sind wir nicht mehr in Uganda.«
»Trotzdem gibt es Übereinstimmungen«, sagte Ray. »Seht euch diese Steine an.« Er hob einen auf und hielt ihnen den anderen unter die Nase. »Dasselbe Material wie auf dem Hochplateau. Schwarzer Basalt. Die Pyramide wurde daraus erbaut. Auch die Anordnung der Felsen ist dieselbe. Ich erinnere mich ganz genau an diesen Steilabfall dort drüben. Ich bin ihn runtergelaufen, als ich zum Wasserholen ging. Und dann diese Sträucher und Bäume, alles genau wie zuvor. Nur der Pfad ist nicht mehr da ...«
Mellie zog ironisch eine Augenbraue in die Höhe. »Willst du uns etwa erzählen, wir würden uns das alles nur einbilden?«
»Das nicht, aber ...«

»Seht mal da vorn.« Karl war ein Stück vorausgegangen und deutete mit der Hand auf etwas. »Für was haltet ihr das?« Er zeigte in die Richtung, in der die Sonne aufging. Vor dem schwefelgelben Himmel waren dunkle Tupfer zu erkennen.
»Also Wolken sind das nicht«, sagte Karl. Ray musste ihm recht geben. Für Wolken hatten sie einen viel zu seltsamen Umriss. Oben abgeflacht, unten spitz zulaufend und in einer Vielzahl spitzer Fortsätze endend, die wie Flechten oder Bärte herunterhingen. Mächtige Lianen hingen von ihnen herab, die die Gebilde wie ein Spinnennetz verbanden.
Nach einer Weile war es so hell geworden, dass es keinen Zweifel mehr geben konnte, was das war.
»Es sind Inseln«, sagte Karl. »*Schwebende* Inseln. Von unsichtbaren Kräften in der Schwebe gehalten.«
Ray zog seinen Stein aus seiner Tasche und ließ ihn fallen. Beinahe umgehend sprang er wieder hoch und blieb in etwa einem Meter Höhe in der Luft hängen.
»Was ist das für eine Kraft, die so etwas bewirken kann?«
»Da fällt mir eigentlich nur eine ein«, sagte Karl. »Der *Meißner-Ochsenfeld-Effekt,* ein quantenmechanisches Phänomen, bei dem die Elektronen ihre Individualität verlieren und im Kollektiv das Magnetfeld aus dem Inneren eines Supraleiters verdrängen. Ergo: Der Supraleiter schwebt über einem Magneten. Oder der Magnet über dem Supraleiter, ganz wie ihr wollt.«
»Ich verstehe kein Wort«, stieß Mellie aus. »Ich will weg hier, und zwar schnell.«
»Dazu müssten wir erst mal wissen, wo wir sind«, sagte Amy und blickte Karl erwartungsvoll an. »Hast du vielleicht eine Idee ...?«
Der Meteorologe wirkte immer noch erstaunlich gelassen. »Keine Ahnung ...«, er zuckte die Schultern. »Vielleicht sind wir in eine Art kosmische Störung geraten. Eine Art Loch in unserem Raum-Zeit-Kontinuum, was weiß ich.«
»Ja klar«, erwiderte Dan. »*Ein Loch im Raum-Zeit-Kontinuum.* Wohl zu viel *Star Trek* geschaut.«

»Ich weiß, wie sich das anhört«, lenkte Karl ein. »Aber es gibt solche Theorien. Ich habe oft genug mit den Kollegen von der Astrophysik darüber gesprochen. Erinnert ihr euch an das Erlebnis in der Pyramide? Als alle unsere elektrischen Geräte ausgefallen sind? Da müssen unglaubliche Mengen Energie durchgeflossen sein. Vielleicht hat sich eine Art Portal geöffnet. Ein Durchgang in eine andere Welt.«
Amy wirkte unzufrieden. »Ach hör doch auf ...«
»Nein, nein, ich meine das ernst.« Karls runde Wangen glänzten vor Aufregung. »Vielleicht hat das Ganze ja etwas mit der Sonne zu tun. Die Korona, ihr erinnert euch?«
Amy hob den Kopf. »Du meinst, es könnte etwas mit den Ausbrüchen zu tun haben?«
Karl nickte. »Die Wissenschaftler im Sonnenobservatorium auf Teneriffa haben davon geredet, das ein neuer X-Flare bevorstehe. Ein verdammt großes Teil. Was, wenn er so weit in den Weltraum eingedrungen ist, dass das Plasma bis zu uns geschleudert wurde? Das würde auch die Verbrennungen erklären, die wir trotz der dichten Wolkendecke davongetragen haben. Ein solcher Ausstoß könnte katastrophale Folgen haben. Theoretisch wäre er in der Lage, eine Energiemenge zu liefern, die ausreicht, einen winzigen Teil des Universums für einen kurzen Zeitraum löchrig werden zu lassen. So löchrig, dass eine kleine Menge von Materie quer durch den Raum geschleudert wird.«
»Materie?« Ray runzelte die Stirn. »Du meinst uns.«
Karl kratzte seine Stirn. »Wohlgemerkt, das ist alles nur graue Theorie. Bisher ist die Existenz solcher Wurmlöcher noch nicht nachgewiesen worden.«
»Ein Wurmloch ...« Amy hatte schon davon gehört. Sie hatte sich nie besonders dafür interessiert, kam es ihr doch viel zu abstrakt vor. Doch hier und jetzt, im Angesicht dieser fremden Welt, war die Theorie plötzlich erschreckend real. Dan schien nicht überzeugt. Die Arme vor der Brust verschränkt, stand er da, einen schwer zu deutenden Ausdruck in seinen Augen. »Da wir schon

mal in Grimms Märchenstunde angelangt sind, ich hätte noch eine andere Erklärung anzubieten.«
»Na, jetzt bin ich aber gespannt.«
»Habt ihr schon mal darüber nachgedacht, dass wir uns das alles nur einbilden?«
Karl neigte den Kopf. »Was meinst du damit?«
»Ich rede von Halluzinationen. Wahngebilden, Traumvorstellungen. Ich rede davon, dass das alles nur in unserer Phantasie existiert? Karl hat selbst davon geredet, dass starke elektrische Entladungen Halluzinationen auslösen. Was, wenn wir immer noch in unserem Traum gefangen sind?«
Amy sah ihn skeptisch an. »Und wie erklärst du dir, dass wir alle denselben Traum erleben? Bei aller Liebe, aber die Chancen dafür stehen sogar noch schlechter als für die Annahme, dass wir durch irgendein kosmisches Ereignis durch die Dimensionen katapultiert worden sind.«
»Nicht unbedingt«, widersprach Dan. »Wer sagt mir denn, dass wir alle dasselbe durchleben? Vielleicht ist dies hier mein ganz privater Alptraum. Irgendwann erwache ich und finde mich wieder Kopf voraus im Matsch. Vielleicht seid ihr alle nur meine persönliche Wahnvorstellung. Ihr wiederum habt eigene Träume, von denen ich aber nicht wissen kann. Versteht ihr, was ich meine?«
Amy schüttelte den Kopf. Die Gedankengänge des Geologen waren ihr manchmal unheimlich. »Das bringt nichts, Dan. Solche Vorstellungen sind kontraproduktiv. Was schlägst du vor? Dass wir einfach hier sitzen bleiben und darauf warten, dass wir aufwachen? Das kann nicht dein Ernst sein. Spätestens dann, wenn wir von irgendetwas Giftigem gebissen oder gestochen werden, müssen wir uns von dieser Idee verabschieden. Nur ist es dann zu spät.«
»Und was sollen wir deiner Meinung nach tun?« Es war Mellie, die sie wieder auf den Boden der Tatsachen zurückholte. »Ich meine ... irgendwie müssen wir doch versuchen, wieder zurückzukommen, oder?«

»Du hast recht«, sagte Amy. »Ich schlage vor, dass wir zuerst zur Pyramide zurückgehen und dann versuchen, von dort aus unser Lager wiederzufinden. Wir brauchen eine Unterkunft, wir brauchen Nahrung und – was am Allerwichtigsten ist – wir brauchen Wasser.«

35

Ray ging voran. Von allen im Team war ihm der Pfad zurück zur Pyramide am vertrautesten. Immerhin war er ihn mehrmals gelaufen, einmal sogar bei Nacht. Seine Fähigkeit, sich orientieren zu können, war überaus hilfreich, denn das Licht unter den Baumkronen reichte kaum aus, um weiter als zehn Meter zu sehen. Alles war in ein geheimnisvolles Zwielicht getaucht. Die Luft war schwer und lag bleiern auf der Lunge. Nicht viel später und er war bis auf das Unterhemd durchgeschwitzt.
Während sie durch das Unterholz gingen, untersuchte Ray das Gestrüpp rechts und links des Pfades. Irgendwo mussten doch Beeren, Schoten oder Wurzeln sein, jeder Wald hatte irgendwelche Nahrungsmittel zu bieten. Doch sosehr er es auch herbeisehnte, er konnte nichts entdecken. Weder Wurzeln noch Früchte, noch Wasser. Stattdessen eine Menge Pflanzen, die er noch nie zuvor gesehen hatte. Seltsam verdrehte Stauden, luminiszierende Blütenkelche und klingelnde Fruchtknoten. Alles wunderschön anzuschauen, aber nichts, was irgendwie vertraut aussah.
Und mit jeder Minute, die verstrich, wurde der Wald dichter.

Etwa eine Stunde später erreichten sie die Senke. Die Flanken der Pyramide ragten steil und bedrohlich gegen die dunklen Bäume auf. Im Hintergrund waren Felsklippen zu sehen, die das mächtige Bauwerk um etliche Meter überragten. Ray konnte sich nicht erinnern, diese Felsen vorher schon einmal gesehen zu haben, aber was besagte das schon? Die Realität war ohnehin völlig aus den Fugen geraten.

»Meint ihr wirklich, dass wir da drin sicher sind?« Misstrauisch blickte die Botanikerin zu dem dunklen Gebäude hinüber. »Ich habe keine guten Erinnerungen an das Gewitter.«

»Wir brauchen ein Dach über dem Kopf«, sagte Amy. »Morgen können wir uns gern nach einer Alternative umsehen, aber heute Nacht werden wir hierbleiben. Wenn wir hier noch länger bleiben wollen, benötigen wir einen festen Unterschlupf.« Sie wischte den Schweiß von ihrer Stirn. »Wir müssen dringend unsere Vorräte auffrischen. Was danach kommt, sehen wir dann.«

»Wir könnten in Zweiergruppen die Umgebung absuchen«, schlug Karl vor. »Wäre doch gelacht, wenn wir nichts finden.«

»Einverstanden. Zunächst möchte ich jedoch, dass ihr euch eine Weile ausruht. Die letzten Stunden waren nicht gerade leicht. Durchsucht eure Taschen und die Rucksäcke. Vielleicht findet ihr dort etwas Essbares. Wir müssen zu Kräften kommen, wenn wir hier wieder herauswollen.«

»Ich hätte vielleicht eine Idee, wo wir Wasser finden könnten«, sagte Ray. »Erinnert ihr euch an die Ranken im Inneren der Pyramide? Sie sahen ziemlich dick und saftig aus. Mit etwas Glück werden wir dort fündig. Sobald wir da sind, kümmere ich mich darum.«

»Schön«, sagte Amy. »Und fangt am besten gleich damit an, trockenes Holz zu sammeln. Ich habe noch ein paar Streichhölzer. Damit können wir Feuer machen. Auf, Leute, versuchen wir unser Glück.«

Es war am Nachmittag, als die Gruppe die Pyramide verließ, um die Umgebung nach Essbarem abzusuchen. Während Amy, Karl und Dan die Umgebung sondierten, drangen Mellie und Ray in den hinteren Teil der Pyramide vor, auf der Suche nach Wasser. Es war stockfinster, doch Ray hatte aus einem stabilen Ast, ein paar Stofffetzen und einer Flasche Sonnenöl eine halbwegs brauchbare Fackel gebastelt. Die Flammen warfen zuckende Schatten an die Wände.

Je weiter sie kamen, desto dichter wuchsen die Ranken. Ray nickte zufrieden. Dort, wo der riesige Saal endete, wuchsen sie am dichtesten. »Ich glaube, hier sollten wir es mal versuchen.« Er gab Mellie die Fackel und zog sein Messer. »Am besten, wir nehmen uns diese Wurzel hier vor, siehst du?« Er deutete auf einen besonders breiten Trieb. »Komm mal mit dem Licht etwas näher.«

Mit gezielten Schlägen hackte Ray einen Spalt in die Rinde. Eine Weile schlug er auf die Wurzel ein, dann hielt er schwitzend und keuchend inne. »Verdammt«, schnaufte er. »Das Zeug ist ja hart wie Eisenholz.«

»Vielleicht solltest du es mal an einem der jüngeren Triebe versuchen«, schlug Mellie vor. »Da vorn sind welche.«

»Einverstanden.« Ray zog sein Messer aus der Rinde und ging zu den dünneren Wurzeln hinüber. Er hob seinen Arm und wollte gerade zuschlagen, als er innehielt.

»Was ist denn das?«, murmelte er.

»Was meinst du?«

»Hier. Komm mal mit dem Licht etwas näher.«

Kein Zweifel, da waren drei Rillen im Holz. Gleich tief gekerbt und sogar einigermaßen parallel. So wie sie aussahen, waren sie vielleicht einen Monat alt, vielleicht jünger. Eine der Ranken war komplett abgetrennt worden. Ray streckte seine Hand aus und untersuchte die Schnittfläche. »Sieht aus, als hätte sich bereits jemand daran zu schaffen gemacht«, murmelte er. »Was hältst du davon?« Er strich mit seinem Finger über die Kerben. Mellie zögerte. »Vielleicht ein Tier?«

Er wiegte den Kopf. »So saubere Schnitte? Das sieht eher aus, als habe sich jemand mit einem Taschenmesser daran zu schaffen gemacht.«

»Wer?«

»Ich hätte da einen Verdacht.«
Ihre Augen weiteten sich vor Erstaunen. »Nein.«
»Warum nicht? Vielleicht ist er genau denselben Weg gekommen wie wir.«
»Aber dann müsste er ja noch irgendwo hier sein.«
»Schon möglich.«
»Wir sollten sofort zurückgehen und den anderen Bescheid sagen.«
Er schüttelte den Kopf. »Sieh doch mal zum Eingang. Es beginnt schon dämmerig zu werden. Heute können wir nichts mehr unternehmen. Vielleicht morgen.«
»Aber ...«
»Wenn er in der Nähe ist und wir das Feuer heute Nacht brennen lassen, dann wird er uns sehen. Und sicher kommen. Auf jeden Fall ist das besser, als kopflos durch die Gegend zu rennen.«
Mellie überlegte. »Vielleicht hast du recht.«
»Bestimmt sogar. So, und nun hilf mir mit dieser Ranke.«
Ray hob sein Armeemesser und schlug ein paarmal kräftig zu. Die gekappte Ranke fiel zu Boden und ein paar milchige Tropfen rannen heraus. Er nahm die leere Bonbontüte, die Karl in seinem Rucksack gefunden hatte, und hielt sie unter die Ranke. Tropfen für Tropfen sammelte sich auf dem Boden der Tüte.
Mellie trat einen Schritt an ihn heran. »Darf ich dich mal was fragen?«
»Klar, schieß los.«
Sie zögerte. »Hast du dir schon überlegt, was du tun wirst, wenn das hier überstanden ist?«
»Du meinst, wenn wir wieder von hier weg sind?«
»Ja.«
Er zuckte die Schultern. »Das liegt in Amys Händen. Im Moment sieht es ja so aus, als würde sie mich in den nächstbesten Flieger Richtung Irland setzen.«
»Und was, wenn ich sie überzeugen könnte, dass du doch noch bleiben darfst?«

»Warum solltest du?«
»Nur so.« Sie verstummte.
»Komm schon«, sagte Ray. »Warum ist dir das so wichtig?«
»Weil ich dich mag ...«
Ray hob den Kopf. Jetzt begann ihm zu dämmern, aus welcher Richtung der Wind wehte.
Mellie blickte zu Boden. »Ich habe das nicht geplant, das musst du mir glauben. Es ist einfach so geschehen.« Sie kam näher und berührte seine Hand. Ray zog sie nicht zurück.
»Hast du nicht gesagt, du hättest keine ernsten Absichten?«
»Ja, ich weiß.« Sie blickte ihm tief in die Augen. Er sah einen rötlichen Schimmer über ihre Wangen huschen.
»Manchmal ändern sich die Dinge eben. Das müsstest du doch am besten wissen.« Sie hob ihr Kinn. Ihre Lippen waren nur noch wenige Zentimeter von seinem Mund entfernt.
Ray verdrehte im Geiste die Augen. Als ob er nicht schon genug Probleme hätte.
»Du willst mich doch auch«, fuhr sie fort. »Das habe ich gleich gespürt, in der Nacht, in der wir uns geliebt haben. Kein Mann kann mit einer Frau so schlafen, wenn er sie nicht auch begehrt.«
Ray wusste nicht, was er dazu sagen sollte, darum hielt er lieber den Mund. Sie schenkte ihm ein verführerisches Lächeln. »Komm schon, lass es uns noch einmal tun. Jetzt und hier. Die anderen sind weit weg und werden nichts mitbekommen.«
Ray trat einen Schritt zurück. »Nein. Das erste Mal war schon ein Fehler, es wird nicht besser, wenn wir ihn wiederholen.«
Sie versuchte, ihn um die Hüften zu fassen, doch er wich aus. »Versteh mich nicht falsch, Mellie. Du bist eine schöne und begehrenswerte Frau. Mit dir zu schlafen war das Wunderbarste, was mir seit langem widerfahren ist. Aber ich bin nicht in dich verliebt. Ich bin dein Freund, aber das ist nicht genug.«
Sie fuhr zurück. Ihr Gesicht hatte plötzlich einiges an Freund-

lichkeit verloren. »Es ist wegen Amy, habe ich recht? Ich habe die Bilder gesehen, die du von ihr gezeichnet hast.«
»Meine Bilder?«
Sie nickte. In ihren Augen schimmerte Wut. »Niemand kann einen anderen Menschen so zeichnen, wenn er sich nicht in der Tiefe seines Herzens zu ihm hingezogen fühlt. Ich habe sie gesehen. Sie sind wunderschön.«
Ray war sprachlos. Kopfschüttelnd sagte er: »Hätte ich gewusst, in was für ein Hornissennest ich mich bei euch setze, wäre ich nie hierhergekommen.«
»Dafür ist es jetzt zu spät.« Mellie wischte sich mit der Hand über die Nase. Sie fummelte in der Hosentasche herum und förderte ein fleckiges Taschentuch zutage. Nachdem sie sich ausgiebig geschneuzt hatte, sagte sie: »Ich möchte dir einen guten Rat geben. Lass die Finger von ihr. Diese Frau ist nichts für dich. Sie hat bereits zwei gescheiterte Beziehungen hinter sich, eine weitere würde sie nicht verkraften. Also schlag sie dir aus dem Kopf.« Sie steckte das Taschentuch wieder in die Hose. Eine Weile sah sie so aus, als wollte sie noch etwas sagen, doch dann machte sie kehrt und marschierte davon. Die Fackel nahm sie mit.
Ray blieb im Dunkeln zurück.
»Scheiße.«
Missmutig sah er auf die Tüte. Er hob sie hoch und schnupperte daran. Ein fauliger Geruch stieg ihm in die Nase. Misstrauisch setzte er das Gefäß an die Lippen und nippte daran. »Pfui!« Er spuckte alles auf den Boden. Der Saft war bitter. Auf keinen Fall konnte man das trinken, nicht mal, wenn man kurz vor dem Verdursten stand. Ob Burke wohl zu einem ähnlichen Ergebnis gekommen war, als er die andere Ranke angeschnitten hatte? Enttäuscht schüttete er die Flüssigkeit aus und ging zum Lagerfeuer zurück.
Auch die anderen waren mittlerweile eingetroffen. Dan, Karl und Mellie hockten um das Feuer und starrten in die Glut.

Amy hob bei seiner Ankunft den Kopf. »Und?«
»Nichts.« Ray gab Karl die Tüte zurück. »Ungenießbar. Total bitter. Das würde ich nicht mal meinem ärgsten Feind zu trinken geben. Wie sieht's bei euch aus?«
»Fehlanzeige.« Amy deutete auf eine Reihe von Beeren und Früchten, die auf dem Boden lagen. »Samt und sonders unbekannte Pflanzen. Natürlich könnten wir anfangen, kleine Mengen davon zu essen, und ihre Wirkung abwarten, aber das ist mir, ehrlich gesagt, zu riskant. Außerdem würde es Tage dauern.«
Ray nickte und warf einen kurzen Blick zu Mellie hinüber. Die Botanikerin lag auf der Seite und drehte ihm demonstrativ den Rücken zu. Dan hatte seine Jacke über sie gebreitet und starrte ihn aus tiefliegenden Augen an.
»Da kann man nichts machen«, sagte Amy. »Morgen werden wir unseren Radius erweitern. Wir müssen Wasser finden. Wenn nicht, war's das.«
»Und was ist mit unserer Rückkehr?«, fragte Karl. »Sollten wir uns nicht lieber Gedanken darüber machen, wie wir von hier wegkommen?«
»Ich wüsste nicht, wie wir das anstellen sollen. Solange wir keine Ahnung haben, was genau vorgefallen ist, brauchen wir uns darüber nicht das Hirn zermartern. Glaub mir, Karl, unsere Rückkehr ist im Moment das geringste Problem.«
Der Meteorologe wiegte den Kopf. »Ich habe mir in der letzten Stunde den Kopf darüber zerbrochen, wie wir das anstellen könnten und ich glaube, mir ist eine Idee gekommen.«
Ray setzte sich in eine bequemere Position. »Du weißt doch nicht mal, wo wir sind.«
»Das ist in diesem Fall unerheblich. Auf herkömmlichem Wege können wir ohnehin nicht heimkehren.«
»Jetzt bin ich aber gespannt.«
»Erinnert ihr euch, was ich euch über das Portal gesagt habe? Dass das Raum-Zeit-Gefüge löchrig geworden ist? Eine solche

Öffnung müsste theoretisch in beide Richtungen funktionieren. Burkes Brille ist ein Hinweis. Wenn es uns also gelingt, herauszubekommen, wann die nächste Sonneneruption ansteht, könnten wir es schaffen, diese Tür noch einmal zu durchschreiten.«
Amy schien wenig überzeugt. »Und wie sollen wir das anstellen? Wir haben hier nichts, womit wir arbeiten könnten.«
Karl blickte in die Runde, als suche er etwas. »Alles, was wir brauchen, ist ein Gefäß«, sagte er. »Ich habe vor, eine Flaschenpost zu schreiben. Passt auf, ich werde es euch erklären ...«

36

Am nächsten Morgen ...

Die Sonne war gerade hinter den Bergen aufgegangen, als der russische Kampfhubschrauber vom Typ *Mil Mi-24* in geringer Bodenhöhe auf die vorderen Ausläufer des Ruwenzori zuflog. Richard hatte einen Fensterplatz ergattert und blickte über die endlose Wasserfläche des Lake Edward, auf dessen spiegelglatter Oberfläche sich riesige Schwärme Rosapelikane und Ibisse versammelt hatten. Beim Näherkommen stoben sie auseinander wie ein Schwarm Fische beim Anblick eines Hais. Fünfzigtausend schwirrende Flügelpaare blitzten in der frühmorgendlichen Sonne auf und entschwanden nach Süden. Der Helikopter mit dem Codenamen *Hind* erreichte das Ufer, stieg auf sechshundert Meter und überflog die Kraterregion des Queen-Elizabeth-Nationalparks. Dutzende von Vulkantrichtern zeugten von der geologischen Aktivität dieser gewaltigen Bruchzone. Fünftausend Jahre war es her, dass die Vulkane Feuer gespuckt hatten, doch wenn man den Geologen glaubte, konnte sich das Gebiet jederzeit wieder in ein Meer aus Flammen und Lava verwandeln.

Vor ihnen tauchten die ersten Viertausender zwischen den Wolkentürmen auf. Richard sah die Spitzen des *Weisman* und des *Okusoma,* dahinter in einiger Entfernung die des *Edward* und des *Margeritha*. Doch so weit brauchten sie gar nicht zu fliegen. Die Siedlung der Bugonde lag westlich der Kitandara-Seen, nur noch knappe vierzig Kilometer entfernt.

Die Stimmung war angespannt. Niemand wusste, was sie bei ihrer Ankunft erwarten würde. Außer seinen beiden Kollegen Wilcox und Parker waren zwei Handvoll Soldaten der *Uganda Peoples Defence* Force an Bord: Acht schwerbewaffnete Einsatzkräfte, deren junge Gesichter darauf schließen ließen, dass man sie frisch von der Militärakademie in Kampala geholt hatte. Hinzu kamen zwei Sanitäter und ein kommandierender Offizier. Ein Leutnant namens Jen Katumba. Er war der Einzige, dem man seine Kampferfahrung ansah. Knappe vierzig Jahre alt, groß gewachsen und drahtig und mit einer markanten Narbe, die sich von seinem Haaransatz über die Schläfe bis zum linken Auge zog. Unter all den jungen Männern wirkte er wie ein echter Haudegen.

Rechnete man die beiden Piloten mit ein, waren sechzehn Männer an Bord des Kampfhubschraubers versammelt, der mit seinen ausladenden Waffenflügeln wie ein angriffslustiges Insekt wirkte. Dass das Team so jung war, hatte möglicherweise damit zu tun, dass das Verteidigungsministerium nicht mit ernsthaften Auseinandersetzungen rechnete. An eine Katastrophe, hervorgerufen durch Sonneneruptionen, glaubte sowieso niemand. Richard war es egal. Er hatte seinen Hubschrauber, das war alles, was zählte.

Während sie über die grünen Wälder des Ruwenzori flogen, stellte er erleichtert fest, dass Krausnicks Befürchtungen offenbar maßlos übertrieben gewesen waren. Er hatte schon halb damit gerechnet, eine verdorrte Wüste vorzufinden, so dramatisch hatte die Schilderung des Sonnenforschers geklungen. Doch die Landschaft sah aus wie er sie kannte: saftige Bergwälder, üppige Lichtungen und klare Seen. Nichts, was darauf hindeutete, dass eine kosmische Katastrophe stattgefunden hatte. Er ließ die Schultern sinken und lehnte sich nach hinten. Was würde Amy wohl sagen, wenn sie sah, dass er mit der Infanterie anrückte? Er malte sich die Szene gerade in allen Einzelheiten aus, als Wilcox Zeichen gab. Richard rückte nach vorn und sah, dass der Pilot mit seinem Finger nach unten deutete.

»Was ist denn los?«

»Keine Ahnung.« Parker zuckte die Schultern. »Er sagt, er hätte etwas gesehen. Direkt vor uns.«
Richard löste den Gurt, stand von seinem Platz auf und ging nach vorn. Einer der Soldaten gab ihm zu verstehen, er solle sich wieder anschnallen, doch Richard lehnte ab. Erst musste er wissen, was los war.
Dann sah er es.
Vor ihnen stieg Rauch in die Höhe. Nicht aus einer einzigen Quelle, sondern aus Dutzenden. Das Tal der Bugonde sah aus, als wäre es das Ziel eines Bombenangriffs gewesen. So weit man sehen konnte, waren die Hütten und Ställe zerstört. Es gab keine Leichen, dafür aber Dutzende von Krähen, die das Tal wie ein Schwarm blutgieriger Fliegen umkreisten. Beim Eintreffen des Helikopters stoben sie davon.
»Sie haben genug gesehen«, rief ihm der Pilot zu. »Gehen Sie wieder auf Ihren Platz. Wir gehen jetzt runter.«
»Was ist los?«, fragte Parker besorgt, als er wieder bei ihm eintraf. »Konnte man irgendwas erkennen?«
Richard wusste nicht, was er sagen sollte, also schüttelte er nur den Kopf. »Wart's ab, du wirst es gleich selbst sehen.«
Der Pilot steuerte die Maschine einige Male über das Tal, dann setzte er auf eine freie Fläche zwischen zwei Feldern auf und gab ihnen Zeichen, sich für den Ausstieg bereitzumachen. Richard prüfte den Sitz seiner Tasche und zog seine Schutzbrille auf. Die Räder berührten den Boden, es gab einen Ruck, dann sprangen die Türen auf.
Dröhnender Lärm umfing sie. Staub und Qualm wirbelten in die Kabine. Die Waffen im Anschlag stürmten die Männer aus dem Hubschrauber und sicherten die Umgebung. Richard, Parker, Wilcox und die beiden Sanitäter wurden angewiesen, so lange zu warten, bis man den Landeplatz gesichert hatte.
Dann kam das Signal. Richard zog den Kopf ein und sprang aus dem Helikopter. Dreck, Staub und Abgase peitschten ihnen um die Ohren, während er in geduckter Haltung auf den Offizier zulief. Er

hielt den Stoff seines Ärmels vor die Nase und rannte in den Windschatten hinter einer Holzhütte. Wilcox, Parker und die beiden Sanitäter waren dicht hinter ihm. Der Offizier winkte dem Piloten zu, dann stieg der Hubschrauber wieder in die Luft. Der Rauch der angrenzenden Feuer wurde zu riesigen Spiralen verwirbelt. Höher und höher stieg der Helikopter und steuerte auf seine endgültige Landeposition oberhalb der Felskante zu. Die Männer warteten noch eine Weile, dann marschierten sie los.

Die Siedlung war wie ausgestorben. Keine Menschenseele war zu sehen. Weder Erwachsene noch Kinder. Keine Männer, keine Frauen, keine Alten, keine Jungen. Nicht mal Verwundete oder Leichen. Es war, als hätte ein gewaltiger Sturm sie alle gepackt und davongeweht. Auch Tiere fanden sie keine. Normalerweise waren in den Dörfern immer ein paar Ankolerinder, Ziegen und Hühner zu finden. Nicht so hier. Dafür brannte es überall. Es roch nach Schwefel und Pestilenz. Die Ställe und Hütten waren an vielen Stellen dem Erdboden gleichgemacht worden. Das Knacken der Brände und das Pfeifen des Windes waren die einzigen Geräusche.
»Was um alles in der Welt ist hier bloß passiert?«, flüsterte Wilcox. Seine Reisetasche umklammert haltend, sah er aus, als würde er am liebsten gleich wieder umkehren.
»Sieht aus, als hätten die Menschen die Siedlung Hals über Kopf verlassen«, sagte Richard. »Vielleicht sind sie in die Wälder geflohen.«
»Ohne ihre Habseligkeiten mitzunehmen?« Parker deutete auf eine Hütte, in der ein Webstuhl und etliche Ballen Wolle lagen. Ein Vermögen, bedachte man, welche Armut hier herrschte. »Wenn es ein Angriff der Rebellen gewesen wäre, hätten sie zumindest ein paar Lastkarren beladen, so viel Zeit ist immer.« Sein Gesichtsausdruck war düster. »Das ergibt alles keinen Sinn.«
Wenige Minuten später erreichten sie eine große Strickleiter, die nach oben führte. Richard blickte die Steilwand empor. Hoch über ihnen wüteten verheerende Brände. Immer wieder regneten

brennende Stofffetzen oder Holzstücke über ihnen herab, so dass sie sich dicht an der Felswand halten mussten, um nicht getroffen zu werden.

Den ernsten Gesichtern der Soldaten war anzusehen, dass auch sie von der Situation überrascht worden waren. Keiner schien damit gerechnet zu haben, wirklich in den Kampf zu ziehen. Vorsichtig, die Waffen vor der Brust, kletterten sie die Strickleiter hinauf.

Je höher sie kamen, desto lauter wurde das Brausen der Flammen. Das Feuer hatte die hölzerne Umfriedung der Stadt erfasst. Das Haupttor stand sperrangelweit offen. Knackend und prasselnd fraß das Feuer an den mächtigen Torflügeln und den angrenzenden Wehrtürmen. Beißender Qualm stieg ihnen ins Gesicht. Richard wischte über seine tränenden Augen.

»Halt.« Der Offizier hob die Hand. »Wir haben ein Problem«, sagte er, als er zu ihnen herüberkam. »Die tragenden Teile der Stadt scheinen ziemlich in Mitleidenschaft gezogen worden zu sein. Ich kann nicht dafür garantieren, dass das Weitergehen ungefährlich ist.«

»Ich übernehme die Verantwortung«, antwortete Richard. »Ich muss herausfinden, was aus meinem Team geworden ist.«

Der Offizier nahm die Aussage mit einem knappen Nicken zur Kenntnis. »Da ist noch etwas anderes.«

»Was?«

Katumba hob die Nase. »Riechen Sie das?«

Richard schnupperte. Es stank nach Rauch, gewiss, aber darüber hinaus ...?

Er erstarrte.

Plötzlich wusste er, wovon Katumba sprach.

Verbranntes Fleisch.

»Wir werden vermutlich auf Leichen stoßen. Sind Sie immer noch entschlossen mitzukommen?«

Richard schluckte seine Angst hinunter, dann reckte er das Kinn vor. »Mehr denn je.«

37

Amy und ihre vier Schiffbrüchigen waren seit den frühen Morgenstunden auf den Beinen. Alle litten Durst. Während Mellie, Dan und Karl ihr Glück im Osten versuchten, waren Amy und Ray nach Norden gegangen. Den Süden hatten sie bereits ausgiebig erkundet, und im Westen erschwerte eine steil aufragende Felswand das Weiterkommen. Diese Option blieb ihnen immer noch, falls alle anderen Versuche scheiterten.

Amy hatte eine steile Böschung erklommen und wartete auf Ray, der schnaufend und keuchend hinter ihr hertrabte. Der Ire hatte zwar eine gute Kondition, aber verglichen mit ihr schnaufte er wie eine Dampflok.

Oben angelangt, reichte sie ihm ihre Hand und zog ihn zu sich herauf. »Meine Güte«, flüsterte sie. »Du machst einen Lärm, dass man uns auf einen halben Kilometer hören kann.«

»Was soll ich machen?«, keuchte er. »Ich bin nicht so zierlich gebaut wie du. Ich muss eine größere Masse bewegen. Dabei entsteht eben Lärm.«

»Als ob das eine Frage des Gewichts wäre.«

»Ist es. Mehr Masse, mehr Gewicht, ergo eine größere Belastung für den Kreislauf. Ein einfaches Naturgesetz.« Er wischte mit dem Ärmel über seine Stirn.

»Wir hatten mal vor drei Jahren eine Frau im Team«, erzählte Amy, »die wog gut und gern hundert Kilo. Sie war fast einen Kopf größer als ich und doppelt so breit. Trotzdem schaffte sie es, so leise und anmutig durch den Wald zu gehen, dass selbst Richard vor Neid erblasste.«

»Eine hundert Kilo schwere Primaballerina. Interessante Vorstellung.«

»Du wärst erstaunt gewesen. Nur leider hat das Ganze einen Nachteil. Etwas, mit dem niemand gerechnet hatte.«

Er hielt den Kopf schief.

»Die Gorillas mögen es nicht, wenn man sich anschleicht. Sie sind da äußerst empfindlich. Oberstes Gesetz im Bergwald: Überrasche nie einen Gorilla.«

Auf Rays Gesicht erschien der Anflug eines Lächelns. »Was ist passiert?«

»Der Silberrücken machte ihr klar, dass sie gegen die guten Sitten verstoßen hatte, und führte einen Scheinangriff aus. Die gute Frau tat das Falscheste, was man tun konnte.«

»Sie rannte davon.«

»Genau.«

»Immer noch anmutig wie eine Primaballerina?«

Jetzt musste Amy ebenfalls lächeln. »Die Schneise, die die beiden hinterließen, ist bis heute nicht zugewachsen. Die Frau packte noch am selben Tag ihre Taschen und reiste ab.«

Ray lachte. »Na, dann werden mich deine Affen lieben. Ich war noch nie ein guter Tänzer.«

Amy fiel auf, dass sie Ray noch nie hatte lachen hören. Es war ein tiefes, kehliges Lachen, aber irgendwie ansteckend. Plötzlich fiel ihr ein, dass sie sich ja vorgenommen hatte, sauer auf ihn zu sein.

Warum hatte sie ihm die Geschichte überhaupt erzählt?

Verwirrt strich sie eine Haarsträhne aus ihrem Gesicht.

»Gehen wir weiter?«, fragte sie, nun wieder ernst.

»Welche Richtung?«

Sie deutete nach links. »Da drüben scheint der Wald heller zu werden. Was meinst du?«

»Du bist der Boss.«

Ihr Weg führte sie ein Stück bergab zu einer sumpfigen Stelle. Sofort waren die kleinen schwarzen Moskitos wieder zurück. Amy wurde von ihnen in Ruhe gelassen, dafür gingen sie umso mehr auf Ray los. Er wirkte wie Pu der Bär, der von den Bienen beim Honigdiebstahl erwischt wird. Wild mit den Händen herumfuchtelnd, machte er die Tiere nur noch aggressiver. »Verdammte Mistviecher«, fluchte er. »Wovon ernähren die sich bloß, wenn nicht zufällig irgendwelche menschlichen Wesen vorbeikommen?« Er schlug an seinen Hals. Drei schwarze Leichen klebten in seiner Hand.

»Du musst versuchen, deinen Puls zu senken«, erwiderte Amy. »Du schwitzt einfach zu viel. Mücken lieben Salz.«

»Wohl eher Blut«, erwiderte er, während er ein paar mehr von den Biestern in den Mückenhimmel schickte.

Auch Amy klatschte jetzt auf ihren Arm. Mit spitzen Fingern nahm sie die Mückenleiche hoch und hielt sie gegen das Licht. Sie war nicht schwarz, sondern von einem tiefen, irisierenden Blau. Außerdem hatte sie drei Flügelpaare statt einem. Angewidert schnippte sie den Blutsauger weg.

»Was hältst du von der Geschichte, die Karl uns gestern aufgetischt hat?«, fragte sie. »Glaubst du, da ist irgendetwas dran?«

»Die Sache mit der Flaschenpost? Ziemlich abgedreht, würde ich sagen. Um ehrlich zu sein, ich weiß nicht, ob die Idee genial oder einfach nur bescheuert ist.«

»Geht mir genauso.«

Er zögerte. »Es gibt allerdings eine Sache, die mir keine Ruhe lässt.«

Sie neigte den Kopf. »Jetzt bin ich aber gespannt.«

»Auch wenn ich dir damit auf die Nerven gehe, aber ich habe mir noch mal Gedanken um William gemacht.«

Amy verdrehte die Augen. »Nicht schon wieder.«

»Bitte, nur noch dieses eine Mal, danach lasse ich dich in Ruhe. Versprochen.«

»Du bist ein unglaublicher Dickschädel, weißt du das?«

»Hast du das auch schon bemerkt?« Sein Lächeln hatte etwas Ansteckendes.
»Also, schieß los. Worüber hast du dir den Kopf zermartert?«
»Ich verstehe nicht, warum er aus dem Ruwenzori verschwunden ist. Er stand auf dem Höhepunkt seines wissenschaftlichen Wirkens. Ein Mann, der jeden Grund gehabt hätte, sich feiern zu lassen, zumal, wenn er einen so sensationellen Fund wie diese Pyramide vorzuweisen hätte. Warum ist er nicht zurückgekommen?«
»Vielleicht ahnte er, dass du kommen würdest?«
Ray schüttelte den Kopf. »Wegen so einer Lappalie hätte er wohl kaum auf den Ruhm, die Presse und die Anerkennung verzichtet.«
Amy hob die Brauen. »Lappalie? Na, ich weiß nicht. Du solltest dich mal sehen, wenn du wütend bist.«
»Ich kenne ihn besser als du«, sagte Ray. »Er ist nicht der Typ, der einer Konfrontation aus dem Weg geht. Er hätte ein paar Leute beauftragt, mich aus dem Weg zu räumen.«
»Na schön. Und warum ist er dann deiner Meinung nach verschwunden?«
»Vielleicht, weil er irgendwo gestrandet ist, von wo er nicht mehr wegkam.« Ray bedachte Amy mit einem vielsagenden Blick. »Erinnerst du dich an die Worte der Hexenmeisterin? *Er ist auf der anderen Seite. Ihr könnt ihm nicht folgen.*«
Sie blieb stehen. »Was willst du damit sagen?«
»Vielleicht, dass wir ihm schon längst gefolgt sind. Dass das, was uns hier widerfahren ist, kein Einzelphänomen ist.«
Amy zog die Stirn kraus. »Ist das dein Ernst?«
»Denk doch mal nach: Warum hat uns die Hexenmeisterin überhaupt von dem Heiligtum der N'ekru erzählt? Ihr müsste doch klar sein, dass sie damit unsere Neugier weckt.« Er stemmte die Hände in die Hüften. »Also: Warum hat sie uns davon erzählt?«
Amy überlegte einen Moment, dann sagte sie: »Du meinst, es war eine Falle?«

Ray warf ihr einen zustimmenden Blick zu. »Denk nur an das versunkene Reich von Kitara. Man hat nie erfahren, was aus den Bewohnern geworden ist. Von einem Tag auf den anderen verschwanden sie, und zwar spurlos. Kein Archäologe hat jemals herausgefunden, was aus ihnen geworden ist. Könnte es nicht sein, dass wir einem Geheimnis auf der Spur sind, das seit Tausenden von Jahren besteht und das nie gelöst wurde? Und das aus dem einfachen Grund, weil niemand zurückgekehrt ist, um davon zu berichten?«
Amy versank für einen Moment in Schweigen. »Ich kann nur hoffen, dass du dich irrst; wenn nicht, dann stecken wir alle in mächtigen ...«
Schwierigkeiten, wollte sie noch sagen, doch das Wort blieb ihr im Hals stecken.
»Was ist?«
»Da vorn zwischen den Bäumen«, flüsterte sie. »Siehst du das?«
»Wo?«
Sie deutete geradeaus. Hinter einem der Büsche war eine Bewegung zu sehen. Was immer das war, es war dunkel und riesengroß. Und es blickte genau in ihre Richtung.

38

Nur wenige Meter hinter dem brennenden Tor stießen Richard und die Soldaten auf die erste Leiche. Es war eine alte Frau – oder vielmehr das, was von ihr übrig geblieben war. Ihr linker Arm fehlte, herausgerissen an der Schulter. Muskeln, Sehnen und Knochensplitter ragten aus der Wunde, aus der immer noch Blut sickerte. Es konnte nicht mal eine Stunde her sein, dass man sie getötet hatte. Ihr Gesicht war völlig entstellt. Teile der Kopf- und Gesichtshaut fehlten, ebenso ihr linkes Auge. Ihr Mund, in dem sich nur noch wenige Zähne befanden, war zu einem Schrei geöffnet. Richard unterdrückte ein Gefühl der Übelkeit. Wilcox kramte hektisch in seinen Taschen und holte einen Streifen Kaugummi heraus.
»Auch einen?«
Ohne zu zögern griff Richard zu und schob ihn in den Mund. Der Offizier zog sein Messer, kauerte sich neben die Leiche und begann, die Wunde zu untersuchen.
»Merkwürdig«, sagte er.
»Was ist los?«
»Keine Schmauchspuren, keine metallischen Rückstände, keine Eintrittswunde. Diese Verletzung ist nicht durch ein Projektil oder ein scharfkantiges Metallstück entstanden.«
»Was sonst könnte es verursacht haben?« Richard ging in die Hocke und tat so, als würde der Anblick ihn kaltlassen.
»Schon mal das Opfer eines Großwildangriffs gesehen?«

Richard verneinte. Das war etwas, das ihm in seiner langjährigen Praxis als Wildhüter zum Glück erspart geblieben war.
»Ich schon«, sagte der Offizier. »Ich war '94 bei einem Hilfskonvoi der Blauhelmtruppen in Ruanda. Kurz nach dem Genozid. Wir waren im Süden des Landes in der Gikongoro-Region. Wir hoben Massengräber aus und versorgten die Bevölkerung mit Medikamenten. Wir halfen, wo wir konnten, doch wir konnten nicht verhindern, dass die Krokodile Geschmack an Menschenfleisch fanden. Die Flüsse quollen über vor Leichen. Als keine mehr da waren, begannen sie, lebende Personen anzufallen. Fischer, Hirten, Kinder. Alle, die zu nah ans Wasser kamen.«
»Wie entsetzlich.«
Katumba nickte. »Wissen Sie, wie ein Krokodil jagt? Es packt sein Opfer und zieht es auf den Grund. Es verbeißt sich in den Körper und zerrt und schüttelt so lange, bis das Opfer entweder ertrunken oder verblutet ist. Was dann übrig bleibt, sieht so ähnlich aus wie das hier. Der Arm dieser Frau wurde ausgerissen.«
Der Offizier stand langsam wieder auf.
»Von einem Krokodil?«
»Kann ich nicht sagen«, erwiderte Katumba. »*Noch* nicht. Aber ich werde es herausfinden, versprochen. Kommen Sie, lassen Sie uns weitergehen.«
Schweigend ging die Gruppe weiter.
Immer mehr Leichen tauchten auf, hauptsächlich Frauen. Zerrissen, zerfetzt, verbrannt und verblutet. Besonders schlimm war es, wenn Kinder betroffen waren. Mädchen in wunderschönen farbigen Kostümen, die Haare mit Kopftüchern umwickelt. Hals und Ohren mit prächtigen Ringen oder Ketten geschmückt. In ihren weit aufgerissenen Augen flackerte blankes Entsetzen. Es war ein Anblick, den Richard nie vergessen würde. Dabei blieb ihnen der schlimmste Anblick noch erspart. Das Stadtzentrum – dort, wo die schönsten und prächtigsten Gebäude standen – war unbegehbar. Hier wütete das Feuer am heftigsten. Die Flammen nagten an den Holzkonstruktionen, die die Plattformen in der

Schwebe hielten. Manche der meterdicken Holzbalken waren nur noch verkohlte Stümpfe, die das Gewicht nicht mehr lange tragen würden. Schon jetzt begannen Teile der Stadt abzurutschen und in tiefer gelegene Bereiche zu stürzen.
Richard, dem die Augen vor Qualm und Trauer tränten, zog ein vernichtendes Fazit: Die Stadt war nur noch ein Scheiterhaufen.
»Mein Gott.« Er setzte seine Brille ab und strich über seine Augen. »Wie konnte das nur geschehen?«
»Es gibt keinerlei Anzeichen für einen bewaffneten Angriff«, sagte Katumba. »Keine Granateinschläge, kein Schrapnell, keine Kugeln. Das Feuer hat sich ohne Fremdeinwirkung ausgebreitet. Vielleicht als Folge einer Panik. Alle Leichen zeigen Anzeichen größter Furcht.« Er blickte sich ratlos um. »Ich weiß nicht, wie es Ihnen geht, aber ich stehe vor einem Rätsel.«
»Wenn wir wenigstens Überlebende fänden«, sagte Wilcox.
»Da ist niemand lebend rausgekommen«, sagte Katumba. »Sehen Sie sich diese Flammenhölle doch nur an.« Er stemmte die Hände in die Hüften. »Wir müssen zurück, ehe das Feuer den äußeren Treppenaufgang erreicht und uns den Rückzug abschneidet. Kommen Sie, beeilen Sie sich.«
Hustend und keuchend quälten sich die Männer zurück durch das Tor und dann weiter den Berg hinauf, eingehüllt von Hitze und Rauch. Meter um Meter, Stufe um Stufe kletterten sie in Richtung des Felsvorsprungs, auf dem der Hubschrauber wartete. Funken stoben zu ihnen empor. Heiße Asche rieselte auf sie nieder und brannte kleine Löcher in Hemden und Hosen. Das Knacken und Bersten der Holzbalken war ohrenbetäubend.
Sie waren noch nicht oben angelangt, als Richard etwas hörte. Über das Brodeln und Brennen hinweg ertönte ein langgezogener Klagelaut. Er blieb stehen, um sich zu vergewissern, dass er sich nicht irrte. Feuer hatte manchmal die Eigenschaft, sehr menschliche Laute auszustoßen.
»Warten Sie!«, rief er. »Ich glaube, ich habe etwas gehört. Hören Sie? Da ist es wieder.«

»Es kommt von hier drüben«, rief Katumba. Er deutete auf die Palisade. Die Holzpfeiler entlang der Palisade waren so weit niedergebrannt, dass man die dahinter liegenden Gebäude sehen konnte. Katumba gab seinen Männern Befehl, die Balken mit ihren Stiefeln einzutreten. Dann schüttete er Wasser aus seiner Feldflasche über den Kopf, hielt ein feuchtes Tuch vors Gesicht und trat gegen das verkohlte Holz. Schon bald hatten er und seine Männer einen etwa zwei Meter breiten Durchgang freigelegt, dessen ausgezackte Ränder wie verfaulte Zähne in die Luft ragten. In Gefolgschaft seiner beiden Sanitäter sprang er durch die Öffnung und verschwand zwischen den Flammen.

Es dauerte nicht lange und die Männer tauchten wieder auf. Keuchend und schwer atmend kamen sie aus der glühenden Hölle. Doch sie waren nicht allein. Eine Frau war bei ihnen. Sie war in eine Art Rüstung gekleidet und bewaffnet. Sie konnte nicht allein gehen und musste von den Sanitätern gestützt werden. Ihre Haut war mit Schürfwunden und Verbrennungen übersät, aber sie war am Leben und – soweit er beurteilen konnte – bei Bewusstsein.

Einige der Soldaten stürzten auf sie zu und brachten die verletzte Frau in Sicherheit. Keinen Augenblick zu früh, denn kaum hatten alle die Holzpalisade hinter sich gelassen, als die Plattform, auf der das Gebäude gestanden hatte, mit ohrenbetäubendem Krachen in sich zusammenstürzte.

»Nichts wie weg hier!« Der Offizier scheuchte sein Team die Treppen hinauf. Richard und seine Männer folgten in kurzem Abstand.

Ein paar Minuten später hatten sie die Oberkante der Felsnase erreicht. Der Hubschrauber wartete mit geöffneten Türen und drehenden Rotoren auf sie. Die brennende Stadt warf bizarre Lichtreflexe auf den Lack.

»Schnell«, rief ihnen der Pilot zu. »Wir müssen starten. Die Brände werden durch den aufkommenden Wind erst richtig entfacht.

Nicht mehr lange, dann wird es hier zu Turbulenzen kommen, und dann wird es schwierig, die Maschine zu steuern.«

»Ihr habt den Mann gehört«, rief der Offizier. »Schwingt eure Ärsche an Bord und dann nichts wie weg. Und macht ein bisschen Platz für die Sanitäter.«

Kurze Zeit später stieg die *Hind* in die Luft und drehte gen Süden ab. »Wie sieht unsere weitere Planung aus?«, meldete sich der Offizier, als der Helikopter eine sichere Höhe erreicht hatte.

Richard gab ihm einen Zettel mit den Koordinaten von Amys letztem Standort. Er deutete auf die Koordinaten. Katumba überflog die Zahlen mit ernstem Gesichtsausdruck.

»Sie wissen schon, dass das auf der kongolesischen Seite der Ruwenzoris liegt? Da darf ich nicht rüber.«

»Dessen bin ich mir bewusst«, sagte Richard. »Aber die Stelle liegt so nahe an der Grenze, dass es keine Schwierigkeiten geben dürfte. Und falls doch, so können wir uns immer noch mit einer Rettungsaktion herausreden. *Falls* man uns überhaupt entdeckt, denn das ist keineswegs sicher. Sind die Radarbilder denn schon wieder online?«

Der Pilot schaltete auf Satellitenansicht um und schüttelte den Kopf. »Immer noch tot.«

»Sehen Sie«, sagte Richard. »Wenn wir unbemerkt über die Grenze kommen wollen, dann ist das die Gelegenheit. Ehe die merken, was los ist, sind wir schon wieder weg.«

Der Offizier wiegte den Kopf. »Die Sache gefällt mir zwar nicht, aber na gut. Ich will schließlich auch wissen, wer für das Massaker an den Bugonde verantwortlich ist. Wenn Sie glauben, dass wir dort etwas finden könnten, das uns weiterhilft, dann bin ich ihr Mann.«

39

Ray sah das Geschöpf ganz deutlich. Ruhig und stumm saß es hinter einem Busch und blickte durch das dichte Geäst zu ihnen herüber. Die kantige Gestalt war eindeutig kein Mensch. Groß wie ein Felsblock hockte sie da und wartete ab, was die beiden Eindringlinge taten.
»Was machen wir jetzt?«
»Weitergehen«, flüsterte Amy. »Was immer das ist, es beobachtet uns schon eine ganze Weile. Vermutlich länger als wir ahnen. Dass es sich so offen zu erkennen gibt, ist ein gutes Zeichen. Vielleicht ist es einfach nur neugierig, vielleicht möchte es sogar, dass wir mit ihm Kontakt aufnehmen.«
Die Sonne schien zwischen den Stämmen hindurch, doch die Stelle, an der das Wesen hockte, lag im Dunkeln.
»Hältst du es für intelligent?«
»Neugier ist immer ein Zeichen für Intelligenz«, sagte Amy. »Wobei ich nicht einschätzen kann, ob es eine freundliche oder feindselige Intelligenz ist. Aber das werden wir nur herausfinden, wenn wir den nächsten Schritt wagen.«
Ray nickte. »Also weiter.«
Amy warf ihm einen schrägen Blick zu. »Eigentlich hatte ich gehofft, du würdest dich für einen Rückzug aussprechen.«
»Du müsstest mich doch eigentlich inzwischen besser kennen.«
Seite an Seite setzten die beiden ihren Weg fort. Sie gingen bewusst langsam, um zu vermeiden, dass der Beobachter sie für

hinterhältig oder verschlagen hielt, doch als sie auf etwa fünfzehn Meter herangekommen waren, schlug ihnen ein tiefes Schnauben entgegen. Die Kreatur sprang einige Meter zurück, machte kehrt und tauchte blitzartig in den Wald ab.

»Grundgütiger«, sagte Amy erschrocken. »Das war vielleicht ein Brocken.«

»Allerdings«, erwiderte Ray, der selbst völlig überrascht war. »Ich konnte es nur undeutlich erkennen, aber es hatte enorm lange Arme und einen mächtigen Oberkörper, so viel ist mal sicher.«

»Wenn ich es nicht besser wüsste, würde ich sagen, das war ein Gorilla. Aber das ist ja eigentlich unmöglich, oder?« Sie kniff die Augen zusammen. »Wo ist er hin?«

»Irgendwo in die Richtung.« Er deutete nach rechts.

»Sollen wir ihm folgen?«

»Und riskieren, als aufdringlich empfunden zu werden?« Ray blickte skeptisch. »Wenn es an uns interessiert ist, wird es wiederkommen. Solange würde ich den eingeschlagenen Weg beibehalten. Der Waldrand ist schon ziemlich nah, siehst du?«

Die hellen Stellen zwischen den Bäumen waren merklich größer geworden.

»Und wenn es nicht zurückkommt?«

Er zuckte die Schultern. »Dann müssen wir uns wenigstens nicht den Kopf darüber zerbrechen, was es war. Komm, lass uns weitergehen.«

Wenig später erreichten sie den Rand des Waldes. Die Bäume endeten auf breiter Front und gaben den Blick auf das frei, was dahinter lag. Ray trat in den hellen Sonnenschein hinaus und blieb geblendet stehen.

Die Biologin beschirmte ihre Augen mit der Hand.

»Endstation«, sagte sie.

»Das war zu befürchten.« Ray blickte hinaus in die bernsteinfarbene Endlosigkeit. Ein warmer Wind strich über seine Haut. Die Abbruchkante verlief zu beiden Seiten in einem schmalen Bogen, der hinter der Waldgrenze im Dunst verblasste. Auf der anderen Seite sah es nicht besser aus. Wohin das Auge reichte, nichts als endlose Weite.

»Ich hatte mir immer schon mal gewünscht, auf einer einsamen Insel zu sein.« Amys Stimme klang traurig. »Aber nicht so. Wir werden niemals von diesem Brocken runterkommen, oder?«

»Das ist noch nicht raus«, erwiderte Ray. Sein Blick wanderte hinüber zu den anderen Inseln. Auf die Entfernung hin konnte man Bäume, Büsche und Strauchwerk erkennen. Vögel umkreisten die Gebilde.

»Schön, nicht wahr?«

»Wenn man auf Dalí oder Magritte steht, schon.«

Er trat einen Schritt nach vorn und warf einen Blick in die Tiefe. Der Abgrund war schwindelerregend. Er klaubte einen Stein vom Boden und ließ ihn runterfallen. Der Punkt wurde kleiner und kleiner und verschwand schließlich ganz.

»Junge, ist das tief.«

»Pass bloß auf, dass du nicht abstürzt.«

»Machst du dir etwa Sorgen?« Er wandte sich zu ihr um.

Amy sagte nichts. In ihren Augen lag eine tiefe Traurigkeit. Plötzlich trat sie einen Schritt auf ihn zu. Er nahm sie in den Arm, bettete wie selbstverständlich ihren Kopf an seine Schulter und vergrub ihr Gesicht in seinem Hemd. Sie roch gut.

»Mach dir keine Sorgen«, flüsterte er. »Uns wird schon was einfallen.«

Sie hob ihr Gesicht. Ihre Augen waren feucht. In ihnen lag ein Ausdruck, wie er ihn noch nie zuvor bei ihr gesehen hatte. Für einen Augenblick hatte er das Gefühl, sie wolle ihn küssen. Sollte er seinem Gefühl nachgeben? Die Sekunden wurden zu kleinen Ewigkeiten.

Einen Moment später löste sich Amy von ihm, senkte den Kopf und wischte mit dem Ärmel über ihre Augen.

»Danke«, sagte sie. »Danke, dass ich mich mal ausheulen durfte.«

Sie zog ein Tuch aus ihrer Hose und schneuzte hinein.

»Ist schon okay«, erwiderte er unbeholfen.

»Weißt du, als Teamleiterin erwartet alle Welt von mir, dass ich stark und überlegen bin. Das ist nicht immer leicht. Manchmal möchte ich einfach nur dasitzen und heulen.«

»Ich werde es niemandem erzählen, versprochen.« Ihm ging durch den Kopf, was wohl geschehen wäre, wenn er sie doch geküsst hätte. Hätte sie ihn geohrfeigt oder würde sie jetzt in seinen Armen liegen. *Hör auf,* ermahnte er sich. Solche Gedanken führen zu nichts.

»Wenn du möchtest, übernehme ich für eine Weile mal deine Stelle«, sagte er. »Zumindest so lange, bis wir auf die anderen treffen.«

Amy putzte sich noch einmal lautstark die Nase, dann steckte sie das Taschentuch weg. »Einverstanden«, sagte sie. »Ich glaube, es würde mir ganz guttun.«

»Fein«, sagte Ray. »Dann lass uns zurückgehen. Ich bin gespannt, was die anderen zu berichten haben.«

40

Der Wind der Rotoren drückte das Gras in Wirbeln zu Boden. Stewart Parker beobachtete besorgt, wie der Abstand zwischen dem Hinterrad der Hind und der Abbruchkante immer schmaler wurde. Er konnte nur beten, dass die Landung des Hubschraubers klappte, sonst würden sie ein paar höchst ungemütliche Sekunden erleben. Die Lichtung am Rand der Schlucht war die einzige Stelle, an der die schwere Maschine überhaupt aufsetzen konnte. Alle anderen Möglichkeiten schieden wegen der Nähe der Bäume und dem struppigen Buschwerk aus.
Das Land, das sie überflogen hatten, war ein einziges Labyrinth aus Sträuchern, Stauden, Farnen und Bäumen. Kein Wunder, dass niemand Kitara bisher gefunden hatte. Selbst der Pilot hatte das Bauwerk erst nach mehrmaligem Überfliegen entdeckt. Unter den Schichten der Baumkronen war es kaum zu sehen. Man musste schon sehr genau wissen, wonach man suchte, um es zu finden. Nichts, was man von einem Flugzeug, geschweige denn einem Satelliten aus hätte entdecken können.
Mit ungutem Gefühl sah Stewart dabei zu, wie die Maschine tiefer und tiefer sank. Die Rotorblätter verfehlten die Zweige der Bäume nur um Haaresbreite. Stewart glaubte schon, sein letztes Stündlein habe geschlagen, als es einen Ruck gab und der Motorenlärm erstarb.
Sie hatten aufgesetzt.
Einer nach dem anderen stiegen sie aus, dann halfen sie dabei,

die verletzte Frau aus dem Cockpit zu tragen. Ihre Augen waren weit aufgerissen, ihre Haut schweißbedeckt. Vermutlich stand sie unter Schock. Die Sanitäter brachten die Bahre an den Rand des Waldes und begannen mit der Notversorgung. Die Frau hätte eigentlich in ein Krankenhaus gehört, aber der Offizier wollte unbedingt herausfinden, was geschehen war.

Während die Soldaten Proviant und Ausrüstung aus dem Helikopter luden, nutzte Stewart die Gelegenheit, seine Hilfe bei der Behandlung ihrer Patientin anzubieten. Eigentlich war er ja Tierarzt, doch in Uganda war die Ausbildung so schlecht, dass selbst er den beiden Burschen immer noch einiges voraushatte. Die beiden sahen es sportlich und nahmen seine Hilfe gern in Anspruch.

Er hatte gerade damit begonnen, seine eigenen Instrumente auszupacken, als die Turbinen des Helikopters wieder aufdröhnten. Die Rotoren nahmen Fahrt auf und hoben den schweren Rumpf vom Gras. Der Hubschrauber stieg in die Höhe, flog in einem weiten Bogen über die Schlucht und verschwand dann hinter den Bäumen.

»Warum fliegt er wieder weg?«, rief Stewart. »Wir brauchen ihn doch noch.«

»Zu auffällig«, erwiderte der Offizier. »Ich kann nicht riskieren, dass wir auf dem kongolesischen Radar erscheinen. Der Helikopter wird oberhalb der zerstörten Stadt landen und dort auf uns warten. Sobald wir Funkkontakt haben, können wir ihn jederzeit wieder zurückbeordern.«

»Und wenn wir angegriffen werden?«

»Wir sind hier bestens ausgerüstet.« Katumba klopfte ihm auf den Rücken. »Machen Sie sich keine Sorgen. Meine Männer sind gut ausgebildet und auf Notfälle spezialisiert. Seien Sie ganz entspannt und lassen Sie uns unsere Arbeit machen. Wir werden Sie alle wohlbehalten wieder nach Hause bringen, das verspreche ich Ihnen.« Damit ging er hinüber zu seinen Leuten.

»Entspannt«, murmelte Stewart. »Der hat leicht reden.«

»Es wird schon alles gut werden«, sagte Richard. »Die Leute hier wissen, was sie tun. Das sind Profis. Komm, wir müssen uns überlegen, wie wir weiter vorgehen.«
Stewart nickte. »Schnapp dir schon mal Wilcox, ich helfe noch schnell, die Frau zu versorgen und komme dann nach.«
Stewart blickte ihm besorgt hinterher. Profis? Die meisten der Soldaten waren keine zwanzig Jahre alt. Gewiss, der Offizier war ein alter Hase, aber würde er die Kontrolle behalten, wenn die Dinge aus dem Ruder liefen?

Eine halbe Stunde später verabschiedete Stewart sich von Richard und Wilcox, die zusammen mit dem Offizier und drei seiner Männer in Richtung Pyramide aufbrachen. Es war kurz nach zehn am Vormittag. Dem Spürtrupp blieben also noch etliche Stunden, um ein Bild von der Situation zu gewinnen. Hoffentlich brachten sie keine schlimmen Nachrichten mit.
Er selbst blieb im Camp und versorgte die verletzte Frau. Die Ausrüstung war spartanisch, aber das bereitete ihm keine Sorgen. Er war es gewohnt, unter schwierigsten Umständen zu arbeiten. Mit Nadel und Faden war er ein Meister. Seine Kreuz- und Schmuckstiche waren legendär, aber wenn es um Naturheilkunde ging, war er eine echte Koryphäe.
Während die Soldaten Zelte für die Nacht aufschlugen, begann er damit, die Verletzungen seiner Patientin genauer in Augenschein zu nehmen. Die Frau war wach und blickte ihn feindselig an. Als er ihr den Harnisch von der Brust lösen wollte, schrie sie ihn an. Sie versuchte sogar, ihn zu schlagen, doch vorsorglich hatte man ihre Hände und Füße mit Lederbändern fixiert. Bei Brandverletzungen war es wichtig, dass die Patienten nicht anfingen, an sich herumzukratzen. Stewart hob seine Hände. »Nur keinen Stress«, sagte er. »Ich wollte Ihnen nur die Rüstung vom Körper nehmen, damit ich Ihre Brandverletzungen behandeln kann.«
»Die Frau ist eine Bugonde«, warf einer der beiden Sanitäter in

gebrochenem Englisch ein. »Sie darf nicht berührt werden von einem Mann.«

»Sagen Sie ihr, dass ich ein Heiler bin. Ich will ihr helfen, dass sie wieder gesund wird.«

»Das ist ihr egal«, sagte der Sanitäter.

»Verstehe.« Stewart öffnete seinen Arzneikoffer. »Aber es geht leider nicht anders. Wir haben nun mal keine Frau an Bord. Also entweder sie lässt sich freiwillig von mir verarzten oder ich muss ihr eine Narkose verpassen.« Er holte eine Spritze und eine Durchstichflasche mit *Trapanal* heraus. »Die Verbrennungen sind großflächig und müssen dringend versorgt werden. Wenn sie sich weigert, muss ich sie narkotisieren, sagen Sie ihr das.«

Der Sanitäter sprach mit der Frau und übersetzte die Antwort. »Sie will von Ihnen nicht berührt werden«, sagte er. »Lieber stirbt sie.«

»Na gut. Aber wenn sie sich schon nicht selbst helfen lassen will, soll sie es wenigstens für ihre Angehörigen tun. Sie ist die einzige Überlebende und eine wichtige Zeugin. Sagen Sie ihr, dass wir herausfinden wollen, wer das angerichtet hat, und dass wir den Schuldigen bestrafen wollen.«

Noch einmal redete der Sanitäter mit der Frau, diesmal länger. Allmählich schien sie zu begreifen, dass man nichts Böses von ihr wollte. Immer wieder blickte sie zwischen Stewart und den Soldaten hin und her, doch es dauerte eine ganze Weile, ehe sie zu einer Entscheidung gelangte. Sie sprach in kurzen, abgehackt klingenden Worten.

»Sie sagt: In Ordnung. Sie weiß zwar nicht, warum wir helfen, aber sie ist jetzt einverstanden mit der Behandlung. Ihr Name ist Elieshi.«

»Elieshi? Ein schöner Name. Ich heiße Stewart.« Er deutete eine Verbeugung an.

Die Frau blickte ihn ernsthaft an und nickte dann.

»Gibt es sonst noch etwas, das ich wissen sollte«, fragte Stewart.

»Ja.« Der Sanitäter nickte. »Sie hat gesagt, dass alle anderen Männer raus müssen. Sie sind der Einzige, der sie ansehen darf.«

»Na schön, Ihr Kollege kann gehen. Aber ich brauche jemanden, der für mich dolmetscht. Fragen Sie sie, ob es in Ordnung ist, wenn ich Ihnen eine Augenbinde anlege.«
Noch einmal redete der Mann mit der Frau, dann nickte er.
»Prima. Wie heißen Sie, mein Junge?«
»Herbert.«
»Herbert?« Stewart lächelte. »Interessanter Name.«
»Ein deutscher Name.« Der Sanitäter hob sein Kinn. »Meine Vorfahren kamen einst von Tansania über den Victoriasee.«
»Aus Deutsch-Ostafrika, verstehe. Also gut, Herbert, ich freue mich, dass Sie mir zur Hand gehen. Holen Sie mir einen Topf mit abgekochtem Wasser, einige saubere Tücher und Mullbinden. Ich werde der Frau solange eine leichte Morphiumspritze setzen.«
Als Herbert mit dem Wasser zurückkam, war die Bugondefrau bereits merklich ruhiger. Entspannt sah sie zu, wie Stewart dem Sanitäter die Augen verband und ihn auf einen Stuhl setzte. Dann war es Zeit, ans Werk zu gehen. Stewart betrachtete seine Patientin genauer. Sie war schlank und groß, ihr Gesicht schmal und ebenmäßig und ihre Wangenknochen hoch. Ein stolzer und hochmütiger Ausdruck schimmerte in ihren Augen. Es lag ihm auf der Zunge, sie zu fragen, was sie von dem Angriff mitbekommen hatte, doch dann überlegte er es sich anders. Erst musste sie wieder zu Kräften kommen.
Der Brustpanzer war mit Lederriemen an den Schultern befestigt. Es dauerte eine Weile, bis er das Verschlussprinzip durchschaut hatte. Das Metall hatte sich an einigen Stellen ins Fleisch gebrannt. Es gab keinen anderen Weg, als den Harnisch mit Gewalt zu lösen. Die Frau gab trotz des Morphiums leise Schmerzlaute von sich. Blut lief an ihrem Arm herab, doch Stewart war darauf vorbereitet und legte eine Mullbinde auf. Er legte den Harnisch zur Seite, dann betrachtete er das Ausmaß der Verletzungen. Die Frau trug ein Hemd aus weißem Leinenstoff. Es war völlig durchgeschwitzt und klebte an einigen Stellen auf der Haut. Zum Glück war das Gewebe nicht eingebrannt. Er

entschied, das Hemd nicht zu entfernen. Die Verbrennungen am Oberkörper hielten sich in Grenzen. Im Bereich der Schultern war die Haut hingegen verkohlt. Dort würden in jedem Fall Narben zurückbleiben. Er fertigte einige Kompressen an, die er mit Wasser benetzte und auf die Wunden legte. Zehn Minuten Kühlung, dann konnten sie durch ein Brandtuch ersetzt werden. Zeit genug, sich um ihre Beine zu kümmern.

Hier sahen die Verbrennungen deutlich schlimmer aus. Sie erstreckten sich größtenteils entlang der rechten Wade. Er reinigte die Stellen mit abgekochtem Wasser und deckte sie anschließend mit Metalline-Folie ab, um eine Auskühlung zu verhindern. Obwohl die Prozedur schmerzhaft war, ertrug die Frau sie, ohne einen Mucks von sich zu geben. Erst als er den rechten Fußknöchel näher in Augenschein nahm, entfuhr ihr ein leiser Schrei. Das Gelenk war geschwollen und stark gerötet. Eine hellrote Spur zog sich entlang der Wade bis hinauf zum Oberschenkel. Es sah aus wie ein Peitschenhieb. Die Haut war in der Nähe des Gelenks perforiert. Stewart vermutete einen offenen Bruch, doch nachdem er alles abgetastet und das Gelenk einige Male gebeugt und gestreckt hatte, kam er zu einem anderen Schluss. Offensichtlich war es nur eine Prellung, verursacht durch einen herabfallenden Holzbalken. Er tastete die Schwellung ab und hob überrascht die Augenbrauen. Irgendetwas Festes war unter der Haut.

»Was haben wir denn da?«, murmelte er. »Fühlt sich an wie ein Holzsplitter. Ein Mordsgerät. Den bekomme ich nicht so leicht raus. Ich fürchte, da muss ich schneiden.«

Das Gesicht der Frau war schweißüberströmt.

»Keine Sorge, ich werde Ihnen noch eine Betäubungsspritze geben. Sie werden nichts spüren.« An Herbert gewandt, sagte er: »Fragen Sie sie, was ihr da aufs Bein gefallen ist. Wenn es nur ein Splitter ist, reicht vielleicht ein kleiner Schnitt und ich kann ihn mit einer Pinzette herausziehen.«

Herbert wechselte ein paar Worte mit der Frau, schüttelte dann aber ratlos den Kopf. »Ich verstehe nicht«, sagte er. »Sie wiederholt immer dasselbe Wort.«

»Was für ein Wort?«

»*N'ekru*, Riese.«

»Riese?« Stewart desinfizierte sein Skalpell. »Was könnte das bedeuten?«

Der Sanitäter zuckte die Schultern. »Keine Ahnung. Nie gehört.«

»Na ja, macht nichts. Wir werden es ja bald wissen.«

Er berührte die Wunde mit dem Messer, doch die Frau zeigte keine Reaktion. Die Wirkung des Morphins hatte also bereits eingesetzt.

Er setzte das Messer auf die ebenholzfarbene Haut und wollte gerade zustechen, als etwas Seltsames passierte. Unter der Haut war eine Bewegung zu spüren. Der Fremdkörper rutschte um einige Zentimeter nach vorn. Zuerst dachte Stewart, er habe vielleicht zu stark gedrückt, doch dann fiel ihm auf, dass das Objekt sich auch dann noch bewegte, als er seine Hände schon längst weggenommen hatte.

»Was ist denn das?«

Die Frau starrte ihn aus angstgeweiteten Augen an. Stewart nahm die Wunde genauer in Augenschein. »Sieht fast aus, als wäre da etwas Lebendiges unter der Haut. Herbert, kommen Sie ein wenig näher. Reden Sie mit der Frau. Beruhigen Sie sie, es ist gleich vorbei.«

Er umfasste den Knöchel und setzte erneut das Skalpell auf. Zuckende Bewegungen liefen unter der Haut. Die Klinge drang ein und stieß auf etwas Festes. Ein Zucken war zu spüren. Das Ding versuchte auszuweichen, doch Stewart hatte bereits seinen Gürtel aus der Hose gezogen und schnürte ihm den Fluchtweg ab. Blut lief über das Bein. Die Frau zitterte und stöhnte. Mit einem entschlossenen Schnitt öffnete Stewart die oberen Hautschichten und zog die Wunde auseinander. Ungläubig starrte er auf den Fremdkörper. Im Bein der Kriegerin sah er einen etwa zehn Zentimeter langen, knotigen Strang. Zuerst dachte er, es handele sich

um eine Art Wurm, bis er begriff, dass das Ding pflanzlicher Natur war. Es besaß eine feste Außenhaut, eine faserige Struktur und Dutzende feiner Wurzelenden. Mit angewidertem Gesichtsausdruck griff er nach einer Knochenzange und zog es aus der Wunde. Die Frau strampelte und schrie. Das Ding widersetzte sich seinem Zugriff und zuckte im Griff der Zange. Als wollte es zurück in den Körper der Frau gleiten. Schon hatte es seine Wurzelfäden ausgestreckt. Die Frau bäumte sich ein letztes Mal auf, dann erschlaffte ihr Körper. Sie war in Ohnmacht gefallen.
»Schnell, Herbert, runter mit der verdammten Binde. Holen Sie mir etwas zum Aufbewahren, ein verschraubbares Glas, eine Flasche, irgendetwas. Schnell!« Die Wurzelranke bebte und zuckte. Blut und Eiter tropften von ihr herab. Herbert riss die Binde von seinen Augen, blickte auf das ekelhafte Ding und rannte schreiend davon.
Sofort kamen Soldaten angerannt und scharten sich um die Krankenbahre. Ihre Reaktionen reichten von sprachlosem Entsetzen bis hin zu angewidertem Staunen. Herbert kam zurück und brachte ein verschraubbares Glas, in dem Spritzen oder etwas Ähnliches aufbewahrt worden waren. »Hier«, keuchte er. »Ich hab nichts Besseres gefunden.«
»Das muss reichen.« Stewart hoffte, dass ihm kein Irrtum unterlief. Dieses Rankengewächs schien erstaunlich widerstandsfähig zu sein.
Er stopfte es in das gläserne Gefängnis und schraubte den Metalldeckel darauf. Die Ranke zuckte und kroch die Glaswand hinauf, schaffte es aber nicht, ihrem Behältnis Schaden zuzufügen. Nach einer Weile wurde sie ruhiger.
Still und unscheinbar lag sie da, wie eine x-beliebige Wurzel.
Stewart wischte den Schweiß von seiner Stirn. »Heiliger Strohsack«, stöhnte er. »Was in Gottes Namen haben wir denn da entdeckt?«

41

Ein Knacken drang aus dem Unterholz. Alarmiert blieb Amy stehen. »Was war das?«
»Keine Sorge.« Ray legte ihr die Hand auf die Schulter. »Es sind Mellie, Karl und Dan. Da drüben, siehst du?« Er deutete nach vorn. »Ich fürchte, es wird Zeit, dass du wieder die Führung übernimmst.«
»Schade.« Sie lächelte. »Ich hatte mich gerade dran gewöhnt.«
»Jederzeit wieder.«
Sie drückte im Vorbeigehen seine Hand. Seine Finger waren warm und kraftvoll.
Kurze Zeit später hatten sie die anderen eingeholt.
»Hallo, zusammen«, rief sie. »Na, alles klar bei euch?«
»Wie man's nimmt.« Karl blickte unzufrieden. »Wir sind die ganze Abbruchkante entlanggelaufen, bis wir nicht mehr weiterkamen. Dann haben wir es auf der entgegengesetzten Seite versucht und auch nichts gefunden.« Er seufzte. »Ich denke, es dürfte kein Zweifel mehr daran bestehen, dass wir auf einer Insel sind.«
»Sehe ich auch so«, erwiderte Ray.
»Habt ihr Wasser gefunden?«
»Ebenfalls Fehlanzeige«, sagte Karl. »Dieser Steinbrocken ist so trocken wie die Puderdose meiner Oma. Ich frage mich, wie die Pflanzen darauf überleben können.«
Mellie stöhnte. »Ich bin mittlerweile so durstig, dass ich sogar das milchige Gesöff aus den Ranken trinken würde.«

»Tu's nicht«, sagte Ray. »Danach müssten wir dir vermutlich den Magen auspumpen. Ich hatte die halbe Nacht Bauchschmerzen.«
»Aber wir haben etwas anderes gefunden«, sagte Karl. »Ist ein bisschen schwer zu erklären, deswegen führen wir euch am besten gleich dorthin.«
Amy hob die Augenbrauen. »Du weißt, dass ich keine Überraschungen mag.«
Er grinste. »Die hier wirst du mögen. Komm.«
Gemeinsam stapften sie durch das Unterholz. Amy erzählte den anderen im Schnelldurchlauf von ihrer Begegnung mit der mysteriösen Kreatur und von ihrer Vermutung, es könnte sich um eine Art Gorilla handeln.
»Du nimmst uns auf den Arm«, sagte Dan. »Ein Gorilla?«
»Oder etwas Ähnliches. Wir konnten es nicht so genau erkennen. Ich denke aber, wir sollten uns an den Gedanken gewöhnen, dass wir nicht die einzige intelligente Lebensform auf diesem Eiland sind. Vielleicht gelingt es uns ja, einen Kontakt herzustellen. Vielleicht zeigt es uns sogar, wo wir hier etwas zu trinken finden.«
»Gute Idee«, sagte Karl. »Aber jetzt erst mal zu deiner Überraschung.« Er deutete geradeaus.
Auf einer kleinen, kreisförmigen Lichtung standen drei Zelte. Isomatten, Schlafsäcke und Benzinkocher lagen herum, dazwischen wahllos verstreut Rucksäcke, Papierschnipsel und eine Feuerstelle. Amy dachte zuerst, sie hätten ihr eigenes Lager wiedergefunden – immerhin prangten die Zeichen ihrer Tierschutzorganisation an den Zelten –, doch bei näherem Hinsehen entdeckte sie, dass sie jemand anderem gehörten. Irritiert blickte sie Karl an.
»Das ist doch ...«
»Burkes Lager, ganz recht«, sagte der Meteorologe.
»Aber wie ...?« Sie war sprachlos. Sie ging einige Meter, klaubte Zeitungsreste und Kaugummipapierchen auf und blieb dann kopfschüttelnd stehen. »Wie ist das möglich? Wir haben den Wald doch gründlich abgesucht.«

»Den Wald auf der anderen Seite des Portals, ja. Auf dieser Seite hatten wir noch keine Zeit dazu.«

»Auf *dieser* Seite ...?« Amy trat zwischen die Zelte und wühlte in den Sachen. Kein Zweifel, das war Burkes Ausrüstung. Sie hob den Kopf und studierte die Umgebung. Der Anordnung der Bäume nach zu urteilen hatte ihr eigenes Lager kaum einen halben Kilometer von hier gelegen. Wieso war ihnen das hier nicht aufgefallen?

»Ich verstehe das nicht«, sagte sie. »Die Zelte haben eine so auffällige Leuchtfarbe, wir hätten sie doch eigentlich sehen müssen.«

Karl verschränkte die Arme. »Du denkst zu einseitig. Dieser Ort existiert in zwei Dimensionen. Einmal auf unserer Seite – der afrikanischen Seite – und einmal hier. Die Pyramide und das umgebende Waldland sind so eine Art Zentrum. Sie existieren sowohl hier als auch in unserer Welt. Je weiter wir uns aber von diesem Zentrum entfernen, desto größer werden die Abweichungen. Burke und seine Leute waren mit ihrem Camp viel näher am Zentrum, wurden also mitsamt ihren Habseligkeiten durch Raum und Zeit geschleudert, weshalb wir auf der afrikanischen Seite keine Gegenstände oder Hinterlassenschaften entdecken konnten.«

Amy zog die Augenbrauen zusammen. Immer wenn sie glaubte, es halbwegs verstanden zu haben, machten ihr die Ereignisse einen Strich durch die Rechnung.

»Ich bin mir bewusst, wie verrückt sich das anhört«, sagte Karl, »aber es ist die einzig mögliche Erklärung. Ich bin mittlerweile davon überzeugt, dass wir eine Art Portal durchschritten haben und uns jetzt auf der anderen Seite befinden.«

Mellie hielt den Kopf schief. »Das ist jetzt nicht dein Ernst, oder? Ein Portal?«

Karl nickte.

»Das ist doch Blödsinn«, schnaubte Dan. »Ich bin sicher, es gibt eine andere Erklärung.«

»So, welche denn?« Karl hob süffisant eine Augenbraue. »Schieß

los, ich bin ganz Ohr. Lass uns an deinem reichen Erfahrungsschatz teilhaben und erklär uns das hier bitte.«
Dan wandte sich mit einem zynischen Schnauben ab.
»War ja klar«, sagte Karl.
»Selbst wenn es so wäre«, sagte Amy, »was nützt uns diese Erkenntnis?«
»Zum einen kann sie uns helfen, uns der neuen Situation anzupassen, zum anderen besteht dadurch die Möglichkeit, dass Will und seine Leute noch leben und tatsächlich hier sind. Wenn wir es schaffen, sie zu finden, wären wir einen großen Schritt weiter.«
Amy geriet ins Grübeln. Insgeheim war sie dankbar dafür, dass Karl so einen kühlen Kopf behielt. Jeder andere wäre vermutlich irgendwann ausgerastet. »Das Lager sieht verlassen aus«, sagte sie. »Hier ist seit Wochen niemand mehr gewesen. Unsere Aufgabe wird es also sein, herauszufinden, wohin sie gegangen sind.«
»Aber zumindest haben wir jetzt wieder ein paar Lebensmittel«, fuhr Karl fort. »Dosen, Brot, Kekse, Vitaminpräparate. Sie werden uns helfen, die nächsten Tage zu überstehen. Leider haben wir auch hier kein Wasser gefunden.«
»Ich finde, wir sollten mal diese Felswand im Westen untersuchen«, sagte Ray. »Mit etwas Glück gibt es dort irgendwo ein kleines Rinnsal oder eine Spalte, in der sich Wasser gesammelt hat. Von irgendetwas müssen diese verdammten Pflanzen hier doch leben.«
»Ganz zu schweigen von den Männern in dem verlassenen Lager.« Amy strich sich eine Haarsträhne aus dem Gesicht. »Ray und ich haben bei unserem Rückweg eine Stelle bemerkt, an der man vielleicht hinaufgelangen könnte. Ich würde vorschlagen, dass wir alles, was wir brauchen, zusammenräumen und zum Basiscamp an der Pyramide schaffen. Dann erkunden wir die Felswand. Kommt Leute, packt alle mit an.«

42

Es war früh am Nachmittag, als Richard und seine Leute von ihrer Inspektionstour zu der Pyramide heimkehrten.
Er war total erledigt. Sie hatten das ganze Gelände abgesucht, waren die Ruinen abgeschritten und hatten jede noch so kleine Spur verfolgt, doch von Amy und ihrem Team fehlte jede Spur. Wo konnten die Forscher nur geblieben sein? Es gab Hinweise, dass sie die Pyramide betreten hatten, doch was dann geschehen war, konnte sich niemand erklären. Die Spuren endeten einfach. Ein schier unüberwindlicher Berg von Fragen baute sich vor ihm auf.
Er hob den Kopf. Die Soldaten im Camp hatten ein Lagerfeuer entfacht. Der Geruch von gebratenem Fleisch hing in der Luft. Als er die Stimmen und das Lachen der Soldaten hörte, kehrten seine Lebensgeister zurück.
»Ich weiß nicht, wie es Ihnen geht, aber ich hätte nichts gegen ein gutes Essen und ein kleines Mittagsschläfchen einzuwenden«, sagte er an den Offizier gewandt.
Katumba nickte. »Geht mir genauso. Meine Beine sind schwer wie Blei. Allerdings muss ich zunächst noch meinem Vorgesetzten in Kampala Bericht erstatten. Er wird nicht erfreut sein, das kann ich Ihnen versprechen.« Düster blickte er in Richtung der Zelte. »Acht vermisste Ausländer. Das ist nicht gut. Das ist gar nicht gut.«
Richard nickte. »Nicht zu vergessen das zerstörte Dorf. Für mich

ist das alles immer noch unerklärlich. Wer besudelt seine Hände mit dem Blut von Frauen, Kindern und alten Leuten? Dafür wird jemand bezahlen, das verspreche ich Ihnen.«
Der Offizier spuckte ins Unterholz. »Ich wäre da nicht so optimistisch.«
Richard hob die Augenbrauen. »Wie meinen Sie das?«
»Es ehrt Sie, dass Sie eine solche Anteilnahme am Schicksal unseres Volkes haben, aber Sie sind leider in der Minderheit.« Er seufzte. »Niemanden außerhalb Ugandas interessiert, was mit den Bugonde passiert ist. Ob fünfzig Tote oder hundert interessiert kein Schwein. Denken Sie nur an den Genozid in Ruanda. Über eine Million Menschen, und die Welt hat einfach weggeschaut. Diese paar Eingeborenen ...«, er wedelte mit der Hand. »Das ist nur Kanonenfutter. Acht westliche Wissenschaftler, *das* wird Wellen schlagen. Die Nachricht wird sich massiv auf die Außenpolitik und den Tourismus auswirken. Denken Sie an meine Worte.«
»Amy, Mellie, Dan und Karl sind wie eine Familie für mich«, sagte Richard. »Ich mag sogar unseren Neuzugang, Ray. Komischer Kauz, aber irgendwie nett. Ich kann nicht glauben, dass ihnen etwas zugestoßen ist.«
»Es besteht eine geringe Chance, dass sie entführt worden sind«, sagte der Offizier. »In neunzig Prozent aller Fälle geht es um Geld. Meistens werden die Leute danach wieder auf freien Fuß gesetzt. Sie sollten die Hoffnung noch nicht aufgeben.«
»Sie haben recht«, sagte Richard ohne rechte Überzeugung. »Aufgeben kommt nicht in Frage. Aber zumindest müssen wir verhindern, dass Unschuldige bestraft werden.« Er schob einen Ast zur Seite. Ihm war klar, wie die Dinge in diesem Land lagen. Lief irgendetwas schief, suchte man schnell einen Schuldigen, zerrte ihn vor die Kameras und verhängte ein schnelles Todesurteil. Danach ging alles wieder seinen normalen Gang. Es klang bitter, aber so liefen die Dinge nun einmal in diesem Teil der Welt.
»Hoffen wir, dass das Funkloch möglichst lange bestehen bleibt«,

sagte Richard. »Vielleicht gelingt es uns, die Dinge aufzuklären, ehe es einen Unschuldigen trifft. Das würde uns allen eine Menge Ärger ersparen.«

Der Offizier sah ihn von der Seite an. »Interessanter Aspekt.« Richard warf dem Offizier einen vielsagenden Blick zu. »Vielleicht könnte man das Funkloch ja künstlich noch etwas aufrechterhalten. Dadurch hätten wir Zeit gewonnen und könnten unsere Nachforschungen noch etwas vorantreiben.«

Ein feines Lächeln huschte über Katumbas Gesicht. »Sie sind ein kluger Mann, Mr. Mogabe.«

»Erzählen Sie das meiner Frau. Sie hält mich für einen großen Idioten.«

»Warum das?«

»Weil ich auf einer Gorillastation arbeite. Weil ich mich mit *Affen* abgebe.«

Katumba lachte herzlich, klopfte dem Wildhüter auf den Rücken und ging zu seinem Zelt hinüber. Richard blickte ihm eine Weile hinterher, dann machte er kehrt.

»Was meinst du, Greg, sollen wir mal nachsehen, wo dieser verlockende Duft herkommt?«

»Wollte ich gerade vorschlagen«, erwiderte Wilcox. »Ich bin hungrig wie ein Bär.«

Sie waren gerade um das Lazarettzelt herumgegangen, als ihnen Parker in die Arme lief. In seinen Händen hielt er einen blutverschmierten Lappen. Der Arzt blickte sie verwundert an. »Da seid ihr ja schon wieder. Ich hatte euch nicht so bald zurückerwartet.«

»Was meinst du mit *so bald?*«, sagte Richard. »Wir sind seit fast vier Stunden unterwegs. Mein Magen hängt mir in den Kniekehlen.«

»Vier Stunden? Echt?« Parker schaute auf seine Uhr. »Tatsächlich«, murmelte er. »Wo ist bloß die Zeit geblieben? Und wie sieht's aus? Habt ihr was herausgefunden?«

Richard benötigte einige Minuten, um den Mediziner auf den

aktuellen Stand zu bringen. Er fing an mit der Pyramide, erzählte von dem Ruinenfeld und kam dann zu Amys verlassenem Camp. Er klopfte auf die Umhängetasche. »Ich habe Amys Notebook geborgen. Vielleicht finden wir ja irgendetwas, das uns weiterbringt.«
»Und ihr habt niemanden gefunden?«
»Wir haben überall nachgesehen. Wir haben gerufen, geschossen und Leuchtsignale abgefeuert, das ganze Programm. Als hätte der Erdboden sie verschluckt.«
»Verdammt.«
»Das kannst du laut sagen.« Richard seufzte. »Aber reden wir mal von erfreulicheren Dingen. Wie geht es unserer Patientin? Ist sie wieder auf dem Damm?«
Parker strich sich über die Stirn. »Sie liegt drüben im Lazarettzelt und ruht sich etwas aus. Es geht ihr so weit gut, sie hat eine Menge Blut verloren.«
»Und die Verbrennungen?«
»Geht so. Viel mehr Sorgen macht mir eine ziemlich große Verletzung am Bein, die nicht leicht zu behandeln war.«
Richard fiel sofort auf, dass etwas nicht stimmte.
»Was ist damit?«
»Ist 'ne komische Sache ...«
»Inwiefern?«
Parker strich über sein Kinn. »Schwer zu erklären. Am besten du siehst es dir selbst an ...«
»Ist sie ansprechbar?«
»Schon, aber sie ist noch sehr schwach.«
»Wird nicht lange dauern.«
»Gut, dann komm.«
Im rückwärtigen Teil des Zeltes hatte man für die Frau ein Feldbett aufgestellt. Die Patientin war in dicke Decken gehüllt und starrte teilnahmslos in die Luft. An der Schulter blitzte noch das Verbandszeug heraus, ansonsten deutete nichts auf ihre Verletzungen hin.

»Es hat beinahe zwei Stunden gedauert, all die vielen kleinen Verletzungen zu verarzten«, sagte Parker. »Aber sie hat es tapfer durchgestanden. Sie ist überhaupt ziemlich zäh.«
Die Augen der Frau richteten sich auf Richard. Er griff nach einem Stuhl und setzte sich.
»Am besten, du hältst ein bisschen Abstand«, sagte Parker. »Und du darfst sie auf keinen Fall berühren. Sie ist in dieser Beziehung sehr heikel.«
»Klingt, als hättest du schlechte Erfahrungen gemacht.«
In diesem Moment betrat einer der beiden Sanitäter das Zelt, ein junger Mann mit kurzen Haaren und breiter Nase. »Das ist Herbert«, sagte Parker. »Er hat mir beim Dolmetschen geholfen. Ohne ihn wäre ich vermutlich nicht so weit gekommen.«
Richard streckte die Hand aus. »Freut mich, Herbert. Haben Sie sie schon gefragt, ob sie weiß, wer die Siedlung angegriffen hat?«
»Haben wir versucht«, sagte der Mann in gebrochenem Englisch. »Aber die Antworten sind immer gleich.«
»Und wie lauten sie ...?«
»*N'ekru ist gekommen. Böser Geist von der anderen Seite. Ist durch Portal gekommen und kann nicht mehr zurück. N'ekru ist wütend. Tötet Frauen, tötet Männer, zerstört die Stadt.*«
»Ein N'ekru?« Richard vergaß vor Verblüffung den Mund zu schließen. »Wenn das mal nicht interessant ist ...«
Parker blickte ihn aufmerksam an. »Jetzt sag nicht, dass du den Namen schon mal gehört hast.«
»Doch«, sagte Richard. »Ist schon ewig her. Meine Mutter hat mir mal davon erzählt, daheim in Paris. Ein alte ugandische Legende über ein Ungeheuer, das in heißen Sommern kommt und wahllos tötet. Es treibt sich besonders gern in der Nähe alter Ruinen herum und saugt den Menschen den Lebenssaft aus. Angeblich ist es eine Kreatur, halb Mensch, halb Pflanze.« Er grinste. »Als Kind habe ich mich davor gegruselt.« Er öffnete die Umhängetasche und zog seine Kamera heraus.
»Was ist das?«

»Ich habe vorhin bei der Pyramide ein paar Bilder gemacht. Inmitten der Ruinen steht eine Statue. Amy erzählte mir davon, als wir über Burkes Brille sprachen. Warte mal einen Moment, ich hab's gleich.« Er scrollte die Bilder durch, bis er fand, wonach er suchte.
»Hier«, sagte er. »Das ist sie.«
Parker blickte auf den kleinen Monitor und zoomte mit dem Steuerkreuz näher heran. Er sah aus, als habe er ein Gespenst gesehen.
»Ich habe das immer als Ammenmärchen abgetan«, sagte Richard. »Ich war ziemlich überrascht, als wir diese Skulptur fanden. Genau so hatte mir meine Mutter den N'ekru immer geschildert. Die Pyramide ist übrigens voll mit Bildern davon. Dürfte den Archäologen die Freudentränen in die Augen treiben.«
Parker nahm die Kamera und zeigte sie der Bugondefrau. Er tippte mit dem Finger auf den Monitor.
Die Frau stieß einen kleinen Schrei aus und verbarg ihr Gesicht. Ein Zittern lief über ihren Körper und sie wimmerte leise.
»Was soll das?« Richard runzelte die Stirn. »Kann mir mal einer erklären, was hier los ist?«
Parker stand auf und ging zu einer der metallenen Verpflegungsboxen. Langsam öffnete er den Deckel. Er benahm sich, als habe er Angst, dass ihn etwas anspringen könnte. Richard fand sein Verhalten äußerst merkwürdig. Der Arzt beugte sich vor und entnahm der Kiste ein Einmachglas. Vorsichtig trug er es herüber.
»Was ist das?«
»Das war in der Wunde im Bein. Es hatte sich dort festgesetzt. Ich hatte alle Mühe, es herauszubekommen.«
»Ein Splitter, na und?« Richards Augen verengten sich. Es war wirklich ein verdammt großer Splitter und er glänzte vor Feuchtigkeit. Er wollte sich schon daranmachen, den Deckel vom Glas zu schrauben, doch Parker hielt ihn zurück. »Das würde ich an deiner Stelle lieber nicht tun.«
»Hm ...?«

»Ich zeig dir, warum. Hier, halt mal.« Er drückte Richard das Glas in die Hand und holte ein Feuerzeug heraus.
»Bereit?«
Er ließ das Licht aufflammen. Richard stieß einen Schrei aus, dann kippte er mitsamt seinem Stuhl hintenüber.

43

Es reckte seinen Kopf der Sonne entgegen. Lichtstrahlen fielen durch das Blätterdach und wärmten seine Zellen. Die Arme und Beine fest auf die Erde gepresst, stand Es da und wartete. Es hatte ausreichend Proteine zu sich genommen, um seinen Stoffwechsel herunterfahren zu können und seinem Körper zu erlauben, Energie zu tanken.
Der Angriff auf die Stadt war nicht ohne Folgen geblieben. So klein und schwach diese Kreaturen auch waren, sie verstanden sich auf die Kunst des Feuers, das Einzige, wovor Es wirklich Angst hatte. Dennoch hatte Es einen überwältigenden Sieg errungen. Wie sie vor ihm davongerannt waren. Wie sie jammernd und winselnd versucht hatten zu entkommen, diese törichten Affen. Wussten sie nicht, dass ihm niemand entkam? Nur wenigen war die Flucht gelungen, und das auch nur, weil sie in ihrer Panik ihre eigenen Artgenossen über den Haufen gerannt hatten. Den anderen hatte Es ein schnelles Ende beschert. Es erinnerte sich, wie sie geschrien hatten, als sie ihre Eingeweide auf dem Boden hatten liegen sehen, an ihr Wimmern und Flehen, als ihr Inneres nach außen gekehrt wurde. Welch eine Lust, die warme Körperflüssigkeit über sich auszugießen, seine Hyphen auszustrecken und den warmen Nektar in sich aufzusaugen. Protein! Kaum ein anderer Stoff im Universum war derart nahrhaft. Wenn nur dieser Lärm nicht gewesen wäre.

Wie konnte ein einzelnes Lebewesen beim Sterben nur so viel Krach veranstalten. Konnte es nicht still von dieser Welt gehen, mit Würde und Anstand, so wie andere es taten? Und dann dieses Feuer. Irgendwann, als Es besoffen vom Blut und der Lust am Töten durch die Stadt getaumelt war, hatte Es die Hitze gespürt. Es hatte sich umgedreht und gesehen, wie sie mit Fackeln umherrannten und anfingen, Feuer zu legen. Systematisch hatten sie ihre eigene Stadt angezündet, kreisförmig und von außen nach innen. Die Befehle dazu hatten sie von einem schrumpeligen alten Weib erhalten, das, auf einen Stab gestützt, inmitten der Flammen gestanden hatte und ihm mit einer Mischung aus Ehrfurcht und Verachtung entgegengetreten war. Welche Genugtuung es ihm bereitet hatte, ihr das Herz herauszureißen. Doch dann waren die Flammen gekommen und mit ihnen die Angst. Es musste sich eingestehen, dass Es in einem bestimmten Moment sogar um sein Leben gefürchtet hatte. Nicht, dass ihm der Tod etwas ausmachen würde, aber der Feuertod war so ziemlich das Unehrenhafteste, was man sich vorstellen konnte. Es gab keinen aus seiner Kaste, dem nicht davor graute. Hätte Es nicht im letzten Moment die große Pforte am unteren Ende der Stadt entdeckt, Es hätte vermutlich irgendwann versucht, die Flammenbarriere zu durchbrechen. Doch die Götter waren ihm wohlgesonnen gewesen. Sie hatten ihm den Weg aus der brennenden Hölle gewiesen und seine unsterbliche Seele vor der Verdammnis bewahrt.
Es blickte an sich herunter. Seine Wurzeln waren an einigen Stellen verdorrt, sein Thallus verbrannt. Es würde eine Weile dauern, bis frisches Kambium nachwuchs. Die kommenden Tage würden voller Schmerz sein.
Es hob den Kopf. Erinnerungsfragmente durchzogen sein kortikales Geflecht. Es sehnte sich nach der warmen Sonne seiner Heimat, den bernsteinfarbenen Himmeln und dem

Atem des Windes. Es wollte fort von hier. Fort von der Kälte und dem immerwährenden Regen. Es sehnte sich nach den Stummen Hallen von Kitara, der Quelle seiner Kraft – dem Ursprung seiner Existenz.
Es unterbrach seine Gedankenströme. Feine Schwingungen ließen seine Kapillaren erbeben. Das Geräusch riesiger, unsichtbarer Flügel, die sich näherten. Ein Dröhnen drang zu ihm herüber.
Es löste seine Wurzeln aus der Erde und stand auf. Mit kräftigen Bewegungen erklomm Es einen Baum und spähte durch die Zweige. Etwas Großes kam über die Bäume geflogen und schwenkte in Richtung der brennenden Stadt. Ein großes schwebendes Etwas. Es erinnerte entfernt an ein Insekt, allerdings mit dem Unterschied, dass seine Flügel auf der Oberseite waren. Man konnte sehen, wie es den Rauch zerteilte. Nach einer Weile setzte es am Rand der hohen Klippe auf. Seine Flügel schlugen immer langsamer und standen schließlich still. Ein Teil seines Bauches öffnete sich und spie zwei Menschen aus. Auf und ab gehend patrouillierten sie an der Kante entlang, ehe sie sich wieder in das sonderbare Gefährt begaben.
Es atmete tief ein, dann machte Es sich auf den Weg.

44

Die Geräusche im Inneren des Helikopters wurden leiser. Das Jaulen der Turbine erstarb, das Schwirren der Rotorblätter senkte sich auf ein erträgliches Niveau. Boden und Wände hörten auf zu vibrieren, das Klicken und Rattern der Relais erstarb. Die beiden Piloten überprüften ihre Cockpitarmaturen, dann schalteten sie den Großteil der Geräte ab. Nach und nach erloschen die Lampen, die Zeiger der Messinstrumente schlugen auf null. Einzig das Funkgerät und die Hauptkontrolle der *Hind* blieben im Standby-Modus. Eine Notfallroutine, die verhindern sollte, dass das Aggregat aufgrund wetterbedingter Fehlfunktionen nicht mehr ansprang.
Winslow Mudanga vom *UPDF-Air Wing* gestattete sich einen kurzen Moment der Entspannung. Er griff nach dem Foto seiner jungen Verlobten, die daheim in Mbarara auf ihn wartete, und betrachtete ihr hübsches Gesicht. Sie stammte aus einer der angesehensten Familien des Ortes. Eine Frau, stolz und vornehm, um die viele seiner Kollegen ihn beneideten. Nur noch ein knappes Jahr, dann hatte er so viel verdient, dass er ein eigenes Haus kaufen und eine Familie gründen konnte. Wie sehr er sich auf diesen Moment freute!
Er steckte das Foto zurück hinter die Sonnenblende und folgte seinem jüngeren Kollegen nach draußen.
Der Rauch der brennenden Stadt trübte die Sonne. Schwaden stiegen in die Höhe und warfen rote Schatten. Unter ihnen

erklang das Knacken und Bersten brennender Balken. Eine apokalyptische Szenerie. Winslow trat an den Rand der Klippe und blickte nach unten. Wer hatte das getan? Wer griff eine unbewaffnete Stadt an, tötete wahllos Menschen und zog sich dann wieder zurück, ohne eine Spur zu hinterlassen? Er hatte schon einige Einsätze im Norden geflogen, aber so etwas hatte er noch nicht erlebt. Er griff nach seiner Kalaschnikow und ging um den Helikopter herum.
Er entdeckte seinen Copiloten am Heck, den Oberkörper halb im Fahrwerksschacht steckend. Hämmernde Geräusche drangen an sein Ohr.
»Alles klar bei dir?«, fragte Winslow.
Sein Kollege tauchte wieder auf. »Ja, alles klar. Ich dachte, ich nutze die Zeit für eine kleine Inspektion. Der übliche Routinegang. Wer weiß, wann wir wieder dazu kommen.«
Winslow musste lächeln. Sein Kollege war ein echter Schrauber. Nur glücklich mit einer Rohrzange und einem Dreizehner in der Hand.
»Und, wie sieht's aus?«
»Alles okay. Ich checke gerade, ob das Gestänge bei der Landung an der Schlucht etwas abbekommen hat, aber soweit ich das überblicke, ist alles in Ordnung.« Er wischte die Hände an einem Lappen ab. »Der Anflug war ziemlich haarig.«
»Wem sagst du das. Eine Windbö, und es hätte uns in die Bäume gedrückt. Na ja, zum Glück ist alles gutgegangen.«
Die Landung steckte ihm noch in den Knochen. Völlig verantwortungslos, was Katumba da von ihm verlangt hatte. Einen Dinosaurier wie die *Hind* mit einer Präzision von wenigen Zentimetern zu landen war in etwa so schwierig, als würde man versuchen, einen Sattelschlepper rückwärts in eine Parklücke zu manövrieren. Zum Glück verstand er sich auf beides, aber er freute sich jetzt schon auf die drei Black-Hawks, die ihnen von der amerikanischen Regierung für nächstes Jahr zugesagt worden waren. Im Vergleich zu diesem Ungetüm waren diese Heli-

kopter geschmeidige Raubtiere. Angeblich sollte damit sogar ein Looping möglich sein.

»Na ja, dann lass ich dich mal weitermachen«, sagte er. »Ich gehe zurück zum Funkgerät und höre, ob es schon was Neues gibt. Irgendwann muss diese Störung ja wieder behoben sein.« Er klopfte seinem Kollegen auf die Schulter und machte kehrt.

Noch keine drei Meter weit war er gekommen, als er ein seltsames Geräusch vernahm. Es klang wie ein Keuchen und kam aus dem Wald jenseits des Felsplateaus.

Sein Kollege tauchte aus dem Fahrgestellschacht auf.

»Was war denn das?«

»Keine Ahnung.« Winslows Augen verengten sich. Der Waldrand lag in schätzungsweise hundert Meter Entfernung. Die Bäume waren durch den Rauch nur als dunkle Schemen zu erkennen.

»Klang irgendwie seltsam.«

»Finde ich auch.« Er griff nach seinem Fernglas. Das Geräusch erklang erneut. Diesmal lauter. Das Gesicht des Copiloten war von Sorge erfüllt. »Ein Löwe oder eine Hyäne?«

Winslow suchte mit seinem Fernglas den Waldrand ab.

»Nichts zu sehen«, murmelte er nach einer Weile. Er setzte das Glas wieder ab. »Mir ist es irgendwie nicht geheuer. Lass uns aufsteigen und einen anderen Platz suchen.«

»Aber Katumba hat gesagt ...«

»Ich weiß, was er gesagt hat. Aber solange er nicht da ist, trage ich die Verantwortung. Ich sage dir, es ist nicht sicher hier. Also schwing deinen Arsch ins Cockpit.«

»Du bist der Boss.« Der Copilot warf sein Werkzeug zurück in die Tasche und ging ungehalten an ihm vorbei. Ihm war anzusehen, dass er mit der Entscheidung nicht einverstanden war. In diesem Moment bemerkte Winslow eine Bewegung am Waldrand. Schattenhaft und schnell.

Er riss seine AK 47 von der Schulter.

»Schmeiß die Turbine an.«

»Hast du was gesehen?«

»Frag nicht. Tu einfach, was ich dir sage.«
Sein Copilot verschwand auf der anderen Seite des Helikopters. Winslow spähte angestrengt in Richtung der Bäume. Was immer sich da bewegt hatte, es war groß gewesen, sehr groß. Vielleicht ein Elefant, aber er hatte noch nie gehört, dass die Dickhäuter so hoch in die Berge gingen. Wenn es ein einsamer Bulle war, konnte er durchaus zu einer Bedrohung werden. Diese Einzelgänger waren manchmal nicht ganz richtig im Kopf.
Hinter ihm erklang das Geräusch der startenden Turbine. Es würde noch eine Weile brauchen, bis die Aggregate hochgefahren waren. Winslow fühlte, dass hier irgendetwas Seltsames vor sich ging. Er spürte es mit jeder Faser seines Körpers.
Plötzlich erklang das Geräusch wieder. Diesmal von rechts.
Winslow fuhr herum und erstarrte. Da stand etwas. Keine zwanzig Meter entfernt. Es sah zu ihm herüber.
Das war kein Elefant, so viel war sicher. Auch kein Löwe, keine Hyäne. Es war auch kein Mensch, auch wenn die Proportionen etwas Menschenähnliches hatten.
Es war riesig, über drei Meter hoch und von kräftiger Statur. Seine ölig glänzende Oberfläche schien in ständiger Bewegung zu sein, so als bestünde sie aus lauter sich windenden Schlangen.
Winslow stieß einen Schrei aus. Er rannte los, umrundete den Helikopter und stürzte durch die Tür. »Starten!«, brüllte er. »Bring die Kiste auf Höhe.« Er warf den Riegel vor die Tür und eilte ins Cockpit. Dort warf er sich in seinen Sitz und drückte den Gashebel nach vorn.
»Was tust du?«, protestierte sein Copilot. »Wir sind noch nicht so weit. Wenn wir jetzt auf Vollgas gehen, könnte die Turbine ...«
In diesem Moment erschütterte ein schwerer Schlag die *Hind*. Winslow wurde nach vorn geschleudert. Sein Kopf hämmerte gegen die Kartenhalterung. Ein brennender Schmerz breitete sich über seine Schläfe aus.
»Mein Gott, was war das?«

»Ich weiß es nicht«, schrie Winslow. »Mach einfach, dass wir hier wegkommen.«
»Du blutest.«
»Kümmere dich nicht um mich. Tu, was ich dir sage, sonst sind wir tot.«
Der Copilot drückte ein paar Hebel und ging auf volle Leistung. Die Turbine kreischte auf. Vibrationen ließen den Rumpf erzittern. Der Rotor nahm Fahrt auf. Sand und Staub wirbelten am Fenster vorbei. Mit einem Ruck richtete sich der schwere Helikopter auf.
Winslow schickte ein Stoßgebet zum Himmel. »Hoch mit dir«, flüsterte er. »Heb doch endlich ab.«
Doch der Helikopter blieb am Boden. Irgendetwas hielt ihn fest. Ein weiterer Schlag hallte durch die Metallhülle. Es klang, als würde sie mit einem gewaltigen Vorschlaghammer bearbeitet.
»Warum steigen wir nicht auf?« In der Stimme des Copiloten schwang Panik mit.
»Etwas hält uns fest. Gib noch mehr Stoff.«
»Ich bin schon am Anschlag. Was meinst du mit *etwas*?« Er drehte sich um und blickte durch das gekippte Seitenfenster. Winslow wollte ihn zurückziehen, doch es war zu spät. Der Copilot erblickte das Wesen und schrie. Hektisch tastete er nach seiner Pistole, öffnete das Seitenfenster und feuerte nach hinten. Dreimal, viermal. Das trockene Krachen der Waffe war noch nicht verhallt, als es von einem infernalischen Zischen beantwortet wurde. Es klang, als würde Druckluft aus einem Gasbehälter entweichen. Die *Hind* kippte zur Seite.
Winslow stützte sich ab, konnte aber nicht verhindern, dass er ins Rutschen geriet. Er hatte vergessen, die Gurte anzulegen.
»Großer Gott ...« Mehr konnte er nicht sagen, als ein ohrenbetäubender Lärm die Luft zerriss. Die Rotorblätter krachten in die Erde und verwandelten die Welt draußen in ein Inferno. Glassplitter prasselten auf ihn herab. Nur wenige Zentimeter von seinem Kopf entfernt bohrte sich ein messerscharfer Metallsplitter

in den Ledersitz. Wäre er angeschnallt gewesen, es hätte ihm glatt den Schädel wegrasiert. Es gab ein knisterndes Geräusch, dann fiel die Elektrik aus. Mit einem Jaulen verebbte die Turbine. Die Lampen erloschen. Rauch füllte das Cockpit.
Keuchend und hustend sah Winslow sich um. Sein Kollege hing ohnmächtig in den Gurten. Eine hässliche Wunde zog sich von der Schläfe über den Wangenknochen bis hin zum Kinn.
Winslow wollte gerade zu ihm hinüberklettern, als der zentnerschwere Rumpf der *Hind* ins Rutschen kam. Irgendjemand oder irgendetwas schob den ramponierten Hubschrauber auf die Klippe zu. Nur noch vier Meter. Der Abstand wurde immer kleiner. Das Quietschen, als der schwere Rumpf über den Boden scheuerte, war infernalisch. Mit panischen Bewegungen löste Winslow die Gurte seines Freundes. Sie mussten raus hier, und zwar schnell.
Unter größter Anstrengung bekam er den schlaffen Körper zu packen und zog ihn in Richtung Heck. Dass die *Hind* auf der Seite lag, erschwerte die Sache.
Schweiß strömte ihm übers Gesicht.
Nach endlosen Sekunden erreichte er die Tür. Sie schien sich unter dem gewaltigen Ansturm verzogen zu haben und war nicht zu öffnen. Der Riegel bewegte sich keinen Zentimeter. Voller Entsetzen sah Winslow, dass der Bug der *Hind* bereits einen guten Meter über die Kante ragte. Nur noch wenige Sekunden, dann würden sie mitsamt der stählernen Hülle in die Tiefe stürzen. In einem Ausbruch verzweifelter Entschlossenheit griff er nach seiner Kalaschnikow und feuerte auf das Schloss. Es gab ein hässliches Klirren, dann fiel der Riegel zu Boden. Ein kräftiger Tritt und sie flog auf.
Mit angstgeweiteten Augen blickte Winslow in den Abgrund. Der Helikopter schwankte bereits. Noch immer wurde von hinten geschoben.
Winslow sah nur noch eine einzige Chance. Drei Meter unter ihnen war ein schmaler Sims. Ihre letzte Chance. Ein weiterer

Schlag hatte der *Hind* den entscheidenden Stoß versetzt. Das Heck stieg in die Luft. Der Boden neigte sich. Alles geriet ins Rutschen. Winslow packte seinen Freund und ließ ihn aus der Tür fallen. Dann sprang er hinterher.
Keuchend schlug er auf dem harten Fels auf. Der Aufprall presste ihm die Luft aus der Lunge. Er rollte zur Seite, ergriff seinen Kollegen und zerrte ihn unter einen kleinen Überhang.
Keine Sekunde zu früh. Der Rumpf des russischen Kampfhubschraubers taumelte, geriet ins Rutschen und donnerte mit einem ohrenbetäubenden Krachen an ihnen vorbei in die Tiefe.
Sand und Geröll lösten sich aus der Wand und verhüllten die Welt in einer Wolke aus grauem Staub. Balken brachen und Wände splitterten, als das tonnenschwere Metallgeschoss in die brennende Stadt unter ihnen schlug.
Dann explodierten die Tanks.

45

Amy griff nach der Wurzel und zog sich daran hoch. Vorsichtig verkeilte sie ihren rechten Fuß in einem schmalen Spalt, dann verlagerte sie ihr Gewicht auf das andere Bein. Langsam und vorsichtig kletterte sie nach oben, Meter für Meter.
Sie musste jetzt sehr vorsichtig sein. Es war über einen Tag her, dass sie etwas getrunken hatte, und der Durst ließ sie unkonzentriert werden. Die Anstrengung und die trockene Luft machten ihr zu schaffen.
»Komm, reich mir deine Hand.« Ray beugte sich von oben zu ihr herab und streckte seinen Arm aus. »Nur noch ein kleines Stück. Du hast es beinahe geschafft.«
Sie ergriff seine Hand und ließ sich von ihm hochziehen.
»Danke«, keuchte sie, als sie auf die Felsterrasse kroch. »Der letzte Teil war der schwierigste.«
»Du hast das fabelhaft gemacht. Erhol dich ein bisschen, ich helfe solange den anderen.«
Sie nickte und sah nach oben. Die Oberkante der Steilwand endete in etwa zwanzig Metern Entfernung. Was sie dahinter finden würden – nun, das würde sich zeigen.
An ein Wegkommen von dieser Insel glaubte sie nicht mehr, aber vielleicht stießen sie ja noch auf Wasser und etwas Essbares. Es blieb keine andere Wahl, sonst würden sie hier sterben.
Während Ray auf die anderen wartete, nutzte sie die Zeit, um die Beine zu lockern. Die Terrasse war etwa fünfzehn Meter breit

und vier Meter tief. Ein Fluss musste sie vor Urzeiten aus dem Stein gewaschen haben. Dünne, verknöcherte Bäume wuchsen aus den Trockenrissen. Die schwarzen, rund geschliffenen Steine wurden von trockenen Flechten gekrönt, die bei Berührung zu feinem Staub zerfielen. Prüfend steckte sie den Finger in einige der Erdspalten, vergebens. Wenn hier wirklich mal Wasser geflossen war, dann vor ziemlich langer Zeit. Sie ging zum hinteren Teil der Felswand. Die ausgewaschenen Rinnen waren mit Staub und Sand bedeckt. In einer Kuhle tief in einem schattigen Winkel des ehemaligen Flussbettes wuchs eine Pflanze, deren Stengel violette Blüten trug. Bei Berührung waren leise klingelnde Geräusche zu hören. Die Blätter der Pflanze waren schätzungsweise einen halben Meter lang und ragten wie grüne Zungen aus einer Felsspalte heraus. Amy trat näher und untersuchte den Riss. Er schnitt vertikal durch das Gestein und war augenscheinlich recht tief. Wie tief, war nicht zu erkennen, doch Amy gab nicht so leicht auf. Sie nahm einen Zweig und steckte ihn hinein. Ein leises Plätschern drang an ihr Ohr.
Sie versenkte den Zweig bis zum Anschlag und zog ihn wieder heraus. Die unteren zwanzig Zentimeter waren dunkel gefärbt.
»Kommt mal alle her!«, rief sie. »Schnell!«
Karl war bereits oben angelangt und half Mellie und Dan auf den letzten Metern. »Hast du etwas gefunden?«
Triumphierend hielt sie den Zweig in die Höhe. »Wasser!«
Ray eilte herbei. »Du hast recht«, sagte er, und ein Strahlen huschte über seine trockenen Lippen. »Du hast tatsächlich Wasser gefunden. Und wie es scheint, eine ganze Menge.«
Jetzt kamen auch die anderen herbei. Neugierig blickten sie auf den Spalt. Mellie nahm einen Stock und stocherte darin herum. Sie zog ihn heraus und leckte an der Rinde. »Schmeckt ausgezeichnet«, sagte sie. »Frisches, klares Quellwasser. Kann man den Spalt irgendwie erweitern?« Sie versuchte, den Stock als Hebel zu benutzen, doch Karl hielt sie davon ab.
»Lieber nicht«, sagte er. »Wenn du den Spalt erweiterst, besteht

die Gefahr, dass das Wasser nach unten abläuft. Was wir brauchen, wäre ein Schlauch.«

»Wie wär's mit einem Trinkhalm?« Ray hatte eines der langen, zungenartigen Blätter abgerissen und zu einer dünnen Röhre gerollt. Er steckte sie in die Öffnung und saugte ein paarmal daran. »Hier«, sagte er. »Funktioniert prima.« Er reichte Mellie den Halm.

Es dauerte nicht lange und alle hatten ihren Durst gestillt. Das Wasser schmeckte köstlich, kein bisschen abgestanden oder moderig. Wie sich herausstellte, war der Spalt tiefer, als man von außen sehen konnte. Eine Überprüfung mit Amys ›Ölstab‹ hatte ergeben, dass der Wasserspiegel kaum abgesunken war, und das, obwohl jeder von ihnen ungefähr einen Liter getrunken hatte.

Ray holte ihre Wassersäcke heraus, fertigte aus mehreren ineinandergeschobenen Blattröhren einen durchgehenden Schlauch, saugte das Wasser an und ließ es in die Behältnisse laufen. Das Geräusch der plätschernden Flüssigkeit war überirdisch schön.

Fürs Erste waren sie gerettet.

»Problem Nummer eins gelöst«, sagte Amy mit einem zufriedenen Lächeln. »Fehlt noch die Nahrungsbeschaffung.«

»Wenn wir oberhalb der Steilwand nichts finden, müssen wir eben die Früchte, Beeren und Schoten testen«, sagte Karl. »Das ist zwar riskant und wird nicht ohne Magenschmerzen ablaufen, aber immer noch besser, als zu verhungern.«

»Verlockende Aussichten«, sagte Ray. »Hoffen wir, dass da oben ein McDonald's oder etwas Ähnliches ist. Ich hätte nichts gegen einen schönen Burger einzuwenden.«

Jeder von ihnen trank noch mal einen Schluck, dann setzten sie ihren Aufstieg fort. Wie gewohnt übernahm Ray die Führung. Er verkeilte seine Hände und Füße in den Spalten im Stein und begann, hochzuklettern.

Erstaunlich, wie schnell sich die Dinge änderten, dachte Amy. Gestern noch war Ray für alle ein rotes Tuch gewesen, heute wurde er stillschweigend als Führungspersönlichkeit akzeptiert.

Selbst Dan hatte keine Einwände, auch wenn er dem Iren nach wie vor mit Abneigung begegnete. Trotzdem kam es ihr in diesem Moment so vor, als habe jemand die Karten gemischt und allen ein neues Blatt gegeben.

Keine zehn Minuten später erreichten sie ihr Ziel. Ein schräger, zehn Meter langer Hang lag vor ihnen, dann waren sie oben. Der Hang war mit Geröll und kurzen Sträuchern bedeckt und er sah aus, als könnte man darauf leicht ins Rutschen geraten.
Amy half den anderen über die Kante und gönnte sich dann eine kurze Verschnaufpause. Sie war gerade dabei, einen Schluck aus Karls Wassersack zu nehmen, als ein Geräusch von oben kam. Ein dumpfer Knall, gefolgt von einer Reihe von Stimmen. *Menschlichen* Stimmen.
Ray reagierte als Erster. Er sprang auf und rannte den Hang hinauf. *Warte!*, wollte sie schreien, doch ihr fiel gerade noch rechtzeitig ein, dass sie die Gruppe damit in ziemliche Gefahr gebracht hätte. »Verdammt«, fluchte sie. »Was habe ich gesagt? Keine Alleingänge mehr. Hört hier eigentlich irgendjemand auf das, was ich sage? Na warte, wenn ich dich in die Finger kriege.«

46

Dumpfer Donner rollte über die Schlucht und verhallte jenseits der Berge. Das Krachen brach sich an den Felswänden der Schlucht und wurde mehrfach zurückgeworfen. Stewart Parker hob den Kopf und lauschte. Wie ein Gewitter klang das nicht.
Richard, der neben ihm saß, betrachtete die seltsame Pflanze im Glas und hielt sie auf Augenhöhe. Er war immer noch ein wenig blass um die Nase. Stewart konnte das gut nachvollziehen. Kein Wunder, nach allem, was sie über den ekelhaften Schmarotzer herausgefunden hatten. Nicht nur, dass diese Ranke sich von tierischen Proteinen – also Blut, Fleisch und Gewebe – ernährte, nein, sie verfügte auch über ein in sich geschlossenes vegetatives System, das es ihr ermöglichte, ohne Verbindung zum Hauptorganismus zu existieren. Es verhielt sich so ähnlich wie bei bestimmten Würmern, bei denen jedes einzelne Segment einen eigenen, lebensfähigen Organismus ausbilden konnte. Stewart, der schon viele Jahre als Veterinär auf dem Buckel hatte, konnte sich nicht erinnern, jemals ein solches Exemplar leibhaftig vor Augen gehabt zu haben.
Die Frage, die ihn am meisten quälte, war: Wie mochte wohl der Wirt aussehen? Glaubte man der Kriegerin, so musste er von riesenhaftem Wuchs und ungeheurer Kraft sein. Das Foto, das Richard von der Statue im Wald gemacht hatte, zeigte eine Kreatur halb Mensch, halb Pflanze, mit verdrehten und unproportionierten Gliedmaßen. Sie sah aus wie eine Pervertierung

der Natur, wie ein Wesen, das nicht sein darf. War das der Killer, dem die Bugonde zum Opfer gefallen waren?
Noch einmal erklang fernes Donnern. Richard stellte das Glas ab, stand auf und verließ das Zelt.
Stewart und Wilcox sahen einander an, dann folgten sie ihm.
»Irgendeine Ahnung, was das war?«
»Klang, als sei etwas explodiert.«
Draußen herrschte helle Aufregung. Über den Baumwipfeln war in einiger Entfernung ein Flammenball zu sehen. Wie ein Heißluftballon stieg er empor, wurde größer und löste sich schließlich in einer schwarzen Rauchwolke auf. Stewart überkam ein seltsames Gefühl. Plötzlich war eine Bewegung am Zelteingang zu sehen. Neben Wilcox war die Bugondefrau erschienen. Die Kriegerin blickte mit finsterem Gesichtsausdruck zu der Rauchwolke hinüber.
Stewart versuchte, sie wieder ins Zelt zu bugsieren. »Sie dürfen sich nicht bewegen«, sagte er. »Ihre Verletzungen ... Kommen Sie, stützen Sie sich auf meinen Arm, ich begleite Sie zurück.«
Die Kriegerin beachtete ihn nicht. »*Siwulira bulungi. Ntya.*«
Noch einmal versuchte er die Frau zum Umkehren zu überreden, doch es war sinnlos. Stewart konnte sich nicht erinnern, schon einmal einen so halsstarrigen Patienten gehabt zu haben.
Im Lager ging es drunter und drüber. Jen Katumba stand in der Mitte des Camps, gestikulierte wild mit den Armen und scheuchte seine Leute durch die Gegend. Stewart sah, wie Richard ein paar Worte mit ihm wechselte und dann wieder zu ihnen herüberkam.
»Jetzt haben wir den Salat«, sagte er. »Jetzt nimmt das Militär die Sache in die Hand.«
»Was ist passiert?«
»Hast du denn die Explosion nicht gesehen?«
»Doch schon. Ich dachte nur ...«
»Katumba schickt ein Suchteam los, um die Ursache zu ergründen. Der Rest ist dabei, das Lager zu befestigen.«

»Befestigen? Wogegen?«

Richard bedachte ihn mit einem schiefen Blick. »Dreimal darfst du raten. Deine Geschichte vom Schwarzen Mann scheint mächtig Eindruck gemacht zu haben.«

»Schwarzer Mann?«

»Jetzt stell dich nicht dümmer als du bist. Ich rede von dem N'ekru. Die fangen jetzt an, eine Sicherheitszone einzurichten. Laserschranken, Bewegungsmelder und Sprengsätze, das ganze Programm. Dank dir werden wir erst mal einen schriftlichen Antrag stellen müssen, ehe wir pinkeln dürfen.«

»Dank mir? Du tust gerade so, als sei das meine Schuld. Alles, was ich getan habe, war zu erzählen, was Elieshi mir berichtet hat. Hätte ich den Leuten das verschweigen sollen?«

Richard bedachte die Kriegerin mit einem kurzen Blick, dann wandte er sich wieder Stewart zu. »Nein, aber du hättest wenigstens auf mich warten und die Sache mit mir absprechen sollen. Weißt du, hier in Afrika kursieren einige seltsame Legenden, und für viele Menschen sind sie mehr als nur Geschichten. Manche davon sind so furchterregend, dass von ihnen nur im Flüsterton gesprochen wird. Legenden wie die vom sagenumwobenen Kongosaurier Mokélé Mbembé. Klar, für uns sind es nur Ammenmärchen, aber die Leute hier glauben daran. Für sie ist es Realität.«

»Tut mir leid.«

»Ach, mach dir nichts draus. Jetzt ist es eh zu spät.«

Eine Gruppe von Soldaten war gerade dabei, ein Netz aus bewegungsgesteuerten Signalgebern zu installieren. Sie verbanden die Kontakte mit einer Reihe automatischer Waffen, die wie ein tödlicher Wall auf das Unterholz gerichtet waren.

Richard schaute dem Treiben eine Weile zu, dann sagte er: »Na ja, vielleicht ist es sogar besser so. Nach allem, was ich gesehen habe, kann ein bisschen Vorsicht nicht schaden.«

47

Ray kauerte schwer atmend hinter einem Busch. Sein Puls raste. Sein Herz pumpte das Blut mit Hochdruck durch seine Adern.
Er hatte Stimmen gehört.
Menschliche Stimmen.
Er schaute in die Runde. Nicht weit entfernt lag ein Ast. Das Holz war knochentrocken, schien aber recht hart zu sein. Besser als nichts.
Den Ast in der Hand, robbte er ein paar Meter durch das kniehohe Gras und spähte durch eine Lücke zwischen den Sträuchern. Vor ihm, umrahmt von einer Reihe von Büschen und Bäumen, war eine grasbewachsene Ebene zu sehen. Das Licht der gelben Sonne beleuchtete eine eigenartige Szenerie. Ray musste zweimal hinsehen, um sicherzugehen, dass er keinem Irrtum unterlag.
Da war ein Schiff.
Eine schnittige Holzkonstruktion mit breiten Auslegern und einem gewölbten Stoffsegel. Die Ausleger endeten in breiten Leitwerken, die mit einem transparenten Material bespannt waren, auf das seltsame Symbole aufgemalt waren.
Das Gefährt maß vom Bug bis zum Heck vielleicht fünfzehn Meter und endete in einem geschwungenen Ruder, das ebenso wie die Leitwerke aus einem hölzernen und mit Stoff bespannten Rahmen bestand. Dornen, Lanzen und Spieße standen seitlich

vom Rumpf ab und ließen das Fahrzeug wie ein gefährliches Insekt erscheinen. Die Symbole ähnelten denen einiger zentralafrikanischer Länder. Fabelwesen, Krieger und Dämonen. Mythische Gestalten in allen erdenklichen Formen und Ausprägungen. Das Verblüffende – nein, das geradezu Unglaubliche – an diesem Schiff aber war: *Es schwebte.*

Ray musste den Anblick eine Weile wirken lassen. Wie ein Zeppelin hing das Schiff in der Luft und warf seinen Schatten auf das Gras. Es verfügte über keinerlei Auftriebskörper oder Rotoren. Soweit Ray das aus der Ferne beurteilen konnte, war es nichts weiter als eine Konstruktion aus Holz und Stoff.

Die Umrisse einiger Personen zeichneten sich gegen die Sonne ab. Einige von ihnen standen unten im Gras, andere waren oben an Deck.

Ray beschirmte seine Augen. Einige trugen Federschmuck, andere wiederum schienen über eine primitive Form von Rüstung zu verfügen. Wie es aussah, waren es Eingeborene, doch so genau konnte er das auf die Entfernung nicht erkennen.

Er wollte gerade weiter nach vorn robben, als hinter ihm ein Geräusch erklang. Dans Kopf tauchte im Gras auf, dann folgten Mellie, Karl und Amy.

»Pst.« Ray gab ihnen per Handzeichen zu verstehen, sie sollten am Boden bleiben. »Runter mit euch. Sucht euch einen Busch und versteckt euch.«

Während die anderen seinen Vorschlag befolgten, kroch Amy weiter, bis sie bei ihm war. »Hatten wir nicht über das Thema Einzelaktionen lang und ausführlich gesprochen? Dein Glück, dass nichts schiefgegangen ist.« Sie fummelte in ihrer Tasche herum, zog ein kleines Fernglas hervor und presste es an die Augen. »Was haben wir denn hier? Was ist das für ein Schiff, und was sind das für Leute?«

»Wenn ich das nur wüsste«, erwiderte Ray. »Jedenfalls nicht Burke und seine Leute. Sehen aus wie Eingeborene. Und sie sind alle bewaffnet.«

»Aber es sind *Menschen*«, entgegnete Amy. »Das heißt, wir haben vielleicht doch noch eine Chance, von hier wegzukommen. Wir müssen Kontakt zu ihnen aufnehmen. Vielleicht können sie uns erzählen, was mit uns passiert ist.«
»Vielleicht können sie uns aber auch aufspießen und zum Abendbrot verspeisen«, gab Ray zu bedenken. »Ich würde erst mal zur Vorsicht raten.«
»Sieh mal.« Amy deutete nach vorn. Das Schiff war in Bewegung geraten und kam jetzt langsam auf sie zu. In einer weitgezogenen Schleife überflog es die Ebene und senkte sich dabei bis auf wenige Meter über dem Boden.
»Bei denen scheint sich etwas zu tun.«
In diesem Moment sah Ray eine Bewegung im Gras. Zu ihrer Linken huschte etwas durch die kniehohen Halme. Er konnte zuerst nicht erkennen, was es war, doch plötzlich huschte die Gestalt auf eine unbewachsene Zone.
»Schau dir das an«, sagte er aufgeregt. »Ist das nicht das Tier, das wir heute Morgen im Unterholz gesehen haben?«
Amy hielt das Glas an die Augen gepresst. Das Wesen kam jetzt genau auf sie zu. Es war offensichtlich, dass es auf der Flucht war.
»Da hol mich doch ...« Amy justierte die Schärfe. »Du hast recht. Sieht genauso aus wie die Kreatur, die uns heute Morgen beobachtet hat.« Sie drückte Ray das Glas in die Hand.
Ray brauchte eine Weile, bis er den beweglichen Punkt gefunden hatte, dann sagte er voller Erstaunen: »Ein Gorilla.«
»Ein bisschen kleiner als unsere Exemplare, aber ansonsten – ja, verdammt, du hast recht!«, stimmte Amy zu. »Aber was hat der hier verloren?«
»Frag mich was Leichteres.«
Die Barke hatte Fahrt aufgenommen und steuerte mit hoher Geschwindigkeit auf den flüchtigen Primaten zu. Die Jäger zogen den Kreis enger. Es war klar, dass sie dem Tier den Weg abschneiden wollten. Als der Gorilla bemerkte, was die Jäger

vorhatten, wurde er langsamer. Er versuchte eine andere Strategie und wich nach links aus. Doch sein Versuch scheiterte, denn offenbar hatten die Jäger genau mit dieser Reaktion gerechnet. Ein lauter Knall ertönte, dann wirbelte ein Fangnetz durch die Luft. Es erwischte den unglücklichen Flüchtling mitten im Sprung und ließ ihn mit einem dumpfen Keuchen zu Boden stürzen. Der Aufprall war hart. Im Nu waren die Jäger bei ihm.

Die Männer hatten dunkle Haut. Sie trugen rote Lederrüstungen mit Schulterplatten aus vergoldetem Metall sowie Waffen, die an Schwerter und Morgensterne erinnerten. In ihrer Linken hielten sie kunstvoll bemalte Schilde und auf ihren Köpfen trugen sie Helme, die mit schwarzen Federn besetzt waren.

Eine hochgewachsene Erscheinung war an Bord des Schiffes geblieben und befehligte die Jäger von oben. Ihre Stimme ließ Ray innehalten. Er hob das Fernglas.

»Eine Frau«, sagte er verblüfft. »Das Schiff wird von einer Frau befehligt.«

Amy nahm ihm das Glas ab und blickte hindurch. »Sieh dir ihre Rüstung an«, sagte sie. »Genau wie bei den Bugonde.«

Ray sah die Biologin scharf an. »Glaubst du etwa ...?«

Amy nickte. »Ich habe das dumpfe Gefühl, dass wir sehr bald herausfinden werden, was mit den Bewohnern von Kitara passiert ist.«

Das Schiff schwebte jetzt senkrecht über dem Opfer. Der Gorilla versuchte schnaubend und tobend das Fangnetz abzustreifen. Einer der Krieger hob eine Waffe, ähnlich einem Morgenstern, und ließ sie mit aller Kraft auf den Rücken des Tieres niedersausen. Es gab einen dumpfen Schlag, dann ertönte ein wutentbrannter Schrei. Der Gorilla bäumte sich auf und schlug um sich. Das Netz hielt seinen Ausbruchsversuchen jedoch problemlos stand. Jetzt kamen auch die anderen Jäger herbei und schlugen der Reihe nach zu. Wieder und wieder sausten die furchtbaren Waffen auf den Rücken des wehrlosen Geschöpfes nieder. Jeder

Schlag wurde von einem qualvollen Aufschrei quittiert. Blut glänzte auf den Waffen.
»Mein Gott, die schlagen ihn ja tot.« In Amys Augen schimmerte das blanke Entsetzen. »Der arme Kerl wehrt sich ja kaum noch.« Die Bewegungen des Opfers wurden immer kraftloser. Seine Schmerzensschreie waren in leises Wimmern umgeschlagen.
Amy stand auf.
»Was hast du vor?«, fragte Ray
»Verdammte Schweinerei«, stieß die Biologin hervor. Ihre Stimme bebte vor Wut. »Da reist man Millionen Kilometer, nur um hier dieselbe Scheiße wieder zu erleben.«
»Amy, bitte ...«
»Ich werde denen jetzt einen Denkzettel verpassen, den sie nicht so schnell vergessen werden.« Sie zog ihre Waffe aus der Innentasche ihrer Jacke und marschierte auf die Jäger zu.

48

Amy schnürte es die Kehle zu, als sie sah, dass die Jäger immer noch auf das arme Geschöpf einschlugen. Die dumpfen Hiebe hallten bis zu ihr herüber. Was waren das nur für Barbaren? Was hatte das Tier ihnen getan? Es zu erlegen war eine Sache, es zu quälen und zu foltern eine andere.
Sie war bis auf einen Steinwurf an die Jäger herangekommen, als diese sie bemerkten. Von einer auf die andere Sekunde hörten die Schläge auf. Ungläubig starrten die Männer zu ihr herüber. Endlos lange Sekunden standen sie nur da, dann wechselten sie ein paar kurze Worte und ließen von ihrem Opfer ab. Keulen und Schilde in Angriffshaltung, bildeten die vier Männer einen weitgezogenen Halbkreis. Ihr Ausdruck war alles andere als freundlich.
Amy breitete die Hände aus, eine Geste, die, wie sie hoffte, als universelle Geste des Friedens gedeutet wurde.
»Hallo«, begann sie das Gespräch. »Können Sie mich verstehen? ich möchte mit Ihnen reden.«
Die Krieger sahen furchterregend aus. Ihre Gesichter waren mit einer Schicht von Lehm oder Tonerde getarnt und ihre Haut mit rituellen Narben bedeckt. Amy versuchte, sich ihre Angst nicht anmerken zu lassen. Als einer der Männer seine Hand hob, sah sie, dass sie verstümmelt war.
Da die Krieger nicht mit ihr sprachen, versuchte sie es zunächst auf Suaheli. »*Habari gani? Unajua Kiingereza?*«

Keine Reaktion. Sie versuchte es noch einmal auf Luganda.
»*Osibye oty anno?*«
Noch immer kamen die Männer auf sie zu. Mit einem entschuldigenden Lächeln griff sie in ihre Hemdtasche und holte einen Proteinriegel heraus. Vielleicht gelang es ihr ja, ihr Vertrauen zu gewinnen. Die Darreichung von Nahrung wurde in allen Kulturen als Geste der Freundschaft verstanden.
Der vorderste Mann, augenscheinlich der Anführer der Gruppe, kam mit ausgestrecktem Arm auf sie zu. Vorsichtig nahm er ihr den Riegel aus der Hand und knabberte daran herum. Sein Mund verzog sich zu einem Lächeln. Die Reihe dunkelbrauner Zähne ließ sie erschauern. Mit einem Nicken gab er die Süßigkeit an seine Freunde weiter. Die Männer bissen ab und lachten. Binnen kürzester Zeit hatten sie den Riegel bis auf den letzten Krümel verspeist.
Immerhin ein Anfang.
Der vorderste Jäger richtete eine Frage an sie, doch sie verstand kein Wort. Sie hatte die Sprache noch nie zuvor gehört. Lächelnd zuckte sie mit den Schultern.
Der Mann deutete auf das Schiff. Ungeduldig wiederholte er die Frage. Als Amy den Kopf schüttelte, trat er vor und packte sie am Handgelenk.
»Halt, halt, mein Freund, nicht so ungestüm.« Ray kam mit lockerem Schritt auf sie zu. Seinen Stock lässig in der Hand schwingend, näherte er sich mit gespielter Teilnahmslosigkeit. Amy konnte erkennen, dass er die Jäger keinen Moment aus den Augen ließ. »Gibt es ein Problem?«
Amy versuchte immer noch ihre Hand freizubekommen. »Kein Problem. Ich war gerade dabei, mich diesen Herrschaften vorzustellen.«
»Das ist schön«, sagte Ray. »Da schließe ich mich doch gern an. Mein Name ist Ray.« Er wies auf sich und deutete eine Verbeugung an. »Das hier ist meine gute Freundin Amy, die es sicher zu schätzen weiß, wenn du sie wieder loslassen würdest.«

Vorsichtig berührte er die Hand des Kriegers, doch dessen Griff wurde nur noch fester. Rays Lächeln bekam etwas Versteinertes. »Scheint, als hätten wir hier ein Verständigungsproblem«, sagte er. »Also noch mal ganz langsam und zum Mitschreiben. Mein Name ist Ray. Wie heißt du?« Er deutete auf den Anführer.
Ohne Amy loszulassen wandte sich der Krieger an seine Mitstreiter. Ihre Stimmen klangen, als würde der Herbstwind durchs Laub fahren. Sie sprachen eine Weile miteinander, doch irgendwie schien das Gespräch keine Einigung zu bringen. Irgendwann drehte er sich wieder um. Sein Ausdruck war jetzt deutlich unfreundlich. Er sagte etwas, dann wollte er Amy zu sich heranziehen. Sie stieß einen kleinen Schrei aus.
»Jetzt reicht's aber.« Ray packte die Hand des Fremden mit eisenhartem Griff. Das Glitzern in seinen Augen war nicht zu übersehen.
Der Mann wich einen Schritt zurück, dann tat er etwas gänzlich Unerwartetes. So schnell, als würde ein Pfeil von der Sehne schnellen, fuhr seine Hand an seinen Gürtel, zog einen blitzenden Dolch heraus und rammte ihn Ray in die Seite.
Der Mund des Iren blieb vor Überraschung offen stehen. Sein Griff löste sich. »Du verdammter ...«
Ein Blutfleck benetzte sein Hemd. Noch einmal wollte der Jäger zustechen, doch diesmal war Ray vorbereitet. Er blockte den Hieb ab und schlug dem Angreifer mit ein, zwei gezielten Hieben die Waffe aus der Hand. Als dieser sich bückte, um sie wieder an sich zu nehmen, versetzte Ray ihm einen Tritt unters Kinn. Mit einem dumpfen Laut fiel der Mann in den Staub.
Amy drehte sich zu den anderen und rief: »Kommt schnell! Ray ist verletzt!« Mit Panik in den Augen sah sie, dass die anderen Jäger, nach einem kurzen Moment der Überraschung, auf Ray zustürzten. Sie schlugen mit ihren Schwertern und Keulen nach ihm und hätten ihn mit Sicherheit verletzt, hätte er nicht über so unglaublich schnelle Reflexe verfügt. Er tauchte unter den Hie-

ben hindurch, zog einem der Angreifer mit seinem Stock die Beine unterm Körper weg, während er gleichzeitig den immer schneller eintreffenden Hieben und Stichen auswich.
Amy riss die Waffe heraus und richtete sie auf die Angreifer.
»Bleibt, wo ihr seid!«, schrie sie. »Keine Bewegung!«
Die Jäger würdigten sie keines Blickes. Weder ihre Warnung noch der Anblick ihrer Waffe schienen irgendeinen Eindruck auf sie zu machen. *Wie denn auch?*, schoss es ihr durch den Kopf. Vermutlich hatten sie noch nie eine Handfeuerwaffe gesehen.
Sie hob die Pistole und schoss in die Luft. Der Knall brachte den Angriff zum Stillstand. Erschrocken blickten die Jäger zu ihr herüber.
Amy richtete den Lauf der Pistole auf den Anführer. »Macht, dass ihr wegkommt!«, rief sie. »Macht, dass ihr alle wegkommt! Oder ich jage euch eine Kugel in den Leib!« Als wieder keine Reaktion erfolgte, feuerte sie einen zweiten Schuss ab, direkt vor die Füße der Jäger. Staub und Sand spritzten in die Luft. Mit einem erschrockenen Laut wichen die Männer zurück.
Im Nu war Ray wieder auf den Beinen. Der Fleck auf seinem Hemd war deutlich größer geworden und glänzte feucht. Seine Bewegungen wirkten matt.
In diesem Moment trafen Karl, Dan und Mellie bei ihnen ein.
»Was ist denn hier los?« Karl betrachtete Rays Verletzung. »Mann, das sieht übel aus. Was ist denn passiert?«
»Der Mistkerl hat mir sein Messer in die Seite gebohrt. Scheint aber zum Glück nur eine Fleischwunde zu sein.«
»Schlimm?«
»Es geht schon«, sagte Ray. »Kann ich mal dein Messer haben, Mellie?«
»Klar.« Die Botanikerin griff in ihre Jeanstasche und zog ihr rotes Schweizermesser heraus. Amy dachte zuerst, er brauche es, um sich einen Verband zu schneiden, doch dann sah sie, dass er in Richtung des gefangenen Gorillas davonhumpelte.

In den Augen der Jäger leuchtete blanker Hass. Amy wusste nicht, wie lange sie die Bande noch mit ihrer Pistole in Schach halten konnte.

Ray hinkte zu dem Primaten hinüber. Mit schnellen Bewegungen durchtrennte er die Stricke. Das Tier gab dumpfe Laute von sich. Trotz seiner Verletzungen war es immer noch bei Bewusstsein.

»So«, sagte Ray, nachdem er das Netz zerschnitten hatte. »Jetzt kannst du gehen. Du bist frei.«

Er trat einen Schritt zurück.

Als ob ihn der Gorilla verstanden hätte, streifte er das Netz von seinen Schultern und stand auf.

Amy hielt den Atem an. »Das gibt's doch nicht.«

Das Wesen trug eine Art Lederkappe auf dem Kopf, die sie nur deshalb nicht bemerkt hatte, weil sie exakt die gleiche Farbe wie das Fell besaß. Seine Hände steckten in dunkelbraunen Handschuhen und um seine Taille war ein einfacher Gürtel geknotet, an dem ein abgewetzter Lederbeutel und ein Köcher mit kurzen Pfeilen hingen. Vor seinen Füßen lag eine primitive Armbrust. Der Primat stieß ein furchterregendes Knurren aus, griff nach seiner Waffe und hängte sie an seinen Waffengurt. Wachsam, die Augen stets auf die Menschen gerichtet, wich er langsam zurück. Als er weit genug entfernt war, machte er kehrt und donnerte ins nahegelegene Unterholz.

Amy war wie zur Salzsäule erstarrt. Der bekleidete Gorilla hatte ihr einen regelrechten Schock versetzt.

Sie war so fassungslos, dass sie die Jäger einen Moment lang aus den Augen ließ. Ein fataler Fehler.

Sie hörte wie etwas herangeflogen kam, dann erklang ein dumpfer Aufprall. Als sie sich umdrehte, lag Karl im Staub, etwa fünf Meter entfernt. Ein besenstieldicker, hässlich aussehender Pflock steckte in seiner Schulter. Wie eine Puppe mit gebrochenen Gliedern lag er da, sein Mund zu einem stummen Schrei geöffnet.

Amy fuhr herum. *Die Harpune.* Sie hatte die verdammte Harpune vergessen. Als sie zum Schiff hinaufsah, erkannte sie, dass die Amazone den Tötungsmechanismus zu einem zweiten Schuss lud. Angespornt von der Tat, stürzten sich die Jäger mit erhobenen Waffen auf die fünf Abenteurer. Der jüngste von ihnen, ein breitschultriger Kerl mit geflochtenen Zöpfen, hob seine Keule und zielte auf Amys Kopf. Die Biologin riss ihre Waffe hoch und drückte ab. Der Schuss fuhr durch den Helm und riss ein zentimetergroßes Loch in seine Stirn. Mit verblüfftem Gesichtsausdruck taumelte der Mann zurück und brach dann vor den Füßen des Anführers zusammen.

Der Angriff geriet ins Stocken. Wutentbrannt starrten die Jäger auf die Pistole. Erst jetzt schienen sie zu begreifen, welche Macht diese fremdartige Waffe wirklich besaß. Mit Furcht in den Gesichtern wichen sie zurück.

»Haut ab!«, rief Amy ihrem Team zu. »Zurück zur Steilwand. Verschanzt euch hinter den Felsen. Mellie, du kümmerst dich um Ray. Bring ihn zur Klippe, wir treffen uns dort. Dan, wir beide kümmern uns um Karl. Los, macht schon, solange sie noch Angst haben.« Die Waffe in ihrer Hand zitterte. Was war nur geschehen? Warum war die Situation so eskaliert? Was hatte sie falsch gemacht?

Ray humpelte ein paar Meter zurück, dann blieb er stehen. »Dreckspack«, fluchte er in Richtung der Jäger. »Am liebsten würde ich ihnen ...«

»Keine Zeit«, unterbrach ihn Mellie. »Du hast gehört, was Amy gesagt hat.« Sie fasste ihn um die Taille.

Widerwillig ließ er sich von der Botanikerin helfen.

Amy wartete, bis beide in sicherer Entfernung waren, dann blickte sie zu Karl. Der Meteorologe war in einer üblen Verfassung. Der Pflock hatte die Schulter kurz unterhalb des Gelenkes durchbohrt und war am Rücken wieder ausgetreten. Blut sickerte aus der Wunde und färbte das Hemd rot.

»Los, Dan«, sagte sie. »Hilf mir. Wir müssen ihn hier wegschaffen. Du greifst unter die eine Schulter, ich unter die andere.« Sie beugte sich vor und wollte Karls Hand ergreifen, als ihr Blick auf Dan fiel. Der Geologe stand immer noch da und starrte auf das schwebende Schiff.

»Komm schon«, fuhr Amy ihn an. »Wir haben keine Zeit zu verlieren. Fass gefälligst mit an, wir müssen Karl von hier wegbringen.«

Dan drehte seinen Kopf zu ihr. Ein verstörendes Lächeln war auf seinem Gesicht erschienen. »Was hast du gesagt?«

»Ich habe gesagt, du sollst mit anfassen. Los jetzt!«

»Warum?«

Irgendetwas in seiner Stimme jagte ihr einen kalten Schauer über den Rücken. »Warum wohl? Träumst du? Was ist los mit dir?«

In diesem Moment wurde sie von etwas Schwerem getroffen. Die Wucht des Aufpralls war so groß, dass Dan und sie zusammen zu Boden geschleudert wurden. Ein dichtes Netz von Stricken hüllte sie ein. Benommen sah sie, wie die Seile zusammengezogen wurden. Sie versuchte sich zu befreien, aber es war unmöglich. Sie hörte Stimmen, dann Schritte. Es gelang ihr, den Kopf zu drehen. Zwei der Jäger standen neben ihnen und blickten bedrohlich zu ihnen herab. Einer von ihnen hob seine Waffe. Sie hörte ein Schwirren, dann spürte sie einen scharfen Schmerz. Ihr wurde schwarz vor Augen.

49

Ray und Mellie hatten das Ende der Lichtung schon fast erreicht, als sie einen dumpfen Knall hörten. Ray fuhr herum. Seine Seite brannte wie Feuer. Wo waren Amy und Dan? Alles, was er erkannte, war ein flacher brauner Hügel, unter dem heftige Bewegungen zu sehen waren.
Ein Fangnetz! Ray sah, wie die Jäger auf das Bündel einschlugen. Die Bewegungen im Inneren des Netzes erstarben.
Vom Deck des Schiffes aus schwenkte ein Lastkran zu den Jägern hinüber.
»Nein!« Ray streifte Mellies Arm ab und rannte zurück.
»Was tust du?« Mellies Stimme klang schrill. Sie versuchte ihn einzuholen, doch er war trotz seiner Verletzung zu schnell für sie.
»... müssen ihnen helfen«, keuchte Ray.
»Das ist doch Wahnsinn! Du hast keine Waffe.«
Recht hat sie, schoss es Ray durch den Kopf. Sein Knüppel war bei der Auseinandersetzung irgendwo im Gras gelandet, und sein Messer steckte unten an der Statue. Er hatte geahnt, dass es ein Fehler sein würde, es Karl anzuvertrauen. Jetzt blieb ihm nur der Kampf mit den bloßen Händen.
»Bleib bei den Wassersäcken«, rief er Mellie zu. »Rühr dich nicht vom Fleck.«
Die drei Jäger hatten ihn bereits bemerkt. Während zwei von ihnen das Netz mit Amy und Dan hinter sich herschleiften, kam der Anführer auf ihn zu. Es war der Typ, der ihm das Messer in

die Seite gerammt hatte. Sein Ausdruck ließ keinen Zweifel daran, dass er es diesmal besser machen wollte.

Fieberhaft suchte Ray den Boden ab, in der Hoffnung, seinen Stab wiederzufinden. Doch alles, was er sah, waren ein paar faustgroße Steine. Mit zusammengebissenen Zähnen beugte er sich vor und hob ein paar davon auf.

Der Angreifer war noch etwa zwanzig Meter entfernt. Er steckte den Dolch zurück und zog ein silbergraues Kurzschwert, dessen fleckige Klinge so aussah, als würde altes Blut daran kleben. Den Schild in Vorhalteposition, das Schwert zum Schlag erhoben, kam er rasch näher.

Ray musste sich etwas einfallen lassen. Kurzentschlossen riss er sein Hemd vom Leib, legte einen der faustgroßen Steine hinein und verknotete das Ganze. Prüfend ließ er die Konstruktion durch die Luft pfeifen. Etwas Ähnliches hatte ihm in Mountjoy schon einmal das Leben gerettet, nur dass es damals ein Handtuch und ein Stück Seife gewesen war.

Das Seil des Lastkrans war beinahe am Boden angelangt. Nur noch ein knapper Meter, dann konnten die Jäger ihre Beute einhängen. Die Zeit wurde knapp. Ray wirbelte seine Keule im Kreis, um ein Gefühl dafür zu entwickeln, dann atmete er tief durch und rannte seinem Angreifer entgegen. Der Jäger nahm Verteidigungsstellung ein und hob seinen Schild. Ray täuschte einen Ausfall nach links vor, doch sein Widersacher hatte diese Aktion vorausgesehen. Er senkte seinen Schild und schlug zu. Die Klinge pfiff nur wenige Zentimeter von Rays Gesicht entfernt durch die Luft. Er taumelte zurück, stabilisierte sich wieder und ließ seinen primitiven Morgenstern auf den Schild krachen. Ein brennender Schmerz zuckte durch seine Schulter. Sein Arm fühlte sich an, als würde er langsam absterben. Wie oft würde er noch zuschlagen können? Dreimal, viermal?

Mit einem hämischen Grinsen tänzelte sein Gegner um ihn herum. Es war klar, dass er auf Zeit spielte. Er versuchte, Ray zu einem Fehler zu verleiten, während seine Kumpane die Gefangenen abtransportierten.

Noch einmal täuschte Ray einen Ausfall vor. Gelangweilt hob sein Gegner den Schild. Er wusste, was jetzt kommen würde. Doch Ray verfolgte eine andere Strategie. Er bremste den Schlag im letzten Moment ab, senkte seine Schulter und rammte den Krieger wie ein Footballspieler. Der Mann, dessen Sicht für einen Moment vom eigenen Schild behindert war, sah den Angriff nicht kommen. Mit einem überraschten Aufschrei taumelte er nach hinten. Doch auch Ray hatte Probleme. Er hatte so viel Kraft in den Stoß gelegt, dass er sich selbst nicht mehr auf den Beinen halten konnte. Er stolperte über seine eigenen Füße und fiel der Länge nach zu Boden. Ein furchtbarer Schmerz schoss durch seine linke Seite. Blitzschnell war der Jäger auf den Beinen. Ray drehte sich auf den Rücken und sah, wie er mit seinem Schwert ausholte. Er rollte zur Seite. Keinen Augenblick zu früh. Mit einem hässlichen Knirschen fraß sich der Stahl in die Erde. Ray holte mit seinen Beinen aus und zog dem Angreifer die Beine unter dem Leib weg. Schwer ächzend schlug der Jäger neben ihm auf den Boden. Ray mobilisierte seine letzten Reserven und warf sich auf den Mann. Sein massiger Körper presste dem Jäger die Luft aus der Lunge. Der Krieger wollte mit dem Schwert zuschlagen, doch Ray stemmte ihm das Knie auf den Arm. Er nahm das Hemd, schlang es dem Jäger um den Hals und zog die Schlinge zu. Seine Fluchtversuche halfen nichts. Rays Beinschere hielt ihn unerbittlich am Boden. Mit aller Kraft schnürte er den Hals des Mannes ab. Aus den kontrollierten Bewegungen wurden Zuckungen. Ray wandte den Blick ab. Die hervorquellenden Augen, die aufgeblähte blaue Zunge ... es war ein Anblick, den man sich besser ersparte.

Die Bewegungen seines Gegners erlahmten. Schließlich erstarben sie ganz. Keuchend stand Ray auf. Das Gras zu Füßen des Mannes war vollkommen zerwühlt. Seine Schuhe hatten sich zentimetertief ins Erdreich gegraben. Halb ohnmächtig taumelte

Ray weiter. In seinem vernebelten Hirn existierte nur noch ein Gedanke: *Amy.*

Das Halteseil war mittlerweile unten angelangt und die beiden Jäger knüpften das Netz daran fest. Dann kletterten sie die Strickleiter empor. Das Seil spannte sich und hob das Bündel in die Luft. Ray packte das Schwert seines Gegners und eilte dem Schiff entgegen. Sein Atem ging flach. Der Schweiß strömte ihm übers Gesicht. Knappe dreißig Meter.

»Halt!«

Langsam stieg der Segler in die Höhe. Ray mobilisierte seine letzten Reserven und rannte, wie er noch nie zuvor gerannt war. Zehn Meter ... fünf ...

Die Strickleiter, über die sich die verbliebenen Jäger an Bord gerettet hatten, schleifte noch über dem Boden – die letzte Verbindung zwischen ihm und dem flüchtenden Schiff. Er nahm Anlauf, doch gerade als er zupacken wollte, wurde die Leiter eingeholt. Nur wenige Zentimeter von seiner Hand entfernt, schoss sie in die Höhe.

Er stolperte, landete hart auf dem Boden, rollte ab, überschlug sich und blieb dann auf dem Rücken liegen.

Hoch über ihm drehte das Schiff ab und segelte mit seiner kostbaren Last in den feurigen Nachmittagshimmel.

50

Richard Mogabe fuhr erschrocken hoch. Eine Windbö drückte gegen das Zelt. Sie war so heftig, dass man glauben konnte, sie wolle es aus seiner Verankerung heben.
Er stand auf und ging zum Eingang.
Draußen war die Hölle los. Die Wolkenbank, die vor einer halben Stunde von Westen herangezogen war, hatte den Ruwenzori binnen kürzester Zeit in pechschwarze Finsternis gehüllt. Es war, als habe eine Sonnenfinsternis das Land überzogen. Die Wolkenmassen waren in Aufruhr geraten. Die Lampen tanzten wie wild im Sturm. Über ihnen zuckten bereits die ersten Blitze. Dann kam der Regen. Dicke Tropfen klatschten zu Boden und verwandelten die Erde in ein Matschfeld. Wenige Augenblicke später ergossen sich wahre Sturzbäche auf die dunkelgrünen Armeezelte, die wie eine Herde verängstigter Schafe dem Ansturm der Elemente trotzten. Windböen fegten über die Schlucht und bogen Büsche und Bäume zu Boden. Sie rüttelten an den Halteleinen und lockerten die Erdanker.
Unfassbar, wie Wilcox und Parker bei diesem Lärm schlafen konnten. Die beiden lagen im hinteren Teil des Zeltes und schnarchten leise vor sich hin. Auch die Bugondefrau war in tiefen Schlummer gesunken. Richard war zwar selbst auch ein wenig müde, aber ausruhen konnte er später immer noch. Erst musste er die Daten von Amys Computer analysieren und ein paar Gespräche führen.

Agnes Liebermann wartete bereits auf der anderen Seite der Leitung. Das Bild flimmerte und rauschte. Er tippte gegen sein Headset und justierte sein Mikrophon. »Kannst du ein bisschen lauter sprechen? Die Übertragung ist einfach furchtbar. Hier draußen tobt ein gottverdammter Orkan.«

»Ich sagte, die Gorillas sind immer noch auf Wanderung«, hörte er die Stimme seiner Kollegin. »Sie sind jetzt ungefähr auf der Höhe von Mweya.«

»Gibt es Probleme mit den Einheimischen?«

»Nicht seit wir die Gruppen begleiten«, sagte Agnes. »Mittlerweile haben sich auch die Wildhüter des Bwindi National Forest und des Queen-Elizabeth-Nationalparks dazugesellt. Sie sorgen in den Dörfern für Ruhe und Ordnung. Du kannst dir gar nicht vorstellen, was das für ein Anblick ist. Sechshundert Gorillas auf der Wanderschaft. Junge, Alte, Mütter mit Babys auf dem Rücken.«

»Und sie ziehen immer noch Richtung Ruwenzori?«

»Schnurgerade, ich habe die Richtung eben noch mal überprüft. Die Abweichung beträgt nicht mehr als ein Grad, und das, obwohl die Tiere kaum etwas sehen können. Der Himmel ist so schwarz, dass man eine Taschenlampe braucht. Ich weiß nicht, wie die das machen. Es ist fast, als hätten sie einen inneren Kompass.«

»Wie lange noch, bis sie hier eintreffen?«

»Bei ihrem derzeitigen Tempo? Ein, maximal zwei Tage.« Ein schwaches Lächeln erschien auf ihrem Gesicht. »Keine Ahnung, was die bei euch wollen.«

»Das wüsste ich auch gern. Trotzdem, danke für deinen Bericht. Ich melde mich wieder. Jetzt, wo ich Amys Rechner an die Satellitenanlage angeschlossen habe, dürfte das kein Problem mehr sein. Halt die Ohren steif, Agnes, und alles Gute.«

»Dir auch.«

Das Bild wurde schwarz.

Er überlegte kurz, dann baute er eine zweite Verbindung auf. Es dauerte nicht lange, da wurde das Bild wieder hell. Ein Gesicht erschien auf dem Monitor. »Dr. Krausnick hier, wer spricht dort?« Der Sonnenforscher wirkte übermüdet und ein wenig heruntergekommen. Seine Haare hingen ihm wirr ins Gesicht und unter seinen Augen waren dicke Tränensäcke zu sehen. An seinem knittrigen Jackett standen die Kragenenden hoch.

»Guten Tag, Dr. Krausnick«, sagte Richard. »Ich bin's noch mal, Richard Mogabe.«

»Mr. Mogabe?« Er zwinkerte in die Kamera, dann huschte ein Ausdruck der Freude über sein Gesicht. »Ich habe mich schon gefragt, ob Sie sich wohl noch mal melden würden.«

»Ich hoffe, ich störe Sie nicht.«

»Stören? Nein, ich ...« Der Forscher strich sich verwirrt durch die Haare. »Welchen Tag haben wir heute?«

»Freitag.«

»Schon? Großer Gott.«

»Ich hatte Ihnen doch versprochen, ich würde mich zurückmelden, erinnern Sie sich?«

»Aber ja, natürlich. Bitte entschuldigen Sie meine leichte Verwirrung. Seit unserem Gespräch ging es hier drunter und drüber. Ich habe seit Tagen kaum geschlafen, genauso wenig wie meine Mitarbeiter. Wir arbeiten hier am absoluten Limit. Aber jetzt erzählen Sie. Was haben Sie gefunden? Waren Sie schon im Ruwenzori?«

»Da bin ich gerade.« Richard rückte näher ans Mikro. »Es haben sich hier einige höchst ungewöhnliche Dinge zugetragen. Ich bin gerade dabei, die Puzzlesteine zu ordnen und zusammenzulegen. Erinnern Sie sich noch an das Portal, das Sie erwähnten?«

»Das ... aber natürlich.« Krausnick war mit einem Schlag hellwach. Seine Nasenspitze berührte beinahe die Kamera. »Sagen Sie nicht, Sie hätten etwas gefunden.«

»Dafür ist es noch zu früh.« Richard senkte die Stimme. »Tatsache ist aber, dass weitere fünf meiner Mitarbeiter spurlos verschwunden sind. Und zwar genau dort, wo vor einigen Monaten

schon einmal Menschen verschwunden sind. Ich erzählte Ihnen davon.«
»Und Karl ...?«
Richard blickte finster in die Kamera. »Keine Spur. Keine Nachricht und kein Hinweis auf eine Entführung. Die einzige Gemeinsamkeit zwischen den beiden Vorfällen ist, dass sie sich während einer Phase großer Sonnenaktivität zutrugen. Zu dieser Zeit gingen hier sehr ungewöhnliche Gewitter nieder. Ich kann mir nicht vorstellen, dass das ein Zufall ist.«
Krausnicks Blick bekam etwas Forschendes. »Dieses Gewitter ... was genau meinen Sie mit *ungewöhnlich?*«
»Nun, abgesehen von seiner Heftigkeit hat es fast den Anschein, als würden die Blitze von dieser Gegend regelrecht angezogen. Ich weiß, es klingt verrückt, aber ich habe den Eindruck, die Einschläge würden sich auf ein ganz bestimmtes Gebiet des Waldes konzentrieren.« Er zögerte. »Meinen Sie, sie könnten etwas mit den Sonnenstürmen zu tun haben?«
Krausnick ließ sich zurücksinken. Er strich mit dem Finger über die Unterlippe. Zwischen seinen Augenbrauen erschien eine steile Falte. Nach einer Weile fragte er: »Gibt es in Ihrer Nähe größere Ansammlungen von Metall? Eisenvorkommen, Erzlagerstätten, elektrisch leitende Bodenschichten?«
Richard hob verwundert die Augenbraue. »Nicht, dass ich wüsste. Ich bin allerdings kein Geologe. Ich weiß nicht mal, ob der Ruwenzori überhaupt irgendwelche Erzlagerstätten besitzt. Das Einzige, was ich weiß, ist, dass dieses Gebirge im Gegensatz zum Rest des afrikanischen Rift Valley nicht vulkanischen Ursprungs ist. Es besteht hauptsächlich aus Sedimentgesteinen.«
»Ist Ihnen irgendetwas Ungewöhnliches aufgefallen? Etwas mit Ihren Instrumenten vielleicht?« Krausnicks Augen bohrten sich regelrecht in den Monitor.
Richard überlegte einen Moment, dann fiel ihm ein, dass einer der Soldaten tatsächlich eine merkwürdige Äußerung gemacht hatte. »Jetzt, wo Sie es sagen – es gab Probleme mit dem Kom-

pass. Einer der Soldaten sagte, er drehe sich immerzu im Kreis und könne den Norden nicht finden … meinen Sie, etwas in dieser Art?«

Krausnick nickte gedankenvoll. »Ich glaube, ich weiß, was bei Ihnen los sein könnte. Ich vermute, dass Sie auf einer Metallader sitzen.«

»Eine Erzlagerstätte?«

»Möglich. Kupfer oder Eisen. Um einen Kompass durcheinanderzubringen, muss es allerdings eine riesige Ader sein. Aber wenn sie nahe der Oberfläche ist, könnte sie die Energie eines elektrischen Sturms auf sich ziehen, so wie ein Blitzableiter auf dem Dach eines Hauses. Und wenn sie groß genug ist – und ich meine *richtig groß* –, dann wäre sie sogar imstande, das Magnetfeld der Erde zu stören.«

»Was meinen Sie damit?«

»Es könnte zu einer Eindellung in den Feldlinien führen. Vielleicht sogar so stark, dass das Feld an manchen Stellen porös wird. Durchlässig für kosmische Strahlung, durchlässig aber auch für Sonnenflares oder Plasma. Die Teilchen würden wie bei einem Trichter entlang der Feldlinien bis zu ihnen hinuntergeleitet werden.« Er warf Richard einen bedeutungsschweren Blick über den Rand seiner Brille hinweg zu. »Wenn das der Fall ist, dann sollten Sie schnellstens von dort verschwinden.«

»Erwarten Sie denn noch weitere Ausbrüche?«

»Was meinen Sie wohl, warum wir hier die letzten Tage bis an unsere Grenzen geschuftet haben? Der Eruptionszyklus nähert sich seinem Höhepunkt. Nach unseren Berechnungen wird es in den kommenden Tagen eine weitere Eruption der Klasse X geben. Begleitet wird sie von ein paar kleineren Ausbrüchen, einer davon in einer knappen Stunde. Danach beruhigt sich die Chromosphäre wieder. Zumindest für die nächsten hundertfünfzig Jahre.«

»Dieser Ausbruch, ich meine der große … wann genau soll der stattfinden?«

Krausnick blickte seitlich auf seinen Computer. »In schätzungsweise dreißig Stunden, plus/minus ein paar Minuten.« Richard überschlug die Zeit in seinem Kopf. »Das würde heißen morgen Nacht, um dreiundzwanzig Uhr zwanzig ... Sind Sie da sicher?«
»Ganz sicher, warum?«
»Das wäre ja mitten in der Nacht.«
»Ja und? Glauben Sie, das Sonnenplasma ließe sich davon aufhalten? Die elektrisch geladenen Wasserstoffatome werden entlang der magnetischen Feldlinien um die Erde herumgeleitet und mit der gleichen Wucht bei Ihnen eintreffen, als wäre es helllichter Tag.«
»Schöner Mist.« Richard trommelte gedankenverloren mit seinem Bleistift auf den Tisch.
»Ich kann meine Warnung nur noch einmal bekräftigen. Machen Sie, dass Sie da wegkommen. Der letzte Flare dürfte so ziemlich der ...«
Richard konnte die letzten Worte nicht mehr verstehen, denn eine neue Windbö zerrte und rüttelte am Zelt. In diesem Moment wurde die Plane zurückgerissen. Leutnant Jen Katumba stand im Eingang, sein Gesicht nass vom Regen. In seinen Augen leuchtete Furcht. »Wecken Sie die anderen«, rief er. »Da draußen ist etwas.«

51

Stewart Parker stand am Eingang des Zeltes und blickte in den sturmverhangenen Nachmittagshimmel. Der Regen prasselte mit unverminderter Härte vom Himmel. Blitz und Donner überzogen die Kitandara-Schlucht mit einem Stakkato aus Licht und Schatten. Durch den Regen hindurch sah er, dass der Großteil der Soldaten zur Abbruchkante gerannt war und sich dort versammelte. Irgendetwas hatte ihre Aufmerksamkeit erregt. Seite an Seite mit Richard und Wilcox verließ er die Wärme und Heimeligkeit des Zeltes. Er war immer noch müde, aber die Kälte des Regens machte ihn schnell wieder munter. Die Kapuze über den Kopf gezogen und den Kragen seiner Jacke hochgeschlagen, eilte er über den aufgeweichten Boden. Seine Füße sanken ein. Er musste aufpassen, nicht auszurutschen.
»Nur gut, dass das Wasser zur Schlucht hin ablaufen kann, sonst würden wir bald knietief im Morast stehen«, hörte er Richard sagen. Er wischte die Tropfen aus seinem Gesicht und warf einen Blick in die Schlucht. »Was ist denn los? Was wollte Katumba?«
»Da bin ich selbst überfragt«, sagte Richard. »Er schrie etwas von *raus aus dem Zelt* und dann war er wieder weg.«
»Katumba ist ein harter Knochen«, sagte Wilcox. »Wenn der die Pferde scheu macht, dann nicht ohne Grund.«
»Ja, aber was könnte das sein? Ich kann nichts erkennen.« Er warf einen Blick zurück zum Zelt und sah, dass die junge Kriegerin erschienen war. Als sie die drei Männer sah, humpelte sie

zu ihnen herüber. Der Regen strömte über ihre pechschwarze Haut.

»Zeit, dass ich mal wieder das Kindermädchen spiele«, sagte Stewart mit einem schiefen Lächeln. Als Elieshi ihn kommen sah, schüttelte sie den Kopf. »*Nedda.*«

»Als hätte ich's geahnt«, sagte er. »Na gut, dann nehmen Sie wenigstens das hier.« Er zog seine Regenjacke aus und hängte sie ihr über die Schultern. »Und beschweren Sie sich nicht, wenn Sie eine Erkältung bekommen.«

Ein kurzes Lächeln huschte über ihr Gesicht, dann ging sie zur Schlucht.

»Sie scheint ja einen richtigen Narren an dir gefressen zu haben«, sagte Richard mit breitem Grinsen.

»Vielleicht hast du ihr gefehlt«, feixte Wilcox. »Pass bloß auf, die macht dir noch einen Antrag.«

»Lasst die Sprüche, Jungs. Ich bin nicht in der Stimmung für eure Witze.«

Elieshis Blick war von Sorge erfüllt. Stewart konnte sich keinen rechten Reim darauf machen. »Ich verstehe das nicht«, sagte er. »Sie macht den Eindruck, als fürchte sie sich vor irgendetwas. Überhaupt scheinen hier alle mehr zu wissen als wir. Vielleicht sollten wir doch vorsichtig sein.«

Er hatte seine Warnung kaum ausgesprochen, als ein merkwürdiger Laut ertönte. Es klang wie das Heulen eines Wolfsrudels. Begleitet wurde es von einem Zischen, als sei eine Hochspannungsleitung ins Wasser gefallen. Elieshi zuckte zurück. Das Geräusch kam von rechts, genau aus der Schlucht.

»Himmel!«, stieß Richard aus. »Was war denn das?«

Die Soldaten leuchteten mit ihren Halogenlampen in die Tiefe. Auf einmal schrie einer von ihnen auf. »Da ist etwas!«

Katumba schnappte sich eine Lampe und leuchtete in die Tiefe. Stewart folgte ihm. Er musste sehen, was da unten war. Vorsichtig trat er an den Rand der Klippe und beugte sich vor. Tief unter ihm schäumte und brauste der Kitandara. Der heftige Regen hat-

te ihn wie eine abgepresste Ader anschwellen lassen. Seine schwarzen Fluten schäumten durch die enge Schlucht.
Der Lichtkegel von Katumbas Halogenscheinwerfer zerschnitt die Dunkelheit. Stewart glaubte eine Bewegung zu sehen, musste jedoch feststellen, dass es nur ein Baum war.
»Und?«, fragte Richard.
»Nichts«, entgegnete Stewart. »Da unten ist nichts.«
Kaum dass er das gesagt hatte, sah er am linken Rand seines Gesichtsfeldes eine Bewegung. Ein schnelles Huschen, kaum wahrnehmbar.
»Leuchten Sie mal da rüber«, rief er dem Offizier zu. Katumba schwenkte die Lampe. Der Lichtkegel enthüllte eine fettglänzende, unförmige Masse, die wie ein gewaltiger Bienenstock im unteren Teil der Felswand klebte. Die gesamte Oberfläche dieser kuriosen Erscheinung schien in Bewegung zu sein. Stewarts erster Gedanke galt einem gewaltigen Schlangennest, bis sich das Gebilde plötzlich bewegte. Zwei lange Extremitäten schossen aus der Hauptmasse, wurden länger und packten das umliegende Felsgestein. Das Schlangennest rutschte ein Stück die Felswand hinauf.
Entsetztes Stöhnen erklang unter den Soldaten.
Stewart zuckte zurück. »Was in Gottes Namen ist denn das?«
Statt einer Antwort ertönte ein Schuss. Katumba hatte seine Pistole gezogen und zog den Abzug durch. Ein, zwei, drei Schüsse krachten durch die Dunkelheit. Das Mündungsfeuer warf zuckende Schatten über den Boden.
Stewart blickte auf die Masse, doch das Ergebnis war gleich null. Die Kugeln schienen einfach durch das Gebilde hindurchzufliegen. Der Leutnant schoss ein weiteres Mal auf die amorphe Masse, doch das Ergebnis blieb das gleiche. Ein bösartiges Zischen erklang. Ranken wanden sich auf der Oberfläche der Kreatur. Einen Moment lang sah Stewart bösartige Augen aufflackern, dann verschwand das Wesen blitzartig unter einem Überhang.
In diesem Augenblick brach die Hölle los. Die Soldaten eröffne-

ten das Feuer. Mündungsblitze überzogen die Felsen mit stroboskopartigen Lichtblitzen. Der Lärm war unvorstellbar. Stewart schlug die Hände auf die Ohren und taumelte nach hinten. Er hatte solche Szenen bisher nur in Hollywoodstreifen gesehen. Nie im Leben hätte er geglaubt, dass Schusswaffen einen derartigen Krach veranstalten konnten.

In panischem Schrecken machte er kehrt und eilte in Richtung der Zelte. »Warte«, schrie Richard, doch Stewart reagierte nicht. Er wollte weg hier, nur weg.

Durch knöcheltiefen Matsch lief er an den Zelten vorbei und hinein in den Wald. Er wollte gerade zwischen den Stämmen der Bäume abtauchen, als er ein Netz dünner roter Linien bemerkte, die sich wie feurige Glühwürmchen gegen den dämmerigen Wald abhoben. Buchstäblich im letzten Moment blieb er stehen. Sein Herz schlug ihm bis zum Hals. Keuchend und schweißgebadet starrte er auf die Linien. Das Sicherungsnetz! Die Laser reagierten zwar nicht auf Regen, aber auf sich bewegende Körper. Wäre er hineingelaufen, die automatischen Waffen hätten ihn auf der Stelle getötet. Die einzige Stelle, an der man kein solches Netz aufgestellt hatte, war die Schlucht.

Einen Moment lang blinzelte Stewart irritiert in den Regen. Ein schrecklicher Verdacht keimte in ihm auf. Konnte es sein, dass das Wesen von der Selbstschussanlage wusste? War es möglich, dass es deswegen entschieden hatte, von unten anzugreifen?

In diesem Moment kam Richard angerannt. »Du meine Güte«, keuchte er. »Was machst du nur für Sachen? Für einen Moment habe ich tatsächlich geglaubt, du wolltest durch die Absperrung laufen.«

»Es war der N'ekru«, sagte Stewart. »So wahr ich hier stehe, ich habe ihn mit eigenen Augen gesehen.«

»Was immer es war, die Soldaten haben ihn aus den Augen verloren. Komm, schnapp dir eine Waffe und komm mit.«

»Kugeln helfen bei dem Ding nicht«, widersprach Stewart. »Die Schüsse richten nicht den geringsten Schaden an, ich hab's mit

eigenen Augen gesehen. Wenn eine der Ranken getroffen wird, wächst sofort ein neuer Trieb nach. Genau wie bei dem Ding im Glas.«
»Das Einsatzkommando hat seine halbe Munition darauf abgefeuert. Kein Lebewesen kann einen solchen Kugelhagel überstehen. Komm, ehe du versehentlich doch noch in die Absperrung läufst.« Richard ging ins Waffenzelt und kam mit einem AK-47-Maschinengewehr wieder heraus.
»So etwas schon einmal bedient?«
Stewart schüttelte den Kopf.
»Na gut, pass auf.« Der Wildhüter erklärte ihm im Schnelldurchlauf die grundlegende Funktionsweise. Eigentlich ein simples Gerät. Stewart hängte die Waffe um, dann ging er wieder zu den Soldaten zurück. Das Gewitter war mittlerweile weitergezogen. Der Regen nahm ab. Überall standen Pfützen. Er bemerkte, dass Elieshi damit beschäftigt war, lange Holzstäbe zusammenzusuchen. Trotz ihrer Verletzung humpelte sie herum, sammelte Stecken und trug sie in ein nahegelegenes Zelt. Dann kam sie wieder heraus und holte weitere.
»Irgendeine Ahnung, was sie da macht?«
Ehe Richard antworten konnte, ertönte von rechts aufgeregtes Geschrei. Stewart fuhr herum.
Ihm stockte der Atem.
Eine riesige, unförmige Masse kroch über die Felskante. Das Licht der Lampen offenbarte ein Knäuel sich windender und rankender Adern. Seine Haut wirkte, als bestünde sie aus lebenden, atmenden Algen. Es war kaum möglich, einzelne Gliedmaßen in diesem Gewimmel zu erkennen. Stewart war so paralysiert, dass er ganz vergaß, seine Waffe zu heben.
Die Kreatur stieß ein Keuchen aus, dann holte sie mit einer ihrer enorm langen Extremitäten aus und stieß einen der völlig überraschten Wachposten in die Tiefe. Es ging alles so schnell, dass die Soldaten eine Weile brauchten, um sich zu formieren. Wertvolle Sekunden, die das Wesen nutzte, um einen weiteren Sol-

daten zu packen und ihn in einer beinahe zärtlichen Umarmung an die Brust zu drücken. Stewart hörte einen Schrei, gefolgt von einem markerschütternden Knirschen. Es klang, als würde man einen trockenen Ast zerbrechen. Blut und Gedärme quollen zwischen den gewaltigen Fangarmen hervor, tropften herab und landeten mit einem matschigen Geräusch auf dem Boden.
Stewart riss seine Kalaschnikow von der Schulter, entsicherte die Waffe und zog den Abzug durch. Blendendes Feuer ergoss sich über die widerwärtige Kreatur. Der Lärm und der Rauch betäubten seine Sinne. Der Rückstoß der Waffe war so heftig, dass Stewart einen ganzen Meter auf dem schlammigen Untergrund nach hinten rutschte. Die Waffe wurde heiß. Das Wesen ließ von seinem unglücklichen Opfer ab und richtete seinen Blick auf Stewart. Seine hässlichen Augen starrten ihn direkt an. Dann kam es auf ihn zu. Einem tiefsitzenden Instinkt folgend, ging Stewart in die Hocke. Ein dumpfes Schwirren ertönte. Knapp einen Meter über seinem Kopf fuhr der Arm der Kreatur durch die Luft. Hätte er noch aufrecht gestanden, er wäre wie eine Fliege zerquetscht worden. Auf einmal waren von überall her Schüsse zu hören. Die Soldaten ließen sich diese Chance nicht entgehen. Ein Inferno aus Licht und Schatten lag über dem Lager. Über das Krachen und Knattern der Maschinengewehre hinweg hörte Stewart das matschige Aufschlagen von Kugeln. Pflanzensaft spritzte ihm ins Gesicht, benetzte ihn mit ätzender Säure. Mit hektischen Bewegungen wischte er die Tropfen weg, dann robbte er aus der Gefahrenzone. *Weg hier, nur weg.* Wie ein verletztes Tier kroch er durch den Matsch. Er war schon bei den vorderen Zelten angelangt, als er es endlich wagte, wieder aufzustehen. Die Kreatur stand immer noch. Der Kugelhagel schien ihr nichts auszumachen, im Gegenteil. Ihre Bewegungen wurden wütender. Einer der Männer wurde zerdrückt, ein anderer zertrampelt, ein weiterer über die Steilkante in sein Verderben gestoßen. Ein junger Kerl von vielleicht zwanzig Jahren versuchte zu fliehen und lief dabei in die von Lichtschranken

gesicherte Verteidigungslinie. Es gab einen dumpfen Knall, dann sah Stewart verbrannte Fleischfetzen davonfliegen.

Die hochgezüchteten Waffen der Soldaten hatten gegen das archaische Monster keine Chance.

Alles deutete darauf hin, dass der Kampf nur noch wenige Sekunden dauern würde, doch plötzlich geschah etwas Unerwartetes. Ein flammender Speer flog durch die Luft und bohrte sich in den Rücken der Kreatur. Ein Zischen ertönte. Das Wesen fuhr herum und versuchte, das unliebsame Geschoss herauszuziehen, doch es kam nicht daran. Noch ein Speer kam herangeflogen und dann noch einer. Die Speere brannten lichterloh und gingen auch nicht aus. Dann begann das Wesen zu brennen. Erst an einer Stelle, dann an der anderen. Stewart hob vor Verwunderung die Brauen.

Elieshi.

Die Kriegerin stand vor dem Zelt und beschoss das Wesen mit brennenden Pfeilen. Sie hatte im Inneren des Zeltes ein Feuer entzündet und die Holzstangen hineingelegt. Wie Speere flogen sie durch die Luft und blieben in der porösen, sich windenden Außenhaut der Kreatur stecken. Ein Knistern und Zischen drang an Stewarts Ohr.

Die Kreatur ließ von den verbliebenen Soldaten ab und drehte sich mit einem furchterregenden Keuchen um. Es war klar, was es vorhatte. In diesem Moment hatte Stewart eine Idee. Er sprang auf, rannte in das Lazarettzelt und schnappte sich alle brennbaren Utensilien, die ihm in die Finger kamen. Reinigungsalkohol, Äther, Waschbenzin, Massageöl, Mullbinden und Sprühverband. Er umschlang die Flaschen mit seinen Armen, dann rannte er hinaus und begann, die Kreatur mit seinen Projektilen einzudecken. Keinen Augenblick zu früh. Das Wesen hatte Elieshi beinahe erreicht. Nur wenige Sekunden trennten die Frau davon, einen schrecklichen Tod zu sterben. Das erste Geschoss war eine Halbliterflasche mit Reinigungsalkohol. Sie zerbarst beim Aufprall und ergoss ihren Inhalt über die knotige Außenhaut. Eine

Stichflamme hüllte den Oberkörper ein und ließ ihn hell aufleuchten. Doch das war erst der Anfang. Hintereinander landeten Benzin, Öl und Mullbinden auf dem Wesen und verwandelten es in eine lebende Fackel.

Elieshi war vergessen. Wütend und verzweifelt fuhr die Kreatur herum und suchte nach dem Urheber für diesen Angriff. Doch es war zu spät. Die verbliebenen Soldaten hatten ihre Chance erkannt und handelten sofort. Einer der Soldaten hatte den Flammenwerfer ausgepackt und verwandelte den Schauplatz in ein Meer aus Glut und Asche. Heißer Wind blies Stewart ins Gesicht. Er lief zu Elieshi hinüber und zog sie aus dem Gefahrenbereich. Die beiden stürzten zu Boden.

Das Wesen schrie und taumelte. Ein Singen, als würde man frische Zweige ins Feuer werfen, erfüllte die Luft. Gleichzeitig breitete sich ein beißender Gestank aus. Doch noch immer stand die Kreatur auf zwei Beinen. Wild um sich schlagend, rannte sie durch das Lager und setzte die Zelte in Brand. Dann näherte sie sich der Sicherheitsabsperrung. Es gab ein kurzes Aufblitzen der automatischen Gewehre, dann zündete eine der Tretminen. Eine schwere Explosion erschütterte das Plateau. Brennende Pflanzenmaterie flog durch die Luft und fiel klatschend zu Boden. Die Ranken wanden und krümmten sich, brannten jedoch noch weiter. Die Soldaten zögerten nicht lange und verbrannten die Reste mit ihrem Flammenwerfer. Stinkend und rauchend verendete das Wesen inmitten der Trümmer des zerstörten Lagers.

52

Mellie strich über Karls Kopf. Seine Gesichtsfarbe war in den letzten Minuten immer heller geworden. Kreideweiß und schweißbedeckt lag er da, während sich seine Brust flatternd hob und senkte. Ein hässlicher dunkelbrauner Fleck verunstaltete sein Hemd. Ein Segen, dass er ohnmächtig war, sie hätte nicht gewusst, wie sie die Schmerzen hätte lindern sollen. Sie hatten keine Medikamente und keinen Alkohol.
Sie wagte gar nicht daran zu denken, was geschehen würde, wenn sie versuchten, ihn ins Lager zurückzutragen. Aber irgendetwas musste geschehen. Sie konnten ihn ja schlecht hierlassen.
Sie riss einen Stofffetzen von ihrem Hosenbein ab, befeuchtete ihn mit einem Schluck aus dem Wasserschlauch und tupfte damit seine Stirn. Unruhig wälzte er sich hin und her.
Ray saß ein wenig abseits und starrte in die dunkle Wolkenbank. Was wohl in seinem Kopf vorgehen mochte? Wie war es überhaupt zu der Auseinandersetzung gekommen? Warum hatte man sie angegriffen?
Irgendwo über ihnen ertönte eine Reihe klagender Rufe. Als sie sich umdrehte, sah sie, dass hinter ihr der Himmel pechschwarz geworden war. Ein Schwarm Vögel floh vor der herannahenden Gewitterfront. Wenn es denn überhaupt Vögel waren. In dieser Welt war alles anders. Die Pflanzen, die Tiere, ja sogar die Naturgesetze, alles war fremd. So ähnlich musste sich Robinson

Crusoe gefühlt haben, als er auf der kleinen karibischen Insel im Mündungsgebiet des Orinoko gestrandet war. Neunundzwanzig Jahre allein auf einer Insel. Kein Wunder, dass er im Laufe der Geschichte religiös geworden war. Anders war die Situation für einen sensiblen Menschen wohl kaum zu ertragen. Neunundzwanzig Jahre. Sie würden hier nicht mal eine Woche überleben.

Welcher Gott herrschte hier? War es derselbe Gott, zu dem sie in der Kirche in Napier gebetet hatte? War er auch der Herrscher über diese Welt? Ein Gefühl völliger Einsamkeit hüllte sie ein.

Auf einmal bemerkte sie eine Bewegung am Rande des Plateaus. Sie kniff die Augen zusammen. Da waren mehrere Gestalten, die von rechts näher kamen.

»Ray?«

»Hm?«

»Sieh mal da drüben.«

Der Ire drehte seinen Kopf und beschirmte seine Augen mit der Hand. Drei runde, dunkelbraune Gestalten kamen von der entfernten Baumreihe zu ihnen herüber. Sie waren breitschultrig, mit langen Armen und kantigen Köpfen.

»Sind das Gorillas?«, murmelte sie.

»Das werden wir gleich erfahren.« Ray stand auf und hielt dabei seine Seite. Mellie legte Karl sanft auf den Boden, stand auf und klopfte sich den Staub von der Hose. Die drei Tiere kamen langsam auf sie zu. Ihre Bewegungen waren vorsichtig und beherrscht. Es war schwer, im Gegenlicht Details auszumachen. Mellie erkannte jedoch, dass die drei von höchst unterschiedlichem Alter und Aussehen waren. Der vorderste kam ihr bekannt vor. Es war der Gorilla, den sie aus der Gefangenschaft der Luftpiraten befreit hatten. Sein haselnussbraunes Fell war schmutzig und blutverkrustet. Neben ihm ging ein weibliches Tier, klar zu erkennen an ihren Brüsten und den deutlich schmaleren Schultern. Sie war vom Fell her heller und scheckiger. Auf dem Rücken trug sie ein Bündel, das Mellie zuerst für Feuerholz hielt,

bis sie bemerkte, dass daraus zwei kleine Arme in die Luft ragten.
»Sie hat ein Baby«, flüsterte sie.
Ray nickte. »Ich sehe es. Ein gutes Zeichen. Scheint, dass sie uns nicht als Bedrohung empfinden.«
Das rechte Geschöpf war bei weitem am auffälligsten. Es war ein männliches Tier und augenscheinlich schon sehr alt. Es trug eine Art Schärpe, die sein Geschlecht halb verdeckte. Auf seinem Kopf thronte eine Haube, die aus Zweigen und Knochen bestand und ein wenig an den Kopfputz der Ureinwohner Papua-Neuguineas erinnerte. Eine Maske beschirmte seine Augen, doch darunter war ein breiter Mund und ein langer heller Bart zu erkennen. Sein Fell war struppig und kahl, und er bewegte sich langsam und unsicher. In seiner rechten Hand hielt er einen Stab, der ihm beim Gehen gute Dienste leistete. Mellie rückte an Ray heran. Die drei Wesen wirkten zwar nicht unbedingt bedrohlich, aber sie waren dennoch ziemlich ehrfurchtgebietend.
Als das Empfangskomitee auf fünf Meter herangekommen war, blieb es stehen. Ein penetranter Geruch von Schweiß und Urin stieg Mellie in die Nase. Aufmerksam und mit der gebührenden Skepsis standen die Affen da und begutachteten die Menschen. Mellie konnte hören, wie sie atmeten. Es war ein tiefes, kehliges Schnaufen, das hin und wieder in ein Grunzen mündete.
»Was machen wir jetzt?«, flüsterte sie.
»Ich würde vorschlagen, wir versuchen, uns mit ihnen zu verständigen.«
»Und wie willst du das anstellen? *Es sind Affen.*«
»Das sind wir auch, wenn man es genau nimmt.«
Ray trat einen Schritt vor. Er senkte seinen Blick und gab ein Räuspern von sich. Es war ein Laut aus der Gorillasprache, der so viel bedeutete wie*: Alles in Ordnung, du brauchst dir keine Sorgen zu machen,* und Ray hatte den Ton wirklich gut getroffen.
Die Reaktion war verblüffend.

Die drei Geschöpfe schauten sich an, dann trat der mit der Schärpe vor. Als er auf zwei Meter an sie herangekommen war, stieß er eine Reihe gutturaler Laute aus. Mellie glaubte, sie habe sich verhört. »Das klang ja fast, als würde der reden.«
»Schien mir auch so.«
»Meinst du, er hat uns etwas gefragt?«
Ray zuckte die Schultern. »Wenn ja, dann vermutlich, wie wir heißen und was wir hier wollen. Ach, was soll's, ich werde mal mein Glück versuchen.« Er stieß ein Räuspern aus und deutete auf seine Brust. »Mein Name ist Ray. Das hier sind Mellie und Karl.« Er wies auf den am Boden liegenden Meteorologen. »Er ist verletzt. Wir brauchen Hilfe«, fügte er hinzu.
Der Gorilla kam mit vorsichtigen Schritten auf sie zu, umrundete den Körper ihres Freundes und betrachtete die herausragende Harpune. Mit einem kehligen Laut rief er seine beiden Begleiter her. Der jüngere Gorilla und das Weibchen mit dem Baby näherten sich vorsichtig. Sie wirkten, als wären sie Menschen gegenüber nicht besonders freundlich eingestellt. Der Gorilla untersuchte Karl ausgiebig, dann zog er ein gewundenes Stück Holz unter seiner Schärpe hervor. Er setzte es an die Lippen und blies hinein. Ein tragender, kummervoller Laut stieg in die Luft und strich über die grasbewachsene Ebene.
Er war kaum verhallt, als Mellie hinter den Bäumen ein Segel emporsteigen sah. Ein Schiff! Es flog eine kleine Kurve und steuerte dann auf sie zu.
Kein Zweifel, es war ein Flugschiff, wenn auch wesentlich plumper und klobiger als das Schiff der Menschen. Der Rumpf war kaum mehr als ein grob behauener Baumstamm, in den man einen verdreht wirkenden Mast gesteckt hatte. Einige dunkelbraune Stofffetzen flatterten träge im Wind, aber angetrieben wurde es von einem primitiven Heckrotor.
Voller Verwunderung beobachtete Mellie, wie das Konstrukt langsam auf sie zutrieb. Es wirkte wie ein Schiff, das ein Sieben-

jähriger ohne praktische Erfahrung aus einem Stück Rinde zusammengeschustert hatte.
Als es nah genug war, regneten einige dicke Taue herunter, von denen sich weitere Affen zu ihnen herabschwangen. Keine fünf Minuten später standen Mellie und Ray einer Gruppe von sechs hochgewachsenen Primaten gegenüber, die mit großen Augen zu ihnen herüberstarrten. Der Schamane gab dem Schiffsführer ein Zeichen. Eine Art hölzerne Palette wurde an vier Stricken heruntergelassen. Als sie im Gras aufsetzte, gingen zwei der Affen auf Karl zu, hoben ihn vorsichtig hoch und legten ihn auf das Tragegestell. Er stöhnte leise, erwachte jedoch nicht aus seiner Ohnmacht. Langsam wurde er emporgezogen und von starken Armen in Empfang genommen. Dann kam die Palette zurück. Der Schamane gab Mellie und Ray zu verstehen, sie sollten ebenfalls darauf Platz nehmen.
Mellie zögerte, doch Ray ergriff ihre Hand. »Komm. Lass uns einsteigen. Wir sind auf ihre Hilfe angewiesen. Allein werden wir hier nicht überleben.«
»Na gut. Was bleibt uns schon anderes übrig?«
Sie stiegen auf das Holzgestell und ließen sich hinaufziehen. Dann drehte das Schiff und flog vor dem rasch dunkler werdenden Himmel davon.

53

Richard hielt ein Taschentuch vor die Nase, doch das half kaum etwas gegen den beißenden Rauch. Dichte Schwaden zogen über die Lichtung, gespeist aus unzähligen kleineren und größeren Schwelbränden. Das Lager war ein einziges Schlachtfeld. Gerade mal zwei Zelte waren stehen geblieben, der Rest war verbrannt, eingeknickt oder eingestürzt. Nahrungsmittel und technische Ausrüstung lagen verstreut im Matsch, vieles davon zerdrückt oder zertrampelt. Zwei der Soldaten wurden vermisst, etliche mussten mit schweren bis lebensgefährlichen Verletzungen behandelt werden. Mit Verzweiflung in den Augen blickte er umher. Er wusste, dass er sich jetzt nicht aus dem Staub machen durfte, trotzdem musste er weg. Das Tageslicht reichte für maximal zwei Stunden.
»Ich muss noch einmal zurück«, sagte er.
Stewart Parker hob die Augenbrauen. »Zurück? Wohin?«
»Zur Pyramide. Es gibt da etwas, das ich unbedingt überprüfen muss.«
»Jetzt?«
»Es geht nicht anders. Diese Sache geht mir seit dem Gespräch mit Krausnick nicht mehr aus dem Kopf.«
»Könntest du dich etwas deutlicher ausdrücken?«
»Es hat etwas mit diesem Ort zu tun. Er sagte, es könne etwas mit einer Erzlagerstätte oder einer Metallader zu tun haben. Ich muss noch mal zurück.«

Parker schien es immer noch nicht zu verstehen. »Aber du kannst uns doch jetzt nicht hängenlassen. Sieh dich mal um. Das Lager ist ein Trümmerfeld. Wir brauchen hier jede Hand.«
»Darum werde ich auch allein gehen. Die beiden Sanitäter sind zum Glück unverletzt geblieben, außerdem sind da noch Wilcox und du. Ihr bekommt das schon hin.« Er legte Parker die Hand auf die Schulter. »Ich kann es ja selbst nicht erklären. Ich habe nur einfach das ganz dringende Gefühl, dass ich unbedingt noch mal zurückmuss.«
»Aber warum? Was ist denn dort?«
»Wenn ich das nur wüsste. Aber unsere Aufgabe ist immer noch, etwas über Amy und ihre Leute herauszufinden. Und genau das werde ich tun.«
»Und ich kann dich wirklich nicht umstimmen?«
Richard schüttelte den Kopf. »Wird nicht lange dauern«, sagte er. »Wenn alles glattgeht, bin ich in zwei Stunden wieder da.«
»Das würde ich dir auch raten, dann ist es nämlich stockfinster hier. Sieh zu, dass du dich nicht verläufst, sonst musst du die Nacht im Urwald verbringen.«
Richard packte seinen Rucksack, nahm Wasserflasche und Wegzehrung mit und steckte auch Kompass, Taschenlampe und GPS-Empfänger ein. Vermutlich würde außer der Taschenlampe nichts funktionieren, aber er wollte seine Theorie unbedingt überprüfen. Mit einem Lächeln machte er kehrt und ging in den Wald.
Er war noch nicht weit gekommen, als er hinter sich einen Ruf vernahm. Er blickte zurück. Die Kriegerin humpelte auf ihren Speer gestützt hinter ihm her.
»*Ogenda wa?*«
»Wohin ich gehe? Zur Pyramide.«
»*Bulungi. Tugende.*«
»Du willst ... was?«
Ohne auf sein Einverständnis zu warten, marschierte sie an ihm vorbei. Sie legte dabei ein Tempo vor, dass es ihm schwerfiel, ihr zu folgen. »Moment mal«, sagte er, als er sie erreichte. »Du kannst

nicht mitkommen, es ist viel zu gefährlich. Verstehst du? *Otegeera.*«
Sie würdigte ihn keines Blickes.
»Verdammt. Na dann komm eben mit. Aber ich werde nicht den Babysitter spielen, verstanden?«
Die Kriegerin blieb stehen und sah ihn aus anthrazitfarbenen Augen an. »Ich nicht ... Baby.« Mit diesen Worten ging sie weiter.
Eigentlich hatte sie recht, dachte er. Vielleicht würde sie ja noch so einen genialen Einfall wie den mit den brennenden Speeren haben ...

Die Dämmerung war bereits vorangeschritten, als Richard und Elieshi die Pyramide erreichten.
Das zyklopische Gebäude ragte dunkel in den abendlichen Himmel, bekränzt von einem Lichtbogen aus flammenden Rottönen. Elieshi setzte sich auf einen der umgestürzten Mauerreste, legte eine Verschnaufpause ein und beobachtete, wie Richard seinen Kompass herauszog. Sein Blick war auf das Display gerichtet, während er ein paar Schritte nach rechts ging, sich umdrehte und wieder zurückmarschierte. Die Anzeige lieferte widersprüchliche Daten. Krausnick hatte ganz recht gehabt. Hier musste wirklich etwas im Untergrund stecken. Als er sah, dass Elieshi ihn beobachtete, ging er zu ihr hinüber.
»Ich versuche herauszufinden, was mit unseren Leuten geschehen ist«, erläuterte er auf ihren fragenden Blick hin. »Dieser Ort besitzt einige wirklich sehr ungewöhnliche Eigenschaften. Die Nadel sollte normalerweise nach Norden zeigen, siehst du? Doch stattdessen pendelt sie unschlüssig hin und her. Warte mal, ich habe noch ein anderes Gerät.« Er holte sein GPS heraus und schaltete es ein. Doch der Apparat lieferte nur elektronisches Kauderwelsch. Keine Ortsangaben, keine Längen- und Breitenanzeige, nicht mal die Höhenanzeige funktionierte. Elieshi schaute eine Weile auf die sich ständig verändernden Symbole, dann schüttelte sie den Kopf. »Kaputt?«

»Kaputt? Nein, eher verwirrt«, sagte Richard. »Ich verstehe es auch nicht. So kommen wir jedenfalls nicht weiter.« Er steckte die Geräte wieder weg und sah zu dem Eingang der Pyramide hinüber. In der Dämmerung wirkte die Öffnung dunkel und Unheil verkündend.

»Ich muss noch mal in die Pyramide hinein«, sagte er. »Möchtest du mit?«

Elieshi nickte, dann stützte sie sich auf ihren Stab und stand auf. Er wollte ihr helfen, doch sie lehnte sein Angebot ab. Über dem Portal waren die Schlingpflanzen weggerissen und weggehackt worden. Überall lagen Rankenteile herum, manche von ihnen mehrere Zentimeter dick. Auf einer Breite von einigen Metern hatte man die Verzierungen des Türsturzes freigelegt, was einen ungehinderten Blick auf die seltsamen Zeichen ermöglichte. Eines der Symbole war mit mechanischer Kraft – einem Pflock oder Stein – in den Fels hineingetrieben worden und hatte so vermutlich den Öffnungsmechanismus ausgelöst. Der Abdruck einer schweren Steinplatte war auf dem Boden zu sehen.

Richard hatte die Pyramide mit den Soldaten bereits untersucht, war aber das Gefühl nicht losgeworden, dass sie irgendetwas übersehen hatten. Das Gefühl wurde stärker, als er das Gebäude betrat. Er blieb stehen und ließ den Lichtstrahl durch das düstere Gewölbe kreisen. Ein merkwürdiger Geruch, der ihm beim ersten Mal nicht aufgefallen war, lag in der Luft. Eine Andeutung von Ozon, so als habe hier vor kurzem eine UV-Lampe gebrannt. Er ließ den Kegel seiner Lampe weiter durch die Halle schweifen. Nichts schien sich verändert zu haben.

Elieshis Gesichtsausdruck schwankte zwischen Ehrfurcht und Angst. Mit zaghaften Schritten trat sie auf die Wandfriese zu und betrachtete die Bilder. Richard begleitete sie und richtete das Licht auf die Stellen, die sie interessierten. Vielleicht war es ja eine glückliche Fügung des Schicksals, dass sie ihn begleitete. Unter Umständen war sie in der Lage, den merkwürdigen Bildnissen einen Sinn zu verleihen.

»Ja, die sind uns bei unserem ersten Besuch auch schon aufgefallen«, sagte er in die Stille hinein. »Wundervolle Arbeiten, nicht wahr, wenn auch ein wenig beängstigend. Ich habe keine Ahnung, was sie bedeuten. Zukünftige Generationen von Forschern werden daraus eine Menge ablesen können. Zum Beispiel das hier.« Er deutete auf eine Reihe von Bildern, auf denen ein paar dieser Pflanzenwesen im Kampf gegen affenähnliche Kreaturen zu sehen waren. »Irgendeine Ahnung, was das bedeuten könnte?«
Die Bugondefrau trat näher. Ihre Augen waren weit aufgerissen. Auf ihrer Haut hatte sich trotz der Kälte eine dünner Schweißfilm gebildet. »N'ekru«, flüsterte sie.
»Ja, das habe ich mir gedacht.« Richard dachte mit Schaudern an das Wesen, das ihr Lager angegriffen hatte. Die Ähnlichkeit war nicht von der Hand zu weisen.
»Hohepriesterin ... hat gewusst ... mir erzählt.«
Richard trat näher und lauschte. Elieshi sprach bruchstückhaft und mit starkem Dialekt, aber sie schien tatsächlich etwas von dem zu verstehen, was hier zu sehen war.
»Was hat sie erzählt? Was ist das hier für ein Ort?«
Die Kriegerin humpelte weiter, ihre Augen wie gebannt auf die Friese geheftet. Sie sah aus, als würde sie etwas suchen. Endlich blieb sie stehen. Sie hob ihren Speer und deutete auf ein unförmiges Etwas, das aussah wie eine Mischung aus einem Torbogen und einem Buschbrand.
»Ja, das ist mir auch schon aufgefallen. Was könnte das sein?«
»Portal«, flüsterte sie.
»Ein Portal?« Er runzelte die Stirn. »Erzähl weiter.«
Sie schüttelte den Kopf. »Zu gefährlich. Nicht hier sein. Müssen gehen.« Sie machte kehrt und humpelte wieder Richtung Ausgang.
»Moment. Erst möchte ich ein paar Antworten haben. Was war das mit dem Portal? Willst du damit sagen, dass es hier eine Art Störung gibt, durch die unsere Leute verschwunden sind? Elieshi, warte.«

Die Bugonde tat so, als hörte sie ihn nicht.
»Und der N'ekru? Ist er vielleicht durch diese Öffnung zu uns gekommen? Ich muss es wissen, Elieshi. Hat eure Schamanin von dem Portal gewusst? Hat sie meinen Freunden den Weg hierher gezeigt?«
Er hatte sie eingeholt und legte seine Hand auf ihre Schulter. Wie von der Tarantel gestochen fuhr sie herum und richtete den Speer auf seine Kehle. Richard nahm seine Hände zurück, hielt sie aber weiter mit seinen Augen gefangen.
Eine Weile widerstand die Kriegerin seinem Blick, dann senkte sie den Kopf. Ein leichtes Nicken bestätigte seinen Verdacht.
»Dann war es kein Zufall, dass sie meinen Freunden den Weg hierher verraten hat?«, fragte er. »War es beabsichtigt, dass sie hierherkommen? Vielleicht eine Falle, um sie durch das Portal gehen zu lassen? Sag es mir, Elieshi.«
Ihr Blick sprach Bände.
»Und der N'ekru? Was ist das? Und erzähl mir nicht, es sei nur eine mythische Sagengestalt. Das Ding, das unser Lager angegriffen hat, war so real wie du und ich.«
»Ich darf nicht reden.«
»Doch, das darfst du. Diese Kreatur hat alle deine Leute umgebracht. Deine Stadt ist ausgelöscht. Alle, denen du Stillschweigen geschworen hast, sind tot. Es könnte sein, dass du die letzte Überlebende bist. Wem bist du zur Treue verpflichtet?«
Sie schwieg. Richard konnte ihr ansehen, dass sie einen inneren Kampf ausfocht. »Komm schon«, drängte er.
»Was ist mit den N'ekru?«
Elieshi zitterte. Endlich öffneten sich ihre Lippen.
»N'ekru früher *Wanderer*«, sagte sie mit leiser Stimme.
»Wanderer? Du meinst, so wie unsere Leute? Die Menschen, die durch das Portal verschwinden, sind das *Wanderer*?«
»Ohne *Wanderer* keine N'ekru. Wir müssen Versprechen einhalten ... frag nicht mehr ...«

Sie schlang die Arme um ihren Leib. Wie ein Häuflein Elend stand sie da und brachte kein weiteres Wort heraus.

»Ist schon in Ordnung«, sagte Richard. »Ich glaube, ich beginne zu verstehen, was hier geschehen ist. Das ist mehr, als ich zu hoffen wagte.« Endlich fügten sich die Puzzleteile zusammen. Die Bildnisse im Inneren der Pyramide sprachen eine eindeutige Sprache. Wie es schien, bestand ein Pakt zwischen dieser Welt und der anderen. Ein Pakt, der gewährleistete, dass immer wieder Menschen durch das Portal kamen. Wozu sie dienten und was mit ihnen auf der anderen Seite geschah, darüber konnte er nur spekulieren, doch es hatte etwas mit der Erschaffung der N'ekru zu tun. Bei ihnen ging es um eine künstliche Lebensform, erschaffen aus den sogenannten *Wanderern*. Laut den Reliefen speiste sich diese Lebensform aus Menschen, denen es gelungen war, das Portal zu durchschreiten.

»Komm«, sagte er, als er Elieshi aus dem Schatten der Pyramide auf den offenen Platz hinausführte. »Ich habe genug erfahren. Noch eine letzte Sache, dann können wir zurückkehren.«

Er legte seinen Arm um sie und begleitete sie über die ehemalige Prachtstraße und durch die Ruinen hin zu der Statue. Dort, so hoffte er, würde er die letzte und entscheidende Antwort finden.

54

Karl öffnete die Augen. Ein unerträglicher Druck lastete auf seiner Brust. Jeder Atemzug wurde von einem Stechen begleitet. Eine Decke aus Schmerz hüllte ihn ein. Mit zitternden Fingern tastete er nach der Quelle. Ein Holzpflock ragte steil aus seiner Schulter. Er versuchte ihn herauszuziehen, doch ein Schmerzensstrahl ließ ihn zurückfahren. Tränen schossen ihm in die Augen. Nicht viel, und er wäre wieder ohnmächtig geworden. Hastig atmend zog er seine Hand zurück.

Sein Blick wanderte nach oben. Er lag auf dem Rücken. Über ihm zogen lachsfarbene Wolken über den Himmel. Nach Westen hin türmten sich Wolkengebirge auf, aus denen vereinzelt Blitze zuckten, doch es war kein Donner zu hören. Ein Gewirr aus Holzbalken, Seilen und Segeln war über ihm. Die Stoffbanner flatterten sanft im abendlichen Wind und gaben dabei knarrende Laute von sich. Karl drehte den Kopf und sah eine gewaltige Felswand neben dem Schiff aufragen. Erosionsrinnen liefen an ihr herab und allenthalben ragten Wurzelenden heraus. Die Wand war enorm. Hundert Meter hoch und mindestens ebenso breit. Selbst wenn er den Kopf drehte, konnte er nicht erkennen, wo sie anfing und wo sie endete.

Immer weiter flog das Schiff auf die Felswand zu.

Er versuchte sich aufzurichten, doch ein weiterer Stich in seiner Brust ließ ihn zusammenfahren. Ein leiser Schmerzenslaut drang aus seiner Kehle.

»Ray, komm schnell. Karl ist erwacht.«
Karl drehte den Kopf und sah, wie Mellie auf ihn zukam. Sie setzte sich neben ihn und strich ihm über den Kopf. Ein zaghaftes Lächeln erschien auf ihrem Gesicht. »Wie geht es dir?«, fragte sie. »Du hast lang geschlafen.«
Jetzt tauchte auch Ray auf. Sein Hemd war blutgetränkt und er hielt die Hand auf die Seite gepresst.
»Na, Karl, mein Alter? Alles klar?«
»Hab mich schon besser gefühlt«, keuchte Karl. Das Sprechen bereitete ihm Schwierigkeiten. »Du siehst aber auch nicht gut aus. Was ist geschehen?«
»Erinnerst du dich nicht?«
»Nur vage. Ich weiß noch, dass wir auf ein fremdes Schiff gestoßen sind. Es sah aus, als würde es schweben. Danach weiß ich nichts mehr.«
»Es gab einen Kampf«, sagte Ray. »Du wurdest verletzt.«
»Wo sind Amy und Dan ...?«
Ray schüttelte den Kopf. »Ich habe noch versucht, sie zu befreien, aber es war zu spät. Sie sind nicht mehr da.«
»Was heißt das, *nicht mehr da?*«
»Sie wurden entführt. Jäger eines unbekannten Stammes haben sie auf ihr fliegendes Schiff geladen und sind mit ihnen davongeflogen.«
»Fliegendes Schiff ...?« Karl versuchte sich aufzurichten, doch der Schmerz zwang ihn zurück auf die Bank.
»Du musst stillhalten«, sagte Mellie. »Zu viel Aufregung tut dir im Moment nicht gut. Zuerst mal müssen wir dich wieder auf die Beine bekommen.«
»Komm schon«, keuchte Karl. »Ich will Antworten. Wo sind wir?«
»In guten Händen.« Ray warf ihm einen seltsamen Blick zu. »Kannst du dich erinnern, was auf der Ebene geschehen ist?«
Karl überlegte eine Weile, dann sagte er: »Ich weiß noch, dass du einen Gorilla befreit hast. Irgendetwas an ihm war seltsam.«

»Er trug Kleidung.«
»*Genau.*« Jetzt fiel es ihm wieder ein. »Und Waffen.«
»Es wird nicht leicht für dich sein, das zu verstehen ...«, sagte Ray. »Aber diese Wesen sind im Moment unsere einzige Hoffnung. Sie sehen sehr ungewöhnlich aus und riechen noch ungewöhnlicher, aber sie sind sehr freundlich und umgänglich. Ich wollte dich nur warnen.«
»Warnen?« Karl runzelte die Stirn. »Wovon redest du?«
In diesem Moment erschien ein weiteres Gesicht über ihm. Es war augenscheinlich recht alt. Sein Fell war grau meliert und an manchen Stellen etwas kahl, dennoch strahlte es große Würde und Intelligenz aus. Inmitten des bärtigen Gesichtes leuchteten zwei helle graue Augen. Plötzlich begann das Wesen zu sprechen. Seine Stimme war dunkel und kehlig, aber von einer sehr angenehmen Modulation.
Karl blieb vor Verblüffung der Mund offen stehen.
»Was ... was ist das?«
»Ich glaube, er will wissen, wie du dich fühlst.«
»Aber das ist ein Affe.«
»Er sieht vielleicht aus wie einer, aber ich kann dir versichern, er ist viel mehr als das.«
»Versteht ihr etwa, was der Kerl sagt?«
»Das nicht gerade«, entgegnete Mellie. »Aber die G'ombe haben dafür eine umso ausgeprägtere Gestik und Mimik. Wenn man sich darauf einlässt, klappt die Kommunikation ganz gut.«
»G'ombe?«
»So nennen sie sich selbst«, sagte Ray. »Ich glaube, dieser hier ist eine Art Heiler oder Schamane. Ein Medizinmann, wenn du so willst. Du solltest ihn mal einen Blick auf deine Verletzung werfen lassen.«
Karl warf dem Wesen einen skeptischen Blick zu, dann nahm er zögernd die Hände von der Brust. Sofort begann der Schamane, seine Wunden zu untersuchen. Er ging dabei so vorsichtig und behutsam vor, dass Karl keinerlei Schmerz verspürte.

»Sind das Gorillas?«, fragte er, als er spürte, dass der Alte ihm kein Leid zufügen wollte.
»Vermutlich«, sagte Ray. »Zumindest waren sie mal welche. Jetzt sind sie viel weiter entwickelt. Mellie und ich sprachen darüber. Wir sind zu dem Schluss gekommen, dass sie möglicherweise aus unserer Welt stammen.«
Karl hob die Brauen. »Wie kommt ihr denn darauf?«
»Hauptsächlich wegen Leonidas und seiner Gruppe. Wir glauben, dass ihre Weiterentwicklung etwas mit dem Portal zu tun haben könnte. Vielleicht wurde dadurch eine Art Evolutionsschub ausgelöst, der sie befähigt hat, Waffen und Werkzeug herzustellen. Vielleicht hat sich das Portal auf die Entwicklung bestimmter Lebensformen ausgewirkt. Ob zum Guten oder zum Schlechten, sei mal dahingestellt.«
»Ihr habt ja einen Knall.« Karl musste die Zähne zusammenbeißen. Der Affe hatte eine empfindliche Stelle berührt und die Wunde sandte grelle Schmerzsignale aus. Karl suchte nach etwas, woran er sich festklammern konnte. Das fremde Wesen bemerkte seine Pein und nahm sofort seine Hände weg. Fremdartige Laute ausstoßend, wühlte es in seinem Lederbeutel und holte einige trockene Blätter heraus. Es rollte die Kräuter zu einem kleinen Ball, steckte sie in den Mund und begann, darauf herumzukauen. Nach einer Weile waren sie zu einem feuchten Klumpen geworden, den der Schamane herausnahm und ihn Karl unter die Nase hielt.
»Ich soll was? Nein, nie im Leben nehme ich das in den Mund. Das kannst du vergessen.«
»Tu lieber, was er sagt«, sagte Mellie. »Ray haben sie auch schon geholfen. Diese Geschöpfe kennen sich augenscheinlich recht gut mit Naturmedizin und Heilkräutern aus.«
»Nein.«
»Hab doch ein bisschen Vertrauen«, sagte Ray. »Die Blätter enthalten Substanzen, die den Schmerz lindern. Du solltest es wirklich auf einen Versuch ankommen lassen.«
»Ihr verlangt Sachen von mir ... na gut.« Der Schmerz in seiner

Brust wurde langsam unerträglich. »Aber wenn es eklig schmeckt, spucke ich es gleich wieder aus.«
Widerwillig öffnete er den Mund. Der Affe schob ihm den Klumpen mit seinen schmutzigen Fingern in den Mund, schloss den Kiefer und machte dann mahlende Bewegungen. Karl nickte und kaute darauf herum. Mit einem würgenden Gefühl in der Kehle schluckte er den Brei hinunter. »Bah, Affenspeichel«, sagte er. »Solltet ihr wirklich mal versuchen.«
»Das habe ich bereits«, sagte Ray mit einem Grinsen. »Schmeckt ein bisschen wie eine Mischung aus Minze und ranziger Butter, nicht wahr?«
»Es ist widerlich.« Karl schloss die Augen und versuchte nicht daran zu denken, was er da eben geschluckt hatte. Nach einer Weile verging das Unwohlsein und machte einem warmen, entspannenden Gefühl Platz. Es stieg hinauf in seine Brust, lähmte den Wundschmerz und breitete sich wohltuend über Arme und Beine aus. Sein Kopf wurde klar und das Hämmern hinter seinen Augen verschwand. Er öffnete die Augen.
»Und, wie ist es?«
Karl gestattete sich ein Lächeln. »Das Zeug ist großartig«, sagte er. »Der Schmerz ist wie weggeblasen.«
Er wartete noch einen Moment, dann nickte er dem alten Affen zu. »Danke.«
Das Geschöpf gab ein zufriedenes Grunzen von sich.
Auf einmal ertönte vom Achterdeck her ein Ruf. Karl richtete sich ein wenig auf und versuchte, etwas zu erkennen.
Das Licht der untergehenden Sonne warf lange Schatten gegen die Felswand. Inmitten der zerfurchten Oberfläche war eine Öffnung, die tief ins Gestein zu führen schien. Sie war groß genug, dass ein ganzes Schiff dort Platz hatte. Als er seinen Blick schweifen ließ, erkannte er noch weitere Öffnungen. In manchen von ihnen schimmerten Lichter.
»Was ist das?«, murmelte er verwundert. »Das sieht ja aus wie eine Stadt.«

»Eine Stadt inmitten von Fels und Geröll«, erwiderte Mellie.
»Da krabbeln überall Gestalten herum«, sagte Ray und deutete nach vorn. »Es sind Affen, Hunderte von ihnen. Seht euch das an.« Jetzt sah Karl sie auch. Die Felswand war über und über von Löchern durchzogen. Brücken und Leitern verbanden die Öffnungen miteinander und ließen die Anlage aussehen wie einen gewaltigen Termitenbau. Kleine, gedrungene Gestalten bewegten sich darauf. Gestalten, die ihm nur allzu vertraut waren.
»Sie scheinen die gesamte Hangseite zu bewohnen«, murmelte Ray. »Ziemlich gut getarnt, würde ich sagen. Wenn wir nicht genau darauf zugeflogen wären, ich hätte sie nicht erkannt.«
»Seht euch nur all diese Öffnungen und Schächte an«, murmelte Karl. »Es müssen Hunderte sein, ach was, Tausende.« Sein Schmerz war wie weggeblasen.
Ihr Schiff steuerte auf die große Öffnung zu und verlor dabei langsam an Fahrt. Im Inneren der Höhle waren weitere Flugboote zu sehen.
Der Schatten der Felswand fiel auf ihr Schiff und tauchte das Deck in ein geheimnisvolles Zwielicht. Der Wind ließ nach und die Segel hingen schlaff herunter. In diesem Moment war ein ratterndes Geräusch zu hören. Karl drehte seinen Kopf und sah, wie zwei Mitglieder der Besatzung den Heckrotor in Gang setzten. Sie taten das, indem sie an einem Seil zogen, das über eine primitive Rolle lief und dabei den Propeller antrieb. Langsam, mit unendlicher Vorsicht steuerten sie das zerbrechliche Gefährt auf einen hölzernen Steg zu, der längsseits im Gestein verankert war. Immer tiefer tauchten sie in den Felsen. Dann war es so weit. Es gab einen Ruck und sie machten fest. Die beiden Affen verließen den Rotor und legten eine Laufplanke aus, die von zwei Helfern auf der anderen Seite mit Seilen fixiert wurde.
Tiefe, kehlige Rufe ertönten.
Der Schamane wechselte einige Worte mit der Bodenbesatzung und deutete dann auf Karl. Eine Bahre wurde organisiert, dann hob man Karl vorsichtig hoch und trug ihn über die Planke. Nur

wenige Augenblicke später und er war wohlbehalten auf der anderen Seite. Er drehte seinen Kopf, um ein paar Worte mit seinen Freunden zu wechseln, doch anstatt anzuhalten, liefen die beiden Träger einfach weiter. Sie trugen ihn über schwankende Holzkonstruktionen immer tiefer hinein in die Höhle. Er wollte Ray und Mellie etwas zurufen, doch sie waren bereits zu weit weg. Seufzend sank er zurück. Es hatte keinen Sinn, er war jetzt völlig in der Hand dieser fremdartigen Kreaturen.

Die Höhlen und Stollen, durch die man ihn trug, waren kalt und schlecht beleuchtet. Er begann zu frieren. Orientierungslos starrte er an die Decke. Nur wenige Minuten später hatte er keinerlei Vorstellung mehr davon, was man mit ihm vorhatte und wohin man ihn brachte.

Er schloss die Augen und ließ sich einfach treiben, mitten hinein ins Herz dieser seltsamen Stadt.

55

Es war stockfinster, als Richard und Elieshi von ihrer Erkundungstour zur Pyramide zurückkehrten. Der Schein eines Lagerfeuers leitete sie durch die Nacht und warf lange Schatten über das Plateau. Richard sah die Silhouetten mehrerer Menschen, die um das Feuer versammelt saßen. Der Geruch von frisch gebrühtem Kaffee stieg ihm in die Nase.
Als er näher kam, sah er, dass das Suchteam, das Katumba losgeschickt hatte, um nach dem Helikopter zu suchen, zurückgekehrt war. Sie saßen auf der einen Seite des Feuers zusammen mit den beiden Piloten. Er sah auf den ersten Blick, dass etwas nicht stimmte. Die Piloten wirkten schwer angeschlagen. Über ihre Schultern hatte man Decken gelegt, und in ihren Händen hielten sie warme, dampfende Kaffeebecher.
Plötzlich blendete ihn das Licht einer Taschenlampe.
»Wer ist da?«
»Keine Sorge, wir sind's nur«, erwiderte Richard und trat zusammen mit Elieshi in den Kreis des Feuers. Lauter neugierige Augenpaare blickten sie an. »Das hat aber lange gedauert«, sagte der Offizier. »Wir haben uns schon Sorgen gemacht.«
»Alles in Ordnung«, sagte Richard. »Wir hatten nur ein paar Schwierigkeiten, bei der Dunkelheit zurückzufinden. Zumal unsere Lampe den Geist aufgegeben hat. Dank Elieshis Fähigkeit als Spurensucherin haben wir es aber doch noch geschafft. Wie ich sehe, rechtzeitig zum Essen.«

»Bedienen Sie sich.« Katumba deutete auf die Reste des kärglichen Mahls. Richard sah eine geöffnete Dose mit Corned Beef, ein Stück Käse und getrocknetes Brot.
»Mehr haben wir leider nicht anzubieten.«
»Schon okay.« Richard füllte Elieshi einen Teller und reichte ihr auch eine Tasse Kaffee. Die Kriegerin nahm alles dankbar an und verzog sich damit in eine Ecke.
Ein paar Minuten später saß Richard mit leergegessenem Teller und einer Tasse frisch gebrühtem Kaffee zwischen den Händen am Feuer. Die Wärme und das Koffein taten ihm gut. Langsam kehrte das Gefühl in seine ausgekühlten Fingerspitzen zurück.
»Leider habe ich keine guten Nachrichten«, brachte Katumba ihn auf den aktuellen Stand. »Es ist genau das eingetreten, was wir befürchtet haben. Der Hubschrauber wurde ein Raub der Flammen. Damit ist unser letzter Kontakt zur Außenwelt abgerissen. Was wir noch an zusätzlichem Proviant und Waffen besaßen, wurde zerstört. Wir haben nicht ein funktionierendes Funkgerät mehr. Diese Kreatur hat wirklich ganze Arbeit geleistet.«
Richard hob den Blick. »Amys Notebook?«
Katumba schüttelte den Kopf. »Irreparabel.«
»Verdammt.« Richard presste die Lippen zusammen. »Ausgerechnet jetzt, wo sich die Dinge zum Guten wenden.«
»Wie meinen Sie das?«
Richard zog ein abgewetztes Armeemesser heraus und hielt es in die Höhe. Es war alt und rostfleckig und sein Griff war mit abgewetzten Lederbändern umwickelt. »Ich rede *hiervon.*«
»Moment mal.« Parkers Augen wurden groß. »Das ist doch das Messer von Cox.«
»Du sagst es.«
»Wo hast du das gefunden?«
»An der Statue, genau an derselben Stelle, an der auch Burkes Brille gelegen hat.«
»Aber wie kann das sein?«, fragte Wilcox. »Habt ihr die Skulptur bei eurem ersten Besuch denn nicht gründlich abgesucht?«

»Und ob wir das haben«, sagte Richard. »Die ganze Gegend haben wir durchforstet, aber es war gestern noch nicht da.«
»Aber ... wie ist es dahin gekommen?«
»Vielleicht ist uns doch etwas entgangen«, warf Katumba ein.
»Nein«, widersprach Richard. »Ich habe die Statue von oben bis unten, Zentimeter für Zentimeter unter die Lupe genommen. Dieses Messer war gestern noch nicht da, das schwöre ich bei allem, was mir heilig ist.«
»Dann ... dann muss es jemand dort hingelegt haben. Jemand will uns einen Streich spielen.«
»Das glaube ich nicht«, sagte Richard.
»Und was macht Sie da so sicher?« Katumba blickte düster auf das Messer. »Für mich sieht das Ganze nach einem ziemlich geschmacklosen Scherz aus.«
»Warten Sie's ab.« Richard schraubte den Griff der Waffe auf und zog ein zusammengerolltes, vergilbtes Stück Papier heraus. Parker stieß einen überraschten Laut aus. »Das ist Amys Handschrift«, sagte er. »Ich würde sie unter Tausenden wiedererkennen. Gib mal her.«
Richard reichte ihm das Pergament.
»Lies vor, was da steht«, sagte Wilcox.
»Lieber Richard ...«, begann der Mediziner, *»ich kann nur hoffen, dass du unserer Spur gefolgt bist und diese Botschaft findest. Meine vier Kollegen Mellie Fairwater, Daniel Skotak, Karl Maybach, Ray Cox und ich sind durch ein unfassbares Phänomen in eine fremde Welt katapultiert worden. Es würde zu weit führen, den Hergang und die Gründe zu beschreiben, daher beschränke ich mich nur auf das Notwendigste.*
Es geht uns gut.
Wir sind alle wohlauf und bemühen uns, das Beste aus unserer Lage zu machen. Bisher gibt es kaum Hinweise auf die Gesetzmäßigkeiten der Störung, aber wir glauben, dass es einen Weg gibt, zurückzukehren. Aller Wahrscheinlichkeit nach hat William Burke diesen Weg vor uns beschritten. Wenn jemand diese

Zeilen findet, bitte melden Sie sich bei Richard Mogabe, Mgahinga-Nationalpark Services, Uganda.
Richard, was wir brauchen, ist Folgendes: detaillierte Informationen über die Wetterentwicklung in den nächsten Tagen sowie Hinweise auf etwaige Sonnenaktivitäten. Wird es zu weiteren Ausbrüchen in der Korona kommen? Wenn ja, wann? Alles, was wir sagen können, ist, dass unser Verschwinden irgendwie mit den Sonneneruptionen der letzten Tage und den damit zusammenhängenden Wetterphänomenen zu tun hat.
Ich kann nur hoffen, dass unsere Botschaft zu euch durchdringt und ihr eine Möglichkeit findet, uns zu antworten.
Danke für alles. Meine Gebete begleiten euch, Amy.«

Leutnant Katumba nahm Parker das Papier aus der Hand und überflog die Botschaft. Seine Finger rieben über das Papier. »Das ist doch ein Witz«, sagte er. »Da will uns irgendjemand zum Narren halten. Sehen Sie sich mal das Papier an. Es ist so alt, dass es schon beinahe auseinanderfällt.« Er rieb an einer Ecke. Die Zellulose zerbröselte in ihre Bestandteile.
»Ich fürchte, dass es kein Scherz ist, Leutnant«, sagte Richard. »Tatsache ist, dass wir genau dieses Papier in unseren Notizblöcken und Aktenordnern verwenden. Es ist mit einem speziellen Wasserzeichen gekennzeichnet. Sie können es sehen, wenn sie es gegen das Licht halten.«
Der Offizier hielt es gegen den Feuerschein.
»Der Alterungseffekt ist vermutlich auf die Einwirkung von Strahlung zurückzuführen.« Richard nahm das Papier wieder an sich. »Es ist nicht leicht zu verstehen, aber es scheint, dass wir uns hier an einem Ort befinden, an dem das Raum-Zeit-Kontinuum gestört ist. Unweit unserer Position, dort, wo die Pyramide steht, existiert ein Loch zwischen den Dimensionen, das dazu führt, dass bestimmte Dinge von Zeit zu Zeit die Seiten wechseln. Pflanzen, Tiere ...«
»Und Menschen?«

Richard nickte. »Möglich. Diese Gegend war schon immer berühmt dafür, dass hier eine Flora und Fauna existiert, die es nirgendwo sonst auf der Welt gibt.« Er blickte in die Runde. »Wissenschaftler haben lange darüber spekuliert, woran das liegen könnte, und sind zu dem Schluss gekommen, dass diese Gegend so abgelegen ist, dass sich bestimmte Tiere und Pflanzen ungestört erhalten konnten. Diese Theorie scheint mir überholt. Vielmehr glaube ich, dass etwas von außen durchdringt. Kein Tor ist jemals vollkommen dicht. Genauso wie Dinge aus unserer Welt in die andere wechseln, können Dinge von drüben hierher gelangen. Hervorgerufen wird das Ganze durch die Kraft unserer Sonne. Ihre immense Energie hat ein Loch in unser Universum gebrannt.« Er trank einen Schluck. »Die Hexenmeisterin der Bugonde hat um das Geheimnis gewusst, und Elieshi hat mir davon erzählt. Ihr habt gesehen, was uns heute Nachmittag angegriffen hat. Solche Kreaturen existieren in unserer Welt nicht. Dass ein solches Wesen die Seiten wechseln konnte, bedeutet, dass das Loch mittlerweile besorgniserregende Ausmaße angenommen hat. Unsere Aufgabe wird sein zu verhindern, dass weitere Lebensformen durchkommen. Die Sicherheit unseres gesamten Planeten könnte davon abhängen.« Er ließ die Worte wirken. Als niemand etwas entgegnete, sagte er: »Es gibt aber auch Gutes zu berichten. Wir haben eine geringe Chance, Amy und die anderen zurückzuholen. Laut meinen Informationen stehen uns nur noch zwei weitere Sonnenausbrüche bevor. Einer in etwa drei Stunden, der zweite morgen Nacht um etwa dreiundzwanzig Uhr. Danach wird sich die Sonne beruhigen und für mindestens hundertfünfzig Jahre in einen Winterschlaf fallen. Ich habe unseren Freunden eine Nachricht hinterlassen und ihnen den genauen Zeitpunkt mitgeteilt. Mit etwas Glück finden sie meine Notiz und können sich dementsprechend vorbereiten.«

Parker hob den Kopf. »Worin hast du sie verstaut?«

»Erinnerst du dich an das Etui meiner Sonnenbrille? Amy wird es wiedererkennen, wenn sie es sieht.«

»Moment mal«, sagte Wilcox. »Willst du uns erzählen, man kann Botschaften durch den Raum schicken?«
»Frag mich bitte nicht, wie das funktioniert«, sagte Richard. »Aber scheinbar durchdringt unbelebte Materie den Raum schneller als belebte. Besonders Metall. Vielleicht, weil es leichter magnetisierbar ist. Ich dachte mir, wir sollten diese Möglichkeit nicht ungenutzt lassen.«
»Ich kann das immer noch nicht glauben«, sagte Wilcox. »Ein Dimensionstor? Ich bitte dich ...«
»Es hat keinen Sinn, darüber zu debattieren. Diese Botschaft ist der Beweis. Wir haben es hier mit etwas zu tun, das der Wissenschaft bisher nur als mathematische Gleichung bekannt war. Aber das war bei Einsteins Relativitätstheorie nicht anders, und heute ist sie ein fester Bestandteil der Luft- und Raumfahrttechnik. Was ich damit sagen will: Wir sollten hierbleiben und warten. Zumindest bis morgen Nacht. Danach können wir immer noch den Rückweg antreten.«
»Warum gehen wir dann nicht alle zur Pyramide?«, fragte Parker. »Wenn das das Zentrum der Störung ist, können wir sie dort gleich in Empfang nehmen.«
Richard schüttelte den Kopf. »Du vergisst, dass wir nicht wissen, wie groß der Wirkungsradius ist. Wenn wir uns zu weit vorwagen, laufen wir Gefahr, ebenfalls teleportiert zu werden. Leider haben wir keinerlei Möglichkeit festzustellen, ab welcher Stelle es gefährlich wird. Deshalb möchte ich vorschlagen, hier zu warten.«
Katumba stocherte mürrisch mit einem Stock in der Glut herum. »Es tut mir leid«, sagte er. »Aber wir können nicht bleiben.«
»Warum nicht?«
»Ich muss mich um meine Männer kümmern. Außerdem muss ich schnellstens zurück und meine Vorgesetzten informieren. Wir werden Unterstützung brauchen.«
»Aber ...«
»Kein *Aber*. Die Funkverbindung ist ausgefallen und wir haben

keinen Helikopter mehr. Vier Soldaten, zwei Sanitäter und zwei verletzte Piloten, das ist alles, was von meiner Einheit übrig geblieben ist. Während Sie weg waren, sind zwei weitere meiner Leute gestorben. Ich habe vier Gräber ausheben müssen und Sie können sich vorstellen, dass mir das nicht eben viel Freude bereitet hat. Wir haben weder Granaten noch Munition und kaum noch Proviant.« Er starrte in die Glut. »Glauben Sie mir, wir sind alle mit den Nerven am Ende. Ich will nicht riskieren, dass noch jemand stirbt. Außerdem müssen wir jetzt zu Fuß gehen, und das dauert seine Zeit. Aber immerhin: Wir haben auch eine gute Nachricht erhalten. Meine Piloten haben mir berichtet, dass sie auf Überlebende der Bugonde gestoßen sind. Sie sammeln sich unten im Tal, um diese Gegend für immer zu verlassen. Wir werden uns ihnen anschließen.«

Richard blickte zu Elieshi. »Überlebende? Wie viele?«

Der Hubschrauberpilot wiegte den Kopf. »Etwa hundert. Männer, Frauen, Kinder. Sie hatten sich in den umliegenden Wäldern versteckt, als der Angriff erfolgte.«

Ein zaghaftes Lächeln war auf dem Gesicht der Kriegerin erschienen. Es war das erste Mal, dass Richard sie lächeln sah.

»Das sind wirklich gute Neuigkeiten«, sagte er.

»Vielleicht kann ich Sie ja doch noch überreden, mitzukommen«, sagte Katumba. »Glauben Sie mir, es wäre für uns alle das Beste.«

Richard schüttelte den Kopf. »Nicht, ehe ich herausbekommen habe, was mit meinen Leuten geschehen ist. Ich könnte es mir nie verzeihen, wenn ich so kurz vor dem Ziel aufgeben würde.«

»Sie sind ein Sturkopf«, sagte Katumba, aber in seinen Augen war ein Lächeln zu sehen. »Vermutlich würde ich nicht anders handeln an Ihrer Stelle. Sie werden aber verstehen, dass für mich das Wohl meiner Leute an oberster Stelle steht.«

»Natürlich.«

»Ich werde bei dir bleiben«, sagte Parker. »Es sind unsere Freunde. Wie sieht's bei dir aus, Greg?«

Wilcox setzte die Wasserflasche ab und wischte über seinen Mund. »Ich halte die Geschichte zwar für ausgemachten Blödsinn, aber ich bleibe natürlich auch. Ihr könnt auf mich zählen.«

»Dann ist es also beschlossen«, sagte Richard. »Wir drei. Lassen Sie uns wenigstens noch ein wenig Proviant hier, Katumba?«

»Selbstverständlich«, erwiderte der Offizier. »Ich verspreche Ihnen, dass ich Verstärkung schicke, falls ich irgendwo ein funktionierendes Telefon finde. Sobald die Sonne aufgeht, machen wir uns auf den Weg.« Er wandte sich an Elieshi. »Sie dürfen sich uns gern anschließen. Ich bin sicher, Sie können es kaum erwarten, zu Ihrem Volk zurückzukehren.«

Elieshi schien einen Moment mit sich zu ringen, dann sagte sie: »Ich ... bleibe.«

Richard hob überrascht die Brauen. »Das müssen Sie nicht«, sagte er. »Sie haben uns bereits genug geholfen. Ohne Sie wären wir vermutlich alle ein Opfer dieser Kreatur geworden. Wir stehen tief in Ihrer Schuld. Wenn Sie also zu Ihren Leuten zurückkehren möchten, habe ich dafür vollstes Verständnis. Tun Sie, was Katumba Ihnen vorschlägt und kurieren Sie Ihre Verletzungen aus.«

Sie schüttelte den Kopf und stützte sich auf ihren Speer. »Nein.«

Das war alles.

Richard lächelte. Er hatte noch nie eine so selbstbewusste Person erlebt. Er bewunderte diese Frau.

»Schön, dann sind wir also vier«, sagte er.

56

Amy erwachte unter einem Baldachin aus Sternen. Tausend winzige Lichtpunkte funkelten am Firmament und ließen die Nacht in überirdischem Schein erstrahlen. Der Anblick war ebenso vertraut wie fremdartig. Weder die Milchstraße noch irgendein vertrautes Sternbild waren zu erkennen, dafür aber ein stellarer Nebel, der in allen Farben des Regenbogens leuchtete. Zwei Monde standen dicht über dem Horizont und vergossen purpurfarbenes Licht. Ein Astronom hätte vielleicht den einen oder anderen Stern wiedererkannt, Amy aber genügte der Anblick, um zu wissen, dass sie weit von zu Hause entfernt war. Eine dicke Wolkenbank zog sich über den Horizont, aus der unablässig Blitze zuckten. Die Luft war mit Donnergrollen erfüllt.
Wie lange sie schon unterwegs waren, konnte sie nicht sagen, sie spürte aber, dass sie etliche Stunden geschlafen hatte. Auf der rechten Seite kündete ein helles Band vom Ende der Nacht. Ein Segel flatterte über ihr. Seile knarrten leise im Wind und das Geräusch leiser und verhaltener Stimmen war zu hören. Trotz der Decke über ihren Beinen fröstelte sie. Sie versuchte sich aufzurichten, doch ein stechender Schmerz ließ sie zurücksinken. Die Stelle am Kopf, auf den sie den Schlag erhalten hatte, brannte wie Feuer. Ein dicker Bluterguss war unter der Haut zu spüren, die dickste Beule, die sie je gehabt hatte. Vorsichtig tastete sie sich ab, doch es schien die einzige Verletzung zu sein. Mit zusammengebissenen Zähnen richtete sie sich auf.

Das Oberdeck des schlanken Holzseglers war in trübes Licht getaucht. Mehrere Sturmlampen warfen ein fahles Licht über die dunklen Planken und spiegelten sich auf den Gesichtern zweier Jäger, die in ein Gespräch vertieft waren. Der Rest der Besatzung war vermutlich unter Deck, jedenfalls konnte Amy niemanden mehr erkennen. Abgesehen von der Amazone, die hinter ihr am Ruder stand und das Schiff durch die Nacht lenkte. Die Augen der Frau waren auf Amy gerichtet, aber es war keine Regung in ihnen zu erkennen.

Plötzlich drang ein leises Husten an ihr Ohr. Im Schatten zwischen zwei Kisten saß eine gebeugte Erscheinung, die hinaus in die Dunkelheit starrte.

»Dan?«

Der Mann reagierte nicht.

Sie versuchte aufzustehen, spürte aber, dass sie immer noch etwas wackelig auf den Beinen war. Der Kopfschmerz hämmerte an ihre Schläfen. Vorsichtig auf die Reling gestützt, schlurfte sie zu ihm hinüber. »Hallo, Dan. Wie lange bist du schon wach?«

Keine Antwort.

Sie trat neben ihn und berührte ihn sanft an der Schulter. »Alles klar bei dir?«

Der Geologe drehte seinen Kopf. Ein Ausdruck völliger Leere war auf seinem Gesicht zu sehen. Eine unangenehme Erinnerung flackerte auf. Sie sah ihn vor ihrem geistigen Auge, wie er neben dem Körper ihres verletzten Freundes stand, keinen Finger rührend ...

»Was ist los, Dan? Rede mit mir.«

»Geh weg«, sagte er und machte eine Bewegung, als wollte er eine Katze verscheuchen.

Amys erster Gedanke war, ihn tatsächlich allein zu lassen, doch dann überlegte sie es sich anders. Es gab so viel, über das sie reden mussten.

»Hast du mitbekommen, was geschehen ist?«, fragte sie. »Wo bringt man uns hin? Was wollen die von uns? Komm schon, Dan, sieh mich an.«

Der Geologe sagte nichts. Er saß einfach nur da und starrte weiter in die Nacht hinaus.

Amy begann es mulmig zu werden. Irgendetwas stimmte nicht. Sie zwang ein Lächeln auf ihr Gesicht und sagte: »Komm schon, rede mit mir. Ich würde gern wissen, wie es dir geht. Um ehrlich zu sein, mir geht's nicht so doll. Ich habe Durst, und dieser Kopfschmerz bringt mich um. Ich glaube, ich habe ziemlich was abgekriegt. Hier an der Schläfe, siehst du?« Sie beugte sich vor, aber Dan warf ihr nur einen abschätzigen Blick zu. »Interessiert mich nicht.«

Amy humpelte um ihn herum und ging vor ihm in die Hocke. Jetzt konnte er ihrem Blick wenigstens nicht mehr ausweichen. »Was ist denn los?«, fragte sie. »Irgendetwas bedrückt dich doch. Komm schon, mir kannst du's sagen. Wir müssen zusammenhalten, wenn wir aus dieser Situation wieder rauskommen wollen.«

Dan drehte den Kopf weg. »Da irrst du dich.«

»Was ... was meinst du damit?«

»Geh weg«, sagte er wieder.

»Das werde ich nicht tun, und jetzt red mit mir, verdammt noch mal!« Langsam wurde sie wütend. Dan war schon immer ein exzentrischer Bursche gewesen, aber das hier ging entschieden zu weit. Amy hatte keine Ahnung, was vorgefallen war, aber der Geologe war total neben der Spur. Dabei steckte er genauso in diesem Schlamassel wie sie. Genau genommen hatte er ihn sogar mitverschuldet. Hätte er nicht so teilnahmslos neben Karl gestanden, sie wären alle längst über alle Berge. Und jetzt weigerte er sich, mit ihr zu reden? Das war zu viel.

Sie vergrub ihre Fingernägel in der Handfläche.

»Schau mich gefälligst an, wenn ich mit dir rede.«

Sein Kopf schwenkte in Zeitlupe zu ihr herum.

»Bist du immer noch da?«, fragte er. »Was willst du?«

»Mit dir reden.«

»Tun wir das nicht gerade?«

»Ich will wissen, was los ist. Warum behandelst du mich, als wäre ich Luft? Warum weigerst du dich, mit mir zu reden?«
Dan sah sie an, als habe sie nicht alle Tassen im Schrank. »Das fragst du? Weil du nicht real bist. Du bist nur eine Illusion, und mit Träumen rede ich nicht.«
Amy war für einen Moment sprachlos. Wovon faselte der Kerl da? Sie blickte ihn entgeistert an. »Ich versichere dir, ich bin real. Genau wie du und dieses Schiff hier. Falls es dir noch nicht aufgefallen ist, wir werden gerade entführt.« Ihre anfänglichen Befürchtungen begannen einer handfesten Panik zu weichen. »Komm schon, Dan, dies ist die Realität«, sagte sie. »*Ich* bin Realität. Wir beide sind Gefangene auf diesem verdammten Schiff. Wenn wir nicht ...«
»Ja, ja«, unterbrach er sie, dann wandte er sich wieder ab. Schweigen trat ein.
Amy fehlten die Worte. Es war eindeutig, dass Dan nicht bei Verstand war. Fieberhaft überlegte sie, was geschehen sein konnte, doch ihr fiel nichts ein. War ihm die Reise durch das Dimensionsportal nicht bekommen? Oder hatte ihm die brennende Sonne einen Stich versetzt? Was es auch gewesen sein mochte, eines stand fest: Mit Worten kam sie hier nicht weiter.
Hilfesuchend blickte sie in die Runde. Die beiden Jäger waren immer noch in ihr Gespräch vertieft. Auch die Kriegerin am Ruder hatte ihre Position nicht verändert. Amy tastete mit den Händen an sich herab. Außer den Sachen, die sie am Leib trug, hatte man ihr alles abgenommen. Ihre Umhängetasche, ihre Ausweispapiere und anderen Habseligkeiten, alles war verschwunden, ihre Pistole sowieso. Ihr Blick streifte einen der Speere, die einer der Posten achtlos neben sich abgestellt hatte. Ohne zu überlegen, ging sie auf die Männer zu. Ehe die beiden reagieren konnten, schnappte sie sich den Speer und kehrte damit zu Dan zurück. Wütende Schreie ertönten, als sie die Waffe auf Dan richtete. »Hör mir zu!«, sagte sie. »Ich sage das nur ein einziges Mal: Dies ist kein Traum. Ich meine es ernst. Ich werde

dich verletzen, wenn du nicht sofort mit dem Scheiß aufhörst. Komm zu dir, verstehst du?«

Dan drehte den Kopf in ihre Richtung. Sein Blick fiel auf den Speer. Die Spitze glitzerte im Schein der Lampen.

»Verletzen?«, sagte er. »Lächerlich. Dieser Speer ist eine Illusion, genau wie du. Warum lässt du mich nicht einfach in Ruhe. Ich möchte einfach nur hier sitzen und darauf warten, dass ich wieder aufwache.«

Amy biss die Zähne zusammen und stieß die Waffe nach vorn. Die messerscharfe Spitze traf den Oberarm und ritzte die Haut. Es war nur eine kleine Verletzung, aber Dan schrie vor Verblüffung und Schmerz laut auf.

Die Jäger waren aufgesprungen und fuchtelten aufgeregt mit ihren Händen. Mit Handzeichen gaben sie Amy zu verstehen, sie solle die Waffe ablegen. Die Amazone auf dem Achterdeck hatte ihren Bogen gespannt und einen Pfeil auf sie gerichtet. Sollte sie doch. Amy war viel zu aufgebracht, um jetzt aufzuhören. Ihr Kopf bereitete ihr rasende Schmerzen. Die Wut über Dans Verhalten schnürte ihr die Kehle zu.

»Macht, dass ihr wegkommt«, schrie sie ihre Entführer an. »Das hier geht euch nichts an. Es ist eine Sache zwischen ihm und mir, versteht ihr?« Noch einmal stach sie auf Dan ein, diesmal in den Oberschenkel. Der Geologe sackte mit einem Schmerzenslaut zusammen.

Die Jäger wussten nicht, wie sie auf die Situation reagieren sollten. Offensichtlich hatten sie mit allem gerechnet, nur nicht damit, dass sich ihre Gefangenen gegenseitig angingen. Die Amazone gab Handzeichen, nicht in den Kampf einzugreifen.

Ein Blutfleck breitete sich auf der Hose des Geologen aus. Es war nur eine leichte Stichwunde, aber Amy war sicher, dass es weh tat. »Na, was sagst du dazu?«, schrie sie Dan an. »Spürst du das? Glaubst du immer noch, es sei alles nur eine Illusion?«

Die Augen des Geologen waren weit aufgerissen. In seinem Blick paarten sich Unglauben und Schmerz. Humpelnd wich er zurück.

»... alles nur ein Traum«, stammelte er. »Schmerz ... nicht real.«
»Wenn alles nur eine Illusion ist, warum springst du dann nicht?« Amy wedelte ihm mit der blitzenden Eisenspitze vorm Gesicht herum. »Ist doch egal. Spring! Vielleicht wachst du dann auf. Komm schon. Hat doch jeder von uns im Traum schon einmal gemacht. Du wirst fallen und dann erwachst du. Ist doch nichts dabei. Warum das Unvermeidliche noch länger hinauszögern?« Sie trat einen Schritt auf ihn zu. Die Klinge war nur noch wenige Zentimeter von seinen Augen entfernt.
»Los jetzt: Auf die Reling!«
»Warum ... tust du das?« Dan hatte die Bordwand erreicht und blickte nach unten. Er war kreideweiß. Der Anblick schien ihn vollends aus der Fassung zu bringen. Schweißperlen standen auf seiner Stirn. »Ich ... ich kann nicht«, sagte er. »Was soll ich machen? Hör auf ... Amy.«
»Du erinnerst dich an meinen Namen? Das ist immerhin ein Anfang. Und jetzt spring!« Die Klinge wich keinen Zentimeter von seinem Gesicht.
»Aber natürlich erinnere ich mich an deinen Namen. Was soll die Frage?« Er bewegte sich, als wäre ihm schwindelig. »Ich verstehe das nicht ...«, murmelte er. »Warum fällt es mir so schwer, zu springen?«
»Weil es kein Traum ist«, sagte Amy. »Tief in deinem Inneren weißt du, dass die Illusion nur eine Wunschvorstellung ist. Eine schöne Fluchtmöglichkeit, um sich nicht mit der Wahrheit auseinandersetzen zu müssen.«
Noch einmal blickte Dan nach unten. Seine Hände verkrallten sich in der Reling, seine Muskeln waren angespannt. Für einen Moment dachte Amy, er würde wirklich springen, doch dann taumelte er zurück. Er sah aus, als würde er von Krämpfen geschüttelt. Amy ließ den Speer fallen und beugte sich zu Dan hinunter. Die Amazone ließ ihren Bogen sinken. In Dans Augen standen Tränen. »Ich ... kann es nicht«, schluchzte er. »Es geht einfach nicht.«

»Natürlich kannst du nicht«, sagte sie mit sanfter Stimme. »Dein Instinkt hat dir geholfen, zwischen Realität und Fiktion zu unterscheiden.« Sie trat von ihm zurück. Die Jäger kamen von hinten und banden ihr die Hände auf dem Rücken zusammen. Es war ihr egal. Sie hatte erreicht, was sie wollte.
Dan hockte da wie ein Häufchen Elend. Seine Augen schwammen in Tränen. Sie hätte ihn gern in den Arm genommen, doch das war nicht mehr möglich.
»Es wird alles wieder gut«, sagte sie. »Du darfst jetzt die Hoffnung nicht verlieren. Solange wir zusammen sind, kann uns nichts passieren.«
Dan ließ sich zu Boden sinken, vergrub den Kopf zwischen den Armen und weinte. Sein ganzer Körper zitterte.
Amy tat leid, wie sie mit ihm umgesprungen war, aber ihr war nichts Besseres eingefallen. Zumindest hatte sie erreicht, was sie wollte. Dan war wieder bei ihr.
In diesem Augenblick ging die Sonne hinter dem Schiff auf. Der fahle, schwefelgelbe Strich, der den Osten überzog, wurde rasch heller und schickte erste Strahlen in den Äther.
Ein Ruf ertönte vom Mastbaum. Amy drehte den Kopf. Was da vor ihr aus dem Dunst auftauchte, verschlug ihr die Sprache.

57

Die frühe Morgensonne schien durchs Fenster und erlöste Karl aus einem unruhigen Fiebertraum. Er hatte geträumt, er wäre mit einem Schiff über stürmische Wellen gefahren, hätte gefährliche Klippen umschifft, nur um gegen Ende in einen bodenlosen Abgrund zu stürzen. Noch immer glaubte er das Auf und Ab der Wellen zu spüren. Er hatte von Blitzen geträumt, von Hagel, Regen und Donnergrollen, doch jetzt hatte sich die See wieder beruhigt.

Er öffnete seine Augen. Durch ein kleines rundes Fenster zu seiner Rechten strömte Licht in den Raum und zauberte einen hellen Kreis auf den Boden. Staubkörnchen funkelten im Sonnenschein.

»Guten Morgen.«

Karl fuhr herum. Neben ihm, mit dem Rücken gegen die Wand gelehnt und eine Decke um sich geschlungen, saß Mellie. Sie sah aus, als habe sie im Sitzen geschlafen. Ihre Augen hatten dunkle Ränder und ihre Haare waren zerzaust. »Stürmische Nacht, nicht wahr?«

»Hab nichts mitbekommen.« Er rieb über seine Stirn. Er hatte Kopfweh, außerdem klebte ihm die Zunge am Gaumen. »Wo sind wir?«

»In der Stadt der G'ombe. Das war vielleicht ein Unwetter. Wenn es hier mal regnet, dann aber heftig. Spitz mal die Ohren, kannst du das hören?« Sie deutete mit dem Finger nach oben.

Karl neigte den Kopf. Tatsächlich, da war ein Rauschen. Es schien direkt aus der Decke zu kommen.

»Sie fangen den Regen in großen Vorratsbehältern ein«, sagte Mellie. »Damit kommen sie über die langen Dürreperioden.«

Karl hatte keine Ahnung, wovon sie sprach, aber das machte nichts. Er war froh, am Leben zu sein.

Er lag in einer Art Hängematte, die zwischen zwei dicken Balken gespannt worden war. Sein Hemd war verschwunden und sein Oberkörper stattdessen mit Pflanzenfasern umwickelt. Von dem Speer, der in seiner Schulter gesteckt hatte, fehlte jede Spur. Eine vage Erinnerung an bärtige Gesichter und ungewaschene Körper flimmerte durch sein Gedächtnis.

»Sie haben dich gestern Abend noch operiert«, sagte Mellie. »Ray und ich waren kaum von Bord, da haben sie dich schon abtransportiert. Sie wollten uns nicht sagen wohin, aber als wir dich das nächste Mal sahen, hatten sie den Speer schon entfernt. Sie scheinen Meister der Heilkunst zu sein.«

»*Sie?*« Er richtete sich ein wenig auf. »Von wem redest du die ganze Zeit?«

»Weißt du nicht mehr, wer uns gerettet hat?«

»In meinem Kopf sind nur flüchtige Bilder. Ich erinnere mich, dass es einen Kampf gegeben hat. Danach kommt ein großer Blackout. Wäre nett, wenn du mir auf die Sprünge helfen würdest.«

Mellie sah ihn traurig an. »Mann, dich muss es ja wirklich ganz schön erwischt haben. Ich rede natürlich von den Gorillas.«

»Gorillas?« Karl strich durch seine Haare. »Ich dachte ... das hätte ich nur geträumt. Der Schamane, das Flugschiff ... die Insel.«

»Die G'ombe leben im Verborgenen«, sagte Mellie. »Sie verstecken sich vor den Jägern von Kitara. Nur so können sie überleben.«

»Halt, halt, nicht so schnell. Fangen wir mal ganz von vorn an. Wo sind die anderen? Wo sind Amy, Dan und Ray?«

»Ray ist fort, aber die anderen ...«

»Was ist mit den anderen?«
»Kannst du dich denn wirklich an nichts mehr erinnern?« Mellies Augen wurden traurig. »Sie wurden entführt. Sie wurden mit einem Netz gefangen und dann an Bord eines Schiffes gebracht. Wenn ich die G'ombe richtig verstanden habe, bringt man sie nach Kitara. Keine Ahnung, was die da mit ihnen vorhaben.«
Karl hatte Schwierigkeiten, die Informationen unter einen Hut zu bringen. Was ihn am meisten verwirrte, waren die G'ombe. Er meinte sich vage an ihre Gesichter zu erinnern, aber das reichte einfach nicht. Er musste mehr wissen.
»Diese G'ombe ...«, begann er zögernd. »Du tust immer so, als ob sie sprechen könnten ...«
»*Sprechen* ist vielleicht nicht das richtige Wort«, sagte Mellie. »Sie verfügen über ein breites Repertoire an Lauten, die aber für uns unverständlich sind. Dafür besitzen sie eine ausgeprägte Zeichensprache. Sie können praktisch alles mit den Fingern darstellen. Ray ist darin übrigens auch sehr gut.«
»Wo steckt er denn? Warum ist er nicht hier?«
»Habe ich das nicht erzählt? Er ist mit K'baa aufgebrochen, kurz nach dem Unwetter. Das ist der Gorilla, den wir aus dem Fangnetz befreit haben. Sie sind zurück zur Pyramide. Ray sagte, er müsse unbedingt noch etwas überprüfen. Irgendetwas mit dem Portal, glaube ich.«
Karl schüttelte den Kopf. »Ich werde wohl eine Weile brauchen, um das alles zu verarbeiten. Meinst du, du könntest mir etwas zu essen und trinken besorgen? Ich habe das Gefühl, mein Magen hängt in den Kniekehlen.«
»Gute Idee. Der Alte wird dich ohnehin noch einmal untersuchen wollen und sehen, wie es dir geht. Das Essen ist nicht schlecht, aber nur, wenn du auf geröstete Insekten stehst. Sollen ja sehr proteinhaltig sein.« Sie lächelte, dann stand sie auf. »Rühr dich nicht vom Fleck, ich bin gleich wieder da.«

58

Amy kniff die Augen zusammen. Backbord, nur wenige Kilometer entfernt, schwebte eine Insel. Wie ein träges Tier lag sie da und reckte ihren fetten Wanst in die Sonne. Die Oberseite sah aus, als bestünde sie aus Blätterteig. Schicht um Schicht ragten Strukturen in die Höhe, die eindeutig nicht natürlichen Ursprungs waren. Rauch lag darüber und trübte die Sicht. Gedämpfte Rufe erklangen, hier und da war der Schrei eines Tieres zu hören. Geräusche von quietschendem Metall und hämmernden Schlägen drangen an ihr Ohr.
Es war eine Stadt, so viel war klar. Doch eine Stadt wie diese hatte Amy noch nie zuvor gesehen. Ein Labyrinth aus roten Schindeln und schwarzen Mauern erstreckte sich von einem Ende der Insel zum anderen. Kein Quadratmeter, der nicht bebaut worden war, kein Viertel, aus dem nicht Qualm und Staub in die Luft geblasen wurden. Kräne ragten aus dem Dunst wie dürre Stelzvögel. Es gab weder Bäume noch Sträucher oder Wiesen. Keine Parks, keine Alleen oder Gärten. So weit das Auge reichte, sah man nur Häuser, Gassen und Wehranlagen. Wie schorfiger Aussatz lagen die Gebäude auf der Insel und hatten die einstmals so üppige Natur und alles, was früher einmal schön und geheimnisvoll gewesen war, unter sich begraben.
Im hinteren Teil der Insel ragte ein bedrohlich aussehender Gebäudekomplex in die Luft, der dunkle, lauernde Schatten auf die Stadt warf.

Gebannt verfolgte Amy, wie ihr Luftfahrzeug zum Landeanflug überging. Das Hafengebiet war eine natürliche Ausbuchtung, die Wind und Regen in die Flanke der Insel gegraben hatten. Gleich einem Atoll umspannten die Randbezirke den zentralen Hafenkomplex, in dem es zuging wie in einem Bienenstock. Kleine Zweimannboote, gedrungene Kähne, schlanke Jagdschiffe und mächtige Handelsgaleeren lagen vor Anker. Jedes sah anders aus. Einige verfügten nur über ein einziges Segel, doch die meisten Schiffe waren größer. Viele besaßen Ausleger oder geschwungene Ruder aus filigranen Holzrahmen, die mit irgendwelchen transparenten Stoffen oder Häuten überzogen waren. Dutzende von Stockwerken ragten in die Höhe oder endeten in stachelbewehrten Kuppeln oder Türmen, die mit Wimpeln beflaggt waren.

Und dann die Farben. Kein Schiff glich dem anderen. Alle Spielarten des Regenbogens waren vertreten, wobei die Kitarer eine Vorliebe für Rot und Schwarz entwickelt hatten. Bedrohlich aussehende Drachen oder Schlangen prangten auf den Segeln, dreiköpfige Dämonen, schlanke Harpyien und geheimnisvolle Medusen beherrschten die Rümpfe. Die Mythologie dieses Volkes schien von Fabelwesen und Dämonen geradezu durchtränkt zu sein.

Je näher ihr Schiff den Anlegestellen kam, desto mehr Einzelheiten wurden sichtbar. Die Docks waren gerammelt voll mit Ständen und Buden, zwischen denen unzählige Menschen hin und her wuselten. Fleckige Holzbauten wechselten mit mehrgeschossigen Türmen, bunte Schirme mit zerschlissenen Markisen. Aus Dutzenden von Feuern stieg Rauch empor, der vom Wind erfasst und zu schwarzem Dunst verquirlt wurde. Amy entdeckte ein Trockendock, in dem man ein riesiges Schiff reparierte. Ohne Beplankung sah es aus wie ein verwesender Wal, den die See an Land gespült hatte.

Die Kriegerin auf dem Achterdeck steuerte ihr Schiff gekonnt durch das Gewirr aus Masten, Rudern und Auslegern. Mehr als einmal dachte Amy, sie würden an einem der anderen Schiffe zerschellen, doch die Frau war eine begnadete Navigatorin. Ohne eine einzige Berührung lenkte sie ihr Schiff auf eine der Anlegestellen zu, brachte es längsseits und bremste dann ab. Eine Handvoll braungebrannter Männer lief zum Schiff, packte die Taue und eilte mit ihnen zu den Pollern. Es gab eine leichte Erschütterung, dann war das Schiff vertäut.

»Willkommen in Kitara, der Stadt Ihrer Träume«, sagte Dan mit düsterer Miene. »Bitte beachten Sie die Warnhinweise und bleiben Sie angeschnallt, bis wir unsere endgültige Parkposition erreicht haben.«

Amy musste lächeln. Dan hatte seinen Humor wiedergefunden – ein gutes Zeichen. Sie war froh, dass sie nicht allein war. Zu ihrer Schande musste sie gestehen, dass sie während der letzten Stunden kaum an ihre Freunde gedacht hatte. Die Ereignisse waren mit einer Heftigkeit über sie hereingebrandet, dass sie kaum Zeit zum Nachdenken gehabt hatte. Wie es wohl Karl gerade ging? Und Mellie und Ray? Sie konnte nur beten, dass sie noch am Leben waren.

Die Kriegerin winkte einen Boten heran und wechselte einige Worte mit ihm. Der kleine Mann nickte, dann rannte er davon.

»Was jetzt wohl geschieht?«, fragte Dan. »Meinst du, wir müssen die örtlichen Einreiseformalitäten über uns ergehen lassen?«

»Überprüfung der Impfbescheinigung und der Reisepässe?« Amy war nicht zum Lachen zumute. »Wohl kaum. Aber wie es scheint, sind sie auf Leute wie uns vorbereitet. Sieh nur, die hohen Zäune und Wachen. So etwas gibt es nur hier bei uns. Alle anderen Anlegestellen sind frei zugänglich.«

»Stimmt, du hast recht. Was mag das bedeuten?«

»Dass wir Gefangene sind, was sonst? Der einzige Ein- und Ausgang ist dieses Tor dort drüben und das wird gut bewacht.«

»Sieh mal, wie die Leute uns anstarren«, sagte Dan. »Als wären wir vom Mond.«

Amy nickte. »Vergiss nicht, wir haben helle Haut.«

Sie streckte sich, dann sagte sie: »Komm, wir sehen uns ein bisschen um. Jetzt, wo wir schon mal da sind, können wir genauso

gut an Land gehen.« Die Jäger schenkten ihnen keine Aufmerksamkeit, als sie die Planke betraten. Gemeinsam gingen Amy und Dan von Bord und betraten die Anlegestelle.
Der Gestank war überwältigend. Es roch wie auf dem Wochenmarkt von Kampala. Eine abenteuerliche Mischung aus Gewürzen, geröstetem Fleisch und verbranntem Fett. Amy konnte nicht umhin festzustellen, dass sie Hunger hatte. Es war lange her, dass sie etwas Richtiges gegessen hatte. Beim Duft des gebratenen Fleisches lief ihr das Wasser im Mund zusammen.
Hinter dem Zaun hatte sich eine Traube von Leuten gebildet. Die meisten von ihnen waren bettelarm. Abgemagert, schmutzig, die Haare zu fettigen Strähnen verklebt, standen sie da und starrten mit großen Augen zu ihnen herüber. Einige trugen Kiepen auf dem Rücken, andere wiederum schienen einfache Arbeiter zu sein: Handwerker, Straßenfeger, Müllmänner. Der überwiegende Teil waren Händler von benachbarten Ständen. Viele trugen rituelle Narben oder Bemalungen im Gesicht, manche sogar einfachen Schmuck wie Ohrringe oder Halsbänder. Alle besaßen eine tiefschwarze Haut und einen schlanken, hochgewachsenen Körper.
Als Amy und Dan auf die Abzäunung zuschritten, ging ein Raunen durch die Menge. Die Menschen wichen zurück, einige ließen sich auf die Knie fallen und senkten die Häupter.
»Was soll das denn?«, fragte der Geologe. »Sieht fast so aus, als hielten sie uns für Halbgötter.«
»Nicht uns«, sagte Amy. »*Dich*. Ist dir nicht aufgefallen, dass alle ihre Augen nur auf dich richten? Ich frage mich, was das zu bedeuten hat.«
»Vielleicht ist mir mein Ruf vorausgeeilt. Oder liegt es daran, dass ich ein Mann bin?«
»Das würde mich wundern«, sagte Amy. »Die Einzigen, die hier halbwegs wohlhabend aussehen, sind die Frauen. Sie sind gut genährt, tragen Schmuck und wertvolle Gewänder. Die Männer gehören allesamt einer niedrigeren Kaste an. Außerdem sind sie alle verstümmelt, sieh nur.«

»Wie bei den Bugonde«, flüsterte Dan.
Auf einmal entstand Unruhe. Etwa fünfzig Meter entfernt ertönten Rufe, gefolgt vom Klatschen einer Peitsche. Eine offene Sänfte tauchte inmitten des Gewimmels auf. Getragen wurde sie von acht Männern, die schwitzend und keuchend durch die Menge eilten. In der Sänfte saß ein unglaublich dicker Mann. Er war in wallende rote Tücher gehüllt und trug eine turmartig aussehende Haube auf dem Kopf. In seiner Hand hielt er eine Peitsche, die wahlweise auf seine Träger und auf die Passanten niedersauste. Als die Sänfte am Tor ankam, hielten die Träger an. Der fette Mann rief den Wachen einen Befehl zu, die daraufhin umgehend die Türflügel öffneten.
Amy und Dan wichen ein Stück zurück. Die Sänfte wurde hereingetragen und abgesetzt. Keuchend und schwitzend hielten die Männer ihre Köpfe gesenkt. Amy sah, dass ihre Rücken von Peitschenhieben gezeichnet waren. Einer von ihnen klappte eine Treppe aus, über die der fette Würdenträger zur Anlegestelle herabschritt.
Amy nahm den Neuankömmling näher in Augenschein. Sein Körper war über und über mit Goldschmuck behängt. Goldene Ringe, goldene Armreifen, goldene Ketten. In den Ohren steckten Münzen, an den Nasenflügeln hingen in Gold gefasste Gemmen und um den Hals trug er Bänder, die im Licht der Morgensonne funkelten. An jedem seiner zehn Wurstfinger prangte ein kostbar aussehender Ring.
Beim Näherkommen schleifte sein rotes Gewand über den schmutzigen Kai. Als er bei ihnen eintraf, blieb er stehen, musterte sie von oben bis unten und deutete dann eine Verbeugung an. »Wanderer, die Ihr gekommen seid über weites Meer – willkommen.« Die Glieder seiner Kette klingelten erwartungsvoll.
Amy war für einen Moment sprachlos. Sie hatte mit allem gerechnet, aber nicht damit, in ihrer Muttersprache angesprochen zu werden.
»Sie ... Sie sprechen unsere Sprache?«

Seine wulstigen Lippen zeigten ein feines Lächeln. »Natürlich. Ich bin ... Botschafter.« Der Mann legte seine Hände auf die Brust. »Mein Name ist Oyo Nyimba, zweiter Marschall Ihrer Majestät, der Kaiserin Maskal Kibra Lalibela.« Er lächelte und ließ dabei eine Reihe von Goldzähnen funkeln.

Die Worte waren gut verständlich, wenn auch mit einer merkwürdigen Intonation gesprochen. Seine Stimme war sehr hoch für solch einen massigen Körper.

Vielleicht ein Eunuch.

»Sehr angenehm«, erwiderte Amy. »Mein Name ist ...«

»Nein!« Der Botschafter hob seine Hand. »In unserem Land ist es streng verboten, die Namen von *Wanderern* zu erfahren. Nennen Sie mich Oyo, das genügt.«

Dan runzelte die Stirn. »Wie kommt es, dass Sie unsere Sprache sprechen?«

Oyo hob verblüfft die Brauen. »Die Sprache der Wanderer ist eine heilige Sprache. Sie wird nur von wenigen Auserwählten gesprochen. Ich gehöre der Bruderschaft der *Zungen* an.«

»Der Zungen?«

»Ihr Wanderer sprecht viele Sprachen«, sagte der Mann. »Wir Zungen sind ... wie soll ich sagen ... Mittler zwischen den Welten – *Übersetzer*. Ich freue mich, Sie bei uns begrüßen zu dürfen. Es ist mir eine Ehre.« Wieder verbeugte er sich. »Wenn Sie nichts dagegen haben, werde ich Sie jetzt zum Palast bringen. Sie werden erwartet.«

Amy hob ihr Kinn. »Erwartet? Von wem?«

»Von Ihrer kaiserlichen Majestät, der Bewahrerin der Traditionen von *Za-Ilmak'un*. Der Herrscherin über Unter- und Oberkitara. In ihrem Antlitz sind wir nur Staub.« Er berührte Stirn und Mund mit den Fingern, dann trat er an die Sänfte und öffnete ihnen den Verschlag. Auf seinen wulstigen Lippen erschien ein Lächeln, das eine Reihe zugespitzter Zähne entblößte.

59

Die Sonne war soeben hinter einer niedrig stehenden Wolkenbank aufgegangen, als Ray und K'baa ihren Fuß auf die Insel setzten, auf der sie sich zum ersten Mal begegnet waren. Das morgendliche Licht zauberte einen spektakulären Regenbogen in den Himmel, ein letzter Nachgeschmack des gestrigen Unwetters. Irgendwo vor ihnen versteckt im Wald musste die Pyramide liegen, durch die die fünf Wissenschaftler diese Welt betreten hatten.

Ray und K'baa vertäuten das kleine Schiff an einem niedrig hängenden Ast, nahmen Proviant und Waffen mit und marschierten los.

Der Wald dampfte vor Feuchtigkeit. Nebelschwaden stiegen geisterhaft aus dem Boden. Überall tropfte es von den Bäumen. Der Boden war schwer und aufgeweicht. Während Rays Hemd schon nach wenigen Minuten am Leib klebte, perlte das Wasser an dem fettigen Fell des Gorillas einfach ab. Die Luft war schwül und wurde mit jeder Minute schwüler. Schon stiegen Myriaden winziger hellblauer Falter in die Luft, die im Licht der Morgensonne zu tanzen anfingen.

Ray bemerkte, dass sein Begleiter unruhig wurde. K'baa war die Gegend nicht geheuer. Der Affe blieb allenthalben stehen, blickte in die Runde und hielt seine Nase in die Höhe. Trotz seiner Nervosität wich er nicht von Rays Seite. Aus der einfachen Zeichensprache, mit der sich die G'ombe untereinander verständigten, meinte Ray herauszulesen, dass es so etwas wie eine Blutschuld gab. Indem er K'baa aus den Fesseln der Jäger befreit hatte, war er damit zum Herrn über sein Leben geworden. Diese Art der Schuldbegleichung war beileibe nichts Ungewöhnliches. Viele einfache Kulturen pflegten diese Tradition, doch es war höchst verwunderlich, dass es dieses Ritual auch bei Affen gab. Aber waren es denn überhaupt Affen?

Ray beobachtete seinen Begleiter aus dem Augenwinkel. Er ertappte sich dabei, dass er tief in seinem Inneren immer noch eine Grenze zog zwischen Mensch und Tier. Aber war das überhaupt vertretbar? Stimmte nicht vielmehr, was Verhaltensforscher wie Desmond Morris oder Jared Diamond seit Jahren postulierten, dass nämlich der Mensch in Wirklichkeit nur ein unbehaarter Affe war? Oder umgekehrt, dass die vier Primaten Gorilla, Orang-Utan, Schimpanse und Bonobo in Wirklichkeit der Gattung *Homo* zugeordnet werden mussten? Was waren die Menschen eigentlich für Kreaturen, dass sie aus Profitgier ihre eigenen Brüder und Schwestern einsperrten oder töteten?

97,7 Prozent des Erbgutes eines Menschen sind identisch mit dem eines Gorillas. Bei Schimpansen war der Unterschied sogar noch geringer. Molekularbiologisch stehen Menschen den Primaten näher als Kamele den Lamas oder Mäuse den Ratten. Das kalifornische Gorillaweibchen Koko versteht rund zweitausend Wörter und verfügt über einen IQ zwischen 70 und 95 – der normale menschliche Intelligenzquotient liegt bei 100. Koko ist in der Lage, Zeitbezüge auszudrücken und sogar Witze zu machen, und auf die Frage, warum sie nicht wie ein Mensch sei, antwortete sie folgerichtig: »Koko – Gorilla.« Wirklich verblüffend aber ist, dass sie ganz offensichtlich eine Vorstellung vom Tod hat. Auf die Frage, was der Tod sei, antwortete sie mit drei Zeichen: »Gemütlich – Höhle – Auf Wiedersehen.«

Mit jeder Minute, die Ray mit seinem neuen Freund K'baa verbrachte, wurde seine Hochachtung vor dieser Spezies größer. Der Mensch sei die Krone der Schöpfung, hieß es, geformt nach dem

Ebenbild Gottes. Alle anderen Lebewesen seien nur niedere Kreaturen. Was für eine Anmaßung. Musste das Menschenrecht nicht vollkommen neu definiert werden? Bei diesen Gorillas hier wurde die Unterscheidung noch schwieriger. Sie hatten zweifellos einen Evolutionssprung durchlaufen und waren von Berggorillas über Höhlengorillas zu den G'ombe übergegangen. Sie verhielten sich in vieler Hinsicht genauso, wie man es von der Urform des Menschen her kannte. Staatenbildung, Handwerkskunst, Sozialverhalten, Erfindungsgeist und Religion, all das war den G'ombe nicht unbekannt. K'baa zum Beispiel trug ein Amulett bei sich, das er hin und wieder auf die Lippen presste. Es war eine kleine, verdrehte Wurzel, die für den Affen von größter Wichtigkeit zu sein schien. Ray hatte nicht herausfinden können, ob es eine Art Waldgott oder etwas anderes darstellte, das war aber auch nicht wirklich wichtig. Tatsache war, K'baa hatte eine konkrete Vorstellung vom Jenseits und vom Leben nach dem Tode. Was unterschied ihn da noch von einem Menschen?
Ray spürte, dass die Reise ihn verändert hatte. Die neue Umgebung schärfte seinen Blick und ließ ihn über viele Dinge anders denken. Und sie hatte seine Lebensgeister geweckt. Etwas, das er längst verloren geglaubt hatte.
K'baa, der einige Meter vor ihm lief, war plötzlich stehen geblieben. Er hielt die Nase in den Wind und schnupperte. Jetzt roch Ray es auch: Ozon. Genau wie zum Zeitpunkt des Gewitters. Manche der Bäume sahen trotz der Feuchtigkeit verdorrt aus. Manche wiesen Schmauchspuren auf, als ob hier kürzlich ein Feuer gewütet hatte. Kein Zweifel, sie näherten sich dem Portal, die Indizien waren eindeutig. Die Trockenheit, der Geruch und die abgestorbene Vegetation. Dieser Ort war eindeutig anders. Doch warum? Was war so besonders an dieser Stelle? Warum traten die Veränderungen nur hier so offen zutage und nicht irgendwo anders?
Es musste einen logischen Grund dafür geben.
K'baa setzte seinen Weg fort, wurde aber mit jedem Meter un-

ruhiger. Ständig blieb er stehen, blickte zu den Seiten und schnupperte misstrauisch. Er bleckte die Zähne und gab nervöse Geräusche von sich. Sie kamen an eine Stelle, an der vor kurzem ein Blitz in den Boden geschlagen war. Die Erde war zu einem kleinen Trichter verformt, um den das Laub in einem Umkreis von mehreren Metern verbrannt war. Graue Asche bedeckte den Boden. Qualm stieg aus der Öffnung und tief unten, am Boden des Kraters, bemerkte Ray eine gelblich krümelige Substanz. Er ging in die Hocke und berührte die Stelle mit seinen Fingern. Sie war warm und glänzte.

Ray nahm einen Stock und wühlte damit im Erdreich. Je tiefer er kam, desto schwieriger wurde es. Der Boden war knochentrocken. Immer mehr von den metallischen Rückständen traten zutage. Das Erdreich war geradezu durchsetzt davon. K'baa beobachtete all das mit großer Aufmerksamkeit. Als Ray ein fingernagelgroßes Stück dieser Substanz auf seiner Handfläche hielt, deutete der Affe darauf und stieß einen Laut aus, der wie »Or« klang.

»Or? Interessant. In unserer Sprache gibt es ein ähnliches Wort dafür. Ich glaube, so langsam kommen wir der Ursache für die Störung auf den Grund.« Ray öffnete seine Kräutertasche und legte die Probe hinein. Dann verschloss er sie sorgfältig wieder. »Komm, mein Freund.«

Er stand auf und klopfte sich die Asche von der Hose. »Lass uns schauen, ob wir noch mehr finden.«

Nur wenige Minuten später erreichten Ray und der Gorilla das Halbrund aus Ruinen, das die schwarze Pyramide umgab. K'baa ließ sein Amulett nicht aus der Hand. Ray konnte sehen, dass er sich fürchtete. Für sein Volk war dieser Platz ein Ort, der mit unsäglichen Qualen behaftet war. Eine Wunde zwischen den Welten, die niemals heilte.

Ray umrundete die Pyramide. Nichts schien sich verändert zu haben. Das Gebäude war immer noch so, wie er es verlassen hatte. Er ging ein paar Meter ins Innere, da er aber keine Fackel oder Lampe dabeihatte, kam er nicht weit. Um ehrlich zu sein, er war nicht scharf darauf, das düstere Gebäude allein zu betreten, und K'baa wäre ihm um nichts in der Welt gefolgt. Die Blicke, die er der Pyramide zuwarf, waren alles andere als freundlich.

»Tja«, sagte er. »Scheint alles so zu sein, wie wir es verlassen haben. Lass uns trotzdem die Umgebung noch ein wenig absuchen. Ich möchte mir die Statue ansehen und schauen, ob das Messer noch da ist.« K'baa folgte ihm widerwillig.

Keine fünf Minuten später erreichten sie den Rundbogen. Mittlerweile kannte Ray den Weg so gut, dass er ihn mit verbundenen Augen gefunden hätte. K'baa blieb plötzlich stehen. Er weigerte sich, auch nur einen Schritt weiter in Richtung der Statue zu gehen. Er verschränkte die Arme und gab ein angewidertes Grunzen von sich.

»Na gut, du kannst hier warten, wenn du nicht willst«, sagte Ray. »Ich gehe nur schnell rüber und überprüfe etwas. Ich habe zwar keine große Hoffnung, dass ich etwas finden werde, aber wir wären nicht so weit gegangen, wenn wir nicht alle Möglichkeiten ausschöpfen wollten, habe ich recht?« K'baa wandte sich ab.

Ray kletterte über einen umgestürzten Mauerrest und betrat den verwunschenen Garten. Die Statue sah aus wie eh und je. Selbst bei Tageslicht verströmte sie eine Aura des Bösen. Er konnte verstehen, warum sein Freund ihm nicht folgen wollte.

Ray umrundete die Skulptur und sah ein metallisches Funkeln. Das Messer war immer noch genau da, wo Karl es nach ihrer Ankunft abgelegt hatte. Rays Hoffnung schwand. Wie hatte er ernsthaft annehmen können, dass dieser Plan funktionieren würde?

Er kletterte auf eine umgestürzte Säule und wollte gerade nach seiner Klinge greifen, als seine Hand in der Bewegung gefror. *Das war nicht sein Messer.* Es war eine metallisch glänzende längliche Schachtel.

Ein Brillenetui!

Seine Finger zitterten, als er nach dem Gehäuse griff und den Deckel aufklappte. Ein Zettel lag darin, sorgfältig geknickt und gefaltet. Das Papier war merkwürdig vergilbt, so als habe es wochenlang in der Sonne gelegen. Mit allergrößter Vorsicht zog Ray es heraus. Er hatte Angst, es könne ihm unter den Fingern zerbröckeln, so alt schien das Material.

Er faltete den Zettel auseinander und begann, die Zeilen mit bebenden Lippen zu überfliegen.

»Das ist es«, flüsterte er.

»Das ist die Antwort.«

60

Amy beschirmte ihre Augen gegen das grelle Morgenlicht. Im Norden von Kitara ragten zwei düstere Obelisken auf. Pockennarbig und von Flechten überwuchert, waren sie wie der Eingang zu einem versunkenen Reich. Dahinter rückten die Häuser so eng zusammen, dass es den Anschein hatte, sie würden ihre Köpfe zusammenstecken.
Sie tauchten in das Gewimmel der Häuser ein. Der Himmel schrumpfte auf einen blässlichen Streifen zusammen, durch den weder Licht noch frische Luft in die Gassen drang. Hölzerne Stege verbanden die Dächer miteinander – Abkürzungen für alle, die dem Schmutz und der Düsternis der Straßen entfliehen wollten. Und das war nur zu verständlich. Denn während in den oberen Stockwerken die Luft noch halbwegs frisch gewesen war, regierte hier unten der Unrat. Fleckiger, glitschiger Abfall bedeckte das Netz von Gassen, in denen der Gestank wie Fischsuppe schwappte. Menschen drängten aneinander vorbei und bildeten ein unentwirrbares Knäuel, auf dem die Sänfte wie auf einem braun gefleckten Fluss dahintrieb. Schwefelig aussehende Dämpfe stiegen aus den Kanaldeckeln und umwaberten die Knochen verwesender Tiere, an denen rattenähnliche Kreaturen nagten. Aus den lehmbeschmierten Behausungen, die wie Gerümpel links und rechts in die Höhe ragten, drangen Geschrei und Essensdüfte. Zu Hunderten drängten sich die Menschen an den Fenstern, um die Sänfte zu begaffen, die schaukelnd an ihnen

vorüberglitt. Mehr als einmal wurde Amy von braunen abgemagerten Händen berührt, die aus den Fensterschächten herausschnellten und rasch wieder darin verschwanden.
»Das ist also das goldene Kitara, die Perle Afrikas«, sagte Dan mit leiser Stimme. »Nicht gerade ein Paradies, oder? Wo ist all der Reichtum, die Weisheit und die Güte geblieben, von denen in den Geschichtsbüchern die Rede ist? Entweder waren die Historiker auf dem Holzweg oder aber die Menschen haben sich zu einer primitiven, atavistischen Form zurückentwickelt. Sieh dir das bloß an. Der Wahnsinn scheint hier regelrecht Methode zu haben. Keines der Gebäude scheint in irgendeiner Weise geplant zu sein. Hier gibt es keine gerade Linie und keine perfekte Rundung. Man hat einfach Haus auf Haus gestellt, in der Hoffnung, dass es nicht zusammenbricht. Verglichen damit ist ein Ameisenbau ein Wunder der Ordnung. Mit dem Kitara, von dem ich gehört habe, hat das recht wenig zu tun.«
»Manchmal entwickeln sich Kulturen eben in die falsche Richtung«, sagte Amy. »Wer hat je behauptet, dass die Menschheit zu einer immer besseren, immer ›humaneren‹ Form voranschreitet? In unserem tiefsten Inneren sind wir immer noch Höhlenmenschen. Oft genügt ein nichtiger Anlass, um uns wieder auf null zurückfallen zu lassen.« Amy blickte mit Abscheu auf den Unrat und das Elend. Vielleicht waren die Menschen hier tatsächlich wahnsinnig geworden. Vielleicht hatten sie beim Betreten der neuen Welt allesamt den Verstand verloren. Wenn man die Stadt als Spiegel der Seele verstand, dann präsentierte sich hier das Innere einer zutiefst verwirrten und orientierungslosen Spezies. Ein stinkender, vor Elend und Schmutz dahinsiechender Moloch, vergleichbar den Elendsvierteln in Kalkutta, Rio oder Lagos. Der Gestank war so allumfassend, dass er bis in die tiefsten Poren drang. Und dann dieser Lärm. Gequälte Schreie, dumpfes Grunzen und das Rumpeln irgendwelcher großer Maschinen ließen unangenehme Bilder entstehen – die Hölle, wie Dante Alighieri sie in seiner *Göttlichen Komödie* beschrieben hatte. Allenthalben

sah man Affen, die zu Sklavenarbeiten gezwungen wurden und denen man ansah, wie schlecht es ihnen ging. Zerlumpte, abgemagerte Kreaturen, denen der Tod wie ein Segen und eine Erlösung vorkommen musste.

Amy spürte, dass sie dieses Elend nicht länger ertragen konnte. Sie tippte ihrem Führer auf die Schulter.

Der fette Würdenträger unterbrach die Litanei von Flüchen und Beschimpfungen, mit denen er ihre Träger traktierte, und wandte sich zu ihr um. »Ja?«

»Es gibt so vieles, das ich nicht verstehe«, sagte sie. »Wenn es Ihnen nichts ausmacht, würde ich mich gern ein wenig mit Ihnen unterhalten.«

Der Botschafter lächelte beglückt. »Es ist mir eine Ehre. Was möchten Sie wissen?«

»Fangen wir doch mal mit Ihnen an«, sagte sie. »Ich bewundere die Art, wie Sie selbst schwierige Worte beherrschen. Wie kommt es, dass Sie unsere Sprache so gut sprechen?«

Oyos Lippen verzogen sich zu einem wulstigen Lächeln. Er zog ein kleines zerfleddertes Buch aus den Tiefen seines Umhangs und schlug es auf. Amy nahm es in die Hand und blätterte darin herum. Es war ein in Leder gebundenes Buch in englischer Sprache. Das Papier war fleckig und vergilbt. Mit wachsendem Interesse überflog sie die feinen, handgeschriebenen Zeilen. »E.M.K. Mulira«, flüsterte sie. »English – Luganda Dictionary, 1952. Hier sieh mal, Dan.«

Der Geologe blätterte eine Weile darin, dann sagte er: »Das ist aber nicht das Original, oder? Die Seiten sehen aus, als wären sie mit der Hand geschrieben worden.«

Oyo freute sich sichtlich über die Neugier seiner Gäste. »Sie haben recht«, sagte er. »Es ist eine Abschrift. Das Original liegt sicher verwahrt in der großen Bibliothek. Ich selbst habe es nur einmal gesehen. Dieses hier wurde angefertigt von Kalligraphen der Hohen Schule. Jede *Zunge* trägt ein eigenes handgeschriebenes Exemplar.«

Amy deutete auf das Impressum. »Schau mal, sie haben selbst das Impressum abgeschrieben: *Society for promoting Christian Knowledge*. Bestimmt das Handbuch eines Missionars.« Sie hob den Kopf. »Die Hexenmeisterin der Bugonde hat doch erzählt, dass ihr Vater Missionar gewesen war. Vielleicht war es sein Buch. Vielleicht trug er es bei sich, als er in das Portal geriet.«

Dan nickte. »Möglich ist das, aber wir werden es vermutlich nie erfahren.« Er gab das Buch an Oyo zurück, der es dankbar lächelnd wieder in seinen Umhang steckte. Dann blickte er wieder nach vorn. Die Träger hatten die Gasse verlassen und waren auf einen ringförmigen Platz hinausgelaufen, der einen mächtigen Gebäudekomplex umgab. Es war das Bauwerk, das Amy schon beim Anflug auf die Stadt entdeckt hatte. Unheilverkündend und mehrfach ineinander verschachtelt, schraubten sich vier Türme wie rostfleckige Werkzeuge in die Höhe. Sie flankierten ein Gebäude, das eine verblüffende Ähnlichkeit mit der Pyramide aufwies, durch die sie diese Welt betreten hatten. Bernsteinfarbenes Licht lag auf ihren Flanken und ließ die Stockwerke wie Bronze erstrahlen.

Quer über den Platz zog sich ein Wall, der an der zentralen Stelle von einem Tor durchbrochen wurde. Schwerbewaffnete Kriegerinnen bewachten den Eingang.

Amy wusste nicht, was sie mehr verblüffte. Die Größe dieses Gebäudes oder die Tatsache, dass sie das alles hier verdächtig an die Stadt der Bugonde erinnerte.

Für Antworten blieb jedoch keine Zeit. Sie hatten den Palast erreicht. Schon bald würden sie erfahren, warum sie hierhergebracht worden waren.

61

Karl biss die Zähne zusammen. Der Verbandswechsel war jedes Mal eine schmerzhafte Angelegenheit. Die G'ombe waren zwar in ihrem Umgangston etwas ruppig, aber was die Pflege von Wunden betraf, so waren sie darin wahre Meister. Sie verfügten über ein ausgeprägtes Wissen an Mineral- und Pflanzenkunde und waren in der Lage, hochwirksame Pulver, Salben und Tinkturen herzustellen. Karl hatte ein junges Weibchen zur Seite gestellt bekommen, das auf den Namen *Ch'kun* hörte. Eine dralle, vorwitzige Erscheinung, der es ungeheuren Spaß zu machen schien, ihn bei jeder Gelegenheit herumzukommandieren und zu bevormunden. Mellie beobachtete die Prozedur mit großem Vergnügen. Es schien fast so, als sei sie der Meinung, Karl habe diese Behandlung verdient.
»Könntest du ihr wenigstens sagen, dass sie aufhören soll, mir immerzu den Kopf zu kraulen«, klagte Karl. »Am Anfang war es ja ganz lustig, aber inzwischen bin ich nur noch genervt.«
»Sag es ihr doch selbst, wenn dir so daran gelegen ist.«
»Wie denn?«, protestierte er. »Mit meinem einbandagierten Arm kann ich keine Zeichensprache machen. Wie soll ich mich da verständigen? Ich bin kein kleines Kind, das man streicheln und hätscheln muss.«
»Ich bin sicher, es tut dir gut«, sagte Mellie. »Du hast in letzter Zeit viel zu wenig weibliche Fürsorge zu spüren bekommen.«
»Von wem ich mich streicheln lasse, entscheide immer noch ich«,

pflaumte er zurück. »Und wenn ich mir schon eine Partnerin aussuche, dann sicher keine, die behaarte Brüste hat und unter den Achseln riecht.«

»Nimm es mir nicht übel«, grinste Mellie, »aber ich halte mich da raus. Ch'kun weiß, was für dich das Beste ist, und sie kann ziemlich pampig werden, wenn jemand ihr reinredet. Klär du das mit ihr und lass mich aus dem Spiel.«

»Na prächtig«, schnaufte Karl. »Geballte Frauensolidarität, das hat mir gerade noch gefehlt.« Er gab den Widerstand auf. Im Geiste musste er zugeben, dass die Affendame außerordentlich geschickte Finger besaß. Er konnte sich nicht erinnern, jemals so angenehm gekrault worden zu sein. Aber musste es unbedingt ein Gorilla sein? Konnte er nicht auch mal Glück bei normalen Frauen haben, so wie Ray?

Er war im Begriff, die Massage zu genießen, als der Vorhang ihrer Wohnhöhle zur Seite gezogen wurde und Ray Cox erschien, verschwitzt und außer Atem.

»Ihr werdet es nicht glauben.«

»Was hast du gefunden?«, fragte Mellie.

»Das, meine lieben Freunde, könnte die Antwort auf unsere Probleme sein.« Er zog ein Etui aus der Tasche und hielt es in die Höhe. »Es ist eine Botschaft. Lest selbst.«

Mellie schnappte sich den Zettel und überflog die Notiz. Während sie las, stolperte Ray zu Karls Wasserkrug, setzte ihn an die Lippen und trank mit gierigen Schlucken das kühle Nass. Als er fertig war, winkte er in Richtung Tür. »Nun komm schon. Brauchst dich nicht zu genieren.«

Der Vorhang wurde beiseitegeschoben und ein mächtiger Gorilla betrat den Raum. Karl erkannte K'baa sofort wieder. Die vielen Narben und der dunkle Fleck auf der Stirn machten den Schwarzrücken unverwechselbar. Ray reichte den Krug seinem Freund und wartete, bis er fertig getrunken hatte. Es dauerte nicht lange und Mellies skeptischer Ausdruck wich einem fassungslosen Staunen. »Wo hast du das her?«

»Gefunden. Genau dort, wo wir unsere Nachricht versteckt haben. Es steckte in dem Spalt in der Statue.«
»Das ist Richards Etui«, sagte Karl. Er wollte sich vorbeugen, doch eine schwarze, runzelige Hand hielt ihn zurück. »Ja, ja«, murrte Karl. »Ich soll mich nicht bewegen, ich soll stillhalten und mich entspannen. Aber ich will, verdammt noch mal, dieses Etui sehen. Großer Gott, Ray, du kannst dir nicht vorstellen, was ich hier durchmache. Sei bloß froh, dass es dich nicht so getroffen hat.«
»Was hast du an Ch'kuns Heilkünsten auszusetzen? Zu mir war sie sehr nett und hilfsbereit.« Ray tätschelte ihr über den Rücken. Das Affenweibchen gab einen gurrenden Laut von sich.
Karl verdrehte die Augen. Scheinbar steckten hier alle unter einer Decke. Er gab es auf, mit Ch'kun zu hadern. Nicht nur, weil sie ihre Pflichten als Dienerin sehr ernst nahm, sondern auch, weil sie ausgesprochen störrisch war. Sie wusste, dass es ihn fuchste, von ihr herumkommandiert zu werden, und sie schien jede Minute zu genießen. Allerdings ärgerte Karl sich nicht wirklich darüber. Zu einem gewissen Teil machte ihm das Spiel sogar Spaß. Er fand es recht einfach, die Gefühle der G'ombe zu lesen. Im Gegensatz zu den meisten Menschen waren sie unfähig, zu heucheln oder sich zu verstellen. Wenn sie lachten, dann lachten sie, und wenn sie wütend waren, waren sie wütend. Dann tat man besser daran, ihnen aus dem Weg zu gehen. Die meisten der G'ombe waren ihnen freundlich gesonnen, aber es gab Ausnahmen. Bei seinem ersten kurzen Spaziergang vor einer Stunde waren sie einigen Exemplaren begegnet, die ihnen unmissverständlich zu verstehen gegeben hatten, dass die Anwesenheit von Menschen in ihrer Stadt unerwünscht war.
»Und das Messer?«, fragte er
»Weg. Keine Spur mehr davon.«
»Wenn ich mich schon nicht bewegen darf, könntest du mir den Inhalt dann wenigstens vorlesen, Mellie?«
»Na schön, weil du's bist.«

Die Nachricht war in der Tat aufsehenerregend. Wenn es stimmte, was da stand, dann war es vielleicht doch noch nicht zu spät. Dann hatten sie noch eine letzte Chance heimzukehren.

»Gib mal her.« Er streckte die Hand aus.

Diesmal ließ Ch'kun ihn gewähren.

Das Papier sah merkwürdig aus. Brüchig. Er hielt seine Nase darüber und schnupperte. »Ozon«, murmelte er.

»Der Boden rund um die Pyramide war getränkt davon«, sagte Ray. »Ich vermute, es stammt von dem Unwetter letzte Nacht.«

»Und es war stark genug, um die Botschaft zu transportieren«, sagte Karl.

»Dann hältst du die Botschaft also für echt?«, fragte Mellie.

Ray neigte den Kopf. »Du etwa nicht?«

»Ich weiß nicht ...«

»Das ist hundertprozentig Richards Schrift«, sagte Karl. »Schau dir nur den Schlenker an, den er unter jeden Absatz macht. Wenn es stimmt, was hier steht, dann müssen wir uns beeilen. Das Portal wird sich bald öffnen.«

»In dreizehn Stunden, um genau zu sein«, sagte Ray. »Spätestens dann müsst ihr beide beim Portal sein.«

Mellies Augenbrauen hoben sich um eine Nuance. *»Ihr beide? Und was ist mit dir?«*

»Ihr werdet ohne mich aufbrechen müssen.«

Karl ließ den Zettel sinken. »Was hast du vor?«

Ray schüttete etwas Wasser in die hohle Hand und benetzte sein Gesicht. »Ich werde versuchen, Dan und Amy zu finden, und ehe ihr mich jetzt fragt, ob ich das ernst meine: Ja, das tue ich. Ich habe noch nie in meinem Leben etwas ernster gemeint.«

»Aber das ist Irrsinn«, erwiderte Mellie.

»Natürlich ist es das«, erwiderte Ray. »Aber ich würde es mir nie verzeihen, es nicht wenigstens versucht zu haben. Noch besteht die Chance, dass sie am Leben sind.«

»Und wenn du es nicht rechtzeitig zurück schaffst? Du weißt ja noch nicht mal, wohin das Schiff geflogen ist.«

»Da irrst du dich. Ich weiß ziemlich genau, wohin man die beiden gebracht hat. K'baa und der Älteste haben mir einiges erzählt. Es gibt eine Insel, größer als alles, was wir bisher gesehen haben. Eine fliegende Stadt, an deren Unterseite etwas ist, das sie die *Stummen Hallen* nennen. Dorthin bringen sie ihre Gefangenen und dorthin werde auch ich fliegen.«

»Was ist das für ein Ort?«, fragte Karl. »Eine Art Strafkolonie oder was?«

Ray öffnete den Mund zu einer Erwiderung, schloss ihn dann aber wieder. Seine Hände waren ineinander verschränkt und seine Knöchel traten weiß hervor.

»Es hat etwas mit der Legende der *N'ekru* zu tun.« Der Ire versuchte angestrengt, seinem Blick auszuweichen. Es schien ihn Überwindung zu kosten, über das Thema zu sprechen.

»Ich ... ich weiß nicht, ob ich euch das erzählen soll«, murmelte er. »Es ist nichts für schwache Nerven.

»Natürlich sollst du«, sagte Karl. »Du *musst* sogar. Schieß los, was haben dir die G'ombe erzählt?«

»Während meines Fluges zur Pyramide habe ich einige Zeit mit K'baa verbracht.« Er berührte den Affen an der Schulter. »Es dauerte eine Weile, bis wir uns verständigen konnten, aber dann ging es ganz gut. Er ist ein guter Zeichner.« Ray lächelte traurig. »Erst tauschten wir Belanglosigkeiten aus, doch dann unterhielten wir uns über wirklich interessante Dinge. Er zeigte mir die Reliefs in der Pyramide und ich bemerkte, dass er sich gut auskannte. Nicht nur, was diese Welt betrifft – sie wird in der Sprache der G'ombe übrigens als *Atem des Windes* bezeichnet –, sondern mit allem, was hier so kreucht und fleucht. Er weiß auch etwas über das, was mit uns geschieht. Leuten, die, wie wir, die Barriere durchschritten haben.«

»Dann gibt es also noch mehr von uns?«

»Allerdings. Aber lasst mich weitermachen. Ich habe anfangs nicht kapiert, was er da erzählte, aber nach und nach verstand ich, wovon er redete. Wir, die Wanderer, sind eine ständige Gefahr für G'ombe. Es gibt Dutzende von Spähern, so wie K'baa, die nach Leuten wie uns Ausschau halten.« Er nahm einen Schluck Wasser. »Angefangen hat alles mit den Kitarern. Sie waren die ersten Menschen, die durch das Portal kamen. Pflanzen und Tiere hatte es schon immer gegeben, weswegen sich die Flora und Fauna in der Nähe des Portals auch so erstaunlich ähnlich sehen. Aber die Kitarer waren die ersten Menschen und sie brachten ein Übel über die Welt. Nicht mit Absicht, wohlgemerkt, und auch nicht von heute auf morgen. Der Verfall begann schleichend. Es ging damit los, dass es ihnen gelang, die Insel mit dem Portal zu verlassen und sich auszubreiten. Bald wurde bekannt, dass eine Insel gefunden worden war, die ihren Bedürfnissen entsprach. Ein riesiges Eiland, nur wenige Flugstunden von hier entfernt. Die Insel bot Wasser, Nahrung, Holz und Unterschlupf im Überfluss. Ein Paradies für die neuen Siedler. Sie ließen sich dort nieder und erbauten ihre Stadt. Wohlgemerkt, das alles geschah vor über zweitausend Jahren. Unglücklicherweise stießen sie bald auf etwas, womit sie nicht gerechnet hatten: ein natürlicher Feind in Form einer schmarotzenden Alge. Eine Lebensform, die wohl nur auf besonderen Inseln gedeiht. Diese Alge hat die Angewohnheit, humanoide Lebewesen zu befallen und zu etwas umzuformen, was nur noch mit viel gutem Willen als menschlich bezeichnet werden kann.«

»Den N'ekru?«, flüsterte Mellie.

Ray nickte. »Auf dieser Seite des Portals werden sie als *die Namenlosen* bezeichnet. Diese Kreaturen entpuppten sich als außerordentlich aggressiv und angriffslustig. Ihr könnt euch vorstellen, welches Entsetzen sie bei den Siedlern auslösten. Es muss damals zu schrecklichen Massakern gekommen sein. Viele Menschen verloren ihr Leben. Doch nach einer Weile kam man auf die Idee, die neu entstandene Lebensform zu eigenen Zwecken zu nutzen. Man baute einen eigenen Tempelbezirk – die *Stummen Hallen* – auf der Unterseite der Insel. Dort waren die Kreaturen unter sich. Man versorgte sie mit Opfern und betete sie als

Kriegerkaste an. Kurzum, man tat alles, um aus dem ehemaligen Feind einen Verbündeten zu machen. Der Pakt gelang, auch wenn er eine komplette Neuausrichtung der bisherigen Gesellschaftsstruktur verlangte. Aus dem ehemals friedlichen Staat wurde ein totalitäres Regime, das von einer Dynastie rücksichtsloser, gewaltbereiter und halb wahnsinniger Kaiserinnen beherrscht wurde. Die Kriegerkaste der Namenlosen sicherte den Herrscherinnen uneingeschränkte Macht. Das Gleichgewicht, das bis zu diesem Zeitpunkt im Bernsteinmeer geherrscht hatte, kippte. Die Namenlosen wurden zur Geißel der Welt. Schnell, aggressiv und widerstandsfähig, gab es nichts, das ihnen Einhalt bieten konnte, nicht mal die G'ombe. Nach und nach wurden die friedlichen Affen, die schon viele tausend Jahre vor den Kitarern durch das Portal gekommen waren, zurückgedrängt. So lange, bis nur noch ein paar hundert von ihnen am Leben waren. Sie siedelten sich hier in der verborgenen Stadt an und fristeten ein trostloses Dasein. Es sah so aus, als seien sie dem Untergang geweiht, doch dann geschah ein Wunder. Nach ein paar Jahrhunderten versiegte der Strom der Namenlosen. Sie konnten keine Nachkommen mehr zeugen. Aus irgendeinem Grund wurzelte die Alge nur auf Menschen, die jenseits des Portals zur Welt gekommen waren. Kinder, die in dieser Welt geboren sind, werden von ihr gemieden. Es ist, als hätte der Generationswechsel eine genetische Mutation hervorgerufen, die den Wirt resistent gegen die Hyphen macht.

Um zu überleben und um ihre Herrschaft aufrechtzuerhalten, waren die Herrscherinnen also auf Nachschub angewiesen. Boten wurden durch das Portal zurückgeschickt mit dem Auftrag, einen Kontakt zu den dort ansässigen Bugonde herzustellen. Ein Pakt wurde geschlossen, der den Bugonde Wohlstand und Macht sicherte und die Kitarer weiterhin mit Wanderern versorgte.« Er zuckte die Schultern. »Ihr seht also, wir sind in einen Konflikt hineingeraten, der bereits seit über tausend Jahren andauert.«

»Und was geschieht nun mit Amy und Dan? Was hat es mit diesen *Stummen Hallen* auf sich?«

»Wie ich K'baa verstanden habe, eignen sich nur Männer für die Transformation und auch von ihnen nur ganz bestimmte Exemplare.«

»Und die anderen?«

»Werden getötet.« Ray stellte den Krug zur Seite. »Entweder sie werden getötet oder man wirft sie den Namenlosen zum Fraß vor. Wie ich K'baa verstanden habe, gibt es zurzeit nur noch acht von diesen widerwärtigen Kreaturen. Eine von ihnen hat sich zum Zeitpunkt unseres Durchstiegs in der Nähe des Portals herumgetrieben. Die G'ombe hatten ihre Spur kurz vor unserer Ankunft verloren. Möglich, dass sie durch das Portal auf die andere Seite gelangt ist. Ich wage mir gar nicht vorzustellen, was das bedeutet. Die anderen sind entweder irgendwo unterwegs oder sie warten in den *Stummen Hallen*. Doch jetzt habe ich wirklich lange genug geredet. Wenn ich Amy und Dan retten will, muss ich jetzt aufbrechen. Und versucht bitte nicht, mich davon abzubringen. Ich muss es tun, und wenn es das Letzte ist, was ich in meinem verhunzten Leben noch leiste.« Der Ire stand auf. »Man wird euch rechtzeitig zur Pyramide bringen und dort mit Proviant versorgen. Kann sein, dass es schnell geht, kann aber auch sein, dass ihr eine Weile warten müsst. Spätestens nach einem Tag werden die G'ombe wieder nach euch sehen. Mit ein bisschen Glück seid ihr dann schon auf der anderen Seite.«

»Und du?«

»Ich werde ein Boot nehmen. K'baa wird mich begleiten. Der Anblick von Affen ist in Kitara keine Seltenheit. Sie werden als Sklaven gehalten. Und was mich betrifft: Mit ein wenig Verkleidung, Körperfarbe und schauspielerischem Talent komme ich vielleicht nahe genug heran, um sie zu täuschen. Wenn alles gutgeht, werde ich zum betreffenden Zeitpunkt zu euch stoßen. Wenn nicht ...«, er senkte den Blick. »Wünscht mir einfach Glück.«

»Hm ...«, seufzte Karl. »Sieh zu, dass du da heil wieder herauskommst.«
Mellie versuchte zu lächeln, doch es gelang ihr nicht. »Wir sehen uns dann am Portal«, sagte sie. »Und sei bitte pünktlich ...«
»Ich werde es versuchen.« Der Ire hauchte ihr einen Kuss auf die Wange, dann wandte er sich zum Gehen.
»Ray?«
»Ja?«
Sie schluckte. »Es tut mir leid, was ich in der Pyramide zu dir gesagt habe. Das war nicht nett. Entschuldige bitte.«

62

Der Thronsaal von Kitara war ein stufenförmig ansteigender Raum mit den Ausmaßen einer Kathedrale. Durch eine Reihe schmaler, schießschartenähnlicher Fenster sickerte schwaches Tageslicht herein. Der größte Teil der Beleuchtung kam aus Schalen, in denen duftendes Öl verbrannt wurde. Rußgeschwärzte Wände und dunkle Holzbalken zeugten davon, dass die Lampen niemals verloschen. In Abständen von vielleicht fünf oder sechs Metern traten rippenähnliche Vorsprünge aus den Wänden hervor, die zur Decke hinaufreichten, wo sie einander kreuzten.
Amy hatte das Gefühl, im Bauch eines riesigen Wals zu stehen. Der Eindruck wurde durch eine Reihe von Darstellungen vertieft, auf denen tatsächlich so etwas wie Wale dargestellt waren. Allerdings waren es riesige, schwebende Kreaturen, die auf breiten Schwingen die unermesslichen Weiten des Bernsteinmeeres durchkreuzten. Zog man die kleinen Jagdschiffe im Vordergrund als Maßstab heran, bekam man eine Vorstellung davon, wie gewaltig diese Kreaturen sein mussten.
Auf der gegenüberliegenden Seite der Halle führte eine Treppe zu einem mächtigen Thron hinauf. Amy erkannte, dass sowohl der Thron als auch die Plattform aus Knochen bestanden. Rippen, Oberschenkelknochen, Schädel – viele tausend Relikte menschlichen Lebens. Praktisch die gesamte Empore war aus den Gebeinen erschlagener Feinde zusammengesetzt. Rechts und links des Thrones ragten zwei gewundene Hörner in die Luft, die so gewaltig

waren, dass die beiden Wachposten daneben wie Zwerge anmuteten. Offenbar existierten in dieser Welt Kreaturen, die das menschliche Fassungsvermögen um einiges überstiegen.

Rechts neben dem Thron stand ein zweiter, kleinerer Thron. Aus schwarzem Holz geschnitzt und mit roten Polstern belegt sah er sehr viel komfortabler aus, auch wenn er für einen normalen Erwachsenen eigentlich zu klein war.

Amy überlegte, wem er wohl gehören mochte, als die Türen zu Füßen der Empore aufgingen und etliche Kriegerinnen die Halle betraten. In rote Umhänge gehüllt boten sie einen atemberaubenden Anblick. Die langen, pechschwarzen Haare waren hochgesteckt und mit roten und goldenen Bändern verziert, an denen kleine Metallplättchen befestigt waren, die die Luft mit feinem Klingeln erfüllten. Die ebenholzfarbenen Gesichter waren mit roten Symbolen bemalt, was ihnen ein ebenso gefährliches wie exotisches Aussehen verlieh. In den Händen hielten sie Speere und Schilde und an den Gürteln schimmerten Schwerter. Ernst und durchtrainiert, mit Muskeln, die an Raubtiere erinnerten, betraten sie den Saal und reihten sich entlang der Treppenflucht auf.

Dann erschien ein Herold auf der oberen Plattform. Über seiner Schulter hing ein geschwungenes Blasinstrument, das so aussah, als hätte man es aus dem Horn eines großen Tieres gefertigt. Der Mann setzte es an die Lippen und entlockte ihm einige schaurig klingende Töne. Zwei weitere Wachen traten ein, die sich rechts und links der beiden Herrschersitze postierten. Dann betrat die Kaiserin den Saal.

Amy nahm die Frau näher in Augenschein. Sie mochte um die dreißig Jahre alt sein und war – bis auf einen kurzen Rock und ein martialisch anmutendes Wehrgehänge – nackt. Kein Ring, kein Armreif und keine Halskette schmückten ihren Körper. Wäre nicht die filigrane, prächtig gearbeitete Tiara auf ihrem Kopf gewesen, man hätte sie leicht für eine Sklavin halten können.

Die Kaiserin war nicht sehr groß. Amy hatte zwar aufgrund der Perspektive Schwierigkeiten, ihre Größe einzuschätzen, tippte

aber, dass sie nicht mehr als einen Meter fünfzig maß. Sie war schlank, muskulös und von stolzem Wesen. Wenn sie ging, tat sie das mit einer Haltung, als würde sie ein Wassergefäß auf ihrem Kopf balancieren. Ihr Gesicht war schmal geschnitten, mit hohen Wangenknochen und vollen Lippen. Einzig ihre Augen passten nicht zu dieser Schönheit. Vielleicht lag es daran, dass sie zu dicht beisammen standen, vielleicht waren es auch die zusammengewachsenen Brauen, jedenfalls lauerte eisige Kälte in ihnen.
Ihr zur Seite betrat ein etwa sechsjähriger Knabe die Bühne. Ein fetter, gedrungener Junge mit Pausbacken, fleischigen Lippen und einem gelangweilten Ausdruck im Gesicht. Anders als seine Mutter war er in kostbare Tücher gehüllt, die mit Gold und Edelsteinen behangen waren. Der Junge trat auf seine Mutter zu, steckte eine ihrer Brustwarzen in den Mund und begann zu saugen. Nuckelnd und mit Verachtung im Blick schaute er auf die Menschen im Thronsaal herab.
Amy lief es kalt den Rücken hinab.
Nach einer Weile hatte die Herrscherin genug von dem Gesauge und scheuchte den Sprössling fort. Mit miesepetrigem Gesicht verkroch er sich auf seinen Thron, steckte die Hände unter seine Tunika und fing an, an seinem Penis herumzuspielen.
Die Kaiserin ging zu ihrem Thron und ließ sich darauf nieder. Ein dünner Milchfaden tropfte von ihrer Brust, lief über ihren schwarzen Bauch und hinterließ eine helle Spur, die in ihrer Scham endete. Sie bedachte Oyo mit einem strengen Blick, dann hob sie die Hand.
»Wir dürfen jetzt vorgehen«, flüsterte der Botschafter und signalisierte Amy und Dan, dass sie ihm folgen sollten. Gemeinsam gingen sie los. Sie gingen an den Kriegerinnen vorbei, die ausdruckslos wie Sphinxe am Fuße der Treppe auf sie warteten, und schritten die Treppen empor.
»Mir gefällt das nicht«, flüsterte Dan. »Hast du die Augen der Kaiserin gesehen? Das erkennt doch ein Blinder, dass die wahnsinnig ist.«

Amy schwieg. Sie wusste genau, wovon Dan sprach, traute sich aber nicht, die Stimme zu erheben. Die Herrscherin und ihr Sohn hatten einen Glanz in den Augen, der an gefrorenen Stahl erinnerte. Nicht der Funken einer menschlichen Regung war darin zu entdecken.

Als sie oben ankamen, stand ihnen eine neue Überraschung bevor. Die Haut der Kaiserin war übersät mit Tätowierungen und rituellen Narben. Schlangengleich ringelten sie sich über ihren Oberkörper. Ihre Brüste waren mit Piktogrammen übersät, die sich spiralförmig bis zum Bauchnabel zogen. Arme, Beine, ja selbst ihre Finger und Füße waren damit bedeckt. Ihr Körper war ein einziges Kunstwerk. Vermutlich hätte man Stunden gebraucht, um alle Symbole und Geschichten zu entschlüsseln. Sie war wie ein Geschichtsbuch ihres Volkes, eine wandelnde Chronik in Fleisch und Blut. Amy versuchte sich vorzustellen, wie viele Schmerzen und Qualen es gekostet hatte, den Körper derart zu verändern, doch es überstieg ihre Phantasie.

Oyo hatte die oberste Stufe erreicht und warf sich vor seiner Herrscherin zu Boden. In schnellen, abgehackt klingenden Worten entbot er ihr seine Verehrung und kündigte die beiden Gäste an. Man musste kein Sprachgenie sein, um zu verstehen, was er sagte. Als er fertig war, erhob er sich wieder und trat mit gesenktem Kopf beiseite.

Die Kaiserin begann zu sprechen. Ihre Stimme war kaum mehr als ein Flüstern.

Als sie fertig war, verneigte Amy sich und sagte: »Wir fühlen uns geehrt. Bitte verzeiht, wenn unsere erste Begegnung nicht friedlicher Natur war. Wir kamen nicht in böser Absicht, sondern in Unkenntnis eurer Gepflogenheiten. Wir waren müde und verwirrt.« Während Oyo übersetzte, flüsterte Dan: »Sie haben uns entführt, verdammt noch mal.«

»Sei doch still«, zischte sie und fuhr dann fort: »Wir haben einen Grund, warum wir in euer Reich gekommen sind. Wir sind auf der Suche nach einem Freund, der seit hundert Tagen verschol-

len ist. Die Spuren lassen vermuten, dass er diesen Weg genommen hat. Sein Name ist William Burke.«
Bei der Erwähnung von Burke huschte eine Regung über das Gesicht der Kaiserin. »*Hoyat'hen?*«
»Der Name«, übersetzte Oyo. »Wiederholt bitte noch einmal den Namen Eures Freundes.«
»William Burke.«
Die Augen der Herrscherin verengten sich um eine Nuance. Sie winkte eine der Wachen zu sich und flüsterte ihr etwas ins Ohr. Die Frau verbeugte sich und eilte davon.
»Was hat das denn jetzt wieder zu bedeuten?«, flüsterte Dan.
»Keine Ahnung«, erwiderte Amy. »Warten wir es einfach ab.«
Schweigend standen sie da und warteten. Amy beobachtete den fetten Kronprinzen, der gelangweilt mit einem kleinen Messer die wundervollen Schnitzarbeiten zerstörte, mit denen sein Thron dekoriert war. Ein kleines Stück brach ab und landete auf dem Boden. Ehe er weitere Kerben ins Holz treiben konnte, kam die Wache zurück, ein Bündel in ihren Händen. Sie verbeugte sich und hielt der Kaiserin das Päckchen hin. Maskal Kibra Lalibela deutete mit einem Kopfnicken auf ihre Gäste, dann legte die Wache das Bündel vor ihnen auf den Boden.
»Macht es auf«, sagte Oyo.
Amy ging in die Hocke und zog die Lederschlaufen auseinander. Für einen Moment fürchtete sie, es würden abgeschlagene Hände, Finger oder andere furchtbare Dinge auf sie warten, doch ihre Sorge war unbegründet. Ein Paar Schuhe kam zum Vorschein, dazu eine Regenjacke und eine Umhängetasche.
»Mein Gott«, flüsterte Amy. »Das ist Williams Tasche.«
»Und seine Schuhe«, gab Dan zurück. »Eine Spezialanfertigung von *Crockett & Jones* in Northampton. Ich war dabei, als er sie dort abholte.«
»Er war immer schon ein Snob.«
»Aber charmant.«
Amy lächelte gequält. Mit nervösen Fingern öffnete sie die Tasche

und schlug die Klappe zurück. Im Inneren waren etliche Notizblöcke, Karten und Kugelschreiber, dazu ein Fernglas und ein kalbsledernes Etui mit kostbarem Verschluss. Amy nahm es heraus und klappte es auf. Wills dunkelroter Reisepass leuchtete ihr entgegen. Sie machte ihn auf betrachtete das Foto. Es zeigte einen rotblonden Mann Mitte dreißig. Sein Mund zeigte ein arrogantes Lächeln und er hatte seine Stirn in Falten gelegt. Die Brille, die allen nur zu vertraut war, thronte auf seiner Nasenspitze. »Damit dürfte das Rätsel ja wohl gelöst sein«, murmelte Dan. »Wissen Sie, wo dieser Mann ist?« Er tippte auf das Passbild. »Ist er noch am Leben? Geht es ihm gut und können wir zu ihm?«

Die Kaiserin verzog ihren Mund zu einem kalten Lächeln. *»Na'kl'dungu?«*

»Sie fragt, ob Sie ihn sehen wollen?«, übersetzte Oyo.

»Natürlich wollen wir! Wo ist er?«

Oyo senkte seine Stimme. »Er befindet sich in den *Stummen Hallen* von Kitara.«

»Ich kann es kaum erwarten, ihn zu sehen«, sagte Dan. »Du auch?« Amy zögerte. Sie wollte sich keinen vorzeitigen Illusionen hingeben. Irgendetwas an der Art, wie Oyo über Burke sprach, irritierte sie.

»Diese *Stummen Hallen,* wo sind sie?«

Oyo deutete nach unten. »Tief unter unseren Füßen. Wir werden ein Schiff nehmen. Aber keine Sorge. Es ist nur ein kurzer Flug. Es wird Ihnen gefallen.« Wieder erschien dieses wulstige Grinsen.

Auf Dans Gesicht zeichnete sich Erleichterung ab. Er schien Amys Sorgen nicht zu teilen. »Na, was sagst du?«, rief er erfreut. »Bald werden wir ihn wiedersehen. Unsere Reise war also doch ein Erfolg. Was er wohl sagen wird, wenn er seine beiden besten Freunde wiedersieht?«

»Freunde?« Oyos Ausdruck veränderte sich. »Ich will Ihnen Ihre Hoffnungen nicht nehmen, aber dieser Mann hat keine Freunde. Schon lange nicht mehr.«

63

K'baa hatte ein kleines, wendiges Zweimannboot für ihre Reise vorbereitet. Es verfügte über ein trapezförmiges Lateinersegel, zwei mit Stoff bespannte Ausleger und ein langes, geschwungenes Heckruder. Farbige Piktogramme in Form von Schlangen und Dämonen verzierten die Segel und den Bootskörper und verliehen ihm das Aussehen eines kleinen Drachen. Das Schiff zog und zerrte an der Leine, als wäre es ein junges Pferd. Es schien gar nicht erwarten zu können, endlich wieder auf dem Wind zu reiten. Ray runzelte die Stirn. Das konnte unmöglich ein Schiff der G'ombe sein. Er befragte K'baa und erfuhr, dass es den Kitarern gehörte und bei einem Feldzug erbeutet worden war. Der Affe erklärte ihm, dieses Schiff sei das einzige, das sich für ihr Versteckspiel eignen würde. Nur so würden sie nah genug an die Stadt herankommen, um den äußeren Verteidigungsring zu durchbrechen. Was allerdings geschehen würde, wenn eine Patrouille sie anhielt, das wusste selbst er nicht. Vermutlich würden sie improvisieren müssen. Ray hielt es für ratsam, es erst gar nicht so weit kommen zu lassen.
Schweigend beluden sie den Segler mit Proviant, Kleidung und Waffen. Sie verstauten alles im Bootsrumpf und sicherten die Ladung mit Seilen. Sie prüften ein letztes Mal Knoten und Takelage und überprüften ihren Proviant.
Dann war es so weit.
Ray löste das Haltetau und stieß das Schiff mit einem langen

Holzstab vom Landungssteg ab. Langsam schaukelte das Gefährt in den Wind hinaus. Niemand war gekommen, um sie zu verabschieden, keine Freunde und keine Familienangehörigen. Selbst K'baas Gefährtin, sowie seine beiden Kinder waren in der Wohnhöhle geblieben. Alle wussten, dass dies ein Himmelfahrtskommando war und sie wollten die beiden Abenteurer nicht mit ihren Gefühlen belasten. Für Ray und K'baa war klar, dass sie nicht mehr zurückkonnten. Entweder das Unternehmen wurde ein Erfolg oder sie würden bei dem Versuch, ihre Freunde zu retten, sterben.

Die G'ombe waren ein stolzes Volk. Tausend Jahre Krieg und Unterdrückung hatten sie zu dem gemacht, was sie heute waren: eine unbeugsame Gemeinschaft, die alle Schicksalsschläge tapfer ertrug und sich von niemandem seinen Willen aufzwingen ließ. Ray gefiel das. Er entdeckte viel von sich selbst in K'baa. Es erfüllte ihn mit Freude, dass der Primat ihm vertraute und seine Nähe schätzte. In der kurzen Zeit waren sie tatsächlich zu so etwas wie Freunden geworden.

Das Schiff verließ den Schatten der Felseninsel und trieb hinaus in den offenen Raum. Eine heftige Bö von achtern versetzte dem schnittigen Fahrzeug einen kräftigen Stoß. K'baa trimmte das Segel quer zum Wind. Der Stoff wölbte sich, dann wurde das Schiff merklich schneller. Mit zunehmender Geschwindigkeit ließen sie die Heimatinsel hinter sich und steuerten in die endlose Weite des Bernsteinmeeres hinaus.

Ray konnte nicht umhin, die Eleganz ihres Fahrzeugs zu bewundern. Welch ein Unterschied zu den klobigen Pötten, mit denen die G'ombe sonst zu fliegen pflegten. Die Affen waren Landbewohner. Ihnen ging es gegen den Strich, in einem schaukelnden Holzstück herumzuschippern, mit nichts als ein paar dünnen Planken unter dem Hintern. Der Wind und die endlose Weite bereiteten ihnen Unbehagen. In dieser Hinsicht waren sie ganz anders als ihre Erzfeinde, die Kitarer. Nach allem, was Ray über sie erfahren hatte, waren sie die geborenen Luftschiffer. Sie liebten

das Tempo, die Geschwindigkeit und das Risiko. Für sie gab es nichts Schöneres, als auf dem Wind zu reiten und den Sturm zu zähmen. Diese dünne Konstruktion aus Stoff und Holz erzählte mehr über ihr Wesen und ihren Charakter, als Bücher es je vermocht hätten. Nur eine kleine Bewegung des Ruders und das Schiff änderte sofort seine Richtung, eine kleine Verlagerung des Gewichts und der Bug tauchte ab. Ray merkte bald, dass K'baa sich furchtbar schwertat, das nervöse Fahrzeug im Griff zu behalten. Seine Bewegungen waren zu grob und tapsig, und so tanzte das Schiff wie ein Stück Papier im Luftstrom hin und her. Eine Weile sah er tatenlos zu, dann hielt er es nicht mehr aus. Sanft legte er seine Hand auf die Pranke des Affen.
»Lass mich mal versuchen.«
K'baa blickte ihn skeptisch an.
»Mach dir keine Sorgen. Ich habe dir lange genug zugesehen. Ich glaube, dass ich weiß, was ich zu tun habe.«
K'baa ließ ein abfälliges Schnauben hören.
»Nun komm schon«, sagte Ray. »Schlechter als du kann ich es auch nicht machen. Abgesehen davon: Was ist, wenn wir einer Patrouille in die Hände fallen? Glaubst du nicht, die schöpfen Verdacht, wenn ein G'ombe das Steuer hält?« Er nahm seinen Block und seinen Bleistift, die er stets in einer Tasche bei sich trug, und zeichnete das Symbol für Kitara und Patrouille.
K'baa betrachtete die Zeichnung, kratzte seine Stirn und stieß dann ein Grunzen aus. Er rückte etwas zur Seite und überließ ihm das Ruder.
Ray griff nach dem Steuerknüppel und machte eine kleine Lenkbewegung gen backbord. Sofort kippte das Schiff. Es bockte, tauchte ab und ging dann in eine langgestreckte Linkskurve. Das Segel knatterte. Ray wollte das Schiff zurück auf seinen ursprünglichen Kurs lenken, doch die Bewegung geriet zu stark und das Schiff übersteuerte. Mit einem hässlichen Knarren kippte es auf die entgegengesetzte Seite. K'baa gab ein amüsiertes Schnauben von sich.

»Nur die Ruhe, Dicker«, sagte Ray. »Wäre doch gelacht, wenn ich das nicht hinbekomme.« Er wischte sich den Schweiß von der Stirn. Das sah doch einfacher aus, als es war.

Nach einigen weiteren Versuchen hatte er den Bogen raus. Ruhig wie ein Delphin, der durch das Wasser schnellt, glitt das Schiff durch den Äther. Ray wurde sicherer und verzurrte das Ruder mit einem Seil. »Perfekt ausbalanciert«, sagte er. »Na, was sagst du jetzt?«

K'baa verschränkte die Arme und tat so, als würde er die Aussicht genießen. Lächelnd griff Ray in die Schachtel mit den Samen des *Koon-Baumes*. Er knackte die Schote und steckte sich einen der süßen Kerne in den Mund. Der Duft von Zimt und Nelken stieg ihm in die Nase. »Auch eine?«, fragte er seinen Freund, doch K'baa ignorierte ihn.

Zufrieden ließ er seinen Blick über das Schiff schweifen. Vor ihnen lagen einige Flugstunden. Zeit genug, um einer Frage nachzugehen, die ihn schon seit ihrer Ankunft in dieser Welt beschäftigte.

»K'baa?«

Der Affe drehte seinen Kopf um eine Nuance.

»Möchtest du nicht doch eine Koon? Ich habe hier eine, die besonders lecker aussieht.«

K'baa kratzte sein Hinterteil und tat so, als habe er Ray nicht verstanden. Ray verdrehte die Augen. Wenn die G'ombe mal beleidigt waren, dann aber richtig. Er schien Ray immer noch übelzunehmen, dass dieser besser flog als er selbst.

»Komm schon. Ich würde dir wirklich gern eine Schote schälen, wenn du aufhörst, mir den Rücken zuzudrehen. Also, was ist?« Er wusste, dass es für die Primaten mit ihren dicken Wurstfingern ein schier unlösbares Problem darstellte, eine Koon zu schälen, ohne dabei die Hälfte der Samen fallen zu lassen. Er pellte die Hülse und legte die Samen in K'baas Hand, die dieser, wie zufällig, nach hinten ausgestreckt hielt. Der Affe führte die Hand zum Mund und begann, die süßen Kerne zu knacken. Endlich drehte er sich um.

»Na also«, sagte Ray und schälte noch ein paar Schoten. K'baas Kiefer kauten und mahlten. »Was ich dich mal fragen wollte: Wie schafft ihr es eigentlich, die Schiffe in der Schwebe zu halten? Warum gibt es hier schwebende Inseln und fliegende Steine? Was ist das für eine Kraft, die eure Welt zusammenhält?«
K'baa runzelte verständnislos die Stirn.
Ray legte die Kerne weg, griff nach seinem Skizzenbuch und scribbelte ein paar Bilder aufs Papier. Dann hielt er K'baa die Zeichnung unter die Nase.
Der Affe ließ seinen Blick über die Skizzen gleiten, dann griff er nach dem Stift und zeichnete etwas, das wie eine Mischung aus einer Dampfmaschine und einem Abendkostüm aussah.
»Was soll das sein?« Ray tippte mit dem Zeigefinger an seine Schläfe.
K'baa grunzte, legte das Buch zur Seite und verließ seinen Platz. Sofort änderte das Schiff seine Richtung. Ray tippte das Heckruder an und brachte das Schiff wieder auf Kurs. Sein Begleiter öffnete eine hölzerne Klappe in der Mitte des Decks und kletterte hinein. Dann tauchte er für einen kurzen Augenblick wieder auf und winkte ihm zu. Ray verließ seinen Platz am Steuer und kroch vorsichtig zu dem Primaten hinüber. Unter der Klappe war ein etwa einsfünfzig hoher Hohlraum, der zur Lagerung von Waffen und Proviant diente. K'baa hockte unten und gab Ray zu verstehen, er solle ihm folgen.
»Was denn? Da hinein? Da ist doch kaum Platz für dich. Na, sei's drum.« Er zog den Kopf ein und folgte seinem Freund. K'baas Körpergeruch stieg ihm in die Nase. Es dauerte eine Weile, ehe seine Augen sich an das Dämmerlicht gewöhnt hatten, doch dann sah er sich um. Neben ihm führte der Mast kerzengerade in die Höhe. Dort, wo er das Deck durchstieß, mündete er in eine Verdickung von beträchtlichen Ausmaßen. Auch die beiden Ausleger, an denen die Ruder befestigt waren, führten in diese Kugel. Kiel, Mast und Ausleger bildeten also ein Kreuz, in dessen Zentrum diese Verdickung war. Das Material selbst bestand aus

einer dunklen Substanz, die eine eigentümliche Wärme absonderte. Ray berührte die Kugel, zog seine Hand aber rasch wieder zurück. Das Metall summte und surrte, als sei es lebendig.
»Was ist denn das?«, fragte er überrascht.
K'baa zog sein Messer heraus, setzte es an einer Stelle an und brach eine winzige Ecke des merkwürdigen Metalls heraus. Blitzschnell fasste er zu. Es schien, als besäße der Splitter einen eigenen Willen. K'baa gab Ray zu verstehen, er solle mit seinen Händen eine Kugel formen. Kaum hatte er das getan, legte der Affe den Splitter in seine Hand. Ray spürte ein unangenehmes Brennen. Um ein Haar wäre ihm das seltsame Metall durch die Finger gerutscht, doch er war vorbereitet und fasste schnell nach. Der Druck, den dieses kleine Metallstück ausübte, war enorm. Es widersetzte sich jedem Versuch, es in eine andere Lage zu zwingen. Ray versuchte, das glitschige Ding mit den Fingerspitzen zu packen, doch es dauerte eine ganze Weile, bis er es zu fassen bekam. Er hielt das Stück ans Licht und betrachtete es eingehend. Abgesehen davon, dass es warm war und pulsierte, war es von goldener Farbe und in sich gekörnt wie ein Stück Gusseisen.
»Was zum Geier ist das? Hat jedes eurer Schiffe so etwas an Bord?«
K'baa malte mit seinem Finger das Symbol für ›Insel‹ an die Planken.
»Die Inseln?« Plötzlich ging ihm ein Licht auf. »Aber natürlich«, murmelte er. Wie hatte er das nur vergessen können? Der kleine Stein, der scheinbar ohne äußere Einwirkung schweben konnte. Schon damals waren ihm die winzigen metallischen Einschlüsse aufgefallen, die wie Pyrit glitzerten. Wie hatte Karl dieses Phänomen noch mal genannt? *Meißner-Ochsenfeld-Effekt.* Ray ließ das Metallkörnchen los. Er erwartete, dass es in die Höhe schießen würde, aber es bewegte sich keinen Millimeter. Es hing einfach nur in der Luft und glitzerte still vor sich hin. Er versuchte es anzustoßen, aber es rührte sich nicht. Es verhielt sich wie ein Kreisel, den man versucht, in eine andere Bahn zu zwingen. Ray

pflückte es aus der Luft und reichte es K'baa. Dieser drückte es zurück an die Stelle, von der er es abgebrochen hatte, und siehe da: Es verschmolz mit dem Mutterstück, als wäre es nie getrennt gewesen.

»Verrückt«, murmelte Ray.

K'baa kletterte durch die Luke wieder ins Freie und half Ray hinauf. Oben angelangt, blickte er vorsorglich in die Runde. Kein Schiff weit und breit. Trotzdem mussten sie vorsichtig sein. Sie drangen jetzt immer weiter in feindliches Gebiet vor. Er ging zu seinem Beutel, öffnete die Verschlüsse und förderte einen Topf mit einer dunklen, cremeartigen Masse zutage. Das Zeug stank bestialisch, aber der Geruch verflog nach einer Weile. Eigentlich war es eine Wundsalbe, doch Ray erkannte noch einen anderen Nutzen darin. Mit schnellen Bewegungen verrieb er die Substanz auf seiner Haut. Es brannte ein bisschen, dann färbte sich die Haut dunkel. Offenbar enthielt die Tinktur beizende Substanzen.

K'baa gab ein amüsiertes Schnaufen von sich.

»Ja, lach nur, mein zotteliger Freund«, sagte Ray. »Spätestens wenn wir der nächsten Patrouille begegnen, wirst du mir dankbar sein.« Noch einmal griff er in den Topf, diesmal etwas herzhafter. Er musste sich beeilen. Sie waren jetzt einige Stunden unterwegs. Es würde jetzt sicher nicht mehr lange dauern, bis sie den ersten feindlichen Schiffen begegneten.

64

Das kaiserliche Prachtschiff glitt wie ein fliegender Wal durch den Äther. Lang gestreckt und geschwungen maß es wohl einhundert Meter vom Bug bis zum Heck. Ein Teil davon entfiel auf die gewaltige Rückenflosse, die am Kiel begann und wie ein Hahnenkamm über die Deckaufbauten emporragte. Vier Stockwerke über dem Hauptdeck und mindestens ebenso viele darunter messend, war sie das größte Schiff, das Amy in dieser Welt zu sehen bekommen hatte. Eine prächtige Galeone, die selbst in ihrer Welt ihresgleichen gesucht hätte.
Tiefer und tiefer sank sie an der Flanke der Insel hinab, immer weiter den *Stummen Hallen* entgegen. Die bernsteinfarbene Sonne hing wie eine goldene Münze am Scheitelpunkt des Firmaments. Mit fassungslosem Staunen blickte Amy auf die Milliarden Tonnen aus Fels, Stein und Geröll, die an ihnen vorüberzogen. Welche Kräfte waren hier am Werk, die all das in der Schwebe hielten? Welche Naturgesetze herrschten hier?
Das Schiff steuerte der Unterseite entgegen, wobei es sich langsam um die eigene Achse drehte. Am Scheitelpunkt der Insel kam eine Reihe von Gebäuden in Sicht. Festungsartige Konstruktionen, die in eine primitive Anlegestelle mündeten. Ein riesiges Tor beherrschte die Szenerie. Rechts und links waren Wachtürme zu sehen, die aber unbesetzt schienen.
Das Schiff wurde langsamer, schwebte sanft in Richtung Hafen und legte dann mit einem sanften Ruck an dem verwaisten Pier

an. Seile surrten, Segel flatterten und Steine knirschten, dann brach an Bord der Galeone hektische Aktivität aus. Sklaven legten eine Planke aus, über die ein Trupp von Wachen auf das andere Ufer eilte. Rufe hallten von den mächtigen Felswänden wider. Es dauerte eine Weile, bis das mächtige Schiff gesichert war. Hier unten wehte ein heftiger Wind, und der riesige Bootskörper ließ sich nur ungern an die Leine legen.
Etwa fünf Minuten später waren sie bereit zum Aufbruch. Auf ein Signal der obersten Leibgardistin verließen die Kaiserin und ihr übergewichtiger Sohn das Schiff, überquerten die Planke und schritten auf das Tor zu, das noch immer geschlossen war.
»Es wird Zeit«, sagte Oyo. »Folgen wir den anderen.«
Er trat auf den hölzernen Steg. Amy und Dan folgten ihm.
»Hast du die Wachen bemerkt?« Der Geologe deutete mit einem Kopfnicken in Richtung der sechs schwer bewaffneten Gardistinnen, die hinter ihnen das Schiff verließen. »Die sehen nicht aus, als wären sie zu unserem Schutz hier. Auf mich machen die den Eindruck, als wollten sie verhindern, dass wir uns aus dem Staub machen.«
»Das Gefühl habe ich auch«, antwortete die Biologin mit düsterer Miene. »Aber wohin sollen wir schon groß abhauen? Das Ganze sieht aus wie ein riesengroßes Gefängnis.«
»Meinst du, sie haben Will hier unten eingesperrt?«
Amy zuckte die Schultern. »Ich bin weit davon entfernt, irgendetwas anzunehmen oder zu vermuten. Für mich ist das alles ein einziger Alptraum.«
Die Kaiserin hatte das Tor erreicht, das von zwei Wachen mit ohrenbetäubendem Quietschen geöffnet wurde. Helles Tageslicht strömte ihnen entgegen. Amy war zu verblüfft, um etwas sagen zu können. Sie war davon ausgegangen, die *Stummen Hallen* befänden sich in einer Art Höhlensystem, doch wie es aussah, war das ein Irrtum. Die *Stummen Hallen* erstreckten sich entlang einer ungeheuren, langgezogenen Felsnische, in die vor längst vergangenen Zeiten riesige Wohngebilde eingefügt worden waren.

Die Stadt selbst war ein zyklopischer Wirrwarr aus quaderförmigen, gerundeten und spitzwinkeligen Blöcken, die in den unmöglichsten Anordnungen übereinandergestapelt waren. Stege und Brücken verbanden die einzelnen Gebäude miteinander, von denen einige sogar kopfüber unter der Decke hingen. Millionen Tonnen Fels und Gestein ragten seitlich von ihnen empor und wölbten sich über ihren Köpfen.

Es dauerte eine Weile, ehe sich Amy an den Anblick gewöhnt hatte. Der unerwartete Perspektivwechsel brachte ihr Gleichgewichtsorgan durcheinander.

Bis auf ein paar schießschartenähnliche Fenster wiesen die würfelförmigen Gebäude keinerlei Öffnungen auf, was der Stadt einen festungsartigen Charakter verlieh. An manchen Stellen waren hängende Gärten angelegt worden, doch die dort angepflanzten Bäume und Gewächse waren längst verdorrt. Einzig eine besonders widerstandsfähige Sorte Gras schien überlebt zu haben. Aus steinernen Ritzen und Fugen drang es ans Tageslicht und überzog die Straßen mit einem gelblichen Schimmer.

Während sie immer weiter in die Geisterstadt vordrangen, wurde Amy von stiller Ehrfurcht ergriffen. Es ließ sich nur erahnen, welch eine Pracht hier einst geherrscht haben musste, welch verschwenderischer Reichtum. Aus irgendeinem unerfindlichen Grund hatten die Kitarer diesen prächtigen Bezirk aufgegeben. Jetzt waren hier nur noch Staub und eine alles verzehrende Stille. Die einzigen Laute stammten von kleinen, fliegenden Kreaturen, die zwischen den Blöcken umhersausten und hin und wieder klagende Rufe ausstießen.

Die unerträgliche Einsamkeit schnürte Amy die Kehle zu. Der fehlende Horizont und die verdrehte Perspektive taten ein Übriges. Was in Gottes Namen hatte Burke in dieser Gräberstadt verloren? Warum hatte man ihn hier untergebracht? Und was hatten die unheilvollen Worte Oyos zu bedeuten, er habe keine Freunde mehr? War dies der Ort, an den die Kitarer ihre Kranken und Toten brachten?

Wenige hundert Meter weiter kam der Zug zum Stillstand. Die Kaiserin hielt an und deutete auf einen kubischen Bau rechts von ihnen. Es war ein trutziges Bauwerk mit schmalen Fenstern und einem einzigen, verschlossenen Tor. Auf ein Handzeichen hin eilten sechs ihrer Gardistinnen zur Pforte und begannen, an einem steinernen Rad zu drehen.

Knirschend und rumpelnd wurde ein horizontaler Spalt in der massiven Steinplatte sichtbar. Sand und Staub rieselten aus der Türfüllung, während der Spalt so groß wurde, dass ein Mensch bequem hindurchpasste. Die Kaiserin winkte erneut mit der Hand und die Wachen hörten auf zu drehen. Schwitzend und keuchend hielten sie das Steinrad gepackt.

»Ihr müsst jetzt gehen«, sagte Oyo. »Die Wachen können die Tür nicht mehr lange offen halten. Schnell.«

Amy zog die Augenbrauen zusammen. »Was ist mit euch? Kommt ihr nicht mit?«

Oyo schüttelte den Kopf. »Ich warte hier. Für uns ist es verboten, die *Stummen Hallen* zu betreten. Dieses Privileg ist ausschließlich Wanderern vorbehalten.«

»In dieses dunkle Loch bringen mich keine zehn Pferde«, sagte Dan. »Was soll das sein, eine Grabkammer?«

»Ihr wollt doch euren Freund sehen«, erwiderte Oyo. »Er ist dort. Er wartet auf euch.«

»Glaub ihm kein Wort«, zischte Dan. »Das ist eine Falle, das spüre ich mit jeder Faser meines Körpers.« Er wollte zurückgehen, doch die Speere der Leibgarde hinderten ihn.

»Also doch«, murmelte Amy. Sie richtete ihren Blick auf den Botschafter. »Sagt uns wenigstens, was wir dort finden werden.«

Der Dicke lächelte diabolisch. Er hob die Hand und gab den Wachen ein Zeichen. Ohne Gnade trieben sie die Gefangenen in die Öffnung.

Amy und Dan wichen vor den glänzenden Speerspitzen zurück. Aus dem Spalt drang ein kalter, muffiger Hauch. Der Geruch von Fäulnis und Verwesung schlug ihnen entgegen.

Immer weiter wurden sie von den Wachen in das Gebäude getrieben, so weit, bis das Halbdunkel sie umfing. Dann ging alles sehr schnell. Die Kriegerinnen traten den Rückzug an und gaben ihren Kolleginnen Zeichen, das Rad loszulassen. Donnernd und rumpelnd schloss sich die Pforte.
Sie saßen in der Falle.

65

Es war um die Mittagszeit herum, als Richard Mogabe das Geräusch zum ersten Mal hörte. Ein dumpfes Schnauben, das von jenseits der Kitandara-Schlucht kam. Holz knarrte, Seile spannten sich, dann wurde es wieder still.
Die Wissenschaftler und die Bugondekriegerin saßen um ein Lagerfeuer und garten Stockbrot.
Jen Katumba und seine Männer waren fort. Wie angekündigt hatten sie sich noch vor Sonnenaufgang aufgemacht.
Der trübe Morgen war vergangen und hatte einem nebelverhangenen Tag Platz gemacht. Alles war mit Eiskristallen überzogen. Der Geruch von Schnee lag in der Luft. Schweigend, in Decken und Jacken gehüllt, hielten die vier Abenteurer ihre Stöcke ins Feuer.
»Habt ihr das gehört?« Richard spitzte die Ohren.
Wilcox zog seine Mütze ein Stück zurück. »Klingt, als wäre jemand auf der Brücke.«
Richard stand auf und griff nach dem Gewehr. Der Schaft war kalt und feucht. »Ich seh' mir das mal an.«
»Warte, ich komme mit.« Wilcox packte seine Glock und steckte sie in den Hosenbund. »Ich kann mich ja täuschen, aber das klang nicht wie ein Monster«, flüsterte er. »Seien wir trotzdem vorsichtig.«
Das Gras war steif gefroren und knirschte unter ihren Sohlen. Ihr Atem kondensierte zu kleinen Wölkchen, die sich als geisterhafte Schwaden in der Luft verloren.

Wilcox' Augen waren unter der tiefsitzenden Wollmütze kaum zu erkennen. »Was könnte das gewesen sein?«, flüsterte er.

»Keine Ahnung. Wir werden es bald genug erfahren.« Richard prüfte, ob seine Waffe geladen und entsichert war. Bei diesem verdammten Nebel konnte man keine fünf Meter weit sehen.

Wieder erklang ein Knarren. Irgendetwas kam näher, daran konnte nun kein Zweifel mehr bestehen.

Richard blieb stehen. Die Brücke verlor sich im Nebel. Ihre steinernen Pfosten standen Spalier wie zwei stumme Diener.

Er deutete auf einen mächtigen Findling zu ihrer Rechten. »Am besten, wir gehen dahinter in Deckung«, flüsterte er. »Von hier aus können wir die Brücke am besten kontrollieren.«

»Sieh mal.« Wilcox deutete auf die gespannten Seile. »Sie bewegt sich.« Tatsächlich. Die Brücke schwang hin und her, ohne dass das geringste Lüftchen wehte.

»Runter«, zischte Richard. Er legte sein Gewehr auf den Felsen und blickte durch das Zielfernrohr. Der Nebel war undurchdringlich. Nicht die kleinste Kleinigkeit war zu erkennen. Die Seile knarrten jetzt bedenklich. Was immer sich da näherte, zumindest eines konnte man jetzt schon darüber sagen: Es war verdammt schwer.

Nach einer Weile schälte sich eine Gestalt aus dem Nebel. Richard hatte bis zum letzten Moment gehofft, es wäre jemand aus dem Team oder vom Stamm der Bugonde, doch er sah sich getäuscht. Das war eindeutig kein Mensch.

Sein Finger krümmte sich um den Abzug.

»Waffe runter«, flüsterte Wilcox.

»Warum?«

»Es ist ein Gorilla.«

Richard hielt den Atem an. Wilcox hatte recht. Er nahm seine Brille ab und begann, die beschlagenen Gläser zu putzen.

»Ein verdammt dicker Brocken«, sagte er. »Sieh dir nur die helle Schläfenpartie an.«

»Sieht nicht aus, als gehöre er zu einer der Virunga- oder Bwindi-Familien.«

Der Silberrücken war jetzt so nah, dass er ihn gut erkennen konnte. »Das ist Leonidas«, flüsterte Richard. »Das Alphamännchen aus der Höhlengruppe. Siehst du die typischen Doppelriffel über den Nasenlöchern?«
»Du hast recht«, sagte Wilcox. »Aber was hat der hier zu suchen?«
»Keine Ahnung. Ich würde sagen, er will zu uns herüber.«
Der schaukelnde Untergrund schien dem Silberrücken Sorge zu bereiten. Immer wieder blieb er stehen, blickte nach unten, stieß ein tiefes Schnauben aus und ging weiter. Endlich erreichte er das andere Ufer. Er war jetzt nur noch wenige Meter von Richard und Wilcox entfernt. Seine Nase hielt er prüfend in die Luft gerichtet.
»Hoffentlich bemerkt er uns nicht«, flüsterte Richard. »Verhalte dich ruhig. Und steck um Gottes willen die Knarre weg.«
In diesem Moment richtete sich Leonidas auf und trommelte auf seine Brust. Auf der anderen Seite der Schlucht waren weitere Geräusche zu hören. Schnauben und Trommeln hallten zu ihnen herüber. Wieder geriet die Brücke in Schwingung. Jetzt kam der nächste Gorilla zu ihnen herüber, dann noch einer und noch einer. Eines nach dem anderen überquerten die Tiere die Brücke und verschwanden dann im Wald zu ihrer Rechten.
Richard tippte Wilcox auf die Schulter. »Lass uns zurückgehen und die anderen informieren.«
Wilcox schüttelte den Kopf. »Wenn es dir nichts ausmacht, würde ich gern hierbleiben und beobachten, ob noch mehr kommen. Vielleicht ist ja die Truppe, von der Agnes berichtet hat, endlich eingetroffen.«
Richard kehrte zu den anderen zurück und erzählte, was vorgefallen war. Parker und Elieshi standen sofort auf und folgten ihm zurück zur Brücke. Als sie bei Wilcox eintrafen, war der Zug immer noch nicht abgerissen.
»Himmel noch mal«, stieß Parker hervor. »Das ist ja eine richtige Völkerwanderung. Wie viele hast du bisher gezählt?«

»Fünfundsiebzig und es werden ständig mehr. Seht euch das an.«
Ehrfürchtig beobachteten die vier Abenteurer die schweigsame Prozession. In einem nicht enden wollenden Strom zogen die Gorillas an ihnen vorüber. Wilcox war mittlerweile bei einhundertacht angekommen. Immer wieder gelang es ihnen, einzelne Gorillas zu identifizieren. Manche stammten aus den Virungas, manche aus dem Bwindi. Ganze Familien einschließlich der Alten und Babys zogen über die Brücke. Leonidas' Familie war mittlerweile vollzählig eingetroffen und sammelte sich zusammen mit den anderen am Waldrand.

Stolz präsentierte Wilcox seine Strichliste. Hundertneunundzwanzig Gorillas. Plötzlich entstand eine Lücke. Ein einzelnes Weibchen huschte noch schnell über die Brücke, dann wurde es still.

Richard versuchte etwas zu erkennen, doch der Nebel war immer noch sehr dicht. »Ich hätte schwören können, dass da noch mehr sind.«

»Sind es auch«, entgegnete Parker. »Ich kann sie hören.«

»Aber warum kommt keiner mehr? Hoffentlich hält die Brücke.«

»Warte. Ich glaube, ich kann etwas erkennen.« Der Mediziner spähte in den trüben Dunst. Was dort im Nebel erschien, war kein Gorilla.

»Das ist ein Mensch«, sagte Wilcox. »Es ist ...«

»Agnes!«

Die kurzgeschnittenen Haare, die dickrandige Hornbrille und der ausgebleichte Parka gehörten unverkennbar seiner Assistentin.

Richard sprang auf und eilte ihr entgegen. Die Verhaltensforscherin hatte sie ebenfalls entdeckt und winkte ihnen zu. Mit schnellen Schritten überquerte sie die Brücke und fiel Richard in die Arme. Nachdem sie Parker und Wilcox umarmt hatte, schüttelte sie Elieshi die Hand. »Mein Gott, bin ich froh, euch zu sehen«, sagte sie. »Wir haben das Schlimmste befürchtet, nach allem, was wir gehört haben.«

»Seid ihr den Soldaten begegnet?«
Agnes nickte. »Wir trafen sie unten im Tal. Sie sahen alle ziemlich mitgenommen aus.«
»Seid ihr auch den Bugonde begegnet?«
»Ja, etwa hundert. Soweit ich das verstanden haben, verlassen sie diese Gegend und siedeln sich woanders neu an. Sie waren sehr in Eile. Einige von ihnen sind so geschwächt, dass sie einen weiteren Kälteeinbruch kaum überleben werden.«
Richard blickte zurück zur Brücke. »Wo ist der Rest von euch?«
»Die meisten der Wildhüter sind bei den Bugonde geblieben. Sie werden sie begleiten, bis sie sicheres Gelände erreicht haben.«
»Und der Rest?«
»Wir sind nur noch zu fünft. Lilly, Steve, Françoise und Paul. Sie müssten gleich kommen. Gar nicht so leicht, sich durch die Menge von Gorillas zu bewegen.«
Der Nebel hatte sich gelichtet und den Blick auf die vier Forscher freigegeben, die ihnen schwankend, die Hände fest auf den Halteseilen haltend, entgegenkamen.
Richard nahm sie in Empfang. In wenigen Worten fasste er die Ereignisse der letzten Tage zusammen und brachte alle auf den aktuellen Stand. Die Forscher hingen wie gebannt an seinen Lippen. Als er zum Ende kam, entstand eine lange Pause.
»Ich weiß, wie sich das anhören muss«, sagte er in die Stille hinein, »aber ihr könnt mir glauben, es ist die Wahrheit.«
»Der Offizier unten im Tal hat eine ähnliche Story erzählt«, sagte Agnes. »Die Frage ist: Was war das für ein Wesen, das euch da angegriffen hat? Und besteht die Gefahr, dass es noch weitere davon gibt?«
Richard schüttelte den Kopf. »Ich vermute, es ist ein Einzelgänger gewesen, der durch die Störung auf unsere Seite gelangt ist. Die einzige Gefahr ist, dass noch ein weiteres dieser Biester durchkommt. Das dürfen wir auf keinen Fall zulassen.«
»Meint ihr, die Gorillas spüren die Gefahr?« Agnes neigte den Kopf. »Um ehrlich zu sein, es ist mir immer noch ein Rätsel,

warum sie ihre angestammten Gebiete verlassen haben und hierhergezogen sind.«

»Vielleicht hat ja die Legende von den *Alten Wächtern* etwas damit zu tun«, sagte Parker. »Elieshi berichtete mir davon. Die Geschichte ist unter den Bugonde sehr verbreitet, nicht wahr?« Die Kriegerin nickte. »Wenn sie Ruf empfangen ... dann kommen.«

»Was meint sie damit?«, fragte Agnes. »Was für einen Ruf? Was für Wächter?«

Richard spürte ein seltsames Kribbeln in seinem Nacken. *Alte Wächter.* Er hatte diesen Ausdruck schon seit Jahren nicht mehr gehört.

»Was ist denn los mit dir?«, fragte Agnes. »Du siehst aus, als hättest du ein Gespenst gesehen.«

»Das nicht ...«, sagte er. »Aber ich hatte gerade ein ganz starkes Déjà-vu ...«

»Sag bloß, du hast ...?«

Richard nickte. »Erinnert ihr euch, ich habe euch doch von meiner Mutter erzählt, die mich immer mit Geschichten von den N'ekru unterhalten hat. In diesem Zusammenhang fiel hin und wieder auch der Begriff *Wächter*. Ich konnte mir keinen Reim darauf machen und habe sie auch schnell wieder vergessen, aber jetzt ...«

»Was soll das denn sein?«, fragte Parker. »Noch mehr Ungeheuer?«

»Meine Mutter erzählte mir, dass ihnen früher das ganze Land gehörte. Sie lebten in friedlicher Koexistenz mit den Pygmäen, von denen sie wie Götter verehrt wurden. Doch dann kamen die Weißen. Sie brachten die Zivilisation und vertrieben die Wächter. Überbevölkerung, Rodung, Ackerbau und Viehzucht, Vernichtung des Lebensraumes heimischer Tiere und Pflanzen. Die Wächter flohen und zogen sich in die entlegensten Winkel des Landes zurück. Viele von ihnen verließen das Land und kehrten nie wieder zurück.«

»Reden wir hier von Gorillas?«
Richard strich über seine Stirn. »Ich habe immer geglaubt, es seien irgendwelche Fabelwesen. Der Gedanke, dass sie von den Berggorillas geredet hat, ist mir jetzt erst gekommen.«
»Könnte aber sein«, sagte Parker. »Überleg doch mal: Dieses Land gehörte früher den Berggorillas. Vorsichtige Schätzungen haben ergeben, dass es Zeiten gegeben hat, als eine knappe Million von ihnen zwischen den Hängen des Ruwenzori und den Spitzen der Virungas gelebt haben. Die Bergregionen Ostafrikas waren früher von Urwald bedeckt. Heute gibt es nur noch ein paar kümmerliche Reste in den Nationalparks. Kleine Inseln in einem Meer aus Äckern und Dörfern. Die wenigen Gorillas, die es noch gibt, sind auf diesen Inseln gefangen. Migration ist unmöglich. Für mich klingt das nicht nach einem Märchen, sondern nach bitterer Realität.«
»Aber warum *Wächter?*«, fragte Agnes. »Was bewachen sie denn?«
Richard blickte zu dem nicht enden wollenden Strom der Gorillas hinüber, die immer noch über die Brücke kamen. Der Nebel hatte sich gelichtet und gab den Blick frei auf eine unübersehbare Menge gewaltiger Primaten, die friedlich grasend nebeneinander am Waldrand hockten. Sie kauten Gräser, Triebe und Blätter und schienen auf irgendetwas zu warten. Der Himmel sah nach Regen aus. »Wenn ich das nur wüsste«, murmelte er. »Wenn ich das nur wüsste.«

TEIL 3
Der Namenlose

66

Amy war kaum imstande, im Halbdunkel etwas zu erkennen. Das Licht, das durch die schmalen Lichtschächte der *Stummen Halle* fiel, reichte kaum aus, um irgendetwas erkennen zu können. Die Tür hinter ihnen war verschlossen. Nicht mal ein Blatt Papier hätte zwischen die beiden Sandsteinplatten gepasst, so nahtlos fügten sie sich aneinander. Es gab kein Rad, keinen Hebel oder sonstwie gearteten Öffnungsmechanismus, und um sie mit bloßen Händen anzuheben, waren sie viel zu schwer.

»Da sind wir nun also«, murmelte Dan. »Schöner Mist. Was machen wir nun?«

»Ich würde vorschlagen, wir warten, bis wir uns an die Dunkelheit gewöhnt haben und versuchen dann, uns umzusehen. Vielleicht gibt es ja noch einen anderen Weg hinaus.«

»Na, immerhin ist dieses Gebäude nicht bewohnt.«

»Das wissen wir noch nicht«, erwiderte Amy. »Oyo hat gesagt, dass wir Will hier finden würden.«

»Oyo erzählt viel, wenn der Tag lang ist. Ich glaube, die Hälfte von allem, was wir uns von ihm anhören mussten, ist erlogen. Auch dass wir *Gäste* sind. Gefangene sind wir. Eingesperrt in einem Steinwürfel in einer verlassenen Stadt.«

Amy neigte dazu, ihm beizupflichten, aber es gab da ein paar Dinge, die nicht ins Bild passten. Sie empfand zwar keine Sympathie für den Botschafter, aber sie fragte sich, warum er dieses Versteckspiel mit ihnen spielte. Man hätte sie doch gleich gefangen nehmen und ins Verlies werfen können. Warum der Empfang mit der Sänfte und die Audienz bei der Kaiserin? Das passte einfach nicht.

»Bis jetzt habe ich noch nichts entdeckt, keine Türen, keine Treppen, keine Etagen. Nichts, was darauf hindeutet, wofür dieser Raum einst genutzt worden ist. Es ist einfach nur ein leerer, würfelförmiger Saal«, wurde Dan wieder sachlich.

»Abgesehen von den Pflanzen.« Amy blickte argwöhnisch auf die fingerdicken Ranken, die sich über den Boden zogen.

Dan fing an, an der Wand entlangzugehen. Er machte einen großen Schritt über die flechtenförmigen Gebilde, die sich wie ein Teppich in alle Richtungen ausbreiteten. Sie waren praktisch überall: an den Wänden, an der Decke, selbst aus den Fugen lugten grüne Triebe hervor. Alles war bedeckt von dieser unheimlichen Pflanze. Dort, wo das wenige Licht zu Boden fiel, konnte man erkennen, dass die Enden der Wurzeln in ein hauchfeines weißes Myzel übergingen, das spinnwebenartig die Steine überzog.

»Du hast recht«, sagte sie nach einer Weile. »Hier ist nichts. Oyo hat uns tatsächlich schon wieder die Unwahrheit gesagt.«

»Oder die Bande hat die falsche Haustür erwischt.«

Sie nickte, aber tief in ihrem Inneren spürte sie, dass das nicht stimmte. *Hier* stimmte etwas nicht.

Sie ging ein paar Schritte in die Mitte des Saales, wich dabei immer wieder größeren Flechten aus und blieb dann stehen. Die Tür, durch die man sie hereingestoßen hatte, war riesig. Annähernd vier Meter hoch.

»Ich werde nicht schlau daraus«, murmelte sie. »Meinst du, das war früher einmal ein Lagerhaus oder so was?«

»Keine Ahnung«, erwiderte Dan ungehalten. »Ist mir auch egal. Ich will raus hier, und zwar schnell. Lass uns mal nachsehen, ob es auf der anderen Seite des Saales irgendeine Fluchtmöglichkeit gibt. Zur Not können wir ja versuchen, an den Lianen hochzuklettern und durch eines der oberen Fenster zu verschwinden.«

Er war gerade losgegangen und dabei versehentlich in einen der Rankenhaufen getreten, als er plötzlich stehen blieb. »Hey, was ist denn ...?«
Eine dünne bleiche Wurzel hatte sich um seinen Fuß gelegt und hielt ihn fest. Er versuchte sie abzustreifen, aber die feinen Fäden waren bereits tief in den Stoff seiner Hose eingedrungen. Wie Totenhände hielten sie ihn fest. Dan trat mit einem Fuß auf das Wurzelende und zog das andere Bein hoch. Der dünne Faden riss und erzeugte ein Geräusch, als würde man eine Flasche Mineralwasser öffnen. Bleicher Saft spritzte heraus und benetzte seine Hose. Ein Zucken lief über den grünen Teppich, als habe er einen elektrischen Schlag erhalten.
Amy trat erschrocken zur Seite. Die Pflanzenmaterie bäumte sich auf und wogte wie ein Seerosenteich, in den man einen Stein geworfen hatte. Um Dans Füße herum war das Zucken, Ringeln und Kräuseln am stärksten. Es sah aus, als stünde er in einem Schlangennest. Von überall her kroch das Material auf ihn zu, so dass der Hügel aus Pflanzenmaterie rasch größer wurde.
»Pass auf!«, rief Amy. »Mach, dass du wegkommst.«
Doch Dan reagierte nicht. Wie hypnotisiert stand er da und beobachtete, wie die Wogen aus weißen und grünen Fäden seine Unterschenkel einhüllten. Höher und höher kroch das Geflecht. Schon bald war von seinen Schuhen und dem unteren Teil seiner Hose nichts mehr zu sehen. Endlich erwachte er aus seiner Lethargie. Mit hektischen Bewegungen versuchte er, das Unkraut abzustreifen, doch es gelang ihm nicht. Die Algen hingen wie Kletten an ihm. Sie waren von einer Widerstandskraft und Aggressivität, der der Forscher nichts entgegenzusetzen hatte. Statt von ihm abzufallen, sprang das Geflecht nun auch auf seine Hände und Arme über. Auf seinem Gesicht war panisches Entsetzen zu sehen. »Hilf mir«, schrie er. »Großer Gott, tu doch etwas!«
Amy überwandt ihren Ekel, eilte auf ihn zu und trat auf die

aggressive Pflanzenmaterie. Sie griff mitten hinein und zerrte und zog, doch das Zeug war zäh wie Efeu, nein, schlimmer als das. Es hatte die Konsistenz wie Glasfasern. Es stach und brannte, als würde sie in einen Bottich mit Säure fassen. Entsetzt zog sie ihre Hände zurück. Ihre Finger bluteten aus unzähligen kleinen Wunden. Das Algengeflecht krümmte und wand sich auf ihrer Haut, doch merkwürdigerweise blieb sie davon verschont. Es schien, als habe die Pflanze es nur auf Dan abgesehen.

Auch er blutete inzwischen. Seine Hände, seine Arme und Beine waren von feinsten Schnitten übersät. Mit würgendem Ekel sah Amy, wie seine Haut an manchen Stellen Beulen warf. Das Geflecht musste unter seine Haut gelangt sein.

»GEEEH WEEEG!«, schrie er auf die Pflanze ein. Seine Stimme hatte kaum noch etwas Menschliches. Er zappelte und schlug um sich, doch die Ranken waren nicht aufzuhalten. Als das Geflecht seinen Kopf erreichte, ging sein Geschrei in unkontrolliertes Kreischen über. Ein animalischer Laut drang aus seiner Kehle, dann verstummte er. Das Geflecht war in seine Kehle eingedrungen.

Amy taumelte zurück. Sie wollte den Blick abwenden, aber sie konnte nicht. Sie hatte der Medusa direkt in die Augen gesehen. Sie stolperte, taumelte, dann fiel sie rücklings zu Boden. Der grüne Hügel wogte und zuckte, während Dans Körper vollständig überrollt wurde. Nicht das kleinste Stückchen Haut, nicht die Spitze eines Schuhs war mehr zu sehen.

Dann wurde es still. Ein Zittern lief über die Wurzeln. Die Bewegung geriet ins Stocken und verebbte dann. Sekunden des Grauens verstrichen, dann wich die Pflanze zurück. Amy traute dem Frieden nicht, doch es konnte keinen Zweifel geben. Die Pflanze gab Dans Körper wieder frei. Es begann in den feinen Hyphen und setzte sich bis in die fingerdicken Ranken fort. Rauschend und knisternd verschwand das Grünzeug, schmolz wie Butter in der Pfanne.

Dan lag auf dem Boden, gekrümmt wie ein Embryo. Er glänzte

vor Feuchtigkeit, als wäre er eben erst geboren worden. Amy sprang auf und eilte zu ihm hinüber. Sie ging neben ihm in die Hocke und hielt ihr Ohr an seinen Mund. Zur Sicherheit tastete sie nach der Schlagader an seinem Hals. Kein Zweifel: Sein Puls war schwach und unregelmäßig, aber er lebte.
Eine Woge der Erleichterung ergriff sie.
»Dan?« Sein Körper war kühl und klamm. Die Pflanze hatte ihm jede Wärme entzogen. Amy rieb ihm über Schultern und Arme. Was da so feucht war, schien Pflanzensaft zu sein. Es klebte kein Tropfen Blut an ihm. Die kleinen Verletzungen hatten sich auf wundersame Weise geschlossen. Amy tastete ihn ab, konnte aber keine Überreste der Pflanze an ihm entdecken, weder auf noch unter seiner Haut. Das seltsame Geflecht war vollständig von ihm abgefallen.
»Dan, wach auf, es ist vorbei.«
Ihr Freund stieß ein leichtes Stöhnen aus. Unruhig bewegte er seine Beine. Er war dabei, wieder das Bewusstsein zu erlangen. Sie bettete seinen Kopf auf ihren Schoß und blickte argwöhnisch in die Runde. Die seltsame Pflanze hatte einen freien Kreis von mindestens drei Metern Durchmesser gebildet.
Innerhalb dieses Kreises war nicht das kleinste Stück Pflanzenmaterie zu entdecken. Als würden die Ranken Ekel empfinden. Amy war das nur recht. Sie hasste diese Lebewesen, mochten es nun gewöhnliche Pflanzen sein oder irgendetwas anderes.
Plötzlich drang ein sanftes Rauschen an ihr Ohr. Im hinteren Teil der Halle, dort, wo ein einzelner Sonnenstrahl die Dunkelheit erhellte, war eine Bewegung zu erkennen. Erst schwach, dann stetig größer werdend, breitete sich das Gewimmel aus. Flechten schossen aus dem Boden, umwirbelten einander, verdichteten sich und formten einen Körper von grotesken Proportionen. Zuerst glaubte Amy, ihre Sinne würden ihr einen Streich spielen, doch je länger sie hinsah, umso deutlicher wurde, dass die Flechten die Formen einer Kreatur annahmen. Sie besaß Arme und Beine, einen Unter- und Oberkörper, einen kurzen Hals und ein

langgestrecktes Haupt. Ein gleißender Lichtstrahl traf eine Oberfläche, die glänzte wie ein Tümpel aus Öl. Schlangen aus öliger Materie wirbelten umeinander, während die Gestalt immer konkretere Formen annahm.

Eine Weile verharrte das Wesen in seiner kauernden Stellung, dann hob es den Kopf und stieß einen schaurigen Laut aus.

Amy schoss es wie ein Blitzstrahl durch den Kopf. Sie waren nicht allein. Sie waren es nie gewesen. Man hatte sie in den Tempel eines N'ekru gestoßen.

Und er war gerade erwacht.

67

Der Namenlose ließ seinen Blick schweifen. Zwei Menschen waren bei ihm. Drüben, auf der anderen Seite der Halle. Wanderer, das spürte er sofort. Die Angst hing über ihnen wie ein Fliegenschwarm. Ihre Furcht war intensiv und unverfälscht, rein und klar, ohne die betäubende Wirkung von Kräutern oder Drogen, wie er es von seinen anderen Opfern gewohnt war. Ihre Angst war ... jungfräulich.
Er stand auf und streckte seine Gliedmaßen. Das Licht der Sonne fuhr über ihn und erfüllte sein Herz mit Gier. Die Zeit war gekommen, sich den Neuankömmlingen erkennen zu geben.
Mit langsamen Schritten verließ er seinen angestammten Platz. Er trat aus dem Dunkel und schlurfte in Richtung der Eingangspforte. Vorbei an den steinernen Reliefen seiner Ahnen und den Tafeln des Delos, die feucht vom Wasser der heiligen Quellen im Sonnenlicht glänzten. Die Bilder von dahingemetzelten Opfern erinnerten ihn daran, dass er seit Ewigkeiten nichts gegessen hatte. Seine Gier war kaum noch zu bezähmen.

Dan schlug die Augen auf. Ihm war kalt. Die Müdigkeit lag schwer auf seinen Lidern. Wie gern hätte er seine Augen wieder geschlossen, doch er spürte, dass etwas geschehen war. Er durfte jetzt nicht schlafen.

Er hob den Kopf und blickte sich vorsichtig um. Was er sah, war nicht ganz klar, und er musste erst mal mit seinen Augen zwinkern, um sicherzugehen, dass er sich nicht täuschte. Amys Finger ruhten sanft auf seiner Stirn. Ihre Augen waren auf einen fernen Punkt gerichtet, irgendwo links von ihnen. In ihrem Gesicht war ein Ausdruck, wie er ihn noch nie an ihr bemerkt hatte: eine Mischung aus Abscheu und Faszination.

Er versuchte den Kopf zu heben, doch er war wie gelähmt. Warum nur konnte er seine Arme und Beine nicht bewegen und warum lag sein Kopf auf Amys Schoß?

Er erinnerte sich, wie man sie in den Tempel geworfen und die Tür versperrt hatte. Danach war ein großes schwarzes Loch in seinem Gedächtnis. Irgendetwas war mit den Pflanzen gewesen. Etwas Schreckliches.

»Amy?« Seine Stimme war kaum mehr als ein Flüstern.

Die Biologin reagierte nicht.

»Kannst du mich hören?«

Immer noch keine Reaktion.

Er mobilisierte seine Kraftreserven und hob den Kopf. Er wollte sehen, was sie so fesselte, dass sie nicht mit ihm sprechen konnte. Ihm war immer noch schwindlig. Die Kälte lag wie ein feuchtes Handtuch auf seinen Gliedern. Langsam, sehr langsam strömte das Leben in ihn zurück.

Außerhalb des Gebäudes rauschte der Wind, man konnte es durch die Lichtschächte hören. Aber war es wirklich der Wind?

Plötzlich sah er die Bewegung.

Irgendetwas kam auf sie zu.

Es war riesig. Es bewegte sich im Schatten entlang der Wände. Die Wurzeln, die wie Wasser von den Wänden herabströmten, verliehen ihm eine perfekte Deckung. Genau genommen konnte man gar nicht sagen, wo die Pflanzen endeten und die Kreatur anfing. Arme, Beine und der Kopf des Wesens bestanden aus einer sich windenden und krümmenden Pflanzenmaterie und bildeten eine perfekte Symbiose mit seiner Umgebung.

Dan tat einen tiefen Atemzug. Mit einem Mal fiel ihm alles wieder ein. Die Flechten, die Wurzelfäden, der Angriff ...!
Eine kaleidoskopartige Folge von Bildern zuckte vor seinem geistigen Auge. Er war auf etwas getreten. Etwas Lebendiges. Es hatte Besitz von ihm ergriffen, war über ihn hinweggerollt und in ihn eingedrungen. Und dann? Das Algengeflecht hatte ihn verschmäht. War nach all der Anstrengung einfach zurückgekrochen.
Warum?
Mit Grauen blickte er auf das Wesen, das langsam auf sie zuschlurfte.

Der Namenlose hatte die Menschen beinahe erreicht. Der Mann war aus seiner Bewusstlosigkeit erwacht. Gut so. Er mochte es nicht, wenn seine Opfer ohnmächtig waren. Die Ohnmacht war ein schaler Gefährte des Todes. Und was den Tod betraf – das war seine Domäne.
Er war überrascht, dass die beiden nicht zu fliehen versuchten. Die übliche Reaktion seiner Opfer bestand in einer Mischung aus Angst, Panik und Flucht. Viele der Menschen mussten betäubt werden, um nicht in Raserei zu verfallen, doch diese hier waren anders. Sie waren nüchtern und unverdorben. Und sie waren mutig.
Ein besonderes Geschenk der Herrscherin von Kitara an ihren obersten Krieger. Welch Vergnügen es ihm bereiten würde, sich an ihren Körpersäften zu laben.
Der Namenlose verharrte in der Bewegung. Irgendetwas stimmte nicht. Er spürte es bis in die feinsten Windungen seiner Hyphen. Er blieb stehen und prüfte die Luft mit seinen Kapillaren. Da war es wieder, dieses eigenartige Déjà-vu.
Irgendetwas an den beiden war ihm vertraut. Als wäre er ihnen schon einmal begegnet – in einem anderen Leben.

Das Wesen war bis auf wenige Meter an sie herangekommen und war nun stehen geblieben. Es machte keinerlei Anstalten, sie anzugreifen oder zu töten. Aufgerichtet, leise Atemgeräusche ausstoßend, stand es da und beobachtete sie.

Ein feiner Geruch umwehte Dans Nase. Der Duft hatte etwas Scharfes, Belebendes an sich. Ein Geruch, der die Lebensgeister erweckte. Er fühlte, wie Kraft und Wärme seine Gliedmaßen durchströmten. Die Kälte wich aus seinen Armen und Beinen und wich einem Kribbeln, als würden tausend Ameisen über sein Bein ziehen.

Von unerklärlicher Neugier gepackt, richtete er sich auf. Die Bewegung fiel ihm schwer. Es war, als müsse sein Körper sich erst wieder daran erinnern, wie es war, selbständig zu handeln. Doch als der Augenblick überstanden war, spürte er, wie das Leben in seinen Körper zurückdrängte. Eine unerklärliche Ruhe hatte sich in ihm ausgebreitet. Die Angst, die ihm bis vor kurzem die Kehle mit eiserner Faust zugedrückt hatte, war wie weggeblasen. Wie ein kleiner Vogel flatterte sie in einem entfernten Winkel seines Bewusstseins herum. Er versuchte aufzustehen.

Amy packte seine Hand. »Nicht bewegen. Vielleicht lässt es uns in Ruhe, wenn wir uns still verhalten.«

Dan sah ihr in die Augen, dann löste er seine Hand.

»Ich habe keine Angst«, sagte er. »Wenn es uns töten will, dann hätte es das vermutlich schon längst getan.«

»Das kann es immer noch tun.« Ihre Stimme klang wie eine zu stark gespannte Saite.

Doch ihn schreckte das nicht, im Gegenteil. So seltsam es klang, aber Amys Furcht gab ihm Mut und Selbstvertrauen. Vielleicht eine Nachwirkung seines Kontakts zu dem Flechtengewächs?

Mit entschlossenem Gesichtsausdruck trat er vor und stellte sich der Kreatur in den Weg.

»Wer bist du? Was willst du?«

»Sei doch still«, zischte Amy.

Dan breitete die Arme aus. »Mein Name ist Daniel Skotak. Dies

ist Amy. Wir sind von weither gekommen, nur um dich zu sehen. Wenn du etwas zu sagen hast, sprich zu uns.«
»Du liebe Güte, was faselst du denn da?«
Dan ignorierte die Einwände der Biologin. Er war voll und ganz Herr der Lage.
Das Wesen hob seinen Kopf. Seine Augen, die bisher im Dunkeln gelegen hatten, traten deutlich hervor. Inmitten des Durcheinanders aus sich windenden und pulsierenden Wurzelfäden wirkten sie wie Fremdkörper. Dan erfasste diese Augen mit seinem Blick und hielt sie gefangen. Auf einmal glaubte er etwas darin zu erkennen. Die Erkenntnis traf ihn wie ein Schlag. »Das ist doch ...«, murmelte er.
»Das ist doch nicht möglich.«

Der Namenlose erschauerte.
Dan? Amy?
Er kannte diese Namen. Sie stammten aus seinem früheren Leben. Einem Leben, das längst vergangen war und das nur noch in den Tiefen seiner Erinnerung existierte.
Wie konnte es sein, dass diese beiden den Weg zu ihm gefunden hatten?

Dan hatte das Gefühl, jemand würde ihm den Boden unter den Füßen wegziehen. Die Kraft in seinen Beinen war schlagartig verschwunden. »Will«, entfuhr es ihm. »William Burke!«
Die Kreatur machte eine Bewegung, die man als Nicken deuten konnte.
Dan fasste sich an den Kopf. Er spürte, dass er kurz davor stand, den Verstand zu verlieren. »Das gibt's doch nicht«, stammelte er. »Ich bin's, Dan. Dein alter Freund. Erinnerst du dich?«
Das Wesen rutschte auf ihn zu, dann neigte es sein Haupt, bis sein Gesicht nur noch einen knappen Meter von seinem eigenen entfernt war.
Diese Augen ...

Williams Augen waren schon immer unverwechselbar gewesen. Eisgrau, mit einem schmalen dunklen Rand um die Iris.
»Du bist es, nicht wahr?«, flüsterte Dan. »Ich kann es spüren. Komm schon, gib mir ein Zeichen, irgendeines.«
Die Kreatur hob einen ihrer meterlangen Arme und legte ihn auf Dans Schulter. Wurzelfäden traten hervor und berührten zärtlich seine Haut. Es war, als würde man von einer Feder gestreichelt. Ein tiefes Stöhnen drang aus dem Brustkorb des Wesens.
Dan drehte seinen Kopf. »Hast du das gesehen, Amy? Es ist William. Er hat mich erkannt. O Gott, er hat mich erkannt.«
In diesem Moment spürte er einen brennenden Schmerz in seiner Brust. Er blickte an sich herab und sah eine sich krümmende Wurzelspitze aus seiner Brust hervortreten. Dann noch eine und noch eine. Bald wucherte ein ganzer Wald. Ein roter Fleck entstand, der rasch größer wurde. Der Schmerz war unvorstellbar.
Dann schrie Amy.

68

Die Kreatur hatte den Geologen vollkommen eingehüllt. In einer Art zärtlicher Umarmung schlang sie ihre Arme um ihn und drückte ihn an ihren Körper. Doch diesmal war die Umarmung alles andere als zärtlich. Das Geflecht durchbohrte verschiedene Teile seines Körpers und ließ ihn aussehen, als wäre er an ein Netz von Elektroden angeschlossen. Amy hörte ein Knacken und Brechen wie von morschem Holz, gefolgt von einem gurgelnden Schrei. Ein Blutstrahl schoss aus Dans Mund. Der Körper des Geologen zuckte und zappelte wie eine dieser Elvis-Puppen, die man an den Rückspiegel seines Autos hängen konnte. Seine Augen traten hervor, bis sie nur noch aus Weiß bestanden. Dann hüllte das Geflecht ihn vollkommen ein und senkte gnädig den Vorhang über das, was sich darunter abspielte.

Vor Angst und Entsetzen stöhnend kroch Amy zurück. Tränen rannen ihr übers Gesicht, brannten auf ihrer Haut.

»Vater unser im Himmel«, flüsterte sie. »Geheiligt werde dein Name. Dein Reich komme, dein Wille geschehe. Wie im Himmel, so auf Erden.« Die Worte sprudelten wie von selbst über ihre Lippen.

Immer weiter rutschte sie auf ihrem Hosenboden zurück, bis sie plötzlich einen Widerstand im Rücken spürte. Sie war an der Steintür angelangt. Ihre Finger krallten in den Spalt, wollten ihn erweitern und ihn aufstemmen, doch die Tür wich keinen Millimeter.

Der N'ekru war immer noch mit seinem Opfer beschäftigt. Das Algengeflecht wurde von Kontraktionen durchlaufen, die denen eines Schmetterlings während der Metamorphose glichen. Die Geräusche, die dabei entstanden, waren ekelerregend. Amy presste die Hände auf die Ohren, so dass sie nur noch ihr eigenes Schluchzen hörte.
Dann ließ das Wesen von Daniel Skotak ab. Es öffnete seine Membran, faltete seine Arme auseinander und ließ das, was von dem Geologen übrig war, zu Boden gleiten. Der N'ekru nahm die Haut und schleuderte sie wie einen nassen Lappen in die Dunkelheit.
Dann kroch er auf Amy zu.
Der durchdringende Geruch frischen Blutes stieg ihr in die Nase. Sie spürte einen Würgreiz. Diesmal war sie an der Reihe.
Sonnenstrahlen drangen durch die Lichtschächte und fielen auf die widernatürliche Kreatur. Seine Oberfläche triefte vor Blut.
Amy tat das Einzige, was ihr noch zu tun blieb: Sie schloss die Augen. In ihren Gedanken und Gefühlen sperrte sie die Welt aus, so wie sie es als Kind oft getan hatte, wenn sie sich vor etwas fürchtete. Sie wollte nicht mitbekommen, wie die Kreatur auf sie zukam, wie sie ihre Arme ausbreitete und sie damit umschlang. Sie wusste, dass der Anblick ihren Verstand zerbrechen würde.
Als sie die feinen Wurzelfäden auf ihrer Haut spürte, war es, als hätte der leibhaftige Tod Hand an sie gelegt.

Der Namenlose hatte seinen ersten Appetit gestillt. Das Blut seines Freundes überzog ihn, es durchdrang ihn, erregte ihn. Mit Dan war ein weiterer Teil seiner Erinnerungen gegangen. Schon in seinem früheren Leben hatte er Freundschaften nicht eben gepflegt, waren sie doch stets mit unliebsamen Verpflichtungen verbunden. Freundschaft war immer auch eine Frage von Geben und Nehmen und einem unvermeidlichen Aufrechnen von Gefühlen.
Der Namenlose hasste Gefühle. Sie machten einen schwach

und verletzbar. Das Einzige, was ihn jetzt noch verletzen konnte, waren Erinnerungen. Sie stahlen sich in seine Träume und gaukelten ihm vor, dass das, was er tat, falsch sei. Aber er wusste es besser. Skotak war ein Teil dieser Erinnerung gewesen, aber nun gab es ihn nicht mehr.
Doch der andere Teil war immer noch existent.
Die Frau hielt ihre Augen vor ihm verschlossen. Sprach sie ein Gebet? Er stieß ein keuchendes Lachen aus. Gebete würden ihr hier nichts nützen.
Sie war jetzt in seiner Gewalt. So wie damals, als sie noch ein Liebespaar gewesen waren. Doch das hier war besser. Er streckte seine Flechtenhände nach ihr aus und wollte sie gerade umarmen, als er etwas Metallisches berührte. Ohrringe!
Wie von einem elektrischen Schlag getroffen fuhr er zurück. Diese kleinen Figuren waren zum Leben erwacht. Vor seinem inneren Auge war ein Bild entstanden, das Bild eines Mannes. Bleich ... breitschultrig ... ein finsterer Blick. Zu allem entschlossen.
Der Namenlose überwand seinen Abscheu und rückte näher heran. Mit gesenkter Stirn betrachtete er den merkwürdigen Schmuck. Zwei kleine Figuren – missgestaltet wie verdrehte Wurzeln. Formoren. Riesen in der irischen Mythologie, Nachfahren des Meeres und der Erde. Er kannte diese Figuren. Es hatte eine Künstlerin gegeben, in seinem Heimatort ... sie hatte diese kleinen Wesen hergestellt und verkauft. Billige Souvenirs. Irgendein Tand für erholungswütige Touristen.
Noch einmal berührte er die Figuren. Wieder erschien das Bild dieses Mannes. Die Augen, die ihn ansahen, loderten hasserfüllt.
Der Namenlose legte seine knotigen Hände auf Amys Kopf und umspann ihn mit feinsten Härchen. Die mikroskopisch kleinen Wurzeln drangen in die Haut, passierten die

Schädeldecke und legten sich auf die Nervenenden der Gehirnzellen. Es dauerte nicht lange, da hatte er den Kontakt hergestellt. Feinste elektrische Schwingungen stimulierten die Fäden. Chemische Botenstoffe reagierten mit den Enden seiner Photobionten und sandten Gedankenimpulse an das neuronale Netzwerk. Dort wurden sie in seinem zerebralen Kortex weiterverarbeitet. Bilder tauchten in loser Folge vor seinem inneren Auge auf. Bilder von der Ankunft dieses Mannes, von seiner Reise und seiner Herkunft. Dann trat ein Foto in den Vordergrund, eine Schwarzweißaufnahme. Eine Studentengruppe. Im Vordergrund saßen zwei Jungen und ein Mädchen. Das Licht schien ihnen ins Gesicht. Er selbst war einer davon. Dünne, schwache Menschenwesen, kaum würdig, genauer betrachtet zu werden. Das Mädchen war tot. Sie starb, kurz nachdem diese Aufnahme gemacht wurde. Es war der Junge rechts von den anderen, dem seine Aufmerksamkeit galt. Dünn und schmächtig hockte er da und lächelte in die Kamera. Ein Gesicht, das kein Wässerchen trüben konnte. Und doch stimmte es in überraschendem Maße mit dem finsteren, bedrohlichen Gesicht überein, das er eingangs gesehen hatte.
Aber er hatte noch mehr gesehen. Matthew Griffin und Ray Cox waren ein und derselbe Mann. Ein Mann, der sich geschworen hatte, ihn zu töten. Er hatte Isolationshaft und Drogenhölle überstanden, nur um ihm nach Afrika zu folgen. Und jetzt war er hier.
Burke sah eine Insel in Amys Geist. Er wurde zum Zeugen ihres Kampfes mit den Kitarern, und er sah, dass Cox selbst größte Schmerzen und Entbehrungen ertrug, um seinem Ziel näher zu kommen. Doch da war noch etwas anderes. Ein Gefühl, das ihn stutzig machte. Er tastete tiefer. Ja dort.
Konnte es sein, dass Amy etwas für diesen Mann empfand?
War es ... Liebe?

Die Wurzelfäden schossen aus dem Kopf und verschwanden im Rankengeflecht seiner Hände. Ohnmächtige Wut überrollte ihn. In einem Anfall blinder Raserei ließ er seinen Arm gegen das Tor krachen. Staub rieselte von der Decke und hüllte ihn ein. Sein alter Widersacher war ihm gefolgt. Er trachtete ihm nach dem Leben und besaß auch noch die Dreistigkeit, sein Mädchen zu stehlen? Der Namenlose ließ die Biologin los. Wenn Cox einen Kampf wollte, so sollte er ihn bekommen.

Amy versuchte, möglichst schnell Abstand zu der widerwärtigen Kreatur zu bekommen. Das Wesen hatte sich aufgerichtet und schlug gegen das steinerne Tor. Es schien furchtbar in Rage zu sein. Immer wieder donnerte es mit seiner Pranke gegen das Tor, bis der Tempel in seinen Grundfesten erzitterte.
Mit hastigen Bewegungen tastete sie ihren Körper ab. Wie es schien, waren alle Fasern verschwunden. Auch ihre Wunden waren verheilt, sie verspürte nicht mal mehr Schmerzen.
Eigentlich hätte sie jetzt tot sein müssen. Sie hatte die Wurzelfäden in ihrem Kopf gespürt. Sie hatte gespürt, wie die feinen Flimmerhaare ihre Nervenzellen betastet hatten. Jeden Moment hatte sie damit gerechnet, zerquetscht zu werden. Und dann ...? Nichts. Sie war verschont worden. Warum hatte das Biest sie am Leben gelassen?
Einen Moment lang hatte sie in sein Inneres geschaut, hatte das Leben eines Menschen, den sie einmal zu kennen glaubte, in kaleidoskopischen Bildern gesehen, nur um dann mitzuerleben, wie er zu etwas anderem wurde. War das wirklich noch ein Mensch? Nein, entschied sie. Vielleicht war er es früher einmal gewesen, jetzt war er nur noch ein Ungeheuer. Eine atmende, tötende Pflanzenmutation, Ausgeburt einer botanischen Hölle. Ein Wesen, das nur noch eines verdiente: zu sterben.
Tiefes Rumpeln drang durch die Halle. Ein schmaler, heller Schlitz zerteilte die Wand und wurde rasch größer. Gleißende

Helligkeit durchströmte den dunklen Saal und zwang sie, die Augen zu schließen. Kriegerinnen stürmten herein, packten sie und zerrten sie ans Tageslicht.

Draußen bot sich ihr ein seltsames Bild. Der N'ekru hatte die Halle verlassen und stand inmitten eines Kreises ehrfurchtsvoll dreinblickender Kitarer. Viele hatten ihr Haupt geneigt oder blickten, von Furcht ergriffen, zur Seite. Manche, so wie Oyo, waren gar vor ihm in den Staub gesunken. Alle waren in Demut versunken, außer der Kaiserin. Sie war die Einzige, die es wagte, dem Ungeheuer zu trotzen. Hocherhobenen Hauptes stand sie vor dem Pflanzenwesen und bot ihm die Stirn.

Die Kreatur sah bei Tageslicht noch viel widerwärtiger aus. Seine dunkelgrüne Haut glänzte vom Blut seines Opfers. Seine Fußstapfen zeichneten dunkelrote Flecken in den Sand.

Zwischen der Herrscherin und der Kreatur entspann sich ein kurzer, zischender Wortwechsel, der darin endete, dass das Wesen in Richtung der kaiserlichen Galeone davonstampfte.

Maskal Kibra Lalibela stand einen Moment unschlüssig da, dann erteilte sie ihren Untergebenen den Befehl, aufzustehen und dem N'ekru zu folgen. Oyo rappelte sich auf, klopfte den Staub von seinem Umhang und ging auf Amy zu. Sein Gesicht war schreckensbleich. Ihm war anzusehen, dass er von der Entwicklung genauso überrascht war wie sie und dass auch er keine Ahnung hatte, was nun geschehen würde. Was immer das Wesen von der Herrscherin verlangt hatte, es schien eine beträchtliche Gefahr zu bergen.

69

Ray stand am Bug ihres Fluggleiters und blickte hinaus in die safrangelbe Dämmerung. Seltsame Vögel umkreisten das Schiff, spitze Schreie ausstoßend. Die späte Sonne warf lange Schatten über das Wolkenmeer, goldene Lichtstreifen kreuzten den Himmel. K'baa, der am Ruder saß, steuerte das schlanke Schiff durch die Lüfte. Er hatte merklich an Routine gewonnen und hielt das zerbrechliche Fahrzeug trotz gelegentlicher Böen stabil auf Kurs. Mehrere Stunden waren sie jetzt schon unterwegs, ohne ein Zeichen von Amy oder ihren Entführern. Die Zeit wurde knapp. Noch immer war keine Spur von der schwebenden Stadt und der kaiserlichen Flotte zu sehen. Die Chance, die Vermissten lebend wiederzusehen, wurde mit jeder Minute kleiner. Wusste K'baa überhaupt, wohin er flog? Hier sah doch alles gleich aus. Wohin man blickte, endlose Wolkengebirge, unterbrochen von schwebenden Gesteinsbrocken, die von einer Vielzahl von Flugwesen bevölkert wurden. Da gab es fliegende Rochen und schwebende Quallen, ätherische Schmetterlinge und durchscheinende Blasen. Manche der Geschöpfe hatten Ähnlichkeit mit den Samen riesiger Pusteblumen, andere mit Tiefseelebewesen. Man kam aber nie nahe genug heran, dass man sie genauer hätte betrachten können. Zweimal hatten sie in weiter Ferne andere Schiffe gesehen, aber das war schon einige Zeit her. Die Gegend, durch sie jetzt flogen, war menschenleer.

Ray trommelte nervös mit den Fingern auf die Reling.
»Wie lange noch, K'baa?«
Sein Begleiter wiegte den Kopf und antwortete mit einer Zeitangabe, die Ray nicht verstand. Hieß das jetzt eine halbe Stunde oder zwei? Die G'ombe arbeiteten mit einem verqueren Zahlensystem, das so kompliziert war, dass man vermutlich Tage brauchte, um es zu verstehen. Zeit, die sie nicht hatten. Wenn seine Intuition ihn nicht trog, blieben ihnen nur noch wenige Stunden. Sobald die Nacht den Mittelpunkt durchschritten hatte, würde sich das Portal öffnen. Die Zeit würde ohnehin kaum ausreichen, um noch zurückzukehren. Er knabberte nervös an seiner Unterlippe, als K'baa plötzlich einen Ruf ausstieß. Aufgeregt deutete er nach vorn.

Ray kniff die Augen zusammen. Vor ihnen war ein riesiges Objekt aus den Nebeln aufgetaucht. Breit wie eine Insel, stachelbewehrt und dunkel wie eine Gewitterwolke glitt es durch die Lüfte, genau auf sie zu.

Noch war es zu weit entfernt, um Details zu erkennen, doch es schien ein Schiff zu sein. Eine gewaltige Konstruktion mit mehreren Decks und riesigen Segeln.

K'baa blickte finster. Seine Augenbrauen verschmolzen zu einer geraden Linie.

»Was ist das?«, fragte Ray.

Kaiserliches Kampfschiff, lautete die Antwort. *Fliegt in Richtung Portal.*

»Verdammt«, fluchte er. »Was machen wir jetzt?«

K'baa veränderte die Ruderstellung und lenkte das Schiff auf Ausweichkurs. *Auf Abstand gehen,* lautete seine Geste, dann steuerte er das Schiff in eine langgestreckte Linkskurve.

Ray überlegte kurz, dann sagte er: »Lass mich ans Steuer, wir wollen kein Misstrauen erwecken«. K'baa überlegte kurz, dann übergab er Ray das Steuer. Er öffnete die Luke und kletterte in den Stauraum. Ein kleiner Spalt blieb offen, damit er weiter beobachten und sich mit Ray unterhalten konnte.

Die Galeone kam immer näher.
Schon bald nahm sie den größten Teil des steuerbordseitigen Blickfeldes ein. Ray zählte allein oberhalb des Hauptdecks vier Etagen, wobei die oberste gleichzeitig auch die prächtigste war. Unter Deck gab es nochmals drei Etagen, wie man deutlich an den übereinanderliegenden Reihen von Luken erkennen konnte. Das unterste Deck gab Ray Rätsel auf. Es war höher als die anderen und verfügte nur über eine einzige Öffnung, eine mächtige, etwa drei auf drei Meter große Tür. Das Seltsame war, dass sie von außen verschlossen war. Mächtige Riegel und Balken versperrten die Tür, durch die bequem ein Panzer gepasst hätte. Ray verwarf die Frage und wandte seine Aufmerksamkeit wieder dem Oberdeck zu. Vier oder fünf Wachen patrouillierten dort herum, allesamt in prächtige Rüstungen gekleidet und mit Speeren und Schwertern bewaffnet. Sie nahmen keine Notiz von ihnen, sondern unterhielten sich stattdessen. Eine hob sogar die Hand und grüßte zu ihm herüber. Ray erwiderte den Gruß halbherzig und ließ seinen Blick weiter über das Deck wandern. Etwas abseits stand eine einzelne Person, die gedankenverloren in die Wolken blickte. Sie hatte schwarzes Haar, helle Haut und trug verschmutzte Kleidung. Für eine Sklavin sah sie reichlich merkwürdig aus. Das letzte Licht der untergehenden Sonne schien auf ihr Gesicht und ließ es für einen kurzen Moment aufschimmern. Als sie ihren Kopf hob, trafen sich ihre Blicke.
Ray glaubte, sein Herz würde aussetzen.
»K'baa«, zischte er. »Kannst du die Frau sehen?« Er deutete nach rechts. »Die mit der hellen Haut und den schwarzen Haaren. Das ist Amy.« Seine Gesten waren hektisch und undeutlich, doch K'baa schien ihn zu verstehen. Er nickte und signalisierte Ray, er solle sich ruhig verhalten.
Majestätisch glitt das Schiff vorüber und die Biologin wurde schon wieder kleiner. Sie hatte ihn nicht erkannt. Wie gern hätte er ihr ein Zeichen gegeben oder ihr etwas zugerufen, aber das wäre reiner Selbstmord gewesen.

»Wir müssen irgendetwas tun«, sagte er in seiner Verzweiflung. Er konnte nicht verstehen, wieso K'baa nichts unternahm.
Ruhe, signalisierte sein Freund. *Sieh geradeaus und lass dir nichts anmerken.*
Ray knabberte an seiner Unterlippe. K'baa hatte recht. Er durfte sich jetzt nicht zu unbeherrschten Aktionen hinreißen lassen. Er hatte Amy gesehen, und sie war am Leben. Das allein war Grund zur Freude.
Die Sonne war nun hinter den Wolken verschwunden und überzog den Himmel mit violettem Zwielicht. Dunkle Gewitterwolken drohten am Horizont. Als die Galeone weit genug entfernt war, kletterte K'baa an Deck.
»Und? Was tun wir jetzt?«
Der Gorilla ergriff ein Stück Zeichenkohle und zeichnete etwas auf die Holzplanken. Ray beugte sich vor. *Dreh das Schiff herum. Ich habe einen Plan.*
Er hob den Kopf. »Im Ernst?«
K'baa entblößte seine Zähne.

70

Richard blickte argwöhnisch gen Westen. Der Himmel dort war eine einzige dunkle Gewitterfront. Mittlerweile konnte es keinen Zweifel mehr geben. Krausnick würde recht behalten. Ein weiteres Unwetter war im Anmarsch und würde binnen der nächsten Stunden mit aller Heftigkeit über sie hereinbrechen.

Die Luft war verdächtig ruhig. Eine geradezu bedrohliche Stille lag über der Schlucht. Bis auf das entfernte Rauschen des Flusses war nicht das geringste Geräusch zu hören. Kein Vogel, kein Säugetier, kein Insekt. Es war, als habe sich alles vor dem nahenden Sturm in Sicherheit gebracht. Selbst die Gorillas waren verschwunden. Als die letzten Nachzügler über die Brücke gekommen waren, war die ganze Gruppe in Richtung der Pyramide abgerückt. Parkers Zählung endete bei vierhundertneunundsechzig. Eine Zahl, die den Biologen Rätsel aufgab. So schön das auf dem Papier auch aussah, es waren einfach zu wenig. Entweder war es doch zu Zwischenfällen mit der einheimischen Bevölkerung gekommen oder – und das war wahrscheinlicher – es hatten nicht alle Gorillas den Weg hierherauf gefunden. Der Ruwenzori war ein verschlungener Irrgarten von Tälern und Höhenzügen. Man musste schon über einen ausgeprägten Ortssinn verfügen, um das Tal der Bugonde zu finden, geschweige denn die Brücke. Vermutlich waren einige Familien schlichtweg falsch abgebogen und irrten jetzt in irgendwelchen Seitentälern herum.

Agnes war optimistisch, dass die fehlenden Gorillas über kurz oder lang irgendwo auftauchen würden.

Was den Forschern indes Sorge bereitete, war das zunehmend schlechte Wetter. Zelte würden bei dem heraufziehenden Sturm nichts nützen, und was einen natürlichen Unterschlupf betraf, so sah es eher mau aus. Keine Höhle, kein Unterstand – über Kilometer hinweg. »Seht euch diese aufgewühlten Wolken an.« Wilcox beschirmte seine Augen mit der Hand. »Die Basis hat eine merkliche Grünfärbung, seht ihr das? Ein Zeichen dafür, dass wir es mit massiven Aufwinden zu tun haben. Ich fürchte, diesmal wird es noch heftiger als beim letzten Mal.«

»Wir hätten doch die schweren Zelte nehmen sollen«, sagte Agnes. »Aber dann wären wir viel langsamer gewesen ...«

»Ich glaube nicht, dass es irgendein Zelt gibt, das diesem Sturm trotzen könnte«, sagte Richard. »Selbst die Armeezelte hätte es um ein Haar niedergemacht. Ich schlage vor, wir machen es wie die Gorillas. Wir brechen in den Wald auf. Die Bäume werden uns vor dem Wind schützen. Etwas anderes wird uns kaum übrigbleiben.«

Parker lächelte. »Dann holt mal eure Jacken und Kapuzen raus. Auch wenn mir jetzt ein dichtes Fell lieber wäre ...«

»Apropos Gorillas ...« Wilcox spähte in Richtung des Waldes. »Ich bin vorhin ein Stück in Richtung der Pyramide gelaufen. Es ist wirklich erstaunlich. Sie scheinen das Gebäude komplett umstellt zu haben. Sie haben einen Kreis von vielleicht fünfhundert Metern Durchmesser gezogen, durch den niemand hinein- oder herauskommt. Die Pyramide ist hermetisch abgeriegelt.«

»Was bezwecken sie damit?«, fragte Parker.

»Keine Ahnung. Ich war jedenfalls nah genug dran, um zu sehen, dass der Kreis wie mit einem Lineal gezogen aussieht. Vorn stehen die Männchen, dahinter die Alttiere und Halbstarken, ganz außen die Weibchen mit ihren Kindern. Ich habe so etwas noch nie gesehen.«

»Wie es scheint, sind die Gorillas nicht ohne Grund hier«, sagte

Richard. »Sie spüren, dass eine Veränderung naht, genau wie wir. Wir sollten uns auf den Weg machen.«
Schweigend begaben sich die Forscher hinein in den Wald. Ein kalter Wind hatte eingesetzt. Erste Schneeflocken tanzten durch die Luft und ließen sich auf Mützen und Jacken nieder. Vorboten des Sturms, der bald über sie hereinbrechen würde.

71

Düstere Gedanken vor sich herschiebend, starrte Amy in den dunkler werdenden Himmel. Die kaiserliche Galeone hatte die *Stummen Hallen* verlassen und war – mit dem N'ekru an Bord – auf dem Weg zur Pyramideninsel. Teile zerbrochener Welten trieben an ihr vorüber und verloren sich schnell in der Ferne. Bruchstücke eines Landes, das einst heil gewesen war. Ein perfektes Spiegelbild ihres eigenen Seelenzustands.
Alles in ihr war erloschen: die Hoffnung, das Lachen und die Lebensfreude. Man hatte sie entführt und verschleppt, und sie war Zeuge geworden, wie ein Freund vor ihren Augen umgebracht worden war. Getötet von einem Ding, dessen Anblick sie bis in ihre schlimmsten Alpträume verfolgen würde.
Noch immer weigerte sich ihr Verstand, anzuerkennen, dass diese Kreatur, diese Ausgeburt einer pervertierten Natur, einmal ihr Geliebter gewesen war. Ein Mann, dem man trotz all seiner Schwächen und Makel ein gewisses Maß an Menschlichkeit nicht absprechen konnte. Oder irrte sie in diesem Punkt? Konnte es sein, dass er innerlich schon immer das Monstrum gewesen war, das jetzt unten im Laderaum darauf wartete zuzuschlagen? Vielleicht war es der Transformation zu verdanken, dass sein Inneres und sein Äußeres endgültig zu einer Einheit verschmolzen waren. So gesehen hatten die Kitarer Will geradezu einen Gefallen getan, als sie ihn von allen Zwängen und Einschränkungen, die die menschliche Gestalt ihm auferlegt

hatte, befreit hatten. Endlich konnte er so sein, wie er schon immer gewesen war.

Die letzten Stunden kamen ihr vor wie eine Reise in die dunkelsten Abgründe der menschlichen Seele. Wie war es nur möglich, dass menschliche Kulturen sich in so etwas wie Kitara verwandeln konnten? Was trieb Menschen an, sich derartig auf die schiefe Bahn zu begeben? Sie musste an all die totalitären Systeme denken, die während der letzten hundert Jahre gewütet hatten: der Nationalsozialismus, der Stalinismus, der Maoismus, Idi Amin, Pol Pot und »Papa Doc« Duvalier. Wie ein Flächenbrand fegten die Diktatoren über die Erde und rissen ganze Staaten in einen Strudel aus Chaos und Gewalt. Was war es nur, dass Menschen von solchen Abgründen angezogen wurden? Wie konnte es sein, dass immer wieder Führer aus dem Boden schossen, denen man schon von weitem ansah, dass es ihnen nur um Macht und Gewalt ging?

Offenbar hatte sich unsere Zivilisation noch immer nicht von ihrem Geburtstrauma erholt. Man durfte sich nichts vormachen: Oftmals genügte ein einziges Ereignis, um eine ganze Kultur zurück in eine zähnefletschende Urzeit zu stoßen, um aus normalen Menschen ein Rudel wilder Wölfe zu machen.

Amy presste ihre Lippen aufeinander. Ray hatte recht gehabt mit dem, was er sagte. *Wir sind eine Spezies, die von Grund auf wahnsinnig ist.* Sie erinnerte sich, wie sie ihm widersprochen hatte, weil sie so gern an das Gute im Menschen glaubte. Doch wo stand sie jetzt?

Sie musste tief durchatmen.

Ein kleines Schiff kam ihnen von Steuerbord entgegen. Ein schlanker Flitzer mit breiten Auslegern und roten Markierungen. Sie runzelte die Stirn. Hatten sie den Kurs des Schiffes nicht vorhin gekreuzt? Sie meinte, sich an das markante Schlangensymbol zu erinnern.

Das Fahrzeug ging längsseits und kam so nahe, dass sie die beiden Besatzungsmitglieder sehen konnte. Einen gedrungenen, dunkelhäutigen Kitarer und einen Gorilla. Die Arme des Affen waren hinter seinem Rücken zusammengebunden. Ganz offensichtlich ein Gefangener.

Die kräftigen Primaten wurden in der Hauptstadt zu niederen Sklavendiensten herangezogen. Ein so kräftiges Exemplar würde auf dem Markt vermutlich einen guten Preis erzielen.

Mit gemischten Gefühlen beobachtete Amy, wie das Fahrzeug an die Galeone andockte und der Steuermann ihnen ein Tau herüberwarf. Eine der Wachen fing es auf und verzurrte es an einem der Haltetrossen. Der Botschafter hatte das Schiff bemerkt und kam die Treppe herunter. Sein roter Umhang flatterte im Wind, als er die Neuankömmlinge begrüßte. Die Wachen schoben einen Holzbalken hinüber und signalisierten dem Mann, er solle an Bord kommen. Der Fremde band den Gorilla los und trieb ihn vor sich her. Seltsam. Irgendwie kam ihr dieser Affe vertraut vor.

»Ein Jäger«, raunte der Botschafter Amy zu. »Er signalisiert, dass er der Kaiserin ein Geschenk machen will.«

»Ein Geschenk?«

Oyo nickte. »Ich glaube, er möchte ihr diesen G'ombe schenken.«

»Ist das so üblich?«

»O ja«, antwortete Oyo. »Werfen Sie einen Blick auf die Beflaggung an unserem Mast. Sie besagt, dass die Kaiserin persönlich an Bord ist. Jeder, der ihr ein Geschenk macht, darf damit rechnen, eine Bevorzugung zu erhalten. Abgesehen natürlich davon, dass es eine große Ehre ist. Sehen Sie sich nur diesen G'ombe an. Ein prächtiges Tier. Seine Majestät wird erfreut sein.«

Amy beobachtete, wie der Jäger den Primaten über den Ausleger trieb und ihn dabei mit Schlägen und Fußtritten bearbeitete. Das Tier stöhnte vor Schmerz, während es über die Planke taumelte, wo es sofort von neugierigen Kriegerinnen umringt wurde. Sie stießen den Affen mit dem stumpfen Ende ihrer Speere und bewunderten seine Kraft. Als er sie wütend anknurrte, lachten sie

schrill. Der Jäger humpelte hinter seinem Gefangenen her. Sein linkes Bein nachziehend, kam er langsam über den Steg. Für einen Kitarer sah er recht ungewöhnlich aus. Sein Haar war kurz und seine Haut von einer Vielzahl von Narben verunstaltet. Er wirkte, als habe er schon einiges durchgemacht. Plötzlich blieb er stehen und richtete seine Augen auf die Biologin. Sie stutzte. Diese Augen passten nicht zu seinem Gesicht. Sie leuchteten wie zwei klare Bergseen ... Um ein Haar vergaß sie zu atmen.
Sie kannte diese Augen.
Ehe sie sich's versah, sprang der Mann auf sie zu. Er ergriff ihre Hand und zog sie zu sich heran. Im selben Moment fielen die Ketten des Gorillas klirrend zu Boden. Das Tier sprang auf und fegte zwei der Kriegerinnen mit einem gewaltigen Streich von den Beinen. Dann packte er ihre Waffen und warf sie über Bord. Mit einem furchterregenden Brüllen richtete er seinen Zorn auf die verbliebenen Kriegerinnen.
Amy begriff nicht, was los war. Es ging alles viel zu schnell. Völlig perplex stand sie da und starrte auf das Handgemenge, das vor ihren Augen aufgeführt wurde. Eine der Wachen hatte ihren Speer gesenkt und rannte auf die ungeschützte Flanke des Gorillas zu. Der Jäger riss seine Armbrust aus dem Halfter und schoss der Kriegerin aus kurzer Distanz in den Kopf. Ein metallisches Scheppern ertönte, dann stolperte die Frau, kippte der Länge nach vornüber und schlug krachend auf das Deck. Ein fingerdicker Bolzen steckte in ihrer Schläfe. Zwei weitere Wachen kamen angerannt, wurden aber von dem randalierenden Primaten von den Füßen gefegt, als wären sie leicht wie eine Feder. Er griff nach einem herumliegenden Schild und ließ ihn auf die wehrlosen Wachen niedersausen.
Oyos Gesicht war bleich geworden. Taumelnd versuchte er, aus der Gefahrenzone zu entkommen, den Mund zum Schrei geöffnet.
Von achtern kamen weitere Wachen angerannt. *Bogenschützen.*

Sie hoben ihre Waffen und spannten die Sehnen. Der blauäugige Mann hechtete nach vorn, packte einen der Schilde und riss ihn hoch. Dumpfe Einschläge waren zu hören. Eine Spitze bohrte sich durch das Holz, nur wenige Zentimeter von Amys Gesicht entfernt.
»Komm schon, Amy! Mach, dass du aufs Schiff kommst.«
»Ray?«
»Wir haben keine Zeit zu verlieren. Wo ist Dan?«
»Tot«, stammelte sie. »Er starb, während wir ...«
»Dann nichts wie weg. K'baa, Rückzug. Wir verschwinden.«
Der Gorilla war auf die Reling gesprungen und deckte den Rückzug der beiden Menschen. Er hielt seinen Schild hoch und wehrte die Pfeile ab.
Völlig benommen kletterte Amy auf die Planke und blickte nach unten. Wolkengebirge brodelten in der Tiefe. Einen tiefen Atemzug nehmend, fasste sie sich ein Herz, dann rannte sie auf die andere Seite. Dicht neben ihr pfiff ein Pfeil durch die Luft. »Flach hinlegen«, schrie Ray, der ebenfalls herübergerannt kam. »Leg dich hinter die Reling, den Kopf aufs Deck.« Er zerschlug das Halteseil mit seiner Axt, dann legte er sich neben sie. Als Letzter kam der Affe. Mit einem gewaltigen Satz sprang er zu ihnen herüber und landete hart auf dem Deck. Das kleine Schiff schlingerte und taumelte. Der Sprung des Gorillas hatte ihm einen solchen Stoß verliehen, dass sich der Abstand zur Kriegsgaleone rasch vergrößerte. Die Planke rutschte ab, dann fiel sie ins Bodenlose.
Doch noch waren sie nicht außer Gefahr. Auf der Galeone waren hektische Aktivitäten ausgebrochen. Durch einen Spalt im Holz konnte Amy sehen, dass sich die Nachricht von der Befreiungsaktion wie ein Lauffeuer herumsprach. Plötzlich wimmelte es an Bord von Soldatinnen. In der obersten Etage wurde die Tür zu den kaiserlichen Gemächern aufgerissen. Die Herrscherin stürmte heraus und schleuderte ihren Kriegerinnen Befehle entgegen.
Amy konnte es kaum fassen. Diese Befreiungsaktion war das

Halsbrecherischste, was sie je erlebt hatte. Nur wenige Sekunden später und sie wären von den Amazonen überrannt worden. Ein paar der Kriegerinnen eilten in Richtung des Bugs, wo sich eine Harpune befand. Ein Berg von blinkendem Metall, gefetteten Zahnrädern und dunkel schimmerndem Holz. Eine entsetzliche Waffe.

Ray ergriff das Ruder, riss das längliche Paddel herum und steuerte das Schiff in eine steile Aufwärtsspirale. Es dauerte nicht lange, bis sie den Schuss hörten. Ein dumpfes Schwirren ertönte. Amy sah einen Schatten über sich hinwegzischen. Mit einem trockenen Knall schlug das Projektil durch ihr Segel und sauste dahinter in einem langgezogenen Bogen in die Tiefe. Das Seil riss ein Stück vom Segeltuch heraus, kappte einen Teil der Decksaufbauten und sauste dann in die Tiefe. Ihr Schiff taumelte und schaukelte wie ein Korken in einem Fluss. »Verdammt, das war knapp!« Ray warf einen besorgten Blick nach hinten. »Ein Glück, dass das Segel gerissen ist. Dieses Seil hätte uns glatt in die Tiefe gerissen. Machen wir, dass wir wegkommen. K'baa, das Segel.« Der Gorilla fackelte nicht lange und band das lose Segel mit einem Strick fest.

Es wurden noch ein paar Harpunen auf sie abgefeuert, doch sie stellten keine ernsthafte Gefahr mehr dar. Immer weiter fiel das kaiserliche Schiff hinter ihnen zurück. Schon bald war es nur noch ein dunkler Umriss, der von dem herannahenden Gewitter verschluckt wurde.

72

Ray lenkte das Boot zurück auf den alten Kurs. Er spürte, wie die Anspannung von ihm abfiel. Sie hatten es wirklich geschafft, aber sein Herz schlug ihm bis zum Hals und seine Hände zitterten.
Die Luft war merklich kühler geworden. Der Wind hatte aufgefrischt und der Himmel war mit dunklen Gewitterwolken überzogen, die rasch näher zogen. Ray konnte nur hoffen, dass ihr kleines Schiff den Naturgewalten standhielt, wenn das Unwetter sie erreichte.
Er fixierte das Ruder mit einem Riemen und richtete seinen Blick auf Amy. »Willkommen an Bord.«
Er nahm einen Lappen zur Hand und begann, die Farbe aus seinem Gesicht zu wischen. »Bitte entschuldige die Maskerade, aber mir fiel in der kurzen Zeit nichts Besseres ein. Ich hoffe, wir haben dich nicht allzu sehr erschreckt.« Er rieb über seinen Unterarm und die helle Haut kam zum Vorschein. »Wie geht es dir? Bist du unversehrt?«
Amy nickte.
Die Biologin sah mitgenommen aus. Müde, verschmutzt, das Hemd mit Blut besudelt – ein Häufchen Elend. Sie musste eine furchtbare Zeit gehabt haben.
Einer plötzlichen Anwandlung folgend, legte er den Lappen zur Seite, setzte sich neben sie und legte seinen Arm um sie. Sie erstarrte für einen Moment, dann drückte sie ihr Gesicht an seinen Hals. Ihr Körper bebte, als wäre ein Damm gebrochen. Tränen

strömten über ihr Gesicht. Wie eine Schiffbrüchige klammerte sie sich an ihn und weinte und weinte.
Nach einer Weile wurde sie ruhiger.
Als sie ihn losließ, war ihr Gesicht ganz braun von der Farbe. Ein Lächeln huschte über ihr Gesicht. »Jetzt habe ich dich schon wieder nass gemacht.« Sie wischte mit dem Handrücken über ihre Augen. »Scheint langsam zur Gewohnheit zu werden.« Sie schniefte laut hörbar.
»Mach dir keine Gedanken«, erwiderte Ray. »Das trocknet.« Sie lachte. »Du riechst übrigens furchtbar. Was ist das? Schweineschmalz?«
»Keine Ahnung«, erwiderte er. »Ich musste auf die Schnelle irgendetwas finden, was meine Haut dunkel färbt. Dieses Zeug habe ich in der Hausapotheke der G'ombe gefunden. Ich glaube, sie verwenden es als Mittel gegen Gliederschmerzen. Übrigens, das hier ist K'baa. Ihr beide kennt euch.«
»Im Ernst?« Sie sah den Gorilla aufmerksam an. »Aber natürlich«, murmelte sie. »Die Begegnung mit den Kitarern. Der Gorilla, den wir befreit haben.«
»Er ist ein guter Freund. Sein Name ist K'baa.«
Wenn sie überrascht war, ließ sie es sich nicht anmerken. »Hallo, K'baa.« Sie streckte ihm die Hand hin.
Der Gorilla kam näher und schnupperte daran. Dann kraulte er der Biologin sanft über den Nacken. Amy erwiderte die Geste und senkte respektvoll den Kopf. »Danke«, sagte sie. »Danke, dass ihr mich befreit habt.«
»Was ist mit Dan?«
Sie wich seinem Blick aus, dann schüttelte sie den Kopf.
»Was ist geschehen?«
»Er starb in den *Stummen Hallen*. Ermordet von ...«, ihre Augen bekamen eine seltsame Farbe, »... William Burke.«
Ray wartete einen Moment in der Hoffnung, das Ganze würde sich als schlechter Scherz entpuppen. Doch als Amy beharrlich schwieg, sagte er: »Wiederhol das noch mal.«

»Burke, er ist hier. Zumindest was von ihm übrig geblieben ist. Er ist hinter uns her.«

»Halt, halt.« Ray hob seine Hände. »Das geht mir zu schnell. Erzähl mir alles, was geschehen ist, und zwar von Anfang an.«

Es dauerte eine Weile, bis Amy ihn über die neuesten Ereignisse in Kenntnis gesetzt hatte, doch auch danach benötigte er eine ganze Weile, bis er wirklich begriff, was er da eben gehört hatte.

»Burke ist hier«, murmelte er leise. »Wenn das mal keine Neuigkeiten sind.«

Sie nickte. »Ich wusste, dass es nicht leicht für dich sein würde, all das zu erfahren. Er ist auf der Galeone, von der ihr mich befreit habt. Er weiß auch, dass wir hier sind.« Sie sah ihm tief in die Augen. »Verstehst du, Ray. Er will uns alle töten.«

»Woher ...?« Ray zwang sich zur Ruhe. »Langsam«, sagte er. »Woher weiß er davon? Hast du es ihm erzählt?«

Die Biologin berichtete von der Gedankenverschmelzung im Tempel. Ray spürte, dass es ihr nicht leichtfiel, darüber zu reden, aber so erfuhr er wenigstens, dass dieses Wesen jetzt genau darüber im Bilde war, was geschehen war und wer alles das Portal durchschritten hatte.

Als sie zum Ende kam, loderte unbändige Wut in ihm empor. Um ein Haar hätte er das Steuer herumgerissen und wäre zur Galeone zurückgeflogen, doch er konnte sich beherrschen. Er hatte ein neues Ziel und das lautete: Weg von hier und zusehen, dass alle mit heiler Haut zurückkamen.

Ray legte seine Hand auf ihren Arm. »Wir haben nicht viel Zeit«, sagte er. »Die Störung wird in wenigen Stunden ihren Höhepunkt erreichen. Wenn alles so läuft wie geplant, dann werden wir noch heute heimkehren. Mellie und Karl sind bereits auf dem Weg zur Pyramide.«

»Karl ... lebt?«

Ray nickte. »Die G'ombe haben ihn wieder auf die Beine bekommen. Sie sind gute Mediziner, auch wenn ihre Mixturen nicht

immer gut riechen.« Er lächelte. »Ich kann nur hoffen, dass nicht alles umsonst war.« Er griff in seine Umhängetasche am Boden des Schiffes und zog das silberne Brillenetui heraus.
»Was ist das? Mein Gott, das gehört ja Richard. Woher hast du das?«
»Ich fand es bei der Statue. Mach es auf.«
Amy klappte den Deckel hoch. »Da ist ja ein Zettel drin mit seiner Handschrift.«
In fieberhafter Eile überflog sie die Zeilen. Als sie fertig war, leuchteten ihre Augen. »Dann hatte Karl tatsächlich recht mit seiner Prognose, das Portal würde sich noch einmal öffnen.«
Er nickte. »Ganz recht, und zwar heute Nacht.«
Ihr Gesicht bekam langsam wieder Farbe. »Meinst du, es klappt?«
Er zuckte die Schultern. »Was soll ich sagen ...?«
Sie lächelte. »Sag einfach *ja*.«

73

Die Wolken nahe der Pyramideninsel flackerten wie kaputte Leuchtstoffröhren. Blitze zuckten in der oberen Atmosphäre und überzogen den Himmel mit einem Netz aus Licht und Schatten. Sturmböen peitschten durch die Dunkelheit, zerrten an ihrer Kleidung und an ihren Haaren.
Karl blickte mit sorgenerfüllter Miene hinaus in den Sturm. Mellie hielt den Mast fest umklammert, während das Schiff langsam seine Zielposition ansteuerte.
Es war ein Wunder, dass sich das Schiff bei diesem Wetter überhaupt steuern ließ. Doch die G'ombe beherrschten ihr Handwerk. Sie hatten die Segel gerefft und steuerten allein mit Hilfe der Ausleger.
Die Insel hob sich wie ein dunkler Scherenschnitt vor den zuckenden Blitzen ab, gut zu erkennen an dem dichten Waldbewuchs und der Pyramidenspitze, die kegelförmig über das Blätterdach hinausragte.
Vorsichtig steuerte der Bootsmann die Barke um die Flanke der Insel herum in Richtung Anlegestelle am Südrand. Trotz der schlechten Sichtverhältnisse war die Fläche als heller Fleck inmitten der Dunkelheit zu erkennen.
»Da ist sie!«, rief Karl und deutete nach vorn. »Da ist die Stelle, an der die Brücke gewesen ist. Siehst du die beiden abgebrochenen Felsnasen? Dort haben wir gestanden und nach dem Rückweg gesucht.«

»Und dort ist auch der Pfad«, rief sie. »Ich kann es sehen. Jetzt müssen wir nur noch heil runterkommen.«
Karl signalisierte dem Bootsmann, er solle das Schiff runterbringen. Die Besatzung bestand aus dem Steuermann, einem gewaltigen Silberrücken mit auffallend roter Stirnpartie, dem alten Schamanen, Ch'kun, sowie drei schwerbewaffneten Kämpfern. Offenbar rechneten die G'ombe nicht mit ernsthaften Auseinandersetzungen, waren aber vorsichtig genug, um nicht gänzlich auf eine bewaffnete Eskorte zu verzichten.
Donnergrollen erfüllte den Himmel. Der Bootsmann lenkte die Barke vorsichtig an die Insel heran. Eine Windbö packte das Schiff und schleuderte es ein paar Meter in die Tiefe. Karl spürte den Höhenunterschied in seiner Magengrube. So dicht an der Steilkante war die Luft erfüllt von Turbulenzen. Noch einmal bäumte sich das Schiff auf, nur um im nächsten Moment wieder abzusacken. Kopfschüttelnd blickte er in die Tiefe. »Das Schiff lässt sich nicht ruhig halten. Wie sollen wir da landen?«
Mellie wechselte ein paar Worte mit dem Schamanen, dann kam sie zu Karl zurück. »Er sagt, sie werden uns mittels Seilen herunterlassen«, rief sie. »Sie setzen uns ab und geben uns etwas Verpflegung mit. Von dort aus müssen wir allein weitermarschieren.«
Karl zog die Augenbrauen hoch. »Sie wollen uns zurücklassen?«
Mellie nickte. »Ray hat mir erzählt, dass die G'ombe Angst vor dem Portal haben. Und ehrlich gesagt, ich kann sie verstehen. Es ist schon beachtlich, dass sie uns überhaupt hierhergebracht haben. Die Aktion ist für sie riskant genug.«
»Wo stecken eigentlich Ray und K'baa?« Karl reckte seinen Hals. »Sie scheinen noch nicht da zu sein. Können sie die Insel in der Dunkelheit überhaupt finden?«
»Warte einen Moment«, sagte Mellie. »Ich habe eine Idee. Vielleicht können die G'ombe ein Signalfeuer entzünden. So eine Art Leuchtturm.«
»Frag sie.«

Mellie machte ein paar Handzeichen und deutete auf die Sturmlampe, die die G'ombe auf Deck aufgestellt hatten. Der Schamane versank kurz in Gedanken, dann winkte er zwei seiner Krieger herbei. Nach einem kurzen Wortwechsel eilten die beiden in Richtung Frachtraum und verschwanden unter Deck. Kurze Zeit später tauchten sie wieder auf, über den Schultern zwei kalebassenförmige Gefäße, die mit Lederriemen verzurrt waren und hin und her schaukelten. Ohne auf weitere Befehle zu achten, kletterten sie über die Bordwand und ließen sich an den Seilen nach unten. Karl blickte ihnen hinterher. Die beiden waren unten angekommen und verschwanden im Wald. Es krachte und rumpelte, dann tauchten sie wieder auf, jeder eine Handvoll Äste und Zweige hinter sich herziehend. Sie schichteten das Holz zu einem Turm, dann eilten sie zurück, um noch mehr zu besorgen. Es dauerte nicht lange und sie hatten einen riesigen Haufen aufgeschichtet. Sie gossen den Inhalt der Kalebassen darüber und steckten ihn in Brand. Eine meterhohe Stichflamme schoss empor. Sie beleuchtete die gesamte Lichtung und Teile des umliegenden Waldes. Der Wind ließ die Flammen wild flackern, schaffte es aber nicht, sie zu löschen.

Karl nickte dem Schamanen dankbar zu. Ein solches Feuer würde über Meilen zu sehen sein, besonders in einer Nacht wie dieser. Sie mussten nur dafür sorgen, dass immer genügend Holz als Nachschub vorhanden war. Doch auch daran hatten die G'ombe gedacht. Unweit des ersten Haufens legten die beiden Gorillas einen zweiten an, hauptsächlich dicke Äste und Scheite. So ausgerüstet, konnten Karl und Mellie das Feuer über Stunden am Leben erhalten.

Als sie ihre Arbeit beendet hatten, sprangen die beiden G'ombe an den Seilen empor und kletterten wie Turner zurück an Deck. Der Schamane nickte Karl und Mellie zu.

Die Zeit war gekommen, das Schiff zu verlassen.

Die beiden Krieger verknoteten die Seile zu einer Schlaufe, streiften sie der Botanikerin über den Kopf und verzurrten sie unter

den Achseln. Dann forderten sie sie auf, über die Reling zu steigen. Mellie warf einen besorgten Blick in die Tiefe.
»Komm schon, du packst das, Mellie«, rief Karl ihr aufmunternd zu. »Nur nicht nach unten sehen.«
Die G'ombe packten die beiden Seilenden und ließen die Frau sanft in die Tiefe gleiten. Keine zehn Sekunden später war sie unten angekommen.
»Jetzt du, Karl«, rief sie. »Es ist wirklich ganz leicht. Lass dich einfach fallen, es kann nichts passieren.«
Karl warf einen besorgten Blick in die Tiefe. Ein Sturz aus dieser Höhe würde ihm vermutlich das Genick brechen.
»Ich und mein großes Mundwerk«, murmelte er.
Vorsichtig streifte er die Schlaufe über. Die Schulterwunde bereitete ihm immer noch Schwierigkeiten, aber er wusste, dass es jetzt kein Zurück gab. Wenn sie je wieder nach Hause gelangen wollten, so musste er jetzt die Zähne zusammenbeißen.
Dann ging es über Bord. Er schwebte in der Luft, ein unangenehmes Gefühl. Noch unangenehmer wurde es, als das Schiff erneut zu schaukeln anfing und er wie eine Marionette hin und her baumelte. Einen atemlosen Moment später fühlte er jedoch sicheren Boden unter den Füßen. Ch'kun beugte sich über die Reling und warf ihnen ihr Bündel zu. Karl fing es in der Luft auf und legte es ab.
Dann war der Augenblick des Abschieds gekommen.
Die Gorillas hoben ihre Hände, dann drehte der Steuermann die Ausleger in den Wind und wendete das Schiff.
Die Barke stieg höher und höher und verschwand schließlich hinter den Bäumen.

74

Die Wolken waren zu enormen Gebirgen angewachsen, aus denen unablässig Blitze hervorzuckten. Ein furchterregendes Grollen durchzog den Himmel. Ray stand am Bug und fragte sich, wie um alles in der Welt es ihnen gelingen sollte, dieses Hindernis zu überwinden? Sollten sie wirklich in dieses Chaos aus Licht und Schatten hineinfliegen? Es gab dort nichts, was ihnen bei der Orientierung helfen konnte. Die flirrenden Lichter machten es unmöglich, Wolken von Inseln zu unterscheiden, selbst für einen erfahrenen Segler wie K'baa. Der große Primat tat zwar so, als hätte er das schon hundertmal gemacht, aber vermutlich nur, weil er ihn beruhigen wollte. Er wusste, wie sehr die G'ombe das Reisen durch den Himmel verabscheuten.
»Na dann los«, sagte er zu seinem Freund und klopfte ihm auf den Rücken. »Wir haben ohnehin keine Wahl.«
Amy war, in eine Decke gewickelt, zu Boden gesunken und schlummerte in einer Ecke. Sie war am Ende ihrer Kräfte gewesen, gerade noch fähig, ein paar Bissen zu essen und dann die Augen zu schließen. Ray blickte auf sie hinunter, wie sie schlafend an Deck lag. Ihr Hemd war an einer Seite herabgerutscht und entblößte ihre nackte Schulter. Er sah, dass sie immer noch seine Ohranhänger trug.
Mit einem traurigen Lächeln wandte er sich wieder der vor ihnen liegenden Aufgabe zu. Nicht mehr lange, dann würden die Energien der beiden Sonnen aufeinandertreffen und das erschaffen,

was Wissenschaftler als *Einstein-Rosen-Brücke* bezeichneten. Ein Gebilde – landläufig auch als *Wurmloch* bekannt –, das so instabil war, dass ihnen nur wenige Minuten Zeit bleiben würden, um in den Ereignishorizont zu treten. Gelang ihnen das nicht, dann waren sie hier gestrandet.
Für alle Zeiten …
Unruhig starrte er in die Dunkelheit hinaus. Seine Augen huschten hin und her, auf der Suche nach irgendeinem Anhaltspunkt. Sie mussten jetzt sehr nah sein. Er vertraute auf sein Zeitgefühl, das ihm sagte, dass sie die benötigte Strecke längst zurückgelegt hatten. Aber wie sollten sie hier etwas finden?
Plötzlich hielt er inne. Für den Bruchteil einer Sekunde hatte er etwas in der Ferne zu sehen geglaubt. Doch kaum versuchte er, es näher in Augenschein zu nehmen, war es auch schon wieder verschwunden. Könnte eine Täuschung gewesen sein. Vielleicht aber auch nicht.
»K'baa, Licht aus, schnell!«
Der Gorilla löschte die kleine Sturmlaterne, deren mattes Licht gerade ausreichte, um das Deck und die Passagiere anzustrahlen. Ray richtete seinen Blick wieder nach vorn. Was hatte er da nur gesehen? Verdammte Schaukelei! Es war so gut wie unmöglich, einen einzelnen Punkt zu fixieren. Um ihn herum brodelte und kochte die Atmosphäre.
Auf einmal sah er es wieder. Backbord, leicht oberhalb ihrer derzeitigen Position. Ein schwaches Licht in der Dunkelheit. Es flackerte und tanzte wie ein wild gewordenes Glühwürmchen.
»Ein Feuer!«, schrie Ray. »Da oben, siehst du?«
K'baa ließ ein zustimmendes Bellen hören. Er schwenkte den Ausleger und nutzte den Achterwind, um das Schiff in die entsprechende Position zu lenken.
In diesem Moment erwachte Amy aus ihrem Schlummer. Müde rieb sie ihre Augen. »Was ist denn los?«
»Da vorn, ein Licht.«
Der helle Punkt war nun deutlich zu erkennen.

Sie war sofort hellwach. »Ich sehe es«, sagte sie. »Was kann das sein?«

»Vielleicht ein Signalfeuer. K'baa, kannst du darauf zusteuern?« Vor dem Hintergrund aus flackernden Wolken war deutlich eine Form zu erkennen. *Eine Insel.*

Und sie kam rasch näher. Im Schein der Blitze ragten steile Felswände auf, die man leicht für Wolkenfetzen hätte halten können. Ray atmete tief durch. Hätte er nicht im letzten Moment das Licht gesehen, sie wären vermutlich glatt daran vorbeigeflogen. Eine mächtige Bö packte das Schiff und wirbelte es herum. Ray wurde gegen den Mast geschleudert und sah für einen Moment nur Sterne. Amy war sofort bei ihm. »Alles okay?«

»Geht schon«, sagte er. »Diese verdammten Turbulenzen. Wenn wir nicht bald landen, werden wir noch in der Luft zerfetzt.«

K'baa zog das Schiff in einer steilen Kurve nach oben, weg von den drohenden Felswänden. Von Aufwärtswinden erfasst, raste das Schiff an den scharfkantigen Klippen vorbei und schoss über die Abbruchkante hinaus. Dahinter brach der Windstrom ab. Das filigrane Schiff schwebte etwa fünfzig Meter über der Landezone, dann taumelte es in die Tiefe. Das Feuer war jetzt genau unter ihnen. Immer näher kamen die Flammen. Für den Bruchteil einer Sekunde sah Ray zwei Personen im Lichtschein. Sie hatten ihre Köpfe zu ihnen emporgerichtet und fuchtelten wild mit den Armen. Buchstäblich im letzten Moment gelang es K'baa, das Ruder herumzureißen und den Sturz abzufangen, nur knapp drei Meter über dem Boden. Ray wurde erneut gegen den Mast geschleudert, doch diesmal war er vorbereitet. Für einen kurzen Moment beruhigte sich das Schiff, dann begann es wieder zu steigen. »Raus!«, schrie Ray. »Alle Mann sofort von Bord.«

K'baa zögerte keine Sekunde. Er hechtete über die Reling und verschwand auf der anderen Seite in der Dunkelheit. Ray versetzte Amy einen Stoß, der sie hintenüberkippen ließ. Sie war so überrascht, dass sie nicht mal einen Schrei ausstoßen konnte. Ray sprang hinterher. Er fiel senkrecht herunter, dann landete er neben ihr im hohen Gras. Der Aufprall presste ihm die Luft aus der Lunge. Als er wieder zu Atem kam, blickte er nach oben. Gerade noch rechtzeitig, um zu sehen, wie das Schiff von einer neuen Bö erfasst und in den Himmel gehoben wurde. Ein Scherwind erfasste das zerbrechliche Fahrzeug, ließ es ein paarmal im Kreis rotieren und schleuderte es mit unvorstellbarer Kraft in Richtung der Bäume. Es gab ein Krachen und ein Splittern, dann regnete ein Schauer von Balken, Latten und Holzteilen durch das Geäst zu Boden. Das Segel hing wie ein zerfetzter Drachen in der Baumkrone, dann wurde es in der Dunkelheit fortgeweht.

Ray atmete tief aus und schickte ein Stoßgebet zum Himmel. Das war buchstäblich Rettung in letzter Sekunde.

In diesem Moment kamen Karl und Mellie herbeigeeilt. »Alles klar bei euch?«, rief Mellie.

»Mann, Mann, das war ja ein Stunt«, sagte Karl. »Nur eine Minute länger und ihr wärt alle zerschmettert worden.«

»Schön, dich zu sehen, Karl«, sagte Ray mit einem Grinsen. Unter Schmerzen versuchte er aufzustehen. Ein roter Strich zeichnete sich unter seinem Hemd ab. Seine Wunde war wieder aufgebrochen.

»Gib mir deine Hand.« Amy war zuerst auf den Beinen und half ihm hoch. »Deine Verletzung ...«

»Geht schon wieder«, sagte Ray. »Ich muss nur in nächster Zeit etwas vorsichtiger sein.«

»Das nächste Mal, wenn du mich über Bord stößt, warn mich vorher, okay?« Sie hauchte ihm einen flüchtigen Kuss auf die Wange. Dann wandte sie sich ihren Freunden zu und umarmte sie. »Ihr ahnt gar nicht, wie sehr ich mich freue, euch wiederzusehen«, sagte sie. »Vor allem dich, Karl. Ich dachte, du wärst tot.«

»Eine Zeitlang habe ich mich auch so gefühlt.«

Mellie schaute in die Runde. »Wo ist Dan?«

»Er hat es nicht geschafft.«

Amy erzählte von ihren Erlebnissen und vom Tod ihres Freundes. Als sie fertig war, lag tiefe Betroffenheit auf den Gesichtern. Karl hatte die Hände gefaltet und blickte zu Boden.
»Tut mir leid«, sagte Amy. »Ich konnte nichts dagegen unternehmen. Es ging alles so schnell ...«
»Dich trifft keine Schuld. Du konntest doch nichts dafür.« Mellie nahm ihre Hand und drückte sie. »Genau genommen ist es ein Wunder, dass wir überhaupt noch am Leben sind.«
»Auch wieder wahr«, sagte Karl. Ihm war anzusehen, dass ihn die Nachricht schockierte, aber er versuchte sich zusammenzunehmen. »Also, was ist?«, fragte er. »Wann brechen wir auf?«
»Sofort.« Ray griff nach einem der Bündel, die auf der Erde lagen, und legte es über seine Schulter. Dann ging er zum Feuer, zog ein brennendes Scheit heraus und hielt es wie eine Fackel in die Höhe. »Kommt«, sagte er. »Wir dürfen keine Zeit verlieren. Schnappt euch Proviant und Fackeln und dann nichts wie los.«

75

Oyo Nyimba, Botschafter und zweiter Marschall Ihrer erhabenen Hoheit Maskal Kibra Lalibela, stand auf dem Oberdeck der kaiserlichen Galeone und blickte mit angsterfüllten Augen hinaus in den Sturm. Noch niemals in seinem jungen Leben hatte er solche Naturgewalten erlebt. Blitze, die einen Berg spalten konnten. Donner, der die Planken unter seinen Füßen erbeben ließ. Die Nacht war ein tobendes und brausendes Chaos.
Es war, als hätten sich sämtliche Götter Kitaras gegen sie verschworen.
Das Holz ächzte und knarrte, während die Toppgasten versuchten, die Segel einzuholen. Zwei waren unter dem Ansturm des Windes schon von der Rah gefegt und vom brodelnden Sturm verschluckt worden. Die anderen hatten unter Einsatz ihres Lebens die Segel geborgen und verstaut. Blieb nur noch der Besanmast, und dort waren die Seile zum Zerreißen gespannt. Nicht mehr lange und der Mast würde zerbrechen wie die Knochen eines Chr'aan-Vogels.
Doch so schlimm das Wetter auch war, verglichen mit dem Zorn der Kaiserin war es nur ein laues Lüftchen. Vorsichtig drehte Oyo seinen Kopf. In den Augen der Kaiserin flackerte Wahnsinn. Lichtreflexe huschten über ihren Körper. Ihr Gesicht war eine Maske aus Hass und irrsinniger Wut.
Noch immer klebte Blut an ihren Händen. Das Blut der erschlagenen Wächterinnen, die schuld waren, dass man die weiße Frau vor ihren Augen von Bord ihres Schiffes entführt hatte. Die

Kaiserin hatte es sich nicht nehmen lassen, den unglücklichen Frauen persönlich die Kehlen durchzuschneiden. Nur mit knapper Not war er selbst ihrem Zorn entronnen, und das auch nur, weil er zu einem Seitenzweig der Familie gehörte. Wären da nicht die Blutsbande gewesen, er hätte zusehen können, wie sich seine Innereien über das Deck verteilt hätten.

Die Kaiserin war wie in Rage. Ihr ganzes Denken war darauf ausgerichtet, die Flüchtlinge einzuholen und zu bestrafen. Solange sie die Schuldigen verfolgten, würde sie ihm vermutlich nichts tun, doch was war, wenn sie scheiterten? Wenn den Fremden die Flucht durch den Sturm gelang? Irgendeiner würde den Kopf dafür hinhalten müssen. Er fürchtete, dass ihn selbst die Blutsbande dann nicht mehr schützen würden.

Seine Hoffnungen schwanden mit jeder Minute. Seiner Meinung nach hatten sie den Wettlauf mit dem fremden Schiff schon längst verloren. Das kleine Boot war vor geraumer Zeit in der Dunkelheit verschwunden und die Chancen, dass sie es in diesem Chaos fanden, waren gleich null. Aber das konnte er so natürlich nicht sagen.

»Herrin ...«, begann er vorsichtig.

Die Kaiserin starrte mit zusammengepressten Lippen geradeaus.

»Ich frage das nur ungern. Aber sollten wir nicht lieber umkehren? Die Weiterfahrt birgt ein viel zu großes Risiko. Das Schiff ist für solche Belastungen nicht ausgelegt.«

»Schweig«, fuhr ihn die Kaiserin an. »Noch ein Wort und ich schneide dir die Kehle durch.«

»Ja, Herrin.« Er senkte den Kopf und schwieg. Lange hielt er es allerdings nicht aus, denn schon erschütterte eine neue, besonders heftige Bö das Schiff in seinen Grundfesten. »Bitte ...«, platzte er heraus. »Denkt doch an Euren Sohn. Er ist jung und schutzlos. Ihr, die Ihr göttliche Macht in Euch tragt, empfindet keine Furcht. Ihr versteht nichts von den Sorgen der Sterblichen. Lasst mich Eure Augen und Eure Ohren sein. Habt Mitleid mit uns Sterblichen.« Er verneigte sich, in der Hoffnung, seine Worte könnten das Herz der Kaiserin erweichen. Tatsache war, Oyo scherte sich einen Dreck um

den Prinzen. Der sadistische Hosenscheißer hatte sich schon vor geraumer Zeit in den kaiserlichen Gemächern verkrochen, wo er die Bediensteten mit Fußtritten, Schlägen und Geschrei schikanierte. Sein Toben war selbst über das Brausen des Sturms hinweg zu hören. Aber dieser Knabe war der Schlüssel zum Herz der Kaiserin. Er hob den Kopf. Die Kaiserin blickte hinaus in das Unwetter. Immerhin hatte sie ihm noch nicht die Kehle durchgeschnitten.
»Denkt doch, was geschieht, wenn dieses Schiff abstürzt«, fuhr er fort. »Die heilige Stadt wäre ohne Herrscherin. Wie soll für Euer Volk morgen die Sonne aufgehen, wenn das Licht Eurer Herrlichkeit nicht mehr auf uns scheint?«
Sie gab ein Schnauben von sich.
Um seine Worte zu bekräftigen, ließ er sich auf die Knie fallen. Er musste jetzt alles auf eine Karte setzen. Im Stillen betete er, die Kaiserin möge ihren Dolch nicht gegen ihn erheben.
Sein Flehen schien erhört zu werden.
Als er es wagte aufzublicken, bemerkte er, dass die Herrscherin zögerte. Der Hass in ihren Augen war einem unsteten Flackern gewichen. Konnte es sein, dass er doch einen Nerv bei ihr getroffen hatte?
»Bitte, Herrin. Ich flehe Euch an.«
In diesem Augenblick erklang vom Ausguck her ein Ruf.
»Licht voraus!«
Oyo hob den Kopf und zwinkerte ein paarmal. Tatsächlich, da war ein kleiner leuchtender Punkt in der Ferne. Er flackerte und zuckte wie ein Glühwürmchen.
Das Aufpeitschen eines Blitzes enthüllte einen gewaltigen Umriss. *Eine Insel.*
Hocherhobenen Hauptes blickte die Kaiserin zu dem hellen Punkt hinüber. Dann wandte sie sich ab und ging Richtung Freitreppe. Um ihren Mund spielte ein kaltes Lächeln.
»Komm«, sagte sie zu ihm, dann ging sie die Stufen hinab. »Vielleicht gibt es doch noch eine Möglichkeit, wie du deine Haut retten kannst.« Damit verschwand sie.

Schwer atmend kam Oyo auf die Füße. Was meinte sie damit? War das ein Signalfeuer?

Die Kaiserin war auf dem Oberdeck angelangt und erteilte dem Steuermann einige Befehle.

Oyo fürchtete die Entscheidungen der Kaiserin. Bei ihr wusste man nie, was sie als Nächstes tun würde. Ihr ganzes Leben wurde vom Augenblick bestimmt. Heute noch ihr Liebling, konnte man schon morgen zum Hochverräter erklärt werden. Gewiss, das Leben an ihrer Seite bot ein hohes Maß an Vergünstigungen und Privilegien, doch war es das alles wirklich wert?

Die Kaiserin überquerte das Oberdeck und winkte ein paar ihrer Leibgardistinnen zu sich. Dann schnappte sie sich eine Fackel und betrat die Tür, die zu den unteren Decks führte. Oyo schwante Unheil. Er beeilte sich, den Anschluss nicht zu verlieren. Mit trippelnden Schritten lief er hinter ihr her. Dieser verdammte Sari. So schön sein Gewand auch war, es war verdammt hinderlich, wenn man es mal eilig hatte.

Die kaiserliche Abordnung war bereits unter Deck verschwunden. Als er endlich die Tür erreichte und die Treppe hinabeilte, waren die Kaiserin und die Wachen bereits bei den Laderäumen angelangt. Der Namenlose? Was wollte die Kaiserin dort?

Oyo schwante Unheil. Er verabscheute die Namenlosen. Er verabscheute sie aus tiefstem Herzen. Sie waren gefährlich. Sie hatten jeder Lebensform außer sich selbst den Krieg erklärt und ließen einen bei jeder sich bietenden Gelegenheit spüren, dass sie einen nur duldeten, solange der Strom aus Fleisch und Blut nicht versiegte. Was geschehen würde, wenn die Opfergaben ausblieben und der Nachschub an Wanderern eines Tages versiegte, darüber wagte er nicht nachzudenken.

Oyo betrat den von Fackeln erhellten Gang. Ein bestialischer Gestank schlug ihm entgegen. Fäulnis und Verwesung lagen über diesen Räumen wie ein Schatten. Dumpfes Dröhnen empfing ihn, während der Wind von außen an den Planken zerrte. Das Rollen und Schlingern des Schiffes machte die Fortbewegung schwierig.

»Oyo!« Die Stimme der Kaiserin schallte durch den Gang.
»Herrin?« Er eilte an den Wachen vorbei nach vorn.
»Ich will, dass *du* mit ihm redest.«
»Was ... ich?« Dem Botschafter verschlug es die Sprache. »Aber ich habe noch nie ...«
»Sag ihm, wir haben eine Spur gefunden. Berichte ihm von dem Feuer, und dann sag ihm, dass wir ihn hier absetzen können, wenn er das wünscht. Sag ihm, wir werden ihn in den kommenden Tagen wieder abholen, wenn sein Werk vollbracht ist.«
»Absetzen? Und was ist mit uns?«
»Ich werde Befehl geben, das Schiff zu wenden und zurückzufliegen.«
In Oyos Entsetzen mischte sich ein Gefühl der Hoffnung und Freude. *Sie würden heimkehren.* Dann hatte sich das Risiko doch gelohnt. Aber was, wenn er das gar nicht mehr erlebte? Was, wenn der Namenlose ihn als willkommenen Appetithappen betrachtete?
»Herrin, ich ...«
»Tu es oder stirb«, zischte die Kaiserin. »Das ist die letzte Chance, dich von deiner Schuld reinzuwaschen.«
Welche Schuld?, wollte er fragen, doch er schwieg und senkte den Kopf. »Ja, Herrin.«
Die Herrscherin gab ein Zeichen. Die Wachen entfernten den schweren, schmiedeeisernen Riegel von der Laderaumtür. Ein übelriechender Dunst schlug ihm aus den dunklen Tiefen des Frachtraums entgegen. Mit vorsichtigen Schritten trat er näher und spähte in die Düsternis. Rechts von ihm führte ein schmaler hölzerner Steg in die Tiefe. Er nahm seinen ganzen Mut zusammen und betrat die verschmutzten Planken. Das Holz triefte vor Feuchtigkeit. Allenthalben breiteten sich Moose, Flechten und halb verfaulte Pflanzenreste aus. Oyo streckte seine Hand aus, packte das Geländer und trat ein Stück in die Dunkelheit. Dann drehte er sich noch einmal um.
»Kann ich wenigstens eine Fackel haben?«

76

Amy spürte, dass sie am Ende ihrer Kräfte war. Ihre Verschleppung, die *Stummen Hallen*, ihre Rettung ... es war einfach zu viel. Sie hatte die Nacht zuvor kaum geschlafen und das kleine Nickerchen vorhin an Bord hatte kaum Linderung gebracht. Doch Ray trieb sie unerbittlich an, ohne Pause, ohne Stärkung, ohne Rücksicht. »Vorwärts, vorwärts!«
Halb laufend, halb gehend, schlitterten sie durch den Wald nahe der Pyramide. Ihre Muskeln fühlten sich an, als hätte man sie aufs Rad geflochten. Jeder Knochen tat ihr weh. Einzig die Hoffnung auf Heimkehr trieb sie vorwärts.
Von allen war Ray der Einzige, der noch einen Funken Ausdauer besaß. Obwohl er mindestens so viel geleistet hatte wie sie, war ihm das kaum anzumerken.
Amy sandte einen furchterfüllten Blick nach oben. Die turmdicken Bäume ächzten und knarrten im Sturm. Das Wetterleuchten über ihren Köpfen war während der letzten Minuten ständig heftiger geworden. Das flackernde Stakkato elektrischer Entladungen überzog den Wald mit zuckender Helligkeit. Die Donnerschläge folgten so dicht aufeinander, dass es unmöglich war zu sagen, wo der eine endete und der andere begann. Ein markerschütterndes Dröhnen erfüllte die Luft. Dann setzte der Regen ein.
Erst ein diffuses Rauschen, dann mit jeder Sekunde heftiger strömten die Wassermassen vom Himmel. Die Tropfen verwandelten den ausgetrockneten Boden in eine schlüpfrige Piste aus

Matsch und Blättern. Vorhänge aus grauem Regen durchdrangen die Zweige. Der Wald versank in einem ohrenbetäubenden Rauschen. Die Fackeln verloschen. Die Sicht sank auf unter zwanzig Meter. Im Schein der Blitze wirkte der Regen, als würde flüssiges Silber vom Himmel fallen.
Ray wischte über sein Gesicht. »Wo ist K'baa? Er sollte uns eigentlich den Weg zeigen.« Er hob die Hände an den Mund und rief nach dem Affen. Keine Antwort.
Plötzlich hörte Amy ein Knacken, dann sah sie einen braunen Schatten durchs Unterholz huschen. K'baas massiger Körper tauchte neben ihnen auf. Sein Fell dampfte und sein Atem ging stoßweise. Mit einer knappen Bewegung deutete er nach rechts, dann verschwand er wieder.
»Ist nicht mehr weit, Leute«, sagte Ray. »Die Stadtmauern beginnen gleich da vorn, dann haben wir es geschafft.«

Etwa fünf Minuten später stießen sie auf die Überreste der ersten Umgrenzung. Trotz des strömenden Regens erkannte Amy die mächtigen Brocken, die wie kariöse Backenzähne in die Nacht ragten.
Sie hatten die Senke erreicht, in deren Mitte sich schwarz und abweisend die Pyramide erhob. In den Wolken brodelte und rumorte es. Von einem Portal oder irgendwelchen Leuchterscheinungen keine Spur.
»Hoffentlich haben wir uns nicht geirrt«, murmelte sie leise. »Hoffentlich war das alles nicht umsonst.«
»Nur nicht den Mut verlieren«, sagte Ray. »Wir sind so weit gekommen, jetzt werden wir den Rest auch noch schaffen. Vertrau mir.«
Amy sah ihn an. Sein Gesicht sagte ihr, dass er selbst Zweifel hatte. Sie drückte seine Hand.
»Lass uns in die Pyramide gehen«, sagte er. »Dort ist es wenigstens trocken.«
Die letzten Meter waren die beschwerlichsten. Amys Kleidung triefte vor Nässe. Der Stoff klebte am Körper und in ihren Schuhen

schwappte das Wasser. Vor ihnen ragte das Tor in der Dunkelheit auf. Sie erinnerte sich, wie sie es zum ersten Mal betreten hatten. Verglichen mit damals wirkte es heute geradezu einladend.

»Mann, bin ich froh, endlich ins Trockene zu kommen«, schnaufte Karl. Er humpelte und hielt die Hand auf seine Verletzung gepresst. »Einen solchen Regen habe ich mein Lebtag noch nicht erlebt. Ich bin bis auf die Knochen durchnässt.«

»Ich auch«, sagte Mellie, der das Haar in Strähnen vom Kopf hing. »Trotzdem würde ich eigentlich lieber draußen bleiben, als da hineinzugehen.«

In diesem Moment tauchte K'baa aus dem Unterholz auf. Nervös nach allen Seiten Ausschau haltend, näherte er sich dem Bauwerk. Ray kniete vor ihm in den Matsch und strich dem mächtigen Affen über den Kopf. »Das wär's, mein Freund«, sagte er. »Unsere Wege trennen sich hier. Du hast deine Schuld mehr als eingelöst. Danke für alles, was du für uns getan hast.« Er formte die Worte zu Handzeichen, doch Amy hätte schwören können, dass der Affe ihn auch so verstand.

»Du musst jetzt gehen«, sagte sie. »Deine Familie wartet auf dich. Wenn der Sturm sich gelegt hat, werden sie kommen und dich abholen. Geh kein Risiko ein, das Portal kann sich jeden Moment öffnen. Wir kommen schon klar.«

K'baa trabte ein paar Meter in den Wald, dann drehte er sich um. Seinem Gesicht war anzusehen, dass er die Trennung als ebenso schmerzlich empfand.

»Leb wohl, mein Freund.« Ray hob die Hand zum Gruß. »Vielleicht sehen wir uns irgendwann wieder.«

Amy, Karl und Mellie winkten zum Abschied. K'baa stieß ein schnaubendes Geräusch aus, dann verschwand er im Unterholz. Amy hasste Abschiede, aber dieser ging ihr besonders nah. Sie konnte nur hoffen, dass alles gutging und K'baa schon bald in den Kreis seiner Familie zurückkehrte.

Niemand sagte ein Wort. Eine Weile standen die Abenteurer im Regen, dann machten sie kehrt und betraten die Pyramide.

77

Der Namenlose warf einen kurzen Blick zurück. Er sah, wie die Lichter der Galeone schrumpften, ehe sie vom Regen verschluckt wurden. Der Sturm hatte das Schiff gepackt und schleuderte es zurück, von wo es hergekommen war.
Gut so.
Endlich war er allein auf der Insel.
Nur er und seine Beute.
Er streckte seine Gliedmaßen und nahm Witterung auf. Der Boden rund um die Feuerstelle war getränkt mit dem Geruch von Blut, Schweiß und Tränen. Er entdeckte auch die Überreste des kleinen Flugbootes, mit dem man versucht hatte, vor ihm zu entfliehen. An den Trümmern war der Geruch besonders stark. Sein alter Nebenbuhler lebte also und erfreute sich bester Gesundheit.
Nicht mehr lange.
Eine Woge von Erinnerungen brandete über ihn hinweg. Ihre Kindheit, die gemeinsamen Jahre in Cambridge ...
Er schüttelte den Kopf. Nein ... nicht jetzt. Er konnte diese Erinnerungen nicht brauchen. Gerade eben spürte er, dass im Wald voraus eine Bewegung zu spüren war. Seine Nervenenden registrierten die Präsenz des Neuankömmlings. Winzigste Veränderungen in der Dichte der Luft, Geruchspartikel, die vom Wind aufgewirbelt wurden.
Ein G'ombe!

Die Erbfeinde der Namenlosen. Die einzige Rasse auf diesem Planeten, die einem Namenlosen ernsthaften Schaden zufügen konnte. Meist zogen sie in Horden umher. Ganz selten, dass man mal einen einzeln erwischte. Doch dieser hier war allein. Der Namenlose ließ von den Schiffstrümmern ab und richtete seine Aufmerksamkeit auf die Kreatur im Wald.
Was tat ein einzelnes Exemplar so weit weg von seiner Höhle im Wald?
Sein neuronaler Kortex erschauerte. Hatte es nicht geheißen, ein G'ombe sei an der Entführung der Frau beteiligt gewesen?
Der Namenlose presste seinen Körper an die Rinde eines Baumes und symbiotisierte mit ihm. Seine Wurzelfäden krallten sich ins Holz, wurden eins mit ihm, verschmolzen zu einer Verbindung, wie nur Pflanzen sie eingehen konnten. Nur bei gutem Licht hätte man noch erkennen können, dass es zwei getrennte Lebewesen waren. Doch das Wetter heute war alles andere als gut.
So getarnt stand er da und wartete auf die Ankunft des G'ombe. Er war nicht mehr weit entfernt. Er konnte bereits sehen, wie der Einzelgänger durch den Wald preschte, genau auf sein Versteck zu. Misstrauisch nach allen Seiten sichernd, hielt er Ausschau nach Feinden. Nun, es würde ihm nichts nützen. Einen Namenlosen konnte man nur erkennen, wenn dieser das wollte.
Sein Opfer war jetzt bis auf wenige Körperlängen herangekommen. Er konnte den Herzschlag hören, das Schnaufen seines Atems.
Wie diese Biester stanken.
Der Namenlose saugte einen letzten Schwall regennasser Luft ein, dann schlug er zu.

78

Ray schrak auf. »Habt ihr das gehört?«
»Klang wie ein Schrei«, sagte Amy. »Irgendein Tier.«
»Seltsam bei diesem Unwetter. Da verkriecht sich doch alles im Unterholz.« Ray starrte in den Regen hinaus. Oberhalb der Pyramide nahm die Spannung immer mehr zu. Die Blitze krachten jetzt im Sekundentakt zur Erde. Elmsfeuer und Polarlichter brachten die Atmosphäre zum Kochen. Er wurde das Gefühl nicht los, dass sie etwas vergessen hatten. Plötzlich fiel es ihm ein. »Heilige Scheiße«, rief er. »*Das Feuer.*«
»Was ist los?« Karl runzelte die Stirn.
»Wir haben vergessen, das Feuer auszumachen.«
»Jetzt hör aber auf. Der Regen muss es doch längst gelöscht haben.«
»Und was, wenn nicht? Vielleicht ist uns das Schiff gefolgt. Vielleicht haben sie die Flammen gesehen.«
»Glaube ich nicht. Ihr habt es doch selbst erst im letzten Moment entdeckt. Ich glaube, du machst dich verrückt. Außerdem, du glaubst doch nicht im Ernst, dass irgendjemand es wagt, mit so einem großen Schiff durch den Sturm zu fliegen.«
»Nicht irgendjemand, aber die Kaiserin schon«, sagte Amy. »Ihr hättet sie erleben sollen. Die würde eher das Leben ihrer Untergebenen opfern, als klein beizugeben. Wenn das Feuer tatsächlich noch gebrannt hat, könnte sie es gesehen haben. Ausgeschlossen ist das nicht.«

Ray hatte genug gehört. Er musste nachsehen, ob ihnen jemand gefolgt war. Außerdem wollte er nachsehen, was da so geschrien hatte. Irgendetwas an diesem Schrei war ihm vage vertraut vorgekommen. Mit zusammengepressten Lippen trat er in den Regen hinaus.
»Was hast du vor?«
»Ich bin gleich wieder da.«
»Halt, tu das nicht. Das hat doch keinen Sinn.« Amy versuchte, ihn zurückzuhalten, aber da war er schon mehrere Meter in den Wald gelaufen.
»Bleib hier, das Portal kann sich jeden Moment öffnen.«
Den Rest bekam Ray nur noch mit halbem Ohr mit. Er hatte immer noch diesen Schrei in den Ohren. Er hatte diesen furchtbaren Verdacht, den er einfach nicht aus seinem Kopf bekam. Das Geräusch war keine hundert Meter weit entfernt gewesen. Bei dem ständigen Rumpeln und Krachen aus dem Himmel war es überhaupt ein Wunder, dass er es gehört hatte.
Er rannte etwa fünfzig Meter, dann blieb er stehen.
»K'baa!«, schrie er, die Hände zu einem Trichter formend.
Plötzlich erhielt er eine Antwort. Über das Rumpeln des Donners hinweg erklang ein keuchendes Zischen. Es hörte sich an, als würde Wasser auf eine heiße Herdplatte fallen.
»K'baa?«
Eine Kaskade von Elmsfeuern lief durch die benachbarten Bäume und erleuchtete für einen Moment den gesamten Wald. Im kalten Licht der Entladung sah Ray etwas, das ihm das Blut in den Adern gefrieren ließ. Sein Freund hing keine zehn Meter entfernt in den Zweigen einer fremdartigen, knorrigen Pflanze. Sein Körper war schlaff, die Gliedmaßen in einer unnatürlichen Haltung verrenkt. Die Augen waren geschlossen und quer über sein Gesicht zog sich eine frische rote Wunde, aus der schwarzes Blut sickerte.
»K'baa?«
»DEIN FREUND KANN DIR NICHT ANTWORTEN!«

Die Stimme war laut und deutlich und sie kam von überall her. Er erstarrte.
Weitere Elmsfeuer zerrissen die Dunkelheit.
Ray spähte umher, dann sah er es.
Das war kein Baum. Es war noch nicht mal eine Pflanze. Zuckungen liefen über seine Außenhaut. Das Licht spiegelte sich auf Strängen und Knoten, die sich schlangengleich unter der Oberfläche kräuselten. Zwei helle blaue Augen starrten auf ihn herab.
Ray öffnete den Mund. Er versuchte etwas zu sagen, aber es gelang nicht. Seine Kehle war wie zugeschnürt.
»HALLO, MATTHEW.«
Ray wusste nicht, was er sagen sollte. Es gab nur einen einzigen Menschen, der solche Augen hatte.
»William?«
»DANN ERKENNST DU MICH ALSO WIEDER? DAS IST GUT, DENN ICH ERKENNE DICH EBENFALLS!«
Diese Stimme. Das personifizierte Böse.
Die Kreatur sah kurz zwischen ihm und dem schlaffen Körper in ihren Armen hin und her.
»WILLST DU IHN WIEDERHABEN? HIER, FANG!«
Mit müheloser Leichtigkeit schleuderte sie den zweihundert Kilo schweren Körper seines Freundes durch die Luft. Nur wenige Meter von Ray entfernt schlug K'baa zu Boden. Ein keuchender Laut drang aus seiner Kehle.
In diesem Moment fand Ray wieder zu sich selbst. Er lief seinem Freund entgegen und kauerte sich neben ihn. Mit nervösen Handgriffen untersuchte er seinen Leib. Er war zwar kein Spezialist, aber es schien nichts gebrochen zu sein. Mit etwas Glück war K'baa einfach nur ohnmächtig.
Ray hob den Kopf. Seine Augen fest auf den Widersacher geheftet, versuchte er, nicht in Panik zu fallen. Was ihm da gegenüberstand, war ein Hybrid. Eine Mischung aus Mensch und Pflanze. Das wirklich Erschreckende aber war, dass es Dinge gab,

an denen er seinen Freund aus Kindertagen wiedererkannte. Die Art, wie er seinen Kopf hielt. Das Vorbeugen des Oberkörpers. Auch in der Stimme lag etwas Vertrautes. Die kurze, abgehackte Art zu sprechen. Die Reduktion aufs Wesentliche. Und dann diese Augen.

Die Kreatur hatte ihren Standort noch immer nicht geändert. Wie verwurzelt stand sie da und sah auf ihn herab.

»WARUM BIST DU MIR GEFOLGT?«

In seinen Augen loderte Hass.

Noch immer konnte Ray kein Wort herausbringen. Die unwirkliche Umgebung machte es schwer, seine fünf Sinne beisammenzuhalten.

»WARUM BIST DU MIR GEFOLGT?« Das Wesen wiederholte seine Frage. Es hatte keinen Sinn zu lügen. Will kannte ihn gut genug. Er würde erkennen, wenn er die Unwahrheit sagte. Ray hob sein Kinn und sagte: »Um dich zu töten.«

»AH.« Das Wesen stand auf. »WENIGSTENS BIST DU EHRLICH!« Es besann sich einige Sekunden, dann fragte es: »UND DANACH? WAS WOLLTEST DU DANACH TUN? HEIMKEHREN?«

Ray senkte den Kopf.

»NUN?«

Rays Stimme war kaum mehr als ein Flüstern. »Ich weiß nicht. Vielleicht sterben.«

»STERBEN?« Die Kreatur stieß ein Zischen aus, dann beugte sie sich vor. Ihr Gesicht war nur einen knappen Meter von Rays entfernt. »DEN WUNSCH KANN ICH DIR ERFÜLLEN!«

»Wage es nicht, ihn anzurühren!« Wie aus dem Nichts war Amy hinter ihnen aufgetaucht.

Die Kreatur fuhr auf.

Das Haar von Regen durchtränkt, ihre Kleidung klatschnass, trat die Biologin neben Ray und ergriff seine Hand. Ihr Gesicht war emporgereckt, ihr Kinn stolz vorgeschoben.

»Wie kannst du es wagen, nach allem, was du ihm angetan hast.« Ihre Stimme war schneidend wie eine Diamantklinge. »Wie

kannst du es wagen, ihn auch nur anzusehen?« Ihre Augen blitzten wie die einer Furie. Sie schien keinerlei Angst zu verspüren. Jetzt erschienen auch Karl und Mellie. Eine Kaskade von Blitzen schlug unweit von ihnen in die Erde. Ohrenbetäubendes Krachen erfüllte die Luft. Der Boden erzitterte unter ihren Füßen. Das Zentrum des Gewitters war jetzt direkt über ihnen. Mit entschlossenem Gesichtsausdruck wandte Ray sich seinem alten Widersacher zu. So ruhig und beherrscht wie möglich sagte er: »Wenn du nicht vom Zeitstrom erfasst werden willst, solltest du jetzt besser gehen.«
»WAS REDEST DU DA?«
»Es kann sich nur noch um Augenblicke handeln, dann reißt die Energie der beiden Sonnen ein Loch in die Raumzeit und schleudert uns an unseren Ursprungsort zurück. Wenn du also in dieser Welt bleiben willst, solltest du lieber verschwinden.«
»DU ERBÄRMLICHER WURM. ICH WERDE DICH IN STÜCKE REISSEN!«
Ray ließ sich nicht einschüchtern. »Deine Drohungen schrecken mich nicht«, sagte er. »Es ist wahr, ich kam hierher, um dich zu töten. Ich wollte Vergeltung für das, was du mir angetan hast. Doch jetzt, da ich dich gesehen habe, empfinde ich nur noch Mitleid für dich.« Er griff in seine Tasche und zog ein Paar Lederhandschuhe heraus. Die Augen der Kreatur verengten sich. Ray hob sie hoch. »Erkennst du sie wieder? Es sind deine.« Er schleuderte sie der Kreatur vor die Füße. »Nimm sie, ich will sie nicht mehr. Ich habe sie Tag und Nacht bei mir getragen, damit sie mich immer an das erinnern, was damals geschehen ist. Jetzt will ich sie nicht mehr. Nimm sie. Geh zurück zu deinesgleichen und mach deinen Frieden mit dir. Ich habe meinen gefunden.«
Ein plötzlicher Blitzschlag zerriss die Stille. Funken regneten von den Bäumen. Ray fühlte ein Zerren und Kribbeln in den Gliedern. Es konnte keinen Zweifel mehr geben: Das Portal begann sich zu öffnen.
Burke blickte in die Runde. Seine Augen zuckten hin und her.

Lichter flirrten über die regennassen Bäume. Einer der Funkenströme kroch an ihm hoch und sauste über seinen Arm. Wie von der Tarantel gestochen sprang er zurück. Ein keuchendes Zischen drang aus seiner Kehle. Wellen gleißenden Lichts wogten über den Boden. Schmerzhaftes Sirren und Rauschen erfüllte die Luft. Ein Wind kam auf, der alles und jeden mit sich zu reißen drohte. Eine Welle von Ozon spülte über sie hinweg. Ray rang nach Atem. Tränen schossen ihm übers Gesicht.
Dann war es so weit.
Mit einem Brüllen öffnete sich das Portal.
Es war, als wären alle Höllenpforten zugleich aufgestoßen worden. Eine unglaubliche Hitzewelle brach über sie herein. Aus den Augenwinkeln sah Ray den Körper des Namenlosen unkontrolliert hin und her zucken. Er stand an der Grenze des Ereignishorizonts. Sein Körper drang in einem pulsierenden Rhythmus in die Grenzschicht ein und wurde von ihr wieder abgestoßen. Er schien mit sich zu ringen, ob er den Menschen folgen oder lieber die Flucht antreten sollte. Für einen Moment kam es Ray so vor, als würde er sich für den friedlichen Abzug entscheiden. Doch plötzlich änderte er sein Vorhaben und stürzte sich in das Energiefeld. Sein Wutschrei übertönte sogar das infernalische Zischen des Portals. Mit weit erhobenen Armen kam die Kreatur auf ihn zu, ihr Gesicht eine Fratze des Hasses. Ray hob schützend die Hände über den Kopf. Der Namenlose hob seinen Arm. Das Wurzelgeflecht zu einer Kralle aus scharfkantigen Dornen geformt, schlug er zu. Ray spürte im Geiste den furchtbaren Schlag, hörte das Bersten seines Schädels, fühlte das Brechen seiner Knochen – doch nichts geschah.
Es war, als wäre die Zeit stehengeblieben. Der Körper seines Widersachers wirkte wie eingefroren, während er von einer unerklärlichen Macht in die Länge gezogen wurde. In der Bewegung verharrend, wurde er von kosmischen Energien gepackt, in die Länge gezerrt und durch Zeiten und Räume jenseits der Vorstellungskraft geschleudert. Ray spürte, wie die Energie auch ihn

packte und durch den Äther schleuderte. Wieder sah er einander überlappende Bilder – eine kinematographische Projektion einzelner Bilder –, dazwischen kurze Ausblicke auf Fragmente interstellarer Nebel und pulsierender Galaxien. Ein Kaleidoskop von Farben und Formen, das alle menschliche Vorstellungskraft sprengte. Ray spürte sein Bewusstsein schwinden, doch er zwang sich, wach zu bleiben. Mit allem, was ihm an Kraft noch geblieben war, setzte er sich zur Wehr. Er musste den Elementen trotzen, und wenn es das Letzte war, was er tat. Er schloss die Augen. Sein inneres Zentrum wurde zu einem hellen Kern in der Mitte seines Bewusstseins. Wie eine Sonne loderte es und schenkte ihm Kraft. Nur nicht ohnmächtig werden, schrie er.

Das Brausen und Zischen war auf ein Maß jenseits des menschlichen Hörvermögens angeschwollen. Jede Zelle seines Körpers kämpfte um Erlösung, doch der Alptraum wollte kein Ende nehmen. Die Kräfte, die auf ihn einwirkten, waren unvorstellbar. Immer tiefer wurde er in den Schacht aus Licht und Bewegung hinabgerissen, immer schneller wirbelten die Bilder um ihn herum, doch das Feuer wies ihm den Weg. Unbeirrbar wie ein Leuchtturm am Ende der Welt leitete es ihn durch den Höllenschlund.

Als er spürte, dass er der Ohnmacht nichts mehr entgegenzusetzen hatte, entdeckte er einen schwarzen Fleck inmitten der Sonne. Erst zirkulierte er ein wenig auf der Oberfläche, dann wurde er rasch größer. Er war von so allumfassender Schwärze, dass es unmöglich war, Einzelheiten zu erkennen. Langsam schwoll er an, bis er das Licht der Sonne auslöschte. Eine betäubende Stille breitete sich aus, dann schlug er die Augen auf.

79

Eine überirdische Helligkeit verwandelte die Nacht zum Tag. Donnerschläge zerrissen die Luft.
Richard schrie vor Überraschung auf. Er taumelte ein paar Schritte rückwärts, stolperte und stürzte in den Schnee.
Vor dem Eingang der Pyramide war ein Zentrum reinster Energie entstanden. Blaue Entladungen zuckten in alle Richtungen und ließen das Gebäude in einem übernatürlichen Licht erstrahlen.
Vor dem Haupteingang war eine Art Kugel, aus der ein Geäst feinster Ströme über den Boden zuckte, das den Schnee auf der Stelle verdampfen ließ.
Die versammelten Gorillas stießen ein dumpfes Stöhnen aus, behielten aber ihre kreisrunde Formation bei. Nur einige der jüngeren Primaten zogen sich in Gefolgschaft ihrer Mütter ein Stück weit zurück. Die Männchen, Silber- wie Schwarzrücken, blieben mit wütend gebleckten Zähnen stehen und gaben keinen Zentimeter Boden preis.
Eine Woge von Ozon schlug den Forschern ins Gesicht. Ein heißer Wind war aufgekommen, der direkt dem Zentrum der Kugel zu entspringen schien. Die Helligkeit war so intensiv, dass ihre Sehzellen zu verschmoren drohten. Richard kniff die Augen zusammen und versuchte, hinter vorgehaltener Hand Einzelheiten auszumachen.
»Könnt ihr etwas erkennen?« Seine Stimme klang dünn und kraftlos angesichts des orkanartigen Brüllens, das aus der Kugel drang.

»Ich weiß nicht!«, schrie Agnes. Ihre Haare flatterten wie schwarzer Rauch im Wind. »Ich erkenne ein paar schwache Silhouetten im Kern, dort, wo die Helligkeit am größten ist. Keine Ahnung, was das ist.« Sie deutete auf das Zentrum der Kugel, das mit der Kraft einer kleinen Sonne strahlte. Richard blinzelte durch seine halb geschlossenen Lider in das gleißende Zentrum der Erscheinung. Tatsächlich, da war etwas: scherenschnittartige Umrisse, die entfernt an Menschen erinnerten. Einer der Gorillas fing an, unartikulierte Schreie auszustoßen. Er fletschte die Zähne und stampfte mit seinen Fäusten auf die Erde. Weitere Artgenossen schlossen sich ihm an. Wie ein Flächenbrand wurden die Gorillas von der Welle der Aggressivität erfasst.

»Was ist los?«, brüllte Wilcox. »Was haben sie denn?«

»Keine Ahnung«, antwortete Richard. »Irgendetwas scheint sie mächtig aufzuregen.«

Agnes packte ihn an der Schulter. »Vielleicht wäre es besser, wenn wir uns zurückziehen. Sie scheinen Angst zu haben.«

Richard nickte. »Na gut. Sicher ist sicher. Gehen wir ein paar Meter zurück!«

»Wartet mal 'ne Sekunde!« Parker beschirmte seine Augen mit der Hand. »Seht ihr das auch? Das gibt's doch nicht!«

Richard konnte sich gerade noch rechtzeitig umdrehen, als er sah, wie eine Person aus dem Lichtschein stolperte. Es war ein Mann. Sein Körper dampfte, die Ärmel seines Hemdes hingen ihm in Fetzen vom Leib und die darunterliegende Haut schimmerte blutrot. Er wankte ein paar Schritte vorwärts, dann sank er auf die Knie.

»Herr im Himmel!«, stieß Wilcox hervor. »Es ist Ray!«

Richard drängte an den Gorillas vorbei nach vorn.

Der Ire wirkte, als habe er noch gar nicht begriffen, was mit ihm geschehen war. Richard stolperte in den Kreis aus Licht und packte den Iren bei den Schultern.

»Ray, kannst du mich hören? Sieh mich an. Nun sag doch etwas.«

Ein glasiger Blick traf ihn. »Bist du das, Richard?«
Der Wildhüter nickte. »Worauf du deinen Hintern verwetten kannst. Was ist mit den anderen? Wo sind Amy, Dan, Karl und Mellie?«
Der Ire schüttelte den Kopf. Er stand auf und taumelte aus dem Lichtkreis. Richard griff ihm unter den Arm und stützte ihn. Irgendetwas stimmte nicht. Ray hatte Angst.
Panische Angst.
»Was ist los, Mann? Rede mit mir. Kommen die anderen noch? Was ist passiert?«
Ray hob seinen Kopf. Es war das erste Mal seit seiner Ankunft, dass er Richard direkt in die Augen sah. Sein Mund bewegte sich, aber was er sagte, war zu leise.
»Wiederhol das noch mal«, schrie Richard und deutete auf seine Ohren. »Ich hab's nicht verstanden. Das Portal ...«
Ray öffnete den Mund und stieß nur ein Wort aus: »*Renn!*«
In diesem Augenblick schälte sich ein weiterer Umriss aus dem Licht. Er war riesenhaft. Arme so lang wie Baumstämme. Eine sich windende und krümmende Außenhaut ...
Richard benötigte nur den Bruchteil einer Sekunde, um zu erfassen, was das war.
»O mein Gott.«
Mit einem furchtbaren Zischen trat die Kreatur aus der Helligkeit. Ihr Arm war zum Schlag erhoben. Die Krallen zischten durch die Luft und rammten nur einen knappen Meter neben dem Iren in den Boden. Noch einmal hob die Kreatur ihren Arm, dann fiel ihr Blick auf die versammelten Gorillas. Ray, geistesgegenwärtig genug, die gewonnene Sekunde zu nutzen, stieß Richard aus der Gefahrenzone. Die beiden fielen und rollten zur Seite. Mit einem Krachen fuhr die rankenumwucherte Hand neben ihnen in die Erde. Schnee und Erdbrocken flogen durch die Luft. Leonidas stellte sich auf die Hinterbeine und stieß ein wütendes Gebrüll aus. Dann rannte er mit gesenktem Kopf auf den Widersacher zu. Die anderen Silberrücken zögerten nicht und

folgten ihrem Anführer. Richard versuchte, aus der Kampfzone zu taumeln, wurde aber von einem der gewaltigen Tiere gestreift und zu Boden gerissen. Der Boden um ihn herum zitterte und bebte. Die Gorillas drangen auf die monströse Erscheinung ein und fingen an, das zähe Rankengeflecht mit Pranken und Zähnen auseinanderzureißen. Ein furchterregendes Zischen ertönte. Richard beobachtete, wie einer der tapferen Primaten von einer Klaue getroffen und zur Seite geschleudert wurde. Blutüberströmt und regungslos blieb er am Rande der Kampfzone liegen. Ein zweiter Gorilla wurde von einer Flut von Ranken eingehüllt und mit unbändiger Kraft zerquetscht. Richard hörte die Schmerzensschreie des Affen, gefolgt vom Knacken seiner Knochen. Wieder ein anderer wurde bei dem Versuch, eines der säulendicken Beine zu packen, zu Boden geworfen und niedergetrampelt.

Doch die Verluste stachelten die Gorillas nur noch mehr an. Manche von ihnen waren in einen Zustand der Raserei gefallen. Der Einzige, der die Beherrschung behielt, war Leonidas. Mit wütenden Zurufen brachte er die anderen wieder zur Räson. Er koordinierte den Angriff, brüllte seinen Artgenossen Befehle zu und richtete ihre Attacken auf den Kopf des Wesens.

Richard glaubte zu erkennen, dass hier der einzige Schwachpunkt der sonst unverwundbar scheinenden Kreatur lag. Das Rankengeflecht war an dieser Stelle besonders fein. Es ermöglichte dem Wesen sogar, eine primitive Mimik zu entwickeln. Kaum hatten die Gorillas ihre Taktik gewechselt, veränderte sich der Ausdruck des Monsters. Mochte sein Gesicht auch noch so fremdartig erscheinen, Richard konnte trotzdem eine Reaktion herauslesen: *Panik.*

Das Wesen taumelte zurück und versuchte, die lästigen Angreifer abzuschütteln. Seine Taktik hatte sich grundlegend verändert. Es ging nicht länger mehr darum, möglicht viele Angreifer zu töten, jetzt ging es ums Überleben.

Doch die Gorillas waren zäh.

Verbissen und schweigsam setzten sie den Kampf fort. Immer wieder durchdrang eine Pranke den Verteidigungswall der zuckenden Arme und riss ein Stück der Pflanzenstruktur heraus. Grüner Saft spritzte in alle Richtungen und landete zischend und ätzend auf Haut und Fell. Die Primaten ließen einfach nicht ab. Minute um Minute zog sich der Kampf dahin und immer noch war nicht klar, wer gewinnen würde. Irgendwann jedoch begann der Widerstand der Kreatur zu erlahmen. Immer unkontrollierter wurden ihre Bewegungen, immer verzweifelter ihr Versuch, sich dem wütenden Ansturm der Gorillas zu entziehen.

Dann kam der Moment, in dem deutlich wurde, dass das Wesen den Kampf verloren hatte. Sein Wutschnauben ging in Wehklagen über. Schreie, die entfernt an einen Menschen erinnerten, übertönten das Brausen des Portals. Dann brach der Namenlose zusammen. Die Gorillas stürzten auf ihn ein, zerfetzten und zerrissen ihn und verstreuten seine Überreste auf dem Boden. Ein letztes Mal noch bäumte sich der Widersacher auf. Seinen Körper aufgerichtet, den Kopf in den Nacken gelegt, drang ein letzter furchtbarer Schrei aus seiner Kehle.

»MAAA ... TH ... EEEW!«

80

Im Schein des leuchtenden Portals kehrten die Gorillas zu ihren Familien zurück. Diejenigen, die verletzt oder getötet worden waren, wurden von ihren Angehörigen ins sichere Unterholz gezogen und dort betrauert. Schon bald war der gesamte Platz freigeräumt.

Richard stand benommen auf. Er klopfte den Schnee von seiner Hose, dann gab er Wilcox das Zeichen, die Überreste des Pflanzenwesens mit dem Flammenwerfer der Soldaten zu vernichten. Er umrundete das Schlachtfeld und ging zu der kleinen Gruppe von Menschen hinüber, die seitlich des Portals zu Füßen der Pyramide saß. Das Licht warf zuckende Schatten ins Unterholz. Amy kümmerte sich um Karl und Mellie, während Richard im Geiste die Häupter der Neuankömmlinge zählte. Plötzlich stutzte er. »Wo ist Dan ...?«

»Dan ist tot«, sagte Amy. »Er hat es nicht geschafft.« Sie deutete auf die rauchenden Überreste im Wald.

»Um Himmels willen ...«

Amy nahm seine Hand. »Wir haben keine Zeit für lange Erklärungen. Das Portal kann sich jeden Moment wieder schließen, und wir müssen K'baa zurückschicken.« Sie deutete auf das Geschöpf, das neben Ray saß. Richard war so mit der Bergung seiner Freunde beschäftigt gewesen, dass ihm erst jetzt auffiel, dass dieser Gorilla Kleidung und Waffen trug.

»Was ist das ...?«

»Ein G'ombe. Eine auf der anderen Seite beheimatete Spezies, die unseren Gorillas in ihrer Entwicklung weit voraus ist.«
Der Gorilla hob seinen Kopf. Er blickte Richard fest in die Augen, dann deutete er mit dem Finger auf sich.
»K'baa.«
Richard war wie vom Donner gerührt.
»Ich halt's nicht aus«, stieß er hervor. »Der kann ja reden.«
»Das können sie alle«, sagte Amy. »Trommle die anderen zusammen. Wir brauchen warme Decken und Tee. Und sieh zu, dass ihr irgendwo einen Medikamentenkoffer auftreibt. Wir treffen uns dann da vorn bei den Ruinen.«
»Geht klar.« Er zog seine Jacke aus und warf sie Ray zu. Der Ire fing sie aus der Luft und hängte sie Amy über die Schultern. Dann legte er seinen Arm um die Biologin und führte sie zu den Ruinen. Der fremde Gorilla trabte hinter den beiden her.
Ein seltsames Gespann. Es war unübersehbar, dass Amy und Ray etwas füreinander empfanden. Die Art, wie er sie hielt ... wie sie ihren Arm um ihn schlang und ihn dabei ansah ...
Er riss sich von dem Anblick los.
Agnes und ihre Leute waren inzwischen eingetroffen und halfen Richard dabei, Mellie und Karl aus der Gefahrenzone zu ziehen. In diesem Moment geschah etwas Erstaunliches. Leonidas, der bisher still und ruhig bei seiner Sippe gesessen hatte, war aufgestanden und kam zu ihnen herüber. Der mächtige Gorilla steuerte schnurstracks auf K'baa zu.
Die beiden Primaten sahen einander lange Zeit an. Dann hoben sie ihre Hände und berührten einander mit den Fingerspitzen. K'baa senkte den Kopf und stieß eine Reihe von Grunzlauten aus. Leonidas strich über seinen Kopf und stieß ein brummendes Geräusch aus. Dann drehte er sich um, nahm eines der Weibchen bei der Hand und ging mit ihr langsam auf das Portal zu. Es gab ein Leuchten und ein Knistern – dann war er weg. Einfach verschwunden.
»Was ...?« Richard war wie gelähmt.

Die Gorillas wurden unruhig. Einer nach dem anderen standen sie auf und sammelten sich. Von überall aus dem Wald kamen sie herbei, nur mit einem Ziel: um in einer langen, stummen Prozession ins Licht zu wandern.

Der Anblick war so unwirklich, dass es Richard die Sprache verschlug. Eigentlich hätte er etwas unternehmen müssen – schreien, in die Luft schießen, irgendetwas –, aber er konnte nicht. Er konnte nur mit herunterhängender Kinnlade zusehen, was vor seinen Augen geschah.

Einer nach dem anderen traten die mächtigen Tiere ins Licht und verschwanden. Alte, Junge, Männchen und Weibchen. Sie alle wurden von dem Portal erfasst und durch die Ewigkeit katapultiert. Sie schienen überhaupt keine Angst zu verspüren, im Gegenteil. Leise und in froher Erwartung verließen sie diesen Ort, diesen Wald und diese Welt und wechselten zu diesem fernen Ort, weit weg auf der anderen Seite.

»Um Himmels willen«, flüsterte Agnes. »Sie gehen alle fort.«

»Ja, das tun sie«, sagte Ray. »Und wer könnte es ihnen verdenken? Sie haben in dieser Welt nur Leid und Elend erfahren. Ihre Welt wurde von uns zerstört, ihre Familien ermordet, ihr Lebensraum bis auf ein paar Inseln vernichtet. Warum sollten sie bleiben?«

»Guter Punkt«, flüsterte Parker.

Jetzt erhob sich auch K'baa. Mit den Händen formte er so etwas wie Gehörlosensprache. Ray erwiderte die Gesten.

»Was ist denn los?«, fragte Richard. »Irgendein Problem?«

»Kein Problem«, erwiderte Ray. »K'baa hat mir nur gerade mitgeteilt, dass jetzt die Zeit für den Abschied gekommen ist. Er möchte durch das Portal, solange es noch möglich ist.«

»Verständlich«, sagte Richard. Er legte den Kopf schief. »Sonst noch etwas?«

»Allerdings.« Der Ire hatte seine Hand sanft auf die Schulter des Primaten gelegt und blickte seinen menschlichen Freunden fest in die Augen. »Ich werde ihn begleiten.«

81

Amy hob den Kopf. »Du willst *was?*«
Eine betretene Stille kehrte ein. Nur das Sirren des Portals war zu hören.
»Wiederhol das noch mal.«
Ray warf ihr einen traurigen Blick zu. »Ich sagte, ich werde ihn begleiten. K'baa ist mein Freund. Ich werde den G'ombe bei ihrem Kampf gegen die Kitarer beistehen.«
»Aber ...«
»Ich weiß, wie sich das anhört, aber ich habe mir diesen Schritt gründlich überlegt.«
»Du willst bei den G'ombe leben?« Amy war immer noch nicht sicher, ob sie Ray richtig verstanden hatte. Andererseits, sie kannte ihn mittlerweile gut genug, um zu wissen, dass er es ernst meinte.
»Warum ...?« Tränen wollten ihr in die Augen schießen, doch sie wehrte sich beharrlich dagegen. Trotzig hob sie das Kinn.
»Ich dachte, du hättest dich entschieden, bei uns zu bleiben, in unserem Team ... bei mir.« Die letzten Worte waren kaum mehr als ein Schluchzen. Ray legte seine Arme um sie.
»Du bist der einzige Grund, warum ich überhaupt hierher zurückgekommen bin. Ich wollte sichergehen, dass du wohlbehalten wieder in deine Welt kommst und ich die nötige Zeit habe, mich von dir zu verabschieden. Tut mir leid, dass es jetzt doch so knapp wird.«

»Aber warum?« Amy fühlte, dass eine Mischung aus Wut und Enttäuschung sie zu überwältigen drohte.
»Der Gedanke, drübenzubleiben, ist mir schon viel früher gekommen«, sagte er. »Durch irgendeine wundersame Fügung hat mir die Schöpfung einen neuen Weg gewiesen. Ich habe drüben etwas gefunden. Etwas, womit ich nie gerechnet hätte: *Vergebung*. Meine Wut, mein Zorn, mein Hass, sie sind weg, einfach verschwunden. Als hätte jemand die Mauer am Ende der Straße entfernt. Ich kann den Weg wieder sehen.«
»Und der einzige Weg führt dort hinein?« Sie wischte über ihre Augen. »Das ist traurig.«
»Ich erwarte nicht, dass du das verstehst«, sagte er. »Aber ich möchte nicht immerzu bedauert werden. Ich bin es leid, ein Opfer zu sein. Nur ... das ist in dieser Welt nicht mehr möglich. Es ist zu viel geschehen. Zu viel, als dass ich es vergessen könnte. Zu viele Narben. Nachts, wenn ich die Augen schließe, sehe ich die Gesichter vor mir. Gesichter von Menschen, die von mir gegangen sind. Geliebte Menschen. Verhasste Menschen. *Tote* Menschen. Sie sind wie Geister, die mich nicht mehr ruhig schlafen lassen. Dort drüben, auf der anderen Seite, habe ich diese Gesichter nicht mehr gesehen. Sie waren fort. Es war das erste Mal seit vielen Jahren, dass ich wieder ruhig schlafen konnte. Und der Schlaf hat mir den Weg gezeigt.« Er nahm ihr Gesicht in die Hände und küsste sie zärtlich auf den Mund. Als er sie nach einer kleinen Ewigkeit wieder freigab, spürte sie seine Tränen auf ihren Wangen. »Wünsch mir Glück, Amy. Ich werde immer an dich denken.«
»Bitte bleib«, flüsterte sie. »Bleib bei mir.«
Er schüttelte den Kopf. »Es geht nicht, bitte versteh das. Macht es gut, Freunde! Ich werde nie vergessen, was ihr für mich getan habt. Macht diese Welt zu einem besseren Ort und passt gut auf euch auf.« Mit diesen Worten klopfte er dem Affen auf den Rücken. »Komm, K'baa, es wird Zeit.«
Die schweigsame Prozession der Gorillas war beinahe zum Ende

gekommen. Nur noch etwa zwanzig Tiere waren übrig und beeilten sich ebenfalls, ins Licht zu gehen.
Die gleißende Kugel leuchtete jetzt merklich schwächer. Ein zögerndes Flackern kündete vom Ende des Sonnenzyklus und von der Schließung des Portals. Kurz ehe er und der G'ombe die äußere Peripherie erreicht hatten, drehte Ray sich noch einmal um. »Danke für eure Hilfe«, rief er. »Ohne euch hätten wir es nicht geschafft. Ich wollte es ja eigentlich für mich behalten, aber ich möchte euch zum Dank noch ein Geschenk machen. Wenn ihr etwas wirklich Aufsehenerregendes entdecken wollt, dann fangt an, an dieser Stelle zu graben. Ich denke, es wird euch gefallen.« Er öffnete seine Tasche, holte einen kleinen Gegenstand heraus und warf ihn Richard zu. »Macht keinen Unsinn und nutzt es für einen guten Zweck. Schenkt diesem Land eine neue Zukunft. Und jetzt lebt wohl, Freunde. Vielleicht sehen wir uns eines Tages wieder.«
Sein letzter Blick galt der Biologin, als er rücklings in das Portal trat und in einer Kaskade reinster Energie verschwand.

Amy starrte wie hypnotisiert in das gleißende Portal. Sie fühlte sich leer, ausgebrannt. Ray und K'baa waren verschwunden, zusammen mit all den Berggorillas. Das Licht tat ihr in den Augen weh, doch sie ließ den Schmerz zu. Es war, als wäre er die letzte Brücke zwischen ihr und Ray.
Richards Stimme drang von außen in ihre kleine Welt. Langsam, wie in Trance, bewegte sie den Kopf.
»Hm ...?«
»Ich sagte, warum gehst du nicht mit ihm?«
Sie schüttelte den Kopf.
»Weil ich nicht kann. Es gibt viel zu tun, zu viele Verpflichtungen. Das Team, das Lager, Whitman. Auf mich wartet ein Berg von Arbeit.«
»Scheiß auf die Verpflichtungen.«
Sie hob überrascht den Kopf. »Wie meinst du das?«
Richard legte seine Hand auf ihre Schulter. »Entschuldige bitte,

aber Whitman hat dich ins offene Messer laufen lassen. Du schuldest ihm nichts. Und uns schuldest du auch nichts. Wir sind deine Freunde und wir werden dich vermissen, aber wir wollen nicht, dass du unseretwegen unglücklich wirst. Es ist an der Zeit, dass du etwas für dich selbst tust, habe ich nicht recht?«
Die anderen nickten.
Mellie berührte ihre Hand. »Hör, was dein Herz dir sagt, und folge ihm. Wir werden dafür sorgen, dass alles seinen gewohnten Gang geht, nicht wahr, Richard?«
»Natürlich werden wir das.« Er hob ihr Kinn und blickte ihr tief in die Augen. »Komm schon, Amy. Jetzt bist du an der Reihe.«
Das Licht des Portals flackerte schon merklich schwächer. Nur noch wenige Augenblicke, dann würde es sich für immer schließen.
»Aber ich kann doch hier nicht alles stehen und liegen lassen. Es ist meine Pflicht ...«
»Jetzt platzt mir aber bald der Kragen«, sagte Mellie. »Dein ganzes Leben bestand nur aus Pflichten. Es wird Zeit, dass du das mal begreifst. Dich hält doch hier nichts mehr!«
Amy stutzte. Genau das waren die Worte ihres Vaters gewesen: *Mach nicht den gleichen Fehler wie ich,* hatte er gesagt. *Verliere dich nicht zu sehr in deinen Pflichten. Vergiss nicht zu leben. Du hast nur diese eine Chance.*
»Meint ihr wirklich?«
»Aber natürlich«, sagte Richard. »Worauf wartest du noch?« Sein Versuch, aufmunternd auszusehen, endete in einem gequälten Lächeln. Man konnte ihm ansehen, wie sehr er unter dem Abschied litt.
Sie schluckte und hob das Kinn. Nun wusste sie, was sie zu tun hatte. Nach all den Jahren hatte sie es endlich verstanden.
»Danke«, sagte sie. »Danke für alles. Ich werde euch nie vergessen.«
Mit diesen Worten sprang sie auf und rannte, so schnell sie ihre Füße trugen. Immer weiter, mitten hinein in das Licht.

82

Virungas, einen Monat später ...

Richard saß über seinen Tisch gebeugt und strich die Zeitungen glatt. Selten hatte er Gelegenheit, so viele aktuelle Tageszeitungen zu lesen. Doch die Ankunft der Studenten vor zwei Tagen hatte ihm einen unerwarteten Informationssegen beschert. Auf seinem Tisch türmten sich Ausgaben der *Times*, der *Washington Post*, von *Le Monde*, des *Figaro* sowie der wichtigsten ugandischen Nachrichtenblätter *New Vision* und *Daily Monitor*. Ohne jede Ausnahme berichteten sie von den ungewöhnlichen Goldfunden, die ein Team internationaler Geologen im südwestlichen Teil des Ruwenzori gemacht hatte. Den Aussagen der Experten zufolge ging es um die größte Goldader, die jemals entdeckt worden war. Sie war eingebettet in ein riesiges Pyritvorkommen, das eine hohe magnetische Aktivität aufwies. Ein gewaltiger Schatz, der aus einem der ärmsten Länder der Welt plötzlich eine reiche Nation gemacht hatte. Die internationale Völkergemeinschaft unter der Schirmherrschaft der Vereinten Nationen überwachte den Abbau, so dass der Reichtum nicht nur einigen wenigen, sondern dem gesamten Land zugutekam. Schulen sollten errichtet, das Verkehrsnetz ausgebaut und die Landwirtschaft gefördert werden. Es würde viel Geld in die Medizin und in die Bevölkerungsentwicklung fließen, und ein großer Batzen kam den Nationalparks zugute. Dank eines speziellen Programms konnten große Landstriche von den Bauern aufgekauft und dem Naturschutz zugeführt werden. Doch auch die

Nachbarstaaten profitierten davon, allen voran Ruanda und die Demokratische Republik Kongo, in deren Hoheitsbereich ebenfalls große Goldvorkommen gefunden worden waren. Der Nationalpark Virunga wurde um mehr als das Doppelte vergrößert und die Mittel für den Artenschutz beträchtlich aufgestockt. Doch für manche kam der unverhoffte Geldsegen zu spät. Die Gorillas waren aus den Virungas für immer verschwunden. Die zweihundert Tiere, die den Weg auf das Hochplateau nicht gefunden hatten, stammten aus dem Bwindi Impenetrable Forest in Uganda und waren inzwischen in ihre angestammten Gebiete zurückgekehrt. Ob ihre Zahl ausreichen würde, die Art zu retten, war fraglich. Die Forschungseinrichtungen hier am Virunga würden ihre Pforten jedenfalls schließen.

Der Abbau des Goldes wurde von einem internationalen Konsortium überwacht, das dem Erhalt und Schutz der betroffenen Nationalparks Rechnung trug. Durch den Einsatz spezieller unterirdischer Abbaumethoden würde kaum etwas von der natürlichen Umgebung zerstört werden. Selbst die Ruinen von Kitara sollten erhalten bleiben. Verschiedene Teams von Archäologen waren derzeit vor Ort und erforschten diesen sagenhaften Fund afrikanischer Frühgeschichte, der ein völlig neues Bild auf die Entwicklung der Menschheit in Zentralafrika warf. Doch auch Astronomen und Sonnenforscher waren auf die Region aufmerksam geworden. Aus einem von der Wissenschaft bisher noch nicht genauer erforschten Grund hatten die enormen Erzvorkommen zu einer Beugung des Erdmagnetfeldes geführt. Die Feldlinien waren an dieser Stelle dermaßen eingeknickt, dass die beiden letzten Sonneneruptionen enorme Mengen hochaktiven Sonnenplasmas auf einen winzigen Punkt auf der Erdoberfläche geleitet hatten. Dr. Krausnick, Leiter der Forschungsabteilung Astronomie, äußerte sich gegenüber der Presse dahingehend, dass durch den Abbau des Erzfeldes das Magnetfeld wieder hergestellt würde. Doch bis es so weit war, konnten leicht zwanzig oder dreißig Jahre vergehen. Seiner Prognose nach würde das nächste Sonnenmaximum aber ohnehin erst in einhundertfünfzig Jahren stattfinden, so dass man sich bis dahin keine Sorgen zu machen brauchte.

Ein Klopfen war an der Tür zu hören. Sie öffnete sich einen Spalt und ein junger Bursche, Mitte zwanzig, blickte zu ihm herein.
»Mr. Mogabe, wir wären dann so weit.«
Richard blickte von seinen Zeitungen auf. »Hm?«
»Die Fahrzeuge sind fertig beladen und abfahrbereit. Das Team wartet auf Sie.«
»Ich komme.« Richard schlug die Zeitung zu.
Der junge Mann nickte und verschwand wieder. Richard schnappte seinen Rucksack, griff nach dem Goldnugget, den Ray ihm kurz vor seinem Verschwinden in die Hand gedrückt hatte, und löschte das Licht. Draußen waren bereits die ersten zaghaften Lichtstrahlen zu sehen. Noch etwa eine Viertelstunde, dann würde die Sonne aufgehen. Agnes war bereits aufgebrochen. Sie leitete das erste Team, das mit der Verlegung der Forschungseinrichtung beauftragt worden war. Jetzt, da die Gorillas verschwunden waren, gab es keinen Grund, noch länger hierzubleiben. Man hatte beschlossen, die Forscher im Bwindi Forest zu unterstützen, ihnen das gesamte Equipment zur Verfügung zu stellen und zu hoffen, dass es half, die Art vor dem Aussterben zu bewahren.
Mellie, Karl und Wilcox waren ebenfalls dorthin gewechselt, während Parker die Umsiedlung der Bugonde in den Osten des Ruwenzori-Gebirges beaufsichtigte. Er leitete die medizinische Versorgung und verbrachte dabei so viel Zeit wie möglich an der Seite Elieshis. Richard schüttelte im Geiste den Kopf, als er an die beiden dachte. Zwei Menschen, die so unterschiedlich waren – ob das gutgehen würde? Die Antwort darauf konnte nur die Zukunft liefern. Er selbst würde in ein paar Monaten seinen neuen Job als Wildhüter im Murchinson-Nationalpark antreten, ganz im Norden des Landes, wo mächtige Wasserfälle ein ein-

maliges Naturschauspiel boten. Doch jetzt sehnte er sich nach den liebevollen Armen seiner Frau und seiner Kinder, die daheim in Mbarara auf ihn warteten. Noch eine Woche, dann würde er wieder bei ihnen sein.
Er ging hinaus ins Freie und zog die Tür hinter sich zu. Die Luft war klar und frisch. Weit hinten im Wald waren der Lkw und die restlichen Jeeps zu sehen, auf die man das Gepäck geladen hatte. Eine kleine Gruppe Studenten wartete dort.
Er blickte in die Runde. Im Lager war es still geworden. Kein Gekicher und Getuschel mehr aus den Zelten, keine brennenden Feuer und kein Duft von gebratenem Speck und Spiegeleiern. Das Camp wirkte wie eine Geisterstadt.
Die ersten Vögel begannen zu zwitschern. Er hob den Kopf und sah hinauf zu der Mondsichel, die wie ein hauchfeiner Bogen am Firmament schimmerte. Er dachte an Amy und Ray und fragte sich, wo sie jetzt wohl sein mochten. Die letzten Sterne schienen ihm zuzuwinkern, als wollten sie ihm sagen, dass alles gut war.
Richard spürte einen Anflug von Trauer in sich aufsteigen. Er schlug den Kragen seiner Jacke hoch, dann ging er hinüber zu den wartenden Fahrzeugen.

Mein Dank gilt den tapferen Seelen, die mitgeholfen haben, diesem Roman den letzten Schliff zu geben.
Meiner Frau Bruni, für ihre Freundschaft, ihre Liebe und ihre unvergleichlichen Kochkünste -
Jürgen Bolz, der trotz anderweitiger Verpflichtungen immer wieder Zeit findet, meine Romane zu lektorieren -
Martina Kunrath, deren scharfem Auge kein Fehler entgeht, Carolin Graehl für ihren Mut und ihr Vertrauen -
meinem Agenten Bastian Schlück, der meine Bücher von Anfang an begleitet -
Klaus Schäfer und dem Rest der ›Diamir‹-Reisegruppe für unvergessliche zwei Wochen im Herzen Afrikas -
Herbert Ngungu für seine kompetente und unterhaltsame Reiseleitung -
und ›last but not least‹ den Rangern des Virunga-Nationalparks für ihren lebensgefährlichen Einsatz zum Schutze der letzten Berggorillas.